KB109802

걸그룹이 된 아재

上권

걸그룹이 된 아재 上권

발행일 2019년 3월 29일

지은이 린우隣雨
펴낸이 손형국
펴낸곳 (주)북랩
편집인 선일영
편집 오경진, 강대건, 최승헌, 최예은, 김경무
디자인 이현수, 김민하, 한수희, 김윤주, 허지혜
제작 박기성, 황동현, 구성우, 장홍석
마케팅 김회란, 박진관, 조하라
출판등록 2004. 12. 1(제2012-000051호)
주소 서울시 금천구 가산디지털 1로 168, 우림라이온스밸리 B동 B113, 114호
홈페이지 www.book.co.kr
전화번호 (02)2026-5777
팩스 (02)2026-5747

ISBN 979-11-6299-593-8 04810 (종이책) 979-11-6299-592-1 04810 (세트)

잘못된 책은 구입한 곳에서 교환해드립니다.
이 책은 저작권법에 따라 보호받는 저작물이므로 무단 전재와 복제를 금합니다.

이 도서의 국립중앙도서관 출판예정도서목록(CIP)은 서지정보유통지원시스템 홈페이지(http://seoji.nl.go.kr)와 국가자료공동목록시스템(http://www.nl.go.kr/kolisnet)에서 이용하실 수 있습니다.

(주)북랩 성공출판의 파트너

북랩 홈페이지와 패밀리 사이트에서 다양한 출판 솔루션을 만나 보세요!

홈페이지 book.co.kr • **블로그** blog.naver.com/essaybook • **원고모집** book@book.co.kr

린우 隣雨 장편소설

걸그룹이 된 아재 上

북랩 book Lab

contents

프롤로그

◆

나는 마흔셋의 보컬 트레이너.

한때는 촉망받는 밴드의 리드 보컬이었다. 1993년에 나왔던 4인조 밴드 툰드라.

그룹 이름을 말하면 잘 모르는데, 이 노래 첫 소절을 들려주면 '아!' 한다.

'붙잡지 못했던 너~.'

가수는 노래 제목 따라간다고 했나? <노을이 지는 그 자리>라는 제목을 따라서 툰드라는 노을처럼 잠깐 불타오르다가, 1년도 못 가 망각의 어둠에 가려지고 만다.

우리는 90년대에 흔했던 원 히트 원더, 소위 반짝 가수 중 하나였다.

고등학교 때부터 내 가창력과 작곡 실력이 이웃 학교까지 널리 알려져 '상문고 조쥐 마이클'로 불리기도 했던 나의 음악 세계는 동토의 툰드라 지대처럼 얼어붙은 상태로 23년이 흘렀다.

지금은 소속사 연습생들로부터 조상 취급을 받는 생계형 보컬 트레이너다.

웃을 때 눈꼬리에 흉한 새 발자국이 찍히는 아재.

잠깐 연예계 물 좀 먹었다고 쓰던 가락은 있어서, 소속사로부터 매달 받는 박봉으로 흥청망청한 나의 소비 성향을 만족시키기엔 턱없이 부족하다.

그나마 잊을만하면 쥐꼬리만큼 들어오는 내 저작권료는 싱어송라이터로서의 마지막 남은 자존심이다.

아직도 노래방에서 <노을이 지는 그 자리>를 부르는 사람이 있다는 게 신기하면서도, 눈물 나도록 고마울 따름.

90년대 반짝 가수를 찾아 재조명하는 예능프로그램이었던 JTVC의 《설탕맨》 시즌 1이 2016년 7월에 종영한다는 소식을 들었을 땐 어찌나 서운하던지 눈물이 다 나려고 하더라. 내가 거길 꼭 나갔어야 하는 건데 말이다.

사실 내가 소속되어있는 큐피드 엔터를 통해 섭외가 들어오긴 했었다.

설탕맨의 작가들과 내가 멤버들에게 개별적으로 연락을 취하며 어렵게 스케줄을 조율한 끝에 녹화 일정까지 잡힌 상태에서, 돌연 종영이 결정되어버린 것이다. 그래서 아쉬움이 더 컸다.

활동 당시 치대생 엘리트였던 베이시스트 준환이는 판교에서 큰 치과병원을 경영하고 있다. 실력이나 수완이 좋다기보단, 처가가 돈이 좀 많다.

그리고 드럼 치던 성원이는 인천에서 드럼 대신 회를 치고 있다. 부모님께서 하시던 가업을 그대로 물려받은 것이다.

이들 둘은 곧바로 오케이 했고 언제든 달려올 기세였다.

그런데 문제는 기타리스트 병호였다. 미국 애틀랜타에서 한인 교회 목사를 하고 있는 그는 애초에 완강한 거부의사를 밝혔었다. 그래서 어쩔 수 없이 그를 제외한 나머지 세 멤버만 출연을 결정하고 녹화 스케줄을 잡았다.

그런데 녹화하기 일주일 전, 갑자기 자신도 함께 출연하고 싶다는 의사를 제작진 측에 밝혀왔다. 대신 녹화 일정을 한 달만 미뤄달라고 했다.

이왕이면 멤버 전원이 다 같이 출연하는 것이 좋겠다 싶어서, 우리는 흔쾌히 그의 제안을 받아들였다.

그렇게 해서 한 달 뒤로 미뤄진 녹화 일을 기다리고 있던 참에 '《설탕맨》 시즌 1 종영'이라는 비보를 접한 것이었다. 이런 망할 병호 놈.

공감과 부러움이 뒤섞인 마음으로 지켜봤던 그 프로그램에서 설탕맨들이 들려준 '가려진 시간 동안의 이야기'를 들으며 남몰래 눈물도 많이 훔쳤더랬다.

나와 비슷한 시기에 활동을 했고, 또 비슷비슷한 인생의 굴곡을 경험해온 동료들의 이야기에, 나는 마음속 공감 버튼을 연타하지 않을 수 없었다.

상문고등학교 스쿨 밴드 '세이렌틀'의 리드 보컬을 하던 시절에 데뷔 제의를 받았다.

생면부지의 멤버들과 일주일간의 연습 기간을 거친 후 한 달 만에 앨범 녹음을 끝냈고, 또 그로부터 한 달 후에 바로 데뷔했다. 몸도, 마음도 준비가 안 된 상태에서 시작한 가수 생활이 결코 순탄할 리가 없었다.

쉴 틈 없이 이어지는 스케줄에 몸이 많이 상했고, 연예계라는 살벌하고 험난한 정글 속에서 마음의 상처도 많이 받았다.

1집 활동이 끝난 후 소속사 사정으로 그룹이 해체되었을 때에도 나는 아무런 아쉬움이 없었다.

단 2개월 반 만에 고등학생 신분으로선 꿈도 꿀 수 없을 정도의 돈을 거머쥐었다는 사실에 한껏 고무된 상태였던 나는 세상 무서울 게 없는 열아홉이었다. 세상 모든 것이 내 콧등 아래로 보였다.

여섯 살 연상의 작사가 천미나와의 막장 스캔들만 아니었어도, 나는 싱어송라이터로서 홀로서기에 성공했을지도 모른다. 그 일이 결국 솔로 활동을 앞두고 있던 내 발목을 잡고 말았다.

나는 준비하던 걸 모두 접고 군대를 갔고, 오래지 않아 대중의 기억 속에서 잊혀졌다.

"오오오오오~ 그대의 이유였던 내 모든 것도 그냥 그렇게~ 애애애~."

녹음실 유리창 너머에서 고군분투 하고 있는 저 녀석은 강주리라는 열아홉 살 여자애다. 데뷔 3년 차 걸 그룹 '핑크 클라우드'에 새로 합류한 멤버.

핑크 클라우드는 원래 4인조였다. 가창력과 랩, 그리고 댄스는 막강하지만, 미모가 약간 달린다는 내부 평가 후에 긴급 투입된 멤버가 바로 강주리다.

미모 담당 멤버인 만큼 예쁘긴 정말 예쁘다. 꿀이 흐를 것 같은 새하얀 도자기 피부와 선명한 대조를 이루는 짙은 눈썹. 수줍은 듯 앙증맞게 볼록 솟은 이마로부터 단아한 콧날이 정교하게 돋을새김 되어 있고, 선이 고운 무쌍 눈꺼풀 아래에선 유난히 새까만 눈동자가 생기 있게 빛나고 있다. 그 어디에서도 미운 구석을 찾아볼 수 없는, 그야말로 신의 축복과도 같은 미모이다.

그런데 신은 그녀에게 완벽한 가창력까지 주진 않으셨다. 음색과 리듬감은 나쁘지 않지만, 고음이 문제다. 잔뜩 힘이 들어간 고음역에선 마치 금속을 금속으로 긁는 것 같은 소리가 듣는 이의 고막까지 긁어댄다.

"주리야, 연습곡을 바꾸자. 〈그중에 그대를 만나〉는 여자 보컬의 끝장곡 중 하나야. 이 곡은 어느 정도의 경지에 올라야 제대로 소화해낼 수 있는 곡이야."

"전 이 노래를 꼭 멋지게 불러보고 싶어요. 이 곡을 성공적으로 소화해내면 다른 곡들도 다 잘 부를 수 있을 것 같단 말이에요."

"너의 고집과 열정 하나는 인정해주마. 하지만 욕심만으로 안 되는 것도 있어. 주리 넌 중저음이 매력 있어. 네 장점을 살릴 수 있는 선곡으로 다시 시작해보자."

"싫어요, 전 이 노래를 꼭 정복하고 말 거에요."

"그럼, 목과 어깨에 힘을 빼야 해. 고음으로 치달을수록 힘을 빼야 소리가 열리는 거야. 벌스까지는 괜찮게 잘 가다가 싸비에서 몸에 긴장이 빡 들어가니까 소리가 나오는 길이 좁아지고 마는 거지. 소리가 나갈 수 있는 길을 열어줘. 자, 이렇게. 오오오오오~ 그대의 이유였던~ 내 모든 것도 그냥 그렇게~ 애애애~"

"어머, 선생님. 지금 원키로 하신 거죠? 어쩜, 저는 여자인데도 내기 힘든 고음을, 남자인 선생님이 여자 키 그대로 올리시다니. 너무 부러워요."

그래, 내가 고음은 좀 내지. 〈노을이 지는 그 자리〉가 아직도 노래방에서 불리는 이유도 바로 그 고음 때문이다. 진성으로 3옥타브 솔까지 올라가는 곡이니 〈She's gone〉과 동급인 셈이다. 발표 당시부터 노래 좀 한다는 사람들의 도전곡이 된 동시에, 노래방에서 함부로 불러선 안 되는 금지곡이기도 했다.

"나는 주리 네가 부럽다. 너는 기를 쓰고 고음 지르지 않아도 가수 할 수 있어. 너는 얼굴만큼 예쁜 목소리를 가졌기 때문에 지르지 않고 말하듯이 노래하면 사람들에게 충분히 어필할 수 있단 말이야. 갖지 못한 것에 대한 욕심은 버리고, 가진 것에 자부심을 가져. 그리고 네가 지닌 장점을 극대화하려고 노력해봐."

"그래도 전 선생님처럼 멋진 고음을 갖고 싶어요. 고음 부분은 죄다 언니들에게 넘긴 채, 쉬운 파트만 부르며 금붕어처럼 입만 뻥긋거리고 있는 건 정말 싫단 말이에요."

"나는 네가 가진 젊음과 아름다움을 다시 갖고 싶구나. 만약 그렇게 할 수 있다면, 나는 내 자신을 더 사랑할 거야."

나도 모르게 그런 말을 내뱉고 나선, 나는 몹시 부끄러워졌다. 나보다 스물네 살이나 어린 핏덩이 여자애에게, 깊숙이 숨겨놓았던 내 진심을 꺼내 보이고 만 것이다.

"오늘은 이쯤 하자."

나는 서둘러 수업을 끝내려고 했다.

"선생님, 오늘 밤에 부분월식 있는 것 아세요? 새벽 2시에서 4시 사이에 볼 수 있대요."

"그때까지 안 자고 볼 작정이냐? 목 상하고 피부 상하니까 일찍 자야 해."

"치, 재미만 없는 줄 알았더니 낭만도 없으시네."

"시끄럽고, 시간 날 때마다 복식 호흡 연습하는 것 잊지 마!"

연습생 아이들을 가르치다 보면 험난한 경쟁 속에서 살아남기 위해 버둥거리는 모습들이 애처로우면서도, 날 것 그대로의 열정과 싱그러운 젊음이 부러울 때가 많았다. 내게도 그런 시절이 있긴 있었는데 말이다.

'젊음의 열정과 아름다움을 다시 가질 수 있다면….'

이런저런 생각들이 잠을 밀어내버린 그날 밤, 나는 한참을 뒤척이다 간신히 잠들었다.

1. 마흔셋 열아홉

◆◆

2017년 8월 8일 AM 06:35.

눈이 떠졌는데, 이상하게 몸이 가볍다. 여느 아침 같았으면 매트리스에 눌은밥처럼 들러붙은 내 몸을 일으키기조차 힘겨워했을 텐데, 오늘은 마치 스프링이 튀어 오르듯 가뿐하게 일어났다.

그런데 뭔가 이상하다. 밑이 허전하다. 아침이면 늘 나보다 먼저 발딱 일어나 있던 그 녀석의 존재감이 느껴지지 않는다. 나는 순간 흠칫하며 내 다리 사이를 손으로 더듬어 본다.

'밋밋하잖아!'

있어야 할 것이 없다. 이게 어찌 된 일이지? 나는 화들짝 놀라며 아래를 본다.

그런데 그때 내 시야를 가로막는 것이 있다. 내 양쪽 가슴팍에 불룩 솟은 두 개의 봉우리. 나의 두 손은 거의 반사적으로 두 봉우리를 움켜잡는다.

'꿈이라면 너무 생생하잖아!'

나도 모르게 후끈 달아올랐다가는 그만 비명을 지르고 마는 나.

"아아악!"

그런데 이 목소리는 또 뭐지? 날카롭고 앙칼진 소리. 마치 변성기 이전으로 돌아간 듯한.

나는 무의식적으로 내 목젖에 손을 대 본다. 없다. 응당 솟아있어야 할 목젖이 만져지지 않는다.

'헉. 내게 무슨 일이 일어난 거야?'

그때 전화벨이 울린다. 소리가 나는 쪽으로 돌아보니 침대 머리맡 협탁 위의 로즈골드 아이폰7이 보인다. 나는 그 전화기를 들어 발신자를 확인한다.

'유노 쌤'

발신자명을 확인한 나는 그만 기가 탁 막히고 만다. 유노 쌤은 큐피드 연습생들이 나를 부를 때 쓰는 호칭이기 때문이다. 이 정체불명의 전화기 주인이 내 전화번호를 유노 쌤이라는 이름으로 저장해놓은 모양이다. 그러니까 지금 수신된 전화는 바로 내 전화기에서 발신된 것이란 얘기다.

"여보세요?"

그 네 음절이 내 성대를 통과하는 순간, 나는 심장이 멎는 줄 알았다. 내 목에서 높고 맑은 여자 목소리가 튀어나왔기 때문이다. 그런데 전화기 너머로 들려온 음성은 더 큰 충격으로 다가왔다.

"여보세요?"

그것은 내 목소리가 틀림없었다. 낯선 전화기를 통해 들려온 익숙한 그 목소리를 들은 나는 상상치도 못한 충격에 얼어붙고 말았다.

전화기 너머의 상대도 마찬가지인 듯했다. 숨소리조차 들리지 않는 정적이 한동안 이어진다. 그러다 두 사람에게서 거의 동시에 튀어나온 말이 그 정적의 한복판에서 충돌한다.

"유노 쌤?"

"주리?"

누가 누구를 부르는 건지, 어떤 말이 어떤 사람의 입에서 나온 것인지 헷갈리는 상황.

그 기막힌 혼란을 뚫고 다급한 주리, 아니 내 목소리가 들려온다.

"근데 아래가 막 아파요. 뭔가가 팽팽하게 부풀어 있어요."

"일단 화장실로 가. 소변을 보고 나면 좀 수그러들 거야."

"화장실이 어디인데요? 이 방 안에는 없는 것 같은데."

"방문을 열고 나가면 정면에 있어."

"문 열고 나갔다가 누구랑 마주치기라도 하면 어떡해요?"

"어차피 집엔 아무도 없어."

문 여는 소리.

“문 열고 나왔어요. 정말 아무도 없는 것 맞죠?”

“그래, 적어도 어제저녁엔 나 혼자 들어갔어. 찾아올 만한 사람도 없고.”

“근데 이 상태로 소변을 어떻게 봐요? 앉으니까 얘가 위로 솟아있는데요?”

“서서 쏴야지.”

“소변을 서서 보라고요?”

좌변기 위에 앉아 있다가 일어나는 소리.

“일어서도 각이 안 나와요. 위로 다 튈 것 같은데?”

“각도를 조절해서 조준을 잘해야지. 몸을 좀 낮춰야 돼. 허리를 숙이고 엉덩이를 뒤로 빼 봐.”

“그렇게 했는데도 잘 못하겠어요. 오줌이 안 나올 것 같아요.”

“변기에 대고 못 싸겠으면 샤워 부스로 들어가서 물 틀어놓고 싸.”

“일단, 전화 끊을게요. 이거 처리하고 나서 다시 전화할게요. 꼭 전화 받으셔야 해요.”

통화가 끊어졌을 때 나는 방문 옆에 세워진 전신 거울 앞에 서 있는 상태였다.

거울 속에 비친 나, 아니 주리의 모습은 혼이 빠질 만큼 아름다웠다. 나는 마치 물에 비친 자신의 모습에 반해버린 나르시스처럼, 거울에 비친 그 매혹적인 형상에서 한동안 눈을 뗄 수 없었다.

신이 정성스럽게 빚은 듯 유려한 곡선을 이루고 있는 새하얀 몸뚱이에는 자체 발광 기능이 있는 걸까? 볕이 잘 안 드는 방임에도 불구하고, 우윳빛 살결에는 선연한 광채가 흐르고 있다.

피기 직전의 꽃봉오리 같은 수줍은 설렘을 간직한 고결한 몸을 거울을 통해 바라보고 있는 것만으로도, 나는 꼭 죄를 짓는 기분이 들었다. 전화벨이 다시 울린다.

“여보세요? 잘 처리했어?”

“근데 왜 그렇게 숨을 헐떡거리세요?”

그러게, 내 숨소리가 왜 이렇게 거칠어진 거지?

"지금 이 상황이… 너무 당, 당황스러워 그런 거지."

나는 꼭 빨간 책을 몰래 훔쳐보다 들킨 사춘기 사내아이처럼 말을 더듬는다.

"근데 나, 아니 유노 쌤은 왜 이렇게 헐벗고 있는 거예요?"

"난 원래 잘 때 아무것도 안 입어. 그러는 넌?"

"어제는 같은 방 쓰는 유미 언니가 외박 나간 날이라 편하게 잤던 거예요. 방 안이 좀 덥기도 했고요."

"같은 방 쓰는? 유미랑 네가 같은 방을 쓴다는 거야?"

"네, 전 신참 막내라 리더인 유미 언니랑 같은 방을 쓰는 거예요."

그러고 보니 이 방 안에는 침대가 두 개다. 내가 누워있던 침대 왼쪽 편에 협탁이 놓여있고, 그 옆에 침대 하나가 더 있었다. 그 침대의 주인이 바로 유미인 듯했다.

"유미 언니 올 시간이 거의 다 됐을 거예요. 방에서 욕실로 통하는 파우더룸에 옷장이 있어요. 문짝이 총 네 개인데, 왼쪽 두 개가 유미 언니 것이고 오른쪽 두 개가 제가 쓰는 거예요. 두 개 중에 오른쪽 문을 열면 원피스가 몇 개 걸려 있을 테니 그중에 아무거나 꺼내서 얼른 입어요."

바로 그때 방문이 벌컥 열렸다. 유미였다. 팬티만 입은 채 거울 앞에 서서 통화 중인 나를 본 유미의 얼굴은 이내 장난기 가득한 웃음으로 채워진다.

"아이고, 우리 막내. 요 복숭아 같은 속살 좀 봐!"

유미가 귀여워 어쩔 줄 모르겠다는 표정으로 나를 덥석 안았을 때, 나는 숨이 막힐 것만 같았다.

한참 격한 포옹을 한 후에야, 그녀는 나를 놓아준다. 막내를 사랑스럽게 바라보는 맏언니 유미의 표정이 내 눈에는 더없이 사랑스러워 보인다.

천유미, 24세. 핑크 클라우드의 맏언니이자 리더.

타 기획사에서의 3년과 큐피드로 들어온 후 2년을 합해 총 5년의 연습생 생활을 거쳐 21세에 데뷔를 했으니 걸그룹 멤버치곤 데뷔가 늦은 편이었다.

큐피드 연습생들 중에서 내가 가장 총애해 마지않았던 인물이다. 본인은 큐피드 최장수 연습생 출신이면서도, 연습생 생활도 거치지 않은 낙하산 멤버인 주리를 향한 시기와 멸시를 쉴드 쳐주는 의리녀이다.

유미의 얼굴에 가까이 다가갔을 때 얼핏 알코올 냄새가 느껴졌다.

“술 마셨어… 요? 언… 니?”

“냄새, 나? 너무 잠이 안 와서 위스키 몇 잔 마신 건데.”

“욕조에 물 받아 줄까요? 더운물에 몸을 좀 담그고 나면 한결 나을 거예요.”

“근데, 주리 넌 왜 나한테 갑자기 말을 높이고 그래?”

아차, 주리는 유미에게 존댓말을 쓰지 않았었나 보다. 실수를 깨달은 나는 잠시 움찔했다.

“그리고 우리 방 욕실에는 욕조가 없잖아. 바깥 욕실은 주간 욕조 목욕 금지이고.”

그래도 설마, 이 정도의 실수로 유미에게 내 정체가 탄로 나진 않았겠지?

“나 지금 곧장 미용실로 가야 해. 오전 10시부터 개인별 리허설 시작이라, 그 전까지 KBC에 가있어야 해.”

아, 그게 바로 오늘이구나! 유미는 다음 달 핑크 클라우드의 컴백을 앞두고 《불변의 명곡》에 솔로로 출연할 예정이다. 내가 직접 유미의 보컬을 지도하진 않았지만, 내부 모니터링에 참여한 바 있다.

유미는 비슷한 또래의 여성 아이돌 보컬들 중에는 단연 돋보이는 실력을 가졌다.

그런데 작년에 출연했던 《가면가왕》 1라운드에서 한 소절의 가사를 통째로 놓치는 실수를 경험한 후에 생긴 무대 울렁증이 문제다.

비록 1라운드 탈락 무대에서는 꽤 좋은 반응을 얻긴 했지만, 큰 실수를 범한 《가면가왕》은 그녀에게 씻을 수 없는 트라우마를 남기고 말았다.

“너무 긴장되어서 술까지 마신 거구나? 그래서 잠은 좀 잔 거야?”

“잠 좀 잘 자라고 대표님이 호텔까지 잡아주셨는데, 별 소용이 없었어.

오죽했으면 미니바에 있는 위스키까지 마셔볼 생각을 했을까? 두 시간도 채 못 잤어."

"분명히 잘할 거니까, 걱정 마."

그것은 주리의 목소리로 전한 말이었지만, 내 진심이 담긴 말이기도 했다. 정말 유미가 잘해냈으면 좋겠다.

2017년 8월 8일 AM 09:56.

방문에 '보컬 트레이너 장윤호'라는 팻말이 붙어 있는 큐피드 지하 연습실. 특별한 사정이 있는 날을 제외하고는 거의 매일 출근했던 내 연습실 안에 들어오니, 그래도 내 마음이 조금 안정되는 것 같다.

그런데 잠시 후에 방문을 열고 나타난 나, 아니 주리의 모습을 본 나는 다시 경악하고 만다.

"야, 너 옷이 그게 뭐야?"

주리는 2000년대 중반에 유행했던 클리비지 룩 검정 셔츠에 디젤 아이스블루 로 라이즈드 부츠컷 청바지를 입고 있었다. 장롱 구석에 처박힌 지 10년도 더 된 아이템들이었다.

"그러는 유노 쌤은요? 그건 겨울에 입는 원피스란 말이에요."

주리의 옷장에 걸린 원피스들 중 그나마 가장 옷 같은 옷을 골라 입은 건데, 그게 겨울옷이라니.

"어쩐지 좀 덥긴 하더라."

"BB도 안 바르신 거죠?"

"안 발라도 예쁘기만 한데, 그딴 걸 왜 바르냐?"

"드라이도 제대로 안 해서 머리카락이 다 엉켜 있잖아요."

주리는 내가 들고 온 가방을 뒤적뒤적하더니 머리빗과 머리끈을 꺼내서는, 머리를 뒤로 넘겨 빗은 후 한 가닥으로 묶어주었다.

"아침에 일어나기 진짜 힘들었어요. 저는 처음에 가위 눌린 줄 알았다니까요? 꿈이라면 빨리 깨고 싶은데, 아무리 몸부림을 쳐봐도 안 깨지는 거예요. 무거운 몸은 내 맘대로 잘 안 움직여지고, 조금만 움직여도 힘들고… 지하철역까지 걷는데 다리는 천근만근. 숨은 헉헉, 땀은 줄줄."

"내가 괜히 미안해지네."

"그런데 어쩌다 우리에게 이런 일이 생긴 걸까요? 영영 이대로 살아야 한다면 전 어떡해요?"

급기야 주리는 울음을 터뜨린다. 내가 울 때 표정이 저토록 흉하게 일그러지는지, 나는 미처 몰랐다.

"어쩌면, 어제 레슨 때 네가 얘기했던 부분월식과 관련이 있지 않을까? 예로부터 동서양을 막론하고 월식과 일식은 불길한 것으로 여겼어. 음양의 조화가 흐트러지는 이상 현상으로 생각해왔지."

"정말 그런 걸까요? 그럼 만약 월식이 다시 일어나면 되돌아갈 수도 있을까요?"

"그야 모르지. 나도 처음 겪는 일이잖아!"

울먹이던 주리는 갑자기 뭔가 생각났다는 듯, 손가락이 안 보일 정도의 빠른 속도로 아이폰 액정을 눌러댄다.

"다음 월식은 개기월식인데, 내년 1월 31일 예정되어 있대요."

"내년 1월 31일이면, 아직 6개월이나 남았는데?"

"난 몰라. 이 몸으로 최소 6개월을 어떻게 살란 말이야?"

2. 지켜야 할 것들

◆◆

"언제 다시 서로의 몸으로 돌아가게 될지는, 너도 나도 몰라. 단지 지금 우리가 고민해야 하는 것은 바로 이거야. 내가 너로, 네가 나로 사는 동안에 서로의 삶을 잘 지켜주는 일이야. 다시 원래의 몸으로 돌아갔을 때의 피해와 혼란을 줄여야 하니까."

눈물로 뒤범벅되어있던 흉측한 내 얼굴이 차츰 안정을 찾아간다.

"그럼, 이제 어떻게 해야 하죠?"

"일단 서로에게 필요한 정보들을 다 제공해야 해. 스케줄과 생활반경, 그리고 가족과 주변 인물들에 관한 정보들을 빠짐없이. 그나마 다행인 것은 주변 인물들이 거의 소속사 식구들이라 서로 공유하는 부분이 크다는 점이야."

"가족? 그래 가족. 이제 이 모습으로는 엄마, 아빠도 못 만나는 거잖아. 벌써 보고 싶은데 어떡해? 엄마!"

간신히 평온해졌던 내 얼굴이 다시 일그러지면서 두 눈에 굵은 눈물방울이 고였다 떨어진다. 내가 질질 짜는 모습을 바로 앞에서 마주하고 있는 것이 이토록 겸연쩍고 괴로운 일이라니.

"주리야, 제발 부탁인데, 네가 나로 있는 동안만큼은 어디 가서 절대 울지 마! 내 모습을 내가 봐도 너무 흉해서 못 봐주겠다. 우는 것도 예쁜 원래 네 모습과는 전혀 다르다는 것 잊지 말라고."

"유노 쌤, 저도 부탁할 게 많아요."

"규칙을 정하고 매뉴얼을 만들어야 해. 아주 세세한 부분까지. 그리고 그날 있었던 일을 하나하나 꼼꼼히 기록해서 서로에게 보여주는 것도 잊지 말아야 하고."

"그런데, 유노 쌤. 제가 연습생들을 어떻게 가르쳐요?"

"바로 그게 난관이긴 하다. 근데 일부 몇 명을 제외하곤 모두 기본기가 탄탄해서 가르칠 것이 별로 없는 실력자들이야. 음정, 박자에 대해선 해줄 말이 별로 없을 테니, 호흡과 감정 위주로만 봐줘. 일단은 마음을 열고 잘 들어주는 것부터 시작해야 해. 주리 너의 솔직한 감상 그대로, 덜어내야 할 부분과 더해야 할 부분을 얘기해주면 될 거야. 너보단 내가 더 문제다. 노래야 그렇다 쳐도 안무는 어떡하니?"

"백일이 넘도록 밤낮없이 연습해 온 거잖아요. 영혼은 바뀌었지만 내 몸은 그걸 기억하고 있을 거예요. 연습은 배신하지 않는다. 그건 유노 쌤이 늘 제게 해주셨던 말이잖아요."

"어쭈구리, 제법인데?"

질질 짤 때는 도저히 못 봐줄 정도였던 내 얼굴도 멋있는 말을 할 땐 꽤 멋져 보이는 것 같다.

레슨 시간으로 주어진 한 시간 동안, 둘이서 머리를 맞대고 정한 규칙은 다음과 같다.

그리고 앞으로도 더 생각나는 것이 있으면, 서로 합의하에 조항을 추가할 수 있도록 했다.

[공통 규칙]

1. 불필요한 말은 삼간다.
2. 정해진 생활반경을 벗어나지 않는다.
3. 주변 인물들과 다투지 않는다.
4. 주변인들의 문제에 필요 이상의 개입을 하지 않는다.
5. 연애 금지.
6. SNS 금지.
7. 지출은 일일이 보고할 것.
8. 아주 특별한 경우를 제외하고는 전화 또는 카톡에 즉시 응답하기.
9. 당분간 타인의 전화나 메시지를 받으면 응답하기 전에 반드시 보고할 것.

[강주리로 사는 장윤호가 지켜야 할 사항]

1. 금주, 금연.
2. 큐피드 구내식당 다이어트식 이외의 음식 섭취 시 반드시 보고 후 허락받은 음식만 먹기.
3. 저녁 8시 이후 음식 섭취 금지.
4. 불필요하게 신체를 거울로 보거나 손으로 만지는 행위 금지.
5. 아침에는 폼 클렌징 후 토너, 에센스, 모이스춰라이저, 아이크림, BB크림, 선크림/저녁에는 오일 클렌징과 폼 클렌징으로 2중 세안 후 토너, 에센스, 모이스춰라이저, 아이크림, 영양크림/3일에 한 번 마스크팩.
6. 머리 감은 후 드라이 5분 이상/빗질.
7. 옷과 신발 선택 전에 꼭 물어보기.
8. 치마 입었을 때 다리 벌리고 앉지 않기/계단 오르내릴 때 주의.

[장윤호로 사는 강주리가 지켜야 할 사항]

1. 남이 보는 앞에서 울지 않기.
2. 누구에게든 애교 또는 끼 부리기 금지.
3. 아무 데서나 셀카 금지.
4. 3주에 한 번 이발 - 신세계 강남점 마제스티 제이슨.
5. 옷과 신발 선택 전에 꼭 물어보기.

2017년 8월 8일 AM 11:55.

오늘 저녁 녹화에 앞서 불변의 명곡 개별 리허설이 진행되고 있을 KBC로 향하는 길.

나는 9인승 카니발 하이리무진의 맨 뒷자리에 혼자 앉아있다. 나머지 세 멤버는 함께하지 않았다. 로드 매니저 준식이 운전하고 있고, 조수석에는 부담스런 클리비지 룩을 한 주리가 앉아있다.

깊이 파인 브이넥에 가슴팍이 훤히 드러나는 저 티셔츠는 내가 줄리아나 서울 죽돌이였던 시절에 자주 입었던 옷이다. 도쿄 롯본기의 벨파레에 원정 갔을 때에도 저 옷을 입었더랬지.

그 시절엔 제법 볼륨감 있는 갑바와 깊은 가슴골을 자랑하고 다녔는데, 지금은 영 볼품없다.

나는 주리의 아이폰에 저장된 신곡 〈핑키 윙키〉를 들어 보았다. 아직은 가이드 보컬이 노래한 데모 버전 상태다.

'한때 너의 미소는 내 가슴을 떨리게 했지.

하나 이젠 너의 키스도 내 심장까지 닿지 않아.

항상 기다림에 지쳐있던 나를 다시 웃게 만들던 너의 미소가

나만을 위한 것이 아니란 걸 알았을 때 난 깨달았지.

너는 기다릴 가치가 없는 사람이란 걸.

너는 내 사랑을 받을 자격이 없는 그냥 나쁜 남자.'

경쾌한 하우스 리듬과 애잔한 스트링 선율이 대조와 조화의 아슬아슬한 경계를 따라 흐르는 가운데 절제된 멜로디 라인이 돋보이는 곡이다.

'너는 사랑받을 자격을 잃었어.

네게로 간 내 사랑을 다 거둬들일 거야.

나는 이제 너보다 나를 더 사랑할래.

이제 나는 나 자신을 사랑하는 행복한 여자.

나는 소중하니까 나는 사랑받을 자격이 있으니까.'

이 곡의 제목 '핑키 윙키'는 유럽수국을 가리키는 말이다. 땅의 산성도에 따라 다른 색깔의 꽃을 피우는 수국에는 주로 변심, 냉정, 거만, 바람둥이 등의 부정적인 꽃말이 따라붙는다. 이 곡에서는 변해버린 사랑을 상징하는 핑키 윙키를 통해, 나쁜 남자에게 마음을 빼앗긴 소녀들에게 자기 자신을 더 사랑하라는 메시지를 전하고 있다.

사실 처음 듣는 곡은 아니다. 큐피드 내부에서도 미발표곡들은 기밀에

부쳐지지만, 이 곡의 작곡가 겸 프로듀서인 핑크 레인이 나와 막역한 사이라 데모 버전부터 이미 들어본 바 있다.

핑크 클라우드가 이 곡의 안무를 연습하는 장면을 한 번도 본 적이 없는데, 노래를 듣는 동안 내 머릿속에 춤 동작들이 그려지면서 나도 모르게 내 몸이 움찔움찔 따라 움직여진다. 왠지 내가 이 춤을 출 수도 있을 것 같은 기분이 든다.

2017년 8월 8일 PM 12:12.

KBC에 도착했지만 리허설이 열리는 공개홀 내부에는 들어갈 수 없었다. 다른 팀의 리허설 중에는 입장이 허락되지 않았기 때문이다.

유미에게 리허설 순서가 돌아오는 오후 2시에나 관계자의 입장이 가능하다고 했다.

주리와 나, 둘 다 아침부터 아무것도 먹지 못한 상태였기 때문에 일단 배를 채우기 위해 방송국 근처 분식집으로 향했다.

“갈비만두 하나, 돈가스김밥 하나, 냄비라면 하나 주세요. 주리 너, 아니 유노 쌤은 뭐 드실래요?”

“세 개나 시켰는데, 또?”

“배고프단 말이야… 요.”

“그럼, 쌀 떡볶이 하나 추가요.”

냉장고에서 막 꺼내온 생수병과 스테인리스 컵 두 개를 터프하게 던지듯이 내려놓은 아줌마가 물러가자, 미간을 잔뜩 찌푸린 내 얼굴이 가까이 다가온다.

찡그린 내 얼굴도 우는 모습만큼이나 꼴사납다. 자꾸 이러다 나는 자기혐오에 빠져 버리고 말 것 같다.

“내 몸으로 있는 동안 마구 먹어대는 건 곤란해요. 나는 살이 잘 찌는 체질이란 말이에요. 특히 볼살부터 찐단 말예요."

"위 용적이 다를 텐데, 내가 많이 먹으려 한다고 그렇게 많이 먹히겠어?"

"나도 한번 먹기 시작하면 제어가 잘 안 된단 말이에요. 중학교 땐 60kg까지 나간 적도 있어요. 그나마 빡세게 다이어트해서 그 정도를 유지하고 있는 거라고요."

"알았어, 최대한 절제해보도록 할게."

내가 갈비만두 하나를 입에 집어넣고 우걱우걱 씹는 동안, 시뻘건 떡볶이를 연거푸 입에다 처넣고 있는 주리를 보고는 잠자코 있을 수 없었다.

"너 그렇게 매운 거 마구 쑤셔 넣다가는, 이따 속 쓰려서 못 견딜 거야."

아니나 다를까, 주리는 이마와 구레나룻을 타고 줄줄 흘러내리는 땀을 닦느라 여념이 없다.

"지금 이 몸으로는 매운 거 하나 마음껏 못 먹는다니, 너무 슬퍼요."

"그런데 여자들은 왜 그렇게 매운 걸 좋아하는 거냐?"

"속이 뻥 뚫리는 느낌이거든요."

"나도 네 나이 때에는 매운 거 잘 먹었어. 그런데 고추보다 매운 인생의 맛을 실제로 경험하고 나니, 왠지 매운 건 먹기 싫어지더라. 뭔가를 먹을 때만큼은 푸근하게 힐링 받고 싶어."

"매운 음식에도 힐링 효과가 있다고요!"

어떤 것이 누구의 입으로 들어가는 건지 헷갈리는 상황 속에서도, 우리 앞에 놓인 접시들은 약 17분 만에 모두 바닥을 보였다.

"얼마 먹지도 않은 것 같은데, 왜 이렇게 배가 부르냐?"

"엄청 드셨거든요? 매운 건 잘 안 드신다는 유노 쌤이 떡볶이도 반 이상 헤치우셨어요."

"그러게. 나 원래 매운 건 잘 못 먹는데, 이상하게 떡볶이가 잘 먹히네?"

"제가 원래 떡볶이 킬러거든요."

"그러니까 내가 떡볶이를 원하지 않아도 네 몸이 원한다는 거지? 그러니까 네가 그렇게 많이 먹은 것도, 네가 아닌 내 탓이란 말이잖아."

"유노 쌤 몸으로 있으니 그나마 좋은 점은 다이어트 걱정을 안 해도 된다는 점이에요."

"왜 이래? 그래도 나도 나름 관리하는 남자였다고."

"그런데 배가 부르니 가슴 언저리가 콱 막힌 듯이 뭔가 답답하면서도 약간은 허전한 느낌이 드는데, 왜 그럴까요?"

"담배 말려서 그런 거야. 7년 전부터 끊으려고 했었는데, 실패를 반복하며 결국 못 끊었지. 나는 지금 머리로 담배 생각이 간절한데, 너는 몸이 원하는 모양이구나. 나도 참을 테니, 너도 그냥 넘겨봐. 이 기회에 금연 성공 시켜보자."

나는 머리로, 주리는 몸으로 느낀 흡연 욕구를 나는 아이스 아메리카노로, 주리는 밀크 아이스크림으로 달랜다. 그런데 이상하게도 커피 맛이 쓰다. 아마도 주리의 혀가 그렇게 느끼는 모양이다.

"전 아직 커피를 왜 마시는지 모르겠어요."

"그래, 나도 서른여덟이 넘어서야 아메리카노를 마시기 시작했어. 그 전에는 모카나 프라페를 마셨지. 커피를 설탕 맛이 아닌 커피 맛으로 마시기 시작한 건 얼마 되지 않았단 뜻이야."

아이스크림 한 컵을 5분도 안 걸려 싹싹 다 퍼먹은 후, 컵을 기울여 녹은 국물까지 입안에 쏟아 넣던 주리가 갑자기 생각난 듯 묻는다.

"아침에 유미 언니 만나셨어요?"

"그래, 어젯밤에 잠이 안 와서 위스키까지 마셨는데 두 시간도 못 잤다더구나."

"연습 때만큼만 잘했으면 좋겠어요. 유미 언니는 항상 열심히 했지만, 이번에 특히 더 열심히 준비했거든요."

2017년 8월 8일 PM 02:07.

주리 담당 작가분이 건네준 관계자 명찰을 걸고 KBC홀로 들어서니 마이크 앞에 서서 감정을 잡고 있는 유미의 모습이 보였다.

이미 무대와 악기 세팅을 끝낸 상태에서 리허설을 시작하기 직전인 듯했다.

주리와 나는 얼른 맨 뒷자리에 자리를 잡고 앉았다.

3. 잘 했으면 좋겠어

◆◆

무대는 결혼 피로연 콘셉트로 꾸며져 있다.

웨딩드레스를 입은 유미 옆에 신랑 역할의 남자 무용수가 턱시도를 입고 서있고, 무대 곳곳에 샴페인 잔을 든 남녀 무용수들이 흩어져 서있다. 두 개의 스포트라이트가 유미와 하객 중의 한 남자를 비추고 있다.

몽환적인 전자음이 깔리며 읊조리듯 인트로를 시작하는 유미.

노래가 진행되면서 현악기 소리가 서서히 하나씩 추가된다.

도입부가 끝났을 무렵에는 크고 풍부해진 스트링 사운드가 KBC홀을 가득 채우고 있었다.

바로 그때 강렬하면서도 절도 있는 드럼 비트가 출격한다. 그리고 유미와 13명의 무용수들이 절제된 동작의 군무를 춘다. 군무를 추는 동안에도 스포트라이트는 여전히 유미와 한 남자만을 따라다니며 비추고 있다.

싸비 부분에 앞서 유미는 춤동작을 멈추고 군무의 대열에서 빠져나온다.

스트링과 드럼 사운드가 극강의 절정을 이루면서 유미의 보컬도 격정으로 치달았다. 엇갈린 사랑의 감정에 깊이 몰입한 유미에게서 긴장과 불안의 기색은 찾아볼 수 없었다.

'실전에서도 이 리허설 무대만큼만 해주기를.'

유미가 선곡한 노래는 1984년에 발표된 조형필 6집에 수록된 〈눈물의 파티〉다. 1980년에 발표된 〈단발머리〉에서도 느낄 수 있었던 비지스의 영향력이 이 곡에서도 여실히 느껴진다.

이번 무대의 편곡자 핑크 레인은 이 곡에 디스코 대신 트랜스 장르를 입히면서 좀 더 모던한 분위기를 연출했다. 그리고 현악기의 사용으로 슬픔의 감정을 살렸다. 어찌 보면 핑크 클라우드의 신곡 〈핑키 윙키〉의 편곡과도 일맥상통하는 부분이 있다.

모르긴 해도, 핑크 레인이 구현해내는 유니크한 한국적 EDM 사운드는 암스테르담이나 이비자의 가장 핫한 클럽에서도 잘 먹힐 수 있는 경쟁력을 갖고 있다고 생각한다.

'슈퍼스타 조형필'

그렇다. 유미가 출연하는 이번 불변의 명곡의 전설은 바로 조형필이다. 조형필이 직접 경연 녹화에 참여하는 것은 음악 예능 사상 최초다.

최근 들어 대중의 관심으로부터 약간 빗겨나 있었던 불변의 명곡은 조형필이라는 울트라 슈퍼스타 섭외에 성공함으로써 다시 화제의 중심에 우뚝 서게 된다.

그야말로 레전드 오브 레전드인 조형필이 전설로 출연하는 만큼, 라인업에 포함된 가수들의 면면도 화려하다.

김권모, 박정연, 윤도훈, 스파이더 등의 전설급 가수들을 비롯하여 불변의 터줏대감들인 홍정민, 할리, 황지열, 임대경, 손승현, 루이킴 그리고 비교적 신예급에 속하는 마마모, 천담비.

무려 김권모 같은 가수가 전설이 아닌 출연자로 이름을 올린 그 어마어마한 라인업에 포함되었다는 것만으로도 유미에겐 더할 나위 없이 큰 영광이었다. 그런 만큼 유미의 부담도 더 클 수밖에 없다.

"상문고 밴드 세이렌틀 시절에 저 노래를 락으로 편곡해서 부른 적이 있었어."

나는 옆에 앉은 주리에게 목소리를 낮춰 얘기했다.

"우와, 유노 쌤 고등학교 시절이면 대체 몇 년 전 이야기예요?"

키득거리는 주리에게 눈을 흘기긴 했지만, 따져 보니 정말 옛날은 옛날이다. 1999년생인 주리가 태어나기 훨씬 전이니까.

"사실 난 당시만 해도 조형필 선배님을 그닥 좋아하진 않았어. 선배님이 우리나라 역사상 최고의 대중음악가라는 사실은 인정했지만, 존경과 선호는 엄연한 다른 영역이잖아."

"저희 아빠가 조형필을 좋아하셔서 어린 시절부터 어깨너머로 자주 들었는데, 그분의 음악은 지금 들어도 전혀 촌스럽지가 않아요."

"맞아. 어렸을 때 조형필 선배님 노래를 들었을 땐 왠지 뭔가 낯설고 생경한 느낌이 있었는데, 그 음악들이 바로 시대를 앞서간 사운드였다는 걸 나이를 먹고 나서야 알게 되었지."

조형필 선배님은 장르를 불문하고 대중의 기호를 읽어내는 탁월한 흥행 감각을 가진 최고의 대중 예술가이자, 최고의 연주가들과 함께 하이 퀄리티 사운드를 조율해내는 소리 장인이기도 하다.

그의 보컬이 역사상 최고는 아닐지도 모르겠으나, 한국인들의 마음을 사로잡은 최선의 목소리였음은 분명하다.

리허설을 마친 유미가 무대 뒤로 사라진 지 10여 분이 흘렀을까? 유미 담당 작가가 황급히 우리에게로 달려왔다.

"유미 씨가 무대에서 내려와 대기실로 가던 중에 쓰러졌어요. 앰뷸런스 올 때까지 기다릴 수가 없어서 일단 로드 매니저분이 업고 차로 갔어요."

KBC로 올 때 우리가 타고 왔던 카니발 하이리무진은 유미를 태우고 여의도마리아병원으로 이미 떠난 상태였기 때문에, 우리는 방송국에서 병원까지 걸어서 가야 했다.

"시속 4㎞의 속도로 걸을 때 약 36분 걸리는 것으로 나오네요."

아이폰의 지도 앱으로 소요 시간을 계산해본 주리가 말했다. 걸어가기엔 좀 먼 거리였지만, 아무리 기다려도 택시가 잡히지 않아 어쩔 도리가 없었다.

아닌 게 아니라, 도보로 30분 넘게 걸리는 거리를 푹푹 찌는 삼복더위를 뚫고 걸어가는 일은 여간 고역이 아니었다. 가로수 그늘만 골라 내딛는데도 작열하는 태양의 열기를 피하긴 어려웠다.

"BB도 안 바르고 선크림도 안 발랐는데 이걸로 얼굴이라도 좀 가리고 걸으세요."

주리는 내게 동그란 플라스틱 부채를 내민다. 아까 여의도 공원 앞을 지날 때 밀알복지재단 홍보 부스에서 받은 부채였다.

냉큼 받아들긴 했지만, 손바닥만 한 부채가 드리우는 옅은 그늘로 자외선 차단 효과까지 기대하긴 애초에 글러 보였다.

"이 부채는 너에게 더 필요해 보여."

땀에 절어 헉헉대는 저 몰골은 원주인인 내가 봐도 안쓰럽기 짝이 없다. 그 반면에 내 영혼이 들어가 있는 주리의 몸은 보송보송하고 가뿐하다. 다시 한 번 주리에게 괜히 미안해지는 순간이다.

"그나저나 유미 언니가 괜찮아야 할 텐데 걱정이에요."

"아침에 뭐라도 먹고 나가게 할걸 그랬어."

우리는 뒤바뀐 서로의 몸으로 각자 폭염을 견뎌야 했지만, 유미에 대한 걱정만큼은 한 마음으로 공유하며 한여름 오후의 찜통더위 속을 걷고 또 걸었다.

2017년 8월 8일 PM 03:11.

"천유미 씨는 저혈당으로 실신한 것입니다. 병원 도착 당시에 체크한 혈당이 45mg/dL밖에 되지 않았어요. 정상범위에 한참 못 미친 수치죠."

주리와 나는 지금 유미를 진료한 응급의학과 레지던트로부터 설명을 듣고 있다.

"당뇨 환자가 아닌 정상인의 경우에도 저혈당이 올 수 있나요?"

저혈당이라는 말에 의아해진 내가 그렇게 물었다. 당뇨인 아버지를 둔 내 의료상식으로는 저혈당이 주로 당뇨 환자에게 발생하는 걸로 알고 있었기 때문이다.

"정상인에게서도 극심한 다이어트 또는 음주로 인해서 저혈당 쇼크에 빠지는 경우가 있습니다."

유미의 경우, 어제 저녁부터 거의 아무것도 먹지 않은 상태에서 새벽에 음주까지 한 것이 결정적 원인이었나 보다. 거기다 겨우 두 시간 자고 일어나 아침도 먹지 않은 채 물만 계속 마셔댔으니. 저혈당이 올 만도 했다.

그런 상태로 리허설을 마친 후 일시에 긴장이 확 풀리면서 쓰러지고 만 것이다.

"천유미 씨는 내과로 전과해서 입원 치료를 하게 될 겁니다."

"네? 입원이요?"

레지던트의 입에서 나온 '입원'이라는 말에 주리와 나는 동시에 화들짝 놀라지 않을 수 없었다.

"응급 포도당 용액 투여로 혈당 수치가 회복되긴 했지만, 적정량의 포도당을 지속해서 투여하며 혈당 유지가 잘되는지 관찰하는 시간이 필요합니다. 그리고 저혈당뿐만 아니라 탈수와 전해질 불균형도 함께 와있는 상태였기 때문에, 적어도 하루 이상의 입원 치료가 불가피하죠."

오랜 시간 《불변의 명곡》 무대를 준비해온 유미를 지켜봐온 우리로선 여간 안타까운 상황이 아닐 수 없다.

하지만 당장 무리하게 퇴원을 시킨다고 해도, 그로기 상태에 가까운 유미의 컨디션으로는 장장 6시간이 넘는 《불변의 명곡》 녹화를 감당하기 어려워 보이는 건 사실이었다.

유미에게 닥친 시련은 어렵게 《불변의 명곡》 출연을 성사시킨 큐피드 엔터테인먼트에게도 초비상 사태다. 한준호 대표가 친히 여의도마리아병원 응급실까지 행차하신 것만 봐도 이 사안의 중대성을 알 수 있다.

"1년을 넘게 공들여 얻어낸 출연 기회야. 게다가 조형필 편이라고. 다시는 돌아오지 않을지도 모르는 이 절호의 기회를 이렇게 허무하게 날려버릴 수는 없어. 어떻게든 다른 멤버라도 세워. 대체 다른 애들은 어디로 간 거야?"

내가 대표님이라고 부르는 한준호는 사실 나와 갑장이다. 나와 같은 X세대 아재. 단국대 공예과 94학번인 그는 소위 오렌지족 출신이다.

무역회사 CEO이셨던 아버지가 사준 포르쉐 911 카레라를 몰고 압구정 로데오 일대를 누비며, 시야에 걸려드는 쭉빵녀들을 헌팅하던 진성 야타족. 당시엔 명색이 연예인이었던 나와 함께 어울려 놀던 그룹 중 한 명이었다.

1997년의 IMF체제로 상징되는 국가부도위기를 겪으며 그의 집안도 쇠락의 길로 접어들었다. 하나 부자는 망해도 삼 년은 먹을 게 있다고 하지 않았나? 그는 군 제대 후 남들이 쉽게 꿈꿀 수 없는 프랑스 유학을 떠난다.

파리의 어느 에꼴을 수료하고 돌아온 그는 2003년, 삼청동에 6평 남짓한 악세사리 공방을 열었다. 삼청동의 개발 붐과 더불어 그의 악세사리 사업도 꽤 짭짤한 재미를 봤지만, 2008년에 불어 닥친 금융 위기로 인해 경영의 어려움을 겪는다.

그러나 그는 위기에 움츠러들지 않고, 오히려 더 과감하게 중국 진출을 감행한다. 상하이 와이탄에 5평도 안 되는 매장으로 시작한 액세서리 가게가 대륙 각지로 지점을 늘리며, 그는 중국에서 막대한 성공을 거두게 된다.

그리고 중국에 진출한 지 5년 차가 되던 2013년에, 중국의 거대 유통사에 회사를 팔고 한국으로 돌아왔다. 투자금의 거의 100배에 이르는 현금을 회수하고 금의환향한 그는 어린 시절부터 뜻을 품고 있었던 엔터테인먼트 사업에 뛰어든다.

IMF와 함께 압구정을 홀연히 떠났던 오렌지족 날라리가 그로부터 십수 년 후 길 건너 청담동으로 화려하게 귀환한 것이다.

막강한 자금력을 바탕으로 야심 차게 출범한 큐피드 엔터테인먼트의 1호 가수가 바로 핑크 클라우드이다.

네덜란드 유학파 DJ 겸 프로듀서 핑크 레인을 비롯한 최고의 스태프들을 영입했고, 국내 3대 기획사에 결코 뒤지지 않을 수준의 투자를 감행했지만, 결과물은 영 신통치 않았다.

음원 성적은 출시 당일에 멜론 실시간 차트 30위권까지 찍었던 것이 최고 성적이었고, 대부분 3일도 못 가 100위 밖으로 자취를 감췄다.

팬카페 회원수는 녹색집 2,362명, 빨간집 1,132명으로 처참한 정도는 아니지만, 걸그룹 중에 가장 많은 회원수를 거느리고 있는 소녀시절과 비교하면 100분의 1 수준이다.

같은 3세대 걸그룹들 중 팬카페 회원수가 가장 많은 마마모와 비교해도 50분의 1에 지나지 않는다.

소속사의 섭외력은 나쁘지 않아서 웬만한 예능 프로그램에는 죄다 꽂아줬지만, 화제를 모으는 데 성공한 멤버는 없었다. 그나마 실검 1위에 오른 건 '천유미 가사 실수'가 유일했다.

직진밖에 모르는 한 대표의 사전에 포기란 단어는 없다. 그는 법에 걸리지 않는 한 어떤 수단과 방법을 동원해서라도 핑크 클라우드를 성공시키고 싶어 한다.

"주리는 할 수 있을 겁니다."

주리가 내 목소리로 불쑥 내뱉은 그 말에 그 자리에 있던 모든 사람들의 시선이 나와 주리에게로 향했다.

나 역시 화들짝 놀라며 주리를 쳐다봤다. 주리가 말한 주리는 바로 나를 지칭한 말이었기 때문이다.

4. 기회를 잡다

◆◆

“제가 연습시켜봐서 알아요. 다들 뭘 걱정하시는지는 잘 알고 있습니다. 주리가 고음이 좀 딸렸죠. 그런데 최근에 주리 노래 못 들어보셨죠? 피나는 노력으로 주리는 훌륭한 고음을 갖게 되었어요. 주리가 근성 있는 연습벌레잖아요. <눈물의 파티>도 주리가 불러본 곡이라 아마 잘해낼 수 있을 거예요.”

내 눈치를 보는 건지, 아니면 나의 동의를 구하려는 건지, 주리는 내 쪽을 한번 흘깃 돌아보고는 다시 한 마디 덧붙인다.

“저도 열심히 돕겠습니다.”

나와 주리에게로 분산되어있던 시선은 이제 나에게로 집중되었다. 내 몸에선 아드레날린이 폭발하며 심장이 튀어나올 듯 격하게 요동친다.

“강주리, 할 수 있겠어?”

나를 향한 한 대표의 눈빛은 사냥을 앞둔 맹수의 그것처럼 뾰족하고 집요했다.

“네.”

내 입에서 나간 짧고 단호한 대답에 나 스스로도 놀랐다. 한 치의 망설임도 없는 명료한 대답을 하고 나니, 단단히 꽉 조여 있는 것 같았던 숨통이 확 트이면서 요란하던 심장 박동도 차츰 안정을 되찾아간다.

“심장 떨어지는 줄 알았어. 어쩜 그렇게 사람을 놀라게 하니?”

방송국으로 향하는 카니발 안에서, 맨 뒷자리에 주리와 나란히 앉은 나는 운전석까지 들리지 않도록 목소리를 낮추어 말했다.

“자신 있게 ‘네’ 하신 건 바로 유노 쌤이에요. 속으로는 원하고 계셨던 거 아닌가요?”

"내 의사라도 먼저 물어봤으면 좋았잖아. 그렇게 기습적으로 터뜨려버리는 게 어디 있어?"

"유노 쌤은 분명 잘 해내실 거예요. 아까 유미 언니 리허설 하는 것 보면서, 고등학교 시절에 <눈물의 파티> 불러본 적 있었다고 말씀하셨잖아요. 제 음색은 괜찮은 편이니까, 유노 쌤의 가창력과 만나면 분명 빵 터지는 무대 나올 거예요. 전 믿어요."

녹화 전까지 남은 시간은 단 2시간 30분. 제작진에게 사정을 설명하고, 녹화 시작 30분 전인 오후 5시 30분에 리허설 기회를 얻었다. 《불변의 명곡》 제작진 측에서도 전혀 예상치 못한 비상사태였기 때문에, 우리 팀에게 최선의 배려를 해준 것이었다.

그러니까 최종 리허설까지는 단 2시간밖에 남지 않았다. 그 시간 안에 나는 편곡된 노래를 연습하고, 무대 동선까지 익혀야 한다.

유미와 주리는 가슴 사이즈 외에는 신체 사이즈가 비슷해서 다행히 유미의 드레스가 몸에 잘 맞았다. 유미의 C컵과 주리의 B컵 사이에 약간 남는 공간은 뽕으로 해결될 수 있었다. 만약 주리가 유미보다 가슴이 더 컸더라면, 참 곤란할 뻔했다.

소속사와 연계된 미용실에서 사람이 나올 때까지 기다릴 여유가 없었기 때문에, KBC 전속 헤어 스태프를 닦달해서 거의 10분 만에 업스타일을 만들어냈다.

안무는 포기하기로 했다. 짧은 시간 동안 군무 동작까지 습득하는 건 불가능한 일이었기 때문이다. 군무는 무용수들만 추기로 하고, 나는 동선만 맞추면서 느낌대로 가는 걸로.

편곡자 핑크 레인의 얼굴에선 이미 체념의 정조가 보였다. 그는 무대 경험도 없는 신출내기 주리의 모습을 한 나에게 별 기대도 안 하는 눈치였다. 기필코 이 무대를 성사시키고야 말겠다는 한 대표의 결연한 의지에 어쩔 수 없이 끌려왔다는 빛이 역력했다.

2017년 8월 8일 PM 05:54.

최종 리허설을 무사히 마친 나는 녹화 시작시간인 6시가 되기 전에 대기실 스튜디오로 들어갔다. 신인이 뒤늦게 나타나는 건 예의가 아니라고 생각했기 때문이다. 스튜디오에는 황지열, 손승현, 루이킴, 그리고 천담비가 이미 도착해 있었다.

"안녕하세요, 핑크 클라우드의 새 멤버 강주리라고 합니다."

내가 90도로 허리를 꾸벅 숙이며 큰소리로 자기소개를 하자 모두들 웃으며 인사를 받아주긴 했지만, 그들의 얼굴에서 웃음기가 걷힌 후엔 하나같이 '누구?' 하는 표정이 되었다.

내 자리를 찾아서 앉은 후에도 출연자가 한 명씩 들어올 때마다 나는 벌떡 일어나 인사를 했는데, 그때마다 똑같은 표정들을 반복해서 목격해야 했다. 아직 정식 데뷔를 하지 않은 주리는 지금껏 한 번도 언론에 노출된 적이 없었기 때문에, 그들의 그런 반응은 당연한 것이었다.

대기실 스튜디오 담당 MC인 정재현과 문희중은 감사하게도 몸소 내 앞까지 와서 인사를 건네 왔다.

"주리 씨라고 했죠? 상황은 전해 들었어요. 갑자기 출연하게 되어서 당황스럽겠지만, 긴장 풀고 편하게 해요."

푼수력 넘치는 음악 요정, 정재현 MC의 따뜻한 위로에 괜히 울컥하던 찰나에 능글 대마왕, 문희중 MC가 불쑥 끼어든다.

"주리 양은 너무 예뻐서 무대 올라가서 노래 안 하고 가만히 있어도 우승각이야!"

그래, 괜히 주눅 들지 말자. 권모 형 제외하면 모두 후배들이잖아? 마음 턱 놓고 신나고 재밌게 놀아보자.

'장윤호, 아니 강주리 파이팅!'

“불변의 명곡이라는 프로그램이 올해로 10주년을 맞았습니다. 그 10년의 세월 동안 저희 제작진들이 끈질기게 섭외에 공들여 온 가수가 있습니다. 그런데 오늘, 마침내 우리는 그 10년의 기나긴 염원을 이루어냈습니다. 이 어려운 섭외를 해낸 이태현 PD는 마치 세상을 다 가진 듯 여한이 없어 보이는 표정이었습니다.”

오늘따라 신동협 MC의 목소리는 한 톤 더 격양되어있다.

“여러분, 우리가 10년 동안이나 오매불망 기다려 온 오늘의 전설을 여러분께 소개해드리겠습니다. 한국 대중가요사의 살아있는 레전드, 그야말로 전설 중의 전설입니다. 한국인이 가장 사랑하는 가수, 아시아의 슈퍼스타, 조, 형, 필!”

신동협 MC가 그 위대한 이름 세 글자를 스타카토로 호명하자, 무대 뒤편 스크린이 천천히 열리며 조형필과 위대한 출생이 등장한다. 기타리스트 최휘선, 베이시스트 이대윤, 건반의 최태환과 이종우, 그리고 드럼의 김선종이 모두 함께 한 완전체였다.

그 모습을 화면을 통해 지켜보던 대기실은 온갖 오버 리액션들로 들썩들썩했다.

조형필 선배님은 별다른 멘트 없이 바로 노래를 시작한다.

전설이 부르는 오프닝곡은 역시나 가장 최근 히트곡인 <바운스>였다. 68세. 일흔을 바라보는 연세에도 사뿐히 리듬을 타는 그의 목소리는 구름처럼 가볍고 하늘처럼 맑다.

화면에 얼핏얼핏 비치는 오빠 부대들의 얼굴에서도 세월의 흔적이 느껴지지만, 형필 오빠 앞에서만큼은 그들도 소녀 시절로 회귀한다. 그것이 바로 노래의 힘이다.

떼창으로 하나 된 대기실 스튜디오는 흥겨운 축제 분위기였다. 대가의 원숙한 여유에다 따스한 유머까지 깃든 퍼포먼스는 걱정과 불안도 잊게 만들었다. 나 역시 다른 가수들과 함께 손뼉까지 치며 떼창에 목소리를 보탰다.

"불변의 명곡, 레전드를 노래하다!"

스튜디오 MC 정재현, 문희중, 황지열의 우렁찬 외침과 함께 대기실 토크 녹화가 시작되었다.

워낙 기라성 같은 스타 플레이어들이 대거 참여했기 때문에, 막내이자 듣보잡 신인인 강주리에게까지 발언 순서가 돌아오려면 한참 걸릴 것 같았다. 정말 그럴 줄 알았다. 설마 권모 형 바로 다음 순서로 내가 소개되리라고는 전혀 예상하지 못했던 것이다.

원래는 권모 형 옆에 앉은 박정연에게로 가야 할 순서가 뒤에 앉은 나에게로 온 이유는 권모 형이 뒤를 돌아보며 내게 말을 걸었기 때문이다.

"너는 어느 별에서 왔니?"

콧잔등을 찡긋하며 새하얀 치아를 훤히 드러내는 특유의 미소를 띠면서 내게 말을 걸어준 권모 형이 내겐 꼭 하느님처럼 보였다.

"오빠랑 같은 별?"

대체 어디서 그런 말이 튀어나간 건지.

"오빠래."

권모 형은 자지러지게 웃으며 자리에서 벌떡 일어나 세 MC들과 돌아가면서 하이파이브를 한다. 그리고는 다시 자리로 돌아와 내게 묻는다.

"우리 애기 몇 살?"

595개월 권모 형의 혀 짧은 애교에 벌컥 치미는 화를 꾹꾹 눌러 참으며, 나는 없는 애교를 짜내 불끈 쥔 두 주먹으로 두 볼을 비비며 혀 짧은 소리로 대답했다.

"열아홉 살."

바로 그때 정재현 MC가 나를 화제의 중심으로 끌어들이는 멘트를 던져주었다.

"김권모 씨가 서른한 살에 결혼했으면 저런 딸이 있었을 텐데 말이죠. 여러분, 데뷔 3년차 실력파 걸 그룹 핑크 클라우드의 새로운 멤버, 강주리 양입니다!"

나는 그 찬스를 놓칠세라 자리에서 벌떡 일어나 허리를 90도로 굽히며 씩씩하게 인사한다.

"안녕하세요. 핑크 클라우드에서 미모를 맡고 있는 막내, 강주리입니다."

"우후우우우!"

대기실 스튜디오는 남성 출연자들이 내는 돌고래 소리로 가득 채워진다.

"오늘 주리 양이 《불변의 명곡》에 출연하게 된 과정이 아주 드라마틱했다고 들었어요."

문희중 MC가 바로 이어받아서 내가 발언을 이어갈 수 있는 포문을 열어준다.

"네, 원래 저희 팀의 리더인 천유미 언니가 이 무대를 준비했었습니다. 그런데 언니가 오늘 리허설을 마친 후에 갑자기 쓰러지는 바람에 제가 대신 무대에 서게 되었습니다."

정재현 MC가 다시 말을 받는다.

"천유미 양은 지금 상태가 괜찮은가요?"

병원 침대에 누워있을 유미의 얼굴을 떠올리니 마음이 짠해진다.

"네, 유미 언니는 지금 병원에서 안정을 찾아가고 있습니다. 유미 언니가 이번 무대를 정말 열심히 준비했거든요. 제가 옆에서 지켜봐서 잘 알아요. 언니에게 이번 무대가 정말 간절했다는 걸 너무나 잘 아는 만큼, 열심히 해서 꼭 언니 몫까지 잘 해내고 싶습니다."

이 말을 하는 동안 자꾸만 목이 메여오는 것은 내 탓이 아니라, 마음 여린 주리의 감성 세포들 때문일 것이다.

"어린 나이에 이런 큰 무대에, 더구나 까마득한 대선배님이신 조형필 전설님 앞에 갑자기 서게 되어서 많이 긴장되고 떨릴 텐데, 아주 당찹니다. 건강상의 이유로 오늘 무대에 서지 못한 천유미 양에겐 정말 안 된 일이지만, 대신 무대에 서게 된 강주리 양에겐 더없이 좋은 기회일 수 있습니다. 프로의 세계에서 누가 누구의 대타인지, 그런 건 아무 의미가 없습니다. 무대는 실제로 잘 해내는 사람의 것이죠. 꼭 오늘 무대의 주인공이 되세요."

오늘은 MC이자 출연자이기도 한 황지열의 훈훈한 멘트가 끝나기 무섭게, 짓궂 모드로 바뀐 문희중 MC가 잽싸게 치고 들어온다.

"대타로 출연했다고 해서 결코 그냥 넘어갈 수 없는 것이 있죠. 바로 신고식입니다. 불변의 명곡 첫 출연 때는 누구라도 피해갈 수 없겠죠? 바로, 개인기 방출 타임이 돌아왔습니다."

훈훈했던 분위기도 잠시, 전혀 예상치도 못한 시츄에이션에 봉착한 나는 순간적으로 패닉 상태에 빠졌다. 그러나 오래 지체할 시간이 없었다. 나는 얼른 마음을 다잡아야 했다.

'뭐라도 하자!'

나에게로 시선이 집중된 이 중요한 찬스를 그냥 놓쳐버릴 순 없는 일이다. 이 기회에 조금이라도 방송 분량을 확보해야 한다.

"아재 개그를 해보겠습니다."

큐피드 연습생들로부터는 늘 무시와 야유를 받았던 나의 아재 개그도, 예쁜 주리의 입을 통해서 한다면 신선하게 들릴지도 모른다. 게다가 다른 대안도 떠오르지 않는다.

'그래, 일단 질러보는 거야!'

5. 무대로 돌아오다

◆◆

"모든 사람을 일어나게 하는 숫자는?"

다들 별 기대는 안 하는 눈치였지만, 대기실의 절반 이상을 차지하고 있는 아재 군단은 열아홉 강주리가 무슨 말을 해도 다 웃어줄 기세였다.

"다섯!"

정말 웃겨서 웃는 건지, 내 노력을 가상하게 여겨 웃어주는 건지 알 수 없었지만, 예상대로 아재 군단은 포복절도하는 오버 액션을 취하며 자리에서 일어났다 앉았다를 반복한다. 여가수들은 아재들의 난리법석에 어이없어하면서도 아재 개그를 치는 열아홉 살짜리가 귀엽다는 듯 옅은 미소를 지어 보였다.

나는 '에라 모르겠다' 하는 심정으로 하나 더 터뜨린다.

"세상에서 가장 야한 채소는?"

내가 약간 뜸을 들이는 동안, 아재들은 이미 빵 터질 준비를 하고 있다.

"버섯!"

진정성 여부를 알 수 없는 웃음 폭탄이 또 한 번 대기실을 휩쓸고 지나간다. 권모 형, 도훈이 형 그리고 홍정민은 셔츠 단추를 푸는 시늉까지 한다.

물론 주리의 미모가 한 몫 톡톡히 했겠지만, 유행도 한참 지난 시답잖은 나의 아재 개그에 뜨거운 반응을 보여준 아재 가수들이 눈물겹도록 고마웠다.

그렇게 웃고 떠드는 사이, 대기실의 출연자 인터뷰는 잠시 중단되고 무대 위의 신동협 MC가 첫 번째 경연자를 추첨하는 순서가 되었다.

첫 번째 무대의 주인공은 놀랍게도 김권모였다. 말하자면 끝판왕이 첫 무대에 서게 된 셈이다.

"나는 빨리 끝내고 노는 게 좋아. 2주 분량 녹화하려면 6시간 넘게 걸리는데, 나는 밤 10시만 넘어가도 진이 빠져서 노래가 안 나올 것 같아."

김권모의 우승까지 점치던 후배 가수들은 권모 형이 첫 순서로 뽑힌 것에 대해 약간 아쉬워하는 반응을 내보였지만, 본인은 오히려 좋아하면서 무대로 나갔다.

무대 위엔 그랜드 피아노 한 대만 덩그러니 놓여있을 뿐 다른 무대 장치는 거의 없었다.

"지금 형필이 형님이 앉아 계시는 저 자리에도 앉았었던 제가 이렇게 무대 위에 서 있는 것이 이상해 보일 수도 있습니다. 하지만 전설이 조형필이라면 하나도 이상할 것이 없습니다. 형필 형님께서 이 불변의 명곡에 나오신다는 얘기 듣고 당장 이태현 PD에게 연락했습니다. 내가 꼭 나가야 한다고. 그리고 진짜로 이렇게 나왔습니다."

권모 형은 까무잡잡한 피부와 대조를 이루는 새하얀 건치를 드러내며, 전설을 향해 고개를 꾸벅 숙인다.

"우승 욕심 없습니다. 어렸을 때부터 지금껏 음악을 해오는 동안, 항상 제가 정복하고 싶은 고지에 계시는 분. 솔직히 말씀드리면, 건방지게도 형님께 약간 근접했다고 착각했던 적도 아주 잠깐 있었습니다. 그러나 좀 가까이 다가갔다고 생각하면, 당신은 항상 더 멀리 더 높이 가 계셨습니다. 당신은 지금도 쉼 없이 당신의 길을 가고 계십니다."

권모 형은 그 어느 때보다 진지해 보인다.

"아마도 저는 평생 당신이 계시는 그 고지에 이를 수 없을 것입니다. 그렇지만 저희 후배 가수들이 따라 걸을 수 있는 길을 만들어주시는 당신께 깊은 진심을 담은 감사를 드립니다. 오늘의 이 자리는 바로 당신께 바치는 무대입니다."

그렇다. 2012년 3월에 이미 전설로 출연한 경력이 있는 '김권모'는 누가 봐도 불변의 명곡 경연자로 나설 레벨의 가수는 아니다.

김권모, 그가 누구인가? 가요계의 르네상스로 불렸던 1990년대를 호령

했던 걸출한 국민 가수다.

한국 대중가요사에서 그가 이룬 상업적인 성과와 비교될 수 있는 가수는 동시대의 신성훈과 서태기, 그리고 바로 오늘의 전설 조형필 정도밖에 없을 정도다.

'권모 형은 자신이 조형필의 계보를 이어받은 뮤지션이라는 걸 인정받고 싶은 게 아니었을까?'

이것이 내가 추측하는 권모 형의 출연 동기이다. 물론 이것은 내 주관적인 넘겨짚음에 불과하다.

혹자는 조형필의 음악적 계보를 이은 뮤지션으로 김권모보다는 신성훈을 꼽기도 한다. 하지만 나는 그 말에 완전히 동의할 수 없다. 한을 토해내는 듯한 '절규의 카타르시스'를 가졌다는 측면에서, 성훈이 형보다는 권모 형 쪽이 조형필 선배님을 더 많이 닮았다는 게 내 의견이기 때문이다.

어떤 다른 악기도 음향 효과도 없이 오직 스스로의 피아노 반주만으로, 권모 형은 〈그대 발길 머무는 곳에〉를 담담히 불러나간다. 깊은 밤 어느 조용한 술집에 앉아 권모 형의 마음속 이야기를 듣는 것 같은 기분에 빠져든다.

마지막 후렴구 반복 때 한 차례의 조바꿈만 있었을 뿐, 오롯이 권모 형의 보컬만을 집중감 있게 살려내는 미니멀한 편곡이었다.

꼭 몸의 일부를 다루듯 능숙하고 편안하게 두드리는 피아노가 있고, 속내를 털어놓듯 허심탄회하게 툭툭 내던져도 깊은 소울이 실리는 목소리가 있는데, 다른 무엇이 또 필요하랴?

스포츠 시합하듯 고음을 경쟁하고, 화려한 기교와 변주로 떡칠한 과장된 편곡이 난무하는 음악 경연장에서 온전히 목소리 하나로 무대를 가득 채우는 권모 형의 모습이 그렇게 멋져 보일 수가 없었다.

나를 포함한 대기실 가수들은 모두 하나같이 숙연해진 분위기였다.

두 번째 출연자는 스파이더였다. 게다가 선곡은 〈창밖의 여자〉. 첫 대결부터 너무 센 것 아닌가?

〈창밖의 여자〉는 스파이더의 성숙하면서도 애절한 음색과 너무나도 잘 어울렸다. 이 곡이 원래 스파이더 노래였나 싶은 착각이 들 정도였다.

워낙에 대곡인 원곡의 느낌을 그대로 살리면서도 극적인 전개로 슬픔의 감정을 극대화한 편곡도 매우 훌륭했다.

개인적으로야 물론 권모 형의 무대가 훨씬 좋았지만, 쩌렁쩌렁한 고음을 뽑어내는 강하고 드라마틱한 무대에 더 높은 점수를 주는 명곡판정단의 특성상 스파이더가 이길 가능성이 더 농후해 보였다.

"명곡판정단의 선택은, 과연!"

그런데 결과는 예상 밖이었다. 권모 형이 아닌 스파이더 쪽의 조명이 꺼지면서 무대 바닥과 배경 스크린에는 416이라는 점수가 표시된다. 대기실에는 놀람의 탄성과 기쁨의 환호가 뒤섞인다.

판정단석에 조형필의 오랜 팬들이 상당수 포함되어 있어서, 오늘의 명곡판정단은 듣는 귀가 남다를 수도 있겠다는 생각이 얼핏 들었다.

내년이면 조형필 선배님은 데뷔 50주년을 맞는다. 반백 년의 세월 동안 조형필의 팬으로서 가왕의 음악을 들으며 귀와 감성을 단련해온 그들은, 자신들도 모르는 사이에 수준 높은 음악적 안목을 갖게 되었으리라.

권모 형은 〈서울 서울 서울〉을 락 밴드 버전으로 편곡해서 부른 홍정민과 〈촛불〉을 탱고로 해석한 손승현 그리고 〈꿈〉을 브리티쉬 락 풍으로 부른 윤도훈을 꺾고 4연승을 거머쥐었다.

그리고 이제 마침내 조형필 특집 1부의 마지막 순서인 여섯 번째 출연자를 뽑는 순서가 되었다. 투명 항아리에서 노란색 공 하나를 뽑아 든 신동협 MC가 멘트를 시작한다.

"성공한 배우들의 인터뷰에서 가끔 그런 이야기를 듣게 됩니다. 친구, 혹은 언니나 동생을 따라서 오디션에 따라갔다가 덜컥 캐스팅되어 하루아침에 인생이 바뀌어 버린 스토리 말입니다."

신 MC가 저런 화제를 꺼내는 걸 보니 다음이 내 차례인가 보다. 좀 더 나중 순서였다면 더 좋았겠지만, 1부 마지막 순서라면 그리 나쁘지 않은 것 같다.

"원래 출연하기로 했던 멤버에게 갑작스러운 사정이 생겨서 대타로 출연하게 되는 이분에게도 오늘 밤에 어떤 일이 일어날지 아무도 모르는 것입니다. 사실 제가 아까 조금 일찍 현장에 도착해서 우연히 이 출연자의 리허설을 볼 수 있었습니다. 저는 그때 이 출연자에게서 뭔가 심상치 않은 아우라를 목격했습니다. 여러분도 아마 이 열아홉 살 소녀의 무대에 깜짝 놀라게 되실 겁니다."

지금 신 MC의 손에 들린 공에 적힌 이름이 바로 나라는 것이 거의 확실해졌다. 나는 자세를 고쳐 앉는다.

"여러분, 데뷔 3년 차 실력파 걸그룹 핑크 클라우드의 새로운 멤버, 무서운 신인, 강주리 양을 소개합니다."

나는 대기실 아재 가수 군단의 열띤 응원을 받으며 무대로 향한다. 꼭 내 횡격막이 트램펄린이 된 듯 심장이 '바운스 바운스' 바깥으로 튕겨나올까 겁난다.

내가 이 KBC 신관 공개홀에 마지막으로 섰던 건 1994년 2월 《젊음의 행진》 녹화 때였다.

그 무대는 나의 마지막 방송 출연이기도 했지만, 《젊음의 행진》의 최종회 방송분 녹화이기도 했다. 따라서 나와 툰드라는 젊음의 행진과 함께 역사 속으로 사라졌다고 해도 과언이 아니다.

그날의 기억을 나는 아직 잊을 수 없다. 그날은 바로, 준비 기간을 포함해 5개월이라는 짧은 툰드라 활동을 쫑 내는 날이었기 때문이다.

멤버들과 함께하는 마지막 무대라는 생각 때문이었을까? 노래를 시작할 때부터 감정 몰입이 아주 잘된다는 느낌이 있었다.

그런데 노래를 끝내고 눈을 떴을 때, 나는 내가 무아지경에 빠져있었다는 걸 깨달았다. 노래를 하는 동안 잠시 어딜 다녀온 기분이었다고 할까?

그것은 무대를 향해 쏟아지는 박수갈채가 주는 환희와는 분명 다른 경지였다. 아무것도 없이 텅 비어있는 것 같으면서도 모든 것으로 꽉 채워져 있는 것 같은, 인간이라는 유한한 존재로서의 한계를 뛰어넘어 무한의 자유가 허락되는 초월의 열락.

툰드라의 마지막 무대 위에서 느꼈던 그 특별한 기분은, 노래에 깊이 함몰된 채 스스로 덥힌 감동의 온도가 비등점을 넘어 끓어 넘쳤던, 나만의 음악적 오르가즘이었다.

그로부터 23년이 흐른 지금, 나는 다시 바로 그 무대 위에 서 있다. 툰드라 시절의 나와 비슷한 나이인 주리의 모습으로, 그때만큼 뜨거운 피가 펄떡이는 젊은 심장을 장착한 채.

"안녕하세요. 핑크 클라우드의 강주리라고 합니다. 제가 과연 이 무대에 설 자격이 있는지, 많은 고민을 했습니다. 혹시 제가 조형필 선배님을 욕되게 하고, 이 불변의 명곡이라는 프로그램에 누를 끼치는 건 아닐까 걱정도 했습니다. 그런데 이 무대를 잘 해내고 싶다는 욕심이 망설임과 걱정을 이겨버렸습니다. 열심히 하는 것만으로는 충분하지 않습니다. 저의 영혼을 다 바쳐서 잘해내고 싶습니다. 그리고 병상에 누워 이 무대를 마음속으로 그리고 있을 유미 언니에게 이 노래를 바칩니다."

나를 향해있는 스포트라이트에 눈앞이 아득해진다. 관객석의 한가운데, 바로 내 눈높이와 같은 위치에 앉아있는 조형필 선배님의 모습이 희미하게 보인다.

그리고 방청석에 별처럼 빽빽이 박힌 수천의 눈동자가 나를 향하고 있다. 가슴이 터질 것 같은 긴장과 흥분.

정말 머나먼 길을 돌고 돌아 다시 무대로 돌아왔다. 비록 다른 사람의 몸이지만, 나는 이 무대가 내게 건네 오는 반가운 환영 인사를 온몸으로 맞아들인다. 무대와 내 영혼은 마치 격한 포옹이라도 하듯 서로 깊고 진한 교감을 나눈다.

'그래, 바로 이런 거였어!'

다시 무대를 밟고 나서야 나는 비로소 깨달은 것이다. 그동안 내가 이 곳을 얼마나 그리워했었는지를 말이다.

가슴팍에 오른손을 살포시 얹어본다. 손바닥에 거센 심장 박동이 느껴진다. 나는 요동치는 심장을 달래려 심호흡을 한 번 한다.

6. 신이 다시 허락한 기회

◆◆

나는 지금 맨발이다. 당장 제대로 걷기조차 힘든 하이힐을 신고는 도저히 노래할 자신이 없었기 때문이다. 발바닥을 통해 무대의 차가운 속살이 그대로 느껴지는 기분이다. 그 차가움에 집중을 하니 신기하게도 마음이 좀 안정되는 것 같다.

마치 안개처럼 피어올라 두근대는 심장을 감싸는 신시사이저 음향. 나는 속삭이듯 노래를 시작한다.

큐피드 연습생들 레슨을 끝낸 후 혼자 남은 연습실에서, 거의 매일 저녁마다 남몰래 혼자만을 위한 노래를 불러오던 내가 지금 이 무대 위에서 노래를 하고 있다. 이렇게 많은 사람들 앞에서, 더구나 전설 중의 전설인 조형필 선배님 앞에서 말이다.

그런 자각만으로도 나는 벅찬 감흥에 휩싸였지만, 이내 마음을 추스르고 노래 가사 속의 감정에 몰입해야 했다.

애잔한 스트링 선율이 140BPM의 트랜스 비트에 끌려가는 1절이 끝난 후 군무를 위한 브리지 파트가 30초 정도 이어진다.

사실 유미는 이 부분에서 무용수들과 함께 군무를 췄기 때문에 무대가 빈 느낌이 없었다. 그러나 춤을 추지 않는 나에게 이 파트는 보컬 없는 빈 구간에 지나지 않았다.

그러나 나는 자칫 그냥 버려지는 부분처럼 보일 수 있는 이 파트 동안, 그 뒤에 찾아올 반전을 준비하며 감정을 서서히 끌어올렸다. 그러니까 미칠 준비를 한 것이다.

브리지 파트가 끝나고 나의 노래가 다시 시작되면서, 내 보컬을 제외한 다른 모든 음향이 갑자기 사라지는 '브레이크 다운'이 이뤄진다.

그렇게 반주와 음향이 없이 오직 내 목소리만으로 부르는 구간이 이어지다가는, 갑자기 8비트의 드럼 루프가 출격한다. 뒤이어 휘몰아치는 베이스와 기타.

'트랜스 리듬에서 록 비트로의 변수!'

그것이 바로 내가 준비하며 기다린 반전이었다.

그 순간, 나는 어느새 상문고 세이렌틀 리드보컬 시절로 돌아가 있었다. 아무런 걱정도 고민도 없이 그저 순수하게 음악에 미쳐있었던 그때의 나로.

KBC 헤어팀 미용사가 10분 만에 급조해준 올림머리를 순식간에 산발로 풀어헤친 나는 맨발에 웨딩드레스 차림으로 무대를 종횡무진 뛰어다니며 몇 차례 헤드뱅잉까지 한다.

2절은 원래 음계에서 한 옥타브를 올려 불렀다.

'23년 동안 날 무심히 버려두고 계셨던 음악의 신이시여, 정녕 다시 제게 오신 겁니까?'

나는 긴 세월 동안 억눌려있던 락 스피릿을 맘껏 발산하며, 접신의 무아지경 속에서 절정을 향해 달려간다.

자, 이제 마지막 샤우팅이다. 호흡을 모으고 힘차게!

"너와 나는 울어야 하네~ 에에~에~."

마지막 음절은 음정을 점점 높여가는 애드립으로 10초 이상 길게 빼면서, 막판엔 거의 비명에 가까운 고음으로 마무리했다.

노래가 끝났을 때, 나는 허리가 한껏 뒤로 젖혀진 상태에서 가쁜 숨을 몰아쉬고 있었다.

찰나의 정적 후에 게릴라 폭우 같은 박수갈채가 무대를 향해 쏟아진다.

뒤로 젖혀져 있던 내 몸을 바로 하고 방청석을 바라보았을 때, 나는 조형필 선배님과 눈이 마주쳤다.

'헉, 조형필 선배님이 자리에서 일어나 계시다니!'

다른 사람도 아닌 가왕 조형필님께서 나를 향해 기립박수를 보내고 계셨던 거다.

그리고 방청객의 절반 이상이 자리에서 일어나 내게 박수와 환호를 보내고 있는 믿을 수 없는 광경이 내 시야에 들어왔다. 주체할 수 없는 감동의 파도에 내 온몸이 전율한다.

"네, 대단합니다. 아까 리허설 무대를 보고 어느 정도의 반향은 예상했습니다만, 이 정도로 뜨거운 반응이 있으리라고는 저도 미처 생각하지 못했습니다."

신동협 MC 역시 사뭇 고무된 표정과 목소리였다.

"그런데 주리 양의 무대가 그만큼 굉장했기 때문에, 이런 반응은 당연한 것이 아닌가 생각됩니다. 무엇보다 가왕 조형필님께서 오늘 처음으로 자리에서 일어나셨습니다. 조형필 씨, 아까 기립박수를 치는 모습을 보고 저도 깜짝 놀랐는데요, 강주리 양의 무대 어떻게 보셨습니까?"

가왕이 마이크를 든다.

"열아홉 살 소녀의 무대라고는 도저히 믿기지 않는 무대였습니다. 이 슬픔의 파티란 곡을 EDM에서 락으로 풀어간 것은 나쁘지 않은 전개였습니다만, 후반부의 악기 사운드가 너무 커서 자칫 보컬이 묻힐 수도 있는 편곡이었습니다."

역시 예리한 가왕의 직관력.

"그런데 저 열아홉 살짜리 소녀의 목소리가 그 거센 사운드를 뚫고 나오더군요. 강력한 락 반주를 치고 나온 보컬의 힘은 정말 대단했습니다. 단언컨대 이 소녀는 장차 분명 굉장한 뮤지션이 될 것입니다. 아니, 강주리 양은 이미 완성형입니다. 음악 안에서 진정으로 음악을 느끼는 모습을 볼 수 있어서, 같은 음악인으로서 행복했습니다."

박수와 환호의 물결이 다시 한 번 방청석을 휩쓸고 지나간다. 신동협 MC는 권모 형에게도 나의 퍼포먼스를 지켜본 소감을 묻는다.

"저도 깜짝 놀랐습니다. 혹시 저 이쁜이의 몸에 어느 베테랑 락커의 영혼이 빙의된 것이 아닐까 하는 착각이 들 정도였어요. 무대 뒤에서 계속 입을 쩍 벌리고 있었습니다. 최고였습니다!"

권모 형은 나를 향해 엄지 척을 해 보인다. 권모 형의 입에서 '락커의 영혼이 빙의' 어쩌고 하는 얘기가 나왔을 땐 순간 흠칫했다.

"자, 이렇게 되면, 불변의 명곡 가왕 조형필 특집 1부의 마지막 대결은, 최고령 참가자와 최연소 참가자의 대결이 되었군요. 현재 4연승을 달리고 있는 김권모가 딸뻘인 강주리를 꺾고 1부의 우승자가 될 수 있을지, 아니면 무서운 루키 강주리가 자신보다 서른한 살이나 더 많은 김권모를 이기고 1승을 기록할지. 주리 양, 권모 아빠를 이길 수 있을 것 같나요?"

사실 주리의 부모님은 나와 동갑이다. 그러니까 권모 형이 주리 아빠보다 일곱 살이 더 많다. 나는 그 사실을 말하려다가는, 권모 형이 혹시 충격이라도 받을까 봐 관뒀다.

"저는 권모 오빠와 이렇게 나란히 서있다는 사실만으로도 영광입니다. 전 당연히 제 쪽의 불이 꺼질 것이라 생각하고 있습니다."

꼭 미스 코리아 대회 인터뷰 같은 멘트를 날리긴 했지만, 그게 내 진심은 아니었다. 솔직히 1승이라도 꼭 해보고 싶었다.

지금 방청석 어딘가에서 날 지켜보고 있을 한 대표의 그 맹수 같은 눈빛이 눈앞에 아른거린다.

"불변의 명곡 조형필 특집 1부의 마지막 대결, 이제 결과를 확인할 차례가 왔습니다. 〈그대 발길 머무는 곳에〉로 4연승을 거머쥔 김권모냐, 〈눈물의 파티〉를 부른 슈퍼 루키 강주리냐. 명곡판정단의 선택은, 과연!"

나는 눈을 질끈 감은 채 마음을 비우고 서 있었다.

'당연히 불이 꺼지겠지. 방청석 반응은 나쁘지 않았지만, 그게 꼭 투표로 연결되지 않을 거야. 어떤 판정단이 나 같은 듣보잡 신인에게 권모 형보다 더 많은 표를 주겠어? 그래도 내 무대는 무사히 마쳤으니 그냥 빨리 대기실로 돌아가서 빵이나 먹자. 배고프다.'

'꽝 꽝 꽝 꽝' 음향효과가 점점 빨라지다가 마지막 굉음과 함께 끊어지고, 객석으로부터 터져 나오는 탄식과 환호성이 믹스되어 내 귓전을 울린다.

"오오오! 419점."

신동협 MC가 점수를 말한 후에도 나는 그게 누구의 점수인지 몰랐다. 살며시 눈을 떴을 때, 그제야 나는 내 쪽의 조명이 꺼지지 않았다는 걸 알았다.

"단 3점 차이로, 오늘 첫 출연이었던 무서운 신예, 강주리가 김권모의 5연승을 저지하며 1부 우승을 가져갑니다!"

그 419점은 바로 내 점수였던 것이다.

'말도 안 돼. 내가 권모 형을 이기다니.'

권모 형은 정말 다정한 큰 아빠처럼 나를, 아니 주리의 몸을 안아주었다. 주책없이 눈물이 흘렀다.

그나마, 울 때도 예쁜 주리의 모습이라 다행이었다. 진짜 내 얼굴이었다면 엄청 흉한 몰골을 보일 뻔했다.

"제가 이 무대 위에서 느꼈던 그 감정을 명곡판정단 여러분께서도 함께 느껴주신 것 같아 정말 기쁘고 감사합니다. 정말 오랜만에 느껴보는, 아니, 난생 처음 느껴보는 짜릿하고 행복한 경험이었습니다. 오늘의 이 무대를 아마 오래오래 잊지 못할 것 같습니다."

관객석을 향해 몇 번이고 연거푸 허리를 숙인 나는 권모 형 쪽을 돌아보며 다시 말을 이어간다.

"권모 오빠, 정말 죄송해요! 김권모 선배님의 무대는 저에게 정말 최고였습니다. 목소리만으로 모든 걸 해내는 진짜 가수의 모습을 보았습니다."

주리의 목소리를 통해 전한 내 깊숙한 진심에 권모 형은 특유의 환한 미소로 화답했다. 나는 다시 정면을 향해 선다.

"그리고 정말 황송하게도 저에게 큰 격려의 말씀 해주신 조형필 선배님께도 진심으로 감사의 말씀 드립니다. 병상에 있는 유미 언니, 물심양면으로 적극적인 지원을 해주신 한준호 대표님께 감사드립니다. 그리고 끝까지 함께해준 유……."

나는 '끝까지 함께해준 유노 쌤에게도 감사합니다!'라는 말을 하려고 했다.

그런데 '유노 쌤'이라는 이름을 내 입으로 꺼내려던 순간, 나는 그만 감정이 격해져 버리고 말았다. 말을 이어갈 수가 없을 정도였다.

그래서 나는 나 자신에게 건네려던 감사 인사는 그냥 마음속으로만 하기로 한다.

'장윤호, 오늘 무대에 선 너를 다시 만나 반가웠다. 비록 다른 사람의 모습이었지만, 무대를 제대로 즐기는 네 모습은 좀 멋졌던 것 같다. 오랜만에 아주 행복했다. 수고했어!'

지금의 이런 상태가 얼마나 갈지는 알 수 없다. 하지만 나와 주리의 몸이 이렇게 뒤바뀌어 버린 것에는 분명 뭔가 이유가 있을 것이다. 없다면 찾아야 한다.

'어쩌면 이건, 젊음의 열정과 아름다움을 다시 갖고 싶어 했던 나에게 신이 내려주신 기회일지도 몰라. 그래, 이왕 이렇게 된 거, 한 번 해보는 거다. 핑크 클라우드를 최고의 걸그룹으로 만들어 보자고!'

2부의 첫 번째 참가자로 나와 <걷고 싶다>를 알앤비로 부른 박정연이 421점을 얻으면서 나는 1승에 그쳤다.

하지만 그걸로 충분하고도 남았다. 더 이상 바라는 건 욕심이었다.

누가 봐도 낙하산 출연자로 보이는 듣보잡 신인이 김권모를 이긴 것도 모자라 박정연까지 물리쳐버렸다면, 나는 아마 악플 폭격으로부터 무사하지 못했을 것이다.

다음 주 주말인 8월 19일에 1부가, 그다음 주인 26일에 2부가 방영될 '불변의 명곡 : 레전드를 노래하다 - 조형필 특집'의 스포일러는 다음과 같다.

[1부 - 2017년 8월 19일 방영 예정]

1번 김권모 〈그대 발길 머무는 곳에〉 - 416점, 4연승

2번 스파이더 〈창밖의 여자〉 - 김권모에게 패

3번 홍정민 〈서울 서울 서울〉 - 김권모에게 패

4번 손승현 〈촛불〉 - 김권모에게 패

5번 윤도훈 〈꿈〉 - 김권모에게 패

6번 강주리 〈눈물의 파티〉 - 419점, 1승(1부 우승)

[2부 - 2017년 8월 26일 방영 예정]

7번 박정연 〈걷고 싶다〉 - 421점, 2승

8번 천담비 〈비련〉 - 박정연에게 패

9번 임대경 〈돌아와요 부산항에〉 - 423점, 3승

10번 할리 〈그 겨울의 찻집〉 - 임대경에게 패

11번 마마모 〈나는 너 좋아〉 - 임대경에게 패

12번 황지열 〈친구여〉 - 427, 1승

13번 루이킴 〈바람의 노래〉 - 429, 최종 우승

7. 새벽집에서 그와

◆◆

2017년 8월 9일 AM 01:09.

나는 지금 청담동 큐피드 사옥 근처에 있는 새벽집에 한 대표, 로드매니저 준식, 그리고 주리와 함께 있다.

새벽집은 내가 한 대표와 자주 어울렸던 90년대 중후반에 즐겨 찾던 곳이다. 줄리아나 서울에서 놀다가, 새벽 서너 시경 선지국밥이나 육회비빔밥이 생각날 때면 늘 이곳을 찾곤 했다.

그런데 내가 큐피드에 들어온 이후로는, 한 대표와 회사 밖에서 개인적으로 어울린 적이 없었다.

대표 집무실은 3층에 있고 내 연습실은 지하 1층에 있어서, 큐피드 엔터 건물 안에서도 서로 얼굴 부딪힐 일이 드물었다. 그와 나 사이에는 3층과 지하 1층이라는 층간 높이차 이상의 거리감이 생겨버린 것이다.

그런데, 추억 돋는 새벽집에서 한 대표와 겸상을 하고 앉아있으려니 옛 생각이 왈칵 밀려온다.

내가 비록 연예인 출신이긴 하지만, 노래가 떴지 얼굴로 뜬 가수가 아니었고 1집만 반짝하고 끝나버린 탓에 내 얼굴을 알아보는 사람은 거의 없었다. 그래서 남의 시선을 의식하지 않고, 맘껏 나이트 라이프를 즐길 수 있었던 것이다.

IMF가 터진 후 한준호가 프랑스 유학을 떠난 후에도, 나만은 꿋꿋하게 줄리아나를 지켰다.

2000년대 중반을 지나면서 나이트보다는 클럽이 대세가 되면서 줄리아나도 쇠락의 길로 접어들게 된다.

그러나 누구보다 새로운 문화에 대한 적응력이 빨랐던 나의 주말 밤은 외려 더 다채로워지고 행동반경도 더 넓어진다.

나의 주말 아지트는 줄리아나에서 툴펍으로 바뀌었고, 강남을 벗어나 홍대나 이태원으로 원정 가는 경우도 잦아졌다.

그런데 엘루이 호텔은 줄리아나 죽돌이였던 나를 영 놓쳐버리기가 싫었던 건지, 줄리아나가 있던 자리에다 클럽 엘루이를 오픈한다. 그게 2011년이었던 것 같다. 그에 따라 나의 베이스캠프도 다시 원래의 그 자리로 복귀했다.

그러다 2014년에 클럽 엘루이가 문을 닫으면서, 자연스럽게 나의 클럽 출입도 뜸해진다.

최근까지도 가끔은 이태원의 글램 같은 라운지 바에 가곤 했지만, 이젠 서서 노는 게 점점 힘에 부친다. 정말 슬픈 현실이 아닐 수 없다.

클럽이나 라운지 바에 가서 앉아서 놀려면 바틀을 까야 하는데, 그러려면 총알이 너무 많이 든다. 그러니까 자연스럽게 가는 횟수가 줄어들 수밖에.

돈도 돈이지만, 실상은 체력 문제가 더 크다. 입뺀(입구 뺀지)이 무서워서 못 나가는 건 결코 아니다. 정말 몸이 안 따라줘서 못 노는 거다.

요즘엔 하루 밤만 좀 세게 달려도 며칠 동안 그 여파에 허덕거려야 하니, 주말 밤이 되어도 쉽게 나가 놀 엄두를 못 낸단 말이다.

한창땐 불금에 홍대, 이태원, 청담을 돌며 날밤을 새고 난 후에도 토요일 낮에 몇 시간 꿀잠 자고 일어나면 다시 쌩쌩하게 회복되곤 했었다.

그리고 해가 질 무렵이 되면 다시 슬슬 기어나가, 논현동 한신포차부터 시작해서 일요일 새벽 애프터 클럽까지 쭉 달려도 멀쩡했는데 말이다. 아, 옛날이여!

'열아홉 주리의 몸이라면 이틀 올나이트도 거뜬하지 않을까?'

주리의 미모로 옥타곤이나 메이드 같은 클럽에 들어섰을 때 침 흘리며 들이대는 늑대들의 대시를 받는 기분은 과연 어떨지 약간 궁금하긴 하지만, 남자 새끼들이 내 앞에 와서 막 껄떡대는 상상만으로도 구토가 쏠린다.

그런데 어차피 주리는 아직 만 19세가 안 되는 나이라 유흥업소 출입이 허락되지 않는다.

이래저래 불가능한 일이란 얘기고, 그닥 해보고 싶지도 않은 경험이니 그냥 패스.

'차라리 잘생긴 남자 아이돌과 몸이 바뀌었더라면 참 좋았을 텐데, 좀 아쉽긴 하네.'

6시간이 넘도록 내내 자리를 뜨지 않고 방청석에 앉아 불변의 명곡 녹화를 지켜봤던 한 대표는 지금 한껏 업된 상태다.

"윤호, 넌 대체 4개월 동안 주리에게 뭘 어떻게 했기에 애가 이렇게 확 달라질 수가 있는 거야?"

한 대표가, 자신이 윤호라 부른 주리 앞에 놓인 술잔에 맥주를 따라준다.

'완전 시원하겠다. 저걸 내가 마셔야 하는데, 바라만 봐야 하다니.'

침 꼴깍.

"주리는 원래 근성이 있는 애였어요. 저는 길을 가르쳐 준 것뿐이에요."

주리는 한준호의 말을 꽤 잘 받아넘겼지만, 높임말이 에러였다. 한준호와 내가 사석에서는 말을 까고 지내는 사이란 걸, 주리는 미처 몰랐던 것이다.

"갑자기 웬 해요체? 주리랑 준식이가 있어서 그래? 지금은 공식적인 자리도 아니니 말 편하게 해, 그냥."

휴, 무사히 넘어갔다.

"주리에게 그런 모습이 있을 줄은 정말 상상도 못 했어!"

내게 그 말을 하며 고개를 절레절레 흔들던 한 대표는 내 앞에 놓인 잔에다 사이다를 따라준다. 사이다 말고 맥주를 달라고!

"마음 같아선 술 한 잔 주고 싶은데, 내년 1월 1일이 되기 전에는 너에게 술을 주면 안 되니까 어쩔 수 없지. 요즘은 기업 오너의 갑질 이슈가 하도 자주 불거지니, 자잘한 행동 하나하나도 신경 쓰여. 연예기획사 대표 한모 씨 미성년자인 소속 여가수에게 음주 강요 어쩌고 하는 식으로,

기사 꼭지 따기 딱 좋은 그런 상황은 아예 안 만들도록 조심해야지."

새벽을 향해 가는 심야에도 탱탱한 건강미를 발하고 있는 한준호의 꿀피부는 여전히 부티 나는 윤기를 발하고 있지만, 가까이서 자세히 보니 그의 눈가에서도 세월의 흔적이 느껴진다.

물론 지금도 관리 잘된 미중년이지만, 리즈 시절에 그는 한 결혼정보업체 모델을 할 정도로 연예인급 이상의 수려한 용모를 자랑했다.

줄리아나에서 웨이터가 부킹걸들을 끌어다 주면, 말빨에 특화된 앞잡이들이 아무리 기를 쓰고 바람을 잡아놓아도 어차피 퀸카는 한준호랑 같이 나갔다.

"검증도 안 된, 저 같은 듣보잡에게 그렇게 큰 무대에 설 수 있는 기회를 주셔서 감사합니다."

주리의 목소리에 내 진심을 담아 한 대표에게 전한 나는 주리를 향해서도 미소를 지으며 눈을 찡긋 해보였다.

"잘하면 이번엔 바람을 좀 탈 수 있겠어. 1부가 방영되는 다음 토요일 전후로 보도자료 빵빵하게 돌려야겠지. 이번에 우리도 실검 1위 한 번 찍어 보자고!"

원 샷으로 맥주잔을 비운 한준호는 술병을 들어 주리의 잔부터 따르려다가, 아직 술잔이 그대로인 것을 발견하고는 의아한 듯 묻는다.

"왜? 요즘 술 안 마셔?"

주리가 대답하기 곤란할 것 같아 내가 나선다.

"유노 쌤은 요즘 술 끊으셨대요."

"개가 똥을 끊지, 장윤호가 술을 끊어?"

"지방간 때문에 약 드신대요. 대신 제가 술 따라 드릴게요."

나는 한 대표로부터 맥주병을 빼앗아서 그의 잔에 술을 따른다.

"분명히 말하는데, 내가 술 따르라고 한 것 아니다. 미성년자에게 술 따르게 하는 것도 갑질로 몰릴 수 있어."

"네, 네. 잘 알겠습니다."

내가 술을 따라준 것에 대한 보답을 하려는지, 한준호는 철판에서 잘 구워진 등심 몇 점을 집어 내 파절임 접시 위에다 올려준다.

"강주리, 내일 시간 괜찮아?"

선지 한 조각을 입에 물고 질겅질겅 씹어대던 한준호가 내게 물었다.

"노래와 안무 연습 말고는 특별한 일정은 없어요."

그렇게 말하고는 주리를 향해 확인을 바라는 눈빛을 보냈다. 주리는 말없이 아주 살짝 고개를 끄덕해 보인다.

"그럼, 외출할 준비해서 오후 3시에 큐피드 1층 로비에서 봐."

"어디… 가는 거예요?"

"백화점. 내일은 내가 큰마음 먹고 시원하게 쏠 테니, 그동안 갖고 싶었던 것 마음껏 사. 날이면 날마다 오는 기회가 아니지. 이제 다음 주 주말에 방송 타고나면, 얼굴이 알려져서 어디 마음 놓고 돌아다니지도 못할 거야. 얼굴 팔린 공인이 아닌 일반인으로서의 마지막 자유를 마음껏 즐겨 보라고. 윤호, 자네도 같이 나와. 긁지 않은 복권 같은 주리를 발굴해 준 공로는 보상을 받아야지."

2017년 8월 9일 AM 09:05.

잠에서 깨어나면 원래대로 돌아가 있을지도 모른다고 생각했다. 하지만 눈을 떴을 때 난 여전히 주리의 침대에 누워 있었다. 허전한 아랫도리도, 봉긋한 두 봉우리도 그대로다.

그런데 지금 이 기분은 뭐지? 실망감도 아니고, 그렇다고 안도감도 아닌데? 또 어떻게 생각하면, 실망한 것 같기도 하고, 안도한 것 같기도 하고.

어제는 참 긴 하루였다. 이제 겨우 하루가 지났을 뿐인데, 참 먼 길을 와 버렸다는 기분이 든다. 내가 장윤호의 몸이었을 때의 느낌과 기분이 어땠는지 벌써부터 가물가물하다.

내가 이렇게나 빨리 주리의 몸에 적응되어버린 것일까? 원래 같았으면 담배부터 찾아 물었을 텐데, 이상하게 담배 생각도 별로 간절하지가 않다.

말끔하게 정리되어있는 유미의 침대를 본다. 뜻하지 않게, 내가 그녀로부터 무대를 강탈해버린 것 같은 기분이 든다. 어제의 무대에서 내가 받았던 감동의 크기만큼이나 유미에게도 그 무대가 절실했을 텐데.

원래는 어제 '불명' 녹화 끝난 후에 바로 여의도마리아병원에 들르고 싶었었는데, 너무 늦은 시각이라 그냥 새벽집으로 바로 간 것이었다. 이따 한 대표랑 백화점 볼일 끝난 후에, 맛있는 거라도 사서 병문안 가야겠다.

2017년 8월 9일 PM 02:55.

오늘은 주리와 합의하에 레슨은 쉬기로 했고, 한 대표와 약속한 오후 3시에 큐피드 로비에서 바로 보기로 했다.

그런데 오늘도 주리의 패션은 2000년대 초중반에 머물러 있었다. 폴 스미스 플로랄 셔츠에 트루릴리전 데님. 그 당시엔 두 가지 다 완전 핫한 아이템이었지만, 지금 보니 그렇게 부담스러울 수가 없다.

특히 트루릴리전의 그 굵은 스티치 디테일이 심히 거슬린다.

"옷 고르기 전에 서로 물어보자고 했지?"

"그러는 유노 쌤은 왜 안 물어보고 입으셨어요?"

"왜, 내가 뭘 잘못 입기라도 했어?"

"모처럼 백화점에 가는 건데, 해변에서나 입는 롱 랩 원피스를 입고 오셨잖아요."

"다른 것들은 죄다 기장이 너무 짧고 목이 너무 파였더라고."

"안 되겠어요, 정말. 이제 매일 아침마다 뭘 입을지 일일이 서로에게 알려주도록 하자고요."

오늘은 카니발 하이리무진이 아닌 한 대표의 아우디 A8을 탔다.

"어제 프레스석에 앉아 있었던 기자들 반응이 장난 아니야. 벌써부터 강주리 인터뷰 요청이 몇 개 들어왔어."

업무용으로 사용하는 아우디 A8 외에도 레저용 SUV인 볼보 XC90과 로드스터인 벤츠 SL을 소유한 오토매니아인 한 대표는 전용 기사를 쓰지 않고 직접 운전을 한다.

쌔끈한 검정 프라다 슈트를 입은 한 대표가 앉은 운전석과 빛바랜 폴스미스 플로랄 셔츠를 입은 주리가 앉은 조수석을 번갈아 바라보며, 왜 나는 이런 격세지감을 느껴야 하는 거지?

한 대표는 우리를 압구정 갤러리아 이스트 입구에 내려준 후, 발렛 파킹을 맡기지 않고 주차장 안으로 직접 차를 몰고 들어간다.

타인에게 차량 맡기는 걸 극도로 경계하는 그는 어디를 가서든 반드시 손수 주차를 하며, 꼭 발렛 파킹을 맡겨야 하는 업소에는 아예 가지를 않는다.

심지어 그는 차에 흠집이라도 날까 봐 세차장에 맡기지 않고 일주일에 한 번 직접 세차를 한다. 세 대나 되는 차를 속속들이 다 청소하려면 한나절은 족히 걸리는 중노동이지만, 그는 그 고된 작업을 매주 해낸다.

차를 그닥 필요로 하지도 않고 운전하는 걸 좀 귀찮아하는 뚜벅이인 나로선 참 이해가 안 가는 부분이다.

한 대표는 주차를 하고 백화점 내로 들어온 지 5분도 안 되어, 누군가로부터 걸려온 전화를 받고는 이렇게 말했다.

"이거 어쩌지? 급하게 처리해야 할 일이 생겼어. 나는 회사로 다시 들어가 봐야겠어. 내가 카드를 주고 갈 테니 둘이서 다니면서 사고 싶은 것 마음껏 사. 한도는 없어."

8. 기대와 두려움

◆◆

"한도가 없다고요? 그러면 죄송하고 조심스러워서 오히려 더 맘껏 쓰지 못할 것 같아요."

프라다를 입은 산타클로스에게 내가 이렇게 말하자, 주리도 맞장구를 친다.

"그래, 주리 말이 맞아. 한도를 정해주는 게 좋겠어."

지갑에서 현대카드 블랙을 꺼내든 한 대표는 잠시 생각하는 표정을 짓더니, 이내 산타클로스의 표정과 말투로 돌아간다.

"그럼, 내가 한도 대신 쇼핑의 테마와 미션을 정해주지. 핑크 클라우드의 1위를 축하하는 기념 파티가 열린다고 가정해봐. 그 파티에서 입을 의상과 신발을 고르는 미션이야. 어때, 이제 감이 좀 잡히지?"

주리에게 카드를 턱 건네준 후 뒤돌아서서 성큼성큼 걸어가는 한 대표의 뒷모습이 그렇게 멋져 보일 수가 없다.

저런 행동이야말로 오너로서의 진정 아름다운 갑질이 아니겠는가? 같은 갑질이라도 저런 갑질이라면 매일이라도 당해줄 의향도 있다.

"내 친구지만, 참 멋진 놈이야."

나는 자존심 따위는 개나 줘버리고, 그저 감사하는 마음만 갖기로 했다.

"같이 다니면서 서로의 의상을 골라주면 되겠어요."

일단 여자 옷부터 고르기로 했다. 주리는 생 로랑의 새로운 디자이너 안토니 바카렐로가 디자인했다는 검정 시스루 투피스를 맘에 들어 했다. 그러나 내 아재 감성으로는 결코 용납이 안 되는 패션이었다.

나는 발렌티노의 소매 길고 치렁치렁한 드레스가 좋겠다고 했지만, 주리는 나이 들어 보여서 싫다고 했다.

그래서 서로 조금씩 양보해서, 생 로랑의 소매만 망사로 된 블랙 미니 드레스로 합의를 봤다.

남자 옷은 그냥 프라다에서 고르기로 했다. 사장님이 짜장면 드시는데 사원이 잡탕밥을 시킬 수 없듯, 한 대표가 입은 프라다보다 더 비싼 브랜드를 살 수는 없었기 때문이다.

검정 수트를 피팅하고 나온 주리를 보며 나는 묘한 기분에 사로잡힌다. 늘 거울을 통해서만 볼 수 있었던 자신의 모습을 1.5m 정도의 거리에서 눈으로 직접 보는 경험에 직면한다면, 누구든 이런 기분에 휩싸일 것이다. 내가 나 자신의 뒷모습을 이렇게 정면으로 보게 될 줄이야!

'저렇게 입으니 나도 꽤 괜찮네!'

옷이 날개라고, 이탈리아산 날개를 달아놓으니 내 모습도 꽤 멋져 보인다.

쇼핑을 끝낸 후 유미 병문안 갈 때 가지고 갈 먹거리를 사기 위해 웨스트 건물 쪽 지하 식품 매장으로 갔다.

"유미가 특별히 좋아하는 음식은 없어?"

백화점 지하 식품 매장은 항상 다채로운 유혹으로 식탐을 일깨우는 장소지만, 막상 목적성을 갖고 둘러보다 보면 선택장애에 빠져들곤 한다. 종류가 너무 많아서 오히려 고르기 힘든 것이다.

"유미 언니는 저보다 더 초딩 입맛인 것 같아요."

"나랑 비슷하군."

"햄버거나 피자처럼 핑크 클라우드에겐 금지된 음식들을 엄청 밝혀요. 밤에 둘이서 숙소 몰래 빠져나가서 버거 사먹고 들어온 적도 있어요."

"브루클린 버거와 부자 피자 정도 사 가면 되겠다."

주리가 브루클린 버거를 포장해오는 동안, 나는 부자 피자 카운터 앞에서 피자가 나오길 기다린다.

마침 그때 카톡 알림음이 울린다. 로드 매니저 준식이다. 갤러리아 근처를 지나가고 있으니 볼일이 끝났으면 픽업하겠다는 내용이었다. 회사로 들어간 한 대표가 준식에게 우리를 픽업해 줄 것을 부탁한 게 아닐까 추측했다.

그런데 뜻밖에도 카니발 하이리무진 안에는 유미가 타고 있었다. 지금 막 여의도마리아병원에서 퇴원하고 오는 길이라고 했다.

"벌써 퇴원한 거야? 우리 지금 병문안 가려고 먹거리 사가지고 오는 길인데."

나는 양손에 들고 있는 쇼핑백들을 살짝 들어 보인다.

"큰 병도 아닌데 오래 누워있을 필요가 없잖아. 가만히 누워 있으려니 답답해서 혼났어."

유미는 콧잔등을 찡그리며 웃는 특유의 미소를 지어 보인다.

"괜찮아?"

그렇게 물어보고선, 나는 금세 후회한다. 괜찮을 리가 없는 사람에게 괜찮냐고 물어본 내 어리석음이 부끄러웠다. 내 앞에서 태연하려고 애쓰는 모습이 나를 더 미안하게 만든다.

이 미안함은 쉽게 갚을 수 있는 성질의 것은 아닌 것 같다. 내가 유미의 곁에 있는 동안, 두고두고 조금씩 갚아나가야지. 마치 원리금 균등상환하듯이 말이다.

2017년 8월 9일 PM 07:25.

핑크 클라우드의 숙소 거실 소파에는 나머지 세 명의 멤버가 모두 모여 앉아 있었다.

"언니, 왔어? 어제 언니 쓰러졌다는 얘기 듣고도 병원까지 못 가봐서 미안해."

가장 먼저 유미에게 달려와 그녀의 목을 감싸 안는 이는 유진이다.

김유진, 20세. 핑크 클라우드의 세컨드 보컬.

JYB 연습생 출신이라는 엘리트 의식과 낙오자로서의 콤플렉스를 동시에 지닌 인물이다. 따라서 연습생 과정을 거치지 않고 팀에 바로 합류한 새 멤버 주리에게 좋은 감정을 갖고 있을 리 없다. 주리를 감싸는 유미와는 달리 주리에 대한 반감을 있는 그대로 표현하는 인물.

"윰 언니, 우리가 얼마나 걱정한 줄 알아?"

유진의 꽁무니에 세트처럼 따라붙는 쪽은 준희이다. 정준희, 19세.

예중, 예고에서 현대무용을 전공한 춤 실력자이다. 보컬과 랩을 같이 하지만 파트가 많지는 않다. 유진과는 찰떡궁합. 동갑내기 주리에 대한 우월감과 열등감 사이에서 갈팡질팡하는 인물.

"그래도 얼굴은 좋아 보여서 다행이야. 오랜만에 잘 잔 얼굴인데?"

정화는 소파에 앉은 채 걸걸한 목소리로 투박한 인사말을 던진다. 이정화, 23세.

뉴욕에서 온 재미 교포 출신의 래퍼이다. 겉으로는 털털해 보이는 톰보이지만 실제 마음은 여린 편.

"그래, 모처럼 푹 잘 잤어. 너무 잘 자서 내 얼굴이 퉁퉁 부었지?"

유미는 숙소에 돌아왔다는 익숙한 편안함을 만끽하려는 듯 소파에 털썩 몸을 던진다.

"근데 주리 넌 무슨 자신감으로 거길 올라간 거야? 우리가 네 노래 실력을 모르는 것도 아니고, 연습도 제대로 안 해서 보나 마나 무대 망치고 내려올 게 분명했을 텐데 말이야. 우리 팀 망신시키려고 작정한 거야?"

유진이 독기 오른 살쾡이 같은 눈빛으로 나를 노려본다. 그러자 그 말에 동의한다는 듯 준희도 덩달아 내게 눈을 흘긴다.

"너희 아직 소식 제대로 못 들었나 보구나. 주리가 어제 무대에서 아주 끝내주게 잘했대. 그래서 1승까지 했는데, 그 상대가 무려 김권모 선배님이었어."

고맙게도 나를 대신해 그들의 공격에 맞서 준 유미의 말에, 두 살쾡이

들은 마치 호랑이의 위협이라도 받은 듯 금세 꼬리를 내린다.

"그, 그래도 이번 일은 받아들일 수 없어요. 만약 유미 언니가 무대에 설 수 없는 상황이었다면, 당연히 세컨드 보컬인 유진 언니에게 기회가 넘어갔어야 하는 것 아닌가요? 어떻게 아직 정식 데뷔도 안 한 새 멤버를 무대에 올릴 수가 있냐고요. 이런 불공평한 처사가 어디 있냔 말이에요. 전 그냥 넘어갈 수 없어요. 대표님께 정식으로 따질 거예요!"

얼굴이 시뻘게지면서 열변을 토하는 준희의 말에도 일리가 전혀 없는 건 아니었다.

그런데 바로 그때, 울림 깊은 바리톤 목소리가 숙소 거실을 쩌렁쩌렁 울린다.

"연예계에서 공평함을 바라는 건 어리석은 짓이야."

멤버들도, 나도 화들짝 놀라지 않을 수 없었다. 바로 우리 뒤에 한 대표가 와있었다는 걸 거기 있던 누구도 알지 못했던 것이다.

"무대의 주인은 따로 있지 않아. 무대는 그 위에 올라가서 잘 해내는, 바로 그 사람의 것이야. 그렇게 뒤늦은 토로를 해봤자 아무 소용없어."

소란스럽던 숙소 거실이 갑자기 물을 끼얹은 듯 조용해졌다.

"그런데 같은 팀 멤버가 그렇게 중요한 무대에 서는 날, 너희 셋은 대체 어디 갔었던 거야? 어디 있다 나타나서 이런 뒷북을 치고 있냐고?"

좋을 땐 한없이 좋은 한 대표도 정색하면 모골을 송연하게 만드는 불같은 카리스마가 있다.

"무대에서 실수하거나 음원 성적이 나쁜 건 용서할 수 있어도 팀원끼리 내분이 일어나는 건 결코 용납할 수 없어! 팀이란 게 뭐야? 서로를 감싸안고 격려해주며 최선을 향해 함께 나아가는 게 팀이라고."

누구도 섣불리 나서지 못하는 험악한 분위기를 뚫고, 유미가 자리에서 일어난다. 역시 리더는 리더인가 보다.

"모든 것이 저의 불찰입니다. 리더로서 멤버들의 마음조차 하나로 모으지 못한 제 잘못이에요. 이번 일은 애당초 저로 인해서 불화가 생긴 것이니 제가 수습하겠습니다. 더 이상 멤버들이 서로 얼굴 붉히는 일이 없도록 책임지고 노력하겠습니다. 아무쪼록 노여움을 풀어 주세요, 대표님."

착한 유미. 이번 일로 가장 큰 데미지를 입었을 사람이 바로 자신이면서도, 유미는 오히려 이 사태에 대한 책임과 수습까지 본인이 떠맡으려고 나선 것이다.

"유미는 몸부터 얼른 추슬러. 자기 몸을 쓰며 살아가야 하는 연예인들에게 건강보다 중요한 가치는 없어. 건강이 무너지면 다 무너지는 거야. 프로들은 본인의 건강관리도 프로급으로 할 수 있어야 해. 다른 사람들도 다 명심하라고."

유미의 어른스럽고 대범한 대처 앞에서 한 대표도 격앙된 어조를 한 톤 누그러뜨릴 수밖에 없었다.

"네! 잘 알겠습니다, 대표님. 그렇게 서 계시지 말고 좀 앉으세요."

어떻게든 무거운 분위기를 풀어보려고 애쓰는 유미의 권유에, 한 대표는 못 이긴 척 소파에 앉는다.

"너희들도 여기 와서 앉아 봐. 전달 사항이 있다."

멤버들과 나는 그제야 풀 죽은 강아지들처럼 고개를 숙인 채 슬금슬금 소파로 가서 앉는다.

"어제 무대에서 주리가 잘해준 덕분에 인터뷰 요청이 여러 건 들어왔고, 프로그램 제의도 받았어. 아직 주리가 출연한 불명 녹화분이 방영되기 전인데도 말이야. 물론 제의가 들어왔다고 해서 다 할 생각은 없어. 신중하게 엄선해서 응할 생각이야."

한 대표는 잠시 말을 멈추고 좌중을 둘러본다. 격노의 자취가 물러간 그의 눈빛은 어느새 희망찬 활기로 반짝이고 있다.

"그런데 제안받은 것들 중에 욕심나는 아이템이 하나 있어. 한 음악 케이블에서 시도하는 파일럿 프로그램인데…."

고개를 숙이고 있던 멤버들의 시선이 일제히 한 대표 쪽을 향한다.

"이미 데뷔해서 활동 중이지만 자질이나 실력에 비해선 아직 괄목할 만한 성과를 거두지 못한 아이돌 그룹에 각 분야의 전문가들이 달라붙어서 다각적이고 심층적인 혁신을 시도하는 프로젝트지. 새 멤버를 영입해서 새로운 도약을 꾀하고 있는 핑크 클라우드는 이 프로그램의 취지와 잘 맞아떨어질 뿐만 아니라, 우리에겐 더없이 좋은 기회라고 생각해."

이 내용을 전하고 있는 한 대표의 목소리에는 설렘의 기운이 가득 묻어 있다.

"그런데 어쨌든 시청자에게 극적인 긴장감과 흥미를 줘야 하는 예능 프로그램인 만큼, 경쟁의 요소가 도입되지 않을 수 없겠지. 다섯 멤버들은 모두 원점에서 다시 시작할 거야. 지금까지의 팀 내 서열 구도는 의미가 없어. 누구나 공평한 경쟁을 통해, 자기 파트를 따내고 자신의 위치를 부여받는 거지. 가장 잘하는 사람이 가장 어렵고 중요한 파트를 맡게 될 것이고, 무대에서도 가장 좋은 위치를 차지하게 될 거야. 다만 그 경쟁 과정은 공정해야 하고, 불가침의 투명성과 객관성이 확보되어야 하겠지."

이미 마음의 결정을 한 듯 확신에 차 있는 한 대표의 목소리에 귀를 기울인 멤버들의 얼굴에는 기대와 두려움이 교차하고 있는 듯 보였다. 그의 말이 끊어진 후에도 한동안 아무도 말을 꺼내지 않았다.

9. 들킬까 봐 겁나

◆◆

"전 좋아요, 대표님."

이번에도 그 무거운 침묵을 깬 것은 유미였다.

"경쟁을 통해 파트와 서열을 재정비하는 방식은 우리 팀에게 아주 신선한 자극이 되어줄 것 같아요. 대표님이 말씀하신 대로 저희에겐 좋은 기회인 것 같습니다."

사실 '서열 파괴'라는 내용을 가장 싫어할 만한 사람이 바로 리더이자 메인 보컬인 유미일 것이다. 그런데 다른 사람도 아닌 유미의 입에서 '좋아요'라는 말이 나와 버리니 아무도 이견을 못 내는 분위기가 되어버렸다.

유미의 동조에 힘을 받았는지 한 대표는 의기충천한 표정이 되어 다시 말을 이어간다.

"좀 느끼한 표현이지만, 너희는 다 소중한 내 새끼들이다. 내가 큐피드를 차린 후에 내 손으로 만들어낸 처음이자 유일한 걸그룹인 만큼, 어떻게든 성공시켜 보고 싶은 내 아픈 손가락들이란 말이다. 솔직히 말해서, 너희끼리 서로 경쟁하게 만드는 것이 나로선 썩 내키지 않는 일이긴 해. 그런데 이 제안에서 가장 솔깃했던 부분은 따로 있어. 바로 그들이 제시한 경쟁의 방식이야."

잠시 뜸을 들이며 멤버들의 반응을 살피는 그의 눈빛이 반짝반짝 빛난다.

"너희는 추첨으로 각각 레전드 아티스트 한 명씩을 배정받게 될 거야. 배정된 아티스트에게 조언과 지도를 받아서 해당 아티스트의 노래로 경합을 벌이는 거지. 내 마음을 사로잡은 것이 바로 이 멘토링 시스템이다. 섭외된 아티스트들의 목록을 보면 정말 레전드라는 수식어가 아깝지 않은 분들이야. 전인건, 이성철, 이문새, 신성훈, 이성환. 나는 이 어마어마한 분들이 섭외되었다는 얘기만 듣고 덜컥 수락을 해버렸어."

한껏 격양된 표정의 한 대표는 헛기침으로 목소리를 한 번 가다듬은 후 다시 말을 이어간다.

"너희들의 의사를 먼저 묻지도 않고 출연 결정을 독단적으로 해버린 것에 대해서는 미안한 마음을 갖고 있다. 하지만, 나는 주저할 틈이 없었다고 생각했어. 내 새끼들에게 그 레전드들과 함께 작업해 볼 수 있는 기회를 꼭 마련해주고 싶었지. 이렇게 좋은 기회는 두 번 다시 오지 않을지도 몰라. 나는 너희들이 이 프로그램을 꼭 멋지게 성공시키길 바라 마지않는다."

한 대표의 말은 의견타진이 아닌 통보이며, 이미 더 이상 묻고 따지고 할 상황이 아니라는 걸 다들 직감하고 있었다. 모두가 각자의 생각에 잠긴 듯 얼마간의 정적이 흐르고 있을 때 정화의 걸쭉한 음성이 들려온다.

"프로그램 제목은 뭔가요?"

진지하면서도 묘하게 코믹한 정화의 목소리는 이 부담스러운 분위기를 깨는데 제격이었다.

다들 하나같이 궁금했었다는 표정으로 한 대표를 쳐다본다. 그는 마침내 회심의 미소를 떠올리며 대답한다.

"《윈드 메이커》."

일단 한번 발동이 걸리면 브레이크나 차선변경 없이 오직 가속 페달밖에 밟을 줄 모르는 한 대표의 추진력은 그야말로 거침이 없었다.

다음날 바로 《윈드 메이커》 제작진과의 미팅이 이루어졌다. 그리고 별다른 대본 없이 리얼 다큐 형식으로 진행될 프로그램인 만큼, 그다음 날부터 바로 멤버별 개인 촬영에 돌입했다.

멤버 하나당 담당 작가와 카메라 감독이 각각 한 명씩 따라붙었다. 그들은 앞으로 두 달간 우리를 따라 다니며 밀착 취재를 할 예정이다.

조금 걱정되는 건 주리와의 대화가 제한된다는 점이다. 스크립터와 카메라 감독이 계속 내 주위를 맴돌 테니 말이다. 그러니까 카메라와 스크립터 앞에서만큼은 온전히 주리로 살아가야 한다는 뜻이다.

"카메라를 의식하지 말고 자연스럽게 행동하세요."

작가와 카메라 감독은 내게 이 말을 반복했지만, 그런 지시가 오히려 내 표정과 말투를 더 얼어붙게 만들었다.

의식하지 말라고 하면 더 의식하게 되는 법. 더구나 나는 카메라 앞에서 장윤호가 아닌 강주리여야 했기 때문에, 더더욱 자연스럽게 행동하기 어려웠다. 긴장을 놓고 있다가 은연중에 장윤호가 튀어나와 버리면 큰일이니까.

나에게 배정된 스크립터 조윤희는 딱 봐도 막내티 풀풀 나는 신출내기 작가로 보였다. 내가 무슨 질문을 하면 바로 답이 나오는 경우가 드물었고, 번번이 어딘가로 전화해서 '언니'를 찾아댔다.

보고 있으면 삶은 고구마 몇 조각을 삼킨 듯 답답함이 밀려왔지만, 어찌 보면 다행이라는 생각도 들었다. 베테랑 작가가 붙어서 날카롭고 집요하게 파고드는 질문 공세에 시달리는 것보단, 답답함을 좀 참아야 하더라도 마음 편하게 촬영하는 편이 훨씬 더 나을 것 같았기 때문이다.

2017년 8월 11일 AM 10:12.

큐피드 건물 2층의 안무 연습실. 신곡 <핑키 윙키>의 안무 연습이 한창이고, 《윈드 메이커》 촬영팀이 그 장면을 카메라에 담고 있다.

"골반과 하체는 중심을 잡고 상체만 스윙하는 거야! 원 투 쓰리 포!"

지금 안무연습실이 떠나갈 듯 고래고래 소리를 지르고 있는 저 여인은 큐피드의 우슬라, 우향주다. 기차 화통을 삶아 먹은 듯한 목소리의 그녀가 지배하는 이곳은 마치 도떼기시장 같다.

매일 같이 춤을 추는데도 저렇게 육중한 몸을 유지할 수 있는 비결은 그녀의 가공할만한 먹성 덕분이다. 고깃집에서 큐피드 회식을 할 때면 항상 서향주 몫으로 4인분을 따로 카운트해서 챙겨야 할 정도다. 대식가인 동시에 미식가이기도 한 그녀는 언젠가 큐피드 로드매니저들을 위해 각 방송사 주변의 맛집 리스트를 손수 작성해 배포한 적도 있다.

"야, 강주리!"

우슬라가 고깃집 이모를 부르는 톤으로 강주리, 그러니까 나를 불렀을 때, 나는 움찔하지 않을 수 없었다.

'뭐야, 들킨 건가?'

내 딴에는 안무 동작을 열심히 따라한다고는 했지만, 아무래도 티가 나지 않을 수는 없었을 것이다.

나는 마치 우슬라에게 목소리를 빼앗긴 인어공주처럼 아무 대답도 못한 채 가만히 서 있었다.

"주리 너 혹시…"

과연 무슨 말을 하려는 걸까? 정말 들킨 거면 어떡하지? 지금이라도 우향주를 따로 밖으로 불러내서 사실대로 얘기해야 하나?

"어디서 몰래 개인 레슨 받고 왔니?"

우향주의 입에서 나온 뜻밖의 물음에 나는 눈이 휘둥그레졌다.

"불과 며칠 전까지만 해도 뻐덕뻐덕한 나무토막 같던 애가 갑자기 물 찬 제비가 되었잖아!"

혹시라도 정체가 탄로났을까 봐 전전긍긍했던 나는 일시에 긴장이 풀리면서 잠시 휘청한다.

"주리가 얼마나 연습벌레인데요, 선생님! 밤늦게까지 연습실에서 혼자 남아 안무 연습하는 것 제가 자주 목격했어요."

안무가 우향주의 칭찬도 모자라 리더 유미까지 한마디 보태고 나서자, 옆에 서있는 준희의 표정이 질투심으로 일그러지는 게 곁눈으로 보인다.

'사실 내가 춤은 좀 추지!'

내가 이래 뵈도, 유치원 때부터 중학교 가기 전까지 근 7년간 발레로 다

져진 몸이기 때문이다.

그러다 점점 더 불룩해지는 타이즈 앞섬에 수치심을 느끼게 되면서, 나는 발레복 입는 것을 완강히 거부하던 끝에 결국 그만두고 말았다.

만약 그 '타이즈 굴욕'을 견뎌내며 발레를 계속했더라면, 서초구 방배동에서 빌리 엘리어트 하나 나왔을지도 모르는 일인데 말이다.

아닌 게 아니라, 우리 김 여사님의 극성스러운 교육열 덕분에 나는 서너 살 무렵부터 초등학교 고학년 때까지 피아노, 미술, 수영, 발레, 태권도 등의 각종 예체능을 섭렵했다. 심지어 그 당시엔 아주 극소수의 남자애들만 했던 피겨 스케이팅까지 했으니 말 다했지, 뭐.

발레와 피겨 스케이팅을 통해 터득한 '몸 쓰는 법'을 써먹을 데라고는 지금껏 나이트와 클럽밖에 없었다. 그런데 그 능력을 주리의 몸을 통해 써먹게 될 줄이야.

2017년 8월 11일 AM 11:58.

안무 연습 후에 우리는 큐피드 건물 3층 회의실에 모였다. 잠시 후인 정오부터 레전드 콜라보 컴피티션의 '담당 아티스트'를 배정하는 추첨이 진행될 예정이었기 때문이다. 물론 추첨 과정도 낱낱이 촬영될 것이다.

원래 곱슬머리인지 펌을 한 것인지는 알 수 없지만, 구불구불한 흑갈색 머리가 배추포기처럼 사방으로 뻗쳐 있는 꺽다리 사내가 나타나 말을 시작한다.

"《윈드 메이커》의 총연출을 맡은 전상철입니다."

그는 공중파 프로듀서 출신이지만, 사실 흥행 성적이 좋은 스타 PD는 아니었다.

그가 공중파에서 음악 케이블로 자리를 옮겨 간 것은, 히트작으로 유명해진 후 높은 몸값을 받고 이적한 여타의 스타 PD들과는 좀 다른 이유이다.

그는 지나칠 정도로 타협 없는 고품격, 고품질 음악방송만을 추구하다가 스스로의 욕심에 못 이겨 퇴사한 경우다. 자신이 연출하는 프로그램의 오디오 송출 방식을 두고 윗선과 다투다 끝내 프로그램에서 하차해버렸던 일화는 그의 완벽주의적인, 혹은 괴팍한 성향을 단적으로 드러낸다.

마니아층으로부터 지지를 받는 프로그램이 없는 건 아니었지만, 변변한 히트 프로그램도 없는 그가 그 어마어마한 레전드 아티스트들을 섭외해냈다는 것은 가히 미스터리에 가까운 일이라 할 수 있겠다. 혹시 뒤를 봐주는 배후가 있는 건 아닌지 의심이 갈 정도.

"여러분은 오늘 이 상자 안에서 당구공을 하나씩 뽑게 됩니다. 그 공에는 특별 섭외된 레전드 아티스트들의 이름이 하나씩 쓰여 있습니다. 여러분이 각자 해당 아티스트를 찾아가서 그분의 히트곡들 중 한 곡을 받아 함께 편곡 작업을 하고 노래 연습도 하게 됩니다. 그런 다음 함께 모여 경연을 펼치게 되고, 심사위원들의 평가를 통해 순위를 매기게 됩니다. 그 순위를 바탕으로 신곡 <핑키 윙키>의 파트와 포지션을 결정하게 됩니다."

말을 마친 그는 '질문 있습니까?' 하는 표정으로 멤버들을 쭉 둘러본다.

"심사는 어떤 분들이 하게 되나요?"

역시 유미가 멤버들 중 예능 출연 경험치가 가장 커서 그런지 방송을 좀 아네. 멤버들뿐만 아니라 시청자들도 궁금해 할 만한 질문을 던져주는 저 센스.

"음악 평론가 임진오님, 페이펄 크리에이티브 대표 최승철님, SAS 출신 보컬리스트 푸른바다님, 그리고 큐피드 대표 한준호 님입니다. 그렇게 네 분으로 구성된 평가위원단의 점수를 60%, 시청자 문자투표를 40% 반영해서 최종 성적을 산정하게 됩니다."

한 대표는 자신의 이름이 불리자, 괜히 왼쪽으로 꼬고 있던 다리를 오른쪽으로 바꿔 꼰다.

"그런데 정화 언니는 래퍼잖아요. 우리 팀에서 래퍼는 하나뿐인데, 그럼 정화 언니만 파트와 포지션이 고정되나요? 그렇게 되면, 정화 언니에겐 이 경쟁의 의미가 없어지는 거 아닌가요?"

사실 누구나 궁금할 만한 사항이긴 했지만, 말투와 목소리 자체가 주는 것 없이 얄미운 유진의 질문이라 괜히 눈꼴이 틀린다. 팔짱 좀 풀고 얘기하시지? 저런 싸가지 없는 것 같으니라고.

"나도 노래할 수 있어. 나라고 랩만 하란 법 있니?"

전혀 예상치 못했던, 정화의 통쾌한 반격이었다. 나는 육성으로 웃을 뻔.

"맞습니다. 래퍼도 보컬에 도전할 수 있고, 보컬도 랩을 할 수도 있죠. 경우에 따라선 노래와 랩, 그리고 춤까지 모두 하는 올라운드 센터가 나올 수도 있는 겁니다."

다소 경직된 표정이었던 전상철 PD의 얼굴에 초승달 같은 미소가 걸린다. 걸걸한 목소리로 드러낸 정화의 승부욕이 그에겐 긍정의 시너지로 작용한 듯했다.

10. 열아홉 프리티 걸로 산다는 것

◆◆

그나저나 나는 과연 누구와 작업을 하게 될까? 사실 다섯 분의 레전드 중 누구와 만나게 되더라도 나에겐 가슴 벅찬 영광이 아닐 수 없다.

한국에서 락 좀 한다는 사람들에겐 셋째 숙부님쯤 되는 전인건, 한국 남성 보컬의 에베레스트 이성철, 80년대 후반 음반업계를 평정한 팝 발라드의 전설 이문새, 명실공히 발라드의 황제 신성훈, 판타스틱 공연지신 이성환.

이 기라성 같은 뮤지션들이, 그분들에 비하면 미천하기 짝이 없는 우리들을 만나주신다는 게 실화 맞나?

추첨 순서는 가나다순이었다. 주리가 강 씨라 내가 제일 먼저 공을 뽑았다. 누굴 뽑아도 괜찮다고 생각했지만, 막상 뽑으려니 무지하게 떨린다. 과연, 누구일까?

'전인건'

대체불가의 야성적 락 보컬. 1980년대 중반 들국화꽃 활동으로 한국 록의 르네상스를 견인한 혁명가인 동시에, 부침 많은 삶을 겪으며 깊어진 울림으로 여전히 시대에 응답하는 진행형 아티스트. 바로 그분을 내가 만난다니.

그 독특한 외모와 속을 알 수 없는 포커페이스를 떠올리는 것만으로도 나는 약간 위축되는 것 같았지만, 주리의 미모로는 무덤덤한 그분에게서도 아빠 미소를 끌어낼 수 있을 것이란 자신감에 어깨가 펴졌다.

두 번째 순서로 제비뽑기를 한 유진의 공에 적힌 이름은 이성철이었다. 타고난 음색, 정확한 발음과 비브라토에 실리는 호소력, 감정의 강약과 디테일을 노련하게 컨트롤하는 능력 등으로 정리되는 남성 보컬의 최고봉.

가히 보컬의 교과서라 할 만한 이름이 쓰인 공을 손에 넣고도 대체 뭐가 못마땅한 건지 미간을 찌푸린 유진의 모습이 심히 거슬린다. 에라, 성철 옹한테 독설이나 실컷 쳐드셈.

세 번째로 나온 정화는 이분새를 뽑았다. 80년대 중후반에 청춘 시절을 보낸 이들에게 그의 음악은 가장 아름다웠던 시절에 대한 노스탤지어를 불러일으킨다.

묵직하고 울림 깊은 정화의 목소리로 표현되는 이문새표 발라드는 과연 어떨지, 벌써부터 기대된다. 아직 나는 정화의 랩이 아닌 노래를 들어본 적이 없지만, 뭔가 대단한 것이 나올 것 같은 느낌적인 느낌.

네 번째 순서의 준희가 이성환을 뽑으면서 유미는 자동적으로 신성훈을 배정받았다. 준희의 얇은 목소리는 이성환 노래에 꽤 잘 어울릴 것 같다. 물론 실제와는 다르겠지만, 준희가 〈천일 동안〉이나 〈어떻게 사랑이 그래요〉 같은 노래를 부르는 모습은 머릿속에 잘 그려진다.

그런데 유미가 부르는 신성훈 노래는 솔직히 상상이 잘 안 간다. 감정을 그대로 토해내는 스타일인 유미의 보컬과 애이불비의 신성훈 발라드가 만났을 때 과연 어떤 케미가 발생할지.

아, 그러고 보니 신성훈 노래 중에서도 감정을 뿜어내며 절규하듯이 부른 〈보이지 않는 사랑〉 같은 노래도 있긴 있구나.

아무튼, 과연 어떤 선곡으로 어떤 방향의 무대를 꾸며갈지 사뭇 궁금해지는 조합이다. 어쩌면 고정관념의 틀을 깨뜨리는 굉장한 무대가 나올지도.

그런데 아까부터 이상하게 아랫배가 뒤틀린다. 허리도 뻐근하고. 화장실에 가서 앉아 있어 보기도 했는데, 나오는 건 없었다.

나는 합동 촬영이 끝난 후 사람들이 쉬고 있는 틈을 타 지하 1층으로 내려갔다. 주리가 있는 내 연습실로 가기 위해서였다. 주리는 연습실 안에서 '실용음악 이론' 책을 보고 있었다.

"주리야, 아까부터 이상하게 배꼽 아래쪽이 막 쥐어짜는 것처럼 아파.

화장실 가고 싶은 건가 해서 가봤는데, 나오진 않았어. 허리까지 막 아파서, 바로 펴질 못할 정도야. 아무래도 병원에 가봐야겠지?"

내 말을 들은 주리는 갑자기 뭔가 생각났다는 듯, 앞에 놓인 탁상달력에 손가락을 갖다 대고 날짜를 짚어본다.

"그게 아니고…."

주리는 뭔가를 말하려다가는 말을 잇지 못한다.

"그게 아니고, 뭐?"

나의 다그침에 잠시 난감한 표정을 짓던 주리는 윗니로 아랫입술을 한 번 지그시 깨물고는, 마침내 입을 연다.

"그날이라서 그래요."

"그날?"

"네, 그날이요."

"그날이 무슨 날인데?"

나는 그렇게 되묻고 나서야 소스라치게 놀라며 내 손으로 입을 틀어막았다. 주리가 말한 그날의 의미를 그제야 깨달은 것이다.

주리는 나를 큐피드 건물 인근에 있는 편의점으로 데려갔다.

"안에 들어가서, 조은 느낌 오가닉 순면 커버 슬림 중형, 대형, 그리고 오버나이트를 사와요."

"내가?"

"그럼, 제가 사다 드릴까요? 정녕 유노 쌤 변태라는 소문이라도 났으면 좋겠어요?"

"알았어, 사오면 되잖아. 다 기억 못 하니까 카톡으로 찍어줘."

나는 편의점에 들어가서 지금껏 내가 한 번도 접근해보지 못한 코너로 다가갔다. 포장 디자인이 꼭 여성향 로맨스 책표지를 연상시키는 패키지들 틈에서 주리가 카톡에 남겨준 제품들을 겨우겨우 찾아냈다.

"이제 몇 시간 후면 생리가 시작될 거예요. 언제 터질지 모르는 일이기 때문에 그냥 지금부터 이걸 하고 계셔요. 오늘은 첫날이니 중형을 하고,

내일부터 모레까지는 양이 많을 테니 대형으로. 또 밤에는 오버나이트를 하면 되고요. 적어도 세 시간에 한 번은 갈아 주셔야 해요."

주리는 구구절절이 길게 설명을 했지만 내 귀에는 잘 들어오지 않았다. 나의 멍한 표정을 본 주리는 내가 영 못 미더운 지 한마디 덧붙인다.

"기억 못 하시겠죠? 카톡에 찍어놓을게요. 착용 방법 설명된 인터넷 링크도 함께 걸어 놓을 게요."

이토록 아프고, 불편하고, 번거로운 '그날'을 28일 주기로 반복해야 하다니.

아까부터 괜히 짜증이 치밀었던 것도 혹시 생리 때문이었나? 나는 분노유발 콤비 유진-준희 때문인 줄로만 생각했는데.

'열아홉 살의 예쁜 여자로 사는 것이 꼭 좋은 것만은 아니구나!'

생리대가 종류별로 잔뜩 담긴 검정 비닐봉지를 들고 화장실로 향하는 내 발걸음이 꼭 아재였을 때처럼 다시 무거워진 기분이다.

2017년 8월 12일 AM 11:26.

다음 날에는 정말 양이 많았다. 내 몸에서 뭔가가 계속 흐르고 있는 느낌에 아침에 일어나서 지금까지 화장실에 무려 아홉 번을 들락거렸다.

치골 위를 뭔가로 꽉 누르고 있는 것 같은 묵직한 통증이 떠날 줄을 모르고, 허리는 끊어질 듯이 아프다. 머리도 지끈지끈. 마치 몸이 3단 분리된 느낌이다.

빈속에 진통제를 먹었더니 속만 쓰리고 효과는 오리무중. 그냥 딱 이불 둘둘 감은 채 침대 위에 가만히 누워 있고만 싶었다. 하지만 그럴 수 없었다. 오늘이 바로 전인건 형님과의 첫 대면이기 때문이다.

하필 이렇게 중요하고 영광스러운 날이 생리 2일 차와 겹칠 게 뭐람? 나는 주리가 일러준 대로 대형 사이즈 패드를 넉넉히 챙겼고, 여분의 팬티 몇 장과 혹시 옷을 버렸을 경우에 허리에 두를 수 있는 가디건도 하나 가져왔다.

인건이 형님의 자택이 있는 삼청동까지는 방송국에서 보낸 차량을 타고 이동해야 했다. 핑크 클라우드 멤버들이 모두 흩어져서 개별 촬영을 해야 하는 관계로 특정 개인이 팀 차량을 쓸 수 없기 때문이다.

지난 8월 8일부터 10일, 그러니까 불과 이틀 전까지 서강대 메리홀에서 '사랑' 콘서트를 여셨다는 정보를 접했던 터라 당연히 댁에서 편안히 쉬고 계실 줄 알았다.

그런데 인건이 형님 매니저분의 안내를 받아 지하로 향하는 계단에서부터, 쿵짝거리는 드럼의 진동에 묻어오는 그분의 노래 소리를 들을 수 있었다.

들려온 노래는 바로 비틀즈의 <Across the Universe>였다. 나는 고양이처럼 살금살금 연습실문을 열고 들어가 한쪽 구석에 자리를 잡고 서서 노래를 들었다.

마이크 볼륨이 크지 않았기 때문에, 마이크 음향과 형님의 육성이 거의 반반으로 섞여서 들려왔다. 그야말로 귀호강이 따로 없었다.

거친 듯하면서도 끈적끈적한 질감이 있는 보이스에 실린 신비롭고 몽환적인 멜로디가 내 몸과 마음을 따스하게 감싸는 것 같다. 진통제에도 반응이 없던 내 생리통이 정말 거짓말처럼 덜어진 느낌이다.

"안녕하세요, 선배님."

카메라 앞에 마련된 두 개의 스툴에 인건이 형님과 나란히 앉은 상태에서, 나는 형님께 어색한 인사를 건넨다.

"안녕하세요, 주리 양이라고 했나요?"

뽀로로의 안경만큼이나 당연하게 느껴지는 붙박이 선글라스에 가려져 눈은 보이지 않았지만, 분명 입으로는 싱긋이 웃고 계셨다. 역시 내 예상대로, 주리의 미모는 전인건도 웃게 한다!

"콘서트 끝난 지 이틀밖에 안 되었는데도 노래 연습을 하시네요. 솔직히 전 좀 놀랐어요."

"공연이 없을 때에도 거의 매일 연습을 해요. 물론 밴드와 날마다 합을 맞추는 건 아니지만."

"바로 자택 지하에 연습실을 두고 계실 정도이니, 거의 음악과 함께 살고 계시다고 해도 과언이 아닌 것 같아요."

"다음 주, 그러니까 8월 18일부터 20일까지, 콘서트가 또 있어요. 지난번 콘서트가 '사랑'이었고, 이번 콘서트가 '평화'. 그래서 '사랑과 평화' 콘서트입니다."

"3개월 전에는 세종문화회관에서 공연하셨다고 들었습니다. 이번에는 소극장 콘서트를 택하신 이유가 있으신가요?"

"이번 콘서트는 특별히 관객과 더 가까이에서 만나고 싶었습니다. '사랑' 콘서트에서는 제가 위로받고자 한 게 크고, '평화' 콘서트에서는 제가 관객들에게 위로를 드리고자 하는 겁니다."

인건이 형님 입에서 나온 '위로'라는 말에 지난 몇 달간 형님이 겪으셨을 마음고생이 압축적으로 담겨있는 것 같았다.

지난 대선 때 특정 후보에 대한 지지 발언으로 인해 공연 예매 대량 취소 사태가 발생했고, 결국 이틀로 예정되었던 세종문화회관 콘서트 중 하루 일정을 취소하셔야 했다.

설상가상으로 국민위로곡으로 추앙받던 〈걱정말아요 그대〉가 독일 밴드 블랙 포스의 〈Drink doch eine met〉과 유사하다는 표절 시비가 일었다.

"정말 독일까지 가려고 했습니다. 블랙 포스를 만나 나름 합리적으로 따져보려고 했던 것입니다. 그런데 이번엔 다시 독일행이 오히려 더 큰 비난을 받는 상황이 됐습니다."

또 한 번 말씀이 끊어졌다. 짧은 한숨에 그간의 마음고생이 확 느껴진다.

"블랙 포스 측과는 계속 접촉하고 있었는데, 그쪽에서 표절 문제를 다

루기보다 한국에서 합동 공연을 하자는 제안을 해왔습니다. 그래서 저는 블랙 포스뿐만 아니라 다른 뮤지션들과도 함께 공연하기 위해 접촉하고 있어요. 북핵 위기가 고조된 이 시점에 세계적인 뮤지션들이 한국에 와서 평화를 주제로 한 공연을 펼친다면, 아마 굉장한 무대가 될 것이라고 생각합니다."

인건이 형님께선 표절 문제를 음악적으로 풀려고 하셨던 것 같다. 표절 따윈 신경 안 쓴다며 같이 공연이나 하자는 쿨한 제안까지 한 블랙 포스도 꽤 멋진 분인 듯.

"너무 제 얘기만 한 것 같아요. 이제 우리가 함께 풀어가야 할 미션에 대해 얘기해 볼까요?"

"아, 그렇군요. 선배님 말씀에 너무 빠져있다 보니 미션을 잊고 있었네요."

인건이 형님 이야기에 깊이 몰입한 나머지 내가 이곳에 온 이유까지 잊고 있었다. 생리통까지도.

11. 음악만이 내 세상

◆◆

“우선, 선배님께서 저에게 노래를 한 곡 주셔야 합니다. 혹시 생각해두신 곡이 있으세요?”

“내가 주리 양의 노래를 들어본 적이 없어서 어떤 곡이 어울릴지 판단이 잘 서지 않네. 혹시 내가 부른 곡들 중에 아는 노래가 있어요?”

완전 잘 알지! 〈그것만이 내 세상〉, 〈행진〉, 〈돌고 돌고 돌고〉, 〈사랑한 후에〉. 모두 세이렌틀 시절의 단골 레퍼토리들이었지.

“네, 저희 삼촌이 들국화꽃 팬이어서 어렸을 때부터 선배님 노래를 많이 들으며 자랐습니다.”

왠지 시킬 것 같은 이 분위기.

“그럼, 가장 좋아하거나 자신 있게 부를 수 있는 곡을 한번 불러볼까요? 전인건 밴드의 반주가 준비되어 있습니다.”

뭐, 전인건 밴드가 반주를 해준다고? 이거 실화냐?

“그럼, 〈그것만이 내 세상〉. G키로 부탁드려요.”

주리 목소리로는 이 노래를 한 번도 불러본 적이 없어서 키를 가늠하기가 어려웠지만, 2011년 《나는 카수다》에서 이 노래를 부른 박정연이 선택했던 G키로 가보기로 한다.

“세상을 너무나 모른다고

나보고 그대는 얘기하지~.”

천둥벌거숭이 10대 시절, 나는 나를 억압하며 가르치려 드는 세상에 당장이라도 맞짱 뜰 기세였다.

어디론가 멀리 떠나고 싶었고, 나도 당연히 갖고 있을 것이라 믿었던 날개를 활짝 펴기만 하면 이 세상 끝까지라도 닿을 수 있을 것 같았다.

“하지만 후회 없지

울며 웃던 모든 꿈
그것만이 내 세상."
그 시절의 내게 그것은 겁 없는 반항의 외침이었다.
"하지만 후횐 없어
찾아 헤맨 모든 꿈
그것만이 내 세상."
그런데 먼 길을 돌아와 다시 부르는 이 노래는, 유한한 존재로서의 자아에 대한 깨달음이다.
'상문고 세이렌틀 리드보컬 장윤호'와 '큐피드 전속 보컬 트레이너 장윤호'가 타임슬립의 화음을 이루며 어우러진 상태로 나는 가사에 깊이 빠져들었다.
"그것만이 내 세상~."
과거의 나와 현재의 나, 서로 영혼이 바뀐 주리와 나를 모두 하나로 묶을 수 있는 건 결국 음악뿐이다. 음악으로의 회귀, 그것이 나의 마지막 외침이었다.
'그래, 음악만이 내 세상!'
노래가 끝나고 인건이 형 쪽을 쳐다보았을 때, 그분은 자리에서 일어나 특유의 느릿느릿한 속도로 박수를 치고 계셨다.
조형필 선배님에 이어, 레전드 뮤지션에게 받는 두 번째 기립 박수인 셈인가? 허허허.
"아주 감명 깊게 잘 들었습니다. 그런데 열아홉 살짜리 아가씨의 노래에서 왜 이런 슬픔이 느껴질까요? 이건 겉으로 흉내를 내거나 상상으로는 그려낼 수 없는 감정인 것 같거든요."
"좋은 말씀 해주셔서 정말 감사합니다."
세이렌틀 시절부터 그저 우러러보기만 했던 거장으로부터 칭찬을 들으니 황송하여 몸 둘 바를 모를 지경이었다.
"노래는 삶의 애환을 닮는 그릇이라고 생각해요. 그런데 나는 주리 양의 노래를 들으며 그런 인생의 슬픔과 기쁨이 느껴졌어요. 생의 5분의 1도 안 살아본 저 어린 아가씨가 어떻게 저런 감정을 실어서 노래할까, 혹시 무슨 사연이라도 있나 궁금해질 정도였죠."

거장의 날카로운 시선과 섬세한 감성은 역시 속이기 힘들다는 생각이 든다.

"뭔가 더 알아내고 싶은 호기심과 뭔가 더 끌어내보고 싶은 욕심이 생기는 흥미로운 디바 요정이군요. 아니, 소녀 락커인가?"

인건이 형님의 감상평은 열아홉 살 여자애가 부른 것치고는 감정 표현이 좋았다는 뜻으로 해석될 수도 있겠지만, 어쨌든 나의 노래를 통해 인건이 형님과 교감을 이뤘다는 점에 있어선 더할 나위 없이 만족스러운 경험이었다.

테이프 갈고 가겠다며 카메라가 꺼졌을 때 인건이 형님이 내게 가까이 다가왔다. 그리고는 낮은 목소리로 물어보셨다. 다음 주에 있을 '평화' 콘서트에 게스트로 서지 않겠냐고.

'나보고 전인건 콘서트의 게스트를 하라고?'

그 제안을 받은 순간, 나의 온몸 곳곳에서는 형형색색의 아드레날린 폭죽이 터지고 있었다.

인건이 형님과의 작업은 내게 깊은 감화를 주었다. 형님이 하신 말씀 중 가장 인상 깊었던 것은, 그분이 본인을 여전히 성장기라고 표현하신 점이다.

데뷔 38주년을 맞은 64세의 가수가 아직도 성장하는 중이라니. 기껏 5개월에 불과했던 가수 활동을 접은 후 음악적 식물인간 상태로 23년을 잠들어 있었던 나에게, 그분의 성장기 발언은 마치 자동 제세동기와도 같은 충격을 안겨 주었다.

2017년 8월 16일 PM 03:45.

개국 5개월 차에 접어드는 신생 음악 케이블 오션K에서 야심 차게 런칭하는 리얼 예능 《윈드 메이커》는 말하자면 중고 아이돌 그룹 갱생 프로젝트다.

사실 기획 초기 단계에는 데뷔를 앞둔 걸그룹이 성장해가는 과정을 담아낼 예정이었지만, 데뷔 3년 차인 핑크 클라우드를 섭외 물망에 올리면서 제작 방향을 수정한 것이라는 후문이다.

《윈드 메이커》의 첫 방영일이 드디어 오늘로 다가왔다. 오늘 오후 8시부터 방영될 1회에는 《윈드 메이커》 프로젝트에 대한 설명과 함께 핑크 클라우드의 멤버별 소개, 레전드 콜라보 경연을 위한 담당 아티스트 추첨 장면 등이 방영될 예정이라고 했다.

그리고 2회 차인 다음 주에는 '레전드 콜라보 컴피티션'이 생방송으로 진행될 예정이다. 따라서 나와 멤버들이 경연을 준비할 수 있는 기간은 앞으로 딱 1주일이다.

멤버들도 아주 열심이다. 보컬 연습실과 녹음실이 몰려있는 큐피드 건물 지하 1층에는 마치 학교 시험 기간 같은 긴장감이 흐르고 있다.

2017년 8월 19일 PM 06:09.

핑크 클라우드의 숙소 거실. 핑크 클라우드 멤버들과 주리, 로드 매니저 준식이 소파에 둘러앉아있다. 내가 나오는 불변의 명곡 본방 사수를 위해서다.

마지못해 앉아있는 빛이 역력한 유진과 준희가 거실 소파에 엉덩이를 붙이고 있는 이유는 바로 한 대표가 '멤버 전원 본방 사수'를 명령했기 때문이다.

한 대표가 거실에 들어섰을 때에는 조형필 형님의 오프닝 무대가 거의 끝나가고 있었다.

한 대표의 양 손에는 'Shake Shack'이라고 쓰여 있는 종이가방이 들려져 있었다. 멤버들 갖다 먹이려고 한 대표 혼자서 쉐이크쉑 버거 카운터 앞에서 긴 줄을 참고 서있었을 걸 상상하니, 새삼스러운 감동이 밀려온다. 저런 멋쟁이 사장 같으니라고.

"역시 우리 주리 너무 예뻐!"

원래는 본인이 나왔어야 할 방송에 다른 사람이 나오는 걸 지켜보는 심정이 그리 유쾌하진 않을 텐데도, 유미는 활짝 웃는 얼굴로 화면 속 주리를 향한 찬사를 늘어놓는다.

유미의 말대로 TV 화면에 비친 주리의 모습은 정말 아름다웠다. 지금 저 모습의 주인공이 실제로는 나라는 사실도 잊을 만큼.

가수 대기실에서 권모 형 다음으로 발언 기회가 왔었던 내 토크 분량은 다행히 편집되지 않고 그대로 방송되었다. 그런데 내가 아재 개그를 하는 부분을 다 같이 앉아서 보는 건 여간 민망한 일이 아니었다.

"얘 너는 저런 상황에서 아재 개그가 뭐니? 우리 팀 망신시키려고 작정한 거야?"

유진이랑 준희 중 누군가로부터 저런 발언이 터져 나오지 않을까 예상했었다. 그런데 한 대표 눈치를 보는 건지 그 둘은 의외로 잠잠했다.

"우와, 우리 막내 대단한데? 갑자기 시켜서 무척 당황했을 텐데, 어쩜 저렇게 천연덕스럽게 아재 개그까지 할 생각을 했어?"

유미는 시종일관 칭찬일색이다.

'그러는 유미 넌 어쩜 그렇게 어진 말만 골라서 하는 거니?'

착해도 너무 착한 유미에게 그렇게 묻고 싶어질 정도였다. 설혹 유미가 일부러 착한 척을 하는 거라고 해도, 이렇게 참한 말만 고르는 것 역시 쉽지 않을 것이다.

"유노 쌤에게 보컬 지도만 받은 게 아니라 아재 개그까지 전수받은 거 아냐?"

미국에서 자라서 한국식 말장난이 어려울 수도 있는 정화가 내 아재 개그에 외려 제일 큰 웃음으로 반응해줬다.

"지금 녹색창과 빨간창 실검 1위야."

방송이 나오는 동안 줄곧 아이폰으로 인터넷 반응을 살피고 있던 주리의 외침에 좌중은 일제히 스마트폰을 든다.

정말이었다. 실시간 급상승 1위 자리에 강주리라는 이름이 떡하니 올라가 있었다. 그리고 '강주리 핑크 클라우드' 3위, '강주리 아재 개그'가 9위였다.

"좋았어. 토크만으로도 실검 1위를 찍었으니 방송 후반에 1부 우승한 것까지 나가고 나면 1위 자리를 오래 지킬 수도 있겠어. 우리 이걸로 건배 한 번 할까?"

술 대신 밀크 쉐이크 컵을 들고 건배 제의를 하며 해처럼 웃는 한 대표의 얼굴을 보니 내 마음도 덩달아 환하게 밝아지는 것 같다.

"우리 막내 덕분에 핑크 클라우드까지 덩달아 실검에도 다 올라가 보네. 주리야 정말 고마워!"

유미도 함박웃음을 담은 축하를 보내왔다. 유미의 마음속 깊은 곳엔 여전히 아쉬움의 침전물이 깔려있을 텐데도, 내게 감사인사까지 챙기다니. 그녀는 정말 대인배적 기질이 다분한 리더 중의 리더다.

내가 무아지경 속에서 발광했던 <눈물의 파티> 무대가 실제 방송에선 어떻게 보일지 무척 궁금했던 게 사실이다. 비록 다른 사람의 몸을 통해서였지만 나란 존재가 다시 무대에 선 모습을 TV화면을 통해 확인하고 싶은 마음이 컸던 것이다.

그런데 아무리 예쁜 주리의 모습이라 하더라도 내 스스로가 감정에 깊이 몰입된 모습을 지켜보는 일은 자못 불편한 경험이었다.

나는 화면을 똑바로 쳐다보지 못하고 고개를 숙인 채 노래만 들어야 했다. 노래 시작부터 끝까지 아무도 말을 꺼내지 않는 침묵이 이어진다.

마침내 노래가 끝나고 가왕을 비롯한 관객들이 기립박수 치는 장면이 화면에 비치자, 그제야 핑크 클라우드 숙소 거실에도 환호와 박수가 터져 나온다.

"무대 위에선 완전 다른 사람이 되는데? 다시 봤어, 강주리!"

정화가 짧지만 강렬한 소감을 전하며 양쪽 엄지손가락을 치켜든다.

"저렇게 감정이 격해진 상태에서도 음정이 전혀 흔들리지 않다니 정말 놀랍지 않아요? 대개 감정이나 모션이 너무 강하면 음정이 나가버리기 십상이거든요. 그런데 저 정도의 오버 액션을 하면서도 주리의 보컬은 아주 탄탄하네요."

역시 실력파 보컬리스트답게 유미의 평가는 상당히 구체적이었다.

"물론 그동안 장윤호 선생이 지도를 잘 해주신 것도 있겠지만, 무엇보다 주리가 정말 피나는 노력을 한 결과라고 생각해. 그렇지 않았다면 단기간에 저 정도의 비약적 발전은 어려웠을 거야."

한 대표는 한 문장으로 두 사람의 공을 치하하는 일타쌍피의 화술 내공을 보여줬다.

1부의 다섯 가수의 무대가 이어지는 동안에는 실검 순위에서 사라졌던 '강주리'라는 검색어가 〈눈물의 파티〉 무대 이후로 다시 1위로 떠올랐다. 그리고 프로그램이 끝난 후에도 한동안 1위 자리를 지켰다.

"그런데 반응이 썩 좋은 것만은 아니야."

경축 분위기에 찬물을 끼얹은 건 다름 아닌 준희였다.

12. 나 아직 안 죽었어!

"댓글들 좀 봐. '듣보잡 여자애가 나와서 머리 풀어헤치고 난리 좀 쳤다고 김권모를 이기는 게 말이나 됨? 완전 어이 상실.', '불명은 이제 아무나 내보내나? 소속사가 로비 좀 한 모양?' 뭐 이런 댓글들도 있어."

따지고 보면 영 틀린 말들도 아니지만, 준희 입을 통해서 들으니 왠지 더 기분 나쁘게 들렸다.

"악플 너무 신경 쓸 필요 없어. 무플보단 악플이 나아. 실검 1위에 오를 정도로 관심 받았으면 그걸로 된 거야."

한 대표는 혹시 내가 악플에 상처라도 받을까 봐 염려하는 것 같았지만, 정작 나는 아무렇지도 않았다.

악플 때문에 화가 날 일도 없었지만, 그렇다고 실검 1위를 했다고 뛸 듯이 기쁜 것도 아니었다. 그냥 한 대표를 비롯한 주변 인물들이 좋아해주고 축하해주니 덩달아 기분이 좋은 정도였다고 할까?

쭈뼛쭈뼛한 유진과 준희 외에는 모두가 내게 축하인사를 보내는 들뜬 분위기 속에서 나는 활짝 웃고 있었지만, 내 마음의 어느 한구석에는 쓸쓸한 그늘이 드리워져 있었다.

'1위에 올라가 있는 이름이 강주리가 아닌 장윤호였다면 얼마나 좋았을까?' 하는 아쉬움이 그 그늘 속에 감춰져 있었던 것이다.

그래도 어쨌든 장윤호로서는 단 한 번도 못해본 1위를 강주리로라도 해본 게 어디냐고, 아쉬움은 접어두고 강주리로 사는 지금 이 순간을 누리고 즐기자고, 스스로를 다독여 본다.

나는 다시 음악의 신으로부터 사랑받고 싶다. 비록 주리의 몸을 통해서 일지라도.

2017년 8월 20일 AM 10:32.

일요일 아침이지만 침대에 누워 오래 뒹굴뒹굴할 수가 없었다. 오늘이 바로 전인건 콘서트 게스트로 서는 날이기 때문이다.

노래 연습을 할 작정으로 지하 연습실로 가보니, 주리가 아이스 아메리카노를 입에 문 채 노트북 화면을 들여다보고 있었다.

"언제는 너무 써서 잘 못 마시겠다더니, 이젠 커피 맛이 입에 착착 들러붙는 모양이야?"

"제가 점점 유노 쌤 몸에 적응되어 가나 봐요."

"근데 뭘 보고 있었던 거야?"

주리는 자신이 보고 있던 노트북 화면을 내 쪽으로 돌려서 보여준다. 화면 속 인터넷 브라우저에는 핑크 클라우드 팬카페 대문이 띄워져 있었다.

"어제 저녁에 불변의 명곡 방영 후 지금까지 팬카페 회원수는 녹색집이 361명 증가해서 2,730명으로, 빨간집은 443명이 늘어난 1,135명이에요."

"그래서 그게 많다는 거야 적다는 거야?"

"아직 절대적인 숫자가 많다고는 할 수 없지만, 불과 하룻밤 사이에 엄청난 증가가 있었던 건 사실이죠. 과거에 비해선 팬카페의 위상이 많이 떨어지긴 했지만, 그래도 아직은 팬 수의 증감을 실시간으로 확인할 수 있는 중요한 지표라고 할 수 있거든요."

"그러니까 주리 네 말은 불변의 명곡 무대가 팬카페 회원수 증가에 견인차 역할을 했다는 뜻인 거지?"

"네, 맞아요."

엉겁결에 떠밀리듯 올라가 나름 고군분투했던 그 무대가 핑크 클라우드의 입지에 긍정적인 역할을 미쳤다는 소리를 들으니 어깨가 으쓱해졌다.

"그런데 녹색집보다는 상대적으로 연령대가 높은 사용자들이 많은 빨간집 쪽에서 더 높은 증가율을 보였네요. 그리고 등업 신청 게시판을 쭉 둘러보니, 40대 남성이 절대적으로 많아요. 죄다 삼촌 팬들이란 얘기죠. 이러다 핑크 클라우드 팬클럽이 아재들의 모임이 되어버리면 어떡하죠?"

삼촌 팬을 거론하며 입을 삐죽거리는 주리를 보며 같은 아재로서 한마디 하려던 찰나에 제3의 목소리가 끼어든다.

"어떡하긴 뭘 어떡해?"

그 목소리의 주인공은 바로 한 대표였다. 언제부터 와있었던 건지, 그는 열려진 연습실 문 앞에 서있었다.

주리와 나 사이에 존대와 하대가 뒤바뀐 대화를 엿들은 한 대표가 혹시 이상한 낌새라도 챘을까 봐 몹시 걱정스러웠다. 그런데 그를 발끈하게 만든 부분은 따로 있었다.

"삼촌 팬이 어때서? 현 시점의 대중문화계에서 아재들이 끼치는 영향력이 얼마나 큰 줄 아나, 자넨?"

한 대표의 등장에 나만큼이나 당황해있던 주리는 한 대표가 따지듯이 묻는 질문에 어리둥절한 표정을 짓는다.

"윤호 자네와 나 같은 X세대 아재들은 현존하는 가장 우수한 문화 소비자들이야. 우리는 삐삐부터 스마트폰에 이르기까지 IT의 발전과 함께 성장해온 세대인 동시에, LP부터 카세트테이프, CD, MP3, 스트리밍에 이르기까지 음악 매체의 변천사를 실시간으로 함께하며 체험해온 세대이지."

저절로 고개가 끄덕여지는 한 대표의 말에 나는 하마터면 소리 내어 맞장구를 칠 뻔했다.

"현재 사회 전반에서 중심적인 위치를 차지하고 있는 X세대들의 활약은 대중문화계에서 더욱 두드러지고 있어. 생산자로서도, 소비자로서도 말이야. X세대가 없으면 아마도 지금의 대중문화계는 제대로 돌아갈 수 없을걸? 3대 메이저 기획사인 XM, JYB, YK만 봐도 그래. 대표와 주요 인사들은 거의 다 X세대들이지. 나도 그중 하나이고 말이지."

정말 맞는 말이다. 조금 전 내가 주리에게 하고 싶었던 말도 바로 이런 맥락이다.

지금은 아재가 된 내가 신세대라고 불렸던 1990년대에 우리는 X세대라고 불렸었다. 한 마디로 규정하긴 어렵지만, 발칙한 상상력과 주체 못할끼 때문에 기성세대로부터 문제적 세대로 찍혔던 신인류.

1990년대에 10대 후반부터 20대 중반이었던 X세대는 20여 년이 훌쩍 지난 현재에 이르러 대한민국 사회와 문화 전반에서 중추적인 역할을 하고 있다.

유제석, 강호돈, 신동협 등의 아재 천왕들이 주름잡고 있는 예능계는 말할 것도 없고, 이병언, 장동권, 배영준, 정우선, 이정제 등의 X세대 아재 배우들은 여전히 탑이다.

그뿐만이 아니다. 과거 같았으면 이모나 고모 역할을 맡으며 조연급으로 밀려났을 X세대 여배우들의 활약도 눈부시다. 전도현, 김해수, 고연정, 고소형, 김희성 등은 여전히 흥행 파워가 있고 멜로도 가능한 히로인들이다.

"X세대는 인구 통계로 볼 때 2차 베이비 붐 세대와 거의 일치한다고 해. 쪽수가 많으니 그만큼 능력자들도 많이 배출되었고, 영향력도 클 수밖에 없다는 해석도 있지."

한 대표는 마른 입술에 혀로 침을 쓱 묻힌 후 말을 이어간다.

"그렇지만 X세대는 단순히 수적으로만 많은 것이 아니라, 질적으로도 우수한 문화 소비자들이지. 우리 세대는 아직 좋아하는 음악의 CD를 사고, 좋아하는 가수의 공연 티켓을 사며, 좋은 장비를 갖춰 음악을 듣는 데 인색하지 않다는 거야."

이 말에도 역시 전적으로 동의하는 바다. MP3가 보급된 이후로 음악은 저렴해지고, 심지어 공짜로 공유할 수도 있다는 개념이 생겨버렸지만, 우리 중고등학교 시절만 해도 LP판이나 카세트테이프를 사 모으는 데 인색하지 않았었다. 그런 청소년기를 보낸 세대가 이젠 사회적 영향력과 경제력까지 갖췄으니, 최강의 파워를 가진 문화계 중심 세력으로 자리 잡은 것이다.

"대중문화계에서 10대 못지않은 영향력과 구매력을 갖춘 아재 팬이 많아진다는 건 바람직한 일이 아닐 수 없어. 삼촌 팬들은 핑크 클라우드에게 큰 힘이 되어줄 아주 소중한 존재들이란 얘기야!"

요컨대 아재들이라고 무시하지 말라는 얘기다. 내가 주리에게 하고 싶었던 말을 한 대표가 다 해 준 것 같아 내 속이 다 후련했다.

예정에도 없던 긴 연설을 마친 한 대표에게 주리는 탁자 위에 올려져 있던 생수병을 건넨다.

2017년 8월 20일 PM 02:03.

지금은 인건이 형님의 '평화' 콘서트가 열리는 서강대 메리홀로 향하는 길.

오늘도 역시 팀 공동으로 쓰는 카니발은 이용할 수 없었기 때문에 《윈드 메이커》에서 제공한 차량을 타고 가는 중이다. 연세 지긋한 기사분이 운전하는 5인승 승용차 뒷자리에 조윤희 작가와 내가 나란히 앉아있고, 카메라 감독이 조수석에 타고 있다.

《윈드 메이커》 촬영을 시작한 후 열흘 동안 먼저 질문하는 법이 거의 없었던 조윤희 작가가 웬일로 스크립트에도 없는 질문을 해왔다.

"강주리 씨, 혹시… 장윤호 선생님과 무슨 관계예요?"

앞뒤도 없이 훅 치고 들어온 질문에 나는 흠칫했다.

"지금 카메라 돌아가고 있는 건가요?"

나는 너무 당황한 나머지 더 이상한 오해를 불러일으킬 만한 반문을 해버리고 말았다.

"왜요, 카메라 앞에서는 밝힐 수 없는 관계인가요?"

이 여자, 보기와는 다르게 꽤 집요한 구석이 있는 것 같다.

"아니, 그게 아니라, 지금 이 대화도 방송에 나가는 건지, 아니면 작가님의 개인적인 질문인지 여쭤본 거예요."

나는 당황한 기색을 애써 감추며 근근이 말을 받아넘겼다.

"원하신다면 카메라는 끄도록 할게요."

그녀는 조수석에서 나를 촬영하고 있던 카메라 감독을 향해 녹화를 중단해달라는 손짓을 했다. 카메라 감독은 내 쪽을 향해 있던 카메라를 거두고는 창밖으로 눈을 돌렸다.

'뭐지, 이 분위기는? 혹시 이 여자가 주리와 나의 대화 내용을 엿들은 건가? 아니면 뭔가 눈치를 챈 건 아닐까?'

예상 못한 기습 질문과 또 그에 대한 나의 미숙한 대응으로 인해 빚어진 이 기묘한 분위기를 재빨리 수습해야겠다는 생각에 정신을 바짝 차렸다.

"그런데, 갑자기 그걸 왜 물어보시는 거예요?"

나는 조윤희가 혹시 뭔가를 알고 묻는 건지, 알고 있다면 어느 정도 선까지인지 살짝 떠볼 필요가 있었다.

"혹시…."

조윤희의 말투 자체가 느릿느릿한 데다 뜸까지 들이니 내 답답함이 극에 달한다.

"혹시 뭐요?"

"두 분이 사귀는 게 아닌가 하는 생각이 들어서요. 카메라를 피해서 뭔가 은밀한 대화를 하시는 걸 여러 번 목격했거든요."

지금껏 조윤희는 자기 앞가림하기에도 왠지 벅차 보여서 별 신경도 안 쓰고 있었는데, 이 여자도 볼 건 다 보고 있었던 모양이다. 역시 사람은 겉만 보고 얕잡아 봤다간 큰코다칠 수 있다.

"무슨 소리를 하시는 거예요, 조윤희 작가님! 저와 유노 쌤의 나이 차가 자그마치 스물세 살이에요. 아버지와 동갑인 분이랑 사귄다는 게 말이 안 되잖아요!"

조윤희를 납득시키느라 주리와 나의 나이 차이를 부각시킬 수밖에 없었던 나 자신이 왠지 서글프게 느껴졌다. 스스로 내 나이가 많음을 강조한 꼴이니까. 하지만 다른 묘안이 떠오르지 않아 어쩔 수 없었다.

그런데 내가 주리와 사귀는 게 아니라는 대답을 들은 조윤희 작가의 얼굴에 밝은 미소가 떠오른 것은 미처 예상치 못한 반전이었다.

"그럼, 유노 쌤과 특별한 관계가 아니시라는 거죠?"

그렇게 확인하듯 되묻고는 실실 웃는 조윤희의 모습이 약간 섬뜩하기까지 하다.

"사실은요, 장윤호 선생님이 딱 제 스타일이시거든요. 그런데 주리 씨랑 너무 가까워 보여서 두 분 사이를 오해했지, 뭐예요. 그러니까 장윤호 선생님은 아직 미혼이시고, 애인도 없으신 것 맞죠?"

'풉' 하고 웃음이 터지려는 걸 간신히 참았다.

"그런데 나이 차가 너무 많이 나지 않나요? 조윤희 작가님은 아직 20대이시고, 유노 쌤은 마흔이 넘으셨는데?"

"나이는 숫자에 불과하잖아요. 전 상관없어요. 며칠 전에 잠깐 얘기 나눠봤는데, 목소리에 뻑 갔어요. 물론 얼굴도 잘생기셨죠. 그리고 은근 섬세하시고 엄청 다정하시더라고요. 전 진심으로 잘해보고 싶은데, 뭐 좋은 방법이 없을까요?"

조윤희가 호감을 품은 실제 대상은 내가 아닌 주리이지만, 왠지 기분은 나쁘지 않다. 내 외모와 목소리가 아직 20대 여성에게도 어필할 수 있다는 얘기니까 말이다.

그리고 조윤희가 워낙 안 꾸미고 다녀서 그렇지 찬찬히 뜯어보면 예쁘장한 얼굴이다. 게다가 어리잖아!

'장윤호, 아직 안 죽었어! 나는 아직 열다섯 살이나 어린 아가씨에게 대시받는 남자라고!'

나는 당장 주리에게 카톡으로 자랑질 하고 싶은 마음을 간신히 억눌렀다.

13. 새파랗게 젊다는 게

◆◆

2017년 8월 20일 PM 04:15.

인건이 형님의 콘서트 리허설을 지켜보는 중이다. 3일의 공연 중 마지막 날인데도 처음부터 끝까지 꼼꼼하게 리허설 하는 모습이 아주 인상적이었다.

“불변의 명곡에 출연한 얘기는 들었어요. 어제도 콘서트 하느라 방송은 못 봤지만, 아주 대단했다고 하더군요.”

리허설이 끝난 후 인건이 형님과 잠깐 얘기를 나눴는데, 형님이 어제 방송된 불변의 명곡 얘기를 꺼냈다.

“게스트로 서는 것이지만, 주리 양이 올라가 있는 그 순간만큼은 이 무대의 주인이 바로 주리 양 본인이라는 것 명심해요. 오늘 이 메리홀을 한 번 휘어 잡아봐요. 그때 우리집 지하 연습실에서 날 매료시켰던 것처럼.”

소극장 무대에 서보는 건 ‘1992 고교 밴드 연합 공연’ 때 대학로 라이브 극장 무대에 서본 이후로 25년 만에 처음이다.

‘툰드라 시절에도 못 해봤던 콘서트 게스트를, 그것도 전인건 콘서트에서 하게 되다니!’

아드레날린에 중독된 심장이 다시 요동치기 시작한다.

2017년 8월 20일 PM 08:13.

인건이 형님의 콘서트 1부가 끝난 후, 내가 무대로 들어서자 어림잡아 3할의 관객들이 자리를 떴다. 화장실에 가는 듯 보였다. 인터미션 때 나오는 콘서트 게스트가 인기 가수가 아닐 경우에는 흔히 볼 수 있는 광경이다.

"안녕하세요. 핑크 클라우드의 강주리라고 합니다."

내가 객석을 향해 인사를 건네자 마지못해 응해주는 듯한 미미한 반응이 돌아온다.

비록 내가 '불변의 명곡'을 통해 얼굴을 알리고 화제가 되긴 했었지만, 아직 '강주리'라는 가수를 아는 사람보다는 모르는 사람이 훨씬 많다는 사실을 인정하고 받아들여야 한다. 그리고 이렇듯 어수선하고 냉랭한 분위기를 뚫고 노래를 해야만 한다.

사실 이런 썰렁한 반응이 낯설진 않다. 이보다 더 어수선한 분위기 속에서도 노래를 해본 경험이 적지 않기 때문이다.

고교 시절에 나는 버스킹도 여러 번 해봤다. 한 번은 비 오는 압구정 로데오 거리에서 60대로 보이는 남성 관객 한 분을 두고 노래해본 경험도 있다.

'그냥, 내게 이 무대가 허락된 이 순간을 감사하자!'

이곳은 다른 곳도 아닌 전인건 콘서트장이다. 객석을 채우고 계신 분들은 대부분 오랜 세월 동안 전인건의 음악을 아끼고 사랑해온 분들일 것이다. 락 스피릿 충만한 관객들 앞에서 노래할 기회를 얻었다는 건 정말 큰 행운이 아닐 수 없다. 그래, 지금 이 순간을 뜨겁게 불태워 보는 거다.

"전인건 선배님, 그리고 선배님의 음악을 통해 오랜 시간 동안 귀를 단련해 오셨을 수준 높은 관객 여러분들 앞에서, 선배님의 노래를 부른다는 건 정말 떨리는 일입니다. 하지만 이 무대에 서기 전에 전인건 선배님께서 제게 해주신 조언대로, 이 순간만큼은 제가 이 무대의 주인공이라 생각하며 용기 있게 최선을 다해 불러보겠습니다."

내가 고른 노래는 <사노라면>이다. 1980년대에 구전으로 널리 불리던 민중가요를 1987년에 인건이 형님이 '추억 들국화'라는 앨범에 수록한 곡이다.

기라성같은 선배님의 콘서트에 게스트로 와서 나 자신이 돋보이려고 악을 쓰며 부르는 것보다는 관객들과 함께 부를 수 있는 노래가 더 좋겠다는 생각으로 택한 곡이다.

"사노라면 언젠가는 밝은 날도 오겠지~."

사실 이 노래는 열아홉 살짜리 주리 목소리에는 어울리지 않는 선곡이라고 할 수 있다. 하지만 다른 한편으로는 맑고 밝은 소녀의 목소리로 부르기 때문에 더 신선하게 들릴 수 있을 것이라는 믿음도 있었다.

나의 그런 믿음이 주효했던 모양이다. 담담한 독창으로 시작한 노래가 중반부에 접어들면서는 어느새 떼창으로 바뀌어 있었다.

관객의 호응에 힘을 받은 내 목소리에는 점점 더 힘이 실린다. 메리홀이 떠나갈 듯 울려퍼지는 떼창에 목소리가 묻힐세라 힘주어 목 놓아 부르다 보니, 후반부에는 나도 모르게 사력을 다한 열창을 하고 있었다.

"새파랗게 젊다는 게 한밑천인데~"

뜻도 모르고 이 노래를 마구 불러제꼈던, 정말 새파랗게 젊었던 시절도 내게 있었는데… 젊음이 소중한 한밑천이었다는 건 젊은 날이 다 지나가고 나서야 깨달을 수 있었다는 건 인생의 슬픈 아이러니다.

'다시 새파랗게 젊은 주리의 몸이 된 지금, 내게 다시 찾아온 젊음을 나는 그저 누리기만 하면 되는 걸까? 온전히 내 것이 아닌 이 젊음을 이렇게 만끽해도 정말 괜찮은 걸까?'

43세 아재의 영혼이 맞이한 19세 소녀의 몸은 분명 축복이면서도, 한편으론 두려움이기도 하다.

노래가 끝났을 때는 제법 큰 박수와 환호가 메리홀을 가득 채웠다. 아마 화장실 다녀온 관객들까지 박수갈채에 합류한 듯했다.

앙코르까지 나올 줄은 정말 예상도 못 했다. 앙코르에 대한 준비는 없었지만 원래 준비한 곡이 두 곡이었기 때문에, 졸지에 두 번째 곡이 앙코르곡이 되어버렸다.

두 번째 곡이자 앙코르곡으로 내가 선택한 노래는 인건이 형님과의 첫 만남 때 형님 앞에서 불렀던 〈그것만이 내 세상〉이다.

관객의 숨결이 손에 닿을 것 같은 소극장 무대 위에서는 그만큼 객석의 반응을 더 예민하게 느낄 수밖에 없다. 그래서 첫 곡을 부르기 시작했을 때에는 어수선한 분위기 때문에 감정을 잡기가 어려웠었다.

그런데 〈사노라면〉을 다함께 목 놓아 부르고 난 지금에는 다음 곡을 기다리는 관객들의 눈빛이 달라져 있다.

첫 번째 곡 〈사노라면〉은 노래 자체가 따라 부르게 만드는 힘을 갖고 있지만, 〈그것만이 내 세상〉을 다 함께 따라 부르기란 사실 쉽지 않다. 그럼에도 불구하고, 관객들은 이 빡센 곡을 처음부터 끝까지 다 같이 따라 불렀다. 450석 규모의 메리홀 소극장이 마치 광활한 벌판에서 펼쳐지는 락 페스티벌 현장처럼 느껴지는 짜릿한 순간이었다.

"그것만이 내 세상~."

지금의 내 기분을 어떻게 설명하면 좋을까? 관객들의 우렁찬 떼창이 만들어내는 열정의 구름 위로 두둥실 떠올라 높은 곳을 훨훨 떠다니는 느낌이랄까?

관객과 하나가 되어 느끼는 이 기분은 스스로의 감정에 깊이 몰입되어 무아지경에 빠져본 경험과는 또 다른 종류의 감동이었다. 노래가 끝난 후에도 나는 한동안 그 황홀한 감흥에서 벗어나지 못했다.

"그곳에 갔다 온 건가? 진정 무대를 즐길 줄 아는 자만이 가볼 수 있는 그곳. 한 번 다녀오면 발길을 끊기 힘든 환희의 열락이지. 그런데 참 신기한 건, 열아홉 살짜리 아가씨가 벌써 그곳을 알고 있다는 사실이지. 무대 위에선 꼭 다른 사람이 되는 것 같단 말이야!"

게스트 공연을 마치고 무대 뒤로 들어간 내게, 형님은 스치듯 다가와 저 말씀만 불쑥 던져 놓고선 무대로 총총히 사라지셨다.

석가모니의 염화미소 같은 웃음을 짓는 인건이 형님께, 나는 하마터면 나와 주리 사이에 일어난 일을 사실대로 모두 털어놓을 뻔했다. 형님과 대화 나눌 시간이 아주 잠깐밖에 없었던 것이 차라리 다행이었다.

2017년 8월 23일 PM 07:49.

올림픽 공원 88호수 수변 무대. 호수를 등지고 세워진 반원형 무대를 부채꼴의 계단식 객석이 둘러싸고 있는 형태다.

한낮의 늦더위에 데워져 있던 땅에서 올라온 열기에 호수에서 피어오른 습기가 더해지면서, 수변 무대가 꼭 하나의 거대한 습식 한증막 같다.

잠시 오후 8시부터 바로 이곳에서 《윈드 메이커》 2회 '레전드 콜라보 컴피티션'이 생방송으로 진행될 예정이다.

현장감 있는 스포츠 중계나 박진감 넘치는 경연 프로그램 진행에 있어서는 타의 추종을 불허하는 MC 김승주가 오늘의 생방송 경연 진행자로 특별 초빙되었다고 했다.

"다른 멤버들은 모두 어딘가에서 개인 연습 하는 것 같던데, 유노 쌤은 세상 느긋하시네요."

버젓이 객석에 앉아있는 내게 옆자리의 주리가 가벼운 핀잔이 섞인 말을 툭 던졌다.

"사실 나도 잠시 고민했었지. 어디에 숨어서 노래 연습할 것인가, 아니면 그냥 관객석에 앉아서 다른 멤버들의 경연 무대를 지켜볼 것인가를 말이야."

"그런데요?"

"그런데 고민이 그리 길진 않았어. 내 무대에 대한 걱정보다는 다른 멤버들의 무대에 대한 궁금증이 더 강했거든."

"그만큼 준비가 잘 되어 있다는 뜻으로 받아들일게요."

주리에겐 차마 이 말까진 안 했지만, 솔직히 나는 오늘 순위에 별로 관심이 없다. 다시 말해 어린 것들과 힘주어 경쟁하고 싶은 마음은 추호도 없다는 뜻이다. 내가 악착같이 열심히 해서 핑크 클라우드 내에서 높은 서열을 가져본들 무슨 소용이랴?

“그나저나 MC가 김승주 아저씨라니 제작진이 힘 좀 쓰셨는데요?”
“참여한 레전드들의 면면을 봐봐! 그래도 김승주 정도는 되어야 레벨이 좀 맞지 않겠어?”
“난 김승주 아저씨 같은 스타일 참 좋아요. 푸근하면서도 귀여운 곰돌이 같잖아요.”
“겉으론 푸근해 보이는 사람들이 원래 속으론 더 엉큼한 법이야!”
그렇게 말하면서도, 나는 내 말이 일반화시킬만한 근거도 빈약한 어깃장에 불과하다는 걸 알고 있었다. 그런데 왜 그런 말이 불쑥 튀어나가 버렸는지 나도 잘 모르겠다.
‘설마 주리가 김승주 좋다고 한 것 때문에 내가 질투심을 느낀 건 아니겠지?’
‘핑키 윙키’를 오케스트라 버전으로 편곡한 시그널 음악이 웅장하게 울려 퍼지면서, MC 김승주가 수변 무대에 등장한다. 그는 호수 주변에 우거진 녹음과 잘 매치되는 연초록색 정장을 입고 나왔다.
“우와, 옷 색깔이 정말 산뜻한데요?”
“글쎄다. 얼핏 봐선 슈렉이 나온 줄 알았네.”
나도 모르게 그렇게 투덜대고서는, 이제 김승주를 향한 힐난을 자제해야겠다고 생각했다. 계속 이런 식으로 딴죽을 치다가는 정말 내가 김승주를 질투하는 것처럼 보일지도 모른다는 우려에서였다.
온 올림픽공원이 떠나갈 듯 울려 퍼지던 시그널 음악이 잦아든 후, 김승주가 마이크를 들고 멘트를 시작한다.
“안녕하십니까, 《윈드 메이커》 레전드 콜라보 경연의 진행을 맡은 MC 김승주입니다!”
거물급 MC의 등장으로 객석은 한바탕 술렁인다.
“지난 2주간 핑크 클라우드의 다섯 멤버 천유미, 이정화, 김유진, 정준희, 강주리는 각각 배정된 레전드 아티스트들과 함께 뜻깊은 시간을 가졌습니다. 새로운 도약을 꿈꾸는 젊은 걸그룹 멤버들에게 레전드들의 조언과 지도는 피가 되고 살이 되었을 것이라 믿어 의심치 않습니다."

관록 있는 MC 김승주의 중량감 있는 목소리로 인해 수변 무대를 둘러싼 공기가 확 달라지는 것 같은 기분이 든다.

"그 소중한 시간 동안 핑크 클라우드 멤버들과 레전드 아티스트들이 협업한 결과물을 가지고, 바로 오늘 이 자리에서 경연을 펼칠 것입니다! 생방송 경연이 진행되는 동안 4인의 전문가 평가위원단이 현장에서 심사를 하게 되며, 시청자 문자 투표가 실시간으로 진행될 예정입니다."

과하지 않은 감정이 실린 격조 있는 멘트는 아무 긴장 없이 앉아있던 나로 하여금 자세를 고쳐 앉게 만들었다.

"자 그럼, 본격적인 경쟁 무대에 앞서 오늘의 경연 순서를 정하는 추첨을 하도록 하겠습니다."

순서 추첨은 김승주 MC가 둥근 유리 항아리에서 각 멤버의 이름이 적힌 당구공 하나씩을 잡아 꺼내는 방식이었다. 이름이 쓰인 공이 뽑힌 순서대로 참가번호가 정해지는 것이다.

[레전드 콜라보 컴피티션 - 경연순서]

1. 김유진
2. 이정화
3. 정준희
4. 강주리
5. 천유미

'왜 하필 4번이야?'

4번에서 '죽을 사'자를 떠올린 건 너무 아재스러운 발상이었을까? 경연 순서 따위 아무래도 상관없다고 생각했는데, 4번이라니 왠지 찜찜했다.

14. 레전드 콜라보 컴피티션

◆◆

경연 순서 추첨에서 1번을 뽑은 준희가 지금 무대에 오를 준비를 하고 있다. 초조한 듯 주변을 서성이며, 연거푸 립 트릴을 하고 목과 어깨 스트레칭 동작을 하기도 한다.

무대 뒷면에 걸린 대형 스크린에서는 준희가 이성환 형님과 만나 함께 작업하는 모습이 영상으로 흐르고 있다.

솔직히 준희도, 이성환도 별로 좋아하는 인물이 아니어서 그런지 내용이 잘 들어오진 않았다.

준희가 이성환으로부터 받은 곡은 <그저 다 안녕>이다. 2016년 10월에 발표된 비교적 최근 곡.

이별을 관조하듯 담담히 속삭이는 인트로.

'안녕'이라는 말이 반복될수록 안타까움은 더 선명해져간다.

비에 젖은 듯 촉촉한 준희의 가느다란 목소리는 얼핏 한창 때의 간수지를 떠올리게 한다. 가늘지만 선명하고, 투명하지만 단단한 목소리. 간수지는 주로 <보라빛 향기>로 많이들 기억하지만, 사실 그녀는 슬픈 발라드에 더 강했다.

<흩어진 나날들>, <내 마음 알겠니>, <그때는 알겠지> 등의 '윤산'표 발라드를 부르는 간수지의 보컬은 마치 자연산 남양진주처럼 영롱하고 아름다웠다.

비록 준희가 분노 유발 콤비 중 한 명이긴 하지만, 그녀의 가녀린 음성을 통해 전해져오는 안타까운 이별의 감정에만큼은 내 마음의 문을 열지 않을 수 없었다.

2절로 가면서 비련의 감정은 점점 더 고조된다. 기승전결이 뚜렷한 원곡의 드라마틱한 구성을 한층 더 강화하고 격양시킨 편곡.
그러나 준희는 가장 절정의 순간에서조차 소리를 다 열지 않고 절제해, 밖이 아닌 안으로 터지는 카타르시스로 먹먹한 슬픔을 표현한다.
가슴 가득 차올랐지만, 미처 다 터져 나오지 못한 슬픔은, 흐느낌에 묻히는 마지막 '안녕'에 빗물처럼 눈물처럼 맺힌다.
첫 번째 무대라 많이 떨렸을 텐데, 준희는 놀라운 집중력을 발휘하며 가슴 시린 이별의 아픔을 제대로 표현하는 데 성공했다. 평소엔 결코 곱게 보기 힘든 준희지만, 오늘 무대만큼은 인정!

두 번째 순서는 내가 기대해 마지않던 정화의 무대다. 지난 며칠간 촬영해 편집한 영상 속에서 베테랑 입담꾼 문새 형님과 은근히 웃기는 엉뚱녀 정화는 거의 만담 수준의 대담을 나눈다.
정화의 한국말 실력이 늘어갈수록 예능감도 점점 물이 오르는 것 같다. 잘하면 머지않아 예능 기대주로 부상할 수도 있을 듯.
미국에서 나고 자란 관계로 이문새 노래를 잘 모른다는 정화를 위해, 문새 형님은 기타를 잡고 히트곡 메들리를 들려주셨다.
<광화문 연가>, <옛사랑>, <사랑이 지나가면>, <가로수 그늘 아래 서면>, <빗속에서>, <소녀> 등의 주옥같은 레퍼토리를 하이라이트 부문들만 엮어서 부르셨다. 추억 돋는 노래들을 듣고 있자니 꼭 따뜻한 바람이 내 신경 세포망을 통과해 지나가는 것 같은 기분에 휩싸였다.
'과연 문새 형님이 정화에게 어떤 곡을 골라주셨을까?'
나는 그게 너무너무 궁금했다. 가슴이 막 두근거릴 정도였다. 그런데 사전 제작 영상에서는 끝까지 곡목이 공개되지 않았다.

이윽고 햅번 스타일의 검정 튜브 탑 드레스를 입은 정화가 무대에 오른다. 디바가 따로 없다.
오랜만에 열어본 오르골 소리처럼 아련하게 흐르는 피아노 솔로. 그 밑으로 깔리는 포근한 현악 선율.

정화의 선곡은 바로 명곡 중의 명곡 〈광화문 연가〉였다.

결코 안전한 선곡은 아니다. 워낙 탁월했던 이수연의 2004년 리메이크 버전이 사람들의 뇌리에 깊이 박혀있기 때문이다. 그래서 여성의 목소리로 이 노래를 들으면 자연히 이수연의 목소리를 먼저 떠올릴 수밖에 없다.

여성 보컬로서, 과연 이수연을 잊게 할 만큼 참신한 〈광화문 연가〉를 불러낼 수 있을까?

다르다. 뭔가 다르다는 느낌이 첫 소절부터 느껴졌다.

이수연의 광화문이 추억 빛으로 물든 해거름이라면, 정화의 목소리로 부르는 광화문은 청초한 이른 새벽이다.

재미교포 출신인 정화는 이 익숙한 멜로디를 마치 초연되는 신곡처럼 낯선 느낌으로 부른다. 약간 어색한 발음마저도 싱그럽게 들린다.

〈광화문 연가〉는 멜로디 전개가 단순하고 음폭도 크지 않아 외형적으로는 소품곡의 형태를 띠지만, 이 노래가 그려내는 시공간의 스케일은 상상을 초월한다.

'향긋한 오월의 꽃향기'라는 가사를 들으면 저절로 눈이 지긋이 감기면서 가슴속에 저마다의 봄이 그려지고, '눈 내린 광화문 네거리' 대목에서는 제각각의 가슴 시린 겨울 애상에 젖어든다. 그것이 바로 이 노래가 30년이 다 되도록 사랑받는 스테디셀러가 될 수 있었던 힘이다.

이수연이 '김수봉'이라면, 정화는 '심추자'다. 이수연이 간드러지는 음성으로 귀와 가슴을 파고들었다면, 정화는 묵직한 소리통에서 나오는 울림 깊은 목소리로 듣는 이의 어깨를 감싸 안는 느낌이다.

간주부터 차츰 소리를 증폭시킨 오케스트라 선율은, 2절로 접어들면서 수변 무대 주변으로 동심원을 그리며 저 멀고 높은 곳까지 퍼져간다.

장대해진 오케스트라 음향을 뚫고 나온 정화의 보컬은 마치 큰 부대를 통솔하는 여장군처럼 담대하게 절정을 향해 달려간다.

변주도 없고 조바꿈도 없었다. 그러나 원곡의 멜로디 라인 안에서도 충분히 표현될 건 다 표현되었고, 전달될 건 다 전달되었다.

읊조리듯 담담한 마무리.

"야, 정화 너무 멋지지 않냐?"

나는 옆에 앉아있던 주리의 어깨를 툭 치며 말했다. 그런데 슬쩍 옆으로 돌아보는 주리의 눈가는 촉촉이 젖어 있었다.

"야, 너 울었어? 남들이 보는 앞에서는 울지 말라고 했지."

나는 핸드백 안에서 티슈를 꺼내 그녀에게 건넨다. 손에 뭘 들고 다녀야 한다는 것이 그렇게 귀찮더니, 이제야 이놈의 핸드백이 내 손에 좀 익숙해진 것 같다.

"언니 너무 멋지다."

"그런데 왜 울어?"

"너무 멋져서요."

"너도 참."

"엄마, 아빠도 보고 싶어요. 정화 언니 노래 들으니까, 얼마 전에 엄마, 아빠랑 광화문 교보 문고에서 함께 책 고르고, 일민미술관 1층에 있는 카페 이마에서 함박 스테이크 먹고, 폴바셋에서 밀크 아이스크림도 먹었던 기억이 나면서 막 눈물이 나왔어요."

그렇다. 주리는 아직 열아홉의 어린 여자애다. 나와 몸이 바뀐 후로는 부모님을 한 번도 만나질 못했으니, 당연히 보고 싶을 만도 하다.

정화의 <광화문 연가>는 나의 오랜 추억만 건드린 것이 아니라, 주리의 최근 기억과 연결된 감정 선까지 터치해버린 것이었다.

"안 그래도, 어제 너희 어머니랑 통화할 때 언제 집에 오냐고 자꾸 물어보시더라."

"집에 갈 수도 없고, 만날 수도 없잖아요."

점점 감정이 격해진 주리는 급기야 어깨를 들썩이기까지 한다. 참으로 난감한 상황이 아닐 수 없었다. 주리가 우는 모습이 다른 사람들에겐 장윤호가 울고 있는 것처럼 보일 테니 말이다.

"언제 너랑 부모님이랑 다 같이 만날 수 있는 자리를 한 번 만들어 보자."

"어떻게요?"

"바깥에서 식사하는 기회라도 만들면 되잖아. 보컬 선생을 집에까지 데려가는 건 누가 봐도 이상한 일이지만, 식사 자리에는 초대할 수도 있는 거니까 말이야."

"아, 그럼 되겠구나!"

그제야 주리의 얼굴에 환한 웃음이 번진다. 울음을 그친 것까지는 좋았는데, 눈꼬리에 찍히는 새 발자국 주름에 나는 그만 심사가 뒤틀려 고개를 돌리고 만다.

어느새 화면 뒤 스크린에서는 다음 순서인 김유진-이성철 팀의 사전 제작 영상이 재생되고 있었다.

"강주리 양 다음 순서 준비해주세요!"

무대감독이 내게 다가와 알려주고 나서야, 유진의 바로 다음 순서가 바로 나라는 사실을 깨달았다. 나는 내 순서도 까맣게 잊은 채 느긋한 감상 모드에 빠져있었던 것이다.

나는 서둘러 무대 옆으로 가야 했다. 따라서 유진의 공연은 무대 옆에서 지켜볼 수밖에 없었다.

유진의 선곡은 1992년에 발표된 이성철 3집에 수록되었던 <넌 또 다른 나>였다.

<넌 또 다른 나>는 90년대의 히트메이커 하강훈이 작사 작곡한 곡이다. 2015년 6월에 불변의 명곡 이성철 편에서 시야 출신 가수 김현지가 부른 바 있고, 2013년 《슈퍼스타 G5》 Top6에서 박시완도 불렀었다.

'나의 노래방 작업곡이었는데.'

노래방 문화의 전성기였던 90년대엔 정말 어른 아이 할 것 없이 누구나 노래방을 갔다. 약간의 과장을 보태 세 집 건너 한 집이 노래방이었던 시절이었다.

상문고 시절, 세이렌틀 리드 보컬이었던 나에게도 노래방은 제2의 연습실이자 여자 꼬시는 전략적 요새였다. 그 당시만 해도 노래방에서 노래로 소녀들에게 작업 거는 것이 지금처럼 식상한 수법이 아니었다.

"넌 또 다른 나인 거~얼~."

내가 가오 딱 잡고 비브라토 한번 심하게 떨어주면, 은광여고 현지도, 경기여고 향주도, 숙명여고 찬희도 다 넘어왔는데 말이야. 아, 옛날이여!

일단 힘을 많이 뺐다. 그게 느껴졌다.

고음에서도 밖으로 힘껏 내지르지 않고 소리를 안으로 불러들인다. 이른바 '소리를 먹는다'는 바로 그 테크닉.

이 노래의 가사는 오랜 세월을 함께 해온 연인이 연인에게 묻어둔 속내를 고백하는, 예쁜 노랫말이다. 김현지의 <넌 또 다른 나>가 가슴 절절한 고백이었다면, 유진은 밝고 사랑스러운 쪽을 택했다. 그 전략은 매우 성공적인 듯하다.

'유진 알러지'가 있는 나에게도 이 정도의 좋은 느낌으로 다가올 정도면, 엄청 잘 부른 노래였다는 뜻이다.

'모두 쟁쟁한걸? 정말 쉽지 않은 경쟁이야.'

무대 감독의 사인이 떨어지길 기다리며 무대 옆에 서 있는 동안, 객석을 쭉 둘러보았다.

촬영을 위해 섭외된 100여 명의 방청객들 사이에 소속사 관계자들이 군데군데 끼어 있다.

전문가 평가위원단 석 맨 오른쪽에 팔짱을 낀 채 심각한 표정으로 앉아있는 한 대표도 보인다. 평소엔 맹수 같았던 그가 오늘은 천적의 접근 여부를 예의주시하고 있는 미어캣처럼 초조해 보인다.

그러다 객석 오른편 가장자리 쪽에 앉아있는 주리와 눈이 마주쳤다. 주리는 싱긋 웃으며 내게 주먹을 불끈 쥐어 보인다. 나는 그에 대한 화답으로 거수경례를 보냈다. 저 멀리 떨어져 있는 내 얼굴을 향해서 말이다.

주리가 골라준 진초록색 드레스를 내려다본다. 그러고 보니 내 드레스가 김승주의 연초록색 정장과도 매치되는 듯하다. 김승주의 정장을 고른 코디도, 내 드레스를 골라준 주리도 모두 수변 무대 주변에 우거진 녹음을 염두에 두고 의상을 고른 모양이다. 그런데 주리는 이 정도의 패션 센스를 갖고 있으면서, 왜 남자 옷은 그렇게 못 고르는 건지….

"《윈드 메이커》 레전드 콜라보 경연 참가번호 4번, 강주리!"

김승주의 소개를 받고 무대 위에 오르고 나서야, 내가 지금 컴피티션 중이라는 사실이 비로소 실감되었다. 다른 멤버들의 노래를 듣고 있을 때에만 해도, 나는 세상 편한 감상 모드였는데 말이다.

나는 나를 향해 쏟아지는 스포트라이트를 온몸으로 빨아들이듯 깊은 숨을 들이마신다.

15. 순위 따위

◆◆

늦여름 저녁 수변 무대를 에워싼 고온다습한 공기를 타고 구슬픈 바이올린 선율이 울려 퍼진다. 엔니오 모리꼬네의 <시네마 천국 OST 중 러브 테마>이다.

내가 선택한 곡은 바로 <사랑한 후에>이다.

사실 이 곡의 구성은 단순한 편이다. 같은 테마가 뚜렷한 변주도 없이 반복되어 전개된다.

원곡에서도 드라마틱한 격정을 담당하는 쪽은 보컬이 아닌 연주다. 슬픈 감정을 직접적으로 드러내는 연주와는 달리 보컬은 시종일관 비슷한 톤을 유지하면서 겉으로 표출되기보다는 안으로 터지는 먹먹한 슬픔을 구현한다.

노래 전체가 한숨 섞인 한탄과 절규처럼 들리는 이 곡을 경연 무대에 올리기 위해서는 구성의 변화가 필요했다.

인트로에선 전자음과 드럼 사운드를 모두 없애고 어쿠스틱 현악 반주만 남겼다.

"긴 하루 지나고 언덕 저 편에~."

최대한 힘을 빼고 시작한 벌스는 노래라기보다는 읊조림에 가까웠다.

가슴 속에 슬픔이 차오르듯 악기 소리가 하나둘 추가되면서, 담담하던 내 목소리도 점차 슬픔의 색감을 드러내기 시작한다.

인건이 형님께서 2016년 11월 판타스틱 듀엣에 출연하셨을 때, 이 노래의 가사는 바로 어머니가 돌아가신 날의 이야기라는 사실을 밝히신 바 있다.

제목이 <사랑한 후에>임에도 불구하고 실연의 감정보다는 훨씬 더 무거운 슬픔이 느껴지는 건, 바로 그런 이유 때문이리라.

나도 엄마 생각을 안 할 수가 없다. 사실 우리 엄마는 한국의 고전적인 어머니 상은 아니다. 지고지순함과는 거리가 먼, 전형적인 강남 아줌마다.

극성맞은 교육열로 어렸을 때부터 남들 하는 거 다 시켰는데, 기대에 부흥하지 못하고 딴 길로 빠져버린 아들이 두고두고 못마땅한 엄마.

딴따라가 되었으면 제대로 잘 살기나 하든지, 큐피드 지하 골방에 틀어박힌 채 늙어가는 아들이 못내 한심하신 그분.

그럼에도 불구하고, 마흔 넘도록 장가도 못간 아들 끼니 걱정 해주시는 유일한 분. 우리 아들 언젠가는 다시 기 펴고 살 날 올 거라며 전국 각지의 사찰을 돌며 기도하고 다니시는 우리 엄마.

저마다의 어머니는 모두 다른 모습이지만, 어머니를 향한 모든 이의 마음에는 공통분모가 있다. 모든 것의 시작이었고 많은 것들이 귀결되는 그곳. 내겐 가장 강한 존재이면서 내 안의 가장 약한 부분이기도 한 그 이름, 어머니.

"나는 왜 여기 서있나
오늘밤에 수많은 별의 기억들이
내 앞에 다시 춤을 추는데~."

격정으로 치닫는 연주와 함께 감당할 수 없을 지경까지 끌어올린 감정을, 나는 피 끓는 샤우팅으로 토해낸다.

"아~ 아 아아아아 아아아아 아~아…."

마지막은 <러브 테마>의 멜로디를 '아' 소리로 부르다가 음계를 점점 높여가서는, 내가 주리의 진성으로 올려본 가장 높은 음인 '4옥타브 도' 샤우팅으로 마무리했다.

담담한 읊조림으로 시작한 노래가 절규 어린 고성으로 끝난 후, 내 눈에는 언제 흘렸는지도 모르는 눈물이 맺혀 있었다.

"객석을 울음바다로 빠뜨렸어요. 이렇게 슬프게 부르기 있기 없기?"

자리로 돌아온 나에게 주리가 눈물 어린 얼굴로 말했다.

"근데 대체 무슨 생각으로 감정을 잡으셨기에 눈물까지 흘리신 거예요?"

주리의 그 질문에 나는 선뜻 대답을 하지 못했다.

'나도 엄마가 보고 싶네!'

주리가 부모님을 그리워하는 만큼, 나도 우리 김 여사가 보고 싶다. 멀지도 않은 방배동에 계신데, 지금은 만날 수도 없구나.

오늘 경연이 모두 끝나면, 주리더러 우리 어머니께 전화 한 번 드리라고 해야겠다. 스피커폰으로 해놓고, 나도 그 옆에서 엄마 목소리라도 들어야지. 비록 잔소리가 90퍼센트겠지만, 오늘은 그 잔소리마저 그립네.

무대 뒤 스크린에는 어느새 성훈이 형님이 등장해 있었다. 화면 속의 형님은 기타를 치며 돈 맥클론의 〈Vincent〉 를 부르고 있다.

빈센트 반 고호에 대한 오마주가 담긴 이 노래는 성훈이 형님이 충남대에 다니던 시절에 대전의 PJ카페 오디션에서 부른 곡이라고 한다.

"1986년 8월 23일. 그날은 정말 잊을 수 없는 날이야. 당시에 대전에서 아주 유명했던 PJ카페에서 대중 앞에 서서 처음 공연한 날이었으니까."

그렇게 노래인생을 시작한 성훈이 형님은 싱어송라이터가 되겠다는 청운의 꿈을 안고 기타 하나 들쳐 메고 상경했다고 한다.

"몇 달간 라면만 먹었었어. 그러다 작곡가 김창한 선생님을 만나 데뷔의 꿈을 이루게 되었지."

데뷔 앨범부터 140만 장이라는 경이적인 판매고를 올린 형님은 7집까지 연속 밀리언셀러를 기록했고, 10장의 정규앨범이 모두 골든 디스크에 선정되는 금자탑을 쌓아왔다.

'발라드의 황제'라는 호칭이 가장 어울리는 형님이시지만, 음악적 스펙트럼이 넓은 싱어송라이터이자 여전히 건재한 진행형 레전드이다.

마치 슬픔을 증류시킨 후 응축해놓은 것 같은, 그 순도 높은 명품 보이스는 여전히 우리를 위로하고 있다.

"유미 양에겐 어떤 노래를 줄까 참 많은 고민을 했어요. 내가 겪어본 유미는 가진 게 참 많은 친구 같았거든. 고민 끝에, 유미 양이 마음껏 펼쳐 내면서 부를 수 있는 노래가 좋겠다는 결론에 도달했어요. 그렇게 해서 선택한 노래가 바로 이 곡입니다."

성훈이 형의 선곡에 대한 코멘트를 마지막으로 영상은 끝났다.

어느새 무대 위에 올라와있는 그랜드 피아노. 새하얀 긴팔 드레스를 입은 유미가 그 피아노에 기대어 선 채 감정을 잡고 있다.

'제발 잘 해라, 유미야!'

나는 마음속으로 소리 높여 '파이팅'을 외친다.

유미의 선곡은 1996년에 발표된 5집 수록곡 〈나보다 조금 더 높은 곳에 네가 있을 뿐〉이다.

세기말이어서 그랬을까? 내 노래 〈노을이 지는 그 자리〉도 그랬지만, 저 시대엔 가사들이 하나같이 왜 저리도 슬펐을까?

금방이라도 눈물이 쏟아질 듯한 가사지만, 유미는 그 슬픔을 억누르며 담담한 톤을 유지한다.

"그래도 이젠 나 울지 않아~."

'그래도 이젠'이라는 소절이 바로 이 노래의 백미다. 슬픔이 격해지려던 찰나에 가슴을 한 번 쓸어내리듯 음을 살짝 내리며 마음을 추스르는 듯한 이 구절 말이다.

싸비에 이르러서도 유미는 특유의 격정 샤우팅 대신 가성과 진성을 오가는 가녀린 읍소로 갈음한다.

"그래도 이젠 나 울지 않아~."

그러다 '울지 않아'를 길게 빼면서, 울지 않는다는 가사와는 아이러니하게 폭발해버리는 슬픔의 격정.

결국 참다 참다 터져버린 흐느낌에 묻히며 끝나는 엔딩.

역시 에이스는 다르다. 달리 리드보컬이 아니다. 그녀는 다른 멤버들보다 확실히 한 차원 더 높은 무대를 선보였다.

나는 이것이 경쟁이라는 사실도 잊은 채 자리에서 일어나, 무대공포증을 완벽히 털어내고 성공적인 무대를 펼쳐 보인 유미를 향해 열띤 박수와 환호를 보낸다.

유미의 무대를 끝으로 모든 경연이 끝이 났고, 김승주 MC가 다시 무대에 올랐다.

“레전드 콜라보 경연 무대를 무사히 마치신 핑크 클라우드 여러분 모두 수고 많으셨습니다. 결과를 떠나서 멤버들 모두에게 아주 뜻깊은 경험이 되었으리라 믿어 의심치 않습니다. 이제 마침내 그 결과를 발표할 시간이 다가왔습니다.”

사뭇 비장해진 표정의 김승주 MC가 결과 발표를 하겠다는 멘트를 한 후, 핑크 클라우드의 다섯 멤버는 무대 위로 올라가 일렬로 나란히 섰다.

‘어, 한 대표가 사라졌네?’

무대 위에서 전문 평가위원단석 쪽을 바라보니 한 대표는 이미 자리에 없었다.

결과 발표를 보지 못하고 자리를 뜬 한 대표의 심정을 알 것 같다. 비록 한 대표가 《윈드 메이커》에 사활을 걸고 있긴 하지만, 막상 멤버들 간에 순위와 서열이 매겨진다고 생각하니 마음이 좋지 않았던 모양이다. 핑크 클라우드의 다섯 멤버가 한 대표에겐 모두 소중한 자식 같은 존재들이니까.

“그럼, 먼저 전문 평가위원단의 심사 결과를 발표하도록 하겠습니다. 일단 순위만 발표를 하고, 총점과 평가위원별 점수는 추후에 따로 공개하도록 하겠습니다.”

내가 몇 등을 하건 정말 아무 상관이 없다고 생각하고 있었는데, 막상 무대 위에 서서 결과 발표를 기다리고 있으려니 가슴이 두근두근 떨려온다. 바라건대, 꼴찌만 아니었으면 좋겠다.

“전문 평가위원단 순위는 1위부터 발표하겠습니다.”

거 참, 특이하네. 보통은 역순으로 발표하지 않나?
"1위는…"
1위는 당연히 유미가 아닐까?
"천유미!"
그럼 그렇지!
"천유미 양은 담담한 속삭임부터 격정적인 절규까지 슬픔의 감정을 단계적으로 잘 표현해낸 탁월한 가창력에 높은 점수를 받았다고 합니다. 모든 심사위원들로부터 골고루 높은 점수를 받으며 1위에 올랐습니다."
유미가 활짝 웃으며 기뻐하는 모습을 보니 내가 1위 한 것보다 더 기분이 좋다.
"다음은 2위를 발표하겠습니다. 2위는…"
2위부턴 어떻게 될지 솔직히 잘 모르겠다. 개인적으로는 정화가 2위를 했으면 좋겠는데….
"김유진!"
유진은 자신이 마치 최종 2위라도 한 것처럼 좋아한다.
"2위를 기록한 김유진 양은 노래가 갖고 있는 정서를 잘 살리면서도 자신만의 스타일로 잘 소화했다는 점이 높은 평가를 받았다고 합니다."
오늘 유진의 무대가 꽤 훌륭했다는 건 나도 인정하는 바이긴 하지만, 너무 의기양양해 하는 모습을 보니 괜히 심사가 뒤틀린다.
"3위에 오른 멤버는…"
3위를 발표할 순서가 되니 '내가 정말 꼴찌면 어떡하지?' 하는 걱정이 슬며시 밀려온다.
"정준희!"
왜 정화가 아니고 준희지? 분노 유발 콤비, 준희와 유진이 서로 손을 맞잡고 방방 뛰는 모습은 정말 눈꼴시어 못 봐주겠다.
"절제된 창법으로 먹먹한 슬픔의 정서를 잘 표현했다는 평가가 있었습니다."

이제 4등과 5등밖에 남지 않았다. 조금 전까지만 해도 꼴찌만 아니었으면 좋겠다고 생각했었지만, 막상 정화와 나 둘만 남고 보니 생각이 달라진다. 정화가 5등 하는 꼴을 보느니 차라리 내가 꼴찌 하는 게 마음이 덜 아플 것 같다. 나야 어차피 순위에 별 관심이 없었으니 말이다.

"4위를 호명하고 나면, 나머지 한 사람은 자동으로 5위가 되는 것입니다. 4위는…"

나는 애써 느긋한 표정을 지으며 정화 쪽을 넌지시 쳐다본다. 정화는 별 동요 없이 담담한 표정이다.

"이정화!"

자신의 이름이 4위로 호명된 순간, 정화는 몹시 미안한 표정을 지으며 나를 꼭 껴안았다.

'정말 괜찮은데…'

정말 괜찮아야 하는데, 막상 내가 꼴찌로 결정되고 나니 처참한 기분은 어쩔 수 없다. 혹시 이것이 '죽을 사' 자의 저주는 아니었을까?

"4위에 오른 이정화는 매혹적인 중저음 보이스로 힘 있는 무대를 선보였다는 평가를 받았지만 경연용으로선 다소 단조로운 곡 구성 안에서 표현될 수 있는 범위가 좁았다는 지적이 있었습니다. 그리고 5위를 한 강주리는 원숙한 감정표현과 넓은 음역을 바탕으로 한 완벽한 테크닉이 돋보였지만, 창법이 다소 올드하고 신인다운 참신함이 부족했다는 지적을 받았습니다."

16. 생방송 중에 생긴 일

◆◆

전문 평가위원단 순위 발표가 있은 후에 공개된 총점과 평가위원별 점수는 다음과 같다.

[전문 평가위원단 심사 결과]

- 총점 : 400점 만점

- 위원 1명당 점수 : 100점 만점

1위 천유미 : 총점 389

(임진오 96 / 최승철 95 / 푸른바다 98 / 한준호 100)

2위 김유진 : 총점 386

(임진오 95 / 최승철 97 / 푸른바다 94 / 한준호 100)

3위 정준희 : 총점 384

(임진오 95 / 최승철 94 / 푸른바다 95 / 한준호 100)

4위 이정화 : 총점 383

(임진오 94 / 최승철 94 / 푸른바다 95 / 한준호 100)

5위 강주리 : 총점 380

(임진오 93 / 최승철 93 / 푸른바다 94 / 한준호 100)

순위만 들었을 땐 정말 거지 같은 기분이었는데, 실제 점수 차는 그리 크지 않았다는 사실에 그나마 약간의 위안을 받았다.

사실 내가 봐도 오늘의 경연은 우열을 가리기가 힘들 만큼 다들 훌륭한 무대를 보여주었다. 그건 충분히 인정한다. 모든 멤버에게 100점을 준 한 대표의 심정을 이해하고도 남는다.

그래도 설마 내가 진짜로 꼴찌를 하게 될 줄은 정말 몰랐다. 그리고 별로 이길 욕심도 없었던 경연에서 꼴찌를 한 후에, 내가 이토록 처참한 기분을 느끼게 될 줄도 몰랐다.

'창법이 다소 올드하고 신인다운 참신함이 부족했다는 지적을 받았습니다.'라는 심사평이 자꾸 내 귓속을 맴돈다.

23년간 혼자서만 노래 연습을 해오다 보니, 나도 모르게 옛날 창법이나 오래된 습관을 고수해오고 있었는지도 모르겠다. 내가 보컬 트레이너로서 연습생들을 가르쳐오긴 했지만, 다른 사람으로부터 내 보컬에 대한 지도나 조언을 받아본 경험은 없었으니 말이다.

내가 만약 강주리로서 계속 가수 활동을 해나가려면, 나에게도 보컬 트레이너가 있어야겠다는 생각이 든다. 내 보컬을 객관적으로 모니터링해주고, 보다 체계적이고 전문적인 트레이닝을 해줄 수 있는 사람 말이다.

전문가 평가위원단 점수 순위에서 내가 5위를 했다는 사실을 받아들이는 건 사실 그리 어려운 일이 아니었다. 애당초부터 순위 따위는 안중에도 없었으니까.

그런데 유진과 준희가 꼴찌 한 나를 보며 통쾌해 하는 모습은 정말 볼썽사나웠다. 꼴찌를 했다는 자괴감보다 저 분노 유발 콤비의 야유가 나를 더 못 견디게 했다.

"이제 실시간 문자 투표를 종료합니다!"

MC 김승주의 종료 선언과 함께 마감된 실시간 문자 투표에서 뭔가 반전이 있었기를 바라게 된 이유는 순전히 저 분노유발 콤비에 대한 반감 때문이라고 할 수 있다.

"생방송 경연 중에 진행된 시청자 문자 투표는 총 13만3천2백51 건이 접수되었습니다. 예상했던 것보다 문자 투표 참여도가 높았습니다. 시청자 여러분의 열띤 관심과 성원에 진심으로 감사드립니다!"

문자 투표 건수 13만이면 결코 나쁘지 않은 수치다. 물론 한창때의 '슈퍼스타G'나 '프로듀싱101' 같은 프로그램의 넘사벽 문투 수에는 턱없이 못 미치지만, 애초에 규모가 다른 프로그램이니 비교 자체가 무의미하다.

"자, 그럼 지금부터 전문 평가위원단의 점수 60퍼센트와 시청자 문자 투표 결과 40퍼센트를 합산한 최종결과를 발표해드리도록 하겠습니다."

무대감독이 종종걸음으로 무대에 올라와 김승주 MC에게 봉투 하나를 전달한다. 아무쪼록 저 봉투 안에는 기분 좋은 반전이 숨어있기를 기원해본다.

"참고로 말씀드리면, 전문 평가위원단 심사에서의 점수 차가 크지 않았기 때문에, 사실상 문자 투표에 의해 최종 순위가 결정되었다고 합니다. 이제 이 봉투를 뜯도록 하겠습니다."

문자투표가 최종 순위에 결정적인 영향을 미쳤다면 순위의 변화를 기대해볼 수도 있다는 얘기다.

다른 건 몰라도, 저 분노유발 콤비만은 꼭 이기고 싶다는 오기가 생긴다. 하지만 솔직히 자신은 없다. 나는 아직 전문 평가위원단 순위에서 꼴찌를 한 충격의 여파로부터 벗어나지 못해 자존감과 자신감이 바닥난 상태이기 때문이다.

밀봉된 봉투를 뜯는 김승주 MC의 손이 살짝 떨리는 게 보인다. 베테랑 MC인 그도 조금은 긴장을 하고 있는 모양이다. 이윽고 그는 봉투 안에서 결과가 적힌 카드를 꺼내든다.

"먼저, 4위부터 발표하겠습니다."

거 참 특이한 진행이네. 왜 하필 4위부터 발표를 한다는 거지?

"4위는…."

앞서 전문가 평가위원 점수 순위를 발표할 때에는 비교적 질질 끌지 않고 바로바로 한다고 느꼈는데, 이제 슬슬 김승주 MC의 뜸 들이기 신공이 발휘되기 시작한다.

"정, 준, 희."

오호라, 순위가 바뀌었다. 전문가 평가위원단 점수에서는 3위였던 준희가 4위로 내려앉은 것이다.

문자투표를 합산한 최종 순위가 전문가 평가위원단 순위보다 한 계단 하락한 것이 마뜩치 않은지, 준희는 똥 씹은 얼굴을 하고 있다.

"다음은 3위를 발표할 순서입니다."

차라리 얼른 '강주리'라는 이름이 불렸으면 좋겠다. 그러면 최소한 내가 꼴찌는 아니잖아? 그리고 분노유발 콤비 중 준희 하나는 밑에 깔고 가는 거니까.

"이, 정, 화!"

준희와 순위가 뒤바뀐 건 바로 정화였구나. 정화가 준희 위로 올라섰다는 것만으로도 나는 절반의 앙갚음을 한 기분이다.

정화는 엷은 미소를 띤 얼굴로 비교적 담담하게 자신의 순위를 받아들인다.

"2위를 발표하겠습니다. 2위는…."

발표하는 순위가 올라갈수록 김승주 MC가 뜸 들이는 시간도 길어지고 있다. 결과 발표 전에 뜸 들이는 장면을 TV에서 볼 때도 짜증났는데, 내가 직접 발표를 기다리는 입장이 되어보니 더 짜증 난다.

"천, 유, 미!"

아니, 이럴 수가. 유미가 1위가 아니라니.

나를 비롯한 모든 멤버들이 의아한 표정을 짓고 있는 가운데, 유미만 싱글벙글 웃고 있다. 그 어떤 가식의 낌새도 없는 그 웃음에 내 마음이 괜히 짠해진다.

"지금까지 호명되지 않은 두 사람, 강주리 양과 김유진 양은 한 걸음 앞으로 나와 주세요."

김승주 MC를 가운데에 두고 나와 유진이 양옆에 섰다. 무슨 미스코리아 최종 발표도 아니고 대체 이게 뭐하는 짓인지. 순위 발표고 뭐고, 나도 한 대표처럼 그냥 이 자리를 박차고 나가고만 싶다.

"두 사람 중에 한 분은 1위, 나머지 한 분은 5위입니다. 1위만 발표하도록 하겠습니다."

이건 좀 심한데? 시청자의 궁금증과 긴장감을 고조시키기 위해선 어느 정도의 드라마틱한 진행이 필요하긴 하겠지만, 같은 팀 멤버끼리의 경쟁에서 꼭 이렇게까지 해야 하는지는 좀 의문스럽다.

더구나 1등과 2등도 아니고, 1등과 5등을 앞으로 불러내서, 끝까지 호명이 안 된 꼴찌에게 처참한 기분을 느끼게 하다니.

'너무 잔인한 방법이잖아!'

그냥 후딱 발표해버리고 말지, 김승주 MC는 이 와중에 유진에게 인터뷰까지 시도한다.

"김유진 양, 지금 소감이 어떤가요?"

질문을 받은 유진은 억지스럽게 입꼬리를 올리며 한껏 꾸민 목소리로 답한다.

"최선을 다한 무대였기 때문에 어떤 결과가 나오든 담담히 받아들이겠습니다."

꽤 자신만만한 표정인 걸 보면, 유진은 자신이 1위를 할 것이라고 굳게 믿고 있는 것처럼 보였다. 설마 전문가 평가위원 순위 2위가 5위에게 질리 없다고 생각하는 모양.

가식으로 포장했지만 오만방자함이 덕지덕지 묻어있는 유진의 얼굴을 보니, 코를 납작하게 해주고 싶다는 승부욕이 들끓었다. 하지만 이미 승부는 나 있고, 이제 와서 결과를 뒤집을 방법은 없다.

"강주리 양은 지금 무슨 생각을 하고 계십니까?"

유진에게로 갔던 마이크가 내게로 왔을 때, 나는 왠지 구태의연한 가식적인 대답을 하긴 싫었다. 그래서 이렇게 답했다.

"김승주 MC가 꼭 이 말을 하실 것 같다는 생각이요."

나에게서 예상 밖의 답변이 나가자 그는 눈이 휘둥그레지면서 되묻는다.

"무슨 말이요?"

나는 싱긋 웃으며 이렇게 대답한다.

"60초 후에 공개합니다!"

정곡을 찔린 듯 껄껄 웃던 김승주가 나를 향해 '빙고!'를 외친 후, 다시 객석을 바라보며 이렇게 외친다.

"60초 후에 공개합니다!"

중간광고가 나가는 60초의 시간은 뭔가를 하기엔 너무 짧고, 아무것도 안 하기엔 너무 긴 시간이었다. 김승주 MC를 사이에 둔 유진과 나 사이에는 어색한 침묵이 감돌 뿐이었다.

큐 사인과 함께 다시 생방송이 재개되었다.

"이제 정말로 1위를 발표하도록 하겠습니다. 지금 1위로 호명되는 멤버는 9월에 발표될 신곡 '핑키 윙키'의 활동 기간 동안 메인 보컬이자 센터 포지션으로 활약하게 됩니다."

짜증이 나다 못해 이제 슬슬 지치려고 한다. 제발 좀 빨리 발표해줬으면 좋겠다.

"1위는 바로…."

적당히 좀 하시지? 옛날 성질 같았으면, 김승주 MC의 멱살을 잡고도 남았을 것이다.

"바로~."

제발 이제 그만!

"강, 주, 리!"

김성주 MC에 의해 불린 '강주리'라는 이름이 바로 나를 지칭한다는 사실을 채 깨닫기도 전에, 나는 옆에 서 있던 유진이 큰소리로 내뱉은 말에 더 크게 놀라고 만다.

"이건 말도 안 되잖아!"

유진의 입에서 튀어나온 그 표독스럽고 앙칼진 목소리가 날카로운 파장을 그리며 수변 무대 주변 곳곳으로 퍼져간다.

'헉, 이거 생방송인데….'

유진이 외친 '이건 말도 안 되잖아!'를 들은 사람은 현장에 있던 관객들뿐만이 아니다. 생방송을 시청하던 전국 각지의 시청자들도 모두 유진의 신경질적인 외침을 듣고 만 것이다.

자기가 뱉은 말에 본인도 놀랐는지, 아니면 아직도 분이 풀리지 않는 건지, 유진은 서 있던 자리에 그대로 주저앉아 오열하고 있다.

경연 결과에 대한 불만과 분노를 이토록 적나라하게, 그것도 생방송을 통해 표출해버린 인물은 오디션 또는 음악 경연 프로그램 역사상 최초가 아니었을까?

당황한 김승주 MC도 이 사태를 어떻게 수습해야 할지 몰라 쩔쩔매는 모습이었다.

그런데 바로 그때였다. 어디서 나타났는지 한 대표가 황급히 무대 위로 뛰어 올라온다. 아마 무대 주변 어딘가에서 발표 장면을 지켜보다가, 유진의 돌발행동에 깜짝 놀라 무대로 뛰어든 모양이었다.

나는 달려온 한 대표가 유진을 달래거나 혹은 야단칠 줄 알았다. 그런데 다음 순간 그가 취한 행동은 예상을 완전히 뒤엎는 반전이었다.

"당장 방송 중단해주시죠!"

그는 퍼질러 앉아 울고 있는 유진을 카메라로부터 막아서며, 제작진을 향해 큰소리로 '방송 중단'을 요청했다.

'이 사태를 수습해야 할 한 대표까지 대체 왜 저러는 거야?'

나라도 나서서 한 대표를 말렸어야 했지만, 나 역시 너무 놀라고 당황한 나머지 몸을 움직일 수도 없을 지경이었다.

생방송 현장은 그야말로 아수라장이 되어 버렸다.

"이것으로 《윈드 메이커》 레전드 콜라보 경연을 마치겠습니다. 시청자 여러분, 감사합니다!"

그리하여 《윈드 메이커》 2회 레전드 콜라보 컴피티션 생방송은 1위를 한 내 우승 소감도 없이, 김승주 MC의 응급 클로징 멘트와 함께 뚝 끊어지듯이 끝나버리고 말았다. 거의 방송 사고에 가까운 대참사라 아니할 수 없다.

17. 후폭풍

◆◆

2017년 8월24일 AM 10:24.

《윈드 메이커》 2회 레전드 콜라보 경연이 일으킨 후폭풍은 정말 대단했다. 정확하게 말하면, 그 후폭풍의 진원지는 레전드 콜라보 경연이 아닌 김유진이었다.

녹색창과 빨간창 실검 1위는 강주리가 아닌 김유진이 차지했다. '김유진 이건 말도 안 되잖아'가 '강주리 1위'를 눌러 버린 것이다.

한 음악 경연 생방송에서 빚어진 막장 드라마 같은 상황에 넷심이 온통 들썩거렸다.

그 와중에 '큐피드 엔터 대표 한준호'가 화제의 인물로 등극했다.

생방송 도중에 무대로 갑자기 뛰어들어서는 카메라를 가로막으며 방송을 중단하라고 외친 한 대표에 대한 관심이 밀물처럼 밀려들었다. 물론 그 화제성에는 그의 연예인급 외모가 한몫 했으리라.

한 대표의 과거 인터뷰 기사에서 발췌한 사진들과 그의 이력을 정리한 게시물들이 여초 커뮤니티를 중심으로 떠돌아다니기 시작했다. 연예인보다 더 연예인 같은 훈남 CEO 어쩌고 하면서 말이다.

사실 오늘은 늦잠을 좀 자고 싶었지만, 하도 마음이 뒤숭숭해서 마음 편하게 침대에서 뒹굴고 있을 수가 없었다.

침대를 박차고 나와서 무작정 큐피드 지하 연습실로 가봤더니, 주리 역시 이미 출근해있는 상태였다.

"1회에 비해 2회의 시청률이 거의 4배 이상 껑충 뛰어오른 건, 지난 토요일에 방송된 불변의 명곡의 영향이 가장 컸을 거예요. 3.215%면 케이블치곤 꽤 훌륭한 시청률이에요. 문자 투표에서 제가, 아니 유노 쌤이 표를 제일 많이 받은 것도 역시 그 영향이겠죠?"

노트북으로 인터넷 기사들을 들여다보고 있던 주리가 《윈드 메이커》 1, 2회 시청률 분석에 대한 브리핑을 늘어놓았다.

"게다가 어제 순위 발표 후에 일어났던 소동으로 인해 시청률 이상의 화제성까지 높일 수 있었어요. 일부에서는 어제의 그 해프닝이 이슈 메이킹을 위해 고의로 연출된 상황이 아니었나 하는 의혹도 제기되고 있죠."

주리는 이 사태를 꽤 긍정적으로 보고 있었다. 듣고 보니 주리 말도 일리가 있다.

이것저것 다 파는 야식 전문점 메뉴판만큼 복잡하게 난립해있는 각종 예능 프로그램들 틈바구니에서 대중의 관심을 끌기란 여간 어려운 일이 아니기 때문이다.

긍정적으로든 부정적으로든 화제를 모았다는 사실은 프로그램 자체로 봤을 때에는 결코 나쁠 게 없다.

다만 이렇게 해서 모아진 관심을 어떤 식으로 잘 활용해 갈 것인가는 핑크 클라우드와 《윈드 메이커》 제작진의 몫이다.

"그나저나, 어제 한 대표님 되게 멋지지 않았어요? '당장 방송 중단해주시죠!' 그러시는데 소름이 쫙 끼친 것 있죠. 카리스마가 장난 아니었어요."

내가 봐도 좀 멋지긴 했다. 마치 하이에나 떼로부터 자기 새끼들 지키려고 으르렁거리는 수사자 같았다고 할까?

"한 대표님은 이번 프로그램에 회사의 명운을 걸고 있는 것처럼 보였는데, 막상 그런 상황이 닥치니까 방송보다는 팀 멤버를 우선적으로 보호하려고 하셨던 거잖아요. 아무나 할 수 없는 행동이었어요."

주리의 말에 십분 동의한다. 사실 그 당시만 해도 한 대표의 행동을 이해하기 어려웠는데, 생각할수록 용기 있고 담대한 결단이었던 것 같다.

"그나저나 유진 언니가 꽤 충격을 많이 받은 것 같아서 걱정이에요."

"왜 아니었겠어? 홍미 유발을 위해서였다지만, 아무리 그래도 진행 방식이 너무 잔인했잖아! 차라리 내가 그냥 꼴찌 하고 말겠다고 나서고 싶을 정도였으니까."

"유진이 언니라면 일단 인상부터 쓰던 유노 쌤이 이제 오히려 감싸 주시네요."

주리 말을 듣고 보니 정말 그렇다. 순위 발표 직전까지만 해도 혐오의 대상이었던 유진을 감싸고 있는 나 자신이 좀 신기하긴 하다.

"무대 위에 쭈그리고 앉아서 우는 모습 보니 마음이 좋지 않더라고. 내가 이 어린 핏덩이들 틈에 끼어 들어와서 괜한 상처만 주고 있는 게 아닌가 하는 생각도 들었고. 정말이지, 어젠 다 그만둬 버리고 싶더라."

오열하는 유진이를 보며 나는 미안한 감정을 느꼈다. 유진이는 정말 절실했던 것처럼 보였기 때문이다. 그렇게 이기고 싶었던 유진이에게서 그 정도의 절실함도 없이 1등 자리를 빼앗아 온 것 같아 미안했다.

"아이고, 그러셨어요? 센터님~."

마치 아이를 어르는 톤으로 말꼬리를 길게 빼던 주리가 가까이 다가와 내 어깨를 토닥거린다.

내 얼굴을 모처럼 가까이에서 보니, 16일 만에 내 얼굴 피부 톤이 좀 밝아진 것 같다. 주리가 내 몸의 주인이 된 후로 담배도 안 피고, 술도 안 마셔서 그런 게 아닐까?

"센터는 개뿔. 애초에 경연을 통해서 포지션을 정한다는 건 좀 무리수였어."

"그래도 확실히 바람은 일으켰잖아요. 《윈드 메이커》라는 제목 값은 톡톡히 해낸 거죠. 멤버들도 아픔을 좀 겪긴 하겠지만, 이번이 성장할 수 있는 계기가 될 거라 믿어요. 말하자면 일종의 성장통이라 할 수 있겠죠."

"주리 넌 몸만 40대가 된 게 아니라, 마음도 덩달아 어른스러워진 게냐? 뭔가 아재스러운 말만 하는구나."

"전 생각보다 남자 몸이 저랑 잘 맞는 것 같아요. 소변 볼 때 너무 편하고, 생리도 안 하니 너무 좋아요. 머리 말리는 시간도 오래 안 걸리고, 계단 올라갈 때도 신경 안 써도 되죠. 또 뭐가 있더라? 참, 며칠 전에는 사우나에도 갔었어요."

"남자 사우나엘 갔었단 말이야?"

"은근 기대 많이 했었는데, 생각보다 별 건 없더라고요."

"대체 뭘 기대하고 갔기에?"

"전 자욱한 수증기 속에 근육질 오빠들로 가득한 장면을 상상했죠. 그런데 죄다 불룩 나온 뱃살과 쳐진 엉덩이들뿐이더라고요."

"사우나는 네가 다녀왔는데, 왜 내 얼굴이 화끈거리는 거니?"

"전 큰 배스 타월에다 각종 목욕용품들 바리바리 챙겨갔었는데, 남탕에서는 수건을 마음껏 쓸 수 있고, 샴푸와 비누까지 다 갖춰져 있는 건 좀 신기했어요. 그런데 어떤 할아버지가 등을 밀어달라고 하셔서 너무 당황했지 뭐예요."

"맞아, 남탕엔 그런 할아버지들 가끔 계시지."

"여탕에서도 간혹 등 밀어달라는 할머니들이 계시긴 하지만, 할아버지가 그런 부탁을 하시니 제가 얼마나 난감했겠어요? 거절할 엄두가 안 나서 어쩔 수 없이 밀어 드렸더니, 무슨 남자가 그렇게 힘이 약하냐며 투덜거리고 가시더라고요."

그다지 궁금할 것도 없는 주리의 남탕 체험기를 귓등으로 흘려보내며, 나는 그만 상상해 버리고 말았다. 내가 여자 사우나 안에 떡하니 들어가 있는 장면을 말이다.

2017년 8월 24일 PM 06:32.

한 대표의 차 안이다. 오늘은 볼보 XC90이다. 평일용 세단인 아우디 A8를 서비스센터에 맡겨놓은 관계로, 오늘이 목요일임에도 주말용 SUV인 XC90을 끌고 나온 것이라고 했다.

그 덕분에 XC90 T8 엑설런스도 한 번 타보는구나. SUV 뒷좌석인데도 승차감이 고급 세단 못지않게 안정적인 듯.

접이식 테이블까지 펼쳐놓으니 꼭 비행기 1등석에 탄 기분이다. 냉장고 안에 들어있는 볼랭저 하프 바틀과 샴페인잔 두 개는, 아마도 미지의 여인과의 로맨틱한 순간을 위해 준비해놓은 것이겠지?

"유진이 어머니가 가수라고?"

조수석에 앉은 주리가 여전히 어색한 반말로 확인하듯 되묻자, 한 대표는 대답 대신 고개를 끄덕인다. 내 모습을 한 주리가 다른 사람, 특히 한 대표와 같이 있는 광경을 지켜볼 때면 늘 조마조마하다.

"가수 누고요?"

가수라는 말에 솔깃해진 나는, 유심히 들여다보고 있던 냉장고 문을 쾅 닫으며 물었다.

"이름이 알려진 가수는 아니야. 미사리 라이브 카페에서 공연하는 무명 가수."

"아, 그래서 지금 미사리로 가고 있는 거로군요?"

주리와 내가 한 대표의 XC90에 올라탄 이유는 유진을 찾으러 가기 위해서였다.

유진은 오늘 아침 일찍 숙소를 나간 후에 아직 행방을 모르는 채 연락이 두절된 상태다.

같은 방을 쓰는 준희에 의해 알려진 유진의 실종 소식에 큐피드 관계자와 《윈드 메이커》 제작진 전체가 패닉에 빠졌다.

백방으로 수소문한 끝에, 오늘 7시에 유진의 엄마인 전혜옥이 공연할 예정인 카페를 알아냈다. 한 대표는 친구인 장윤호, 그러니까 주리에게만 동행을 요청했지만, 나도 가겠다고 우겨서 따라나선 것이었다.

차가 막히는 바람에 7시 20분이 넘어서야 미사리 카페거리에 들어설 수 있었다.

몇 년 전에 왔을 때에만 해도 라이브 카페가 즐비했던 이곳에 이제 식당들만 가득하다. 지금으로선 카페거리라 부르기도 민망할 정도다.

이제 미사리에선 몇 안 되는 라이브 카페 '별이 흐르는 강을 지나' 앞에 차를 세우고 가게로 들어섰다. 혹시 전혜옥 씨의 공연이 벌써 끝나버렸으면 어떡하나 걱정했는데, 다행히 아직 끝나지 않은 상태였다.

"그대 향한 나의 사랑은 내 나이 너무 어렸어~."

<갯바위>로 유명한 혼성 듀오 '두마음' 출신의 여성 보컬 양아영의 노래, <촛불 켜는 밤>이다. 그러니까 유진 엄마, 전혜옥 씨는 미사리 밤무대에서 본인의 노래가 아닌 다른 사람의 히트곡을 부르는 무명 가수였다.

80년대식의 구성진 창법을 구사하는 혜옥 씨와 최신 트렌드에 맞춰 트레이닝을 받은 유진의 노래 스타일은 서로 다를 수밖에 없다. 하지만 두 사람의 음색은 많이 비슷하다. 누가 모녀지간 아니랄까 봐.

신청곡으로 들어왔다는 박광성의 <문 밖에 있는 그대>를 끝으로 공연이 끝이 났다. 미리 웨이터를 통해 만남을 요청하는 메시지를 전해놓은 상태였기 때문에, 노래를 끝낸 전혜옥 씨가 알아서 우리 자리로 왔다.

"안녕하세요, 한 대표님. 오랜만입니다. 저희 딸, 유진이를 맡겨두고 한 번도 찾아뵙지를 못했네요. 이렇게 먼저 찾아오시게 만들어서 죄송합니다."

청바지에 흰 셔츠를 바지 밖으로 뺀, 수수한 차림의 그녀는 화장기 없는 얼굴에 화사한 인상이었다. 나이는 40대 중후반 정도로 보였다.

자글자글한 눈가 주름에선 보톡스의 유혹 따위에 초연한 당당함 같은 것이 느껴졌다. 왠지 80년대엔 노찾사나 꽃다지의 민중가요를 부르는 운동권 여대생이셨을 것 같은 느낌.

"어제는 우리 유진이가 정제되지 못한 언동을 보이는 바람에 심려를 끼쳐드려 죄송합니다. 유진이가 절 닮아 감정을 잘 숨기지 못해요."

혜옥 씨는 우리 셋을 향해 정중하게 고개를 숙였다. 나는 황송함에 덩달아 머리를 조아렸다.

"혹시 유진이가 어머님을 찾아오지 않았나요?"

한 대표는 다급함을 애써 감추며 최대한 침착한 톤을 유지하려고 애쓰는 것 같았다.

"왜요? 유진이가 없어졌나요?"

혜옥 씨의 얼굴에 당황한 빛이 떠오른 건 아주 잠시뿐이었다. 그녀는 곧 냉정하리만치 태연한 얼굴을 되찾는다.

"그 아이는 저에겐 절대 오지 않을 거예요. 사실 제가 반짝이 드레스만 입지 않았다뿐이지 밤무대 가수잖아요. 하룻밤에 세 타임 이상은 뛰어야 생계를 유지할 수 있는 무명 가수. 그나마도 지금은 설 수 있는 무대가 많이 줄었지만 말이에요."

그녀의 입가에 쓸쓸한 미소가 어린다.

"유진이는 밤무대 가수인 엄마를 항상 창피하게 여겼습니다. 유진이 중3 때 JYB 연습생으로 들어간 이후론 집에 온 적이 거의 없어요. 몇 달에 한 번 제가 회사 앞으로 찾아가야 잠깐 얼굴이나 볼 수 있는 정도였죠. JYB에서 퇴사했을 때에도 제게 알리지 않았고, 집에도 오지 않았어요. 저는 그때 한 대표님께 연락을 받고서야 유진이가 JYB를 나와서 큐피드라는 신생 회사에 들어가려 한다는 걸 알았던 거예요."

내가 혜옥 씨의 얼굴에서 목격한 그 '태연함'은 오랜 시간에 걸쳐 체념과 포용을 통해 체득된 것이었나 보다.

그런데 그런 혜옥 씨의 태연한 얼굴과 겹쳐지는 이미지가 있었다. 그 이미지는 바로 평소에 나를 분노하게 만들었던 유진의 얄미운 표정이었다.

혜옥 씨의 '태연함'과 유진의 '시니컬한 공격성'이 어딘가 닮아있는 것 같다는 생각이 든 것이다.

혜옥 씨가 고단한 삶을 지키며 딸과의 갈등을 이겨내기 위해선 태연함을 연습해야 했듯이, 유진은 얄미운 독설로 스스로를 보호하려 했던 건 아니었을까? 그런 의미에서 두 모녀는 서로 다른 듯 닮아있는 것 같은 인상을 받았다.

“제가 유진이에게 줄 수 있는 최선의 사랑은 그 애를 믿어주는 것이더군요. 나보다 똑똑한 아이이고 나보다 강한 사람이니까 이번 일도 잘 이겨낼 것이라 믿어요. 유진이가 그래도 어디 가서 허튼짓 할 아이는 아니에요. 그리고 자기 자신을 잘 지켜낼 수 있는 아이이고요. 그러니까 그 아이에게 조금만 시간을 주세요.”

그렇구나. 믿어주고 기다려주는 것도 사랑일 수 있구나.

묘하게 설득력 있는 혜옥 씨의 말에 나는 유진에 대한 걱정을 반쯤은 내려놓을 수 있었다. 한 대표도 마찬가지인 것 같았다. 미사리로 향하는 내내 초조해 보였던 한 대표의 얼굴은, 돌아가는 차 안에서 보니 한결 누그러져 있었다.

18. 오늘 나 감사드렸어

◆◆

몇 년 전까지만 해도 출연하는 가수의 이름이 적힌 현수막과 깃발들이 선거운동용 배너처럼 나부끼던 미사리 카페거리. 그런데 이제 그곳에는 식당 간판들만 가득했다.

한때 추억과 낭만의 여울목이었던 미사리 카페거리가 평범한 먹자골목으로 변해있는 광경 앞에서 나는 황량한 기분에 휩싸여야 했다.

'가게 입구마다 걸린 공연 일정표를 채우고 있던, 그 수많은 유무명 가수들은 지금 어디에서 무얼 하고 있을까?'

한창 미사리 카페거리가 성황을 이뤘던 2000년대 초중반, 나에게도 미사리 라이브 무대에 서지 않겠냐는 제안이 여러 번 왔었다. 제안받은 개런티도 그리 나쁘지 않은 수준이었다. 이래 뵈도 나는 나름 히트곡이 있는 가수였으니까. 비록 한 곡뿐이었지만 말이다.

그런데 나는 그 제안들을 번번이 일언지하에 거절했다. 그땐 그것이 내 자존심을 지키는 길이라고 생각했었다. 그리 잘난 것도 없으면서, 미사리의 밤무대를 깔봤던 것이다. 나와는 비교조차 불가한 커리어를 갖고 계신 대선배님들도 오르시는 그 무대를, 감히 하찮은 내가 뭐라고.

오랜 세월 꿋꿋하게 미사리를 지키고 계시는 송창석 선배님이나 윤시네 선배님을 생각하면, 나 자신이 한없이 부끄러워진다.

유진엄마, 전혜옥씨를 보면서도 느낀 게 많았다. 그분은 어려운 현실 속에서도 결코 무대를 떠나지 않았다.

나는 단지 용기가 없었을 뿐이다. 모든 걸 무릅쓰고 무대를 지켜낼 용기 말이다. 그러니까 나는 자존심을 지키려고 미사리를 거부한 것이 아니라, 자존심 따위에 굴복해 무대를 져버리고 만 것이다.

'현실의 어려움 속에서도 무대를 떠나지 않고 고군분투하고 있는 음악

의 수호자들이여! 그대들을 진심으로 존경합니다. 어느 장소 어느 무대에서든 부디 음악 안에서 행복하시길.'

2017년 8월 25일 AM 07:04.

주리의 몸으로 눈을 뜬 지 17일째 되는 아침이다. 매일 아침에 일어날 때마다 혹시 몸이 원래대로 돌아가진 않았는지 확인해보는 행동과 날짜를 세는 일은 이미 습관처럼 굳어졌다.

옆 침대에 유미가 아직 곤히 잠들어있는 모습을 보는 것이 오늘로 이틀 연속이다. 그전까지는 늘 내가 먼저 잠들어버렸고 일어나면 유미의 침대는 항상 깨끗이 정리된 상태였었는데 말이다.

아무래도 유미가 지난 《윈드 메이커》 레전드 콜라보 경연에서 성공적인 무대를 펼쳐 보였던 것이, 그녀의 불면증에 좋은 약이 된 듯하다. 정말 다행이다.

혜옥 씨가 말한 대로 유진은 어제 밤늦게 숙소로 돌아왔다. 아무것도 묻지 말고 평상시처럼 대하라는 한 대표의 당부대로, 모두가 그녀를 아무렇지 않게 대했다.

오늘부터는 드디어 신곡 <핑키 윙키>의 연습과 녹음에 돌입한다. 오후 3시부터 진행될 녹음에 앞서 내 연습실에서 주리와 만나 함께 노래 연습을 하기로 했다.

"이제 이 기계는 제 손 안에 있어요."

주리는 나와 몸이 바뀐 17일 동안, 연습실 내의 녹음 기계를 능숙하게 다룰 수 있게 되었다. 그리고 내가 갖고 있던 실용음악 이론 책 두 권을 독파했다고 한다. 그러니까 주리는 보컬 트레이너 장윤호로서 살아가는

데 필요한 소양을 습득하려는 노력을 나름대로 해온 것이다.

“장윤호로 살면서 특별히 어려운 점은 없어?”

“처음엔 연습생들을 가르쳐야 한다는 게 가장 부담스러웠는데, 이젠 좀 적응이 되었어요. 나름 재미도 있고요. 그나마 어렸을 때 엄마 손에 억지로 끌려가서 피아노를 배워놓았던 것이 얼마나 다행인지 몰라요.”

주리의 피아노 실력은 수준급이어서, 연습생 레슨용 반주는 무리 없이 소화할 수 있다.

“유노 쌤 말대로 연습생 대부분이 가르칠 게 별로 없는 실력자들이라 제 귀에는 다들 잘하는 것처럼 들려요. 그냥 제가 듣기에 좀 거슬리는 부분이나, 너무 과하다 싶은 곳을 지적해주는 정도로 하고 있어요.”

“맞아! 누가 들어도 듣기 좋게 부르는 게 정말 잘 부르는 거지.”

“노래를 잘 들어주는 만큼 얘기도 잘 들어줘요. 어떨 땐 고민 상담하다가 1시간이 훌쩍 가버릴 때도 있다니까요.”

“다들 너와 비슷한 또래니까 공감과 조언을 더 잘해줄 수 있겠네.”

그래도 주리가 장윤호로서의 생활을 그럭저럭 잘 견뎌내고 있는 것 같아서 참 다행이다.

“그런데 《윈드 메이커》 촬영 팀이 오늘은 좀 늦네? 왜 아직 안 오지?”

“그러게요.”

3주가 넘도록 거의 매일 얼굴을 맞대며 지내다 보니, 이제 조윤희 작가와 카메라 감독이 눈앞에 보이지 않으면 왠지 불안해지기까지 한다.

“그런데 조윤희 작가가 카톡으로 자꾸 오글거리는 메시지를 보내는 거 있죠. 처음에 몇 번 대답해줬더니 계속 보내네요. 왜 제가 궁금하지도 않은 오늘의 날씨를 그분한테 들어야 하고, 요상한 이모티콘이 전하는 문안 인사를 밤낮으로 받아야 하죠?”

“쉿, 호랑이 온다!”

호랑이도 제 말 하면 온다더니 조윤희 작가와 카메라 감독이 연습실 문을 열고 들어온다.

그런데 조윤희의 모습이 가관이다. 늘 포니테일로 묶고 다니던 머리를 길게 늘어뜨렸고, 안 하던 화장까지 했다. 게다가 꽃분홍 나시 원피스 차림이라니.

'맙소사!'

내 모습을 한 주리 옆에 요란한 차림의 20대 아가씨가 들러붙어 아양 떠는 모습을 지켜보는 기분이란.

"장윤호 선생님, 오다가 로비에서 보니 '이달의 큐피드 가족'에 선생님이 선정되셨던데요? 혹시 보셨어요?"

"네? 정말요?"

주리와 나의 눈이 동시에 휘둥그레진다.

"사진 밑에는 추천 글들도 있었어요. 전에는 약간 까칠한 면도 있으셨는데 요즘엔 엄청 다정해지셨다, 얘기를 잘 들어주시고 살가운 조언도 해주신다, 세대 차이가 안 느껴지고 코드가 잘 맞아서 좋다, 힘들 때 위로와 격려를 많이 해주신다는 등의 글이 보였어요. 축하드려요, 장윤호 선생님!"

주리 덕분에 장윤호라는 이름이 '이달의 큐피드 가족'란에도 다 올라가 보는구나.

"축하해요, 장윤호 선생님."

나도 조윤희 작가의 목소리 톤을 흉내 내며 한마디 보탰다.

"그런데요, 장윤호 선생님. 상품이 뮤지컬 '레베카' 티켓 2장이던데요. 혹시 같이 가실 분 없으시면 제가 같이 가드릴 수 있는데…."

조윤희 작가가 작정하고 훅 치고 들어온 저 위기를, 우리의 주리는 과연 어떻게 넘길 것인가?

"아, 네. 그런데 저희 어머니가 뮤지컬을 너무 좋아하셔서요, 그 티켓은 그냥 부모님께 드릴까 해요."

나름 선방!

2017년 8월 26일 PM 01:13.

큐피드에는 엠바고에 부쳐져 있는 대외비가 하나 있다. 바로 주리의 부모님에 관한 내용이다.

주리가 큐피드로 정식 데뷔를 해서 본궤도에 오르기 전까지는 주리의 부모님이 누구인지 밝히지 않기로 회사 자체적인 합의를 보았다.

그런데 바로 지금 그 비밀의 베일에 싸인 주리 부모님을 만나러 가는 길이다.

준식이가 운전해주는 카니발 하이리무진을 타고 동호대교를 건너고 있다. 잠시 후 오후 1시 30분에 신라호텔 콘티넨털에서 주리 부모님을 만나 함께 점심 식사를 하기로 했기 때문이다.

주리를 자신의 부모님과 만나게 해주려는 게 이 만남의 목적인 만큼, 당연히 주리도 함께 가고 있다. 다만 주리는 현재 장윤호의 모습을 하고 있기 때문에, 어쩔 수 없이 자신의 부모님에게 '강주리의 보컬 트레이너'로 소개될 것이다.

"나 지금 떨고 있니?"

주리의 어머님을 만나 뵐 생각을 하니 무척 떨린다. 엄마와 딸이 된 입장으로 매일 저녁 전화 통화만 하는데도 심장이 콩닥콩닥거렸는데, 직접 만날 생각을 하니 가슴이 터질 것만 같다.

"유노 쌤이 왜 그렇게 긴장을 하세요?"

한 대표로부터 하사받은 프라다 정장을 오늘 처음 개시하고 나온 주리가 내게 물었다.

"너희 어머니가 나와 비슷한 세대 남자들에게 어떤 존재였는지 주리 넌 잘 모르지?"

잠시 후면 만나게 될 주리의 어머님은 다름 아닌, 90년대에 혜성처럼 나타났다 사라진 청춘 스타 '윤혜린'이다.

윤혜린. 그녀로 말할 것 같으면, 채진실의 시대였던 90년대 초반에 채진실의 아성에 잠깐 범접했던 여고생 스타였다.

"진실이 누나가 당차면서도 귀엽고 친근한 이미지로 남녀 모두에게 어필했다면, 너희 어머님은 채수지와 이미현의 계보를 잇는 청순한 미모로 남성들의 열렬한 지지를 받았었지."

바로 내가 데뷔한 해이기도 했던 1993년에 포카리 스웨트 광고로 센세이션을 일으키며 등장했던 그녀의 전성기는 우리 툰드라의 그것만큼이나 짧았다. 다음 해인 1994년에 등장한 심은아에게 청순 여왕의 왕관을 바로 넘겨줘야 했기 때문이다.

"내가 상병이었을 때니까 1995년이었지. 은퇴 소식이 발표 나던 날, 우리 내무반은 완전 초상집 분위기였어. 아마 부대 전체가 그랬을 거야."

빨라도 너무 빠른 은퇴였다. 2년 남짓한 활동 기간 동안 CF 5편, 드라마 1편, 영화 1편만을 남긴 채 연예계를 등졌으니 말이다.

연예계를 떠난 지 2년이 지나 재벌 3세인 동갑내기, 강석진과의 결혼 소식이 발표되었을 때에도, 그녀는 철저하게 베일에 가려져 있었다.

가끔 파파라치들이 멀리서 찍은 해상도 낮은 사진들이 타블로이드에 유포된 거 외에는, 철저히 언론으로부터 가려져 있던 윤혜린을 오늘 내 눈으로 직접 보게 되는 것이다. 그러니 내 심장이 이렇게 떨릴 수밖에.

"그런데 주리야, 너희 어머님이랑 거의 매일 통화는 했지만, 막상 직접 나를 보시면 다른 사람이란 걸 알아차리지 않으실까?"

내 군바리 시절 관물대에 붙어있던 사진의 주인공인 윤혜린을 만난다는 설렘은 이내 정체를 들킬지도 모른다는 걱정으로 바뀐다.

"뭔가 다르다는 느낌을 받으실 수는 있겠지만, 설마 다른 사람과 영혼이 바뀌었다고까지는 생각하지 못하시겠죠."

"어쩌면 전화 통화에서도 이미 뭔가 이상한 낌새를 채셨을지도 몰라. 어제 통화할 때 그러시더라고. 요즘은 왜 자꾸 전화를 빨리 끊으려 하냐고."

그런데 내가 걱정이랍시고 늘어놓은 말이 주리의 감정선을 자극한 모양이다. 주리의 입가가 실룩실룩하더니 눈 주위가 벌게진다. 그도 그럴 것이, 엄마에 대한 그리움으로 가득할 주리 앞에서 계속 윤혜린에 관한 얘기를 해댔으니 말이다.

엄마에 관한 이야기만 듣고도 저렇게 울먹거리는 주리의 모습을 목도하고서야, 잠시 후의 점심식사 자리에서 더 조심해야 할 사람은 내가 아닌 주리라는 사실을 깨달았다. 정체가 탄로가 나는 건 둘째 치더라도, 내 모습을 한 주리가 자기 부모님 앞에서 감정이 격해진 나머지 울음이라도 터뜨려 버리면 정말 큰일이기 때문이다.

프렌치 레스토랑 '컨티넨털'의 프라이빗 룸에는 강석진-윤혜린 부부가 먼저 도착해 있었다.

'오늘 나 감사드렸어~.'

고대했던 '윤혜린'의 얼굴을 본 순간, 내 의식 속에서는 윤종신 형님의 〈오래전 그날〉의 한 구절이 자동 재생되었다.

'누군가 널 그토록 아름답게 지켜주고 있었음을~.'

내가 윤혜린의 옛 남친도 아니면서 이런 감사를 한다는 건 참 주제넘은 짓이다.

하지만 그녀는 한때 만인의 연인이었지 않은가? 아주 잠깐 눈앞에서 빛나다가, 가장 아름다운 순간에 사라진 별이었기 때문에 그리움이 더 컸을 수밖에. 강산이 두 번 변하고도 남는 세월이 지나서도 여전히 아름다운 모습을 마주한 순간, 저절로 감사한 마음이 들었던 것이다.

19. 뭔가 보여 주겠어

◆◆

나의 관물대 여신, 윤혜린이 지금 날 꼭 안아주고 있다. 물론 주리의 엄마로서 안아준 것이지만, 가슴이 터질 것 같다.

"주리 너, 대체 이게 얼마 만에 얼굴 보는 거니? 요즘은 집에도 통 오지 않고 말이야."

그래 바로 저 목소리야. 초코 브라우니처럼 달달하고 커피 향처럼 그윽한 저 꿀성대.

"이러다 얼굴 잊어버리겠어, 강주리!"

윤혜린에게 안기는 것까지는 참 좋았는데, 그녀의 남편이자 주리 아빠인 강성진과도 포옹을 해야 한다는 건 사실 썩 유쾌하지 않은 일이었다.

온몸이 뻣뻣해지면서 소름이 돋으려는 걸 간신히 참아냈다. 감히 우리의 청순 여신, 윤혜린을 낚아채 가버렸던 그는 한때 수컷들 사이에서 공공의 적이었더랬지.

"한 대표에게 듣자 하니 불변의 명곡에도 나갔다고? 거기에 나갔으면 우리에게도 알려주지 그랬냐? 엄마가 그 프로 좋아하는 것 알면서 말이야. 네 엄마가 무척 서운해 하더구나."

강석진은 한준호와 친구 사이이다. 그렇다고 한 대표나 나와 함께 어울려 놀던 그룹은 아니었다. 그러니까 나와는 안면이 없다.

집안 배경으로만 따지면 그도 성골 중의 성골 오렌지족일 법했지만, 그는 밤 문화와는 그다지 친하지 않은 샌님이었다. 그런 그가 같은 재벌가 자제와의 정략 결혼을 하지 않고, 연예인 출신인 윤혜린과 결혼한 것은 조금 뜻밖이었다. 하긴, 의외로 사랑꾼일지도 모르는 일.

"그래, 나 좀 서운했어, 얘. 불변의 명곡 방청 꼭 한 번 해보고 싶었는데 말이야. 우리 주리가 출연까지 하는 좋은 기회를 놓쳐 버렸네."

윤혜린이 내게 살짝 눈을 흘기며 말했다. 투정부리는 모습까지 어쩜 저렇게 귀여우신지. 예전의 그 청초함에다 이젠 우아함까지 더해진 것 같다.

"이틀 전에 《윈드 메이커》 레전드 콜라보 어쩌고 하는 생방송 경연은 너희 외할머니랑 이모들이랑 다 같이 우리집에 모여서 본방사수 했어. 물론 우리 딸이 1등 한 게 가장 좋았지만, 엔딩이 무슨 막장 드라마 같아서 더 재미있더라, 얘."

곁눈으로 슬쩍 넘겨다 본 주리의 눈에 눈물이 그렁그렁 맺히는 게 보인다. 눈앞에 두고도 한 번 안겨보지도 못한 엄마의 입에서 외할머니와 이모들이라는 말까지 나오니까, 그만 감정이 흔들린 모양이다. 저러다 울음이 터져버리기라도 하면 어떡하지?

"어머, 내 정신 좀 봐! 그러고 보니 게스트를 모셔놓고 우리끼리만 얘기하고 있었구나. 안녕하세요, 장윤호 선생님이라고 하셨죠? 지난 몇 개월 동안 저희 주리를 잘 지도해주고 계셨다는 걸 알면서도 한 번도 인사를 못 드렸네요. 그리고 지난 불변의 명곡 무대에도 선생님께서 주희 주리를 추천해주셨다고 들었어요. 정말 감사해요!"

윤혜린의 감사인사에 웃음으로 답하고는 있지만, 주리는 지금 웃는 게 웃는 게 아닐 것이다. 엄마를 엄마라 부르지 못하고, 아빠를 아빠라 부르지 못하는 주리의 심정은 과연 어떨까?

"한 대표로부터 말씀 많이 들었습니다. 솔직히 저는 제 딸의 노래 실력에 대해서 그리 높이 평가하고 있지 않았거든요. 주리의 재능은 가수가 되기엔 부족함이 많다고 생각했었죠. 제가 보기엔 그저 평범한 수준이었던 우리 주리를 불변의 명곡에서 1승을 올릴 정도의 실력파 보컬로 만들어 놓으시다니 정말 대단하신 걸요? 아비 된 사람으로서 정말 감사드립니다."

정중하고 깍듯하게 감사 인사를 챙기는 아빠의 모습에, 주리는 목이 메는지 대답은 못 하고 꾸벅하고 고개만 숙인다. 저러다 감정을 주체하지 못한 주리가 눈물을 보이기라도 하면 낭패다. 여기서 내가 좀 나서줘야겠다.

"선생님이 긴장을 좀 하셨나 봐요. 사실은 유노 쌤이 90년대에 엄마의 열성적인 팬이셨대요. 그래서 오늘 엄마 만난다고 어찌나 떨려 하시는지. 그리고 아까 여기로 오는 길에 엄마가 출연한 영화 이야기도 하셨어요. 《별 하나, 별 둘, 그리고 너》라는 영화요."

윤혜린이 까르르 웃는다. 강성진은 괜히 헛기침을 한다.

"어머, 그거 망한 영화라 기억하는 사람이 별로 없는데, 그 영화를 어떻게 아시지?"

"군대에서 휴가 나오셨을 때 대한극장 가셔서 보셨대요."

"2주일도 못 가서 재개봉관으로 넘어간 걸로 알고 있는데, 타이밍을 잘 맞추셨네요?"

사실 나는 그 영화 개봉 일에 맞춰서 일부러 휴가를 받아 나온 것이었다. 나는 그 당시에 꽤 진지한 팬이었단 말이다.

그러고 보니 '재개봉관'이라는 단어는 정말 오랜만에 들어보네. 지금과 같은 멀티플렉스가 없었던 그 시절엔 영화의 배급은 개봉관부터 재개봉관, 재재개봉관, 동시상영관까지 순차적으로 진행되었었다. 영화의 흥행 여부는 극장 앞에 줄이 몇 미터나 서있는지를 보고 판단했던 시절이었지.

"오랜만에 저의 흑역사에 관한 이야기를 들으니 술 생각나는 걸요? 우리 낮술 한 잔씩 할까요? 장윤호 선생님, 샴페인 좋아하세요?"

샴페인 좋아하냐는 윤혜린의 질문에 하마터면 내가 '예!' 하고 대답할 뻔.

"이런 분위기에 샴페인이 빠지면 좀 서운하죠. 장윤호 선생님도 한 잔 괜찮으시죠?"

윤혜린에 이어 강석진까지 음주에 대한 의향을 묻자, 주리는 난감한 표정을 짓는다. 이번에도 내가 나서서 막아줘야 할 타이밍인 것 같다.

"아, 선생님은 요즘 지방간 때문에 약 복용 중이셔서 술은 안 드세요."

'제가 대신 마시면 안 될까요?' 하는 말이 목구멍까지 올라왔지만, 그냥 꿀꺽 삼켜야만 했다.

"아, 그렇군요. 이제 우리도 건강 걱정할 나이가 되었죠. 저도 콜레스테롤 수치가 좀 높아서 식단에 신경을 좀 쓰고 있습니다. 한 대표한테 듣자 하니 장윤호 선생님도 75년생 토끼띠시라고."

강석진이 나이 얘기를 꺼내자 윤혜린이 반색하며 끼어든다.

"어머, 그럼 우리 모두 동갑내기 토깽이들인가요?"

그런데 바로 그때, 주리를 바라보던 윤혜린의 표정에서 갑자기 웃음기가 싹 걷히면서 사뭇 진지한 표정으로 바뀐다.

"그런데 장윤호 선생님!"

갑자기 윤혜린이 왜 저러는 거지? 혹시 뭔가 이상한 낌새를 챈 건가?

"혹시…"

어느새 화살촉처럼 예리해진 윤혜린의 눈빛은 내가 아닌 주리를 향하고 있는데도, 내 등에서 식은땀이 주르륵 흐른다.

"우리가 전에 만난 적이 있었던가요?"

윤혜린의 입에서 나온 말은 다행히 정체를 의심하거나 파헤치는 질문이 아니었다. 그래서 일단은 한숨 놓을 수 있었다.

"저는 오늘 분명 장윤호 선생님을 처음 뵙는 건데 이상하게 낯설지 않아요. 눈빛도 어딘가 익숙하고. 마치 전부터 잘 알고 있었던 사람처럼 말이에요."

내가 우려했던 바에서는 살짝 비껴갔지만, 윤혜린의 발언은 숨겨진 진실에 상당히 근접했다. '엄마의 육감'이라는 말이 내 목구멍을 간지럽힌다.

"웬 작업성 멘트야? 남편이 이렇게 눈을 시퍼렇게 뜨고 있는데, 자기, 지금 딴 남자한테 작업 거는 거야?"

가벼운 질투를 드러내며 대화를 가로막고 나선 강석진이 아니었다면 주리가 더 곤란해질 뻔했다.

"윤혜린 님을 향한 저의 팬심이 은연중에 드러나서, 주리 어머님이 그렇게 느끼신 게 아닐까요?"

제법 그럴듯하게 받아치는 걸 보니, 이제 주리가 감정을 어느 정도 추스른 것 같아 다행이었다.

아뮤즈 부쉬를 서빙하고 있는 웨이터에게 강석진은 돔 페리뇽을 주문한다.

웨이터가 샴페인 잔 4개를 가져와 내 앞에도 세팅을 하려고 하자 윤혜린이 저지하고 나선다.

"얘는 아직 미성년자예요. 술잔은 필요 없어요. 너 오렌지 쥬스 같은 거 마실래?"

그러자 강석진이 말을 받는다.

"열아홉이면 이제 한 잔 할 때도 되었다. 오늘은 아빠가 특별히 한 잔 따라 줄게. 술은 원래 어른한테 배우는 거야."

그는 자리에서 일어나 아이스 버킷 쪽으로 다가가 샴페인이 잘 칠링되어 있는지 확인한 후, 본인이 직접 병을 땄다. 그러고는 주리와 윤혜린의 술잔에 차례로 술을 따른 후, 내 앞에 놓인 술잔에도 샴페인을 따라준다.

'멋쟁이!'

강석진이 내 샴페인 잔에 돔 페리뇽을 따라주고 있는 이 순간만큼은 그가 그렇게 멋져 보일 수 없다. 드디어 오랜만에 한잔 마셔보는 건가?

"자, 뭘 위해 건배할까요? 자기가 건배 제의 좀 해봐!"

윤혜린이 우아한 자태로 먼저 잔을 들어 올리며, 강석진을 재촉한다. 재벌가의 부부답지 않게 서로를 자기라 부르며 존대를 하지 않는 모습에서 왠지 소탈하면서도 다정다감한 분위기가 느껴진다.

"자, 무엇을 위해 건배할까? 우리 주리의 멋진 추억을 위해서?"

아니 그런데, 추억을 위해서라니. 그게 무슨 말이지?

"걸그룹 활동은 젊은 날에 잠깐밖에 못 누리는 특별한 경험이니 맘껏 즐기렴. 그리고 가수 활동도 제대로 잘하면, 아이비리그 진학에도 유리한 경력이 되어줄 거야. 명문대학일수록 다재다능한 인재를 원하는 경향이 있으니까. 이왕 하는 것 제대로 잘 해봐. 하지만 내년 가을학기부터는 미국으로 건너가서 대학 진학 준비를 해야 한다. 네 엄마의 간곡한 설득에 어쩔 수 없이 승낙은 했지만, 딱 1년만 한다는 조건하에 허락했다는 걸 명심해."

강석진의 무거운 건배사로 인해, 페이스트리처럼 말랑말랑했던 분위기가 일순간에 그라시니같이 딱딱해져 버린다.

'그랬구나!'

주리의 아빠, 강석진은 주리의 가수활동을 젊은 날 잠깐 거쳐 가는 추억 정도로 생각하고 있었다.

"자긴 왜 하필 이런 순간에 그렇게 분위기를 무겁게 만들고 그래? 당장 내일, 아니 단 몇 초 후에 무슨 일이 생길지도 모르는 게 인생이에요. 내년 일은 내년에 생각하고, 지금은 이 샴페인의 냉기가 사라지기 전에 목구멍으로 넘기는 일만 생각하자고요!"

최고급 레스토랑에 앉아 알맞게 칠링된 돔 페리뇽을 홀짝이면서도, 나는 그 풍미를 기분 좋게 만끽할 수 없었다.

'단 1년뿐이라고?'

강석진이 주리에게 허락한 가수 활동 기간은 딱 1년. 주리는 그런 상태에서 나와 몸이 바뀌어버린 것이다. 그리고 1년 후면 다시 학교로 돌아가야 한단다.

'그 1년이란 시간 동안, 주리와 나는 과연 무엇을 이루어낼 수 있을까? 그 기간 안에 서로의 몸으로 다시 돌아갈 수나 있을까?'

갑자기 밀려온 온갖 상념에 사로잡혀버린 나는 최고급 재료로 만든 환상의 코스 요리를 먹으면서도 그 맛을 잘 느끼지 못했다.

'꼭 뭔가 보여줘야겠구나!'

가수 활동을 청춘 시절 한때의 추억거리 정도로 여기는 강석진에게 뭔가 강력한 한방을 보여주고 싶다는 오기가 치밀었다.

그 오기는 내 자격지심의 발로인지도 모른다. 나는 정말로 주리 아빠의 말처럼 툰드라 활동을 한낱 젊은 날의 추억으로 간직한 채 초야에 묻혀 살아오지 않았던가?

재벌 4세인 주리가 왜 가수가 되었으며 가수 활동을 통해 이루고 싶은 게 무엇인지, 아직 나는 알지 못한다. 하지만 내 영혼이 주리의 몸 안에 있는 동안 내가 이루어야 할 목표는 더욱 뚜렷해졌다. 주리 아빠, 강석진을 향한 오기가 내 승부욕에 불을 지핀 것이다.

20. 한 대표는 못 말려

◆◆

주리 부모님과의 점심 식사를 마치고 큐피드 지하 연습실로 돌아와 보니, 웬일로 한 대표가 와 있었다.

"주리, 오랜만에 엄마, 아빠 만나서 좋은 시간 보냈어?"

한 대표는 친구 강석진을 통해 우리가 주리 부모님을 만나고 오는 길이라는 사실을 이미 알고 있는 모양이었다.

"여기서 뭐 하세요?"

"여기까지 웬일이야?"

한 대표를 향해 거의 동시에 질문을 한 나와 주리. 둘 다 실수 없이 자연스러웠다. 한 대표를 향한 나의 높임말도, 주리의 반말도 이제 제법 입에 익은 것 같다.

"전할 말이 있어서 왔어."

그의 빤질빤질한 피부에 더 생생한 활기가 도는 걸 보면, 그가 전할 말이라는 건 분명 좋은 소식인 듯하다.

"한 시간쯤 전에 전화 한 통이 걸려왔어. 모르는 번호라서 받지 않으려다가 혹시나 해서 받았더니, 옥구슬 굴러가는 목소리로 '노래하는 이선휘입니다' 하더라고. 나는 처음에 녹음된 ARS 광고 전화인 줄 알았다니까?"

"그러니까 전화한 사람이 이선휘였다고…요?"

한 대표의 입에서 '이선휘'라는 이름이 튀어나온 순간, 정신이 아득해지면서 나도 모르게 반말이 불쑥 튀어나갈 뻔했다. 33년을 짝사랑해온 나의 우상, 선휘 누나가 한 대표에게 전화를 걸어왔다고?

"불변의 명곡 방송 때 주리 너를 눈여겨봤는데, 바로 그 다음 날 전인건 콘서트에서 게스트로 나온 널 또 보게 되셨나 봐."

선휘 누님은 어느 인터뷰에서 다른 가수들의 콘서트에도 곧잘 다닌다고 밝히신 바 있다. VIP 초대권이 아니라 직접 표를 사서 가신다고 했다.

나의 선휘 누나가 그날 메리홀 객석에서 내가 노래하는 모습을 지켜보고 계셨다고 생각하니 가슴이 터질 것 같았다.

"깊은 인상을 받고 마음속에 담아두었던 인물을, 전혀 생각지도 못한 장소에서 다시 보게 되니, 뭔가 운명적인 인연이라고 생각하셨나 봐. 그래서 여기저기 수소문해서 전화를 주셨대."

선휘 누님은 유일하게 주리와 내가 공통적으로 열광하는 뮤지션이다. 고음이 안 됨에도 불구하고 주력 연습곡으로 〈그중에 그대를 만나〉를 고집했던 주리는 나 못지않은 이선휘 추종자다.

사실 주리뿐만 아니라 큐피드 여자 연습생들 절반 이상이 롤 모델로 꼽는 가수가 바로 이선휘다. 아닌 게 아니라. 한국의 여성 보컬리스트 꿈나무들에게 이선휘는 가히 신적인 존재라 할 수 있다.

"선휘 누님께서 빅밴의 태왕과 함께 평창 동계 올림픽 주제곡을 부르기로 하셨대."

"대박!"

주리는 자신이 장윤호의 모습을 하고 있다는 것도 잊은 채 너무 주리스런 감탄사를 내뱉고 말았다. 이선휘만으로도 벅찼는데 태왕이라는 이름이 나오자 주리는 거의 뒤로 넘어가기 직전이다.

이선휘가 주리에게 숭배의 대상이라면, 태왕을 향한 주리의 감정은 에로스적인 사랑이다. 내가 'Music is my life'로 바꾸어 놓기 전까지, 주리의 카톡 프로필 상태 메시지는 '태왕마눌'이었다.

그토록 사랑해마지 않는 두 사람의 이름을 한꺼번에 들었으니 주리의 멘탈이 온전할 리 없었다.

"그런데 이 기라성 같은 두 명의 아티스트가 평창 동계 올림픽 주제곡을 함께 부를 신인 가수를 찾고 있어. 과거의 태양인 '이선휘'와 현재의 태양 '태왕'이 만나 미래의 태양을 찾고 있는 거지. 이름하여 3개의 태양 프로젝트!"

"3개의 태양 프로젝트?"

"그래. 과거와 현재 그리고 미래를 아우르는 세대 통합 프로젝트야. 그런데 선휘 누님이 미래의 태양이 될 후보로 강주리를 지목하셨어."

"해야죠, 당근!"

나는 한 대표의 말이 떨어지기가 무섭게 한 치의 망설임도 없이 대답했다.

"물론 아직 확정은 아니야. 신인 중에 선별한 여러 명의 후보자들을 모아서 오디션을 진행할 모양이야."

비록 오디션이라는 만만치 않은 관문이 내 앞을 가로막고 있지만, 내 마음은 이미 선휘 누님을 향해 저만치 달려가고 있다.

"아직 기밀에 부쳐진 프로젝트이니까 누구에게도 발설해선 안 돼. 멤버들에게도 아직 알리지 마. 형평성 운운하면서, 또 좋지 않은 잡음이 생길 수도 있으니 말이야. 일단 두 사람만 알고 있는 걸로 하자고."

2017년 8월 26일 PM 07:35.

《윈드 메이커》 촬영팀 없이 큐피드 식구들만의 회식 자리가 열렸다. 수요미식회의에 나오면서 김치찌개 맛집으로 더 유명해진 그 정육식당.

나는 개인적으로 두께가 좀 얇은 옛날식 삼겹살을 좋아하는 편인데, 아쉽게도 요즘은 보기가 드물다. 이 집 고기는 두껍지도 얇지도 않은 적당한 두께. 그래서 좋다. 쫀득쫀득한 육질도 일품.

큐피드 엔터는 10대부터 40대까지 참 다양한 연령층의 사람들이 모여 있는 회사인데, 호불호가 없이 가장 인기 있는 회식 메뉴가 삼겹살인 것 보면 참 신기하다.

"내 새끼들을 절벽에서 떨어뜨린 심정이었다. 그래도 다들 멋지게 살아 돌아와서 기쁘구나. 결과에 너무 연연하지 마라. 너희들 모두모두 무대 위에서 반짝반짝 빛나는 모습을 볼 수 있어서 나는 좋았다, 이놈들아!"

술이 몇 잔 들어간 한 대표는 어느새 낭만의 달변가가 되어 있었다.

고기도 안 먹고 연거푸 소맥만 들이키는 한 대표를 위해, 나는 그의 앞 접시에 잘 구워진 삼겹살 몇 점을 올려주었다. 생각 같아선 같이 몇 잔 낭겼으면 딱 좋겠는데.

"심려 끼쳐드려서 죄송해요. 저도 모르게 그만 그런 말이 나가버렸습니다. 그리고 그저께는 말도 없이 사라져서 죄송했습니다. 너무 창피해서 그랬어요."

유진이는 다행히 자신을 둘러싸고 있던 보이지 않는 유리벽을 스스로 깨뜨리고 나와 주었다. 유진을 아무렇지도 않게 대하느라 부자연스런 자연스러움을 연기하고 있던 주변인들은 일제히 안도하는 듯했다.

"그런데 그저껜 대체 어디 갔다 온 거니?"

어색했던 유진과의 첫 물꼬를 트는 데에는 역시 유미의 따뜻한 목소리가 제격이었다.

"혼자 청계산에 올라갔다 왔어요. 매봉까지는 못 갔고, 옥려봉까지만요. 저는 산 타는 걸 그렇게 좋아하는 편은 아닌데, 마음 복잡할 땐 그보다 더 좋은 게 없더라고요."

스무 살 유진이가 그렇게 아재스러운 힐링 법을 쓸 줄은 몰랐네.

"다음번엔 가게 되면 혼자 가지 말고 같이 가. 나도 산에 가는 것 좋아해."

정화의 걸걸한 보이스가 더해지면서 한층 더 훈훈해진 분위기.

"그러지 말고 우리 단합 대회 등산 같은 거 한 번 할까?"

한 대표가 말아준 소맥을 한 잔 하더니 얼굴이 발그레해진 주리가 한껏 업된 톤으로 말했다. 주리에게 술잔이 갔을 때 내가 옆에서 막아줬어야 했는데, 자리가 떨어져 있어서 미처 그러질 못했다.

"오케이. 이번 주말에 산행 한 번 가는 걸로!"

주리의 제안을 받기가 무섭게, 한 대표는 즉석에서 구체적인 계획을 공표해 버린다. 곳곳에서 들려오는 원성에도 그는 아랑곳하지 않는다.

큐피드 식구들의 따뜻한 배려와 포용 속에서 다시 웃음을 찾은 유진.

마치 모든 갈등이 해소된 드라마 마지막 회처럼 훈훈해진 회식 분위기 속에서, 나만이 홀로 금단 증상을 겪고 있다.

'아, 술 땡겨! 담배 말려!'

2017년 8월 27일 AM 07:15.

'역시 한 대표는 못 말려!'

한 대표는 어제 회식 종료 시점에 곧바로 다음 날 아침 7시까지 회사 로비에 집합할 것을 명령했다.

로비에 모인 인원이 총 29명. 그중에서 8명이 《윈드 메이커》 촬영팀이고, 나머지가 큐피드 식구들이다. 구내식당 여사님들 세 분과 청소 여사님들 두 분까지 다 오셨다. 소속 연예인들 중에선 스케줄이 있는 4인조 보이 그룹 '그린 윙즈'와 탤런트 '남효빈' 빼곤 다 참석했다.

"여기요!"

주리가 내 팔을 확 잡아당기는 바람에 나는 주리 옆자리에 주저앉듯이 착석할 수밖에 없었다. 알고 보니 주리는 조윤희 작가가 자신의 옆자리에 못 앉도록 하기 위해, 급하게 나를 잡아 앉힌 것이었다. 덕분에 나는 조윤희 눈에서 나오는 원망의 레이저 광선을 받아내야 했다.

어쩔 수 없이 통로 건너편 좌석에 자리를 잡은 조윤희 작가를 보니 괜히 가슴이 짠해지면서 미안함이 밀려왔다.

"이거 좀 드셔 보세요!"

조윤희 작가가 팔을 쭉 뻗어서 우리 쪽으로, 아니 정확하게는 주리에게 건네준 것은 빨간색 실리콘 재질의 도시락이었다. 도시락과 깔맞춤 한 빨간색 보온병까지 내 손을 통해 주리에게 전달되었다.

도시락 안에는 먹기 좋은 크기로 잘라진 계란 샌드위치가 가득 들어

있었다. 그리고 보온병에 든 액체는 커피였다.

'아침 7시가 집합 시간이었는데, 조윤희 작가는 이걸 만들어오기 위해 대체 몇 시에 일어난 거지?'

꼭두새벽부터 일어나 샌드위치 도시락을 만드느라 부산을 떨었을 조윤희 작가를 떠올리니, 미안함이 더 커졌다. 비록 내 의지는 아니었지만, 조윤희가 앉으려던 자리를 강탈해 두 사람 사이를 가로막는 존재가 되어버렸으니 말이다. 조윤희 입장에서는 내가 얼마나 얄미울까?

말없이 샌드위치 한 조각을 베어 물고 우걱우걱 씹고 있는 주리의 표정에서도 미안해하는 기색을 읽을 수 있었다.

'그렇다고 주리를 향한 조윤희 작가의 일방통행을 계속 허용할 수 없지 않은가?'

조윤희가 연정을 품은 대상은 겉으론 장윤호지만 실체는 강주리이므로, 말하자면 여자가 여자의 영혼을 좋아하게 된 격이다. 더 난감한 사태가 발생하기 전에 뭔가 특단의 조치가 시급하다는 생각이 든다.

'뭐, 좋은 방법이 없을까?'

남자를 좋아한다고 할까? 아니야, 혹시 '장윤호는 게이'라는 엄한 소문이라도 나버리면 큰일이지.

시어머니 될 사람이 엄청 별나다고 할까? 틀린 말은 아니지만, 그래도 너무 앞서가는 말이잖아! 조윤희가 주리더러 당장 결혼하자고 한 것도 아닌데 말이다.

그리고 혹여 조윤희가 환심을 살 목적으로, 김 여사에게 접근이라도 할 경우엔 일이 더 커질 수 있다. 어리고 예쁘장한 여자가 불혹을 넘긴 아들을 좋아한다고 하면, 울 어머니는 쌍수를 들고 환영하며 나설 수도 있는 일. 만약 그렇게 되면 정말 복잡하고 피곤해진다.

그렇다고 주리에게 조윤희를 차갑게 대하라고 말해버릴 수도 없는 노릇이다. 그랬다가 촬영을 망치기라도 하면 안 되니까. 그런 식의 잡음이 생기는 건 결코 원하지 않는다.

이렇게 복잡한 내 심경과는 달리 내가 조윤희 작가에게 건넨 한 마디는 단순명료했다.

"샌드위치 정말 맛있네요!"

아닌 게 아니라, 내가 주리와 몸이 바뀐 상태가 아니라면 한 번 사귀어 볼까 고민할 수 있을 정도로 훌륭한 요리 솜씨였다.

나는 대각선 앞쪽 자리에 앉은 한 대표에게도 샌드위치 하나를 내밀었다.

"조윤희 작가님이 만들어 오신 샌드위치예요. 대표님도 맛 한 번 보세요."

어제 꽤 과음을 한 것 같았는데도 숙취와 피로의 흔적이 전혀 보이지 않는 한 대표가 샌드위치를 받아든다. 그리고는 목소리를 낮추며 내게 말했다.

"어제 말했던 콜라보레이션 프로젝트, 오디션 일정이 결정되었어. 이따 산에 다녀와서 자세히 알려줄게."

이선휘와 태왕. 두 사람의 조합만으로도 설레는데, 나에게 그들과 함께 할 기회가 올지도 모른다고 생각하니 심장이 터질 것 같다. 이번 기회만큼은 정말 잡고 싶다. 꼭 잡고 말 것이다!

21. 내 나이가 어때서

◆◆

말벌을 무서워하는 나는 여름 산행을 잘 안 하는 편인데, 막상 옥려봉에 올라 탁 트인 시야로 서울을 내려다보니 가슴이 뻥 뚫리는 기분이었다.

올라올 땐 후덥지근한 습기와 땀으로 뒤범벅된 고행길이었지만, 봉우리에 오르니 꽤 시원한 바람이 불어와 땀을 식혀 주었다.

여사님들 다섯 분은 산에 오르지 않겠다고 하셔서 산 밑에 있는 식당에 남으셨고, 나머지 24명은 모두 낙오 없이 옥려봉에 도착했다.

"큐피드 엔터의 무한한 영광과 발전을, 위하여!"

모두가 옥려봉에서 파는 막걸리 한 잔씩 들고 건배를 하는데, 유감스럽게도 미성년자로 분류된 나와 준희 손엔 미지근한 생수병이 들려있었다.

그나마 약싹 빠른 주리가 남들 눈을 피해 손수건으로 감싼 생수병에다 막걸리를 부어주지 않았다면 정말정말 슬펐을 것이다.

"캬~."

옥려봉 막걸리에는 혹시 꿀을 타는 걸까? 평소에 막걸리를 그다지 좋아하지 않는 내 입에도 왜 이렇게 맛있는 거지?

"그런데 이렇게 좋은 순간에 풍악이 빠질 수야 있나? 우리 가수님들 노래 한 번 들어 봅시다."

큐피드 엔터 건물 경비를 맡고 계시는 장 씨 아저씨가 홍에 겨운 얼굴로 말씀하셨다. 종씨라고 평소에 나한테 참 잘 해주셨던 분이다.

소싯적에는 한 인물 하셨을 것 같은, 다정하면서도 왠지 모를 기품이 느껴지는 로맨스 그레이. 소문에는 대기업 임원 출신이라는 말도 있다.

손주 같은 연습생들에게도 '가수님'이라는 존칭을 쓰며 눈 마주칠 때마다 따뜻한 인사와 격려를 해주시는 분.

"어이 막내, 노래 하나 해 봐!"

터프 걸, 정화가 그 말을 툭 하고 던진 대상은 바로 나였다.

"저요?"

나는 막걸리 든 생수병을 얼른 내려놓으며 반문했다.

"그래, 너 말고 그럼 누구겠어?"

그러고 보니, 내가 여기서 막내 맞구나! 준희보다 주리가 생일이 빠르긴 하지만, 짬밥이란 게 있으니 말이다.

"그래, 우리 막내이자 센터님! 노래 한 번 들어보자!"

정화 옆에 있던 유미도 거들었다. 여기서 더 이상 뺐다간 흥이 깨져버릴 것 같은 상황.

사실 나는 뺄 생각도 없었다. 아주 어렸을 때부터도 난 어디서 노래 안 시켜주나 찾아다니면 다녔지, 누가 나에게 노래시킬 때 거절해본 역사가 없다.

'그런데 무슨 노래를 하지? 이런 분위기에서 락 발라드는 좀 아닌데?'

나는 장 씨 아저씨 쪽을 바라보다가, 아저씨를 위한 노래를 해야겠다는 생각이 들었다.

"야~ 야~ 야~ 내 나이가 어때서.

사랑에 나이가 있나~요."

내가 부르는 노래는 오승건님의 국민 히트곡 <내 나이가 어때서>이다. 내 입에서 전혀 예상하지 못했던 노래 소절이 흘러나오자 잠시 동요하던 관중들은 이내 박자에 맞춰 박수를 치기 시작한다. 일단 분위기 좋고!

이 노래를 부르면서 주리와 조윤희 작가의 얼굴을 차례로 보니, 뭔가 기분이 묘해진다. 물론 현재 둘 사이가 이루어질 수 없는 이유가 나이 차 때문은 아니지만, 열다섯 살의 신체적 나이 차를 전혀 의식하지 않을 수는 없다. 43세의 장윤호라는 인물이 28세의 조윤희로부터 대시받았다는 사실만으로도 으쓱해졌던 나 자신이 조금 서글퍼졌다.

조금은 장난스럽게 시작한 노래였지만, 부를수록 가사 한마디 한마디가 가슴 깊숙이 파고들었다. 이젠 나 장윤호도 이 노래 가사에 공감되는 나이가 되어버린 것이다.
"사랑하기 딱 좋은 나이~인~데~."
좌중의 열띤 박수갈채가 내 앞으로 쏟아지는 가운데에서도 나는 마냥 기쁜 마음만은 아니었다.
"우리 강 가수님 노래에는 소울이 있어!"
장씨 아저씨가 특유의 점잖은 저음으로 감상평을 날려주셨다.
"강주리, 트로트 앨범 한 번 낼까? 승산 있겠어!"
레이밴 미러 선글라스를 써서 눈은 안 보이지만 입으론 함박웃음을 짓고 있는 한 대표도 한마디 거들었다.

옥려봉에서 그렇게 다 같이 웃고 떠들 때만 해도 분위기 참 좋았는데.
"앗!"
하산을 시작한 지 얼마 안 되어서 나는 그만 왼쪽 발목을 접질리고 말았다.
남몰래 홀짝거렸던 막걸리의 취기 때문이었을까? 나도 모르게 다리에 힘이 풀려버렸던 모양이다. 음주 산행은 음주 운전만큼이나 위험하다는 걸 몸으로 절감하는 순간이었다.
신발과 양말을 벗어보니 아직 발목이 붓거나 빨개지진 않았는데 살짝 건드리기만 해도 아팠다.
"걸을 수 있겠어요?"
주리의 물음에 고개를 갸우뚱하던 나는 앉아있던 바위에서 일어나 조심스럽게 걸음을 내디뎌 본다. 하지만 결국 몇 발자국 못 가서 심한 통증을 느끼며 그 자리에서 주저앉아버렸다.
"자, 업혀!"
나더러 업히라며 등을 내민 사람은 다름 아닌 한 대표였다.
"네? 대표님이 저를 업으시겠다고요?"
"그럼, 내가 널 업지 네가 날 업는 건 이상하잖아?"

한 대표의 싱거운 아재 개그에 피식 웃음이 터지고 말았지만, 나는 그의 등에 선뜻 업힐 수는 없었다.

사실 한 대표가 주리를 업어주는 건 하나도 이상할 게 없다. 한준호와 주리 아빠 강석진은 동갑내기 친구 사이니까. 하지만 친구 딸을 업어주는 한 대표의 입장과 친구 등에 업히는 내 입장은 엄연히 다르다.

"뭐 하니? 사람들 기다리잖아! 얼른 업히라고."

한 대표의 계속되는 재촉에, 나는 마지못해 그의 등에 업혔다.

"어머, 주리 씨는 좋겠다. 저도 다리가 너무 아픈데, 장윤호 선생님이 저 좀 업어 주시면 안 되나요?"

조윤희 작가도 막걸리 한 잔에 취기가 올랐는지, 발그레해진 얼굴로 주리에게 더 적극적으로 엉겨 붙는다. 주리는 어쩔 수 없이 조윤희를 부축해야 했다.

"원래 산을 오를 때보다 내려갈 때 더 조심해야 하는 거야."

한 대표의 잔소리가 그의 등을 타고 진동을 통해 전해진다. 그의 널찍한 등판은 이미 땀으로 흥건히 젖어있고, 그의 숨결은 점점 거칠어지고 있다.

큐피드 내에선 마치 슈퍼맨 같은 그의 존재감이 그의 땀 냄새와 함께 왈칵 밀려오는 것 같다. 좀 미안하고 황송하긴 하지만, 친구의 등에 업히는 기분도 생각보다 나쁘진 않네.

'내가 누군가의 등에 업혀본 게 언제였더라?'

중2때 내가 심한 장염에 걸렸던 날, 아버지 등에 업혀 동네 소아과에 갔던 게 마지막이었던가?

"우리 아들 물건이 제법 묵직해졌구나!"

토사곽란으로 다 쓰러져가던 아들한테 때 아닌 물건 드립을 하시던 아버지한테 생짜증 부렸던 기억. 한 대표의 땀 냄새를 맡으며 업혀있으려니 갑자기 아버지 생각이 나네.

나와 아버지는 내가 중3 때까지만 해도 매주 사우나를 같이 다니는, 꽤 의좋은 부자지간이었다.

그런데 상문고 시절 내가 음악 한다고 깝쳤을 때부터 사이가 벌어져, 딴따라가 된 이후로는 1년에 말 몇 마디 안 하는 서먹서먹한 사이가 되어버렸다.

어쩌다 내가 가끔 집에 가도 몇 시간 동안 서로 대화도 없이 나란히 앉아 TV만 보다 오는 것이 전부인, 그런 아버지.

지금 생각해보니, 아버지가 지금의 내 나이일 때 그분에겐 이미 열일곱 살의 아들이 있었구나! 하라는 공부는 안 하고 음악 하겠다고 생떼 부리던 애물단지 아들 말이다.

그런데 내가 막상 그 나이가 되어 보니, 여전히 난 미성숙하고 불안정한 존재일 뿐이다. 내 몸 하나 제대로 건사하기도 힘든.

'아버지는 지금의 내 나이에 도대체 어떻게 그 많은 걸 다 감당해 내셨던 걸까?'

그리고 혼자 내려가기도 버거운 이 길을 나까지 업고 내려가는 한 대표는 또 얼마나 힘이 들까?

"대표님 힘드시죠?"

아무리 운동으로 단련된 한 대표라 해도 완전 죽을 맛이겠지.

"괜찮다, 이 녀석아! 내려가면 바로 정형외과부터 가보자."

그의 대답은 말소리 반 숨소리 반이다.

나무 벤치 몇 개가 놓인 쉼터가 보여서 잠시 쉬어가기로 했다. 나는 그의 등에서 내려 벤치 위에 그와 나란히 앉았다.

땀에 전 한 대표의 옆얼굴을 바라본다. 그는 나와 동갑내기지만, 내 나이 때의 울 아버지 같은 어른이 맞는 것 같다. 그라면 일찌감치 결혼해 아이를 낳았어도 충분히 좋은 가장이 되었을 텐데.

"대표님은 왜 아직 결혼 안 하셨어요?"

나는 친구로서도 늘 궁금했던 걸, 주리의 목소리로 물어봤다.

"글쎄? 나도 잘 모르겠네. 왜 안 했을 것 같아?"

그는 손으로 이마의 땀을 훔치며 내게 되물었다.

"책임감이 너무 강해서? 책임감이 너무 강한 나머지 더 소중한 걸 가질 엄두가 안 나는, 뭐 그런 거요?"

나는 막걸리 생수병을 감싸고 있던 손수건을 풀어 그에게 건네며 그렇게 대답했다. 내가 전부터 갖고 있던, 한준호에 대한 생각을 그대로 말한 것이었다.

"듣고 보니 그것도 맞는 말인 것 같네. 그런데 정말 솔직하게 말하자면, 어쩌다 보니 그냥 이 나이가 되어 버렸어. 그냥 흘러왔다고 해야 할까? 결혼이란 걸 해보겠다고 애쓴 적이 없었던 거지. 결혼은 그 자체가 목적이 되어선 안 된다고 생각해. 결혼은 사랑에 뒤따르는 결과가 아닐까? 결혼하지 않고는 못 배길 만큼 사랑하는 사람이 나타나야 결혼을 생각할 수 있는 것 아니겠어?"

한때 킹카들만 꿰차고 다니던 진성 오렌지족 한준호가 이토록 로맨틱한 사랑지상주의자라니. 그렇다면 지금까지도 끊임없이 이어지고 있는 그의 여성 편력은 모두 진정한 사랑을 찾기 위한 과정이란 말인가?

"그런데 어쩌다 내가 이런 얘기까지 하고 있는 거지? 어린 널 데리고 내가 별 얘기를 다 하는구나. 얼른 내려가자! 다들 기다리겠어."

그는 다시 나를 등에 업고서는 하산 길을 재촉한다.

한준호의 등에 업혀 청계산을 내려가는 이 시간이, 그와 알고 지낸 20여 년의 세월을 이겨버린 것 같은 기분이 든다. 소싯적에 우리 둘은 나이트 라이프를 자주 함께했지만, 막상 둘이서 속 깊은 대화를 나눈 적은 별로 없었기 때문이다. 그땐 함께 다녔어도 둘 다 각자 작업하기에 바빴더랬지.

한데 그의 등에 업혀 산을 내려오는 1시간 동안, 지난 20여 년의 세월 동안 나눈 것보다 훨씬 더 깊고 진한 교감을 이룬 것 같은 기분이 든다.

그런데 산을 내려오는 내내 아무리 곰곰이 생각해 봐도 풀리지 않는 궁금증이 하나 있었다.

'한 대표처럼, 마흔이 훌쩍 넘은 나이에도 여전히 사랑을 찾아 헤매 다닌다는 건 과연 행운일까? 재앙일까?'

2017년 8월 29일 PM 01:55.

올림픽공원 우리금융아트홀 입구에 한 대표와 함께 서 있다. 이선휘와 태왕, 그 두 사람과 함께 평창 동계 올림픽 주제곡을 부를 신인가수를 뽑는 오디션, '3개의 태양 프로젝트'가 오늘 오후 3시부터 이곳에서 진행될 예정이기 때문이다.

이렇게 중요한 자리에 왼쪽 다리 반깁스를 한 채 나타난 나를 향해 조롱과 동정이 뒤섞인 시선들이 쏠린다.

하지만 그들은 모른다. '안 됐지만 탈락!'이라고 말하는 듯한 그 시선들이 오히려 내 승부욕을 한층 더 자극하고 있다는 것을 말이다.

22. 3개의 태양 프로젝트

◆◆

순서 추첨에서 나는 5번을 뽑아버렸다. 총 다섯 명의 후보자들 중 마지막 순서.

내가 무대에 오르기 전에 경쟁자들의 퍼포먼스를 다 볼 수 있다는 장점은 있다. 하지만 그건 어디까지나, 선수 시절의 김연하님 정도의 강심장일 경우에만 누릴 수 있는 어드밴티지다.

극도의 긴장 상태가 오래 지속되다 보면 무대에 오르기도 전에 진이 빠져버릴 수 있고, 너무 쟁쟁한 경쟁자들의 실력에 기가 질려 멘탈이 무너져버릴지도 모르기 때문이다.

'연느 님, 제발 도와주세요!'

소치 올림픽 프리 프로그램 마지막 순서로 나와서도 한 치의 흔들림 없는 클린 연기를 보여주었던 연느 님을 떠올리며, 나는 자세를 고쳐 앉았다.

'그런데 지금 내가 헛것을 보고 있는 건가?'

내가 마음속으로 찾고 있던, 바로 그 연느 님이 무대 위에 떡하니 올라와 있는 게 아닌가?

"안녕하세요, 김연하입니다."

객석에선 열띤 박수와 환호가 들끓는데, 나는 그냥 멍했다.

"과거와 현재의 태양이 미래의 태양을 맞이하는 3개의 태양 프로젝트. 미래의 태양 후보자 여러분 반갑습니다! 저는 오늘 평창 동계 올림픽 홍보대사로서, 그리고 이 3개의 태양 프로젝트에 관심이 많은 국민의 한 사람으로서 이 자리에 섰습니다."

갓선휘만으로도 벅찬데 연느 님이라니.

"이 오디션은 과거의 태양 이선휘 님과 현재의 태양 동형배님과 함께 평창 동계 올림픽 주제곡을 부를 미래의 태양을 뽑는 자리입니다. 가수 이

선휘 님, 태왕 님, 그리고 작곡가 겸 프로듀서이신 백진영님, 유형진님, 유휘열 님, 이렇게 총 다섯 분의 선정위원께서 추천하신 다섯 분의 후보자가 이 오디션에 참여하게 됩니다."

무대의 조도가 낮은 편이었고 스포트라이트도 없었는데, 연느 님의 얼굴에선 찬연한 빛이 발사되고 있는 것 같다. 머리를 쓸어 넘기는 동작 하나에도 정제된 우아함이 넘쳐흐른다.

"그리고 심사는 기자와 평론가로 구성된 전문가 위원 30분, 성별과 연령별로 골고루 구성된 국민 평가위원 250분, 현역 국가대표 선수로 구성된 체육인 평가위원 20분, 이렇게 해서 총 300분의 심사위원들이 채점한 점수를 합산해 최종 합격자 1인을 선정하게 됩니다. 저 역시 체육인 평가위원의 한 사람으로서 주의 깊게, 또 흥미진진하게 지켜보겠습니다. 후보자 여러분들 모두 준비되셨나요?"

나는 마치 선생님의 물음에 대답하는 유치원생처럼 큰소리로 '예' 하고 대답했다. 나는 지금 꼭 연느 님이 출연하는 꿈속에 있는 기분이지만, 어서 빨리 각성해야만 한다.

첫 번째 참가자가 등장했다. 정교하게 잘 만든 구체관절인형 같은 외모. 비옥한 토양에서 잘 가꿔진 수목처럼 성장발육 상태 아주 훌륭하고, 비율까지 끝내준다.

투웨니원의 〈어글리〉를 부르는 목소리는 누가 들어도 딱 YK다. 투웨니원 박붐과 블랙핑클 로지의 계보를 이을 만한.

혹자는 이런 목소리를 두고 '양산형'이라고 폄하할지도 모른다. 하지만 이것은 누가 뭐래도 YK만의 개성이자 고유성이다. 루이비통의 모노그램 패턴이나 보테가 베네타의 인트레치아토 가죽 매듭처럼 믿고 선택할 수 있는 'Made in YK'의 시그니처.

인형같이 예쁜 애가 'I'm ugly'라고 하니 공감이 좀 안 됐다는 점만 빼면, 정말 흠 잡을 곳 없는 훌륭한 퍼포먼스였다. 선명하고 단단한 보컬은 귀에 쏙쏙 잘 들어왔고, 모던락의 느낌을 원곡보다 한층 더 살린 다이내믹한 편곡도 아주 훌륭했다. 역시 K팝의 명가 출신답게 압도적인 고퀄 무대였다.

공교롭게도 두 번째와 세 번째 순서가 XM과 JYB 출신 후보자가 나오면서 3개의 태양 오디션은 3대 메이저 기획사의 경연장이 되었다.

XM에서는 남성 보컬을 내보냈다. 그가 부르는 노래는 구현의 〈광화문에서〉이다. HOP의 강탄, 진화의 신예성, 동방신비의 시하준구, 엑스의 찬으로 이어지는 XM 남성 메인 보컬의 고유한 DNA가 느껴지는 목소리.

1번 참가자에게서도 느꼈던 것이지만, 정말 신기한 것은 목소리만으로도 소속사를 알 수 있을 정도로 회사적 특성이 뚜렷이 드러난다는 점이다.

그런데 과연 어떻게 이런 유사성 또는 고유성을 가진 보컬을 만들어내는 걸까? 회사가 원하는 특징을 가진 음색을 찾아낸 것일까? 아니면 그렇게 트레이닝을 시킨 것일까?

비록 내가 직접 확인해본 건 아니지만, 아마도 그 두 가지 다가 아닐까 싶다. 그러니까 XM적인 혹은 YK적인 목소리를 찾아, 그들만의 방식으로 트레이닝 시킨 결과가 아닐까?

JYB로 넘어가면 회사적 개성은 더 두드러진다.

제쉬 제이의 〈Flashlight〉를 부르는 3번 여성 출연자는 JYB가 추구하는 미덕을 골고루 갖추고 있다는 인상을 주었다.

JYB 출신들은 보이 그룹, 걸 그룹 할 것 없이 마치 여러 명의 백진영이 나와서 노래를 하고 있는 것 같은 느낌이 들 때가 많다. 이것은 결코 부정적인 의미가 아니다.

백진영 본인이 몸소 터득한 테크닉과 노하우를 어린 원석들에게 전수하여, JYB적인 개성이 드러나면서도 JYB 스스로의 범위와 한계까지도 뛰어넘는 수많은 남녀 백진영들을 만들어낼 수 있다는 것은 정말 뛰어난 프로듀싱 능력이 아닐 수 없다.

클래식 음악이나 국악에도 '사사'라는 개념이 있지 않나? 성악이나 악기 연주에서 커튼을 내려놓고 들어도 누구의 제자인지 단박에 알 수 있을 정도로, 테크닉과 스타일은 스승으로부터 제자에게 전수될 수 있는 것이다.

나는 그렇게 생각한다. 대중음악가 '백진영'은 그 어떤 클래식 명인 못지않게, 수많은 제자들이 사사할 만한 가치가 있는 아티스트라고. 국내 음악저작권료 1위가 괜히 이루어졌겠는가?

그들이 다름 아닌 내 경쟁자들이란 사실도 잊은 채 객석에 앉아 완전 몰입해서 보고 있었는데, 진행요원이 나를 찾으러 왔다. 무대 뒤로 가야 할 시간이라고 했다. 그래서 4번의 노래는 무대 뒤에서 들어야 했다.

네 번째 참가자는 안터나에서 추천한 뮤지션이었다. 홍대 인디신에서 활동하던 밴드 '킬링 플라워 가든'의 리드 보컬이라고 했다. 소속 아티스트 대부분이 싱어송라이터인 안터나에서 나온 후보자답게 자작곡을 들고 나왔다.

3대 메이저 기획사 출신의 3명의 참가자가 양질의 품종만을 골라 최고의 시설에서 잘 키워낸 양식 어류의 느낌이 있다면, 4번에게는 펄떡대는 자연산의 느낌이 있었다.

덜 다듬어져 거친 면이 없진 않지만, 야생의 활력이 살아 숨 쉬고 있는.

장막으로 가려져 내겐 보이지 않는 무대로부터 꼭 신선한 바람이 불어오는 것만 같았다. 덕분에 나는 완전히 깨어났다. 4번의 생동감 넘치는 노래가 나를 각성시키는 데 도움을 준 것이다.

"참가번호 5번 강주리 양, 준비되셨습니까?"

옆에서 들려온 진행요원의 목소리에는 따뜻한 배려의 미소가 배어있는 것 같았다. 나는 그 미소로부터 마음의 안정을 얻고 싶어, 일부러 그쪽으로 돌아보며 '네' 하고 대답했다.

"혹시 부축이 필요해요?"

온화한 인상의 진행요원이 내 왼쪽 다리의 스플린트를 내려다보며 내게 물었다.

"아뇨, 혼자 걸어갈 수 있어요."

진행요원이 장막을 살포시 열어준다. 나는 그를 향해 가벼운 목례를 한 후, 무대 앞으로 성큼 걸어 나간다. 스플린트를 한 왼다리를 질질 끌며.

나는 무대 중앙에 마련된 등받이 없는 스툴에 엉덩이를 걸치고, 그 앞에 세워진 스탠드 마이크의 높이를 조절한다.

수백 명의 관객이 자리한 객석에서도 갓선휘님과 연느 님의 얼굴을 찾아내는 건 어렵지 않았다. 한 대표가 앉아있는 쪽으로도 슬쩍 눈길을 한 번 던졌다.

무대 옆 장막 뒤에선 튀어나올 듯 요동치던 심장이 막상 무대 위에 올라오니 안정을 되찾은 것 같았다.

오늘은 앉은 채로 노래해야 한다. 무대 위에서 기타도 없이 앉아서 노래하는 건 처음이다. 맨발로 무대를 활개 칠 수도 없고, 헤드뱅잉도 못한다. 온전히 내 목소리만으로 이 무대를 가득 채우고, 심사위원을 겸하는 관객들의 마음을 사로잡아야만 한다.

내가 고른 노래는 이선휘 누님의 데뷔 30주년 앨범이었던 15집에 수록된 〈이제야〉이다. 원래 15집은 전곡이 자작곡으로 채워져 있었고, 이 곡이 타이틀곡이 될 예정이었다고 한다.

그런데 이 노래가 30주년 기념 앨범의 타이틀곡으로서 대중적 반응을 얻기엔 좀 약하다는 주변의 평가에 누님은 한 걸음 물러나셔야 했다. 그렇게 해서 뒤늦게 추가로 녹음된 타이틀곡이 〈그중에 그대를 만나〉였다.

선휘 누님이 부르고 싶어 하는 노래와 대중이 이선휘에게 기대하는 노래 사이에는 간극이 존재했다. 누님은 좀 더 편안하게 읊조리는 듯한 노래를 부르고 싶어 하셨다.

1998년에 발표된 11집 이후의 앨범 타이틀곡들 중 〈인연〉과 〈그중에 그대를 만나〉를 제외한 다른 곡들은 모두 고음이 절제된 노래들이었다. 〈낯선 바닷가에서〉, 〈이별소곡〉, 〈사랑아〉 같은 노래들.

하지만 고음 없는 이선휘 노래는 안타깝게도 히트곡의 반열에 오르지 못했다. 대중은 그녀에게 편안한 읊조림을 허락하지 않는 것처럼 보였다. 사람들은 그녀로부터 압도당하기만 원했던 것이다.

그런데 오늘 난 이 자리에서 이 노래를 선택했다. 이렇게 중요한 오디션 출전곡으로 시원한 샤우팅도 없는 이 곡을 들고 나온 것이다.

팬으로서의 나 역시 선휘 누님의 압도적인 고음에 열광해온 한 사람이지만, 시간이 지날수록 누님이 노래에 담고 싶어 했던 진심이 무엇이었는지를 조금씩 이해해가고 있는 것 같다.

'나 노래 이만큼 잘해요!'라는 자랑보다는, 노래로 전하고 싶은 내 진심이, 선휘 누님께 그리고 관객에게 전달될 수 있기를…

악기 구성을 최소화해 보컬에 집중도를 높인 인트로.

"그땐 몰랐던 거죠.

다 알고 있다 생각했지만

어리석게도."

나는 신부님 앞에서 고해성사를 하듯 가슴 깊은 곳으로부터 끌어올린 진심을 담담히 읊조린다.

눈을 지그시 감은 채 내 노래를 듣고 계시는 선휘 누님이 꼭 내 마음 가까이 다가와 계신 것 같은 착각이 든다. 그래서 목소리를 높이지 않아도 내 이야기를 잘 들어주실 것만 같다.

"저기 어딘가에 머물러 버린

놓친 내 사랑이 석양을 받아

더욱 붉게 내 맘에 물들어."

나는 최대한 힘을 빼서 주리의 발성 기관이 활짝 열릴 수 있게 했다. 열린 소리 길을 통과해 나오면서 꽃처럼 활짝 피어난 주리의 음색은 내가 들어도 반할 만큼 아름다웠다.

"그땐 다 몰랐던 거죠

당신이 내게 주는 마음의 기도를."

선희 누나가 선율에 맞춰 상체를 느릿느릿 좌우로 흔들고 계시는 모습이 눈에 들어온다. 꼭 누나와 함께 이 노래를 부르고 있는 것 같은 기분.

"이제야 이제서야

가슴이 따뜻해져요~."

후련하다. 격정적 퍼포먼스를 통해 경험했던 무아지경의 열락과는 다른 차원의 카타르시스.

오랜 시간 내 마음속 영웅이었던 두 사람인 선느님과 연느 님에게 내 안에 고이고이 간직했던 진심을 다 털어놓은 듯한 느낌이다.

무대를 내려오면서도 가슴속에 남는 아쉬움은 없다. 어떤 결과든 담담히 받아들일 수 있을 것 같다.

23. 고통 분담

◆◆

무대에 오르기 전까지만 해도 내 마음속은 이기고 싶은 욕망으로 가득 차 있었다. 그런데 막상 무대에서 내려오니 뭔가 달라져 있는 나를 느꼈다. 내 안에 가득 차 있던 승부욕은 어느새 승부를 초월하는 만족감으로 대체되어 있었던 것이다.

그런데 결과가 발표되기도 전에 나를 엄습한 이 나른한 도취감은 어쩌면 내 정신방어기전 중 하나일지도 모른다. 말하자면 내가 떨어졌을 경우에 받을 수 있는 데미지로부터 스스로를 보호하기 위한 '멘탈 방어 시스템'이 벌써 가동을 시작한 건 아닐까? 이번 오디션에서만큼은 꼭 선택받고 싶다는 의지가 컸던 만큼, 선택받지 못했을 경우에 내가 받을 수 있는 상처 또한 클 수밖에 없으니 말이다.

사실 오늘 나는 경연에 나설 만한 몸 상태도 아니었고, 내 선곡도 경연에 적합한 곡이 아니었다. 하지만 그 어느 때보다 더 절실한 진심을 담아서 부른 진정성 있는 무대였음은 자신 있게 말할 수 있다.

결과 발표가 가까워질수록 '마음을 비우자!'는 다짐은 약해지고, '꼭 선택받고 싶다!'는 간절함은 커져만 간다.

갑자기 음악 홀이 환하게 밝아진다 싶었더니, 김연하 님이 다시 무대 위에 등장해 있었다.

"미래의 태양 후보자 여러분, 수고 많으셨습니다. 다섯 분 모두 훌륭한 무대를 선보여 주셨습니다. 시간 가는 줄도 모르고 몰입해서 보다 보니 벌써 발표할 시간이 다가왔네요."

결과 발표를 김연하 님이 하시는 건가?

"제가 이 중요한 결과를 발표하는 막대한 임무를 맡게 되어 솔직히 부담을 느끼지 않을 수 없습니다."

만약 연느 님 목소리를 통해 강주리라는 이름이 불린다면, 그 기쁨은 더할 나위 없이 클 것이다. 그런데 혹시 연느 님 입에서 다른 후보자의 이름이 나왔을 때 내 가슴팍을 후려칠 충격을 내가 과연 감당해낼 수 있을까?

"그런데 제 성격상 질질 끄는 건 잘 못하거든요. 뜸 들이지 않고 얼른 발표하겠습니다."

네, 차라리 얼른 발표해주세요! 혹시 다른 사람의 이름을 부르시려거든 너무 다정한 목소리로 부르진 말아주길 바라요.

"3개의 태양 프로젝트, 미래의 태양이 될 주인공은…."

선택받지 못했을 경우의 참담함을 대체 난 어떻게 견뎌야 하나? 소치 올림픽에서 금메달을 강탈당하고도 의연한 미소를 짓던 연느 님의 담대함이 내겐 없단 말이다.

크게 숨을 한 번 들이마신 연느 님은 정말 뜸들임 없이 툭 던지듯 이름을 호명한다.

"강주리! 축하드립니다!"

연느 님 입에서 나온 '강주리'라는 이름을 듣는 순간, 나는 물속에 풍덩 뛰어든 것 같은 아찔한 호흡 정지 상태에 빠진다. 옆에 앉아있던 한 대표가 내 어깨를 툭 치고 나서야, 나는 비로소 수면 위로 솟은 듯 숨이 쉬어졌다.

"주리야, 네가 해냈어!"

한 대표 쪽을 돌아보니, 기쁨으로 가득 찬 그의 얼굴이 터질 듯 발그레해져 있었다.

나도 모르게 한 대표의 목을 덥석 끌어안았다. 잠시 움찔하던 그는 이내 어깨를 감싸 안으며 내 등을 토닥여 준다.

"강주리 양, 무대로 올라와 주세요!"

김연하 님이 지금 무대 위에서 나를 부르고 있다. 드디어 나의 연느 님을 가까이서 영접하게 되는 건가?

내가 스플린트를 질질 끌며 무대 위로 오르는 걸 본 김연하 님은 몸소 내 가까이로 걸어와서 나를 부축해 준다. 그러니까 지금 연느 님이 왼팔로 내 등을 감싸 안은 채, 오른손으로는 내 오른팔을 꼭 붙잡고 있는 모양새다.

'어리고 예쁜 주리의 몸이라 참 다행이야!'

내가 열아홉 소녀의 몸이었기 때문에, 김연하 님도 거부감 없이 다가와 부축까지 해줄 수 있었던 것이다. 만약에 내가 지금 아재의 몸이었다면, 김연하 선수가 내 등을 감싸 안고 손까지 잡아주는 일은 불가능했겠지?

"축하해요!"

어린 여동생 보듯 나를 바라보며 정다운 포옹까지 해주는 연느 님.

그 고결한 품에 안긴 꽃띠소녀의 몸속에 웅크린 아재의 영혼은 황홀하면서도 황송한 행복감에 어찌할 바를 모르고 있다.

2017년 8월 30일 AM 10:35.

남산 그랜드 하얏트 패리스 그릴 야외 테라스. 이틀 전에 내가 미리 예약했던 테이블에 자리한 주리와 나는 또 다른 한 사람을 기다리는 중이다.

잠시 후에 나타난 주리는 다리를 절고 있다.

"너까지 다리가 왜 그래?"

"모르겠어요. 아침에 일어났는데, 갑자기 오른쪽 엄지발가락이 엄청 아픈 거예요. 걸을 때도 너무 아파서 겨우겨우 왔어요. 아픈 발에 힘을 안 주려다 보니 종아리에 무리가 갔는지, 종아리까지 당기고 아프네요."

"혹시, 너 어제 맥주 마셨니?"

"네, 어제 밤에 하도 잠이 안 와서 냉장고에 있던 캔맥주 하나 따서 마셨어요. 회식 때 소맥 몇 잔 마시고 나서 그날 밤엔 아주 잘 잤던 기억이 나서요. 근데 그게 발가락 아픈 거랑 무슨 상관이에요?"

"통풍이야!"

"네? 통풍? 그게 뭐예요?"

"내가 원래 요산 수치가 좀 높아. 재작년부터 1년에 한두 번씩 통풍 발작이 와. 특히 맥주 마셨을 땐 직빵이야."

통풍과 지방간은 내 지병이다. 담낭에는 모래 모양의 결석과 작은 크기의 폴립도 있다. 육류 위주의 식습관과 잦은 음주가 원인이다. 몸 만든답시고 밥 대신 먹곤 했던 단백질 보충제 역시 내 요산 수치와 간 수치에 악영향을 주었을 것이다.

마흔의 고개를 넘어선 후부터는 건강검진 결과표를 들여다보는 일이 공포스러운 경험이 되어버리고 말았다.

정상이 아님을 알리는 붉은색 숫자가 군데군데 경고등처럼 박힌 결과표는 'C, D, F'가 끼어있는 성적표만큼이나 충격적인 좌절감을 안겨준다.

"그런데, 너무 아파요. 꼭 내 발가락 뼈 사이에 뜨거운 돌멩이 하나가 낀 것 같은 통증이에요."

생리통만큼, 혹은 그보다 더 심한 통풍의 아픔을 느끼고 있을 주리에게 무거운 미안함이 밀려온다.

"이따 나랑 병원에 들르자. 약 처방 받아서 먹으면 좀 나을 거야. 일단 이거라도 한 알 먹어!"

나는 생리통을 대비해 핸드백에 넣어두었던 진통소염제를 꺼내 주리에게 내밀었다.

"그리고 당분간은 고기 먹지 말고, 술은 입에도 대지 마. 물은 자주 마셔야 하고."

나와 주리의 비밀 모의는 거기서 끊겼다. 왜냐하면 제3의 인물이 등장했기 때문이다. 나는 은연중에 멀리 보이는 그녀를 향해 손을 들어 보였다.

'아뿔싸!'

내가 손을 들어 보인 건 우리의 위치를 알리기 위한 행동이었지만, 그 손짓은 내가 아니라 주리가 했어야 했다.

뒤늦게야 실수를 자각한 나는 서둘러 주리에게 그녀의 등장 사실을 알렀다.

"윤호 오빠!"

최화영. 나보다 네 살 어린 대학 동기다. 나는 '툰드라' 활동을 접고 군대에 다녀오고 나서, 뒤늦게 서울 예대 실용음악과에 입학했다. 그녀는 대학 졸업 후에도 연락을 주고받는 몇 안 되는 동기 중 한 명이며, 나와는 죽이 꽤 잘 맞는 여사친이다.

"근데 윤호 오빠 얼굴이 뭔가 달라 보이는데… 얼굴에 뭐 한 거야? 눈가 주름이 그대로인 것 보면 보톡스는 아닌 것 같은데 말이야. 대체 이 색다른 느낌은 뭐지?"

역시 최화영의 촉은 남다르다. 자리에 앉은 지 몇 초도 채 되지 않아 주리, 그러니까 내 얼굴에서 나타난 변화를 감지한다.

"이 아가씨가 요즘 그렇게 핫하다는 강주리? 반가워요. 《불변의 명곡》, 《윈드 메이커》 방송 다 잘 봤어요."

최화영이 내게 던지는 저 야릇한 눈빛은 내가 익히 예상하고 있던 바다. 주리의 미모는 분명 최화영에게도 먹힐 것이란 걸 나는 이미 짐작하고 있었다. 나는 그녀가 마르고 예쁜 여자를 밝히는 레즈비언이라는 사실을 알고 있었기 때문이다.

"보컬은 이미 완성형이던데, 내가 더 가르칠 게 있나 모르겠네?"

그렇다. 나는 주리를 통해 최화영에게 보컬 트레이닝을 부탁해놓은 상태다.

그런데 며칠이 지나도록 확답을 받지 못해 답답해진 나는 그녀의 환심을 사기 위해 브런치 회동을 제안한 것이었다. 워낙 잘 나가는 보컬 트레이너라 섭외가 쉽지 않은 최화영을 잡기 위해서는 '미인계'가 필요하겠다는 판단에서였다.

사실 내가 주리의 목소리에 적응하는 데 별 문제는 없었다. 다만 내 발성법을 소화하기엔 주리의 성대는 아직 단련이 덜 된 상태였다.

한 곡은 큰 어려움 없이 부를 수 있는데, 한 곡만 불러도 쉽게 목이 쉬어 버렸다. 체계적으로 내 성대 근육을 단련하고, 객관적으로 발성을 조율해줄 누군가의 존재가 필요했다.

그리고 뭣보다 레전드 콜라보 경연 때 전문가 평가위원단으로부터 받았던 심사평이 결정적인 이유였다. 내 올드한 창법과 오래된 습관을 교정해줄 전문 트레이너가 꼭 있어야만 했다.

그렇다고 아무리 주리가 실용음악책을 열심히 읽는다고 해도, 하루아침에 좋은 보컬 트레이너가 될 수는 없는 노릇이었다.

그래서 생각해낸 인물이 바로 최화영이다. 모던락 그룹 '파이널 데스티네이션'의 보컬이자 한국 최고의 보컬 트레이너 중 한 명인 그녀라면, 나를 잘 지도해줄 수 있을 것 같았다.

"요즘 신곡 녹음 중이라고요?"

"네. 프로듀서님은 오케이 하셨는데, 아직 제 맘에 흡족하질 않아요. 두 번이나 제가 다시 하겠다고 해서 재녹음을 했는데, 아직도 성에 차질 않네요."

"어린 아가씨가 욕심도 많고, 근성도 있네. 그러니까 평창 동계 올림픽 주제곡까지 꿰찼겠지?"

화영의 상체는 이미 내 쪽으로 많이 기울어져 있다.

스트레이트 남자 입장에서 화영은 탐스럽지만 가질 수 없는 금단의 열매였다. 정말이지 화영은 누가 봐도 매력을 느낄 수 있을 만한 프리티 글래머이기 때문이다. 그녀가 이성애자, 아니 최소한 양성애자이기만 했어도 한 번 진지하게 사귀어 보고 싶다는 생각을 했을지 모른다.

"신곡도 잘 부르고 싶지만, 평창 동계 올림픽 주제곡도 정말 잘 부르고 싶어요. 같이 하는 두 분께 누가 되지 않도록."

그 말을 하면서 내 시선은 마치 자석에 끌리듯 화영의 가슴골로 향한다. 검은색 오프 숄더 원피스를 입은 그녀의 풍만한 가슴은 아주 보기 좋게 모아져 있다. 나는 마른침을 한 번 꿀꺽 삼킨다.

내가 여자를 좀 오래 끊긴 했나 보다. 동성 친구나 다름없는 최화영의 가슴골을 보고, 이렇게 마음이 흔들리다니.

"그나저나 경쟁이 아주 치열했다고 들었는데, 거기서 선택을 받다니 정말 대단해! 뒤늦게나마 축하해요. 좀 이른 시간이긴 하지만, 우리 샴페인 한 잔씩 할까?"

서울의 전경이 내려다보이는 남산 기슭에서 마시는 샴페인 한 잔은 정말 욕심나는 제안이었지만, 통풍 발작이 온 주리를 위해선 방어가 필요한 시점이었다.

"아, 유노 쌤은 통풍 때문에 술을 드시면 안 돼요."

"뭐? 통풍이라고? 항상 피터팬 같았던 천하의 윤호 오빠도 역시 나이는 못 속이는구나. 그럼, 우리 둘이서만 할까요?"

'네'라는 말이 목구멍까지 올라오던 찰나에 주리가 끼어든다.

"주리는 아직 미성년자이고, 다리도 다친 상태라…."

그래, 고통 분담 차원에서 내가 참자!

"그런데…."

나를 빤히 쳐다보던 최화영이 뭔가 심상치 않은 느낌의 접속사를 불쑥 던진다. 그녀의 얼굴에선 웃음기가 걷혀 있다.

"이상하게도 주리 양에게서 왜 윤호 오빠가 느껴지지? 그리고 윤호 오빠는 오늘 평소보다 좀 다소곳해 보이고 말이야. 둘이 같이 있는 시간이 많다 보니까, 서로 닮아가는 거야?"

주리도 나도 별다른 응수를 하지 않아 유야무야 넘어가긴 했지만, 가슴이 철렁 내려앉은 순간이었다.

24. 간질간질한 행복

2017년 8월 30일 PM 02:36.

큐피드 로비의 안내 데스크에 앉아 계시던 장 씨 아저씨는 입구로 들어선 두 사람의 모습을 보고는 눈이 휘둥그레지셨다.

그도 그럴 것이, 한 사람은 왼다리에, 다른 한 사람은 오른다리에 스플린트를 한 채 나타났으니 말이다.

그런 웃픈 광경 앞에선 누구라도 장씨 아저씨와 같은 표정을 짓지 않을 수 없었을 것이다.

"오늘 밤에는 오른쪽 발밑에 베개 받쳐놓고 자. 앉아있을 때에도 가급적 다리는 올려놓고 있는 게 좋아. 그리고 요산이 빨리 배출되어야 하니까 최대한 물 많이 마시고."

병원에서 회사로 오는 내내 심란한 표정이었던 주리를 홀로 남겨 두고 녹음실로 향하려니 발걸음이 떨어지지 않았다.

크게 심호흡을 한 번 한 주리는 이내 표정을 바꾸며 말을 시작했다.

"아침부터 발 아파서 경황이 없는 바람에 축하드린다는 말도 못했네요. 정말 축하해요. 어제는 제가 더 기쁘고 설레서 잠이 다 안 오더라니까요?"

어느새 환하게 웃는 주리의 모습이 왠지 더 짠해 보였다.

"그리고 고마워요."

"뭐가 고마운데?"

"유노 쌤 덕분에 제가 사랑해 마지않는 두 분과 제 얼굴이 나란히 있을 수 있게 되었잖아요. 유노 쌤 아니었으면, 강주리라는 듣보잡이 어떻게 그 두 분과 함께 노래를 불러볼 수 있었겠어요. 제 힘으로는 어림도 없었죠."

착한 주리. 보면 볼수록 마음이 참 맑은 아가씨다. 구김살이라고는 찾아볼 수 없다. 사랑받고 자란 티가 난다고 할까? 누가 윤혜린 딸 아니랄까 봐.

“내가 널 위해서 두 분과 네 얼굴이 나란히 있는 인증샷 많이 남겨놓을게. 네가 좋아하는 셀카로 말이야. 그리고 어쩌면 직접 만날 수 있는 기회도 생기지 않을까? 내가 어떻게든 너와 그 두 분을 만나게 할 기회를 만들어 볼게.”

얼굴 가득 행복한 미소를 보니, 내 마음까지 덩달아 행복해지는 것 같다.

그러고 보니 주리가 내 얼굴의 주인이 된 이후로 내 인상도 많이 부드러워진 것 같다. 그러니까 ‘이달의 큐피드 직원’에도 선정될 수 있었던 것이겠지?

‘그래, 주리를 위해서라도 나는 더 최선을 다해야 해!’

주리로부터 내게 전해진 행복의 기운은 이내 뜨거운 의욕과 열정으로 끓어 넘친다.

“그나저나 저도 저지만, 유노 쌤 다리가 더 걱정이에요. 녹음할 땐 별 문제 없겠지만, 다음 주에 뮤직 비디오 촬영하기 전까지는 스플린트를 풀 수 있어야 할 텐데 말이에요.”

2017년 9월 6일 AM 11:55.

핑크 클라우드의 여섯 번째 디지털 싱글이자 강주리 합류 후의 첫 번째 신곡 <핑키 윙키>의 음원 공개 5분 전이다.

툰드라 시절 신곡 발표 때에도 이렇게 긴장해본 적이 없는데, 왜 이렇게 떨리는 거지? 하긴, 그땐 디지털 음원이라는 것도 없었고, 실시간 차트도 없었던 시절이니까.

<핑키 윙키>의 음원 성적이 반영된 차트는 오후 1시가 되어야 뜨겠지만, 벌써부터 심장이 두근거려 아무것도 할 수가 없다.

100위권 안에만 들어도 참 좋을 텐데, 아니 이왕이면 차트 첫 화면에서 볼 수 있는 50위권이면 더 좋고. 만약 소리 소문도 없이 그냥 묻혀버린다

면 얼마나 허무할까?

큐피드 식구들과 《윈드 메이커》 촬영팀이 스무 명 남짓 모여 있는 3층 회의실은 무거운 정적에 점거된 상태다.

과연 오늘 정오, 핑크 클라우드는 새로운 바람을 일으키며 세상에 그 존재를 알릴 수 있을까?

2017년 9월 6일 PM 01:00.

1시 정각. 자판에서 F5 키를 누른 후 새로고침 화면이 로딩될 때까지의 그 시간이 꼭 영원처럼 느껴진다. 나는 숨죽인 채 눈을 한 번 질끈 감았다 뜬다.

'헉!'

이게 웬일? 초록 음원 사이트 Top 100 실시간 차트에 <핑키 윙키>가 1위에 떡하니 올라와 있는 것이 아닌가? 나는 눈으로 훤히 보면서도 믿기질 않아 몇 번이고 눈을 감았다 떴다 해본다. 설마 내 눈이 잘못된 건 아니겠지?

혹시 차트 맨 꼭대기에 띄워놓는 맞춤 추천곡을 1위로 착각한 건 아닌가? 아니다. 올림픽공원 들꽃마루에서 촬영한 앨범 자켓 옆에 '1'자가 있는 게 확실하다. 1위, 핑키 윙키, 핑크 클라우드. 그 단어들이 모두 같은 줄에 있는 게 맞다.

"주요 7개 음원차트에서 모두 실시간 1위에요. 이 정도면 올킬이라고 부를 만하죠?"

격양된 목소리의 주리가 '올킬'을 알리는 순간, 3층 회의실 곳곳에서 동시다발적으로 환호성이 터져 나왔다.

"이게 다 주리 덕분이야! 우리 팀에 대박의 기운을 몰고 와줘서 고마워."

유미는 말 한마디를 해도 어쩜 저렇게 예쁜 말만 골라서 할까? 유미가 가까이 다가와 나를 와락 껴안는데, 유미의 C컵 가슴에 눌려 숨이 막힐 것 같다.

"아이고, 우리 복덩이 일루 와봐!"

유미의 품에서 겨우 풀려났는데, 이번엔 정화가 날 덥석 안는다. 그런데 정화의 등에서 규칙적인 떨림이 내 손을 통해 느껴진다.

그녀는 소리 없이 흐느끼고 있었던 것이다. 미국에서 혈혈단신 한국으로 와서 그녀가 겪어야 했을, 그간의 고충이 내게도 느껴지는 것만 같았다.

겉모습은 터프한 걸크러쉬지만 잠자리 날개처럼 여린 내면을 가진 정화의 눈물은 전염성이 강했다. 정화가 흐느끼는 모습을 본 유진과 준희까지 덩달아 울기 시작했다.

유미의 눈가도 촉촉이 젖어 있었지만, 그녀는 애써 눈물을 삼키며 분위기 수습을 위해 나섰다.

"전 아직 뮤직 비디오 최종본을 보지 못했어요. 여기서 큰 화면으로 같이 보면 어떨까요?"

유미의 제안에 따라 자연스럽게 모두의 눈길이 스크린 쪽으로 쏠렸는데, 그곳엔 우리가 잠깐 그 존재를 잊고 있었던 한 대표가 스크린을 향해 뒤돌아 서있었다.

모두의 시선이 자신에게로 향했음을 감지한 한 대표가 돌아서며 말을 시작한다.

"나는 언젠가 이런 날이 올 줄 알았다! 너희들이, 아니 우리가 해낼 수 있을 거라 믿었어. 왜 그런지 알아? 나는 될 때까지 할 작정이었거든. 내가 사정없이 밀어붙였던 순간도 많았는데, 포기도 낙오도 없이 여기까지 다 같이 와줘서 고맙다, 이 녀석들아!"

한 대표가 격양된 어조로 말하고 있던 찰나에, 마침 로딩 중이었던 뮤직 비디오 동영상이 플레이되어 버린다.

빔 프로젝트와 스크린 사이를 가로막고 있던 한 대표의 몸에 화려한 색채로 가득 찬 뮤직 비디오 첫 화면 영상이 투영된다.

그런데 바로 그때 한 대표의 두 볼에서 반짝 빛을 내는 뭔가가 보인다. 그것은 바로 빔 프로젝트 불빛이 그의 눈물에 비친 반사광이었다. 큐피드의 슈퍼맨, 한준호가 울고 있었던 것이다.

〈핑키 윙키〉의 뮤직 비디오는 큐피드가 에이전시를 맡고 있는 NYU 영화과 출신 감독 슈퍼덕이 연출했다.

큐피드 소속의 탤런트 남효빈이 나쁜 남자 역할을 맡았고, 준희가 비련의 여주인공에서 씩씩한 걸크러쉬로 거듭나는 소녀를 연기했다.

스토리가 있는 영상과 들꽃마루에서 촬영한 멤버들의 군무 영상이 교차로 편집된 형식이다.

나는 군무 촬영 전날에 극적으로 스플린트를 풀고, 무사히 촬영에 합류할 수 있었다.

〈핑키 윙키〉는 전에 들어봤던 데모 버전과는 많이 달라졌다. 《윈드 메이커》 경연 결과에 따른 포지션 교체를 반영하면서도 멤버 하나하나의 개성과 장점을 잘 살릴 수 있는 방향으로 편곡이 대폭 수정되었다.

가장 큰 변화라면 물론 메인 보컬과 서브 보컬의 포지션이 바뀐 것이다. 원래는 파트가 한두 마디밖에 없었던 내가 가장 중요한 부분을 맡았고, 유미와 유진이 서브 파트를 나눠 불렀다.

허나 우리의 프로듀서 핑크 레인은 역시 천재였다. 그는 싸비가 아닌 브리지 파트에서도 유미의 드라마틱한 보컬이 잘살 수 있도록, 그리고 고음이 아닌 중저음에서도 유진의 정갈한 음색이 빛날 수 있도록 만들어주었다.

하지만 그보다 더 도드라지게 부각되는 변화는 바로 랩퍼 정화의 보컬 참여이다. 정화의 묵직하고 담대한 보컬은 어둠에 갇힌 소녀들을 빛으로 이끄는 강건한 카리스마를 지녔다.

준희는 이번 곡에서 랩만 하게 되었다. 사실 랩이라기보다는 리듬과 라임이 들어간 내레이션에 가깝다. 굵직하고 파워풀한 정화의 목소리에 대비되는 준희의 여린 목소리는 이 노래의 여주인공 역할에 딱이다.

오후 2시에도, 3시에도 〈핑키 윙키〉는 1위 자리에서 내려올 줄 몰랐다. 언제 내려올지 몰라 조마조마하면서도, 그 아찔한 행복감에 심장이

간질간질한 반나절이 그렇게 흘러갔다.

2017년 9월 7일 AM 10:06

오늘부터 최화영으로부터 보컬 레슨을 받기로 했다. 마침내 그녀가 내 거듭된 제의를 승낙한 것이다.

최화영의 연습실 겸 작업실은 큐피드 건물로부터 걸어서 5분 거리다. 그녀에게도 에이전시가 있긴 하지만, 회사 내에 있지 않고 따로 독립된 작업실을 쓰고 있다.

"나도 원래는 올빼미였어요. 그런데 3년 전부터 아침형으로 바꿨지. 주리 씨는 내 조카뻘이니 그냥 편하게 말 놓아도 되겠지?"

"네, 그럼요."

대다수의 뮤지션들에게 오전 10시대는 한창 깊은 잠에 빠져있을 시간대다. 특히 주로 새벽에 곡 작업을 많이 하는 싱어송라이터들에겐 더더욱 그렇다.

낮엔 보컬 트레이닝 수업하고, 틈틈이 곡도 쓰며, 초저녁엔 라이브 무대도 심심찮게 뛰고 있고. 그렇게 바쁜 하루하루를 보내고 있을 텐데도, 최화영의 얼굴에서 피로의 흔적을 찾아볼 수 없었다.

물오른 제철 채소처럼 싱그러운 그녀의 미소를 보는 것만으로도, 나는 각성이 되는 것 같았다.

"3년 전에 이선휘 선배님 앨범 작업에 편곡과 코러스로 참여한 적이 있었거든. 선배님은 정말 일찍 자고 일찍 일어나시더라고. 규칙적인 생활 습관을 유지하면서, 꾸준하게 운동하시고. 또 그 운동이란 것도 철저하게 노래에 포커스가 맞춰져 있다고 하시더라고."

그러고 보니 최화영의 작업실 바로 맞은편 건물이 선휘 누님이 계시는 호크 엔터테인먼트 건물이구나. 다음 주에 누님을 뵐 생각을 하니 벌써 심장이 펄떡거린다.

"공연 앞두고는 목소리 아끼시려고 묵언 수행을 하시고, 목소리 상할까 봐 매운 것도 잘 안 드신대. 그런 선배님을 보면서 느꼈지. 그런 절제와 철저함이 바로 롱런의 비결이었구나. 나도 오래 가려면 뭔가 달라져야겠구나. 그때부터 담배도 끊고, 생활 습관도 딱 바꿨지. 그런데 딱 하나. 술은 못 끊겠더라."

'우와, 골초 꾀꼬리가 담배를 끊었다는 건 좀 충격적인데?'

하마터면 이 말이 내 입에서 튀어나갈 뻔. 그러다 지금의 내 모습은 장윤호가 아닌 강주리라는 사실을 깨닫고 침을 한 번 꿀꺽 삼켰다.

늘 얘기가 잘 통하던 화영과 대화를 하고 있으려니, 나도 모르는 사이에 자꾸 내 안의 장윤호가 튀어나가려고 한다. 정신 바짝 차려야겠다.

"최화영 선생님이 담배를 피우셨다는 게 전 믿기지 않네요. 목소리가 하도 맑으셔서 전 상상도 못 했어요."

"그래서 내 별명이 골초 꾀꼬리였어."

사실 대학 시절부터 하루에 담배 한 갑 이상을 입에 달고 있던 최화영에게서 어떻게 그런 꾀꼬리 같은 목소리가 나오는지는 서울 예대 실음과의 3대 미스터리 중 하나였다.

"노래하는 사람으로서 흡연 행위는 참 어리석은 짓이었어. 우리한테는 목이 악기인데, 나는 그렇게 공개적으로 내 악기에 손상을 입히고 다닌 거나 마찬가지잖아?"

고삐 없는 야생마 같았던 최화영이 이제 제법 어른스러워진 것 같다. 내가 지금 장윤호의 모습이었다면 '아이고, 우리 화영이 철들었군!' 하며 머리라도 쓰다듬어 줬을 듯.

"자, 이제 우리의 당면 과제로 넘어가 볼까? 우선 첫 음방 스케줄 잡힌 거 축하해!"

〈핑크 윙키〉 신곡 활동 첫 스케줄이 바로 오늘 저녁으로 잡혔다. 그래서 더더욱 급하게 레슨 일정을 잡은 것도 있다.

핑크 클라우드가 녹화에 참여할 프로그램은 다름 아닌 《유휘열의 스케치노트》이다. 멤버들 모두가 서고 싶어 했던 그 꿈의 무대에서 완전체로 함께하는 〈핑키 윙키〉 라이브 외에 내 솔로 무대를 가질 예정이다.

"선곡이 뭐라고 했지?"

"임정휘 선배님의 〈Music is my life〉예요."

"음, 뮤마라. 결코 쉽지 않은 선곡이야. 이 노래는 잘 부르면 아주 빼렁치는 무대를 만들 수도 있는데, 막상 불러보면 의외로 공간이 많아서 꽉 찬 느낌으로 불러내기가 참 힘든 곡이지. 그리고 무엇보다 이 노래 가사가 자기 것이어야 해. 그렇지 않으면 공감을 불러일으키기 어려운 곡이야. 할 수 있겠어?"

'그 물음에 대한 대답은 무대 위에서 할게!'

25. 열라 신난다

◆◆

2017년 9월 7일 PM 07:35.

'유휘열의 스케치노트' 녹화 현장.

오프닝 무대는 자후림이 꾸몄다. 늘씬한 바디 라인이 그대로 드러나는 자주색 스팽글 원피스를 입은 김윤하 님은 야성적인 여신의 모습이었다.

여신 중에서도 남자보다 더 용맹스러운 전쟁의 여신 아테나. 그런데 아테나가 침착하고 수호적인 성격이 강하다면, 윤하 님은 여차하면 공격도 마다하지 않을 것 같은 호전적 이미지다.

20년 동안 멤버 교체 하나 없이 혼성 밴드를 이끌어 온 홍일점 리드 보컬이자 발표하는 대부분의 곡을 직접 작사 작곡하는 싱어송라이터.

그녀를 따라하는 유사품은 많지만, 그 누구로도 대체 불가한 독보적 카리스마.

한마디로 졸라 멋지다!

무대를 마치고 백스테이지로 들어오신 김윤하 님은 다음 순서를 위해 대기 중이었던 핑크 클라우드 멤버들을 한 명 한 명씩 다 안아 주셨다.

특히 나를 제일 오래 안아 주셨다. 사실은 내가 제일 오래 붙들고 안 놓아 드린 것이었다.

자줏빛 여신으로부터 신비의 기운을 받고 무대에 오른 나는 에너지 완충 상태였다.

원래의 안무 동선대로 하기엔 무대가 좀 작아서 리허설 후 수정이 불가피했다. <핑키 윙키> 실전 라이브가 처음인 데다 변동된 동선 때문에 자칫 무대를 망칠까 봐 걱정했는데 다행히 멤버들은 큰 실수 없이 마쳤다.

<핑키 윙키> 라이브가 끝난 후, 무대에는 여섯 개의 등받이 없는 의자가 세팅되었다. 맨 오른쪽부터 유휘열 님, 유미, 정화, 나, 유진, 준희 순으로 착석했다.

"최근 가요계에 무서운 돌풍을 일으키며 각종 음원차트를 올킬한 걸그룹, 핑크 클라우드 여러분들 모셨습니다!"

유휘열 님의 소개를 받은 우리는, 유미의 고갯짓 3회를 기다렸다가 일제히 큰소리로 외친다.

"안녕하세요, 핑크 클라우드입니다."

절도 있는 아이돌식 인사법이 첨엔 좀 쑥스러웠는데, 이젠 나도 박자 어긋남 없이 잘 따라할 수 있게 되었다.

"벌써 데뷔 3년 차라고 들었어요?"

유휘열 님이 다소 능글맞지만 훈훈한 배려가 깔린 특유의 톤으로 묻자 유미가 마이크를 든다.

"네, 저희는 2015년 7월에 데뷔해서 얼마 전에 만 2주년을 넘겼습니다. 그런데 저희를 이번에 데뷔한 신인 걸그룹으로 알고 계신 분들도 많이 계시더라고요."

멋쩍은 웃음.

"하지만 그렇게 저희를 아시는 분들보다 모르셨던 분들이 더 많다는 건, 저희가 받은 사랑보다 앞으로 받을 사랑이 더 많다는 의미인 것 같아서 전 좋습니다. 새로 데뷔한 신인의 마음과 각오로 돌아가서 항상 신선함을 잃지 않고 최선을 다 하는 모습 보여드리고 싶습니다!"

역시 리더는 리더다. 안정감 있는 유미가 유휘열 님 옆에 앉아서 참 다행이다.

"김유진 양이 어디 계신가요?"

그런데 휘열 님이 왜 갑자기 유진이를 찾는 거지?

"네, 저입니다."

약간 당황한 듯 긴장한 표정의 유진이가 손을 들며 대답했다.

"포탈 사이트에서 김유진으로 검색하면, 연관 검색어에 '이건 말도 안 되잖아'가 있어요."

아니, 이건 너무 짓궂은 질문인데? 가뜩이나 대중의 반응에 예민해지고 위축되어 있을 유진에게 그렇게 대답하기 곤란한 질문을 던지다니.

나라도 나서서 쉴드를 쳐줄까 하던 찰나에 유진이가 선뜻 마이크를 든다.

"그 말은, 타 음악 케이블의 예능 프로그램에서 있었던 멤버 간 경연 결과 발표 때 제 입에서 나와 버렸던 말이에요."

유진은 수줍게 웃으며 그 연관 검색어의 의미를 차분히 설명한다.

"솔직히 말씀드리면, 그 순간엔 정말 말이 안 된다고 생각했어요. 그런데 그 경연의 결과에 따라 포지션을 결정한 후에, 함께 연습하고 작업하면서 뒤늦게야 깨달을 수 있었어요. 그 결과는 정말 제대로 나온 게 맞구나, 전문가 평가위원 분들이나 시청자들이 보시는 눈이 정말 정확하구나 하는 걸 느꼈어요."

그렇게 말하고 나선 내 쪽을 쳐다보며 코를 한 번 찡긋하는 유진에게 나도 미소로 화답했다.

"물론 그 경연은 저에게 큰 트라우마를 남기긴 했지만, 아픈 만큼 얻은 것도 많았습니다. 무엇보다 제 스스로를 돌아볼 수 있는 계기가 되었죠. 그리고 저 자신뿐만 아니라 다른 멤버들을 다시 보게 되었어요. 내가 이렇게 대단하고 훌륭한 동료들과 함께하고 있구나 하는 자부심도 느꼈고, 더 열심히 해야겠다는 의지와 결심도 다시 세울 수 있었습니다."

유진을 대답을 듣고 보니 그런 생각이 들었다. 휘열 님이 이 화두를 꺼낸 것은 유진이를 곤란하게 만들기 위해서가 아니라, 그녀에게 해명할 기회를 주려는 의도가 아니었나 하는 생각.

"그리고 강주리 양이 바로 가운데 계신 분이죠? 이번에 새로 합류하게 된 멤버라고 들었는데, 저희 작가들이 조사한 바에 의하면 특기가 아재 개그라고 하는데요? 이 자리에서 아재 개그 하나 보여 주시죠?"

유진이가 곤란한 질문을 잘 받아넘긴 것에 안도하고 있던 내게 오히려 더 곤란한 위기가 닥치고 말았다.

무대를 중심으로 동심원을 그리며 분포된 저 수많은 눈동자들이 나를 향해 있는 이 자리에서 아재 개그를 하라니.

불변의 명곡 대기실에는 내가 무슨 말을 해도 다 웃어준 아재 부대가 있었지만, 지금 이곳은 내가 마음 놓고 막 던져도 먹힐 만한 자리가 아니잖아?

그래도 뭐, 별수 있나? 똥볼이라도 일단 차봐야지.

"식인종이 우샤인 볼트를 보고 뭐라 그랬게요?"

나는 한껏 힘준 애교로 내 콘텐츠의 빈약함을 커버하고자 했다.

"이럴 땐 막 궁금한 척해야 하는 거죠? 그런데 주리 양은 특기를 아재 개그가 아니라 애교로 했어도 좋았을 것 같아요."

내가 정답을 말하기도 전에 특유의 잇몸 웃음을 터뜨려 주시는 휘열 님이 그렇게 고마울 수가 없다.

"자, 그럼, 정답을 말씀해주시죠!"

"패스트 푸드."

허접한 내 아재 개그에 기대보다 더 열심히 웃어주시는 휘열 님과 관객들이 미안하면서도 고마웠다. 여세를 몰아 나는 하나만 더 던져보기로 한다.

"이번에는 삼행시를 지어 보겠습니다."

"시키지도 않았는데, 하나 더 하신다고 하네요. 그럼, 무슨 말로 삼행시를 하시겠습니까?"

"유휘열로 할게요!"

"네, 좋습니다. 자, 그럼, 방청객 여러분들이 한 글자씩 운을 띄워 주시죠!"

휘열 님과 방청객들이 입을 모아 운을 띄운다.

"유!"

"유스케 나왔다!"

"휘!"

"휘열 님도 봤다!"

"열!"

"열라 신난다!"

정말 신난다. 오래전부터 꿈꿔왔던 '유휘열의 스케치북' 무대에서 드디어 내가 솔로 무대를 펼친다니.

반복적인 연습 덕분에 나는 하이힐을 신고도 무리 없이 춤추고 노래할 수 있게 되었지만, 솔로 무대만큼은 맨발로 하고 싶다.

나는 10cm 굽에서 내려와 맨발로 무대를 디딘다. 발바닥으로 느끼는 무대의 차가운 감촉이 내 온몸 구석구석의 감각을 깨운다. 나는 지금 이 순간을 내 온몸의 감각으로 느끼고 기억하고 싶다.

"내가 지치고 힘들 때면

모든 게 다

하나둘 무너져 갈 때면

항상 나를 다시 일으켜줬던 건

음악 음악이야~."

큐피드 연습생 레슨을 끝낸 후 혼자 남은 연습실에서 남몰래 불러왔던 노래는 내가 지켜야 할 것인 동시에 나를 지켜주는 것이기도 했다. 아무도 들어주는 사람이 없어도, 나는 혼자서 나만을 위한 노래를 부르며 시간을 견뎌왔다.

"사랑 사랑이 날 울려도

험한 세상 세상이 등을 돌릴 때도

견디게 해준 건 날 붙잡아 준 건

음악 음악이야~."

위험한 사랑의 결말은 참혹했다. 내가 사랑한 여섯 살 연상의 작사가 천미나. 그녀는 다름 아닌, 내가 툰드라 해체 후 새로 들어간 소속사 사장의 애인이었다.

감히 보스의 여자를 건드린 스무 살짜리 천둥벌거숭이는 싱어송라이터로서의 꿈과 미래를 박탈당하고 말았다.

그렇게 세상은 내게 등을 돌렸지만, 나는 결코 음악을 등질 수 없었다. 나는 더 이상 대중 앞에 나설 수 없었지만, 보이지 않는 곳에서라도 음악 안에서 살아왔다.

"Music is my~."

이 구절을 부를 때면 가슴이 벅차올라서 어김없이 목이 메어온다.

"Music is my~."

세상을 향한 외침이면서, 나를 향한 다짐이기도 한 이 가사.

"Music is my life~."

내가 살아온 이유이자 내가 살아갈 수 있는 힘은 음악, 음악이다!

나와 주리의 몸이 바뀌게 만든 장본인은 바로 음악의 신이 아니었을까?

피아노 앞에 앉아 아픔을 말하고, 기타를 품에 안고서 울었던 나를 가엾게 여기셔서 이토록 운명적이고 기적 같은 기회를 주신 게 아닐까?

내게 이런 기회가 다시 올 줄은 정말 꿈에도 몰랐다. 이렇게 멋진 무대 위, 저렇게 많은 사람들 앞에서 내 노래를 들려줄 수 있는 행운이 내게 다시 찾아오다니.

내 노래에 박수 치며 환호하는 사람들의 모습을 보니 정말 가슴이 터질 것만 같다!

정말 고맙게도, 후반부의 코러스는 다른 핑크 클라우드 멤버들이 기꺼이 맡아 주었다. 유미, 정화, 유진, 준희, 4인4색의 보컬이 서로 부딪히고 엇갈리며 빚어내는 화성의 향연. 그 속에서 난 미쳐 날뛴다. 함께 할 때 음악은 더 찬란한 빛을 발한다!

단독으로 시작했지만 합동 무대로 끝난 <Music is my life>. 채화영은 말했었다. 이 노래에는 공간들이 존재한다고.

거리의 디바, 임정휘는 그 여백을 현장에서 접한 사람들의 뜨거운 호응과 음악을 향한 절대적인 열정으로 채웠으리라.

나는 그 빈자리를 '함께'라는 마법으로 채웠다. 혼자 채울 자신이 없어서 그랬던 것은 결코 아니다. 욕심을 접고 서로를 받아들였을 때, 나 그리고 우리가 더 아름답게 빛날 수 있다는 것을 배웠기 때문이다.

세이렌틀과 툰드라 시절에도, 내겐 분명 함께하는 동료가 있었다. 그런데 나의 음악 세계 안에는 오로지 나밖에 없었다.

그때의 내게 밴드 멤버들은 그저 내 보컬을 받쳐주는 배경에 지나지 않았다. 참 어리석게도 동료의 소중함을 몰랐던 것이다.

그때 만약 내가 '함께'라는 마법을 쓸 줄 알았더라면, 우린 좀 더 멀리 올 수 있지 않았을까?

'갑자기 툰드라 멤버들이 보고 싶네. 준환이, 성원이, 병호. 그런데 과연 우리가 다시 함께 무대에 설 기회가 있을까? 내가 만약 다시 장윤호의 몸으로 돌아간다면, 그 녀석들 다 모아서 다시 툰드라 활동을 해보고 싶다!'

그렇게 혼자만의 생각에 잠겨있느라 멍하니 서있는데, 누군가가 내 어깨를 툭 친다. 정화였다.

"주리야 뭐해? 저 소리 안 들려?"

나는 그제야 정신을 차리고 정화에게 되묻는다.

"무슨 소리…요?"

정화가 오른손 검지로 방청석 쪽을 가리키고 나서야 비로소 나는 그 소리를 감지할 수 있었다. 광란의 무대를 펼친 후 가쁜 숨을 몰아쉬고 있던 우리를 향해 쏟아지고 있던 그 열광적인 함성을 말이다.

"앵콜! 앵콜! 앵콜!"

사실 우리 팀에겐 앵콜을 염두에 두고 따로 준비한 곡이 없었다. 그렇지만 꿈의 유스케 무대에서 한 곡 더 부를 수 있는 이 절호의 찬스를 그냥 날려버릴 순 없는 노릇.

"주리야, 혹시 지금 너 혼자 부를 곡이 있어? 우리가 완전체로 맞춰본 곡은 <핑키 윙키>밖에 없어서 합동 무대는 힘들 것 같은데?"

유미가 다소 걱정스러운 눈빛으로 내게 물었다. 그런데 이럴 때 뒤로 뺄 내가 아니다.

"네, 제가 부를 게요!"

나는 아이폰에 저장되어있던 MR 하나를 제작진 측에 넘겼다. 그리고는 혼자 무대에 올랐다. 여전히 맨발인 채로.

내가 급하게 고른 앙코르 곡은 윤하 님 노래 중 내 개인적 힐링곡인 <Going home>이다. 이 무대에 오르기 전 내게 기운찬 영감을 준 김윤하 님에 대한 트리뷰트 무대다.

"집으로 돌아가는 길에
지는 햇살에 마음을 맡기고
나는 너의 일을 떠올리며
수많은 생각에 슬퍼진다~."

이 곡은 윤하 님이 힘든 상황에 처해있던 남동생을 위해 작곡한 곡이라고 알려져 있다. 듣고 있으면, 정말 윤하 누님이 내 옆에 앉아서 어깨를 토닥토닥 해주고 있는 기분이 든다.

지금 내가 부르는 이 노래는, 내 주변의 몇몇 사람들을 향해 있다.

마흔셋 아재의 몸 안에서 고군분투하고 있을 주리. 내가 열아홉 소녀의 몸을 통해 무대 위에서 느끼는 이 짜릿한 희열은 모두 주리에게 진 빚이라는 걸 알고 있다.

큐피드의 듬직한 슈퍼맨, 한 대표. 우리가 너무 많은 걸 의지하고 있는 것 같은 그에게 느끼는 고마움과 미안함의 크기는 서로 비례한다.

그리고 핑크 클라우드의 천사 같은 리더, 유미. 그녀의 포지션을 강탈해버렸다는 가해의식과 죄책감으로부터, 나는 계속 자유로울 수 없을 것이다.

그리고 한때 분노 유발 콤비였던 유진과 준희. 그 어린 핏덩이들에게 치기 어린 감정의 날을 세웠던 나 자신을 반성한다. 앞으로는 내가 먼저 그들에게 좋은 팀 동료가 되고 싶다.

"더 해줄 수 있는 일이
있을 것만 같아 초조해져
무거운 너의 어깨와
기나긴 하루하루가 안타까워~."

나와 다양한 관계와 감정으로 얽혀있는 사람들의 얼굴이 하나둘 눈앞을 스쳐 지나가며, 내가 그들에게 더 해줄 수 있는 일이 있을 것만 같아 초조해진다.

"이제 짐을 벗고 행복해지기를
나는 간절하게 소원해본다~."

내가 이 노래를 통해 받았던 따뜻한 위로가 내 노래를 통해 다른 누군가에게도 전해질 수 있기를, 나는 간절하게 소원해본다.

26. 올킬 기념 파티서 생긴 일

◆◆

2017년 9월 8일 PM 06:43

광화문 포시즌스 호텔 6층 아라룸. 잠시 후 이곳에서 핑크 클라우드의 〈핑키 윙키〉 차트 올킬 기념 파티가 열릴 예정이다.

'뮤직카운트다운이나 쇼 음악뱅크에서 1위를 한 것도 아니고 실시간 차트 올킬일 뿐인데 무슨 축하 파티씩이나?'

그렇게 생각하는 사람도 있을지 모르겠지만, 그렇다고 파티를 못 할 이유도 없지 않은가?

데뷔 3년 만에 이룬 '음원 차트 올킬'은 핑크 클라우드로선 더할 수 없이 큰 경사가 아닐 수 없고, 제작자가 기분 좋아서 파티 좀 하겠다는데 누가 뭐라 한들 무슨 상관? 한 대표가 돈이 아쉬운 사람도 아니고 말이다.

나는 압구정 갤러리아에서 한 대표로부터 셀프로 선물 받은 생로랑 블랙 미니 드레스를 처음으로 꺼내 입었다.

다행히 통풍이 호전된 주리도 그때 함께 샀던 프라다 정장을 입고 나왔다. 윤혜린·강석진 부부와의 식사 자리에 저 옷을 개시하고 나왔을 땐 미처 못 느꼈는데, 오늘 보니 새삼 근사해 보인다.

"누구 모습인지… 좀 멋진데?"

"유노 쌤도 참. 자기 모습을 보고 그런 멘트를 날리시다니. 약간 자뻑인 거 아시죠?"

"그나저나 조윤희 작가 눈이 또 하트 모양으로 바뀌게 생겼어!"

"쉿, 호랑이님 오시네요!"

우리 앞에 나타난 조윤희 작가는 한껏 멋을 부린 모습이다. 어깨를 드러낸 핑크 레이스 디테일의 미니 칵테일 드레스까지는 봐줄 만한데, 들장미 소녀 캔디를 연상케 하는 양 갈래 머리는 부담스럽기 짝이 없다.

"어머, 장윤호 선생님. 평소에 내츄럴한 모습도 멋졌지만, 정장 입으시니 완전 달라 보이세요. 앞으로 이렇게 자주 좀 입어주세요!"

조윤희는 나타나자마자 주리 옆에 찰싹 엉겨 붙는다.

"네, 감사해요. 조윤희 작가님. 작가님도 오늘 무척 예쁘시네요."

주리가 조윤희를 상대해내느라 쩔쩔매고 있던 바로 그때, 어깨가 훤히 드러난 보라색 실크 드레스를 입은 글래머가 갑자기 나타나 주리의 팔짱을 낀다.

"윤호 오빠!"

찰거머리 같은 조윤희로부터 주리를 구해낸 사람은 다름 아닌 최화영이었다. 예상했던 대로 조윤희는 당황하면서도 언짢은 기색이 역력하다.

"오빠, 오늘 정장 입은 김에 우리 집에 인사나 하러 갈까? 우리 부모님이 오빠 얼마나 보고 싶어 하시는지 알아?"

사실 저 상황은 미리 짜 맞춘 계획이었다. 장윤호의 모습을 한 강주리의 애인 역할로 최화영을 등장시킨 것 말이다.

사실 이 계획적인 역할극이 조윤희에게는 몹시 잔인한 방법이라 아니할 수 없다.

그렇지만 이 극약처방이 조윤희에게 꼭 나쁘다고만은 할 수 없다. 왜냐하면 이렇게라도 해야, '여자가 여자의 영혼을 사랑하게 된 난감한 상황'으로부터 조윤희를 구제할 수 있기 때문이다. 조윤희의 입장에서도, 자신이 호감을 품고 있는 장윤호가 실제로는 강주리임을 알면 얼마나 어이없고 황당하겠는가?

그런데 막상 조윤희가 이 잔인한 역할극의 희생양이 되는 현장을 지켜보고 있자니 마음이 좀 짠해진다.

'가엾은 조윤희 씨. 내가 다시 내 몸으로 돌아갈 때까지도 당신 마음이 변하지 않는다면, 당신과의 정식 만남을 진지하게 고민해 보겠소. 하지만 지금은 아니 되오!'

올킬 기념 파티의 진행은 얼마 전 프리 선언 후 큐피드와 전속 계약을 한 전 K본부 아나운서 윤형진이 맡았다.

"2013년, 중국에서 돌아온 한준호 대표는 다섯 명의 창립 멤버와 함께 큐피드 엔터테인먼트를 출범합니다. 그리고 그로부터 2년 후인 2015년 7월 8일, 천유미, 이정화, 김유진, 정준희로 구성된 4인조 걸그룹 '핑크 클라우드'를 데뷔시킵니다. 데뷔곡은 〈구름 위의 산책〉이었습니다. 그런데 M 음원 사이트 실시간 차트 94위에 딱 한 시간 머무르다가 이내 100위권 밖으로 자취를 감추고 말았습니다."

아라룸에 모인 50여 명의 사람들로부터 가벼운 탄식이 흘러나온다.

"그런데 그로부터 2년 하고도 두 달이 지난 오늘, 2017년 9월 6일 정오. 강주리가 합류하여 5인조가 된 핑크 클라우드는 새 디지털 싱글 〈핑키 윙키〉로 일곱 개 음원 차트를 올킬 하며 화려하게 컴백합니다!"

열띤 박수갈채의 물결이 아라룸을 한 차례 휩쓸고 지나간다.

"오늘이 있기까지, 사실 한준호 대표님의 주변에는 '안 되는 애들은 깨끗이 포기하고 될 만한 애들을 새로 발굴해서 키우라'고 조언하는 사람들이 많았다고 합니다. 하지만 이분은 절대 포기라는 걸 몰랐습니다. 될 때까지 해보자. 그 생각만으로 여기까지 버텨왔다고 합니다. 여러분, 큐피드 엔터테인먼트 대표 이사 한준호 님을 이 자리에 모시도록 하겠습니다!"

"한준호! 한준호! …"

'한준호!'를 연호하는 내빈들의 환대를 받으며 한 대표가 무대로 오르려던 찰나, '쨍그랑' 하는 소리에 아라룸 전체가 움찔한다. 유리로 된 뭔가가 깨진 것 같은 그 날카로운 파열음은 순식간에 흥겨운 축제 분위기까지 산산이 깨버리고 만다.

파티 피플들의 눈길은 자연스럽게 소리가 난 방향으로 쏠릴 수밖에 없었다. 모두의 시선이 몰린 그곳에는 깨져서 반이 날아가고 없는 샴페인잔을 든 준희가 오열하며 서있었다. 그리고 부서진 잔이 들려있는 그녀의 오른손에서는 선혈이 뚝뚝 흘러내리고 있었다.

무대 위로 올라가려다 말고 준희에게로 황급히 달려온 한 대표는 그녀를 냅다 들쳐 업으며 소리친다.

"여기서 제일 가까운 병원이 어디지? 강북삼별병원인가? 암튼 누가 내 차 좀 빼달라고 연락해줘, 얼른!"

그러자 현장에서 행사 진행을 돕고 있던 호텔 측 책임자가 끼어들며 말한다.

"이 호텔에도 의무실이 있습니다. 이런 상태 그대로 병원에 가는 것보단 일단 의무실로 가서 부상 정도를 확인한 후에, 응급 처치부터 하시는 게 더 나을 것 같습니다."

그 말을 들은 한 대표는 준희를 업은 채 호텔 의무실을 향해 뛰어간다. 주리와 나, 그리고 나머지 세 멤버들이 그 뒤를 따랐다.

"잠깐만요!"

앞선 일행을 따라 나도 의무실 안으로 들어가려던 순간, 주리가 나를 불러 세웠다.

"의무실 안에 들어가기 전에 미리 해둘 말이 있어요."

"뭔데?"

주리와 나는 의무실 입구로부터 몇 발자국 멀어진 위치로 옮겨 조심스러운 대화를 시작한다.

"아까 파티장에서 준희 옆에 서있던 김태식 말인데요…."

김태식이라면, 큐피드 소속 보이 그룹 '그린 윙즈'의 래퍼다. 나도 아까 준희와 김태식이 나란히 서 있는 모습을 보긴 했다.

"김태식이 지금 이 상황과 무슨 관련이 있어?"

"오늘 두 사람 분위기가 좀 심각해 보였어요."

"둘이 싸우기라도 했단 말이야?"

"저는 두 사람과 좀 떨어져 있는 위치에 서 있어서 자세한 내용을 들을 순 없었지만, 잔뜩 화가 난 준희가 김태식에게 뭔가 따지고 있는 것처럼 보였어요."

"혹시 둘이 사귀는 사이야?"

치정 관계가 아니고서야, 남녀 사이에 피를 보이면서까지 다툴 일이 또 뭐가 있겠는가?

"네, 맞아요."

"설마 했더니 진짜였네. 한 대표가 그 사실을 알면 사태가 좀 심각해지겠는데?"

핑크 클라우드 멤버들의 계약서에는 연애금지 조항이 포함되어 있다. 그러니까 준희와 김태식은 금지된 연애를 하고 있었다는 얘기다.

"그런데 주리 넌 준희와 김태식이 사귄다는 사실을 어떻게 알았던 거야?"

"제가 유노 쌤과 몸이 바뀌기 며칠 전쯤이었어요. 숙소 근처 공원으로 산책 나갔다가, 거기서 데이트 중이던 두 사람과 딱 마주쳤죠."

'몸이 바뀌기 며칠 전'이라는 말을 들으니 꽤 오래전의 일처럼 느껴진다. 그런데 따져보면 불과 한 달 남짓밖에 안 지난 일이다.

"연애 금지 조항은 둘째 치더라도, 준희가 만나는 사람이 하필 김태식이라는 사실이 저는 더 걱정되더군요."

"왜 김태식한테 무슨 문제가 있어?"

"제가 뉴욕에 있을 때부터 김태식에 대한 안 좋은 소문을 익히 들은 바 있었거든요. 저보다 두 학년 위였는데, 주로 한국에서 유학 온 여학생들을 상대로 문어발식 연애를 일삼는 플레이보이로 유명했어요."

사실 주리는 가수 활동을 위해 학업을 중단하기 전까지 뉴욕에서 고등학교를 다니고 있었다는 걸, 나도 한 대표로부터 들어서 알고 있다.

"김태식에 관해 내가 알고 있는 사실을 알려주면서, 주리에게 조심하라는 충고를 했어요. 근데 준희는 제 얘기를 귓등으로 흘려버리더군요. 괜히 준희와 제 사이만 더 나빠지고 말았지 뭐예요."

이미 눈에 콩깍지가 씐 준희에게 주변의 충고가 귀에 들어올 리 있었겠나? 나도 그 나이를 지나와봐서 모르는 바 아니다.

열아홉. 사랑에 대한 면역이 아직 형성되지 않은 나이지. 사랑에 대한 두려움도 모르는 나이. 사랑으로부터 모든 것이 시작될 수도 있고, 사랑 때문에 모든 것이 끝나버리기도 하는, 그런 나이.

"어떤 상황인지는 대략 알 것 같다."

"그럼, 제가 이 사실을 유노 쌤에게 미리 귀띔해주는 이유도 아시겠죠?"

"그래, 알 것 같아. 암튼, 일단 들어가자!"

다행히 준희의 상처는 깊지 않다고 했다. 지혈이 잘되었고 벌어지는 상처가 아니라 꿰맬 필요는 없겠다는 것이 의무실 간호사의 설명이었다.

간호사는 상처를 소독한 후 접착식 탄력붕대로 준희의 오른손 검지를 동여매 주었다. 그리고 과산화수소로 한 대표의 드레스 셔츠에 묻은 혈흔을 말끔히 지워주었다.

그렇게 사건은 일단락되는 듯했다. 슈퍼맨처럼 응급상황을 후다닥 수습해낸 한 대표가 준희에게 본격적인 추궁을 시작하기 전까지는 말이다.

"대체 무슨 일이 있었던 거니? 이렇게 뜻깊은 자리에서 왜 이런 불미스러운 일이 발생했냐고."

의무실에서 나와서 파티장으로 다시 돌아가는 길에, 한 대표는 준희에게 차분하면서도 단호한 어조로 물었다. 그런데 준희는 말없이 고개만 숙이고 있을 뿐이었다.

어떤 상황에서도 팀의 해결사를 자처하는 리더, 유미조차도 지금 상황에서만큼은 선뜻 나서지 못했다. 모두가 고개를 푹 숙인 채 아무 말도 못하는 불편한 침묵이 한동안 이어졌다.

'내가 나서야 할 타이밍이군.'

나는 십자가를 짊어진 지저스 크라이스트가 된 심정으로 한 대표 앞으로 다가갔다.

"저랑 장난치다가 그런 거예요. 준희와 저는 술을 못 마시니까 샴페인

잔에 물 부어서 기분이나 내자고 했는데, 건배를 너무 세게 하는 바람에 준희 잔이 깨져버린 거예요. 물의를 일으켜 정말 죄송합니다."

내 입에서 나온 의외의 발언에 화들짝 놀란 준희가 고개를 들어 나를 본다. 당장 내색은 못 해도, 속으로는 아마도 감동하고 있겠지?

"내빈들이 다들 기다리실 테니, 얼른 행사장으로 돌아가자!"

그래도 나의 거짓 자백 덕분에 한 대표의 취조는 거기서 멈추었다. 그리고 30여분 중단되는 사태를 빚었던 올킬 축하 파티도 다시 재개될 수 있었다.

"유노 쌤 짱 멋짐!"

아라룸에 다시 들어서면서 주리가 내 귀에 대고 그렇게 속삭였다.

'그래, 내가 좀 멋지긴 했지? 상황을 더 심각하게 만들지 않으려고 스스로 총대를 메고 나선 이 살신성인의 정신!'

그런데 이상하게도 왜 내가 점점 더 착해지고 있는 것 같지? 혹시 선하고 따뜻한 주리의 심장이 까칠한 내 영혼을 길들이고 있는 건 아닐까?

27. 여명의 어쩌고

◆◆

2017년 9월 8일 PM 11:45.

룸메이트 유미는 샤워 중이고 나는 막 잠자리에 들려던 찰나, 우리 방 문이 열리며 준희가 얼굴만 쏙 내민다.

"주리야, 잠깐 나올 수 있어?"

준희의 부름을 받고 나온 나는 그녀를 따라 숙소 밖으로 나왔다.

아직 낮에는 꼭꼭 몸을 숨기고 있던 가을이, 밤이 되니 제법 선선한 바람을 흘려보내며 그 정체를 조금씩 드러내는 것 같다.

"이렇게 주리 너와 나란히 걸어보는 건 처음이구나."

나야 준희와 같이 걷는 게 당연히 처음이지만, 주리가 주리였을 때에도 그런 적은 한 번도 없었나 보다.

"그러네, 동갑끼리 진작부터 좀 친하게 지냈으면 참 좋았을 텐데 말이야."

나시 잠옷만 입고 나온 내 어깨에 분홍색 오버핏 코튼 카디건이 덮였다. 준희가 자신이 입고 있던 걸 벗어서 내게 덮어준 것이었다. 내가 좀 추워 보였나 보다.

"아냐, 그냥 너 입어. 난 괜찮아. 밤바람이 시원해서 좋은데, 뭘."

나의 사양에도 아랑곳없는 준희는 한 술 더 떠 자신의 목에 감고 있던 스카프까지 풀어서 내 목에 둘러준다.

"이제부터 본격적인 신곡 활동에 들어가야 하는데, 메인 보컬이 감기라도 걸리면 큰일이지. 그리고 나는 카디건 없어도 긴 팔이라 괜찮거든."

준희와 나 사이에 갑작스럽게 형성된 이 훈훈한 분위기에 적응이 잘 안 되긴 하지만, 열아홉 살짜리 준희가 제법 어른스러운 척 꺼드럭거리는 모습이 꽤 귀여워 보인다.

그리고 준희의 이런 호의적 행동은 '고맙다'는 말의 다른 표현이라는 걸, 나는 느낄 수 있었다.

"김태식이 널 힘들게 했던 거야?"

나의 단도직입적인 질문에 잠시 흠칫하던 순희는 이내 '먼저 물꼬를 터줘서 고마워'라고 말하는 듯한 표정이 된다.

"글쎄, 누가 누구를 힘들게 했었던 것인지 이젠 헷갈리네. 사실 태식이 오빠가 어떤 사람인지 모르고 시작했던 것도 아니었는데, 뭐."

크다면 크다고 할 수 있는 사건을 겪은 순희의 입에서 이렇게 시크한 대답이 나오다니. 다소 의외였다. 나는 그녀의 마음속 분노가 아직 수그러들지 않았을 줄 알았는데.

"나라고 그 오빠에 대한 소문을 전혀 못 들어봤겠어? 나에게 태식 오빠 조심하라고 말한 사람은 주리 너뿐만이 아니었어. 다들 내색은 안 했지만, 언니들도 내가 태식이 오빠 만나는 거 다 알고 있었거든."

그랬구나. 다들 알면서도 비밀을 지켜주고 있었던 것이구나. 막는다고 해서 결코 막아지지 않는다는 걸 알기에, 다들 순희를 걱정하면서도 그냥 지켜봐주고 있었던 게 아닐까?

"남들이 다 말리는 태식이 오빠였지만, 나는 그냥 오빠와 만나는 게 좋았어. 남들이 뭐라고 해도, 오빠와 같이 있는 순간만큼은 내가 사랑하고 사랑받는 기분을 느낄 수 있었으니까."

그 말을 하는 순희의 입가에 엷은 미소가 번진다. 그 미소는 쓸쓸한 색채를 띠고 있지만, 분명 행복의 색감도 포함하고 있다.

"그 누구도 오빠만큼 날 행복하게 만들어주는 사람은 없었으니까. 내가 오빠의 유일한 여자가 아니어도 좋다는 생각을 했어. 그런데 오빠에 대한 내 마음이 커질수록, 오빠를 향한 내 욕심도 같이 자라더라. 그래서 어느 순간부터는 헷갈려. 내가 힘든 것이 과연 오빠 때문인지, 아니면 내 욕심 때문인지."

열아홉이라는 여자 나이를 내가 너무 얕잡아 봤나? 순희의 내면이 내 예상보다 훨씬 성숙한 것 같아 내심 놀랐다. 아프고 힘든 사랑이 순희의 마음을 자라게 한 걸까?

"태식이 오빠가 다른 여자한테 보내려던 카톡 메시지를 나한테 잘못 보낸 거야. 딴 여자가 있다는 걸 짐작하고 있었으면서도, 막상 그걸 보니 화가 나서 견딜 수가 없더라고. 내가 홧김에 태식이 오빠가 들고 있던 샴페인 잔을 빼앗아서 들이키려고 하던 찰나에, 오빠가 나 술 못 마시게 하려고 말리다가 샴페인 잔이 부서지면서 바닥에 떨어져 버렸던 거야."

"한마디로 김태식은 나쁜 놈이구나! 다른 건 제쳐두고서라도, 김태식이 손까지 다친 널 두고 현장을 떠나버렸던 건 정말 비겁한 행동이었어."

"사람들의 시선이 갑자기 쏠리니까, 오빠도 좀 당황하긴 했을 거야."

이 와중에도 김태식을 감싸는 듯한 발언을 하는 준희를 보니 벌컥 울화가 치밀었지만, 꾹 눌러 참았다.

"준희야, 너는, 아니 우리는 아직 어리잖아. 지금 준희 네 눈엔 태식이 오빠밖에 보이지 않을지 몰라도, 몇 발자국만 물러나서 눈을 좀 더 크게 뜨고 바라보면, 세상은 넓고 남자는 많아. 그중엔 김태식보다 훨 괜찮은 남자들 널렸을걸?"

"칫, 기집애, 넌 왜 우리 아빠처럼 고리타분한 얘길 하니? 사랑이 마음대로 되면 그게 사랑이냐? 내겐 사랑하는 것보다 사랑 안 하는 게 더 어려웠어. 주리 넌 아직 사랑에 빠져본 적도 없지?"

그래, 준희 네 말이 맞다. 마음대로 안 되는 게 사랑이지.

사랑에 빠져본 적? 사랑이라면 나도 해볼 만큼 해봤다고 믿고 있었는데, 갑자기 자신이 없어지네. 그 순간순간엔 사랑이라 믿었던 그 감정들이, 정말 사랑이었을까? 솔직히 나도 잘 모르겠다. 사랑을 완벽히 알 수 없는 건, 열아홉 소녀나 마흔셋 아재나 똑같다.

"그럼 준희 너, <핑키 윙키> 뮤비 찍으면서 완전 감정이입 되었겠다. 나쁜 남자의 마성에서 헤어나지 못한 소녀. 준희 딱 네 얘기였잖아. 이번 노래의 주인공은 내가 아니라 바로 너야, 너."

"안 그래도 뮤비 주인공 역할로 주리 네가 날 추천했을 때, 솔직히 난 당황스러웠어. 그런 역할에 날 추천한 네 저의를 의심했지. 혹시라도 니가 우리 관계를 대표님께 일러바칠까 봐 조마조마하기도 했고 말이야."

준희와의 심야 산책을 끝내고 숙소 입구까지 다다라서, 나는 카디건과 스카프를 주인에게 되돌려 주며 말한다.

"그런데 준희야, 가수는 노래 따라간다고 했어. 너도 <핑키 윙키> 가사처럼 나쁜 남자 김태식의 마력에서 벗어나 더 당당하고 행복한 여자로 거듭날 수 있을 거라고."

2017년 9월 9일 AM 08:55.

내가 아직 채 떠지지 않은 눈을 비비며 연신 하품을 해대고 있는 이곳은 핑크 클라우드 숙소 근처에 있는 콩나물 해장국집이다. 내 맞은편에는 야구 모자와 청록색 후드티 차림의 주리가 앉아있다.

"그래서 지금이 퇴근하는 길이라고?"

"네, 전 라디오 끝내고 사우나 다녀와서 아침을 먹는 이 시간이 참 좋아졌어요."

주리는 1주일 전부터 라디오 DJ 활동을 시작했다. 8090 음악이 주로 나오는 FM 채널에서 새벽 6시부터 1시간 동안 방송되는 <여명의 속삭임, 장윤호입니다>라는 프로그램이다.

사실 나는 예전부터 라디오 프로그램 제의를 몇 번 받은 적이 있었다. 그런데 죄다 새벽 시간대 프로그램이어서 번번이 거절해야 했다. 나는 늦게까지 깨어있는 건 잘해도, 일찍 일어나는 건 죽었다 깨도 자신 없었기 때문이다.

그런데 바지런한 얼리 버드인 주리는 아침 6시 프로그램 제의를 흔쾌히 수락했다.

"그런데 새벽에 일어나는 것 힘들지 않아?"

"사실 처음 3일은 좀 힘들더라고요. 그런데 어느새 익숙해져서 이젠 할

만하네요."

"대체 그 프로그램 제목을 누가 지은 거지? 여명의 속삭임, 완전 쌍팔년도 느낌이잖아!"

"가볍지 않고, 또 시간대와 어울리는 제목이라 난 맘에 드는데 왜 그래요?"

"근데 여명의 어쩌고 하니까 왠지 여명의 눈동자가 떠오르네. 나 고등학교 때였으니까, 주리 네가 태어나기 한참 전에 했던 드라마라 아마 넌 모를 거야. 블록버스터급 드라마의 효시가 된 작품이라 할 수 있지. 정말 대단했는데. 그나저나 여명의 어쩌고에 나오는 노래들은 죄다 니가 태어나기 전에 나온 곡들인데, 진행하기 어렵지 않아?"

"안 그래도 열심히 공부하고 있어요. 멘트야 작가님이 써주는 걸 읽으니까 상관없는데, 노래는 다 모르는 곡들이라 예습이 필요하더라고요. 그래서 선곡표를 가급적 하루 전에 미리 달라고 부탁해서 전곡을 싹 다 들어보고 가요. 그래도 라디오 진행이라는 게 참 잔잔한 재미가 있더라고요. 비록 며칠 안 해봤지만, 전 라디오랑 되게 잘 맞는 것 같아요."

빈약하기 짝이 없는 내 계좌에, 주리 덕분에 다달이 안정적인 부수입이 꽂힐 것이라고 생각하니, 내 마음이 훈훈해진다.

돈도 돈이지만, 매일 아침마다 내 목소리가 라디오에서 흘러나온다는 사실이 내겐 더 큰 기쁨이다. 말하자면 주리의 맑고 구김살 없는 영혼이 세상과 등지고 있던 내 육신을 다시 세상 사람들 곁으로 데려가 준 것 같은, 그런 기분이랄까?

"그런데 오늘 제가 이 아침 댓바람부터 유노 쌤을 불러낸 이유는요, 보여드릴 게 있어서예요."

주리는 테이블 위에다 웬 소포 박스를 올려놓는다.

"어제 저희 프로그램 앞으로 도착한 소포예요. 그 상자 안에는 카드도 들어 있더군요. 내용물은 그렇다 치더라도 편지는 유노 쌤이 꼭 보셔야 할 것 같아 급히 가져왔어요."

상자 안에는 또 다른 상자가 있었고 그 위에 편지 봉투가 놓여 있었다.

나는 우선 편지부터 열어본다.

'엄마다. 발효꽃송이버섯 분말 보낸다. 지방간에 좋다니 이번엔 썩히지 말고 꼭 먹어야 해. 하루에 2~3회 공복에 한누 스푼 먹으면 된다. 그냥 먹기 힘들면 물이나 우유에 타서 먹어라. 수시로 방문해서 얼마나 먹었는지 검사할 테니, 반드시 꼬박꼬박 챙겨 먹도록 하여라. 그냥 집으로 보내려다가 생색내고 싶어서 방송국으로 보내는 거야.'

역시 호들갑의 여왕, 김 여사님답다!

'그런데 니가 진행하는 라디오를 들으면 꼭 너와 가까이 앉아서 얘기하는 기분이 들어. 내가 걸지 않으면 당최 먼저 전화하는 법이 없어서 아들 목소리 듣기도 힘든데, 하루에 한 번씩 라디오를 통해서라도 널 만나니 이 엄만 참 좋구나. 아침 6시부터 한 시간이 이 엄마가 무심한 아들과 함께하는 시간이다. 엄마는 네가 이 방송 오래오래 했으면 좋겠구나. 매일 매일 아들의 목소리로 아침을 여는 엄마의 기쁨을 부디 오래오래 지켜다오. - 너의 김 여사로부터'

나는 편지를 다 읽고 나서도 한동안 고개를 들지 못했다.

"역시 우리 김 여사는 정말 못 말리는 분이야. 이 편지는 내가 간직하고 있을 테니까, 발효꽃송이버섯 분말은 주리 네가 꼭 먹어. 우리 엄마는 검사하신다고 하면 정말로 검사하실 분이야. 지방간에 좋다니까 꼬박꼬박 챙겨 먹어야 해."

나는 터져 나오는 울음을 꾹꾹 눌러 참으며 말했지만, 울먹이는 목소리를 완전히 감출 수는 없었다.

"유노 쌤, 우실 줄 알았어요. 제가 읽어봐도 가슴이 찡하던 걸요, 뭐. 제 앞에서까지 애써 눈물 감추려고 하실 필요는 없어요."

내가 우니까 주리도 덩달아 울기 시작했다. 흉하게 일그러지는 내 얼굴이 심히 거슬렸지만, 울지 말라는 말은 하지 못했다.

우리가 몸이 바뀐 지 31일째 되는 아침, 콩나물 해장국집 테이블에 서로 마주 앉은 채로 우리는 한동안 꺼이꺼이 목 놓아 울었다.

28. 그 딸에 그 엄마

◆◆

2017년 9월 11일 AM 10:29.

지난 6일 정오에 <핑키 윙키> 음원이 공개된 후, 눈코 뜰 새 없이 바쁜 5일이 눈 깜짝할 사이에 흘러갔다.

목요일 유스케 녹화를 시작으로, 금요일 음악뱅크 생방, 그리고 일요일의 SBC 인기가요까지 3개의 음방에서 라이브 무대를 소화해냈다. 그 밖에도 2개의 라디오 프로그램 게스트로 나갔으며, 총 4개의 방송 인터뷰와 7개의 지면 인터뷰를 진행했다.

파일럿이었던 《윈드 메이커》는 정규로 편성되었다. 아직도 《윈드 메이커》의 카메라가 핑크 클라우드 멤버의 일거수일투족을 쫓고 있다.

담당 작가인 조윤희와의 관계가 불편해질지도 모른다는 걱정은 기우에 지나지 않았다. 어느새 조윤희 작가의 관심은 한 대표에게로 쏠려 있었다.

어쩌면 조윤희 작가에게는 '파더 콤플렉스' 같은 게 있는 건지도 모르겠다. 저렇게 나이 차 많이 나는 남자에게 매력을 느끼는 걸 보면 말이다. 그런데 불과 얼마 전까지만 해도 주리 곁에 찰싹 달라붙어 있던 조윤희가 입만 열면 한 대표 얘기만 꺼내는 걸 듣고 있으려니 약간 서운한 마음이 드는 건 어쩔 수 없다.

그렇게 바쁜 와중에 행사도 하나 있었다. 백화점 VIP를 위한 가족 음악회 무대였다.

사실 곳곳에서 행사 제의는 많이 들어오고 있지만, 한 대표는 그중에서 이미지 메이킹에 도움이 되고 퀄리티 있는 공연을 선보일 수 있을 만한 행사인지 깐깐하게 따져본 후에 수락 여부를 결정했다.

그리고 정화는, 한 케이블 채널에서 새로 선보이는 '힐링 포차'라는 금요 심야 토크쇼에 고정 패널로 출연하게 되었다.

게스트를 초청해서 술을 마시며 토크를 진행한다는 점에서 술집에서 진행하는 모 토크 예능을 표절했다는 논란으로부터 자유로울 수 없었지만, 실내 주점이 아닌 실제 영업을 하는 포장마차에서 진행된다는 점에서 나름의 차별성을 가진다.

1회차였던 지난 금요일 밤의 게스트는 X세대 대표 여배우 중 하나인 이진주 씨였다.

나와 동갑인 마흔셋의 나이에도 여전한 동안 미모와 탄력 있는 글래머 몸매를 뽐내며 원 톱 헤로인을 당당하게 소화해내는 원조 걸크러쉬.

2006년에 최연소 야당 국회의원과의 결혼으로 5년간 연예계를 떠나 있다가 이혼과 함께 다시 복귀하여, 현재까지 스크린에서 활발한 활동을 펼치고 있다.

영화나 CF 외에는 방송 노출이 거의 없는 그녀가 토크 예능에 출연했다는 사실만으로도 큰 이슈가 되었다. 그 덕분에 '힐링 포차' 1회는 시청률과 화제성에서 아주 괜찮은 성적을 거뒀다.

그렇게 정화의 예능 입성은 아주 순조로운 성공을 거두는 듯 보였다. 오늘 아침, 모 일간지에서 충격적인 기사를 터뜨리기 전까지는 말이다.

'[단독] 여배우 이진주, 핑크 클라우드 이정화의 생모로 밝혀져

(이투모로우 김수희 기자)

영화배우 이진주(43) 씨는 최근 새 예능 프로그램 '힐링 포차' 녹화 후에 이어진 술자리에서 한 관계자에게 핑크 클라우드 멤버 이정화(23) 씨가 자신의 친딸이라는 고백을 한 것으로 전해졌다. 좀처럼 방송이나 인터뷰 노출이 없던 이진주 씨가 예능 출연을 결심하게 된 이유도 바로 자신의 친딸을 만나기 위한….'

마른하늘에 날벼락도 유분수지, 이게 무슨 황당한 시추에이션? 정화는 분명 뉴욕에서 온 재미교포로 알고 있었는데, 영화배우 이진주가 정화의

생모라니. 대체 이게 무슨 소리란 말인가?

오늘의 첫 스케줄인 잡지 화보 촬영에 앞서 미용실로 향하기 위해 숙소를 나서려던 멤버들은 빌라 건물 앞에 진을 치고 있던 수십여 명의 기자 무리와 맞닥뜨려야 했다.

정화에게로 마이크를 들이밀며 돌진해오는 기자들을 유미가 막아 세운다. 그리고 준희와 유진, 그리고 나도 정화 주위를 에워싸며 기자의 접근을 차단하려 했다.

그런데 네 멤버가 짜놓은 스크럼을 가볍게 통과해서 앞으로 터벅터벅 나선 정화는 기자들이 들고 있던 수많은 마이크들 중 하나를 빼앗아든다. 그리고는 주저 없이 말을 시작한다.

"저는 입양아입니다. 태어난 지 4개월 만에 미국으로 입양되었다고 들었어요. 저의 생모라고 주장하는 분이 나타났다는 얘기는 오늘 아침에 기사를 보고 알았습니다. 물론 사실 여부는 확인해봐야겠죠. 하지만 전 그 사실 여부에 별로 관심이 없습니다. 저에게 부모님은 미국에 계시는 어머니, 아버지밖에 없습니다. 저를 낳아준 사람이 누구인지는 제게 중요하지 않아요."

뒤늦게 숙소 앞에 나타난 한 대표는 한발 늦었구나 하는 표정이었다. 어쨌든 한 대표의 등장 후 오래지 않아 현장은 어느 정도 수습이 되었다.

우리는 무사히 카니발에 탑승해 빌라 주차장을 벗어나 소방도로로 접어드는데 성공했다.

한 대표가 기자들을 상대하느라 고군분투하고 있는 모습이 차창 밖으로 아득히 멀어져 간다.

'한 대표에겐 오늘도 바쁘고 피곤한 하루가 되겠구나!'

하루도 바람 잘 날 없는 핑크 클라우드 뒤치다꺼리에 여념이 없는 한 대표의 모습에 마음이 짠해진다. 힘든 내색 하나 없이 그 어려운 걸 다 해내는 그를 보면 정말 대단하다는 생각밖에 안 든다.

조윤희가 '한준호 미담 시리즈'를 간증할 때면 살짝 눈꼴 틀리지만, 동갑내기 친구로서도 그에게 존경하는 마음을 갖지 않을 수 없다.

더구나 지금은 한 대표로부터 직접적인 보호를 받는 수리의 입장이니, 항상 믿고 의지하는 그에 대한 고마움이 더욱 실감 나는 것이다.

미용실에 도착할 때까지 우린 아무 말도 할 수 없었다. 각자 배정된 헤어 스태프들에게 머리를 하는 동안에도, 우리는 서로에게 아무 말도 하지 않았다.

물론 각자의 머릿속은 갖가지 생각들로 가득할 테지만, 아무도 그걸 입 밖으로 꺼내지 않았다.

정화가 먼저 말하기 전까지는 아무것도 묻지 않는 것이 좋겠다는 생각을 서로 암묵적으로 공유하고 있는 것 같았다.

"내가 입양아라는 건 아무도 몰랐지? 꼭 숨기려던 건 아닌데 그렇다고 일부러 밝힐 일도 아니라 가만히 있었던 거야. 미리 얘기 못 해서 미안해. 큐피드 내에선 한 대표님만 알고 계셨어."

미용실을 나와 오늘의 첫 스케줄을 위해 연희동으로 이동하는 차 안에서 마침내 정화는 입을 열었다.

"내가 중학생이었던 2008년에 혼자 한국에 온 적이 있었어. 친엄마 한번 찾아보겠다고 말이야. 그런데 착하디착한 나의 양부모님은 친절하게도 내 친엄마의 신상과 주소까지 상세하게 알아봐 주셨고, 한국까지 몸소 동행해 주셨어."

아마도 정화의 양부모님은 정체성의 혼란에 빠진 틴에이저의 반란에 두 손을 드셨었나 보다. 그런데 정화의 생모 찾기를 도와주고 한국까지 따라와 주셨다는 사실만 들어봐도, 정화의 양부모님은 참 좋은 분들임을 짐작할 수 있었다.

"나를 낳아준 생모라는 사람에게 연락을 해서 만날 약속까지 잡았지.

그런데 그 사람은 약속 장소에 나타나지 않았어. 나와 부모님은 자그마치 두 시간이 넘게 기다렸다고."

그랬구나. 정화는 친어머니로부터 이미 한 번 거부당한 아픔을 갖고 있었구나. 구김 없이 밝고 털털해 보이는 터프 걸 정화에게 저런 사연이 있었을 줄은 꿈에도 몰랐다.

"대디는 연락을 해보자고 하셨지만, 나는 그러지 말자고 했어. 나와 만날 마음이 있었다면 그 자리에 안 나왔을 리 없잖아? 혹시 나오지 못할 사정이 생겼다면 연락이라도 해줄 수 있었던 거잖아? 친엄마를 찾겠다고 미국에서 한국까지 찾아온 나를 만나주지도 않을 때는 언제고, 이제 와서 왜 자신이 내 생모라고 공개적으로 떠들어대는 거야? 대체 왜?"

정화는 결국 참았던 울음을 터뜨리고 만다. 어깨를 들썩이며 한참을 흐느껴 울던 정화는 갑자기 뭔가 생각났다는 듯 울음을 멈춘다.

"아, 울면 안 되는데. 모처럼 잡지 화보 찍으러 가는 건데, 눈 화장 번지면 큰일이잖아. 유미야, 나 메이크업 좀 봐줄래?"

정화가 겉보기엔 씩씩한 톰보이지만 누구보다 여린 내면을 갖고 있다는 걸 나는 알고 있다. 그래서 서럽게 울던 울음을 애써 멈추려 애쓰는 정화의 모습이 더 애잔해 보였다.

정화 옆에 앉아있던 유미가 정화를 말없이 꼬옥 안아준다. 그리고는 눈물로 얼룩진 정화의 눈매를 티슈로 톡톡 두드려 준다.

2017년 9월 11일 PM 02:32.

남성 잡지 《젠틀맨》에서 진행한 화보 촬영과 인터뷰는 세 시간 만에 끝났다. 우리에게 활짝 웃는 표정이 요구되었었더라면 좀 힘들었을 뻔했는데, 다행히 다크한 컨셉의 화보라 무리 없이 촬영할 수 있었다.

오히려 사진작가님은 멤버 전원이 감정을 드러내는 표정 연기에 능하다고 칭찬해주셨다. 슬픔과 분노에 가득 찬 표정들은 사실 연기의 결과물이 아니었지만, 어쨌든 칭찬을 들으니 기분이 나쁘진 않았다.

촬영이 끝난 후 늦은 점심을 먹기 위해 스튜디오 근처에 있는 중국집에 와있다.

이연목 셰프가 운영하는 곳으로 알려진 중식당. 몇 개월 전에 예약을 해야 올 수 있는 식당이지만, 고맙게도 점심 오더 마감이 끝난 브레이크 타임을 이용해 우리 팀을 받아 주셨다. 이연목 셰프와 친분이 있는 한 대표의 영향력 덕분이었다.

예약 주문을 해야 맛볼 수 있다는 멘보샤와 군만두는 멤버들의 음울한 마음까지 다독여주는 푸근한 맛이었다. 그리고 나는 명백한 '찍먹파'임에도 이곳의 '부먹 탕수육'엔 깊이 매료되지 않을 수 없었다.

큰 접시 세 개가 거의 바닥을 보일 때쯤, 로드 매니저 준식과 나, 그리고 정화 앞에는 짬뽕이, 나머지 세 멤버 앞에는 짜장면 그릇이 놓였다. 그때 준식이가 아이패드로 뭔가를 실행시킨다.

"아직 식사 안 끝났는데 미안해. 오후 3시부터 이진주 씨 기자회견이 인터넷 생중계된다고 하네. 그런데 정화야, 괜찮겠어? 네가 원하지 않으면 틀지 않을게."

모두의 시선이 자신에게로 집중된 와중에도 후루룩 짬뽕을 흡입하고 있던 정화는 마치 노 룩 패스하듯 대답을 툭 던진다.

"그냥 틀어 봐요. 뭐라고 하는지 들어나 봅시다."

정화의 수락이 떨어지자, 준식은 '이진주 기자회견 유튜베 생중계'를 플레이시킨다.

"…실수였습니다. 술이 취한 상태에서 저도 모르게 튀어나왔던 말이에요. 그렇지만 부인하지는 않겠습니다. 그것은 사실이니까요."

멤버들의 손에 잡혀서 각각 짜장면 또는 짬뽕을 입으로 실어 나르던 젓가락들이 일제히 움직임을 멈추었다. 그런데 유일하게 정화의 젓가락만 계속 움직인다. 정화는 아이패드 화면 쪽으로는 눈길을 줄 생각도 하지 않고 짬뽕 흡입을 지속했다.

"이런 식으로 밝혀지게 된 것에 대해서는 깊은 유감입니다. 공개적인 발표에 앞서서 제 딸에게 해명하고 용서를 구하는 일이 먼저였어야 하는데 말입니다."

감정이 과장되지 않은 이진주 씨의 목소리는 저절로 귀를 기울이게 하는 묘한 호소력을 갖고 있다.

"제가 데뷔를 준비하고 있던 1995년에, 저는 아이를 낳게 되었습니다. 주변에서는 모두 아이를 지우라고 했지만 저는 그럴 수 없었습니다. 지방에 계신 부모님께는 알리지도 않고 혼자서 출산을 감행했어요. 그러다 부모님이 알게 되셨고, 생후 4개월 만에 저는 제 아이를 미국으로 보내야 했습니다."

이진주 씨의 입장에서는 입 밖으로 꺼내기 힘든 고백일 텐데도, 그녀의 목소리는 예상 외로 담담한 톤을 유지하고 있다.

"사실 9년 전, 제 딸아이가 저를 만나기 위해 미국에서 한국까지 찾아온 적이 있었습니다. 만날 약속까지 잡았었죠. 그런데 저는 그 당시에 결혼한 몸이었고, 남편이 그 모든 사실을 알아버렸어요. 18대 총선에서 재선을 노리고 있던 남편은 저에게 숨겨진 딸이 있다는 사실이 선거에 악영향을 줄까 봐 노심초사했어요. 그리고 제가 딸과 만나기로 한 약속장소에 못 나가게 막았죠."

그제야 정화는 하던 젓가락질을 멈춘다. 그리고 그녀의 시선이 천천히 아이패드 화면 쪽으로 향한다.

"그 일과는 상관없이 결국 남편은 재선에 실패했고, 결혼생활도 엉망이 되고 말았어요. 결국 그렇게 될 거였는데……. 그때 그 약속장소에 나가서 딸아이 얼굴이라도 한 번 봤다면, 지금에 와서 이렇게 후회스럽진 않을 텐데 말이에요. 그 모든 게 다 제 탓입니다. 저의 잘못으로 비롯된 일이에요. 아무 죄 없는 제 딸이 저로 인해 피해 입는 일이 없기를, 이 못난 엄마가 간절히 소원합니다."

한 치의 주저함도 없이 모든 걸 거침없이 밝혀버리는 기자회견 스타일만 봐도, 이진주 씨는 정화의 생모임이 틀림없다.

역대급 짜장면과 짬뽕을 눈앞에 두고도 우린 더 이상 젓가락을 들지 못했다. 하지만, 저마다 각자의 방식으로 먹먹한 감정을 삭이고 있는 모습에선 왠지 모를 따스한 기운이 감돌았다.

그리고 정화의 가슴속 응어리도 머지않아 풀릴 수 있을 것 같은, 그런 예감이 든다.

29. 교감의 순간

◆◆

2017년 9월 12일 AM 11:45.

호크 엔터테인먼트 건물 1층에 있는 중식당.

이 건물 맞은편에 있는 채화영의 스튜디오에 올 때마다 늘 길 건너편에서 이쪽을 바라만 봤는데, 드디어 오늘 처음으로 이 건물 안에 들어와 봤다.

내가 큐피드에 입사해서 선휘 누님과 한 동네에서 일한 지 벌써 3년이 넘어가는데, 아직 누님을 길에서 뵌 적이 한 번도 없었다.

같은 기획사 소속의 이소진 씨도 봤고, 윤예정 선생님도 봤고, 최근에 호크와 계약한 보나 양, 심지어는 휴가 나온 승귀 군까지 봤는데, 유독 선휘 누님과 우연히 마주치는 행운은 내게 없었다.

선휘 누님이 먼저 제안하셔서 성사된 이 점심 식사 자리에 원래는 한 대표와 동행하기로 되어있었다. 그런데 한 대표에게 급한 일이 생기는 바람에 주리가 대신 동행하게 되었다.

이 영광스러운 자리에 갑자기 합류하게 된 주리는 이게 웬 떡이냐며 좋아서 어쩔 줄 몰라 했다. 큐피드 빌딩에서 여기까지 걸어오는 내내 주리 입이 귀에 걸려 있었다.

약속 시간보다 15분 먼저 도착해서 '이선휘' 이름으로 예약된 테이블에 착석하여 선휘 누님을 기다리는 동안, 나는 주리에게 엄중한 경고를 내렸다.

"너무 좋아하는 티 많이 내지 마, 자꾸 헤벌쭉거리니까 얼굴에 주름 생기잖아!"

"그러는 유노 쌤은 얼굴이 왜 홍당무가 되셨어요? 지금 얼굴로 그 뜨거운 덕심을 표현하고 계신 건가요?"

"내 얼굴이 그렇게 빨개졌어?"

아닌 게 아니라, 진짜 무지하게 떨린다. '3개의 태양 프로젝트' 오디션 무대에서도 이렇게까지 떨진 않았었는데.

"반가워요!"

약속 시간인 12시 정각에 나타나신 선휘 누님은 흰색 후드 저지 점퍼와 청바지에 파란색 야구 모자를 눌러 쓴 편안한 차림이셨다.

이런 차림이라면 길에서 마주쳐도 이 사람이 국민가수 '이선휘'라는 걸 아무도 못 알아보고 지나칠 수도 있을 듯한, 그런 모습이었다.

"음원 차트 올킬한 거 축하해요, 주리 씨!"

아침에 갓 피어난 나팔꽃처럼 청초한 선휘 누님이 옥구슬 굴러가는 목소리로 축하를 해주시니, 우리가 정말 대단한 일을 해냈다는 것이 실감나는 듯했다.

"감사해요, 선생님!"

"으으응~ 선생님 말고 그냥 언니라고 해."

지천명을 넘기신 분의 애교가 어쩜 저렇게 귀여우신지.

"참, 내 딸보다도 어린 친구니까 말 놓아도 되겠지?"

"그럼요."

"우리는 서로 가르침을 주고받기 위해서가 아니라, 함께 작업하기 위해 만난 거니까 선생님 말고 그냥 언니였으면 해."

"네, 알았어요. …언니!"

"그나저나 태왕 씨랑 같이 만났으면 주리 씨가 더 좋아했을 텐데. 태왕 씨, 하니까 좀 이상하네. 형배 씨는 지금 북미 투어 중이라 이번 주말에나 귀국한대. 이번 주 일요일, 그러니까 17일에 형배 씨가 우릴 자기 집으로 초대했어. 그때 만날 거니까 너무 실망하지 마!"

"실망하다니요. 전 선휘 누, 언니 만날 생각에 너무 떨려서 어젠 잠도 설쳤어요."

'누나'라는 말이 튀어나오려던 걸 간신히 막아낸 것을 안도하려던 순간, '푸' 하고 주리의 입에서 뿜어져 나온 물이 테이블로 다 튀어 버렸다.

겉으로는 선휘빠 장윤호지만 속으로는 태왕마눌인 주리가 '형배 씨가 우릴 자기 집으로 초대했어.'라는 말에 깜짝 놀라, 마시고 있던 물을 뿜어낸 모양이었다.

나는 혹시 선휘 누님에게까지 물방울이 튀었을까 봐 눈치를 살폈는데, 다행히 테이블 건너편까지 피해가 미치진 않은 모양이었다.

친절하게도 선휘 누님은 자신의 앞에 놓인 린넨 냅킨을 주리에게 건넨다.

"감사합니다. 혹시 물이 튀진 않으셨어요? 정말 죄송해요."

주리는 자리에서 벌떡 일어나 냅킨을 받아들며 허리를 90도로 숙인다.

"그런데 이 분은 왠지 낯이 익은 것 같은데?"

눈을 동그랗게 뜬 선휘 누님이 잠시 고개를 갸우뚱하시더니 이내 뭔가 생각난 듯 다시 그 청초한 입술을 여신다.

"아, 툰드라! 맞죠? 붙잡지 못했던 너~."

선휘 누님이 '툰드라'를 기억해주신 것만으로도 황송한데, <노을이 지는 그 자리> 첫 소절까지 불러주시다니. 정말 눈물 날 뻔.

"네, 맞아요. 예전에 툰드라 하셨던 장윤호 선생님이 맞으세요. 저의 보컬 선생님이시고요. 한 대표님이 갑자기 사정이 생기셔서 이분이 대신 오시게 된 거예요."

주리가 냅킨으로 뒤처리를 하는 동안, 대답은 내가 대신했다.

"사실 난 사람을 얼굴보다 목소리로 더 잘 기억하는 편이에요. 목소리를 먼저 들었다면 더 빨리 생각났을 텐데."

착한 선휘 누님은 진작 알아보지 못해서 미안하신 듯한 표정이셨지만, 나는 그저 흐뭇하기만 했다. 선휘 누님이 툰드라와 <노을이 지는 그 자리> 첫 소절 기억해주신 것만으로도 감지덕지.

"아까 여기로 오는 동안 유노 쌤이 제게 말씀해 주셨는데, 2003년 8월, 대학로 라이브 극장 콘서트 때 무대 뒤에서 잠깐 인사드린 적이 있으셨대요."

문득 떠오른 옛 기억을, 나는 마치 오다가 들은 얘기처럼 꾸며서 말했다.

"오래전이라 정확한 기억은 없지만, 언젠가 인사 나눴던 것 같네요. <노

을이 지는 그 자리>라는 제목이 제 노래 <사랑이 지는 이 자리>와 좀 비슷해서 더 잘 기억하고 있었거든요. 언젠가 라디오에서 오랜만에 그 노래를 듣고, 이 가수는 요즘 뭐 하고 있을까 궁금해 했던 적도 있어요. 암튼 이렇게 만나게 되어서 반가워요."

선휘 누님께서 나에 대해 궁금해 한 적도 있으셨다는 얘기를 들으니, 나의 덕심이 더욱 불타오르기 시작한다.

"2004년 20주년 콘서트부터, 2006년 인연 콘서트, 2009년 초대 콘서트, 2011년 오월의 햇살 콘서트, 2014년 30주년 콘서트, 그리고 작년의 더 그레이트 콘서트까지 세종 문화회관에서 하신 콘서트에는 거의 다 갔…다는 얘기도 해주셨어요."

오랜 세월 동안 내가 선휘 누님께 충성해온 역사를 주리의 목소리로 전하고 있는 나의 두 볼은 뜨겁게 달아오른다. 그러자 주리가 결코 질 수 없다는 표정으로 말을 받는다.

"저뿐만 아니라 주리도 열렬한 팬이에요. 주리의 어머니가 90년대 청춘스타 윤혜린 씨거든요. 윤혜린 씨가 선휘 님을 너무 좋아해서 어렸을 때부터 이선휘 노래를 많이 듣고 자랐대요."

주리와 나는 지금 서로의 목소리를 통해 서로의 입장을 대변해주는 것처럼 말하고 있지만, 알고 보면 각자 자신의 팬심을 누님께 어필하려고 경쟁하는 꼴이었다.

선휘 누님을 향한 내 덕질의 역사를 다 펼쳐놓으려면 밤을 꼬박 새도 모자라겠지만, 주리의 입을 통해 말할 수 있는 부분은 지극히 제한적이라 그쯤에서 그만둘 수밖에 없었다.

"선휘 누, 언니 뵈면, 꼭 여쭤보고 싶었던 게 있어요."

"뭔데?"

"3개의 태양 오디션에서 아주 쟁쟁한 후보들이 많았는데, 어떻게 제가 선택받을 수 있었는지 궁금했어요."

"그거야 뭐, 내가 아니라 300분의 심사위원들이 평가하신 거니까 내가 딱 잘라 말할 수는 없겠지? 사실 다섯 명의 참가자들 모두 탄탄한 기본기를 가진 완성형 보컬들이었어. 모두 흠잡을 데 없는 무대를 펼쳐서 우열을 가리기가 어려웠지."

선휘 누님은 두 손으로 감싸고 있던 찻잔을 들어 자스민 티를 한 모금 머금으신 후에 말씀을 이어가신다.

"그런데 주리 씨가 그 300명의 관객이자 심사위원들의 마음을 사로잡을 수 있었던 것은 바로 깊이 있는 진정성이 아니었을까? 무대 위에서 가장 솔직한 진심을 이야기할 수 있는 가수에게, 심사위원들은 가장 높은 점수를 주었던 것 같아."

진정성. 역시 그거였구나! 그날, 그 무대 위에서 내가 노래를 통해 전하고 싶었던 내 진심이 선휘 누님께도 전달된 것 같아 나는 더할 나위 없이 기뻤다.

"그렇다고 진정성이 다는 아니야. 마음만으로 노래를 할 수는 없는 거거든. 주리 씨는 기술적으로도 완벽했어."

국내 여성 보컬의 독보적 원탑이신 선휘 누님으로부터 '완벽'이라는 찬사를 들으니 황송하기 그지없다.

"힘이 없는 것과 힘을 빼는 건 달라. 힘을 빼면서 꽉 찬 소리를 내는 건 힘껏 소리를 지르는 것보다 더 힘든 테크닉이지. 그런데 주리 씨는 이미 그 어려운 기술을 갖고 있더라고. 그래서 나는 생각했지. '이 어린 아가씨의 내공이 정말 보통이 아니구나!' 하고 말이야. 물론 얼굴만큼 예쁜 음색은 말할 것도 없고."

같은 보컬리스트들끼리가 아니면 공유할 수 없는 이런 느낌을, 다른 사람도 아닌 선휘 누님과 교감하고 있다는 자각은 내 마음을 한없이 들뜨게 한다.

"사실 나도 반신반의했어. 《불변의 명곡》 방송을 보며, 그리고 전인건 선배님의 콘서트 무대에 선 주리 씨를 보면서 내가 느꼈던 것을, 과연 다른 심사위원들도 느낄 수 있을까? 나 역시도 결과가 무척 궁금했었지. 그런데 주리 씨가 그 어려운 경쟁을 뚫고 선택받은 걸 보면, 그분들도 분명 그걸 느끼셨다는 얘기잖아? 결과를 확인하고는 나도 무척 기뻤어. 그래, 내 감이 맞았던 거구나. 내 어깨가 으쓱해졌지."

어린아이 같기도 하고, 미륵보살 같기도 한 선휘 누님의 미소 띤 얼굴을 바라보며 나는 이런 생각을 해본다.

'만약 음악의 신이 사람의 모습으로 세상에 존재한다면, 바로 저런 모습이 아닐까?'

2017년 9월 12일 PM 06:45.

나와 주리가 선휘 누님을 만나는 동안, 정화는 이진주 씨를 만나러 갔다. 그리고 그 만남의 자리에는 미국에서 급히 귀국하신 정화의 양부모님도 함께 하신다고 들었다.

제리 베이커 씨와 니콜 베이커 씨는 쥬디 베이커(정화의 미국 이름)가 걱정되신 나머지, 소식을 들은 후 3시간 만에 한국행 비행기를 타셨다고 한다. 아직 두 분을 직접 뵙고 인사를 나눠보진 못했지만, 분명히 정화처럼 유머러스하면서 정과 의리가 넘치는 분들이지 않을까 싶다.

이진주 씨와의 식사 자리에서 어떤 대화가 오갔는지는 아직 정화로부터 들은 정보가 없다. 이진주 씨와 베이커 씨 일가는 지금 서촌 나들이 중이기 때문이다.

점심 식사 후에 나들이 코스까지 네 사람이 함께 한 걸 보면, 아마도 분위기가 좋게 흘렀던 모양이다.

정화는 통인시장 엽전도시락을 앞에 놓고 넷이서 함께 찍은 셀카 사진을 핑크 클라우드 단톡방에 올려놓았다.

"분위기가 훈훈하네. 다들 표정이 좋아 보여. 이 사진만 봐도 정화가 마음을 푼 것 같아서 정말 다행이야."

낳은 정과 기른 정으로 연결된 네 사람의 소중하고 특별한 순간을 들여다보며 흐뭇한 미소를 짓고 있는데, 어째 옆에 있는 주리의 낌새가 좀 이상하다.

사실 조금 전, 내가 큐피드 지하 연습실을 찾아온 이유는 주리가 나를 불렀기 때문이었다. 의기소침한 주리의 모습은 나를 부른 이유와 연관이 있는 것 같았다.

"주리 너, 왜 그래? 무슨 일 있어? 아까 점심때까지만 해도 괜찮았잖아?"

나의 물음에 자세를 고쳐 앉은 주리가 여전히 심각한 표정을 풀지 못한 채 입을 연다.

"아까 점심 식사 후에 회사로 들어왔는데, 한준호 대표님이 전화로 날 찾으시더라고요. 방으로 좀 와 달라고."

주리의 미간에 잡혀있는 주름을 보니 뭔가 심상치 않은 일임이 틀림없다. 나는 깊은숨을 한번 들이마신다.

"왜? 한 대표가 무슨 일로 널 보자고 한 건데?"

나도 모르게 다급해진 말투로 그렇게 되묻자, 주리는 힘들게 입을 연다.

"대표님이…"

30. 내 친구 한준호

"대표님이 요즘 어떤 분 만나시는지는 유노 쌤도 알고 계시죠?"

"응, 알고 있지. 네가 나한테 얘기해줬잖아."

나는 한 대표가 최근 띠동갑 비뇨기과 여의사를 만나고 있다는 사실을 알고 있다. 주리가 한 대표로부터 듣고 와서 내게 얘기해줬기 때문이다.

"어제 한 대표님이 그 여의사 분과 같이 밤을 보내셨나 봐요."

"한 대표가 너한테 그런 얘기까지 했단 말이야? 좀 이상한데?"

한 대표와 내가 친구 사이인 건 맞지만, 서로의 프라이버시를 존중하는 편이라 밤 생활까지 공유하진 않는다. 그런데 한 대표가 최근 데이트 중인 여자와 같이 잔 얘기까지 떠벌렸다니 뭔가 이상하다는 생각이 들었던 것이다.

"한 대표님 거기에서요…."

"거기…라면, 거기? 정말 거기에 대한 얘기까지 했단 말이야?"

"자꾸 제 말 막지 말고, 일단 들어 보세요."

"알았어."

나는 조급한 마음을 진정시키려고 심호흡을 한 번 했다. 주리는 잠시 주저하다가 힘들게 말을 이어간다.

"한 대표님 음낭에서 덩어리 같은 게 만져졌다나 봐요. 그래서 검사를 해보자고 했대요."

덩어리? 그 '덩어리'라는 단어의 즉물감이 내 뒤통수를 퍽하고 후려친다.

"그래서 아까 그 중요한 약속을 앞두고 급히 사라졌던 거구나!"

"네, 맞아요. 그 시간에 그 여의사분이 계시는 병원에 가셨던 거예요."

주리의 심각한 표정으로부터 전해진 불길한 기운에 잠식당해 버린 나는 다급하게 묻는다.

"검사 결과는?"

"일단 초음파 검사만 한 상태인데, 아무래도… 안 좋은 쪽인 것 같대요."

"안 좋은 쪽이라면…."

그다음에 나오려던 단어가 목구멍에서 딱 걸려 멈칫한다. 나는 마른 침을 한 번 삼킨 후에 어렵게 그 단어를 뱉어낸다.

"암?"

"네, 고환암이요."

"한 대표가… 고환암이라고?"

"추가적인 정밀 검사를 해봐야 더 자세한 진단과 병기를 알 수 있을 거래요."

이게 대체 무슨 날벼락이란 말인가? 고환암이라니. 다른 사람도 아닌 한준호가?

"말도 안 돼!"

세기말의 압구정을 주름잡으며 퀸카만 후리고 다니던 세기의 킹카 한준호의 고환에서 암세포가 자라고 있다고?

"절대 그럴 리 없어! 한 대표가 얼마나 자기 관리가 철저한 사람인데…."

아닐 거다. 분명 뭔가 잘못되었을 거다. 우리의 큐피드 행성을 지키는 든든한 해결사, 직진밖에 모르는 천하무적 슈퍼맨 한준호가 설마! 꾸준한 운동과 관리로 20대 못지않은 체력을 갖고 있는 그가 난데없이 암에 걸렸다는 게 말이 안 되잖아!

"아직 확진은 아닌 거지? 암이 아닐 수도 있는 거잖아! 제발 아니라고 해줘, 주리야!"

주체할 수 없는 눈물이 내 두 볼을 타고 흘러내린다. 육성으로 엉엉 울던 나는 혹시 울음소리가 연습실 바깥으로 새어나갈까 봐 입을 꼭 틀어막았다.

생각하면 할수록 더 커져가는 슬픔에 가슴이 아려왔다. 가까이 다가와 내 어깨를 감싸는 주리의 얼굴도 눈물로 얼룩져 있었다.

"내 친구 준호… 불쌍해서 어떡해!"

주리와 나는 서로 부둥켜안은 채 한참을 울고 또 울었다.

2017년 9월 13일 AM 06:46.

"여명의 속삭임 장윤호입니다. 이제 어느덧 마칠 시간이 가까이 다가오고 있습니다. 여기서 청취자 여러분께 양해를 구할 게 있어요. 오늘의 마지막 사연과 신청곡은 바로 제가 쓴 편지거든요. 사실 편지라고 할 것까진 없고, 그냥 제가 친구에게 전하고 싶은 말이에요. 지금 남아있는 몇 분의 방송 시간을 제 개인적인 목적을 위해 쓰는 것에 대해서 여러분께 양해를 부탁드리겠습니다. 허락해 주실 거죠?"

나는 침대에 누운 상태에서 이어폰을 끼고 주리가 진행하는 라디오 프로그램《여명의 속삭임 장윤호입니다》를 듣고 있던 참이다.

지금 주리가 읽으려고 하는 편지는 바로 내가 쓴 글이다. 내가 쓴 편지를 주리가 읽는 거니까, 결국 내 마음을 내 목소리로 전하는 셈이다.

'오늘도 그가 이 방송을 듣고 있을까?'

한 대표는 매일 아침운동하면서 이어폰으로 이 방송을 꼬박꼬박 챙겨듣는 걸로 알고 있다. 한 대표는 TV와 라디오를 막론하고, 큐피드 소속 연예인이 출연한 모든 방송을 모니터한다.

큐피드에 들어온 이후로 나는 보컬 레슨 외에는 뚜렷한 활동이 없었지만, 한 대표는 줄곧 나, 장윤호를 소속 연예인으로 대해왔다.

언젠가는 좋은 때가 올 거라면서 연습을 게을리하지 말고 틈틈이 곡도 만들라는 당부를 했었다. 그래서 나로 바뀐 주리가《여명의 속삭임 장윤호입니다》를 맡게 되면서, 한 대표의 모니터 대상 프로그램이 하나 더 늘어나게 된 것이다.

안재욱의 〈친구〉를 팬플룻으로 연주한 곡이 배경음악으로 흐르면서,

주리가 내 목소리로 내가 쓴 편지를 낭독한다.

"내가 세상으로부터 버림받았다는 절망에 빠져있을 때, 유일하게 내게 손 내밀어 주었던 친구. 알맹이 없는 자존심만 세울 줄 알았지 철딱서니라곤 없는 나를 끝까지 포기하지 않고 거둬준 친구. 그래서 친구라기보다는 형 같은 친구. 너무 믿고 의지한 나머지 너무 많은 부담을 짊어지게 만들어 미안한 친구. 지금껏 받은 것만 있어서 앞으로 갚아야 할 게 너무 많아 마음만 조급해지는 친구. 그런 친구가 지금 큰 고난에 처해 있습니다. 그가 내게 해준 것만큼 나도 그에게 뭔가 해주고 싶은데, 내가 가진 능력은 영 보잘것없는 것 같아 안타깝기만 합니다. 아무쪼록 나의 친구가 힘과 용기를 잃지 않고 어려움을 이겨나갈 수 있기를 간절히 기도합니다. 그리고 내가 그를 위해 할 수 있는 일은 과연 무엇인지 오늘부터 열심히 고민해보겠습니다. 나의 친구, 나의 영웅, 그래 바로 너. 힘내라!"

배경음악이 차츰 잦아들면서 내 신청곡이 흐른다. 스콜피온소가 부르는 〈Holiday〉.

"나와 함께 멀리 떠나 봐요.
아마 당신도 휴식을 좋아할걸요.
나와 함께 멀리 떠나 봐요.
아마 당신도 휴식을 좋아할 거예요.
좋은 시간을 즐기다 보면
추웠던 날들에
햇살이 비칠 거예요."

엎어진 김에 쉬어 간다는 말도 있다. 지금껏 쉼 없이 달려온 한 대표에게 이번의 위기가 잠깐 쉬어가는 휴일 정도로 수월하게 지나갈 수 있기를.

2017년 9월 13일 AM 09:15.

출근길에 로비에서 본 한 대표는 아무렇지도 않은 얼굴이었다. 그는 장 씨 아저씨와 나란히 서서 출근하는 큐피드 식구들과 일일이 눈을 맞추며 인사를 주고받고 있었다.

나는 알고 있다. 저것은 한 대표 나름의 힐링법이란 것을 말이다. 《가면가왕》에 출연한 유미가 가사 한 소절을 통째로 날려먹는 실수를 한 다음 날에도, '김유진 이건 말도 안 되잖아'가 실검 1위를 했던 다음날에도, 한 대표는 평소보다 더 일찍 출근해서 마치 교장 선생님 같은 모습으로 저렇게 로비에 서 있었더랬다.

"내가 내 새끼들 보면서 위안을 받듯이 큐피드 식구들도 나를 보며 안심할 수 있다면 좋겠어."

언젠가 내가 그 행동의 의미에 대해 물었을 때, 한 대표는 그렇게 대답했다. 오늘은 아마도 한 대표 자신이 위안을 받고 싶었나 보다. 너무 태연한 듯 보이는 그의 모습에 눈물이 왈칵 솟구치려는 걸 나는 간신히 참았다.

주리의 말에 따르면, 한 대표는 큐피드 식구들에겐 자신의 병이 알려지길 원하지 않는다고 했다. 그래서 회사 내에선 유일하게 친구, 즉 장윤호가 된 강주리에게만 털어놓았던 것이다.

따라서 현재 한준호의 친구 장윤호가 아닌 강주리의 모습인 나로선 그에게 아무런 내색을 할 수 없다. 나는 그저 내가 지을 수 있는 가장 애교스런 미소로 밝게 인사하는 것 말고는 그를 위해 해줄 수 있는 게 없었다.

2017년 9월 13일 PM 01:15.

'…고환암은 정상피종과 비정상피종성 생식세포암으로 분류하는데 치료 방법에 차이가 있다. 우선 고환적출술을 시행한 후 낮은 병기의 정상피종은 후복막강에 방사선치료를 고려한다. 최근에는 단일항암제를 이용한

항암요법을 시행하기도 하고, 추가치료 없이 경과를 관찰하는 경우도…'

쇼 참피온 리허설과 사전녹화를 위해 일산 MBS 드림 센터로 향하는 카니발 안. 나는 아이폰으로 '고환암' 검색을 계속하고 있다. 어젯밤부터 지금까지 몇 번이나 이 검색 행위를 반복했는지 모른다.

한 대표와 함께 신촌 세브랑스 병원에 가있는 주리로부터 카톡 메시지가 도착한 것은 강변북로에서 자유로로 진입한 직후였다.

'CT상으로 전이는 없는 것 같대요. 미세 전이 여부는 수술 후에 확실히 알 수 있다고. 다행히 수술 날짜는 빨리 잡혔어요. 이틀 후인 금요일.'

나는 뭐라고 답할 말이 떠오르지 않아 라이언 캐릭터가 응원수술을 흔들고 있는 이모티콘을 보냈는데, 보내고 보니 좀 방정맞은 느낌이라 곧 후회했다.

'다행히 수술 날짜는 빨리 잡혔어요.'

한 대표도 과연 다행이라고 생각하고 있을까? 물론 머리로 생각하면 다행인 게 맞다. 전이가 없는 상태에서 빨리 발견이 되어 바로 수술할 수 있게 된 것은 불행 중 다행이다.

그런데 가슴으로는 그것을 다행으로 받아들이기 쉽지 않을 것이다. 한쪽 고환을 적출해낸다는 것이 남자에게 얼마나 큰 굴욕과 상실감을 안겨줄 것인지, 아마도 주리는 알지 못할 것이다.

"누구 얘기야? CT, 전이, 수술 그러는 거 보니까 암인 것 같은데? 누가 아프셔?"

오, 이런! 옆에 앉아있던 유진이가 내 폰 화면을 봐버린 모양이다. 눈치 빠른 유진이는 금세 '암'이라는 진단까지 유추해낸다.

유진의 집요한 추궁에 주책없이 울음이 터져버리는 바람에, 나는 끝내 사실대로 실토할 수밖에 없었다.

결국 핑크 클라우드 멤버 전원과 로드 매니저 준식까지 한 대표의 병에 대해 다 알아버렸다. 카니발 안은 순식간에 눈물바다가 되고 만다.

모두가 슬픔에 잠겨있을 때 가장 먼저 눈물을 닦고 상황 수습에 나선이는 역시 유미였다.

"우리가 알고 있다는 사실을 대표님은 모르게 해야 해. 다들 정신 바짝 차리고 더 열심히 활동하자. 우리가 대표님을 돕는 길은 최선을 다해서 좋은 성적으로 보답하는 길밖에 없어."

멤버들도 유미의 말에 공감하며 감정을 추스르려고 애썼다.

나보다 스무 살 이상 어린 여자애들보다 감정 컨트롤을 더 못 하다니. 만약 내가 막내 주리의 모습이 아니었다면, 이들 앞에서 부끄러울 뻔했다.

2017년 9월 13일 PM 09:25.

어떻게 했는지도 모르게 쇼 참피온 생방송을 끝낸 후 큐피드로 돌아왔다. 다른 멤버들은 모두 숙소로 돌아갔는데, 나만 회사로 온 것은 한 대표의 호출이 있었기 때문이다.

그런데 3층 한 대표의 집무실 안에는 아무도 없었다. 돌아서서 방을 나오려는데 카톡 알림음이 울린다. 주리의 메시지였다.

'4층 테라스로 와요.'

주리도 한 대표와 함께 있는 모양이었다. 나는 4층 구내식당 앞에 있는 루프탑 테라스로 갔다.

청담동 주택가의 고즈넉한 정취를 만끽할 수 있는 4층 테라스에 놓인 나무 테이블에 한 대표와 주리가 마주 앉아 있었다.

겉보기엔 친구끼리의 투샷이지만, 실상은 서로 '아빠 친구'와 '친구 딸' 사이다.

두 사람이 함께 있는 모습을 본 순간, 문득 한 대표에게만은 나와 주리의 몸이 뒤바뀐 상황을 사실대로 털어놓고 싶은 충동이 일었다. 하지만 가뜩이나 큰 충격을 받았을 한 대표에게 더 큰 충격을 안겨선 곤란하겠다 싶어 애써 그 충동을 억눌렀다.

"어서 와, 주리."

한 대표의 목소리는 여전히 힘차고 용맹하다.

"우리 마음대로 골랐는데, 선택의 여지가 없으니 그냥 마셔."

주리는 내게 빨대 꽂은 폴 베셋 컵을 내민다. 한 모금 마셔보니 아이스 연유 라떼였다. 요즘 내가 한창 꽂혀있는 음료다. 어느새 내 취향까지 파악하고 있는 주리가 고른 모양이다.

원래 커피에 뭘 섞어 마시는 걸 싫어하는데, 이상하게 요건 맛있다. 말하자면, 장윤호의 영혼이 원하는 '진함'과 강주리의 몸이 원하는 '달달함'이 서로 타협한 맛이랄까?

늦 여름밤의 루프탑 테라스. 원래 같았으면 딱 맥주 마시고 있을 분위기인데, 오늘은 두 사람 앞에도 캔맥주 대신 폴베셋 컵이 놓여 있다.

"주리야, 해줄 말이 있어서 불렀어. 중요한 이야기야."

'한 대표가 내게 해줄 말이라면, 혹시 고환암에 대한 이야기?'

만약 내가 예상했던 내용이 맞다면 표정 관리를 어떻게 해야 하나 내심 고민하고 있던 내게, 한 대표는 전혀 뜻밖의 화제를 꺼낸다.

"주리야, 우리에게 새로운 도전의 길이 열렸어. 오디션 보러 홍콩으로 가야 해!"

31. 《더 유니버스》

◆◆

예상 밖의 오디션 소식을 전하는 한 대표의 의기양양한 표정은, 불과 오늘 오전에 고환암 확진을 받은 사람의 것이라고는 믿기 어려웠다.

"이번엔 글로벌 오디션이야!"

"글로벌 오디션이라고요?"

"그래. 아시아, 아메리카, 유럽, 아프리카, 오세아니아. 다섯 개의 대륙을 대표하는 아이돌을 뽑아서 5인조 글로벌 유닛을 구성하는 서바이벌 프로그램이지. 한국, 미국, 독일, 오스트레일리아, 남아프리카 공화국. 그렇게 다섯 개의 국가에서 공동 제작을 맡게 될 것이고, 전 세계 100여 개의 나라에 동시 방영될 예정이야. 상상을 초월하는 스케일이지?"

"그런데 어떻게 저에게 그 제의가 들어온 거예요?"

"3개의 태양 프로젝트 오디션 때, 이 프로그램 제작진이 그 자리에 와 있었나 봐. 그러니까 3개의 태양 프로젝트 오디션이 한국 예선을 겸한 셈이야. 나도 몰랐는데, 훨씬 더 오래전부터 이미 이 프로그램이 제작되고 있었던 모양이야. 비밀리에 섭외를 진행해오면서 추려지고 또 추려진 후보가 그 오디션에 참여했던 다섯 명이었던 거지. 기밀 유지를 위해 당사자들에게까지 프로그램에 대한 정보를 일체 흘리지 않았던 거고."

"그럼, 제가 한국 대표란 말이에요?"

"그래, 맞아. 너 혼자서 가는 건 아니고 3개의 태양 오디션을 봤던 다섯 명이 함께 갈 거야. 9월 20일부터 1주일 동안 홍콩에서 합숙 오디션이 있어. 그게 아시아 지역 예선이야. 그 예선에서 국적에 상관없이 5명을 뽑아서 결선으로 가는 거지. 결선은 10월 말 미국 뉴욕의 라디오시티 뮤직홀에서 생방송으로 진행되고, 전 세계 100여 개국 동시에 실황 중계된대."

멍한 상태로 눈만 껌뻑거리고 있는 내 어깨를 툭툭 치며 한마디 덧붙이는 한 대표.

"충분히 준비할 시간이 없어서 아쉽긴 하지만, 참가자 모두에게 동일한 조건이니 주어진 상황에서 최선을 다해야지. 국가대표로서 출전하는 거니 무조건 잘해야 한다는 거 알지?"

모든 리액션을 유보한 상태로 가만히 있는 나를 대신해 주리가 묻는다.

"그 프로그램 제목은 뭐야?"

그러자 한 대표는 밤하늘을 향해 두 팔을 쫙 펼쳐 보이며 대답한다.

"《더 유니버스》!"

희망과 결의에 찬 한 대표의 얼굴에서 고환암에 대한 걱정 근심 따위는 찾아볼 수 없었다. 그의 강인한 정신력에 새삼 감복했다.

"나는 한동안 장거리 출장을 가 있을 거야. 그래서 당분간은 너의 뒤를 봐줄 수가 없어. 홍콩에는 나를 대신해서 윤호 자네가 동행해줘야겠어. 그래서 두 사람을 이 자리에 함께 부른 거야."

한 대표의 부탁을 받은 주리는 대답 대신 고개를 끄덕인다. 주리의 표정이 꽤 비장하다.

"나는 주리 널 믿는다. 잘할 수 있지?"

병마도 꺾지 못한 한 대표의 결연한 의지가 내 심장을 쿵쿵 두드린다.

"네, 할 수 있어요!"

그래, 꼭 해내고 말 것이다. 나의 친구, 나의 영웅, 바로 너를 위해서라도.

2017년 9월 14일 09:35.

오늘은 뮤직카운트다운 생방송이 있는 날이다. 상암동 엠네트워크으로 가기 전에 회사부터 들렀다. 우리의 예상대로 한 대표는 오늘 아침에도 큐피드 건물 로비에서 교장 선생님 코스프레를 하고 있었다.

한 대표가 로비에 나와 있는 시간을 맞추기 위해, 미용실 예약을 종전

보다 한 시간 앞당겨 헤어와 메이크업을 미리 마치고 온 상태. 사전에 모의한 이벤트를 마치고 나면, 우린 바로 상암으로 떠날 예정이다.

큐피드 소속 보컬 트레이너 몇 명에게 부탁해서 새벽에 미리 설치해둔 스피커에서 피아노 전주가 흘러나오기 시작한다. 이 피아노 반주는 어젯밤에 주리가 미리 녹음해두고 간 것이다.

무선 마이크를 뒷춤에 감춘 채 로비 곳곳에 흩어져서 약속된 위치에 서있던 멤버 5인 중, 정화가 맨 먼저 노래를 시작한다.

"네가 만약 외로울 때면

내가 위로해줄게."

정화의 묵직한 보컬로 시작한 도입부에 이어, 가늘고 섬세한 목소리의 준희가 그 뒤를 따른다.

"네가 만약 서러울 때면

내가 눈물이 되리."

다음 순서는 유진. 풍부하면서도 단단한 목소리로 분위기를 고조시킨다.

"어두운 밤 험한 길 걸을 때

내가 내가 내가 너의 등불이 되리."

자, 이제 내 차례다.

"허전하고 쓸쓸할 때

내가 너의 벗 되리라."

유미야, 싸비를 부탁해.

"나는 너의 영원한 형제야.

나는 너의 친구야."

다 같이.

"나는 너의 영원한 노래야.

나는 나는 나는 나는 너의."

장 씨 아저씨의 허리춤에도 무선 마이크가 숨겨져 있을지 한 대표는 아마 몰랐겠지?

"대표님이 만약 외로울 땐 누가 당신을 위로해주지?"

장 씨 아저씨의 점잖은 내레이션에 이어, 핑크 클라우드 전원이 소리 높여 외친다.

"바로 우리들이요!"

천천히 걸어가서 한 대표 바로 앞까지 다가간 핑크 클라우드 멤버 5인은 겉옷 속에 감추고 있던 붉은 카네이션 한 송이씩을 꺼내 그에게 내민다.

다섯 송이가 모여 한 다발이 된 카네이션을 받아 안은 한 대표의 입 꼬리가 파르르 떨리는 것을 나는 보았다. 그가 호쾌한 미소로 눈물을 감추는 것도.

"출장 잘 다녀오세요, 대표님!"

'안녕하세요, 핑크 클라우드입니다'라고 단체인사 할 때와 같은 톤으로 핑크 클라우드 다섯 명이 함께 입을 맞춰 외친 말이었다.

"출장 한 번 간다고 뭘 이렇게까지 요란한 환송 이벤트를 해주는 거냐? 출장 두 번만 갔다가는 콘서트라도 해줄 기세구나!"

그의 과장된 너스레도 말끝의 떨림을 완전히 감추지 못했다. 유미, 정화, 유진, 준희 순서로 한 대표를 한 번씩 안아준다.

내 차례가 되어 한 대표 앞으로 다가갔는데, 눈물이 왈칵 쏟아질 것 같아 이를 악물었다.

'힘내라, 준호야!'

나는 마음속으로만 그렇게 외치며 그를 꼭 안았다.

"뉴욕 라디오시티 뮤직홀에 선 주리 네 모습을 꼭 보게 해줘. 뉴욕엔 꼭 같이 가자."

이 말을 하고선 꼭 팔구십년대 일본 전대물의 주인공처럼 웃는 한준호. 그 건실한 미소를 보니 그와 내가 처음 만났을 때가 문득 생각났다.

때는 릴레함메르 동계 올림픽이 한창이던 1994년 2월까지 거슬러 올라간다.

1994년 2월 23일, 김귀훈 선수가 제 17회 릴레함메르 동계 올림픽 남자 1,000미터에서 금메달을 획득했던 그날. 거의 모든 석간신문 1면은 금메달 소식으로 장식되었다.

그런데 그중 한 스포츠 신문의 1면 한 귀퉁이에는 '소속사 사장의 애인과 염문을 뿌린 스무 살짜리 가수'에 관한 이니셜 기사가 실렸다.

그것은 바로 여섯 살 연상의 작사가 천미나와 정분 난 나에 관한 얘기였다. 지금 같았으면 나는 아마 몇 시간도 못 가 신상이 탈탈 털리면서 무시무시한 여론의 재판을 받아야 했을 것이다.

그런데 그 당시에는 그런 이니셜 기사가 파급력을 갖기까지는 시간이 좀 걸렸고, 크게 이슈화되지 않은 채 묻히는 경우도 더러 있었다. 내 경우는 좀 조용히 묻힌 케이스였다.

외부적인 파급 효과는 크지 않았지만, 내부적으로는 추방이나 다름없는 조치가 내려졌다.

나는 아디다스 삼선 슬리퍼를 신은 채로 경비 아저씨 외 몇 명의 장정들에 의해 회사 밖으로 내쳐졌다.

내가 미디 작업용으로 쓰고 있던 매킨토시 컴퓨터는커녕 내 이스트팩 백팩과 닥터마틴 구두도 못 가지고 나왔다.

데려다 기른 호랑이 새끼에게 자기 여자를 빼앗긴 사장은 내 음성 사서함에다 이루 말할 수 없는 욕설이 담긴 음성 메시지 2통을 남겨놓았다.

그런데 사장의 폭언보다 나를 더 아프게 했던 건 미나 누나가 내 삐삐를 씹는다는 사실이었다. 압구정의 보디가드 카페에 앉아, 테이블 전화로 미나 누나에게 총 열네 번의 삐삐 호출과 5통의 음성 메시지를 보냈다.

그런데 미나 누나에게서는 아무런 응답이 없었다. 회사에서 쫓겨난 것보다 미나 누나를 더 이상 만날 수 없다는 사실이 나를 더 못 견디게 만들었다.

두 시간 내내 테이블 전화기 쪽만 하염없이 바라보던 나는 보디가드를 나와 로바다야끼 '길손'으로 자리를 옮겼다.

카운터 자리에 혼자 앉은 나는 한 시간 만에 소주 두 병을 깠다. 안주로 시킨 모듬 꼬치에는 젓가락도 대지 않은 채.

내게 음주가 허용되는 1994년 1월 1일을 넘긴 지 겨우 두 달째였던 당시엔, 내 주량이 어느 정도 되는지도 당연히 알지 못했다.

보디가드 카페에서 시켰던 파르페 말고는 아무것도 먹지 않았던 빈속에 안주도 없이 소주 두 병을 들이 부어댔으니 내 속이 괜찮을 리 없었다.

구토가 치밀어 오른 나는 서둘러 화장실로 가서는, 좌변기가 아닌 소변기에다 잔뜩 토해버리고 말았다.

벽에 손을 짚은 채로 연신 구역질을 해대는 내 등을 누가 툭툭 두드린다.

"괜찮아요?"

슬며시 뒤를 돌아보니 라이더 가죽 재킷에 붉은 머리 두건을 한 잘생긴 청년이 내 등을 쳐주고 있었다.

"네, 고마워요."

몸을 비틀거리고 숨을 헐떡대며 감사를 표하던 나는 이내 정신을 잃고 그 청년의 가슴팍으로 꼬꾸라지고 말았다.

한참 만에 내가 눈을 뜬 곳은 영동 세브랑스 응급실 침대 위였다. 내 왼쪽 팔뚝에 연결된 정맥 라인을 눈으로 쫓아 올라가 보니 노란색 링거 팩이 폴대 위에 야자열매처럼 매달려 있다. 머리가 깨질 것처럼 아팠다.

"이제 정신이 좀 들어요?"

침대 옆에는 아까 그 붉은 두건 청년이 앉아 있었다.

"아, 네. 제가 얼마나 이러고 있었던 거예요?"

"대략 두 시간쯤? 지금은 밤 11시 45분이에요."

"그쪽이 저를 병원까지 옮겨주시고, 또 이 시간까지 옆에 있어준 건가요?"

"그럼 어떡해요? 바로 내 눈앞에서 쓰러져버린 사람을 그냥 모른 척할 순 없었으니까. 나는 책임감이 강한 편이거든요. 때론 좀 지나칠 정도로."

단단하다. 그의 눈빛과 미소는 참 단단해 보인다는 인상을 받았다.

"더구나 모르는 사람도 아니라서요. 장윤호 씨는 나를 모르시겠지만, 나는 장윤호 씨를 알고 있거든요. 나는 어렸을 때부터 음악 하는 사람들에게 관심이 많았죠. 재능 있는 사람은 능력 있는 사람의 보호를 받아야 한다고 생각하고요. 내 기준에서 당신은 특별한 보호를 받을 가치가 있는 뮤지션이에요."

불과 몇 시간 전에 소속사 사장으로부터 '각을 떠서 불에 처넣어도 시원치 않을 개쓰레기'라는 욕을 먹었던 나에게 '특별한 보호를 받을 가치가 있는 뮤지션'이라는 칭송은 눈물겨운 감동으로 다가왔다.

하지만 세상이 끝나버린 것 같은 절망에 빠진 나를 일으켜 세우기엔 역부족이었다.

"다 끝났어요. 전 오늘 소속사에서 쫓겨났거든요. 사장은 날 매장시켜 버릴 거라고 했어요. 이 바닥에 발도 못 붙이게 할 거래요. 왜냐하면 나는 사장님의 여자를 사랑했거든요. 지금도 사랑하고 있고요. 보고 싶어 미치겠어요. 그런데 연락이 안 돼요. 내 삐삐를 씹어요."

나는 잘 알지도 못하는 한준호 앞에서 어린아이처럼 꺽꺽 울어댔다. 내가 우는 모습을 한동안 말없이 지켜보던 한준호가 내게 말했다.

"내 꿈이 뭔지 알아요? 어렸을 때부터 내 꿈이 연예기획사 차리는 거였어요. 재능 있는 원석들을 발견하여 내 손으로 반짝반짝 빛나는 보석으로 잘 세공해서 사람들 앞에 내놓는 거. 정말 멋지고 흥분되는 일 아니에요?"

솔직히 그 당시엔 한준호의 그 말이 별로 와닿지가 않았었다. 청바지에 워커를 신고, 스팽글 박힌 라이더 재킷에 쇠사슬 목걸이, 그리고 머리엔 빨간 두건을 두른 날라리 오렌지족이 하는 말에 온전한 믿음이 갈 리 없지 않은가?

"내가 만약 기획사를 차리게 되면, 꼭 장윤호 씨를 영입할게요. 이 자리에서 약속하겠습니다. 대신 그때까지 절대 음악을 놓지 말아요. 음악 안에서 계속 살고 있어야 해요."

32. 미소를 되돌려 주고 싶어

◆◆

솔직히 나는 날라리 오렌지족의 호기 어린 허풍 같은 그 약속을 진지하게 받아들이지 않았었다. 하지만 '음악 안에서 계속 살고 있어야 해요'라는 그 한마디만은 그 후로도 오랫동안 뇌리에 박혀 있었다.

그날 이후로 한준호와 나는 자주 어울려 다녔다. 가장 아름다웠던 청춘의 시절을 함께 불태웠더랬다.

내가 소속사에서 쫓겨난 지 3개월 만에 훈련소에 가던 날에도 그는 논산까지 따라와 주었다. 내가 복무하던 대전까지 면회도 한 번 왔었고, 내가 휴가 나올 때마다 같이 어울려 놀았다.

1998년에 한준호가 프랑스 유학을 떠나기 직전에 만난 자리에서, 그는 내게 실용음악과 진학을 권유했다. 그의 조언에 따라 몇 개월을 준비한 끝에, 나는 그다음 해에 서울예대 실용음악과에 입학했다.

그리고 2013년, 한준호는 그 거짓말 같았던 약속을 진짜로 지켰다. 중국에서의 액세서리 사업 성공으로 큰돈을 벌고 금의환향한 그가 2013년 12월에 '큐피드 엔터테인먼트'를 출범한 것이다.

약속대로 그는 나를 창립 멤버로 영입했다. 상품 가치도, 뚜렷한 비전도 없던 나를 말이다. 그렇게 해서 한준호와 내가 엮인 23년간의 역사가 오늘에까지 이르게 된 것이다.

"뉴욕 라디오시티홀에 선 주리 네 모습을 꼭 보게 해줘. 뉴욕엔 꼭 같이 가자!"

그 말을 한 한 대표의 얼굴에 떠오른 저 미소. 희망을 갖게 하는, 믿음직한 미소. 23년 전의 나는, 꿈과 삶을 통째로 포기할 뻔했던 절체절명의 순간에 바로 저 미소를 보며 다시 일어날 용기를 되찾을 수 있었다.

오늘은 내가 그 희망의 미소를 그에게 되돌려줄 수 있다면 참 좋을 텐데. 그때 내가 한준호로부터 빚진 희망과 용기 중 일부라도, 오늘 그에게 변제할 순 없을까?

"몸 건강히 잘 다녀오세요!"

그나마 지금 내가 주리의 얼굴이라 다행이다. 내 얼굴이었을 때보다는 몇 만 배 더 예쁜 미소를 지어보일 수 있으니 말이다.

그래, 최대한 활짝 웃어보이자. 고환적출술을 하루 앞두고 겉으로는 의연하지만 속으로는 떨고 있을 한 대표가, 내 미소를 보며 희망과 용기를 일부나마 상환받을 수 있도록.

2017년 9월 14일 12:35.

오늘 뮤직카운트다운 생방송에는 <핑키 윙키> 라이브 외에 스페셜 무대 하나가 더 예정되어 있다. '패밀리 스페셜'이라는 이름하에, 같은 기획사에 소속된 보이그룹과 걸그룹이 함께 공연하는 특집 무대.

XM의 엑스-케이와 빨간벨벳, YK의 위니와 블랙핑클, JYB의 갓일곱과 트웨이스, 큐브의 펜터곤과 씨엔씨 등이 합동 무대를 펼칠 예정이다. 핑크 클라우드는 당연히 같은 큐피드 소속의 그린 윙즈와 함께하는 무대를 준비했다.

사실 좀 걱정했다. 준희와 김태식이 한 무대에 서야 하는데, 서로 불편하지 않을까 하는. 그런데 두 사람 사이에서는 예상 밖의 기류가 감지되었다.

6일 전의 올킬 축하 파티 현장에서 유혈 사태가 있은 후, 두 사람 사이에는 대체 무슨 일이 있었던 걸까?

두 사람의 관계가 역전되어, 이제는 김태식이 준희에게 매달리는 모양새였다. 냉담한 준희에게서 눈을 떼지 못하는 김태식의 모습이 그리 좋게 보이진 않았지만, 솔직히 좀 통쾌하긴 했다.

패밀리 스페셜의 사전 녹화가 현재 진행 중이다. 엑스-케이와 빨간벨벳은 뮤지컬 '그리스'의 대표 넘버 〈Summer Nights〉를 준비했다.

6명의 존 트러볼타와 4명의 올리비아 뉴톤 존이 산뜻하고 발랄한 퍼포먼스를 선보였다.

펜터곤과 씨엔씨는 같은 소속사 유닛인 트러블 메이커의 〈트러블 메이커〉를 불렀다. 저 멋진 편곡은 아마 재주꾼 '휴이'의 솜씨가 아닐까? 특히 휘파람 간주 부분에서 선보인 17명의 군무는 정말 압권이었다.

갓일곱과 트웨이스는 미스 에이스의 〈Bad Girl Good Girl〉을 선택했다. 1절은 트웨이스가 여자 입장에서 부르고, 2절은 갓일곱이 남자 입장에서 바꿔 불렀다. 갓일곱의 일곱 남자가 미스 에이스의 안무를 그대로 소화한 장면이 특히 볼 만했다.

다음은 원래 우리 차례였다. 그런데 편곡자 핑크 레인이 MR 파일에서 수정할 부분이 있다며 시간을 조금만 더 달라고 해서, YK 쪽에서 먼저 녹화하게 되었다.

위니와 블랙 핑크는 서태기와 아이들의 〈환상 속의 그대〉를 불렀다. 뚝뚝 끊어지는 듯한 리듬 비트에 맞춰 추는 박력 있는 군무는 가히 환상적이었다. 이번 무대는 왠지 양 사장님이 직접 안무를 맡았을 것 같은 느낌이 팍팍.

다른 팀들의 무대를 모니터를 통해 넋 놓고 지켜보던 내 옆에 어느새 준희가 와 있었다.

"그날 이후로 태식 오빠가 자꾸 만나자고 하는데, 나는 계속 생까고 있어."

"어쩐지, 아까부터 그 사람이 계속 너만 보고 있는 것 같더라. 넌 어떤데? 만약 그 오빠가 다시 만나자고 하면 받아 줄 마음 있어?"

"마음이야 있지. 아직 오빠가 좋으니까."

"그런데?"
"근데 못 믿겠어."
"그 오빠를 못 믿겠다는 거야?"
"아니, 나 자신을 못 믿겠어. 오빠는 좋은데, 오빠 앞에 있는 내 모습은 싫은 거야. 오빠와 다시 만나면, 또 내 생활이 엉망이 되어 버릴까 봐, 나 자신을 잃게 될까 봐, 그게 두려워."
준희가 한 말의 의미를 알 것 같다.
어디선가 그런 말을 들은 적 있다. 사랑은, 상대방을 사랑하는 것이 아니라 상대방 앞에 선 자신의 모습을 사랑하는 거라고.
어쩌면 사랑을 하다가 싫어지는 것도, 상대방이 싫어지는 게 아니라 사랑을 하면서 변해버린 자신의 모습이 싫어지는 게 아닐까?
사랑으로부터 자신을 지킬 수 있을지 걱정하는 준희야말로 진정한 사랑을 할 자격이 있는 게 아닌가 하는 생각이 든다. 자신을 지키는 능력은 곧 사랑을 지키는 능력이기도 하다는 걸, 지금은 알고 있기 때문이다.
허나, 내가 준희 나이였을 땐 그걸 몰랐었다. 그러니 준희는 적어도 그 나이 때의 나보단 훨씬 더 나은 사람이다.

23년 전, 미나 누나가 좋아졌던 이유는 누나 앞에선 내가 꽤 멋진 남자가 된 것 같은 기분이 들었기 때문이다.
미나 누나에겐 그런 능력이 있었다. 상대방으로부터 좋은 모습을 끌어내는 긍정의 에너지. 천미나라는 여자 앞에선 누구든 좋은 사람이고 싶게 만드는 신비한 마력.
그래서 미나 누나의 주변에는 늘 좋은 사람들이 모였다. 그 중에선 미나 누나를 여자로서 좋아하는 남자들도 꽤 많았다.
다만 강력한 골키퍼가 버티고 있는 골대라 아무나 함부로 볼을 차 넣지 못 했을 뿐이었다. 한 스무 살짜리 천둥벌거숭이 스트라이커를 제외하곤 말이다.

천미나라는 여자에 대한 사랑이 얼마나 치명적인 위험을 내포하고 있는지 깨닫지 못한 채, 겁도 없이 걷잡을 수도 없이, 나는 그렇게 빠져들고 말았다. 나를 남자로서 대해준 첫 여자에게 나는 그야말로 미쳐있었던 거다.

그때의 내게는 자기 자신을 지키는 것보다 내 감정이 먼저였으니까.

그런데 지금 와서 생각해보면, 내가 정말 미나 누나를 사랑했던 것인지, 아니면 미나 누나 앞에서 멋진 남자가 된 듯한 나만의 기분에 취해있었던 것인지 헷갈린다.

나와의 스캔들 기사가 터진 후로 미나 누나는 잠적해버렸고, 나에게 온갖 저주를 퍼부었던 소속사 사장은 IMF 때 큰 부도를 맞은 후 투신자살을 했다.

미나 누나는 지금 어디서 무얼 하며 살고 있을까? 대체 어디로 사라져버린 걸까? 그때 왜 나와 연락을 끊고 나를 피했던 걸까? 날 계속 만나는 것보다는 정리하는 쪽이 더 쉬웠던 걸까? 힘들고 복잡한 상황을 딛고도 나와의 만남을 이어갈 만큼 날 사랑한 건 아니었나?

오래도록 풀리지 않은 의문은 여전히 내 가슴 밑바닥의 곪아터진 흉터로 남아있다.

“준희 넌 이제 네 마음이 얘기하는 걸 제대로 들을 줄 알게 된 것 같아. 사실 그것도 엄청난 용기를 필요로 하지. 너의 진심이 네게 전하는 이야기에 귀를 기울여봐. 그러면 답을 알게 될 거야. 그 답은 너 자신만 들을 수 있어.”

이 말을 해놓고 보니, 꼭 디즈니 애니메이션에서 마법사 캐릭터가 공주 캐릭터에게 해주는 말 같다. 그 말을 들은 준희는 잠시 곰곰이 생각하는 표정이더니, 이내 빙싯 웃는다. 그리고는 내 손을 잡아끌며 말한다.

“이제 나가야 해. 대표님을 위해서라도 우리 오늘 정말 잘해야 해!”

원래 우리가 이 무대를 위해 준비했던 곡은 마크 로손의 〈Uptown

Funk>였었다. 그런데 어제 급히 변진석의 <우리의 사랑이 필요한 거죠>로 곡을 바꾸었다. 바로 한 대표를 위한 노래였다.

우리의 천재 프로듀서 핑크 레인은 거의 실시간으로 편곡과 녹음을 동시에 하면서, 파트를 나눠 멤버별 연습까지 시켰다.

무슨 일이 있어도 자정 전에는 무조건 귀가해야 한다는 사내 규칙을 어기고, 새벽 2시까지 작업이 이어졌다.

'핑크 클라우드'와 '그린 윙즈' 멤버들이 모두 귀가한 후에도, 핑크 레인은 녹음실에 남아서 동틀 무렵까지 후반 작업을 해야 했고, 상암동 엠네트워크 사전녹화 현장까지 와서도 맥북으로 수정 작업을 했다.

그렇게 해서 만들어진 MR 최종본을 바로 조금 전에 제작진 측에 넘겼다.

오늘의 의상은 교복 느낌 나는 의상이다. 오랜만에 교복 비슷한 걸 입으니 기분이 묘하다. 아닌가? 여학생용 교복을 입어서 기분이 이상한 건가?

영화 《죽인 시인의 사회》 마지막 장면을 모티브로 구성한 무대 세트 위에 교복 입은 아홉 남녀가 서로 엇갈려 서 있다.

백파이프로 연주되는 《죽인 시인의 사회》 메인 테마곡이 흐르는 가운데 아홉 명이 차례로 책상 위로 올라서며 'Oh captain, my captain'을 외친다.

명목상으로는 출장을 떠난 거지만, 실제로는 내일로 예정된 수술 준비를 위해 신촌 세브랑스에 입원하러 간 한 대표를 향한 외침이다.

"그대의 어깨 위에 놓인 짐이

너무 힘에 겨워서~."

책상 위에서 내려와 첫 순서로 노래를 시작한 것은 남정현. 그린윙즈의 서브 보컬이자 서브 래퍼다. 굵직한 바리톤 보이스가 아주 매력 있다.

"길을 걷다 멈춰진 그 길가에서

마냥 울고 싶어질 때~."

약한 듯 강한 보컬, 준희가 그 뒤를 잇는다.

"아주 작고 약한 힘이지만
나의 손을 잡아요
따뜻함을 느끼게 할 수 있도록
어루만져 줄게요~."
유진과 함께 다음 소절을 부르는 가수는 그린윙즈의 서브 보컬, 신윤성. 남정현의 저음과 극렬한 대비를 이루는 하이톤의 미성.
다시 백파이프 연주가 이어지면서 김태식의 랩.
"그댈 너무 믿어서
그대가 너무 미더워서
우리들은 몰랐네. 진정 몰랐었네.
당신의 어깨에 놓인 짐이
그리 무거울 줄 우린 몰랐네.
이젠 믿어요 우릴 믿어요.
당신의 무거운 짐을 우리와 나눠요.
우리 손잡고 같이 손잡고
힘겨운 이 길을 함께 걸어가요."
랩 파트에 이어서 정화가 걸쭉한 블루스 감성을 실어 2절의 A파트를 부르고, 준희와 남정현이 그다음을 이어받는다.
"우리가 저마다 힘에 겨운
인생의 무게로 넘어질 때
이 순간이 바로 우리들의
사랑이 필요한 거죠~."
유미와 짝을 이룬 가수는 그린윙즈의 메인 보컬, 서종윤. 목소리와 외모가 SZ 워너비의 故 최동하를 닮은 것으로 데뷔 초부터 화제를 모았었다.
드디어 내 단독 파트.
"앞서가는 사람들과 뒤에서 오는 사람들 모두 다 우리들의 사랑이 필요한 거죠~오오~오~."

마지막 음절은 점점 음을 높이면서 초고음 샤우팅으로 이어진다.

정화, 유진, 정화, 신윤성, 남정현, 김태식이 후렴구를 제창하는 동안, 유미, 서종윤, 그리고 나는 고음 애드립의 향연을 펼친다.

스코틀랜드 민요 분위기로 시작해서 가스펠 합창처럼 끝을 맺은, 큐피드 패밀리의 <우리의 사랑이 필요한 거죠>. 노래를 끝내고 무대 뒤로 돌아왔을 때, 핑크 클라우드 다섯 멤버의 눈시울은 모두 젖어 있었다.

출연자 대기실로 돌아와 보니 내 아이폰에 주리의 카톡 메시지가 도착해 있었다.

[방금 입원실에 들어왔어요. 따라오길 잘했네요. 부모님이나 다른 가족들에게도 일체 알리지 않으셔서 나라도 없었음 혼자 입원하실 뻔.]

그럴 줄 알았다. 한 대표 성격상 부모님께도 알리지 않고, 혼자서 그 모든 걸 감당할 것 같았다. 그래서 주리에게 꼭 동행해 달라고 내가 부탁을 한 것이었다.

나는 미안하고 감사한 마음을 담아 주리에게 답 메시지를 보낸다.

[병실에 상주하면서 보호자 노릇하는 것이 결코 쉽진 않겠지만, 주리네가 당분간 수고 좀 해줘. 나는 한 대표에게 갚을 게 많은 사람이야. 주리 널 통해 그 은혜를 갚게 되어 네겐 너무 미안하다. 이 미안함은 두고두고 갚을게.]

33. 리모와에 챙긴 55번째 항목은

◆◆

2017년 9월 16일 AM 11:45.

평창 올림픽 주제곡 데모 음원을 받았다. 프로듀서 핑크 레인의 녹음실에서 함께 들어보고 있다.

"어린 시절에 나는
당신을 보며 꿈을 꾸었어요.
가장 높은 곳에서
가장 밝게 빛나던 당신.
그곳에 닿고서야 나는 알았죠.
당신이 밝게 빛나기 위해선
수많은 땀과 눈물이 필요했단 걸.
이젠 꿈을 나눠요.
함께 꿈을 꾸어요.
같이 손을 잡고
저기 저 아득한 저 끝까지
거친 바람을 맞으며
날개를 펴고 힘차게 날아가요~."

쌔끈한 기타 리프와 박력 있는 드럼 비트가 경쾌하게 진행되는 미디엄 템포의 곡이다. 선명한 멜로디 라인을 중심으로 모던락과 힙합에 국악적인 요소까지 들어가 있는데도 불구하고 난잡하지 않게 적절한 균형을 이루고 있다. 한마디로 호불호가 없을 것 같은 편곡.

유휘열, 백진영이 공동작곡을 했고, 작사에는 '양양미인'이라고 되어 있었다. 처음 보는 이름이었다.

"양양미인? 강원도 양양에 사는 여자 분인가요?"

궁금증이 발동한 나는 핑크 레인에게 그렇게 물었다.

"나도 그 이름만 들어봤지 직접 보진 못했어. 히트곡이 꽤 많아서 저작권료도 순위권에 들어가는데, 아무도 실체는 잘 몰라. 철저히 베일에 가려진 인물이지. 작업할 때에도 파일로 주고받을 뿐, 작곡가나 가수와 직접 대면하지 않는다고 들었어."

핑크 레인의 대답을 들으며 내 머릿속에 문득 떠오르는 이름이 하나 있었다.

'혹시 미나 누나?'

나는 '양양미인'으로 인터넷 검색을 해본다. 마제스틱 엔터테인먼트 소속 작사가. 2013년, 2015년 포유 뮤직 어워드 올해의 작사가 상 수상. 인물 정보에 나와 있는 건 딱 그 정도였다. 사진도 없고, 생년월일도 안 나와 있고, 링크된 SNS 계정도 없다.

연관검색어로 뜨는 건 '양양미인 작사곡', '양양미인 저작권료', '작사가 수입', '아이우 저작권료', '김리나 수입' 등이다. '더 보기'를 눌러 그 아래에 숨겨져 있던 연관검색어 리스트도 펼쳐보았다. 그런데 늘어난 연관검색어 리스트의 맨 마지막에 '천미나'라는 검색어가 보인다.

'역시 내 예상이 맞았던 건가?'

나는 '천미나'라는 파란 텍스트 링크를 클릭해본다. 그런데 동명이인에 관한 웹문서들만 잔뜩 검색될 뿐, '양양미인'과 '천미나'의 연관성을 입증할 만한 자료는 없었다.

나는 좀 더 깊이 캐보고 싶었지만, 핑크 레인이 밥 먹으러 가자고 하는 바람에 노트북을 덮어버릴 수밖에 없었다.

2017년 9월 17일 PM 02:52.

다시 태어난다면 나는 태왕이고 싶다. 저작권료 수입을 고려하면 Z드래곤도 부럽긴 하지만, 내가 창작의 고통을 조금 알기에 왠지 ZD보다는 태왕의 삶이 좀 더 행복할 것 같다. 이건 순전히 내 주관적인 생각이다.

초대를 받아 태왕의 자택에 와보니 그런 생각이 더 강해졌다. 이런 곳이야 말로 딱 내가 꿈꾸던 집인데 말이다. 특히 제일 부러운 건 거실 유리문을 열고 나가면 있는 텃밭 같은 미니 정원. 그리고 데이비드 호그니 그림이 걸려있고 백남중 비디오 아트 작품이 놓여있는 코너 공간. 작품 고르는 안목도 어쩜.

돈이 있다고 다 집을 이렇게 꾸밀 수 있는 건 결코 아니다. 집은 주인을 닮게 되어있다. 고상한 취향과 선한 품성이 그대로 드러나는 이 집만 봐도, 태왕이 어떤 사람인지 알 수 있다는 뜻이다.

타고난 끼와 재능, 또 그것을 끊임없이 갈고 닦는 끈기와 근성, 그리고 자기 자신을 제어하고 지킬 줄 아는 강인한 정신력까지. 그 모든 걸 두루 갖춘 아티스트는 흔치 않다. 바로 그런 요소들이 오늘의 동형배 씨를 있게 했다.

'나만 바라봐' 하며 관능적 눈빛을 쏘던 끼 많은 소년은 이제 진짜로 뭘 아는, 기품까지 느껴지는 청년 아티스트로 성장했다. 정말이지 같은 남자가 봐도 눈을 뗄 수 없을 정도로 멋지다.

경외심에 가득 찬 눈빛으로 형배 씨에게서 눈을 떼지 못하는 내가 주리의 모습이 아니었다면 분위기 완전 이상할 뻔.

안타깝게도 주리는 이 자리에 함께하지 못했다. 못했다기보다는 주리가 오지 않았다고 하는 게 맞겠다. 주리는 기어코 한 대표 곁을 지키겠다고 했다. 꿈에 그리던 형배 씨 집에 그렇게 와 보고 싶었으면서도 말이다. 착해빠진 주리.

그런데 막상 이 자리에 와보니, 다른 게스트 없이 가수 셋만 모이는 자리에 주리가, 아재 보컬 트레이너의 모습으로 떡하니 끼었었다면 그림이 좀 이상할 뻔했다.

대신 주리를 위해 최대한 인증 셀카를 많이 찍었다. 내가 셀카를 찍으면 어차피 주리의 얼굴이 남게 되는 것이니 말이다. 태왕과 함께한 사진 3장, 선휘 누님과 함께한 사진 2장, 그리고 세 사람이 함께한 사진 3장, 그렇게 해서 총 8장의 셀카 사진을 주리에게 카톡으로 전송했다.

만약 주리가 이 자리에 왔었다면, 내 얼굴이 함께 들어간 사진도 남길 수 있었을 텐데. 그건 좀 아쉽네.

형배 씨가 손수 차린 테이블 앞에 3인의 태양이 마주 앉았다. 형배 씨의 대표 메뉴라는 삼겹살 편육과 김치찜을 비롯하여 형배 씨 어머님이 만드신 갖가지 집 반찬들이 차려졌다.

"주리 씨는 대체 몇 살 때부터 노래를 잘했나요? 저는 솔직히 좀 놀랐어요. 아직 열아홉 살밖에 안 되었는데, 마치 수십 년 동안 수련해온 것 같은 내공이 느껴져서 말이죠."

'너 태어나기 전부터!'라는 말이 목구멍을 간지럽혔지만, 멋쩍은 미소로 대답을 대신했다.

"형배 씨도 나와 비슷한 걸 느꼈구나! 33년 가수생활 하면서 다른 가수에게 질투심 같은 걸 느껴본 경험이 별로 없는데, 어린 주리 씨한테 그런 걸 느꼈다니까?"

선휘 누님이 너무나도 귀여우신 표정으로 저런 얘길 하시니 심장이 터질 것 같다.

"단언컨대 저는 주리 씨가 앞으로 이선휘 선배님의 계보를 잇는 여성 뮤지션으로 성장할 거라 믿어요. 사실 그동안 제2의 이선휘라 주장하는 여가수들이 몇몇 있었지만, 실력이나 커리어 면에서 이선휘 선배님을 따라갈 만한 여가수는 없었거든요. 주리 씨야말로 진정한 제2의 이선휘로 불릴 만한 여성 뮤지션이 되지 않을까요?"

자기만의 음악 세계가 확고한 두 뮤지션들이 나를 앞에 두고 나누는 대화를 듣고 있으려니, 나는 정말 몸 둘 바를 몰랐다. 특히 형배 씨가 내게

'제2의 이선휘'가 될 거라며 추켜세웠을 때에는 너무 감격스러워서 뒤로 넘어가는 줄 알았다. 나에게 있어 그 이상의 찬사는 없었기 때문이다.

정말 아쉽게도 두 시간 만에 우리는 작별을 고해야 했다. 세 가수 모두 갈 길이 바빴기 때문이다.

북미 투어를 마치고 오늘 아침에 귀국한 태왕 님은 곧바로 아시아 투어를 앞두고 있었고, 선휘 누님도 곧 호주 콘서트를 위해 출국할 예정이셨다. 그리고 나 역시도 '《더 유니버스》 아시아 예선'을 위해 홍콩으로 떠날 준비를 해야 했기 때문이다.

태왕과 이선휘. 말수가 적고 성품이 온화하다는 면에서 두 분이 좀 비슷하다는 느낌을 받았다. 그리고 내면에 순수하면서도 뜨거운 열정을 품고 있단 것도 공통점이다.

두 분의 맑고 순수한 영혼으로부터 불어오는 신선한 바람에 내 영혼까지 정화되는 듯한, 그런 시간이었다.

2017년 9월 18일 PM 02:52.

다행히 한 대표의 고환암은 예후가 그나마 괜찮은 '정상피종성 생식세포암'으로 확인되었다. 림프절 전이도 없어서 방사선치료만 하면 된다고 했다.

"머리카락은 무사하겠구나."

수술한 다음 날, 조직검사 결과를 들은 한 대표가 한 말은 딱 그 한마디였다고 한다. 머리카락이 빠질 수 있는 항암화학요법은 필요하지 않을 거라는 얘기에 안도하는 표정이었다고, 주리는 그렇게 전했다.

오늘 퇴원한 한 대표는 본가에 들어갔단다. 천하무적 수퍼맨 한준호도 가족의 품이 그립긴 했나 보다. 집에 들어가 엄마밥 먹으면서 요양하고 싶었겠지.

부모님과 가족들에겐 '암'이라고는 얘기 안 하고, 적당한 선에서 둘러댄 모양이었다.

주리는 한 대표가 입원한 다음날부터 2주간 《여명의 속삭임 장윤호입니다》 프로그램에 휴가를 냈다. 오늘까지 한 대표 곁을 지켰던 주리는 내일 나와 함께 출국해서 1주일 동안 홍콩에 체류해야 하기 때문이다.

프로그램을 맡은 지 얼마 되지 않아 자리를 비우는 점에 대해 제작진 측에선 난색을 표했는데, 최화영이 대신 진행을 맡아준 덕분에 하차가 아닌 휴가로 처리될 수 있었다.

나의 출국으로 인해 핑크 클라우드의 〈핑키 윙키〉 음방 활동은 음원 출시 2주 만에 잠정적으로 중단되었다. 지난 일요일에 출연했던 SBC 인기가요가 마지막이었다.

첫 주 음원 성적이 반영된 차트 순위는 쇼 챔피온 4위, 뮤직카운트다운 3위, 쇼 음악뱅크 2위, 뮤직중심 3위, SBC 인기가요 2위. 20위권에도 들기 어려웠던 이전 성적과 비교하면 정말 괄목할 만한 성장이다.

물론 1위까지 했다면 더 좋았겠지만, 그건 욕심이다. 이대로 신곡 활동을 접는다고 해도 별로 아쉬울 게 없을 정도로 만족스러운 성적이란 것이 멤버들의 공통된 의견이었다.

내가 홍콩에 가있는 1주일 동안 멤버들은 각자 개인 활동으로 여념이 없을 것이다.

유미는 12월부터 공연될 뮤지컬 《겨울왕국》에서 엘사 역으로 캐스팅되어 이번 주부터 연습에 들어갈 예정이다.

이번 기회에 기본기를 정비하고 아직 완전히 극복하지 못한 무대공포증을 깨끗이 날려버리겠다는 포부를 다지고 있다.

정화가 고정으로 출연하는 토크쇼 《힐링 포차》는 4프로를 넘는 시청률을 기록하며 순항 중이다.

다음 주부터는 정화의 친어머니 이진주 씨가 고정 패널로 합류할 것이라는 사실이 보도되면서 다시 한 번 큰 화제를 모은 바 있다.

이진주 씨가 첫 회 게스트로 나온 것부터, 두 사람의 모녀 관계를 폭로한 기사, 그리고 이진주 씨의 기자 회견까지. 그 일련의 과정이 프로그램을 띄우기 위해 의도적으로 계획된 것이 아니었나 하는 의혹이 제기되기도 했다.

그런 오해를 받든지 말든지 난 모르겠고, 두 모녀가 과연 어떤 케미를 보여줄지가 궁금할 뿐이다.

유진이는 다음 달에 방영될 드라마 《첫 눈에 빽」의 OST에 피처링으로 참여한다. 힙합 아티스트, 그레잇과의 작업을 앞두고 유진이는 잔뜩 기대에 부풀어 있다.

준희는 이번 달 말부터 방영되는 댄스 배틀 프로그램 《댄싱 파이터즈》의 패널로 발탁되어 사전촬영에 들어갔다. 모처럼 준희가 자신의 전공을 살려 재능과 매력을 어필할 수 있는 좋은 기회라고 생각된다.

"다들 각자 스케줄 땜에 바쁘다니 내 기분이 다 좋네요."

지퍼백에다 돌돌 만 속옷을 하나씩 집어넣으며 주리가 말했다. 주리는 내 여행 가방을 싸주기 위해 숙소에 들른 것이다.

"속상한 마음은 없어? 나와 몸이 바뀌지 않았다면, 너도 다른 멤버들처럼 활동할 수 있었을 거잖아?"

"그건 알 수 없는 거죠. 우리 몸이 서로 바뀌지 않았다면, 핑크 클라우드가 지금처럼 성공적으로 컴백할 수 없었을지도 모르잖아요? 불변의 명곡에서 화제를 모을 수 있었던 것도, 《윈드 메이커》로 바람을 일으킬 수 있었던 것도 모두 유노 쌤이었기 때문에 가능한 일이었어요."

"너나 유미를 보면 마음이 짠해져. 내가 너희 둘로부터 기회를 박탈한 것 같아서 말이야."

"나와 유미 언니 몫까지 유노 쌤이 더 잘하시면 되잖아요. 한 대표님의 기대까지 짊어지시려면 유노 쌤 어깨가 무거워요. 유노 쌤이 떠안은 부담을 생각하면, 전 오히려 제가 더 죄송한 걸요?"

주리는 어찌나 짐을 많이 담았는지 82ℓ짜리 리모와 토파즈가 잘 안 닫힐 정도였다. 급기야 주리는 가방을 깔고 앉고서야 겨우 잠금 고리를 채운다.

"그런데 무슨 짐이 그렇게나 많은 거야?"

"이것도 많이 줄인 거예요. 일주일이나 있을 건데요. 자, 여기에다 가방 안에 어떤 것들이 들어있는지 다 적어 놓았어요."

주리가 내민 A4 용지에는 총 52개 항목이 빼곡히 적혀 있었다. 나는 마음속으로 그 목록에다 세 가지 항목을 추가한다.

'53번 - 유미와 주리에 대한 미안함

54번 - 한준호에 대한 고마움

55번 - 음악을 향한 사랑'

세상의 가장자리로 밀려나있을 때에도 결코 놓지 않았던 그것. 23년 동안 고이고이 지켜온 그것을 이 가방 속에 꼭꼭 숨겨가자. 그리고는 그곳에 가서 그것을 맘껏 펼쳐 보이며, 있는 힘껏 소리 높여 고백하는 거야. 음악을 향한 내 열렬한 짝사랑을 말이다. 가자, 홍콩으로!

34. 환영 방켓

◆◆

2017년 9월 19일 AM 05:44.

홍콩으로 떠나는 날 새벽이다.

아침 아홉시 비행기라 새벽 5시에 일어나서 서둘러야 했다.

시간 강박이 있는 로드 매니저 준식이는 이미 주리까지 픽업해서 5시 35분부터 숙소 앞에 와서 기다리고 있었다.

허겁지겁 차에 오른 내 모습을 보더니 주리가 기겁을 한다. 그리고는 준식에게 들리지 않도록 목소리를 낮춰 얘기한다.

"공항에 사진 기자라도 나와 있으면 어쩌려고 이런 차림으로 나온 거예요? 유노 쌤은 공항 패션이라는 것도 몰라요? 요즘은 옷 입는 센스가 좀 나아지신 것 같아 방심했더니 오늘은 좀 심하잖아요. 얼른 갈아입고 와요!"

공항에 가면 어차피 바로 비행기 탈 거니까 편안한 트레이닝 복 차림으로 나온 건데, 이건 좀 심했나?

나는 얼른 다시 방으로 돌아가 옷을 갈아입고 와야 했다.

안 꾸민 듯 꾸미고 와야 한다는 주문을 해놓고도 내가 못 미더웠는지, 주리는 아예 카톡으로 아이템을 일일이 찍어 주었다.

주리가 찍어준 대로 카키색 후드 짚업에 스키니 진을 받쳐 입고 샤넬 선글라스까지 찾아 꼈다. 신발 전체에 무시무시한 가시 같은 게 박혀있어 호신용으로 제격일 것 같은 루부탱 스니커즈까지 챙겨 신은 후에 다시 차에 올라탔다.

'설마 나한테까지 사진 기자가 따라붙겠어?'라고 생각했는데, 비행기를 타기도 전에 벌써 '강주리 공항 패션' 기사가 떠있었다.

"뭐, 이 정도면 나쁘지 않네요. 괜찮게 나왔는데요?"

주리는 자신이 코디한 '강주리 공항 패션' 사진이 꽤 흡족한 모양이었다. 그런데 나는 그 뒤에 배경으로 찍힌 주리, 그러니까 장윤호의 모습이 영 탐탁지 않았다.

"그런데 주리야, 9월 중순에 가죽점퍼는 좀 아니지 않냐? 더구나 우린 더운 나라 홍콩으로 가는 사람들인데?"

주리도 이제 남자 옷 입는 센스가 좀 나아진 것 같아 좀 방심했더니, 장윤호라는 인물이 패션테러리스트로 전락하는 걸 방조한 꼴이 되었다.

결국 '저 뒤에 철모르는 남자 분은 누구? 매니저?', '물 건너가신다고 가죽점퍼 하나 장만하신 모양', '저분 최소 땀띠' 따위의 댓글들이 달리고 말았다. 그나마 다행이었던 건 썬글라스 덕분에 얼굴은 가려졌다는 점이다.

2017년 9월 19일 홍콩시각 PM 01:35.

홍콩특별행정구정부는 초대형 글로벌 오디션의 아시아 지역 예선을 유치한 것에 사뭇 고무된 모양이다. 오디션 참가자들에게 숙소로 제공한 호텔이 글쎄 '페닌슐라 호텔', '만다린 오리엔탈 호텔', '아일랜드 샹그릴라 호텔'이다.

세 군데 모두 호텔 예약 사이트에서 '고가순'으로 정렬했을 때 상위권에 드는 호텔들이다. 정말 통 큰 배려라 아니할 수 없다.

한국 참가자들에게 배정된 호텔은 페닌슐라였다.

공항에서 호텔이 있는 침사추이까지 가려면 AEL을 타야 되나 어쩌나 하며 입국 게이트를 나왔는데, 'Welcome 강주리'라는 피켓을 들고 서 있는 사람이 눈에 들어왔다. 그는 말끔한 비둘기색 연미복을 입고 있었다.

꼭 신데렐라의 호박마차를 끌다 왔을 것 같은 그는 다름 아닌 우릴 픽업하기 위해 페닌슐라에서 파견된 롤스로이스 리무진 기사였다.

리무진 픽업 서비스는 주최 측에서 제공한 게 아니라 따로 지불된 것이었다는 사실은 호텔에 도착한 후 체크인하는 도중에야 알았다. 바로 한 대표의 배려였다.

수술받고 요양 중인 사람이 이런 것까지 신경을 썼다고 생각하니 가슴 저릿한 감동이 밀려왔다.

원래 체크인 시간은 오후 3시이지만, 방이 이미 준비되어 있다며 키를 내줬다. 호텔방은 저층이고 창이 크진 않지만, 아름다운 빅토리아항과 홍콩섬의 전경을 액자 속 그림처럼 감상할 수 있다.

창 앞에 있는 테이블에는 'THE PENINSULA'라는 금박 로고가 박힌 초록색 초콜릿 상자, 모양 예쁜 것만 골라 담은 것 같은 과일접시, 그리고 실크코팅 재질의 카드가 놓여있다. 나는 카드를 집어 들고 열어 본다.

'홍콩에 오신 것을 환영합니다.

먼 길 오시느라 수고가 많으셨습니다.

《더 유니버스》 아시아 오디션 참가자 환영 방켓에 당신을 초대합니다.

오늘 저녁 7시, 포시즌스 호텔 2층 그랜드 볼룸으로 와주세요.'

호텔 방에 짐을 푼 후, 로비로 내려갔다. 페닌슐라 호텔의 로비는 벌써 애프터눈 티를 맛보기 위해 길게 줄을 서있는 관광객들로 북적이고 있었다.

주리는 약속했던 시간보다 10분이나 늦게 내려왔다. 샤워를 하고 왔다고 했다. 하긴, 땀 많은 아재의 몸으로 후덥지근한 홍콩의 날씨를 견디기란 여간 힘든 게 아닐 것이다.

원래는 하버시티까지 걸어가서 푸드 코트에서 점심을 먹으려고 했었는데, 너무 더워서 그냥 눈에 보이는 아무 식당에 들어가 얌차로 점심을 때웠다.

에어컨이 빵빵했던 식당에서 바깥으로 나오니 다시 한증막 같은 무더위가 기다리고 있다. 숨이 턱 막힌다.

"방은 마음에 들어?"

나의 물음에 주리는 말없이 고개만 끄덕인다. 식당에서 나온 지 얼마 되지 않았는데 어느새 주리는 땀범벅.

주최 측은 참가자에게는 호텔룸을 무료로 제공하고, 관계자에게는 방값의 50퍼센트를 할인해주는 혜택을 주었다. 그 덕분에 주리는 나와 같은 페닌슐라에 할인된 가격으로 방을 잡을 수 있었다.

“룸메이트는 왔어요?”

“룸메이트?”

룸메이트라는 말에 나는 의아한 표정을 지을 수밖에 없었다.

“아까 체크인할 때 프런트 직원이 설명해줬잖아요. 중국 참가자와 룸을 셰어하게 될 거라고.”

아까 직원이 영어로 뭔가 긴 설명을 하긴 했는데, 내가 못 알아들은 모양이다.

어쩐지 방이 생각보다 크고, 침대가 두 개더라니. 나 혼자 누릴 줄로만 알았던 기쁨의 일부를 박탈당한 것만 같아 기분이 좀 다운되었다. 더구나 같은 한국도 아닌 중국 참가자와 방을 함께 써야 한다니.

점심을 먹고 주리와 헤어져 방에 돌아왔을 때에도 아직 룸메이트는 도착하지 않은 상태였다.

나는 샤워 후에 디자이너 로니 정으로부터 협찬받은 벚꽃색 오프숄더 칵테일 미니 드레스를 꺼내 입었다.

로니 정은 뉴욕에서 활동 중인 한국인 디자이너이다. 글로벌 오디션에서 이왕이면 한국 디자이너의 옷을 입자며 한 대표가 섭외한 것이었다.

“주리야, 내 방으로 와서 머리 손질 좀 해줘.”

나는 주리에게 전화를 걸어 방으로 와달라고 부탁했다. 잠시 후에 방으로 온 주리는 말쑥한 턱시도 차림이었다.

주리는 파우더룸 거울 앞 의자에다 나를 앉히고는 익숙한 듯 머리를 만져주었다. 드레스와 딱 어울리는 포니테일 스타일이 막 완성될 무렵,

'삑' 하고 카드키를 인식하는 기계음이 울리더니 방문이 벌컥 열린다.

문을 열고 들어온 빨간 반팔 원피스 차림의 아가씨가 아마도 나와 이 호텔방을 같이 쓰게 될 중국 참가자인 모양이었다.

그녀는 주리와 나를 향해 중국어로 뭐라고 소리친다. 말뜻을 알아들을 순 없었지만, 그녀는 몹시 언짢은 심기를 얼굴로 드러내고 있었다. 아마도 여자 숙소에 왜 남자가 들어와 있느냐는 토로인 듯했다.

눈치 빠른 주리가 금세 상황을 파악하고 'sorry'를 연발하며 방을 나간 후에도 쌩한 공기는 여전히 방 안에 머물러 있었다. 인사나 소개도 없이, 그녀는 짐을 풀고 나는 나갈 채비를 계속한다.

마침내 준비를 끝낸 나는 방을 나서려다 '방켓 초대장'이 문득 생각났다. 그러고 보니 그 카드의 글귀는 한국어와 중국어로 쓰여 있었던 사실도 기억났다.

여전히 창가 테이블에 접힌 채로 놓여있는 그 카드를 그 중국 참가자가 아직 못 봤을 것 같았다. 그래서 나는 그걸 집어서 그녀 앞에 내밀었다. 그리고는 내 짧은 영어로 한마디 건넸다.

"See you there."

그런데 그녀는 나만큼이나 서툰 영어로 의외의 대답을 했다.

"I will not go there. I will practice."

자기는 거기에 안 가고 연습할 거라며 화난 땅벌처럼 톡 쏘아붙이는 그녀 앞에서, 왜 내가 꼭 무슨 잘못이라도 저지른 것 같은 기분을 느껴야 하는 거지?

나는 그저 초대받은 파티에 참석하려고 드레스 입고 머리 손질까지 받았을 뿐이었고, 나와 방을 같이 쓰게 된 사람에게 파티에서 보자는 얘기 한마디 건넨 사실밖에 없는데.

나도 모르게 방문을 쾅 닫고 나오면서, 다시는 저 싸가지 없는 중국 여자에게 먼저 말을 거는 일은 없을 거라고 다짐했다.

2017년 9월 19일 홍콩시각 PM 07:01.

포시즌스 호텔이 있는 센트럴역까지는 지하철로 두 정거장 거리였지만, 시간 여유가 있어서 페리로 건너왔다.

'내가 너무 긴장을 안 하고 있는 건가?'

노을이 지는 빅토리아항의 바닷물을 바라보며 문득 떠오른 생각이었다. 호텔방문을 쾅 닫고 나오긴 했지만, 쌩하면서도 어딘지 찜찜한 이 기분을 완전히 떨쳐내지 못했나 보다.

파티도 안 가고 연습하겠다고 말하면서 그 중국 여자가 지은 야멸찬 표정이 자꾸 떠올랐다.

"주리야, 나랑 방 같이 쓰는 그 중국 여자는 여기 안 올 거래. 자기는 연습할 거라며."

"그래서 신경 쓰이셨어요?"

"아주 조금. 누구는 눈에 불을 켜고 연습하고 있는데, 나는 세상 편하게 파티나 즐기러 온 거잖아."

"글쎄요, 연습의 중요성이야 두말하면 잔소리지만, 지나친 연습은 실전에서 오히려 독이 될 수도 있어요. 너무 만들어진 느낌을 줄 수도 있고요. 오디션에서는 힘 빼고 가지고 있는 것 아낌없이 보여주는 게 최선이죠!"

"어쭈구리. 제법 선생님처럼 말하는데?"

아닌 게 아니라, 애늙은이 같은 주리가 중늙은이의 모습으로 내 옆에 있다는 게 얼마나 든든한지 모른다.

"전 이 호텔이 더 맘에 드는데요. 숙소를 확 바꿔버릴까요?"

포시즌스 호텔의 로비에 들어서며 주리가 말했다. 통유리를 통해 해 질 녘 빅토리아항의 운치가 그대로 스며드는 로비는 마치 수정 구슬 속에 들어온 것처럼 아름다웠다.

초대자 명단에서 이름을 확인한 후 공항 검색대를 방불케 하는 보안검

문을 거쳐 대연회장 안으로 입장했다.

“우와, 완전 멋져요!”

주리가 먼저 표현했을 뿐, 내 마음속에서도 비슷한 감탄사와 느낌표가 둥둥 떠다닌다.

레드와 골드로 꾸며진 연회장에 다양한 피부색의 사람들이 다채로운 빛깔의 의상을 입고 있는 모습은 그야말로 장관이었다.

“2시 방향에 ZD와 쉬엘이 보이고, 4시 방향에 방탄소년대, 11시 방향에 JYB와 양 사장 님도 오셨네요. 그 뒤에 트웨이스와 블랙핑클. 역시 요즘 아시아에선 한류스타들이 제일 빛나는 것 같아요.”

주리는 그 수많은 사람들 틈에서 셀레브리티들을 잘도 찾아낸다. 내 눈에도 포착되는 스타들이 몇 명 있었다. 물론 연식이 좀 된 올드 보이들이다.

“1시 방향에 장하구, 그 옆에 유덕하. 낙마 사고 당하셨다는 얘기 들었는데 회복하신 것 같네. 10시 방향에 코무라 테츠요와 와이재팬 유시키도 있어. 코무라 테츠요를 보니 갑자기 아모로 나미에가 보고 싶네. 혹시 아모로는 안 왔나?”

35. 기쁨의 섬

◆◆

주리와 내가 유명인 찾기 놀이에 한창이던 그때, 웅장한 관현악 음악이 울려 퍼지면서 스포트라이트가 무대 위의 진행자를 비춘다.

"대박!"

눈부신 조명 속에서 모습을 드러낸 사람의 정체를 알아본 주리는 자신에게서 나올 수 있는 최고 레벨의 감탄사를 뱉어낸다.

"미국의 국민 MC 리먼 스콧이에요. 2002년에 시작해서 작년에 종영된 《아이돌 USA》의 열다섯 개 시즌을 이끌었던 장본인이죠. 인간미 넘치는 진행으로 미국인들로부터 폭넓은 사랑을 받고 있어요."

"그럼, 미국의 김승주 정도 되는 레벨이야?"

"뭐, 굳이 비교를 하자면, 유제석 급?"

"그런데 주리 넌 나이도 어린 애가 저런 아재를 보고 왜 그렇게 좋아하는 거냐?"

"혹시 유노 쌤 지금 질투하시는 거예요? 지난번에 김승주 MC한테도 괜히 딴지 거시더니."

기어이 주리로부터 질투하는 거냐는 소리를 듣고 만 것에 대해 나는 가볍게 자책했다. 내가 생각하기에도 충분히 그런 오해를 살 만한 발언을 한 것 같아 성급히 꼬리를 내렸다.

윤기 나는 중저음 보이스로 유려한 멘트를 쏟아내는 리먼 스콧.

그런데 나는 그의 말을 몇몇 단어 외엔 도통 알아들을 수가 없어서 주리에게 통역을 부탁했다.

"대체 뭐라고 하는 거야? 번역 좀 해줘!"

"15개국에서 75명이 참가했대요. 1차 예선에서 10명으로 추려지고, 2차 예선에서 본선으로 갈 5명을 뽑을 거래요. 그리고 이제 심사위원장을 소개하겠다고 하네요."

리먼 스콧의 거창한 소개를 받고 등장한 인물은 다름 아닌 마츠다 스이코였다. 80년대에 해적판으로 일본 노래 좀 들어본 사람이라면 결코 모를 수 없는 이름.

1980년에 데뷔하여 최고의 인기를 누리며 80년대를 대표하는 전설적인 아이돌이 되었고, 데뷔 37주년을 맞는 현재까지도 꾸준한 앨범 발매와 콘서트 및 연기활동 등으로 여전히 최고의 위상을 지키고 있는 가수.

일본 버블 경제 시대를 향한 노스탤지어이자 아이돌계의 살아있는 화석, 마츠다 스이코가 '《더 유니버스》 아시아 예선'의 심사위원장 자격으로 지금 무대에 서 있다.

"스이코 짱은 여전히 스이코 짱이구나!"

나는 혼잣말처럼 그렇게 중얼거렸다. 스이코 짱은 50대 중반의 나이에도 여전히 사랑스러운 공주님 같은 모습 그대로였다.

"첫사랑이라도 만난 표정인데요?"

무대 위의 스이코를 아련한 눈길로 바라보던 내 표정을 주리가 그냥 넘길 리 없었다.

"아버지 파견 근무 때문에 나는 네 살부터 여섯 살 때까지 일본에 살았어. 여섯 살 어린 나이에 난 레이스가 나풀거리는 플레어스커트를 입고 〈푸른 산호초〉라는 노래를 부르는 마츠다 스이코에게 홀딱 반해버렸던 거야. 내가 처음으로 좋아했던 가수니까 첫사랑이나 다름없지. 어린 나를 노래라는 기쁨의 섬으로 데려가준 여인이니까."

유창하지만 일본 악센트가 조금은 느껴지는 영어로 발언하고 있는 스이코를 보며, 나는 우연과 운명에 대해 생각했다. 이런 자리에서 내 음악적 첫사랑, 스이코를 보다니. 이건 우연을 가장한 운명이라고밖에 생각할 수 없다.

"지금 15개의 참가국을 일일이 호명하고 있네요. 대한민국, 말레이시아, 몽골, 베트남, 싱가포르, 우즈베키스탄, 인도, 인도네시아, 일본, 중국, 카자흐스탄, 타이, 타이완, 필리핀, 홍콩. 참가자와 스태프 모두에게 감사하대요."

거의 동시통역 수준인 통역사, 주리가 옆에 있으니 어찌나 든든한지.

"1차 예선의 심사위원과 심사방법에 대해서도 소개하고 있어요."

15개국의 참가국에서 각각 2명씩 와서 총 30명의 심사위원이 심사를 하게 되는데, 심사위원 명단은 결과 발표 전까지 엠바고에 부쳐진다고 했다.

그리고 심사위원장인 스이코님 자신은 2차 예선 때 심사위원 중 하나로 참여하게 될 것이라고 했다.

"유노 쌤을 노래의 세계로 이끈 첫사랑 디바 앞에 가까이 다가서기 위해서라도 1차 예선 꼭 통과하셔야겠네요!"

한 대표를 대신해 이곳에 온 주리는 한 대표에 버금가는 조련사 역할을 톡톡히 해내고 있는 듯하다. 왜냐 하면 주리가 내게 한 한마디는 홍콩의 후덥지근한 몬순 기후 속에서 릴렉스 상태였던 내 심장을 다시 요동치게 만들었기 때문이다.

나는 손바닥을 내 가슴 언저리에 대본다. 활기찬 심장박동이 느껴진다.

찬란한 노래의 섬으로 날 데려가준 내 음악적 첫사랑 스이코 짱 앞에서 음악을 향한 내 사랑을 열렬히 고백하고 싶다. 고백하고 말 것이다.

'꼭 당신 앞에 당당한 모습으로 서고 말 거예요, 스이코 짱!'

2017년 9월 20일 홍콩시각 PM 12:32.

2일에 걸쳐 진행되는 1차 예선에서 나는 전체 75명 중 60번째로 무대에 서게 되었다. 따라서 1차 예선 첫날인 오늘은 일정이 빈다. 오늘 무대를 끝내고 내일 자유 시간을 가질 수 있었더라면 더 좋았을 텐데.

오전에 호텔에서 마련해준 연습 공간에서 발성과 노래 연습을 한 후 로비로 내려왔다. 주리와 만나서 같이 점심 먹으러 가기로 약속했기 때문이다.

"페닌슐라의 수영장은 정말 근사해요. 수영장 안에서 유리벽을 통해 파노라마처럼 펼쳐지는 홍콩섬 전경을 조망할 수 있어요. 이때 저녁 8시에 심포니 오브 라이트를 수영장 안에서 감상하는 것도 참 좋을 것 같아요."

주리는 오전에 수영장을 다녀온 모양이었다. 머리카락이 젖어 있다.

"너 또 남자 사우나에도 갔었지?"

"당근이죠. 근데 사람이 별로 없어서 좀 아쉽긴 했어요. 그래도 홍콩 페닌슐라 사우나엔 동네 사우나보단 멋진 남자들이 좀 더 많지 않을까 은근 기대했는데."

"너 그러다 사우나 죽순이 되겠다. 아니다. 죽돌이라고 해야 하나?"

그때 갑자기 엉큼한 표정으로 돌변한 주리가 내 앞으로 얼굴을 쑥 들이민다.

"솔직히 유노 쌤도 여자 사우나 가보고 싶죠?"

무방비 상태에서 훅 치고 들어온 주리의 일격에 나는 아무 말도 할 수 없었다.

'그러게. 왜 내가 아직 거길 한 번도 안 가봤지? 내일 1차 예선이 끝나고 나면 여자 사우나 한 번 가볼까?'

내가 주리의 몸으로 벌거벗은 여자들 틈에 끼어 있는 장면이 내 눈앞을 스쳐 지나간다.

"지금 얼굴 완전 빨개지신 거 알아요?"

혼자만의 상상 속에서 후끈 달아올라버린 내 두 볼을 결국 주리에게 들키고야 말았다.

한국을 떠나온 지 이제 겨우 하루가 지났을 뿐인데 벌써부터 김치와 된장, 고추장 생각이 간절하다.

"근데 좀 이상해. 나는 원래 초딩 입맛이거든? 한식보단 오히려 양식이나 중식을 더 좋아해. 그리고 해외로 나오면 그 나라의 음식에 도전해보는 것도 즐기는 편이고. 그런데 이번엔 이상하게 자꾸 한식이 땡긴단 말이야."

내 말을 가만히 듣고 있던 주리가 갑자기 뭔가 떠오른 듯 말을 꺼낸다.

"제가 한식 마니아예요. 전 사실 미국 국적을 갖고 있고 미국 생활도 오래 한 편인데도, 밥 없인 못 살거든요. 전 어느 나라에 가서도 꼭 밥을 먹어야 해요."

"그럼, 내가 지금 한식이 당기는 이유가 나 때문이 아니라 너 때문인 거구나?"

"그런가 봐요. 유노 쌤의 영혼이 아닌 제 몸이 원하는 거죠. 반대로 전 오늘 아침에 호텔 조식 뷔페도 엄청 맛있게 잘 먹었거든요. 김치, 고추장도 없었는데 말이에요."

"그랬구나. 미슐랭 쓰리 스타 레스토랑이 여섯 개나 있는 홍콩에 와서 할 얘기는 아니다만, 점심은 꼭 한식당으로 가자!"

원래의 나 같았으면 '홍콩 미슐랭 레스토랑'을 검색했겠지만, 지금의 난 '침사추이 한식당'을 검색하고 있다.

"침사추이에 한식당이 이렇게 많아?"

우리는 검색된 여러 군데의 한국식당 중 가장 평이 좋은 '삼목'이라는 곳으로 갔다.

세계인의 입맛을 고려해서 그런지 단맛이 좀 강한 편이지만 음식은 꽤 훌륭했다. 홍콩에서 이 정도로 만족스러운 된장찌개와 김치찌개를 만날 수 있을 줄은 몰랐는데.

"1, 2차 예선 모두 공개 오디션이라고 했죠? 유노 쌤은 가서 다른 참가자들의 무대를 보고 싶으세요? 아니면 그냥 혼자 연습하고 싶어요?"

"선택 옵션이 그 두 가지밖에 없는 거야? 나는 그냥 관광이나 다니려고 했는데."

"마음 끌리는 대로 하세요. 오늘은 연습보단 컨디션과 마인드 컨트롤이 더 중요하니까요."

"꼼짝 말고 연습하라는 말보다 그 말이 더 무섭네. 어떨 땐 한 대표보다 주리 네가 더 무서워."

나는 후식으로 나온 수정과로 입가심을 하며 잠시 뜸을 들이다가는 이윽고 입을 열었다.

"그래도 적을 알아야 싸울 수 있겠지? 다른 참가자들 무대 보러 가자. 2시부터니까 지금 출발하면 시간 대충 맞을 거야."

한 대표가 하사한 회사카드로 점심값을 결제한 후 식당 밖으로 나오니 비가 오고 있었다.

호텔에서 나올 때만 해도 약간 흐리기만 했지 비가 올 것 같진 않아서 우산을 빌려 나올 생각을 못했는데.

어쩔 수 없이 식당 근처에서 비닐우산 하나를 사서 둘이 같이 썼다.

비 오는 침사추이 거리. 홍콩은 왠지 비가 만들어지는 곳과 더 가까이 있는 것 같은 느낌이 든다. 그래서 하늘에서 비가 내리는 것이 아니라 저 빅토리아 피크 어디쯤에서 비를 만들어 뿌리고 있는 것이 아닐까 하는 공상에 잠깐 빠져들었다.

2017년 9월 20일 홍콩시각 PM 03:02.

1차 예선이 열리는 곳은 '아시아월드 엑스포 아레나'. 위치가 홍콩 공항 근처라 침사추이에서는 차로 1시간 정도 소요되는 거리다.

다행히 참가자들의 숙소가 있는 세 호텔과 아레나를 오가는 셔틀버스가 한 시간 간격으로 운행되고 있어서 이동하는 게 그리 어렵지는 않았다.

1차 예선이라 관객들이 별로 없을 줄 알았는데, 무대를 둘러싼 3면의 객석에는 생각보다 많은 사람들이 자리하고 있었다. 참가국들의 국기가 곳곳에 보이는 걸 보면 원정 온 응원단들도 있는 모양이었다.

주리와 나는 참가자 전용 구역에 자리했다.

"오디션장이 이렇게 클 줄은 몰랐네요. 관객도 생각보다 많고요."

주리는 꼭 자신이 이런 무대에 선 장면을 상상이라도 한 듯 다소 기가 질린 표정이었다. 정말이지, 이 거대한 공연장 그리고 정면과 좌우를 가득 둘러싼 관객의 존재는 오디션 참가자들에게 큰 위압감으로 다가올 것 같았다.

"이 오디션의 1차 관문은 바로 관객인 것 같아. 관객들의 기에 눌려 주눅이 들어버리면 그냥 탈락인 거지."

"꼭 남의 얘기하듯 하시네요. 저 무대에 설 사람은 바로 유노 쌤 자신이라고요."

급정색하는 주리 앞에서 나는 흠칫했다.

"어째 나보다 주리 네가 더 긴장한 것 같다?"

그제야 잔뜩 경직되어 있던 얼굴을 누그러뜨리고 한숨 섞인 헛웃음을 흘려보내는 주리.

"미안해요. 막상 무대와 관객석을 보니 제 가슴이 막 떨려서 나도 모르게 버럭 날카로운 말이 나가고 말았네요."

"주리야, 그거 알아? 나는 희한하게 관객이 많을수록 더 긴장이 안 돼. 타고난 무대 체질이라 그런가?"

나의 호기로운 오버액션에 주리의 입가에 희미한 미소가 걸린다. 비록 이 너스레는 주리를 안심시키기 위해 한 말이었지만, 빈말만은 아니다.

나는 정말 무대가 클수록, 관객이 많을수록 덜 떨린다. 심사위원 몇 명만 달랑 앉아있는 밀실보다는 이렇게 큰 무대에서 갖는 오디션이 내 체질엔 훨씬 더 잘 맞다.

36. 심포니 오브 라이츠

◆◆

아리아나 그런데의 <Problem>을 무사히 끝낸 태국 참가자가 숨을 헐떡거리며 합장인사를 하고 들어간 후, 7번 참가자가 소개된다.

오후 2시부터 시작해서 1시간 남짓 지났는데 지금이 7번 차례인 걸 보면, 대략 1시간에 6명, 10분에 1명꼴로 오디션이 진행되나 보다.

그렇다면 전체 75명 중 절반이 오늘 오디션을 봐야 하니, 족히 오후 9시는 되어야 끝나겠구나.

오디셔너들도 오디셔너들이지만, 심사위원과 관객들도 참 힘들겠다는 생각이 든다.

7번은 반가운 한국 참가자였다. '3개의 태양 프로젝트 오디션' 때 함께 경쟁했었던 JYB의 여성 보컬.

가죽 조끼에 가죽 미니 스커트, 그리고 가죽 부츠로 씩씩한 걸크러쉬 이미지를 강조했다. 그리고 이번에도 그녀는 제쉬 제이의 노래를 들고 왔다. 스윙 재즈와 블루지 록의 조화가 일품인 <Mamma knows best>.

선곡이 신의 한 수였다. 이 넓디넓은 아레나를 쩌렁쩌렁 울리는 반주 속에서도 선명하면서도 울림 있는 목소리를 객석 구석구석까지 전달하는 데 성공했다.

비록 내 경쟁자지만, 한국 참가자가 잘하니까 괜히 내 어깨가 으쓱해진다.

열띤 박수갈채를 받고 퇴장한 7번에 이어 무대에 오른 8번 참가자는 다름 아닌 내 룸메이트였다. 그 왕싸가지 중국 여자.

'환영 방켓에도 안 가고 연습한다며 유난떨었는데, 얼마나 잘하는지 두고 보자.'

그런데 그런 마음이 들었던 건 아주 잠시뿐이었다. 첫 소절을 딱 듣자마자, 빈정대던 내 마음은 이내 동정심으로 바뀐다. 지나친 긴장으로 인해 그녀는 호흡과 음정이 완전히 무너진 상태였기 때문이다.
"8번 완전 긴장했는데요?"
주리도 8번의 현재 상태를 금세 감지한 모양이다.
"저 여자가 바로 내 룸메이트야."
"아, 환영 파티에도 안 오고 연습한다던?"
"맞아. 얼마나 잘하는지 두고 보자 생각했었는데, 막상 저렇게 무너지는 모습 보니 마음이 좋진 않네."
마이클 잭슨의 <Man in the mirror>를 부르고 있는 그녀는 미러가 아닌 미로 속에 빠진 듯 보였다. 나는 어느새 긴장과 혼란의 미로 속을 헤매는 그녀를 응원하는 입장이 되어 있었다.
곡 후반부 후렴구에 가서야 간신히 자신의 페이스를 찾은 8번은 힘겹게 노래를 끝낸 후 거의 울 듯한 표정이 되어 무대를 내려갔다.
어젯밤에도 꽤 늦게 호텔방으로 돌아왔고, 방에 들어와서도 줄곧 이어폰으로 음악을 들으며 이미지 트레이닝을 하는 것 같았는데.
"내 말이 맞죠? 지나친 연습은 오히려 독이 될 수도 있다는 거."
아까까지만 해도 잔뜩 기가 질려 있던 주리는 이제 제법 으스댈 정도로 긴장이 풀렸나 보다.
"어쨌든 좀 안됐네. 열심히 하긴 했는데, 그게 현명한 노력은 아니었나봐."
"프로의 세계에선 열심히 한 것만으로 점수를 받을 순 없으니까요."
"혹시 주리 네 영혼이 한 대표와 접선하고 있기라도 한 거야? 어쩜 그렇게 한준호스러운 말만 골라서 하니? 좀 무섭다, 야!"

미로 속을 헤매다 간신히 탈출한 8번이 퇴장한 후 무대에 오른 9번은 일본 참가자였다.
공교롭게도 그녀가 선택한 곡은 아모로 나미에의 대표곡 중 하나인 <Can you celebrate>였다. 설마 9번이 오늘 아모로 나미에가 은퇴 선언을 할 줄 미리 알고 이 곡을 골랐을 리는 없었겠지?

"아모로 짱이 은퇴를 한다니 너무 슬프네. 근데 주리 넌 어려서 아모로 나미에는 잘 모르지?"

"제가 9살 때였으니 2009년쯤이었나? 엄마, 아빠랑 도쿄 여행 갔을 때 콜라 자판기에 붙어있는 그녀의 전신사진을 본 적이 있어요. 왠지 참 멋진 언니라서 아빠한테 누구냐고 물었더니, 유명한 가수라고."

"단순히 유명한 정도가 아니었지. 한 시대를 풍미한 J팝의 여신."

"그런데 1년 후의 은퇴를 미리 공지하는 경우가 과거에도 있었나요? 마지막 1년 동안 한 몫 단단히 챙기고 이 바닥 뜨겠다는 의미로 해석되기도 하네요."

"우리 아모로 짱에 대해 그렇게 함부로 얘기하지 말란 말이야."

나도 모르게 발끈한 나를 보며 주리가 피식 웃는다.

"그런데 유노 쌤은 애정하는 디바가 대체 몇 명이나 되는 거예요? 선휘 누님에다 스이코 짱, 그리고 아모로 짱까지?"

"음악이 내 종교라면, 그들은 내게 은총과 영감을 뮤즈 여신들이지. 나의 뮤즈들을 손가락으로 다 꼽아 보려면 열 손가락으로도 모자랄걸?"

2017년 9월 20일 홍콩시각 PM 05:06.

18번까지의 순서가 끝난 후 10분의 휴식시간이 주어졌다. 지루한 순서에는 가수면 상태로, 때론 신선한 충격에 눈이 번쩍 떠지기도 하고, 또 어떤 노래를 들을 땐 심장이 두근거리기도 하면서 두 시간이 지나갔다.

이제 겨우 오늘의 절반 분량이 끝났을 뿐인데, 벌써 지치는 기분이다.

"오, 유미 언니의 〈Let it go〉 커버 동영상이 조회수 50만을 돌파했네요."

화장실에 다녀와서 아이폰을 들여다보고 있던 주리가 들뜬 목소리로 말했다.

"진짜야?"

뮤지컬 '겨울왕국'의 엘사 역을 맡아 연습 중인 유미가 〈Let it go〉를 부른 영상을 유튜베에 올린 모양이었다. 그런데 그 동영상 조회수가 2일 만에 무려 50만.

주리와 이어폰을 한쪽씩 나눠 끼고 유미의 〈Let it go〉를 들어 보았다.

"이디나 만젤보다 유미가 훨 낫다!"

나는 핑크 클라우드 단체톡방에다 축하톡을 남긴다.

[유미 언니, 영어발음 오지고요. 보컬 지려요~!]

그런데 주리가 그 톡 내용을 보더니 내게 살짝 눈을 흘기며 투덜댄다.

"이게 뭐예요, 유노 쌤! 오지다, 지리다. 나 이런 말 잘 안 쓰는데."

"그러냐? 하긴, 주리 네 말투가 나이답지 않게 좀 궁서체이긴 하다."

내 나름대로는 열아홉 살처럼 보이려고 일부러 연습생들이 쓰는 '급식체'를 흉내 내서 쓴 것인데, 써놓고 보니 애어른 강주리와는 좀 안 어울리는 어투였다.

"저는 어렸을 때부터 어질고 어른스럽단 얘기 많이 듣고 자랐어요."

그래, 철 드는 순서와 나이 드는 순서가 꼭 일치하는 건 아니니까. 마음의 나이가 꼭 신체의 나이를 따라가는 게 아니듯.

"19번 좀 봐 봐요. 완전 비쥬얼 쇼크인데요?"

어느새 무대 위에는 참가번호 19번이 올라와 있었다. 머리에 빨간 띠를 두르고 있는 그녀는 중국집 테이블보 같은 천으로 만든 상의와 치마를 입었다. 그리고 부츠처럼 생긴 신발에는 빨간 옷 색깔과 보색 대비를 이루는 녹색의 수술이 달려 있다.

"대만 원주민인 아미족의 민속 의상 같은데?"

"아, 저도 부모님이랑 대만 여행 갔을 때 원주민 박물관에서 본 적 있는 것 같아요."

참가번호 19번은 아미족 출신의 대만 참가자였다. 아미족에 대해선 내가 좀 안다. 이뉘그마의 명곡 〈Return to Innocence〉에 샘플링된 '어이야~ 하이요 아이 하이야~'하는 테마가 바로 아미족의 전통 민요인 <Jubilant Drinking Song>의 일부라는 걸 알고 있기 때문이다.

"음··· 대만 동부의 화련 남쪽부터 타이뚱 지역에 살며 인구수는 20만 이상으로 원주민 부족 중 제일 많고 대체로 한족화가 많이 된 종족이다. 명청 교체기나 스페인, 네덜란드 점령기간, 그리고 일본 침략기에도 크게 외부 세력에 대한 충돌은 없었던 편이다. 노래와 춤, 운동을 좋아해서 많은 운동선수와 연예인들이 나온 종족이기도 하다."

주리는 아이폰에서 '아미족'으로 검색한 정보를 나지막하게 소리 내어 읽었다.

주리가 검색 정보를 낭독하는 소리와 오버랩 되듯 '어이야~ 하이요 아이 하이야~'하는 도입부가 흐른다. 19번이 가져온 노래는 바로 <Return to Innocence>를 경연에 적합한 곡으로 재편곡한 버전이었다.

비트를 촘촘히 쪼개서 좀 더 강렬하면서도 흥겨운 분위기를 더했고, 원곡에서 여성 보컬의 내레이션이 들어가 있던 부분은 좀 더 파워풀한 랩으로 채웠다.

쿠오 할아버지 부부가 주고받으며 부르는 테마에 19번의 몽환적이고 신비한 음색이 더해지니, 마치 원시림이 우거진 험준한 산등성이에 메아리가 울려 퍼지는 장면이 떠오른다.

말 그대로 순수로의 회귀, 때 묻지 않은 태초의 그곳이 마음속에 그려지는, 그런 무대.

19번은 1차 예선을 통과하느냐 마느냐 따위는 안중에도 없는 듯 보였다. 그녀는 그저 자신이 무대 위에 그려내고 있는 대자연의 신비 속에서 모든 걸 내려놓고 한바탕 즐기고 있는 것처럼 보였다.

가장 원시적이고 순수한 형태의 음악, 음악의 기원이자 본질을 그 무대를 통해 내 두 눈으로 직접 목격한 기분이었다고 할까?

"주리야, 우리 이제 그만 호텔로 돌아가자."

"왜요, 피곤하세요?"

"아니, 오히려 피로가 사라졌어. 그리고 이미 다 채워진 기분이야."

그렇다. 19번의 무대를 보고 난 후에 나는 느꼈다. 오늘 내가 이 자리에 와서 얻어가고 싶었던 것을 마침내 얻어냈다는 걸. 내 의식 어딘가를 잘 뒤져보면 초록색으로 바뀐 '에너지 완충 표시등'을 찾을 수 있을지도 모른다.

2017년 9월 20일 홍콩시각 PM 07:57.

비는 그쳤지만, 퇴근길의 교통체증으로 도로는 아주 복잡했다. 아시아 월드 엑스포 아레나에서 침사추이까지 돌아오는데 원래보다 두 배의 시간이 소요되었다.

하마터면 '심포니 오브 라이츠' 시작 시간을 놓칠 뻔했다. 버스에서 내려 숨이 턱까지 차오르도록 달려서야 겨우 시작 시간 전에 침사추이 시계탑 근처에 자리를 잡을 수 있었다.

낮에 비가 와서 혹시 취소되지 않았을까 염려했는데, 사람들이 이렇게 많이 모여 있는 걸 보면 하긴 하나 보다.

이미 명당자리는 모두 선점되어있어서 접근 불가 상태였지만, 우리가 서 있는 자리도 그리 나쁘진 않았다.

"홍콩은 세 번째 방문인데 '심포니 오브 라이츠'를 제대로 보는 건 이번이 처음이야."

"이제 시작하나 봐요."

8시 정각이 되자 형형색색의 조명을 밝힌 빌딩 숲에서 몇 가닥의 레이저가 뿜어져 나온다. 비록 기대만큼 웅장한 광경도 아니었고 심포니와 라이트들이 따로 노는 느낌이었지만, 내 마음은 그저 신나고 즐거웠다.

관현악 연주와 함께 15분간 펼쳐지는 빛의 향연을 감상하는 내내, 내 마음속에는 19번 아미족 아가씨의 맑고 신비로운 목소리가 아련하게 메아리치고 있다.

'무대 위에서 내가 즐거워야 한다!'

19번은 무대 위에서 스스로 즐길 수 있었기 때문에 보는 사람까지 즐겁게 만들 수 있었던 것이다. 나 스스로 무대 위에서 행복해지지 못하면 관객에게도 행복을 줄 수 없다.

'나를 억압하는 현실의 모든 제약과 부담, 나를 자유롭지 못하게 하는 내 욕심 따윈 저기 저 남지나해에 모두 던져 버리자. 가장 자유롭고 순수한 모습으로, 가장 가벼워진 몸과 마음으로 무대에 오르는 거야!'

37. T3 경보

◆◆

2017년 9월 21일 홍콩시각 AM 06:35.

일찌감치 눈이 떠졌다. 사실 평소와 비슷하게 일어난 건데 홍콩시각이 한국보다 한 시간 늦어서 더 일찍 일어난 것처럼 느껴진 것 같다.

나는 반팔 티에 핫팬츠 차림으로 밖으로 나왔다. 여행지에서 가벼운 차림으로 호텔 주변을 조깅하는 건 내 로망 중 하나이기 때문이다. 빅토리아항의 해안을 따라 펼쳐진 스타 애비뉴에서 미지근한 바닷바람을 맞으며 하는 조깅은 그 로망을 120퍼센트 정도 충족시켜 줄 것 같다.

예쁜 주리의 모습으로 조깅을 하니 뭇 남자들의 시선이 다트 화살처럼 날아와 내게 꽂힌다. 처음엔 남자 새끼들이 그런 식으로 날 쳐다보는 게 엄청 짜증스럽더니, 이젠 제법 적응이 되었다. 요즘은 살짝 즐기기까지.

'준호는 지금 뭐 하고 있을까?'

스타 애비뉴가 끝나는 지점까지 달려와 잠시 멈춰 서서 숨을 고르는 동안 갑자기 한 대표 생각이 났다. 원래 같았으면 그도 아침 운동을 하고 있을 시간인데 말이다.

수술 후 요양 중인 그는 지금 어떤 상태일까? 잠시도 자기 몸을 가만히 두지 못하는 그에겐 아무것도 하지 않고 쉬는 것이 오히려 고역일 텐데.

[대표님, 굿모닝이에요! 전 지금 침사추이 스타 애비뉴를 달리고 있어요. 오늘이 1차 예선입니다. 컨디션은 아주 좋습니다.]

거기까지 메시지 입력을 하고 나서, 나는 마지막 문장을 뭐라고 쓸지 한참 동안 고민한다. '최선을 다하겠습니다'라고 썼다가 지우고, '꼭 대표님과 함께 뉴욕에 가고 싶어요'라고 썼다가는 또 지웠다. 그리고는 결국 이렇게 마무리 지었다.

[내가 나일 수 있게, 꿈이 희망과 만날 수 있게 도와주신 대표님께 감

사드립니다. 후회 없는 무대로 보답하겠습니다.]

강주리의 이름으로 보내는 메시지이지만 장윤호의 진심이 담겨 있다. 전송 버튼을 누른 후, 나는 발길을 돌려서 왔던 방향으로 다시 뛰기 시작한다. 바람도 없이 잠잠하던 해안의 공기가 바람인 척 다가와 두 볼에 부딪힌다.

신기하게도 홍콩의 바다는 비린내가 거의 없다. 그 이유는 해안의 수심이 낭떠러지처럼 급격하게 깊어지는 지형적 특성 때문에 해초들이 광합성을 하지 못하기 때문이라고 한다.

그런데 나는 바다 냄새가 안 나는 홍콩 앞바다를 볼 때마다 이런 엉뚱한 생각을 하곤 한다.

'홍콩 앞바다는 혹시 인간의 생활에 최적화시키기 위해 인위적으로 바다 냄새를 제거해 놓은 것이 아닐까? 마치 늑대에서 야생성을 제거해 인간 친화적으로 길들인 개처럼.'

하지만 바다 냄새도 없이 사람들의 생활 가까이에 잠잠히 존재하는 홍콩 앞바다도, 태풍이 휘몰아칠 땐 무서운 모습으로 돌변해 이 도시를 위협할 것이다. 얌전하던 강아지가 어느 순간 갑자기 야수적 공격성을 드러내며 으르렁대듯이 말이다.

잠잠하던 앞바다에서 집채만 한 파도가 일어나 내 눈앞을 덮치는 상상에 몸을 움찔하던 찰나에 카톡 알림음이 울린다. 한 대표의 답신이었다.

[한강변에 나와 있음.]

침사추이 스타 애비뉴보단 못 하겠지만, 여기도 나름 낫 배드. 10월 말 통영 ITU 트라이애슬론 월드컵에 참가할 예정이다.

바다 수영과 사이클은 꾸준히 해오던 거라 별문제 없을 듯한데, 마라톤이 가장 문제라 오늘부터 훈련 돌입.

오디션에서 이길 생각보다 자기 자신을 이길 생각을 해야 한다. 자기 자신에게 지면 모든 것에게 지는 것이기 때문이다.

강주리 파이팅!]

한 대표는 내게 분명 장거리 출장을 갈 예정이라고 했는데, 자신의 현재 위치를 사실대로 밝힌 건 의외였다.

어쩌면 그도 알아차렸을지 모르겠다. 나와 핑크 클라우드 멤버들이 이미 자신의 병에 대해 알고 있다는 사실을 말이다.

하긴, 입원하는 날 아침에 그렇게 요란한 이벤트를 해주고 뮤직카운트다운 무대에서도 바치는 대상이 뻔한 트리뷰트 무대를 선보였으니, 그가 충분히 알아차리고도 남았을 것 같다.

그나저나 고환적출술을 받은 지 불과 6일 만에 그가 마라톤 훈련에 돌입했다는 사실에 혀를 내두르지 않을 수 없다. 게다가 트라이애슬론 경기에 도전한다니. 정말 한 대표는 못 말리는 사람이다.

'트라이애슬론 경기는 준호가 자기 자신에게 던진 프로젝트구나!'

나는 한 대표가 트라이애슬론에 도전하려는 심리적 배경을 알 것 같았다.

그는 굴복당하기 싫었던 것이다. 나쁜 암 덩어리 때문에 한쪽 고환을 잃고 말았지만, 자신의 남성성까지 적출당하고 싶지는 않았던 것이다.

한 대표에게 트라이애슬론은 남자로서의 자아를 굳건히 지켜내기 위해 스스로 선택한 통과의식일 것이다.

좌절하고 무너지려는 자기 자신을 이겨내고자 하는 강인한 의지를 그 고되고 혹독한 과제를 수행해내는 것으로 증명하려는 것이 아닐까?

[대표님, 멋져요! 우리 둘 다 파이팅해요!]

나는 가장 격렬한 응원 동작의 이모티콘과 함께 내 온 마음을 담은 응원 메시지를 답장으로 보냈다.

샤워는 여자 사우나에 가서 할까 살짝 고민했지만, 혹시 멘탈에 영향을 받을까 봐 그냥 방으로 올라왔다.

방에 돌아와 보니 내 옆 침대가 말끔히 정리되어 있었다. 분명 조깅하러 나가기 전에는 그 중국 여자가 누워있었던 것 같은데.

'혹시 벌써 짐 싸서 가버린 거야?'

아니나 다를까, 옷장에서 그녀의 짐은 다 빠지고 없었고 가방도 보이지 않았다.

창가 테이블 위에 쪽지 한 장이 놓여 있다. 아마 그녀가 써놓고 간 것인 듯했다.

'Thank you and sorry!'

'Thank you'는 어제 저녁에 내가 그녀의 침대 위에 올려놓았던 컵라면에 대한 답변인 모양이었다. 무대를 망쳐버린 그녀에게 조금이라도 위로가 될까 해서 나는 한국에서 가져온 컵라면 하나를 그녀의 침대 위에 올려놓았었다.

한국 컵라면은 외국에서도 꽤 인기가 많다는 얘기를 들은 바 있어서 그녀도 좋아할지 모른다고 생각했기 때문이다.

그럼 'sorry'는? 그녀는 내게 뭐가 미안했던 걸까? 나와 주리에게 역정 낸 것?

따지고 보면 사실 여자 숙소에 남자가 들어와 있었으니 그녀 입장에선 좀 당황스러울 법도 했지. 그리고 노래 연습을 위해 환영 파티에도 안 갈 정도로 1차 예선에 대한 부담감이 컸던 탓에 잔뜩 예민해져서 내게 다소 까칠한 태도를 보였던 거고.

그녀가 정말 미안해야 할 대상은 자기 자신이 아니었을까? 그녀는 오디션에 대한 불안과 걱정에 치우친 나머지 파티에서 환영받으며 긴장을 풀 기회마저 스스로에게 허락하지 않았다.

그리고 무대 위에 올라서도 자신을 믿지 못해서 결국 자기 걸 다 보여주지도 못한 채 무대를 내려오고 말았으니 말이다.

그렇다고 1차 예선 결과가 나오기도 전에 꼭 이렇게 홀연히 사라져버려야만 했을까?

만약 내 룸메이트가 19번 아미족 아가씨처럼 결과에 얽매이지 않고 과정을 즐기는 방법을 알았더라면, 이 오디션도 그녀에게 좀 더 의미 있고 행복한 경험이 될 수 있었을 텐데.

2017년 9월 21일 홍콩시각 AM 12:49.

아침에 조깅할 때까지만 해도 바람 한 점 없는 맑은 날씨였는데, 오전 10시경부터 비바람이 불기 시작하더니 급기야 정오를 기해 T3 경보가 내려졌다.

T3 경보는 홍콩의 태풍 2단계 경보로 시속 63부터 117㎞ 사이의 강풍이 불 때 발효된다. 항공기나 페리 이용이 지연되거나 제한될 수 있으며 유치원과 특수학교에는 휴교 조치가 내려진다.

오후의 도로 사정이 어떻게 될지 모르니 일찌감치 아시아월드 엑스포 아레나로 가있는 것이 좋겠다는 판단하에 주리와 나는 12시 10분에 페닌슐라를 출발하는 셔틀버스를 탔다.

차창 밖을 보니 빗줄기가 점점 더 굵어지고 바람도 더 세지는 것 같다.

"이러다 혹시 오늘 오후 일정 취소되는 건 아닐까?"

만약 T3에서 한 단계 격상되어 T8 경보가 내려진다면 상점을 비롯한 모든 시설물들이 문을 닫고 주요 교통수단들이 모두 통제가 되기 때문에 오늘 오후의 1차 예선 둘째 날 일정도 취소될 수 있다.

"왜요? 걱정되세요?"

"걱정된다기보다는 일정이 바뀌면 컨디션에도 변화가 올 수 있으니 말이지."

"은근히 취소되었으면 하는 마음이 들진 않으세요? 왜, 시험 치는 날 아침에는 그런 생각 들 때 있잖아요. 태풍이 오거나 전쟁이라도 나서 시험이 취소되었으면 좋겠다는 생각."

"사실 그런 마음도 없진 않지만, 지금으로선 빨리 해치웠으면 하는 마음이 더 강해."

"그렇다면 유노 쌤은 무대에 설 준비가 되셨다는 얘기네요. 아마 취소될 일은 없을 거예요. 제가 옥황상제님과 좀 친해서 잘 알아요."

"맙소사. 주리 너, 점점 진짜 아재가 되어가는 것 같아. 하다하다 이젠 본격 아재 개그까지 하는 거야?"

2017년 9월 21일 홍콩시각 PM 06:05.

옥황상제와의 친분을 주장한 주리 말대로 태풍 경보는 T3 단계에서 유지되었다. 일정 취소 따위는 없었다.

오후 2시부터 시작된 1차 예선 둘째 날 경연은 참가번호 39번부터 시작되었고, 현재 59번의 공연이 진행 중이다. 바로 다음 순서가 내 차례이다. 그래서 나는 지금 무대 뒤에서 대기하고 있다.

무대로부터 59번의 노랫소리가 들려온다. 비연세가 리드보컬로 있었던 데스티니스 칠드런의 〈Stand up for love〉이다. 홍콩 대표이니 만큼 등장 때부터 홈 관객들의 환호성이 장난 아니었다. 지금의 객석 반응을 태풍 등급으로 분류하자면 거의 T8 급이다.

심지어 노래까지 잘한다. 비연세와 음색은 약간 다르지만, 그 양감과 질감에 있어선 제법 근접한 레벨이다. 취향과 상관없이 누가 들어도 귀에 착착 감길 것 같은 목소리.

높은 퀄리티의 공연에 열띤 관객 반응까지 더해지니 내가 심사위원이라도 59번에겐 높은 점수를 줄 수밖에 없을 것 같았다.

'쉽지 않은 싸움이 되겠구나!'

59번 홍콩 대표가 몰고 온 T8 급 태풍이 휘몰아치고 있는 관객석에 새로운 설득력으로 다가서기란 여간 힘든 일이 아닐 것이다.

기가 질리도록 뜨거운 함성이 쏟아지는 가운데 무대로 향하는 나는 문득 2010년 밴쿠버 동계 올림픽 여자 피겨 스케이팅 쇼트 경기에서 일본의 아사다 마요 바로 뒤에 출전했던 김연하 선수를 떠올린다. 아사다 마요가 트리플 악셀까지 랜딩하며 나름 인생경기를 펼치면서 한바탕 뒤집어 놓은 빙판에 등장해서도, 그 엄청난 부담감을 이겨내며 한 치의 흔들림 없는 무결점 연기를 펼친 연느 님의 담대함이 지금 내게 필요하다.

아까 백스테이지로 향하는 내게 주리는 이런 말을 해줬었다.

“혼자 올라가시는 거지만 무대 위에 제 몸이 함께한다는 걸 잊지 말아요. 그리고 객석에는 유노 쌤의 모습을 한 제가 앉아있을 거예요. 저와 함께 놀듯이 즐겁게, 그리고 자기 자신과 대화하듯 편안하게 노래하시면 됩니다!”

애어른 강주리가 아재 장윤호의 몸을 만나더니 한 대표를 능가하는 명언 제조기가 되었다.

‘주리와 놀듯이 즐겁게, 나 자신과 대화하듯 편안하게.’ 하라니, 지금 내게 이보다 적절한 응원이 또 어디 있을까?

“Entry number sixty, Jury Kang from Republic of Korea.”

나는 59번발 T8 경보가 내려져 있는 무대를 향해 성큼성큼 걸어 들어간다.

38. 버진 피나 콜라다

◆◆

참가 번호 60번을 소개하는 멘트가 영어와 광둥어로 나온 후에도 객석의 함성은 잦아들지 않았다. 내가 스탠드 마이크 앞에 자리를 잡은 후에도 마찬가지였다.

'그래도 어차피 내 관객이야!'

아무리 저 사람들이 지금 59번을 향한 환호를 보내고 있다고 해도, 어쨌든 그들은 내 노래를 들어줄 내 관객들이기도 하다. 나는 그들을 내 노래로 설득해야만 한다.

세상으로부터 잊혔던 23년 동안, 아무도 없는 연습실에서 홀로 목이 터져라 노래 불러왔던 나다. 들어줄 관객도 없는 골방보다는 이렇게 많은 사람들의 귀가 열려있는 이 아시아월드 엑스포 아레나가 13만 5천 7백 9십 배쯤은 더 좋지 아니한가?

나의 등장에도 아랑곳없이 이미 퇴장한 59번을 향해 소리 지르고 있는 관객들을 이기려면, 과연 내가 어떻게 해야 할까? 답은 의외로 간단하다. 내가 더 크게 소리 지르면 된다.

나는 신고 있던 하이힐을 벗어 무대 뒤편으로 휙 던진 후 다시 마이크 앞에 정자세로 선다. 그리고는 세이렌틀 시절에 목청 틔운답시고 설악산 대승폭포 앞에서 괴성을 질러대던 때를 떠올리며, 들숨을 가득 모아 있는 힘껏 소리를 내뱉는다. 똥꼬에 힘을 빡!

"아~름다~운 강~산~."

광대한 아시아월드 엑스포 아레나의 공기를 날카롭게 가르며 천장까지 쭉 뻗어가는 나의 샤우팅.

그리고 그 외침이 다시 메아리가 되어 내게로 돌아올 때쯤, '빠라밤 빠라밤 빠라밤~'하며 강력한 드럼 비트의 버프를 받은 웅장한 관현악 사운드가 터져 나온다.

나의 선곡은 바로 <아름다운 강산>.

제3공화국 시절, 대한민국 록의 대부 신중헌님이 권력자를 찬양하는 노래를 만들라는 강요를 받은 후, '권력을 찬양할 수는 없지만 아름다운 우리나라를 찬양하는 노래는 만들 수 있다'는 의지의 표현으로 작곡한 노래라고 한다.

물론 나는 이 곡을 선휘 누나 버전으로 먼저 접했다. 신중헌의 원곡을 좋아하는 이들 중에는 이선휘 버전의 <아름다운 강산>을 두고 반항적 정서가 담긴 원곡을 마치 건전가요처럼 만들어 버렸다며 싫어하는 사람도 있다고 한다.

하지만 그것은 선휘 누님의 이미지가 워낙 스탠다드한 메이저 감성인 탓에 그런 인상을 줄 수도 있으리라 생각한다.

누가 뭐래도 나는 이 곡이 '대한민국의 비공식 애국가'라고 일컬어질 정도까지 폭넓은 사랑을 받을 수 있었던 데에는 선휘 누님의 역할이 결정적이었다고 본다.

만약 대중음악에도 올림픽과 같은 국가 대항 빅 매치가 있다면, 우리나라 국가대표로 이선휘 누님이 나가서 이 노래 <아름다운 강산>을 불렀으면 좋겠다는 생각을 한 적이 있다.

비록 나는 선휘 누님의 발끝도 못 쫓아가겠지만 그래도 명색이 대한민국 국적을 달고 출전한 글로벌 오디션 무대이기에, 감히 이 곡을 선택한 것이다.

더구나 세이렌틀 시절에 정기공연 때마다 늘 마지막 곡으로 부르던 레퍼토리라 그 어떤 노래보다 더 즐겁고 신나게 부를 수 있을 것이라는 이유도 있었다.

나의 기습적인 샤우팅에 술렁이던 객석의 공기가 조금씩 바뀌고 있다는 게 느껴진다.

'이제 슬슬 내 페이스에 말려드는 건가?'

하늘처럼 맑고 구름처럼 가볍게 시작한 인트로.

푸른빛이 주는 희망찬 설렘.

아름다운 이곳을 함께 하는 기쁨으로 벅찬 가슴.

실바람이 불어오는 저 광야를 향해서, 부푼 장윤호의 마음이 강주리의 몸보다 앞서 달려 나간다.

"하늘은 파랗게~ 구름은 하얗게~."

기쁨과 설렘으로 가득한 인트로를 한 번 더 반복해 부르면서, 나는 과감한 걸음걸이로 돌출형 무대의 정중앙을 리듬에 맞춰 뚜벅뚜벅 걸어간다.

관객석에서 부는 바람의 풍향이 이미 내게 유리한 쪽으로 바뀌고 있고, 내 몸에 닿아오는 호응의 온도가 점점 올라가고 있음을 느낀다.

'그래, 점점 나에게로 넘어오고 있어!'

노래가 점점 고조되면서 찬란한 태양이 무대를 비추고 객석은 하얀 물결 넘치는 바다가 되어 힘차게 출렁인다.

"이 얼마나 좋은가~ 우리 사는 이곳에~ 사랑하는 그대와~ 노래하리~."

마침내 끓어 넘친 격정은 그 유명한 브리지 파트를 만나면서 광란으로 폭발한다.

"빰빰빠빠밤 빠바밤 빠바밤 빰빰 빠바바바바밤~."

맨발로 무대 위를 미친 듯이 헤집고 다니던 나는 필살의 헤드뱅잉까지 무려 세 차례나 시도한다.

"빰빰빠빠밤 빠바밤 빠바밤 빰빰 빠바바바바밤~ 오오~ 오오~ 오오~오~."

내가 누구인지, 내가 지금 어디에 있는지 따위는 더 이상 중요하지 않았다. 지금 이 무대 위에는 음악 속에서 미쳐 날뛰는 장윤호의 영혼과, 미친 락커의 영혼에 빙의된 강주리의 몸이 있을 뿐이다.

이 무아지경의 열락 안에서는 내 영혼과 주리의 몸이 서로 분리된 것처럼 느껴지기도 한다. 음악 속에서 자유의 날개를 얻은 내 영혼이 저 높은 곳으로 날아올라 이 모든 광경을 내려다보고 있는 것 같은 환각.

노래가 끝났을 땐, 내 안에 있던 소리와 공기가 모두 빠져나가서 꼭 내 몸이 온통 진공 상태가 된 것만 같은 느낌이었다.

나는 거칠게 숨을 헐떡이며 저산소증에 빠진 내 몸 구석구석의 세포와 조직들에 산소를 공급하느라 여념이 없다.

신선한 산소를 머금은 피가 내 말초기관까지 어느 정도 도달하고 나서야 나는 비로소 무대 위로 쏟아지고 있는 드높은 함성을 들을 수 있었다.

내 감각체계를 통해 느껴지는 환호성의 세기로 가늠했을 땐 59번 때의 T8급보다 한 단계 더 격상된 T9 레벨이다.

세상을 다 뒤집어엎을 듯한 박수갈채의 광풍을 온몸으로 느껴보고 싶어서, 나는 허공을 향해 두 팔을 쫙 펼친다.

2017년 9월 21일 홍콩시각 PM 07:35.

1차 예선 합격자 발표는 내일 오전 10시에 참가자들이 묵고 있는 세 호텔 로비에 벽보로 개재될 예정이라고 한다.

그들이 개별 연락이나 홈페이지 발표가 아닌 '벽보 공지'라는 재래식 방법을 택한 이유는 바로 방송에 적합한 그림을 만들기 위함일 것이다.

벽보를 바라보며 희비가 엇갈리는 참가자들의 표정을 카메라에 담을 계산이 들어가 있는 것이겠지.

"그래도 현장 발표가 아닌 게 어디냐? 만약에 오늘 현장에서 바로 합격자가 발표되는 거였으면, 경연이 다 끝날 때까지 현장에 있었어야 했던 거잖아."

굵은 빗물이 흐르는 셔틀버스 차창 밖을 내다보며 혼잣말처럼 그렇게 내뱉고는 옆자리 쪽으로 돌아보니, 주리는 어느새 곤히 잠들어 있었다. 드렁드렁 코까지 골면서.

'내가 이렇게 코를 골았었나? 그러고 보니 내가 코 고는 소리를 직접 들

어보는 건 처음이구나.'

사실 말이지, 자신의 코고는 소리를 몸 바깥에서 자신이 직접 들어보는 경험을 해본 사람이 나 말고 또 누가 있으랴? 유체이탈에 능한 사람이 아니고서야 말이다.

"내가 잠들었었나요?"

코고는 소리에 스스로 놀랐는지 주리가 갑자기 눈을 번쩍 떴다.

"그래, 쿨쿨 코까지 골면서."

"설마, 내가 코를 골았다고요? 에이 그럴 리가. 만약 코를 곤 게 맞다면, 그건 내가 코를 곤 게 아니라, 유노 쌤의 코가 코를 곤 거겠죠."

"그게 도대체 뭔 말이니?"

"에이, 몰라 몰라 몰라."

"앙탈을 부리려면 입술 옆에 침이나 닦고 부리던가."

자고 일어나 입이 말라있을 주리를 위해 나는 가방에서 생수병을 꺼내 그녀에게 내민다.

"경연은 유노 쌤이 했는데, 왜 제가 이렇게 녹초가 되었을까요?"

호텔로 돌아가는 셔틀버스에 오르자마자 곧바로 곯아떨어져 버린 걸 보면 주리는 엄청 피곤했던 모양이다. 하긴, 어제와 오늘 1차 예선 경연장에 가있는 동안 나보다 주리가 외려 더 긴장한 것처럼 보였었다.

"호텔로 돌아가면 주리 네가 좋아하는 사우나 가서 몸 좀 풀고 방에 가서 푹 쉬어."

"근데, 유노 쌤은 하나도 안 피곤해 보이세요. 엄청 쌩쌩하신데요?"

"난 원래 공연 후엔 한동안 매닉 상태에 빠져 있곤 해. 어쩌면 이런 게 아드레날린 중독 증상이 아닐까?"

아시아월드 엑스포 아레나의 무대 위에서 도달했었던 음악적 오르가즘. 그 결과로 생성된 화학물질들이 내 몸 곳곳의 세포 내에 갇힌 채 아직 몸 밖으로 배출되지 못한 건지도 모르겠다.

그래서인지 나는 여전히 유포리아 상태다. 마치 내 몸이 지상으로부터 몇 센티미터가량 붕 떠있는 것 같은 느낌.

"그래서 우리 같은 딴따라들이 공연을 마친 후에는 꼭 뒤풀이가 필요한 거야."

"까짓 것 뒤풀이하면 되죠!"

"하지만 보다시피 나는 현재 만 19세가 안 된 강주리 양의 몸이라 술도 못 마시는 입장이거든."

술도 못 마시는 뒤풀이는 스킨십 없는 첫날밤과 다를 게 없다.

"유노 쌤은 아직 모르셨군요."

"뭘?"

눈이 휘둥그레져서 되묻는 내게 주리는 약간 거들먹거리며 말한다.

"만 19세 이상이 되어야 술을 마실 수 있는 한국과는 달리, 홍콩에선 만 18세 이상이면 술을 마실 수 있다고요."

주리의 그 말을 듣는 순간 나는 만면 가득 떠오르는 웃음을 감출 수 없었다.

"그러니까, 홍콩에 와선 홍콩 법을 따르라는 거지?"

2017년 9월 21일 홍콩시각 PM 08:23.

주리와 나는 둘만의 뒤풀이를 하기로 했다. 그래서 페닌슐라에 들르지 않고 곧바로 홍콩섬으로 넘어왔다.

셔틀버스의 거점지 중 하나인 만다린 오리엔탈 호텔 앞에서 하차한 후 택시를 잡아타고 란콰이퐁으로 왔다.

평일 저녁인데다 여전히 T3 경보도 해제되지 않은 상태여서 사람이 별로 없을 줄 알았는데, 생각보다 많은 사람들이 우산을 쓴 채 비 오는 란콰이퐁 거리를 오가고 있었다.

형형색색의 우산 행렬마저도 꼭 이 거리를 장식하는 하나의 오브제로서 존재하는 듯 보였다.

"기대 많이 했었는데, 생각보단 그냥 그런데요? 이태원 해밀턴 호텔 뒷길이 훨씬 더 화려하고 다채로운 것 같아요."

주리는 조금 실망한 눈치였다. 물론 내가 주리에게 란콰이퐁에 대한 지나친 기대를 불어넣은 탓도 있을 것이다.

사실 15년 전에 이곳에 왔을 때만 해도 내 눈엔 정말 란콰이퐁이 별천지처럼 보였었다. 그래서 나는 15년 전에 내가 받았던 그 느낌을 주리에게 그대로 전했을 뿐이다.

그런데 다시 와서 본 현재의 란콰이퐁은 내 눈에도 정말 이태원보다 못해 보였다.

"란콰이퐁은 별로 변한 게 없는데, 최근 몇 년 동안 이태원이 너무 좋아져서 상대적으로 좀 못해 보이는 걸 거야. 내가 클럽 원정을 좀 다녀봐서 아는데, 세계 어느 도시를 가 봐도 날 샐 때까지 뒤집어지게 놀 수 있는 곳으로는 이태원만 한 곳을 찾기 드물어."

주리 말대로 동틀 때까지 시끌벅적하고 휘황찬란한 이태원 관광특구에 비해선 상대적으로 감흥이 좀 덜 하긴 했지만, 란콰이퐁만의 운치와 개성은 여전히 매력적이었다.

동서양의 정취가 오묘하게 뒤섞인 그 특유의 분위기와 홍콩 느와르 영화의 한 장면이 슬쩍 떠오르는 다크한 매력은 여전히 살아 있었다.

제일 눈에 잘 띄는 위치에 있는 'The China Bar'에 들어가서 음료를 주문하는 카운터 앞까지 걸어가는 동안, 총 네 명의 사내자식들이 내게 말을 걸어왔다.

왠지 금융가에서 일할 것 같은 앵글로색슨계 양복쟁이, 숯검댕이 눈썹의 라틴계 근육맨, 여행객인지 교민인지 알 수 없는 한국계 기생오라비, 추자연의 남편 우효강과 비슷하게 생긴 중국계 날라리 등이 나로부터 애꿎은 퇴짜 굴욕을 당해야 했던 놈들 목록이다.

"주리야 뭐 마실래?"

주변이 소란스러운 탓에 나는 주리 귀에 내 입을 바짝 대고 물어야 했다.

"칵테일 중에서 아무거나 맛있는 걸로 시켜주세요."

주리는 소리치듯 대답했다.

"Two Pina Colada, please."

나는 바텐더에게 그렇게 주문했다가는 다시 주문을 번복한다.

"No, no. One Pina Colada and One Virgin Pina Colada, please."

그러자 주리가 의아한 듯 내게 묻는다.

"버진 피나 콜라다는 뭐예요?"

"버진은 피나 콜라다에서 럼을 뺀 거야. 알코올 없는 피나 콜라다란 뜻이지. 그때 청계산에서 막걸리 먹고 나서 발목 접질린 후로, 내가 주리 네 몸으로 있는 동안엔 절대 술 안마시기로 결심했어. 주리 너의 몸은 소중하니까."

"술 드시고 싶어 하셨잖아요."

"술 마시지 않아도 이런 곳에 온 것만으로도 충분해, 나는. 이미 리프레쉬가 되고 있어. 그리고 지금 나는 컴피티션에 참가하고 있는 입장이잖아."

"그럼, 나도 버진 피나 콜라다로 할래요. 유노 쌤의 간도 소중하니까요."

그래서 주리와 나는 결국 둘 다 버진 피나 콜라다 한 잔씩 손에 든 채, 비오는 목요일 밤의 란콰이퐁을 맨송맨송한 정신으로 만끽하고 있다. 알코올 없이도 나는 꼭 취할 것만 같다.

39. 이기고 지는 것

◆◆

2017년 9월 21일 홍콩시각 PM 10:22.

주리와 나의 알코올 없는 뒤풀이는 한 시간도 안 되어 마무리되었다. 비오는 란콰이퐁 거리에 깃발만 꽂고 돌아온 기분이랄까? 그래도 네온 불빛이 흐르는 시끌벅적한 공간에서 마신 버진 피나 콜라다 한 잔이 아드레날린 해독에는 꽤 효과가 있었다.

호텔방으로 돌아온 나는 방에 들어서자마자 욕조에 물부터 받는다. 그리고는 오늘의 무대 의상이었던 동시에 뒤풀이 의상까지 되었던 로니 정의 스팽글 재킷과 검정 레깅스를 훌훌 벗어던진다.

그러자 아무도 밟지 않은 눈밭처럼 하얗고 깨끗한 속살이 드러난다.

나는 아직도 거울에 비친 주리의 나신을 똑바로 쳐다볼 수가 없다. 그 숭엄한 주리의 몸을 보면서 내 안에서 불쑥 고개를 드는 불온한 생각과 감정들을 나 스스로 처리할 엄두가 나질 않기 때문이다.

'고이고이 잘 지켜주자.'

항상 나는 그런 다짐으로 불순한 발상의 꼬리를 싹둑싹둑 잘라왔다. 물론 앞으로도 그럴 것이다.

자스민꽃을 띄운 욕조에 몸을 담근 상태로 화장을 지운다. 1차 예선 무대를 위해 받은 메이크업이었으니 화장이라기보단 분장이었다고 해야 맞겠다.

주리가 일러준 순서대로 오일 클렌징을 먼저 한 후 거품 세안을 한 번 더 한다.

"화장은 지우는 것이 더 중요해."

어느 클렌징크림 광고 카피 같은 그 멘트는 미나 누나가 내게 했던 말이었다.

가요톱텐 생방송을 마치고 돌아와 너무 피곤했던 나머지 분장도 안 지운 채 연습실 소파에 나뒹굴어져 있던 나를 흔들어 깨우며, 미나 누나가 그렇게 말했었다.

그리고는 어디에선가 콜드크림을 갖고 와서는 손수 메이크업을 지워주었던 그녀. 그때 내 볼에 닿았던 누나의 손길이 아직도 생생하게 남아있는 것 같은데, 그게 벌써 23년 전의 일이었다는 게 믿기지 않는다.

나는 그때 미나 누나의 그 손길이 바로 그녀가 내게 보내는 신호라고 받아들였었다.

평소 호감을 갖고 있던 연상의 여인이 분장을 지워준다며 손으로 내 얼굴을 어루만지고 있는데, 몸과 마음이 뜨거워지지 않을 사내가 어디 있겠는가? 더구나 나는 그 당시에 뜨거운 피 끓어 넘치는 스무 살이었단 말이다.

나의 기습적인 키스를 거부하지 않은 것만으로도 나는 느낄 수 있었다. 그녀도 날 원하고 있다는 것을. 그 불꽃같은 키스로 시작된 사랑을 나는 기꺼이 온몸으로 받아들였다.

두려움과 걱정 따윈 없었다. 제 몸이 타는 줄도 모르고 불 속으로 뛰어드는 불나방처럼 나는 그 위험한 사랑의 불길 속으로 거침없이 돌진했다.

어쩌면 미나 누나는 내 주변의 대다수가 주장했던 것처럼 정말 '요물'이었는지도 모른다. 재력가이자 능력자인 애인을 두고도 연하남까지 홀려서 결국 스무 살짜리 싱어송라이터의 창창한 앞길을 막아버렸으니 말이다.

하지만 누가 뭐라 했든, 나는 미나 누나를 내 온 마음 다 바쳐 사랑했다.

여자한테 빠져서 인생 종친 것보다도 그녀를 더 이상 볼 수 없음에 더 많이 아파했을 만큼 내 사랑은 깊고 진지했다.

우리 엄마의 표현대로라면 '천하의 몹쓸 요물'이었던 천미나를 나는 진심으로 사랑했단 말이다.

2017년 9월 22일 홍콩시각 AM 10:03.

1차 예선 결과 발표가 있을 예정이었던 10시로부터 3분이 경과했는데도 페닌슐라 로비에는 아직 벽보가 붙지 않았다. 합격자 발표를 보기 위해 모여든 사람들로 로비는 매우 혼잡하다.

"발표가 늦어지나 보네요. 아니면 무슨 문제라도 생겼나?"

나보다 주리가 더 조바심을 내며 로비 이곳저곳을 분주히 왔다 갔다 한다.

"그냥 나가서 아침이나 먹고 올까? 어차피 날 때 되면 나겠지, 뭐."

"지금 밥이 넘어 가겠어요?"

그래, 맞다. 밥 안 넘어갈 것 같다. 대범한 척 아침밥 드립을 하긴 했지만, 마음속으로는 나 역시 주리 이상으로 초조하다.

그나저나 발표는 왜 아직 안 나는 걸까? 정말 무슨 문제라도 생긴 걸까?

"You guys!"

그다지 공손하게는 느껴지지 않은 호칭으로 로비에 흩어져 있던 사람들을 끌어모은 작자는 키가 2미터는 족히 되어 보이는 거구의 아프리카계 남자였다.

입체감 없는 곱슬머리가 두피에 파래김처럼 붙어있고, 네이비 스트라이프 정장은 금방이라도 터질 듯 타이트하다.

"뭐라고 하는 거니?"

그냥 말해도 뭔가 스웩이 느껴지는 그의 영어는 좀처럼 내 귀에 잘 들어오지 않아서, 나는 주리에게 통역을 부탁했다.

"합격자 발표 포스터를 싣고 오던 차량이 오는 도중에 고장이 나버렸대요. 그래서 어쩔 수 없이 구두로 발표한다고 하네요. 로비가 너무 혼잡하니 2층 대연회장으로 올라오라고."

로비에 흩어져 있을 땐 정확한 숫자를 가늠하기 어려웠는데, 대연회장에 모인 사람들을 대충 헤아려보니 80명 정도 되는 것 같았다. 그중에 25명이 페닌슐라에 묵고 있는 오디셔너들이고 나머지는 관계자일 것이다.

합격자 10명 중 맨 앞에 불린 3명은 모두 다른 호텔에서 묵는 참가자인 듯했다. 이름이 불린 후에도 아무런 반응이 없었던 걸 보면 말이다.

2번 필리핀 참가자에 이어 두 번째로 호명된 합격자가 바로 7번 JYB 출신 한국 대표였다.

그다음에 바로 21번으로 넘어간 걸 보면 8번이었던 내 룸메이트는 떨어진 게 맞았다. 예상 못했던 결과가 아닌데도 불구하고 내 마음속 구멍으로 찬바람이 휙 하고 통과해 지나가는 것 같다.

"Number 21, Shizuka Momoe, from Japan. Number 32…."

19번 아미족 아가씨가 떨어진 것도 좀 아쉽다. 꼭 될 줄 알았는데.

어쩌면 내가 보고 생각하는 관점이 심사위원들과는 많이 다를 수도 있겠다는 생각이 들면서 자신감 레벨이 한 단계 하락한다.

44번 대만 참가자가 여섯 번째로 이름이 불린 지금까지 한국 출신 합격자만 3명이다.

35번이었던 킬링 플라워 가든의 리드 보컬이 가사 실수로 탈락했을 뿐, 한국의 3대 기획사 출신 참가자들이 모두 합격자 명단에 이름을 올렸다.

지금까지 발표된 합격자들의 국적은 필리핀 하나, 일본 하나, 대만 하나인데 비해 한국은 셋이나 된다. 만약 합격자 선정에 국가별 형평성도 고려되는 것이라면 나의 합격 가능성은 희박하다고 할 수 있겠다.

"Number 59, Chuhong Wang, from Hong Kong."

바로 내 앞 번호인 홍콩 대표의 이름이 발표되자 주리는 두 손을 꼭 모아 쥔다. 나도 가슴이 터질 것 같다.

이제 남은 합격자는 단 세 명. 더구나 이번에 불리지 않으면 나는 탈락이다.

"Number…."

2017년 9월 22일 홍콩시각 PM 12:15.

태풍의 영향권에서 벗어나고 나니 다시 홍콩은 본연의 후덥지근한 열기를 회복했다.

그런데 어느 곳이든 실내에는 에어컨이 지나칠 정도로 빵빵해서 감기 걸리기 십상이다. 건물 안팎의 온도 차가 너무 심하고, 인구 밀도까지 높으니 말이다. 홍콩 독감이 괜히 유명한 게 아닌 듯.

공항으로 향하는 AEL 안에서 내가 한기에 잔뜩 움츠려 있자 주리는 내게 가죽점퍼를 덮어준다.

"가죽점퍼 가져왔다고 그렇게 구박하시더니. 이렇게 유용하게 쓰일 때가 있죠?"

"그렇구나. 이거라도 없었으면 정말 감기 걸릴 뻔했어. 암튼 고맙네."

"핑크 클라우드 메인 보컬이 감기 걸리면 절대 안 되죠. 아직 갈 길이 멀잖아요."

"몸이 으슬으슬하니까 갑자기 짬뽕이 땡기네. 홍콩에 와서 한국에서 먹던 짬뽕이 생각날 줄은 몰랐어."

"그런데 한국에 있는 홍콩반점에는 짜장면과 짬뽕이 있는데, 왜 정작 홍콩의 식당에선 그 비슷한 것도 찾아보기가 힘든 걸까요?"

"미국에도 미국식 중국요리가 있듯이 한국에도 한국식 중국요리가 있는 건 당연하잖아. 20세기 초에 산둥성 출신 화교들에 의해 한국에 전파된 한국식 짜장면과 짬뽕을 파는 가게가 최근 들어 중국 각지에 생겨나고 있다는 얘기는 한 대표에게 들었어. 역수출이라고 해야 하나?"

"그렇다면 홍콩에도 한국식 짬뽕 파는 곳 없나 검색해볼까요? 여기도 있을 것 같긴 한데."

"그렇다고 막 홍콩에 도착하는 멤버들 데리고 한국식 짬뽕 먹으러 가자고 할 수도 없는 노릇이잖아?"

주리와 나는 지금 홍콩에 오후 1시에 도착 예정인 핑크 클라우드 멤버들을 마중하기 위해 공항으로 가는 길이다. 이번 주말에 홍콩에서 화보 촬영이 하나 잡혀서 오는 거라고 했다.

멤버들이 오늘 아침에 홍콩행 비행기를 탔다는 사실을 카톡으로 알려준 사람은 다름 아닌 한 대표였다. 오늘 오전 10시 45분에 한 대표가 보낸 카톡 메시지는 다음과 같다.

[핑크 클라우드 멤버들과 《윈드 메이커》 스태프 몇 명이 오늘 오전 9시에 홍콩행 비행기를 탔다. 홍콩에서 화보 촬영이 잡혔으니, 아마 주리 너도 합류할 수 있을 듯.

사실 스케줄을 위해서 홍콩에 가는 거라기보다는 홍콩에 가기 위해 일부러 스케줄을 만든 거라고 해야겠군.

멤버들까지 현장에서 함께 응원해주면, 2차 예선은 더 힘내서 잘할 수 있겠지? 1차 예선 무사히 통과한 것 축하한다. 잘해낼 줄 알았음.]

명목상으론 화보촬영을 위해서지만 사실상 나를 응원하기 위해 홍콩까지 날아와 준 멤버들에게 1차 예선 합격 소식을 전할 수 있게 되어서 얼마나 다행인지 모르겠다.

이미 멤버들이 홍콩행 비행기를 탄 상태에서 탈락이라는 결과를 받아들었다면, 그녀들 앞에 내가 어떻게 고개를 들 수가 있었겠는가?

《더 유니버스》 아시아 1차 예선 합격자 10명 중 4명이 한국 대표이다. 코리아 만세다.

여덟 번째로 '강주리'라는 이름이 불리기 전에 이미 3명의 한국 출신 합격자가 있어서, 어쩌면 나는 떨어질 수도 있겠다는 생각을 했다. 그런데 다행히 나라별 합격자 제한은 두지 않은 모양이었다.

한국 합격자를 제외한 나머지 6명 중에서는 일본이 2명, 그리고 중국, 대만, 필리핀, 홍콩이 각각 1명씩이다.

2차 예선은 라이벌 미션이다. 1차 예선 합격자 10명을 2인 1조로 짝을 지워 경합을 벌이게 한 다음 둘 중 하나는 탈락하는 방식이다. 패자 부활전도 없고 세이브 제도도 짤 없다. 1대1 매치에서 패하면 끝이다.

오늘 저녁 5시에 1차 합격자 10명이 한자리에 모여 대진 상대와 경연 순서를 정하게 된다. 나와 1대1로 겨룰 상대를 정하는 과정이 왠지 실전만큼 떨릴 것 같다.

"같은 한국끼리 싸우는 일만 없었으면 좋겠다. 만약 그렇게 되면 아무래도 전투욕이 좀 약해질 것 같거든. 주리야, 너와 친하다는 그 옥황상제님께 힘 좀 써 달라고 부탁 좀 해줘!"

2017년 9월 22일 홍콩시각 PM 01:24.

홍콩 공항 입국 게이트를 통과해 나오는 핑크 클라우드 멤버를 보는 순간, 나도 모르게 울컥하면서 눈물이 핑 돈다.

'내가 왜 이러지? 점점 소녀 감성이 되어가는 건가?'

고작 3일 떨어져 있었을 뿐이었는데 마치 3년 만에 만난 것처럼 눈물까지 글썽이며 날 반겨주는 소녀들. 나도 그 순간만큼은 소녀들과 한마음이 되어 서로 부둥켜안으며 동료애를 나눴다.

"결과는 어떻게 되었어?"

누구도 함부로 말을 꺼내기 힘든 이런 순간에 우회 없이 정면으로 파고드는 건 유진의 몫이다. 전에는 유진의 저런 직설적 태도가 거슬린 적이 많았는데, 이젠 그냥 그녀의 스타일로 자연스럽게 받아들여진다.

"…"

난 대답 없이 그저 배시시 웃기만 했을 뿐인데, 네 소녀들의 포옹과 볼뽀뽀 공세에 한참을 시달려야 했다.

"그럴 줄 알았어, 강주리. 장하다, 장해. 넌 우리의 영웅이야!"

풍만한 가슴이 앞서 나오는 유미의 포옹은 언제나 당황스럽다.

"주리 너 뉴욕 갈 때 우리 안 데려가면 나 삐칠 거야!"

준희의 귀여운 투정.

"사실 우린 너 떨어졌을 때를 대비해서 온 거였어. 혹시 우리한테 면목 없다며 한국으로 안 돌아 올까봐 잡으러 왔지. 그런데 우리가 온 이상 2차까지 합격하는 꼴을 꼭 봐야겠어."

나 떨어졌을 때를 대비해서 온 것이란 말은 최근 예능계의 블루칩으로 떠오른 정화가 농담조로 던진 거지만 묘하게 따뜻한 뉘앙스를 품고 있었다.

"주리 씨 축하해요!"

여전히 해맑은 조윤희 작가도 며칠 만에 다시 보니 무척 반가웠다. 장윤호의 모습을 한 강주리에게서 한준호로 갈아탄 바 있는 그녀가 준호의 병에 대해서 알면 무척 슬퍼할 텐데.

아무래도 조윤희 작가는 한 대표의 투병 사실을 모르는 편이 좋을 것 같다. 왠지 조윤희의 마음속에서만큼은 한 대표를 흠 하나 없는 완벽한 남자로 남겨놓고 싶다.

그렇다고 고환 한쪽을 들어냈다는 것이 꼭 남자로서 흠이라는 얘기는 아니다. 꼭 불알 두 쪽이 다 있다고 해서 남자 노릇 제대로 하는 건 아니지 않나? 한쪽만 남은 한 대표가 웬만한 두 쪽 남자들 다 이길걸?

40. 누구에게나 통하는 노래

◆◆

오늘 한국에서 건너온 인원은 핑크 클라우드 멤버 넷과 《윈드 메이커》 제작진 여섯. 거기다 마중을 나온 나와 주리까지 합하면 모두 열둘이었다.

버스를 빌리기엔 다소 적은 인원이었지만, 《윈드 메이커》 측에서는 25인승 미니버스를 렌트했다. 가져온 방송 장비들의 부피가 꽤 컸기 때문이다.

만약 열두 명의 사람들이 무거운 짐까지 들고 AEL이나 리무진 버스를 이용해야 했다면 꽤 번잡할 뻔했는데, 미니버스 덕분에 공항에서 침사추이까지 간편하게 이동할 수 있었다.

"밥 먹자!"

비행기에서 기내식을 먹은 지 그리 오래되지 않은 게 분명한데도 왕성한 소화력의 소녀들은 강력하게 밥을 원했다. 주리와 나 역시 아침부터 제대로 된 식사를 못 한 상태였기 때문에 음식이 절실한 건 마찬가지였다. 침사추이에 도착한 우리는 일단 밥부터 먹기로 했다.

생각 같아선 한국식 짬뽕을 찾아 먹고 싶었지만, 막 홍콩에 도착한 멤버들을 배려해 아쉬운 대로 탄탄면을 먹기로 했다.

'침사추이 탄탄면 맛집'으로 검색해서 찾아낸 '샤샤오페이'라는 식당은 K11이라는 대형 쇼핑몰 지하에 위치하고 있었다.

땅콩 베이스의 진하고 걸쭉한 국물은 호불호가 극명하게 갈리는 맛이었다. 유미와 정화는 맛있다며 국물까지 남김없이 흡입했고, 유진과 준희는 못 먹겠다며 몇 젓가락 뜨다가 말았다.

나와 주리는 아주 맛있지도 않지만 그렇다고 못 먹을 정도는 아니라는 의견에 서로 맞장구쳤다.

나는 개인적으로 한국 짬뽕처럼 조금 더 매콤했으면 싶었지만, 달큼하면서도 고소한 국물과 부드러운 면발이 그럭저럭 잘 먹혔다.

느끼함과 감칠맛의 경계를 오가며 줄곧 긴가민가하면서 먹었는데, 다 먹어갈 때쯤에야 비로소 그 오묘한 매력을 조금 이해할 수 있을 것 같았다. 물론 한국식 짬뽕에 대한 갈망을 잊을 만큼 매력적이진 않았지만 말이다.

페닌슐라 호텔은 풀 부킹 상태여서 빈 방이 없었다. 그래서 핑크 클라우드 멤버들과 《윈드 메이커》 제작진들은 스타 애비뉴 바로 앞에 위치한 인터콘티넨탈 호텔에 방을 잡았다.

멤버들이 호텔에 체크인을 해서 짐을 풀고 한숨 돌리는 동안, 나는 '2차 예선 대진 상대 및 경연 순서 추첨'을 위해 주리와 함께 리펄스 베이로 향했다.

《더 유니버스》 아시아 지역 예선은 비공개로 촬영 중이기 때문에 《윈드 메이커》의 카메라는 따라올 수 없었다.

"스펙타클한 방송 화면을 만들고자 하는 의도는 알겠는데 말이야. 그렇다고 대결 상대를 선정하고 순서를 추첨하는 장면을 꼭 해변에서 찍어야만 하는 거니?"

구룡에서 홍콩섬까지 연결되는 해저터널을 택시로 지나면서, 나는 그렇게 투덜거렸다.

"그래도 합격시켜준 게 어딘가요? 감사하는 마음으로, 오라면 잔말 말고 가야죠."

"그건 그래. 그냥 입 닥칠게."

주리 말이 지당하다. 아무래도 이젠 내가 주리를 주리 쌤이라고 불러야 할 듯. 그 어려운 1차 예선에서 날 합격시켜줬는데, 감사는 못 할망정 웬 불평불만? 설령 빅토리아 피크까지 걸어오라고 해도 군말 없이 가야지, 그럼.

2017년 9월 22일 홍콩시각 PM 05:02.

리펄스 베이로 오라고 해서 해변에서 촬영을 하나 했는데, 촬영 세트는 해변이 아닌 '더 베란다'라는 레스토랑의 야외 테라스에 마련되어 있었다.

검색을 해봤더니, 더 베란다는 페닌슐라 호텔에서 운영하는 곳이며 영화 '색계' 촬영 장소로 더 유명해졌다는 정보가 있었다.

고즈넉하면서도 고풍스러운 품격이 느껴지는 아주 멋진 레스토랑이었다. 홍콩을 떠나기 전에 핑크 클라우드 멤버들이랑 꼭 같이 와봐야겠다는 생각을 했다.

미국의 유재석급 국민 MC, 리먼 스콧이 검은색 창파오를 입고 등장했다.

"귀여워요!"

리먼 스콧의 나이는 나와 동갑으로 알고 있는데, 딸뻘 되는 주리 같은 소녀에게까지 귀여운 매력으로 어필할 수 있는 걸 보면 달리 국민 MC가 아니라는 생각이 든다.

"근데 주리야, 그런 아재의 모습을 하고 남자 사람한테 그렇게 사랑스러운 표정을 지으면 자칫 오해받을 수도 있으니까 조심해."

나의 핀잔에도 아랑곳없이 주리는 리먼 스콧을 향한 노골적인 호감의 눈빛을 거두지 않는다.

"역시 풍기는 포스가 남달라요. 저 아저씨의 키가 170cm밖에 안 된다는 게 믿기세요? 미국 남성으로선 작은 축에 속하고, 지금까지 사귀었던 여자 친구들이 모두 저 아저씨보다 키가 더 컸죠. 그런데 무대 위에 선 모습은 엄청 커 보이네요."

"자, 이제 리먼 스콧 찬양은 그만하고, 얼른 통역이나 해봐."

"1차 예선 때 선보인 퍼포먼스를 바탕으로 서로 대적할 만한 상대를 매치시켰대요. 장르와 스타일이 서로 비슷한 상대끼리 만나게 된 경우도 있고, 그와는 반대로 극단적인 대비를 이루는 두 사람이 겨루게 된 조도 있다고 하네요. 실력이야 10명 모두 서로 우열을 가릴 수 없을 정도로 비등

비등하기 때문에, 각각 서로 다른 스타일과 개성을 지닌 최종 합격자 5인을 뽑으려는 의도로 선택된 대결 방식이래요."

리먼 스콧의 멘트를 통해 절반쯤 알아들었던 내용을 주리의 명료한 통역으로 한 번 더 들으니 귀에 쏙쏙 더 잘 들어오는 것 같다.

주리의 또박또박한 목소리로 인해 환하게 밝아진 내 의식 속에서 불안과 긴장 또한 또렷해진다.

'과연 나는 어떤 상대와 겨루게 될까?'

내 머릿속으로 1차 예선 합격자들의 공연 장면이 하이라이트 편집 영상처럼 흘러 지나간다.

"Number 2, Morinet Ramon from Philippines…."

2번 필리핀 대표는 40번 한국 대표와 겨루게 되었다. 40번은 바로 YK 소속의 프리티 걸이다. 둘 다 인형 미모에 파워풀한 가창력을 갖고 있으니 서로 대적할 만한 라이벌로 손색이 없다.

JYB 소속인 7번 한국 대표는 44번 대만 참가자와 붙는다. 터프한 걸크러시들끼리의 피 튀기는 대결이 되겠구나.

21번 일본 대표는 홍콩 출신의 59번과 붙는다. 정통 디바 스타일의 라이벌전인 셈이다.

남자 합격자가 10명 중에 2명뿐이었기 때문에, 두 남자는 다른 선택의 여지없이 서로 숙명의 라이벌이 될 수밖에 없었다. XM 소속의 29번은 79번 중국 대표와 맞서야 한다. 미성의 고음과 탁성의 중저음이 겨루는 상극의 대결이 되겠다.

'그렇다면 내 상대는 그 일본의 괴물 보컬?'

4개의 대결조가 매치되고 난 후, 남은 상대는 단 한 명뿐이었다. 바로 62번 일본 대표.

1차 예선무대에서 머라이언 캐리의 〈Emotion〉을 락으로 편곡해 불렀던 그녀는 견고한 저음부터 돌고래 가성까지 소화해내는, 초인적 음역의 소유자였다.

마치 머라이언 캐리와 소찬희를 합체시켜놓은 것 같은 괴물 락커.

1차 예선 때 내 무대를 마친 후 아레나를 떠나기 직전, 62번의 무대를 보고는 꼭 영화 《클로버필드》의 괴수라도 본 듯 소름이 돋았던 기억이 떠올랐다.

"같은 한국끼리 싸우는 것만 피하면 누구라도 괜찮다고 생각했는데, 하필 저런 괴물을 만날지는 몰랐네."

마치 벨로시 랩터 떼를 피하려다 티라노사우르스의 서식지로 들어서 버린 것 같은 표정을 짓고 있는 내게 주리는 초콜릿 맛 마카롱 하나를 건넨다.

"단 거 드시고 힘내세요! 사실 10명의 면면을 따져 봐도 유노 쌤의 상대가 될 만한 사람은 저 일본 괴물밖에 없어요. 그러니까 유노 쌤도 62번 못지않은 괴물 보컬이란 뜻이에요."

입안에서 바스락 부스러지면서 초콜릿 폭탄을 터뜨리는 마카롱의 달콤한 퍼포먼스는 어느 정도의 진정 효과가 있었다.

"강한 상대를 만났다고 두려워할 필요는 없어요. 아마도 62번 역시 유노 쌤을 대결 상대로 만나서 엄청 떨고 있을 걸요? 상대가 강하면 그 상대의 강함을 이용해 먹어야 해요. 왜냐하면 강한 상대는 나 자신을 더 강하게 만드는데 도움을 주거든요."

옆에 있는 주리의 존재는 초콜릿 마카롱보다 훨씬 더 강력한 안정 효과가 있다.

그리고 나에게는 나를 응원하기 위해 먼 길을 와준 핑크 클라우드 동료들이 있다.

멀리서 힘을 보내주는 한 대표도 빼놓을 수 없지.

'오디션에서 이길 생각보다 자기 자신을 이길 생각을 해야 한다.'

한 대표가 내게 보냈던 메시지 중 한 구절을 한 번 더 되새겼다.

그래, 상대가 누군지가 중요한 게 아니다. 나는 상대를 이겨야 하는 것이 아니라 나 자신을 넘어서야 하는 것이다.

"자, 이제 그럼 밥 먹으러 갈까요? 오늘 저녁은 대표님이 쏘는 스페셜 디너예요. 함께 하지 못해서 미안하다며 대표님이 직접 예약하셨죠. 괴물 잡을 걱정은 잠시 제쳐두고 지금은 일단 멤버들이 기다리고 있는 포시즌스 호텔로 가자고요!"

2017년 9월 22일 홍콩시각 PM 07:14

리펄스 베이를 떠날 때만 해도 맑은 날씨였는데, 센트럴역 근처까지 왔을 때부터 굵은 빗방울이 쏟아지기 시작했다.

우산이 없어서 난감할 뻔했는데, 건물들 사이로 연결된 공중회랑을 통해 비를 맞지 않고 포시즌스 호텔까지 무사히 갈 수 있었다.

로비에서 기다리고 있던 핑크 클라우드 소녀들은 멋진 포시즌스의 로비를 배경으로 인증샷을 남기느라 여념이 없는 상태였다.

포시즌스 호텔 4층의 룽킹힌. 한 대표가 예약해놓은 자리는 멋진 선착장 뷰가 있는 원탁 테이블이었다. 주문까지 미리 되어 있었는지 우리가 앉자마자 누룽지 위에 소고기 어쩌고 하는 웰컴 디쉬가 나왔다.

자신을 버나드라고 소개한 한족계 웨이터가 와서 오늘 서빙될 요리에 대해 설명한다. 그리고는 한 대표의 안부를 묻는다. 버나드 씨가 상하이에서 호텔 학교를 다니던 시절에 한 대표와 서로 알고 지낸 사이라는 설명과 함께.

"Mr. Han is a really gorgeous gentleman."

이런 찬사를 붙이는 것도 잊지 않았다. 한 대표의 글로벌한 인맥에 새삼 감탄하면서 괜히 내 어깨가 으쓱해진다.

아기 돼지 바비큐는 통째로 나오거나 토막이 난 상태로 나오는 불쌍한 장면을 상상했는데, 예상과는 다르게 먹기 좋게 슬라이스 된 상태로 나왔다. 버나드 씨가 가르쳐주는 대로 두반장 소스를 위에 올려 한 조각을 입에 넣어 보았다.

"오!"

내 입에서뿐만 아니라 테이블 곳곳에서 탄성이 쏟아져 나온다. 취향과 성향이 각기 다른 소녀들이 하나같이 행복한 표정을 짓고 있어서 내심 놀랐다.

정말이지, 바삭거리는 껍데기의 고소함에다 아기 돼지의 부드러운 육질과 입안 가득 흘러넘치는 육즙이 기가 막힌 조화를 이룬 환상적인 맛이었다.

아기 돼지 바비큐와 쌍벽을 이루는 메뉴라는 설명과 함께 나온 '꿀 돼지 바비큐' 역시 꿀이 육즙인지 육즙이 꿀인지 헷갈릴 만큼 절묘한 조합이었다. 초딩 입맛인 나도, 어른 입맛인 주리도 모두 맛있게 먹을 수 있는 요리였다.

'누가 먹어도 맛있는 음식!'

정말 좋은 것은 누구에게나 좋은 것이다. 다시 말해 좋은 가치를 느끼고 판단하는 일은 그리 복잡하거나 어려운 것이 아니라는 말이다.

룽킹힌의 음식은 장윤호의 영혼과 강주리의 몸이 공통적으로 좋아할 수 있는, 즉 누구에게나 통할 수 있는 보편적인 가치를 지니고 있었다.

본연의 취향이나 길들여진 입맛에 상관없이 누가 먹어도 맛있는 음식, 그것이 바로 미슐랭 쓰리 스타의 가치가 아닐까 하는 생각이 들었다.

'2차 예선에서는 탄탄면이 아니라 아기 돼지 바비큐 같은 공연을 보여줘야 해! 취향에 따라 호불호가 갈리는 탄탄면 같은 무대가 아닌, 누구에게나 좋은 가치로 어필할 수 있는 룽킹힌 음식 같은 무대.'

한 대표가 하사한 미슐랭 쓰리 스타 룽킹힌 디너를 먹으며 나는 그렇게 다짐했다. 2차 예선 무대에서는 기필코 '누구에게나 통할 수 있는 노래'를 해야겠다고.

41. 밴드 리허설

◆◆

불빛이 하나둘 늘어가는 빗속의 선착장 뷰를 바라보며 입에 착착 달라붙는 산해진미를 맛보고 있으려니 세상 부러울 게 없다.

일본 괴물을 무찔러야 하는 긴장과 부담 따위는 저기 저 바닷물에 잠시 던져 놓자.

'준호도 같이 왔다면 참 좋았을 텐데.'

흐뭇한 행복감과 함께 한 대표에 대한 미안함과 고마움이 밀려온다.

"대표님도 같이 오셨으면 참 좋았을 텐데."

나도 마침 한 대표 생각을 하고 있었는데, 유미가 갑자기 '대표님' 얘길 꺼내서 내심 놀랐다.

"회사에는 언제부터 나오신다는 얘기는 아직 없었어…요?"

2명 이상 모인 자리에서는 누구에게 존댓말을 써야 하고 누구에게 반말로 얘기해야 할지 아직도 헷갈리곤 한다.

"출장 떠나신 날, 그러니까 입원하신 날 이후로는 아무 소식이 없었어."

그랬구나. 한 대표는 아직 회사에 자신의 근황을 알리지 않은 모양이다. 나는 솔직히 한 대표가 저렇게까지 오래 회사를 비울 줄은 몰랐다. 원래의 그라면 단 하루도 회사를 떠나있지 못할 사람인데.

그 나름대로는 마라톤 훈련에 돌입하며 복귀를 위한 워밍업을 시작했지만, 아직 선뜻 회사에 돌아올 정도로 몸과 마음이 회복된 상태는 아닌가 보다.

하긴, 천하무적의 슈퍼맨에게도 몸과 마음의 상처를 회복할 시간은 필요할 것이다.

'한 대표에게 고환암'은 '슈퍼맨에게 크립토나이트 광선'만큼 치명적인 데미지였을 테니 말이다.

“대표님을 단 며칠 못 봤을 뿐인데, 대표님의 나노급 잔소리가 막 그리워지는 거 있지?”

한 대표에 대한 그리움을 토로하는 준희 눈에는 그렁그렁 눈물까지 맺혀있다.

“우리 대표님을 위해 건배할까?”

유미의 건배 제의에 따라 우리는 당초(當初)라는 대만산 술이 담긴 와인잔을 서로 부딪히며 한 대표의 건강을 기원한다.

“주리의 선전도 빌어야지!”

살다 보니 유진이가 살뜰히 나를 챙기는 날도 다 있네.

“맞아, 맞아. 우리 주리 뉴욕 꼭 보내야지. 그래야 덕분에 나도 뉴욕 한번 가보지.”

준희도 꼭 준희스러운 응원을 보탠다.

“75명 중에 10명 안에 들어야 했던 1차 예선보다는 1명만 이기면 되는 2차 예선이 오히려 더 가뿐하지? 다 잘될 거니까 걱정 말고 파이팅!”

터프걸 정화의 응원은 투박하지만 따뜻했다.

“위하여!”

‘The first we met’이라는 로맨틱한 뜻이 담긴 당초라는 술을, 나는 마시지는 않고 냄새만 맡는다. 그것만으로도 내 행복감이 고취되는 것 같다. 내가 이 소녀들을 처음 만났을 때를 떠올리게 하는 이 술의 향내에 이들과 함께한 시간의 향기가 더해져서 그런 게 아닐까?

2017년 9월 23일 홍콩시각 AM 07:12.

1차 예선은 MR 반주였던 데 반해 2차 때에는 밴드의 라이브 반주로 진행된다.

그래서 어제 이미 2차 예선 때 부를 노래의 악보를 제출한 상태이다.

밴드 반주는 소리를 믹싱해서 마스터링을 끝낸 MR과는 완전히 다르다.

조합된 하나의 소리로 다가오는 MR과는 달리, 밴드 반주는 내가 그 소리의 내부로 들어가는 기분이랄까?

더구나 지휘자가 따로 없는 밴드에서는 리드 보컬이 지휘자의 역할도 겸해야 한다.

'소리의 일부가 되면서도 소리를 이끌고 나가는 능력.'

이것이 밴드의 보컬이 가져야 하는 덕목이다.

보컬이 자기 노래에 심취한 나머지 밴드의 반주가 귀에 들어오지 않아 박자가 어긋나버려서는 안 된다. 그렇다고 자기 노래가 밴드와 잘 맞고 있는지 지나치게 신경 쓰다 보면 노래가 망가진다.

그래서 제작진 측에서도 리허설 없이 진행되었던 1차 예선과는 달리, 2차를 앞두고는 밴드와 합을 맞춰보는 리허설을 허용한 것이 아닐까?

오늘 10명의 합격자에게 각각 배정된 리허설 시간은 단 1시간이다. 보컬 입장에서는 연습시간이 좀 박하다고 여길 수도 있지만, 밴드 입장에서는 중노동이나 다름없을 것 같다.

한 밴드가 10명의 보컬들과 모두 합을 맞추려면 자그마치 10시간.

모르긴 몰라도, 바로 어제 10개의 악보를 받아 그 곡을 다 연습해야 했으니 거의 밤을 새야 하지 않았을까?

더구나 내일의 경연 때에도 총 10번의 공연을 해야 하니 말이다.

나에게 배정된 시간은 오후 9시다. 하필 맨 마지막 순서라니.

내 손으로 뽑은 순서이니 뭐라 할 말은 없다. 이 '추첨 고자' 같으니라고.

오전 9시부터 시작해서 무려 아홉 명의 보컬과 리허설을 진행하느라 밴드 연주자들은 이미 녹초가 된 상태일 텐데, 과연 제대로 된 리허설을 해낼 수 있을까?

오늘은 인터컨티넨털 호텔 앞에서 멤버들을 만나 함께 조깅을 하기로 했다.

그런데 이 소녀들은 조깅을 하러 나온 건지 패션쇼를 하러 나온 건지 모르겠다. 형형색색의 운동복들이 서로 얽히고설킨 모습을 보니 눈이 어질어질하다.

몇 걸음 뛰다 인증샷 한 번, 또 몇 걸음 가다가는 우르르 몰려서 떼샷 한 번. 모처럼 물 건너온 홍콩의 순간순간이 이들에겐 그대로의 즐거움인 모양이다.

당최 달리기에는 집중을 할 수 없지만, 내 마음까지 덩달아 유쾌해지는 것 같아서 나도 좋다.

"밥 먹자!"

한 20분 뛰었나? 누가 먼저랄 것도 없이 밥 먹으러 가자는 의견에 한마음 한뜻이 되어버리는 소녀들.

"샤워도 안 하고요?"

솔직히 나는 조금 더 뛰고 싶은 마음이었다.

"샤워하고 나와도 금세 땀범벅이 되어버릴 텐데 뭘. 그냥 아침 먹고 씻자고. 잔말 말고 따라와."

정화가 팔로 내 목을 휘감은 채 나를 이끈다.

"사실 땀날 만큼 뛰지도 않았죠. 가요, 가요."

나는 못 이기는 척 끌려갔지만, 사실 배가 몹시 고픈 건 나도 마찬가지였다.

우리가 아침을 먹기 위해 간 곳은 홍콩 현지인들이 만만하게 즐겨 찾는다는 취와 식당.

가벼운 토스트에서부터 면류, 심지어 스테이크류까지, 다양한 음식이 서빙 되는, 우리로 치면 분식체인점 같은 식당이라고 할 수 있겠다.

메뉴판에 적힌 수많은 메뉴 가운데에서 아침에 주문 가능한 메뉴는 A, B, C 세트와 단품 몇 가지뿐이었다.

예측불허의 소녀들은 메뉴를 고르는 데도 오래 걸렸는데, 다소 성질이

급해 보이는 아줌마 직원이 의외로 차근차근 주문을 잘 받아줬다.
내가 시킨 B세트에는 연유 발린 빵과 스크램블 에그, 그리고 면 요리 하나가 나왔다.
조식 세트에 면류가 포함되어 있다니.
아침에는 면을 잘 먹지 않는 나로선 좀 의아했지만 의외로 잘 먹혔다.
인스턴트라면처럼 생긴 면에 소고기 몇 조각이 올라가있는 외관상으론 그닥 먹음직스럽진 않았는데, 국물 맛이 의외로 고소했다. 면발도 꼬들꼬들. 별 기대 안 했던 고기도 잡맛 없이 야들야들.
암튼 별 기대 없이 들어갔던 곳이었지만 외외로 만족스러운 아침을 먹을 수 있었던, 반전 있는 식당이었다.
"오늘은 뭐 할 거예요?"
오늘은 경연이 아닌 리허설이라 응원을 올 필요가 없으니, 멤버들로선 자유 일정이 허락된 셈이다.
"널 두고 우리가 어딜 다니겠어. 목욕재계하고 경건한 마음으로 기도나 하고 있을게."
물론 입에 발린 말이란 걸 알지만, 이제 제법 듣기 좋은 말도 곧잘 하는 유진이.
"아니에요, 내 몫까지 재미있게 놀아줘요. 모두들 데뷔한 후로 해외 나온 건 처음이지 않나요?"
나 때문에 이들이 즐기지도 못한다는 건 말도 안 되지. 이 천방지축 소녀들이 나를 위한답시고 호텔 방에 갇혀있는 꼴은 내가 못 보겠다.
"우리는 알아서 시간 잘 보내고 있을 테니까, 주리 넌 우리한테까지 마음 써줄 필요 없어. 그나저나 리허설 시간이 너무 늦게 배정되어서 어떡하니? 네가 힘들겠다."
진심으로 걱정하는 얼굴이 된 유미.
"빨리하고 싶은 걸 참고 기다려야 해서 힘든 거지, 늦게 해서 안 좋을 건 없을 거예요."

그것은 물론 유미를 안심시키기 위해 한 말이지만, 그냥 한 말만은 아니다. 나는 지금 빨리 밴드를 만나보고 싶어서 미칠 지경이다.

밴드는 과연 어떤 사람들로 구성되어 있을까? 팀으로 활동하는 밴드일까? 아니면 독립적인 세션맨들이 모인 프로젝트 그룹일까?

《더 유니버스》가 과연 얼마나 쟁쟁한 연주자들을 모았을지 사뭇 기대된다. 어서 빨리 밤 아홉시가 되었으면 좋겠다.

2017년 9월 23일 홍콩시각 PM 08:59.

2차 예선 경연이 펼쳐질 곳은 '홍콩 콜로세움'이다. 페닌슐라 호텔에서는 1.8㎞밖에 안 되어서 차로 5분 정도 소요되는 거리.

셔틀버스로 1시간 이상 가야 했던 아시아월드 엑스포 아레나에 비해선 이동이 아주 간편해졌다. 그래서 홍콩섬의 두 호텔에 묵고 있던 2차 예선 합격자들도 모두 페닌슐라로 옮겼다고 들었다.

셔틀버스를 탈까 하다가, 몸도 풀 겸 그냥 걸어서 왔다. 그래도 타국의 밤길이라며 주리가 동행해주었다. 비록 영혼은 마흔셋 아재지만, 겉모습은 보호가 필요한 열아홉 꽃띠 소녀이니까.

내 앞 순서의 참가자가 리허설을 하는 동안에는 공연장의 문이 굳게 닫힌 상태였다. 이제 그 문이 열리기 직전이다.

드디어 무거운 철문이 열린다.

'파이팅!'

주리와 마지막 눈맞춤을 한 후, 나는 문으로 들어선다.

무려 만이천오백 명의 관객을 수용할 수 있다는 웅장한 아레나. 4면의 객석에 둘러싸인 정사각형의 무대가 눈에 들어온다.

'콜로세움'이라는 명칭답게 공연장이라기보다는 경기장의 느낌이 더 강하다.

맹수가 으르렁대는 콜로세움에 홀로 들어서는 검투사가 된 기분이랄까?

3면도 모자라 온 사방이 객석이다. 무대 위의 오디셔너는 이제 뒷모습까지 그대로 노출된 상태로 평가받아야 한다. 숨을 곳도, 도망칠 곳도 없다.

'그렇다면 밴드의 배치는 어떻게 되는 거지?'

나의 궁금증은 오래지 않아 풀렸다.

정사각형 무대의 네 꼭짓점 부근에 4명의 연주자가 서 있다. 기타, 베이스, 드럼, 건반.

그러니까 보컬은 무대 위에서 네 악기에 둘러싸인 채 노래를 부르게 되는 셈이다.

나는 마치 사방에 호랑이, 사자, 곰, 표범이 버티고 있는 우리 안에 들어가는 기분으로 무대에 오른다.

그런데 무대 위에 올라선 나는 맹수 무리를 본 것보다 더 크게 놀라고 만다.

'유시키잖아!'

가장 먼저 눈에 들어온 드러머는 다름 아닌 와이재팬의 유시키였기 때문이다. 그때 환영 방켓에서 눈에 띄었던 것이 바로 이것 때문이었구나.

'아니, 저분들은!'

기타와 건반 주자의 얼굴을 보는 순간, 나는 놀라움과 반가움이 교차한다.

기타를 들고 계신 분은 다름 아닌 '시인과 이장' 출신의 함춘효 님이다. 그리고 건반 앞에 계신 분은 '조형필과 위대한 출생' 출신의 건반 주자 최태환 님. 두 분 다 국내 최고라는 수식어가 결코 아깝지 않은 분들이다.

내가 두 분과 함께 공연을 해본 경험은 없지만, 선휘 누님의 콘서트 때 세션으로 자주 참여하신 분들이라 왠지 익숙하다. 마치 잘 아는 분들처럼.

베이시스트는 잘 모르는 분이었는데, 장내 진행요원이 소개를 해줘서 알았다. 중국의 '킹 씨 빅 샤크'라는 밴드의 왕징환이라는 분이라고 했다. 이분도 포스가 장난 아니다.

사실 무대 아래에서 올려다볼 때만 해도 네 연주자는 다소 지치고 피곤한 모습들이었다.

그런데 지금 나와 마주하고 있는 그들은 전혀 다른 얼굴이다. 그들은 하나같이 나를 향해 해맑은 삼촌 미소를 짓고 있다.

'역시 주리의 미모는 아시아에서도 통하는구나!'

42. 무슨 노래 부를까?

◆◆

2017년 9월 24일 홍콩시각 AM 05:49.

새벽에 일찍 눈이 떠져서는 다시 잠들 수가 없다. 어제 그리 일찍 잔 것도 아닌데.

어제 홍콩 콜로세움에서 리허설을 끝내고 호텔로 돌아온 시각은 밤 10시45분.

방에 들어와 욕조 목욕을 한 후 자정이 넘어서야 침대에 누웠으니, 여섯 시간도 채 못 잔 셈이다. 얼리버드 주리의 몸이라면 몰라도, 잠꾸러기 장윤호의 영혼은 분명 더 자고 싶을 텐데.

이따 아침 먹고 들어와서 조금 더 잠을 청해봐야겠다. 저녁에 있을 2차 예선 경연 때의 컨디션을 위해서라도.

'화영이는 땜빵 라디오 방송 잘하고 있을까?'

문득 최화영이 과연 어떤 식으로 《여명의 속삭임 장윤호입니다》를 진행하고 있는지 궁금해졌다.

그래서 실시간 청취가 가능한 스마트폰 어플리케이션을 실행시켰다.

방송은 이미 끄트머리였다.

"… 제가 윤호 오빠 대타로 이 프로그램을 진행한 지도 벌써 열흘째네요. 저는 라디오가 이렇게 좋은 건지 미처 몰랐어요. 해보니까 너무 좋은 나머지, 이제 남은 날이 나흘밖에 없다는 사실이 아쉬워지네요. 윤호 오빠 오지 말라고 하고, 그냥 제가 이 자리를 꿰차고 앉아 버릴까요?"

'아니, 저 요망한 것이.'

나는 새벽에 혼자서 육성으로 욕할 뻔.

"농담이었고요. 안 그래도 어제 윤호 오빠와 통화를 했는데, 청취자 여러분 곁으로 얼른 돌아오고 싶다고 성화더군요. 그리고 자신이 꼭 응원하고 싶은 세 사람이 있다며 저보고 대신 꼭 응원을 해달라고 부탁하더라고요. 한 사람은 현재 어려운 역경에 맞서 고군분투하고 있는 친구라 하고요."

친구라면 한 대표를 말하는 거구나.

"그리고 또 한 사람은 자기 자신이래요. 그리고 자신이 가는 길에는 또 다른 한 사람의 영혼이 늘 함께한다고 했어요. 그래서 결국 세 사람을 향한 응원이라고."

다른 사람의 영혼이 함께 하는 자기 자신이라면, 장윤호의 영혼이 깃든 강주리를 말하는 것이구나. 그럼 나야? 아니면 주리 자신인 거야? 나도 막 헷갈리잖아.

"사실 전 이 말을 정확히 잘 이해하지 못했지만, 오빠한테 더 이상 캐묻지는 않았답니다. 어찌 보면 진한 사랑의 표현인 것 같기도 했지만 어쩐지 남녀 간의 애정과는 뭔가 다른 뉘앙스가 느껴졌거든요. 암튼 왠지 제가 건드리면 안 되는 부분인 것 같았어요."

'남녀 간의 애정과는 다른 뉘앙스'라니, 암튼 최화영의 동물적 육감은 알아줘야 한다.

만약 주리와 내가 서로 몸이 바뀐 사실을 누군가에게 밝혀야 한다면, 처음이 한 대표고 그다음이 최화영일 것이다.

사실 이 거짓말 같은 상황을 더 쉽게 받아들여줄 것 같은 사람은 준호보다는 화영이 쪽이지 않을까 싶기도 하고.

"암튼 윤호 오빠를 포함한 세 분께 제가 응원 보내드릴게요. 제가 원래 기가 좀 센 여자라 제 응원은 효과도 좋거든요. 세 분, 파이팅입니다!"

'고맙다, 주리야. 고마워, 화영.'

"이 스튜디오의 원주민, 아니 원주인이신 장윤호 님의 신청곡 들려드릴게요. 근데 정말 고맙게도 저희 팀 노래를 신청해 주셨네요. 파이널 데스티네이션이 부릅니다. 〈아자아자〉."

홍콩으로 온 후에 처음으로 최화영의 대타 방송을 들은 건데, 마침 이런 응원 메시지와 신청곡이 나오다니 신기방기. 혹시 나로 하여금 이 방송을 듣게 하려고 최화영이 염력을 쓴 건 아닌가 하는 의심이 들 정도. 왠지 화영이는 염력도 쓸 수 있을 것 같은 여자거든.

더 신기한 건 인터넷 라디오를 통해 응원 메시지를 받고, 수리의 신청곡 <아자아자>까지 듣고 나니 거짓말처럼 다시 잠이 쏟아진다는 사실이다.

2017년 9월 24일 홍콩시각 AM 10:04.

최화영의 기센 응원 덕분이었는지, 곧바로 다시 잠들어서는 4시간이 넘도록 꿀잠을 잤다.

숙면을 취한 덕분에 몸이 아주 날아갈 듯이 개운하다.

이런 몸 상태라면 트라이애슬론 경기라도 거뜬히 뛸 수 있을 것 같다. 그렇다고 한 대표처럼 진짜로 하겠다는 얘기는 아니고.

'무슨 노래를 부를까?'

2차 예선 때 부를 선곡에 대한 고민이 많았다.

심사숙고 끝에 추려진 곡이 총 세 곡이었다. 그래서 그 세 곡을 모두 핑크 레인이 편곡해서 MR을 만들어 주었다. 그러니까 홍콩에 올 때 가져온 MR이 모두 4개(1차 예선 곡 <아름다운 이 강산> 포함)다.

2차 예선 곡으로 물망에 오른 세 노래 중 하나는 더 퀸의 <Don't stop me now>이다. 나의 락커 본능을 그대로 발산하면서 마음껏 불러제낄 수 있는 노래다. 한마디로 내가 미쳐서 부를 수 있는 노래.

더구나 세이렌틀 시절에 내가 즐겨 부르던 레퍼토리라 내 노래처럼 익숙하면서도 신나게 부를 수 있다는 장점이 있다.

그렇지만 이 노래는 보통 콘서트 후반부에 나도, 관객도 한껏 달아오른 상태로 불러야 제맛이다.

한 곡만으로 승부를 봐야 하는 오디션 무대에서 짧은 시간 안에 내가 그렇게 뜨거워질 수 있을까 하는 의문이 생긴다.

설령 나 자신은 달아오를 수 있다 치더라도, 밴드와 관객까지 내 페이스로 끌고 오기엔 3~4분 남짓 되는 노래 한 곡으론 역부족일 것 같다.

밴드와 관객은 따라오지도 못했는데 '지금 날 막지 말아요'라며 미쳐 날뛰면 그게 먹히겠냐고.

다른 한 곡은 머라이언 캐리의 〈Hero〉.

〈Hero〉는 기승전결이 뚜렷해서, 나지막하게 속삭이는 저음부터 절규하는 감정의 극한까지 잘 보여줄 수 있는 곡이다.

내가 R&B에 좀 약한 편인데, 머라이언 캐리 노래 중에선 비교적 꺾기가 많이 들어가지 않은 스탠다드 발라드에 가까워서 내가 소화하기에도 큰 무리는 없다.

그런데 하필이면 2차 예선 대진 상대인 일본 괴물이 1차에서 머라이언 캐리의 노래를 불렀다.

물론 그녀가 부른 건 〈Emotion〉이었지만, 내가 이번에 〈Hero〉를 부르면 자연스럽게 그녀의 1차 예선 무대와 비교선상에 놓이게 되지 않겠냐는 거다.

비교되는 게 두려운 건 아니다. 뭔가 김샜다고 해야 할까?

내가 상대를 의식하지 않고 〈Hero〉를 고른다 해도, 제3의 시선으로 보면 오히려 상대를 의식한 선곡으로 보일 수 있단 말이다.

그래서 이 두 곡과는 빠이빠이 했다.

남은 한 곡은 앞의 두 곡과 같은 결격 사유가 없어서 선택된 것이지만, 일단 선택하고 보니 정말 이 노래만 한 곡이 없는 것 같다.

얼굴만큼 예쁜 강주리의 음색을 잘 살리면서도, 장윤호의 뒷심까지 실어서 부를 수 있는 노래.

부를수록 가사 한 마디 한 마디가 가슴에 알알이 들어와 박혀서, 가슴 먹먹한 애수를 담아 부를 수 있는 노래.

가사를 못 알아듣는 심사위원과 관객들에게도 충분히 절절한 감정으로 파고들 수 있는, 그런 노래.

이 노래, 정말 잘 부르고 싶다.

핑크 클라우드 멤버들도 모두 늦잠을 잤다고 했다. <핑키 윙키> 음원 출시 후로는 줄곧 스케줄에 쫓기며 사느라 소녀들도 늘 잠이 모자랐을 것이다. 모처럼 허용된 아침잠을 최대한 즐기고 싶었겠지.

느지막이 일어난 네 명의 멤버들이 페닌슐라 호텔로 와서, 라운지에서 브런치를 함께 하기로 했다. 경연을 앞두고 내가 이동하기 부담스러울 것이라 여긴 그녀들의 배려였다.

오늘 저녁 7시부터 경연을 시작해서 내 순서가 오려면 대략 아홉 시 정도 될 거라고, 어제 진행요원이 알려줬었다.

제시간에 저녁을 먹으면 노래할 때 거북해서 안 되고, 그렇다고 아예 안 먹으면 힘 달려서 안 된다.

그러니까 지금쯤 아침 겸 점심을 먹고, 오후 너덧 시쯤 점심 겸 저녁을 먹으면 딱 맞을 것 같다.

"오늘 브런치는 내가 쏠게. 언젠가 너희들에게 내가 밥 한 번 사주고 싶었어."

소녀들을 향한 주리의 기습적인 멘트에 나는 흠칫했다.

2인분짜리 한 세트에 한국 돈으로 20만 원이나 되는 시푸드 브런치를 여섯 명이서 먹으면 자그마치 60만 원. 결코 적지 않은 그 돈이 바로 내 계좌에서 빠져나간다고 생각하니 간담이 서늘해졌다.

하지만 그저께도 한 대표가 내는 거한 정찬을 먹었는데, 브런치 한 끼에 60만 원이나 되는 돈을 또 회사 카드로 긁기에는 좀 미안한 감이 없지 않았다.

속은 좀 쓰렸지만 그냥 잠자코 있기로 했다.

'그래, 어차피 장윤호의 체면이 서는 일이니까.'

아무래도 오늘은 주리가 핑크 클라우드 멤버 앞에서 '유노 쌤'으로서의 위신을 좀 세워주고 싶은 모양이었다.

'그리고 주리는 술도 안 마시고, 라디오까지 하잖아!'

아닌 게 아니라, 주리와 내가 뒤바뀐 후로 항상 메말라 있던 내 계좌에도 잔고가 조금씩 쌓이기 시작했다. 주리가 바른 생활을 하는 덕분에 술값, 담배값, 유흥비 등이 안 나가서 그런 모양이다.

월급은 그대로이고 아직 라디오 방송 개런티는 들어오기 전임에도 불구하고 돈이 쌓여있다는 건, 그동안 내가 얼마나 헛돈을 많이 쓰고 다녔는지를 반증한다.

에피타이저는 베이비 스피니치와 무화과 콩피를 곁들인 프로슈터와 멜론, 유기농 오트밀과 베리를 넣은 페닌슐라 비르허뮈슬리, 또는 청키 토마토 스프와 페스토 중에서 선택이었다. 우리는 세 세트를 주문하는 것이었기 때문에 세 개를 다 시켜 보았다.

왕성한 식욕의 소녀들은 결코 적어 보이지 않았던 양의 에피타이저들을 게 눈 감추듯 순식간에 흡입했다.

"오늘부터 화보 촬영 시작한다고 했죠?"

소녀들의 속도에 질세라 허겁지겁 이것저것 입에 집어넣고 난 후에 비로소 시장기가 가신 나는 그제야 말문이 열렸다.

"응, 맞아. 오늘은 개인 촬영 위주로 진행할 거야. 그리고 내일 주리 너 합류하면, 단체 촬영 들어갈 예정이고. 그리고 네 단독 촬영도 하겠지."

샴페인을 원샷 한 건지 이미 빈 잔을 달랑달랑 흔들어 보이며 정화가 대답했다.

"어디서 찍어요?"

"오늘은 미드레벨과 소호 일대, 내일은 침사추이와 코즈웨이베이. 가장 홍콩다운 배경들이 아닐까?"

샴페인을 한 모금 머금은 후 행복한 표정을 짓던 유미가 대답했다.

"멋진 그림 나올 것 같네요."

술을 안 마시기로 결심한 바 있지만, 샴페인의 유혹을 이기기란 정말 쉽지 않다.

'그래, 한 모금만 마시자!'

나는 한 모금만 살짝 입에 머금고는, 정화의 빈 술잔에다 내 몫의 샴페인을 모두 따라 버렸다. 유혹을 떨쳐버리기 위해.

메인은 씨푸드 플레이트. 알래스카 킹크랩, 홍합, 굴, 보스턴 랍스터, 소라 등이 가득 담겨 나왔다.

츄릅.

생굴이 아주 먹음직스러워 보였지만, 꾹꾹 눌러 참았다. 신선해 보이긴 하지만, 혹시 배탈이라도 나버리면 컨디션에 큰 지장을 주니까.

씨푸드 플레이트를 마주한 6인은 마치 생선 가게를 터는 고양이 무리처럼 조용하면서도 신속하게 은쟁반에 가득가득 담겨 나온 해산물들을 남김없이 해치웠다.

꼭 소꿉놀이용 소품이 아닌가 싶을 정도로 아기자기하게 꾸며져 나온 디저트 세트는 소녀들이 인증 샷을 충분히 다 찍을 때까지 아무도 건드릴 수 없었다.

'60만 원이 이토록 허무하게 날아가는구나!'

그래도 저렇게 행복해하는 소녀들을 보며 마음을 달래자. 근데 초콜릿이 왜 이렇게 쓰냐?

43. 떨림의 끝

◆◆

2017년 9월 24일 홍콩시각 PM 01:24.

인당 10만 원짜리 해산물 브런치를 클리어한 후, 멤버들은 화보 촬영을 위해 홍콩섬으로 넘어갔다.

그리고 나는 페닌슐라 호텔 내에 마련되어 있는 연습실로 올라왔다.

'그런데 이번에는 유독 왜 이렇게 떨리지?'

오전에 멤버들과 함께 있을 때까지만 해도 정말 아무렇지 않았었다. 그런데 그들과 헤어진 직후부터 슬슬 긴장이 밀려왔다.

1차 때에는 내가 너무 긴장을 안 하는 것이 오히려 걱정스러울 정도였었는데, 이번에는 다르다.

적당한 긴장은 집중력에 도움을 주지만, 지금은 그 적정선을 넘어 집중에 방해가 될 정도이다.

나와 대결할 상대를 신경 쓰지 말자고 굳게 마음먹었지만, 마음처럼 잘 안 된다. 그 일본 괴물이 내지르던 돌고래 가성이 자꾸 내 귓전을 맴도는 것만 같다.

같이 와서 노래 연습을 도와주겠다는 주리의 호의도 거절했다. 그냥 혼자서 조용히 연습하고 싶었다.

연습실에 있는 음향기기에 내 아이폰을 연결한다. 그리고 나는 핑크 레인이 만들어준 4개의 MR 파일 중 2차 예선곡 MR을 실행시킨다.

이미 제출한 악보대로 연주된 MR이지만, 2차 예선 무대에선 당연히 쓸 수 없다. 2차 예선은 밴드의 라이브 반주로 진행될 거니까. 그러니까 1차 예선곡 〈아름다운 이 강산〉을 제외한 나머지 3개의 MR은 애초부터 연습용 MR이었던 거다.

어제 밴드 리허설 때, 나는 우선 연주자들에게 '보컬 없는 합주'를 부탁했었다. 내가 소리의 내부로 들어가기 전에, 바깥에서 그 소리를 한 번 들어보고 싶었기 때문이다.

"No problem."

사실 그들로선 무례하다고 생각할 수도 있는 부탁이었다. 하지만 그들은 흔쾌히 수락했다.

역시 고수들은 달랐다. 핑크 레인이 그린 음표 하나하나가 홍콩 앞바다를 유영하는 물고기들처럼 생동감 있게 되살아났다.

무대 아래에서 한껏 감상 모드에 빠져있던 나는 그들의 합주가 끝나자마자 무대 위로 냉큼 뛰어올라갔다. 그리고는 곧바로 나와의 협연을 시작해줄 것을 부탁했다. 나는 그 훌륭한 연주를 들은 감흥이 가시기 전에 그 열락의 바닷속으로 얼른 뛰어들고 싶었기 때문이다.

나의 두 번째 부탁에도 연주자들은 싫은 내색 하나 없이 잘 따라와 주었다.

"I'm enough."

밴드와 내가 함께 한, 단 한 번의 협연이 끝난 후에 나는 밴드를 향해서 그렇게 말했다. 나는 충분하다고.

그리고는 네 명의 연주자들에게 돌아가면서 정중히 인사를 한 뒤, 미련 없이 무대를 내려왔다.

나 없이 한 번, 내가 들어가서 한 번. 그걸로 나는 정말 충분했다. 내 연습을 더 한답시고 10시간이 넘도록 혹사당한 세션맨들을 더 붙들고 있을 이유가 없었다.

그런데 입장 바꿔서 다시 생각해보니, 연주자들의 눈에는 내 행동이 안 좋게 보였을 수도 있을 것 같다.

'그분들의 입장에선 반주 없는 합주를 부탁한 내가 좀 건방져 보이진 않았을까?'

'내게 허락된 리허설 시간을 다 쓰지 않은 채로 무대에서 내려와 버린 나를 그분들은 어떻게 생각했을까? 혹시 열의가 없는 참가자라고 생각하진 않았을까?'

'최소한 내가 왜 그런 부탁을 했으며, 왜 단 한 번 맞춰본 걸로도 충분하다고 생각했는지 설명이라도 했어야 했나?'

갑자기 여러 가지 상념들이 한꺼번에 밀려오면서, 내 기분이 점점 다운되고 있다.

어제는 분명 확신에 차서 했던 행동이 오늘에 와서 이렇게 후회를 낳을 줄은 몰랐다. 이런 복잡한 심리 상태가 실전 때까지 이어지면 정말 큰일인데.

2017년 9월 24일 홍콩시각 PM 08:35.

연거푸 카톡 알림음이 울려대는 것이 신경 쓰여서, 나는 핸드폰을 매너모드로 돌려 버렸다.

오늘은 홍콩 콜로세움까지 올 때도 혼자 걸어왔다. 주리나 핑크 클라우드 멤버들을 마주하면 왠지 부담감이 더 커질 것 같았기 때문이다.

홍콩 콜로세움에 도착한 후 20분 동안, 화장실만 세 번을 다녀왔다. 입안이 바짝바짝 말라서 연신 물을 들이켠 탓이다.

립 트릴과 혀 트릴을 반복하고, 내가 알고 있는 모든 스트레칭 동작들을 해봐도 좀처럼 긴장이 가시질 않는다.

설상가상으로 순서 추첨에서도 내가 뒤 순서로 결정이 나버렸다.

나는 무대에 오르기 전, 백스테이지에서 꼼짝없이 일본 괴물의 노래를 들어야만 한다. 상대의 무대를 보기도 전에 내 멘탈은 이미 흔들리고 있었다.

“잠깐만!”

출연자 대기실로 들어가려던 찰나, 누군가의 목소리가 나를 불러 세운다. 그건 다름 아닌 내 목소리, 바로 주리였다.

주리는 내게 가까이 다가와 내 머리 위에다 뭔가를 씌워 준다. 그것은 바로 노이즈 캔슬링 헤드폰이었다. 어떤 음악 소스도 연결되어있지 않은 빈 헤드폰이었다.

그 헤드폰을 쓴 순간, 정말 신기하게도 날 에워싸고 있던 소음들이 멀찌감치 물러가 버리는 것 같았다. 나는 마치 깊은 물속에 들어온 듯 평화로운 고요를 느낀다.

‘아, 이걸 쓰고 있으면, 일본 괴물의 노래도 들을 필요가 없겠구나! 영특한 주리, 어떻게 이런 걸 생각해 낸 거지?’

내가 고맙다는 말도 하기 전에, 주리는 입 모양으로 ‘파이팅’을 그리며 주먹을 불끈 쥐어 보인다. 그런데 지금 이 순간만큼은 주리가 아닌 내가 나 자신에게 응원을 보내고 있는 것 같은 착각이 든다.

내 모습을 한 주리의 뒤편에 핑크 클라우드 멤버들의 모습도 보인다. 4명의 소녀들은 저마다의 포즈와 동작으로 내게 열렬한 응원을 보내고 있다. 그런데 희한하게도 그 소녀들의 모습에 툰드라 멤버들의 모습이 겹쳐 보인다.

베이시스트 준환, 드러머 성원, 기타리스트 병호. 내 영혼이 지금보다 더 맑고 순수했던 그 시절에 음악으로 향하는 짧은 여정을 함께했던 나의 동료들.

무대에 오르기 전에 손 모아 파이팅할 때, 내 손바닥과 손등에 느껴지던 그 뜨끈한 체온. 무대를 마친 후 봉고 나인에 올라타면 차 안에 진동하던 그 쿼쿼한 땀 냄새.

그땐 미처 몰랐다. 우리가 서로 나눴던 온기, 그리고 함께 흘렸던 땀방울의 소중함을 말이다.

하나 지금은 알고 있다. 함께 하는 기쁨과 소중함을.

그리고 지금 내게 필요한 건 바로 '함께'라는 마법의 힘이다!

나는 소녀들의 곁으로 다가간다. 내가 손을 내밀자, 내 손 아래위로 네 개의 손이 일제히 겹쳐진다. 그리고 유미의 고갯짓 3회를 기다렸다가는, 모았던 손을 번쩍 들어 올리며 입을 모아 외친다.

"파이팅!"

허공에 산산이 부서지는 파이팅의 여운을 느끼며, 나는 잠시나마 어리석은 생각을 했던 자신을 반성했다.

지나친 긴장으로 인해 예민해진 나머지, 나는 이들과의 대면이 내 부담감을 가중시킬 것이라 생각했다.

오히려 이 소녀들은 내 부담을 나눠 짊어질 수 있는 든든한 동료들인데 말이다. 물론 언제까지 이 동료 관계가 지속될지는 알 수 없지만, 적어도 내가 주리의 몸으로 있는 동안만큼은 엄연한 내 동료들이 아닌가?

'유미, 정화, 유진, 준희, 나의 사랑스러운 동료들. 무대 위에서 너희와 함께한다고 생각할게!'

핑크 클라우드 소녀들과 손 모아 파이팅을 외친 후 한결 가벼워진 몸과 마음으로, 나는 주리가 씌워준 노이즈 캔슬링 헤드폰을 장착한 채 출연자 대기실로 성큼성큼 걸어 들어간다.

노이즈 캔슬링 헤드폰을 쓰고 눈을 감은 채 복식 호흡을 하며 명상에 잠겨있던 나는 내 어깨에 닿는 손길을 느끼고는 눈을 번쩍 떴다. 내 어깨를 두드린 사람은 바로 어제 리허설 때 함께했던 진행요원이었다.

"무대로 갈 시간이에요."

30대 후반 정도 되어 보이는 그는 홍콩 사람이었는데 한국말도 곧잘 했다. 여자 친구가 한국 드라마를 좋아해서 같이 한국어를 배웠다고 했다. 그리고 자신은 케이팝 매니아라고 소개했다.

"또제(多谢)."

그의 서툴지만 따뜻한 한국말에 대한 감사를, 나는 내가 아는 유일한 광둥어로 표현했다.

내가 아레나에 들어섰을 때에는 이미 일본 대표의 무대가 끝난 후였다. 지금 4면의 객석에서 쏟아지고 있는 환호성은 아마 그 일본 괴물을 향한 것인 듯했다.

하지만 나는 전혀 개의치 않고 무대를 향해 당당하게 걸어간다.

주리가 준 노이즈 캔슬링 헤드폰 덕분에 나는 내 앞 순서의 무대로부터 철저히 격리될 수 있었다. 일본 참가자가 무슨 노래를 불렀는지도 모를 정도다.

나는 이미 헤드폰을 벗은 상태이지만, 자체적인 노이즈 캔슬링 기능은 여전히 작동 중인지도 모른다. 그러니 내 집중을 방해할 우려가 있는 저 함성들은 그냥 잡음이라고 무시한 채 이렇게 유유히 걸어갈 수 있는 게 아닐지.

내가 무대 위로 올라가 스탠드 마이크 앞에 자리를 잡았을 때 내 앞으로 다가온 한 사람이 있었다.

그 사람은 다름 아닌 함춘효 님이었다. 그는 케이블이 연결된 기타를 매고 있는 상태고, 얼굴에는 삼촌 미소가 가득하다.

"노래 시작하기 전에 주리 양에게 이 말을 꼭 전해주고 싶었어요. 어제 딱 한 번 만에 리허설을 끝낸 후 주리 양이 'I'm enough.'라고 했을 때, 우린 모두 같은 생각이었다는 것을 말이지. 어제의 느낌 그대로 오늘도 파이팅!"

춘효 형님의 입에서 나온 뜻밖의 격려와 응원에 나는 어리둥절하면서도 가슴 가득 차오르는 기쁨을 감출 수가 없었다.

"감사합니다."

나는 마치 살벌한 적진의 한가운데에서 반가운 동지를 만나 밀담을 나누기라도 한 듯이 반갑고 든든했다.

무엇보다 기분이 좋았던 이유는 아시아의 거장들이 모인 어벤져스 밴드와 내가 단 한 번의 협연만으로 서로 '통'하였다는 사실 때문이었다.

험한 산기슭에 새벽안개가 피어오르듯 은은히 퍼지는 신시사이저 음향. 그리고 꼭 이방인의 발자국 소리 같은 피아노 화음과 함께, 나는 나지막한 인트로를 시작한다.

달가운 바람에 얼굴을 내민 하얀 얼음꽃. 차가운 바람에 숨어 있기도 하고, 때론 한줄기 햇살에 몸을 녹이며 눈물 머금고 기다린 떨림 끝에 또 한 번 내게 온 눈물꽃에 관한 이야기.

나의 2차 예선곡은 바로 보컬 대장 박호신의 노래 〈야생화〉이다.

프로듀서 핑크 레인이 최소한의 악기로 구성된 밴드 반주에 맞게 이 곡을 새롭게 편곡해주었다.

잔잔한 전반부는 미니멀하고 정갈한 구성으로 편곡되어 있다. 읊조리듯 담담하게 풀어가는 벌스 파트에서, 나는 얼굴만큼 예쁜 주리의 목소리를 최대한 살려서 부른다.

음색을 살리기 위해서는 좀 더 힘을 뺀 담백한 창법이 필요했다. 최화영과의 레슨에서 가장 중점을 두었던 부분도 바로 그런 창법을 찾아내는 일이었다.

1절까지는 절제된 창법을 유지하다가 2절부터는 감정과 파워를 점점 더 고조시켜 간다.

큐피드 건물 지하 골방에서 남몰래 목이 터져라 노래 해오던 내가 지금 이렇게 광대한 홍콩 콜로세움 무대에서 아시아 최정예 밴드와 함께 노래를 부르고 있다.

드럼의 유시키 님, 기타의 함춘효 님, 건반의 최태환 님, 베이스의 왕징환 님. 4인의 거장들이 각각 꼭지점을 이루고 있는 사각형의 중심에 서서 노래를 하고 있는 나는 마치 청룡·백호·주작·현무의 비호를 받는 담덕이 된 기분이다. 물론 겉모습으로는 광개토대왕보다는 선덕여왕 쪽이겠지만 말이다.

빼렁치는 후반부에는 거친 락 발라드의 느낌이 더해졌다. 드디어 절제된 창법 뒤로 물러나 있던 장윤호가 나설 차례다.

강수리의 아름다운 목소리 뒤에 숨죽여 있던 장윤호는 마침내 움츠렸던 날개를 펼치며 힘차게 비상한다.

"내 손끝에 남은 너의 향기 흩어져 날~아~가~."

소중한 걸 지켜내지 못한 아픔과 절망. 언젠가 다시 올지 모르는 기회를 기다리며 남몰래 견뎌온 인고의 시간. 내 깊고 깊은 심연으로부터 끌어올린 응어리들을 모두 이 노래에 담아 높고 아득한 저 끝까지 훨훨 날려 보내자.

"먼 훗날 너를 데려다줄 그 봄이 오면 그날에 나 피우리라~."

언젠가 내 모습으로 다시 돌아갈 날이 온다면, 나는 더 이상 세상으로부터 숨지 않으리라.

진정한 내 모습으로 세상 앞에 당당히 서서 꿈과 희망의 봄날을 노래해야지. 진짜 장윤호의 목소리로.

44. 펠릭스의 야경

◆◆

9월의 홍콩은 비가 잦다고 한다. 정말 그랬다. 1차 예선 경연 때에는 이틀 내내 비가 왔었다. 그리고 2차 경연을 마치고 밖으로 나오니 또 비가 오고 있다.

그냥 맞고 걸어가기엔 빗방울이 좀 굵었다. 멀지 않은 거리이긴 했지만, 우산 없이 걸을 수는 없었기 때문에, 우리 일행 여섯 명은 택시 두 대에 나눠 타고 페닌슐라 호텔까지 이동했다.

우리는 각자 방으로 흩어지기 전에, 호텔 28층에 있는 펠릭스 바에 가서 회포를 좀 풀기로 했다.

산업디자인계의 거장 중 하나인 필립 스탁이 디자인했다는 펠릭스는 클래식한 페닌슐라의 느낌을 현대적으로 치환시켜놓은 듯한, 아주 매력적인 공간이었다.

테이블 하나, 의자 하나까지 허투루 놓여 있지 않고, 그 하나하나가 서로 조화와 균형을 이루며 공간을 빛내고 있었다.

다만 유리창마다 쳐놓은 검정 블라이드를 보고선 고개가 갸웃거려졌다.

'저 멋진 야경을 왜 굳이 블라인드로 가려놓은 걸까?'

28층에선 내 방에서보다 더 멋진 야경을 감상할 수 있을 것이라 기대했던 나는 조금 실망할 수밖에 없었다.

"인터컨티넨털보다 페닌슐라가 더 나아요?"

페닌슐라에 방이 없어서 인터컨티넨털에 묵고 있었던 멤버들은 어제 페닌슐라 호텔로 숙소를 옮긴 상태다. 1차 예선 탈락자들이 대거 퇴실하면서 빈방이 많이 생겼기 때문이었다.

"양쪽 다 장단점이 있어. 탁 트인 뷰는 아무래도 인터컨티넨털 쪽이 훨씬 낫고, 페닌슐라는 약간 음침한 느낌이 없지 않지. 물론 페닌슐라가 좀 더 고급스럽긴 해. 매트리스도 페닌슐라 승!"

항상 가장 객관적인 평가는 유진의 입을 통해서 나온다. 물론 가끔은 너무 객관적이다 못해 냉정할 때도 있지만.

"그런데. 내 앞에 했던 일본 대표는 잘했어?"

나는 이 질문에 대한 대답을, 객관적이면서 때론 냉정하기도 한 유진의 목소리를 통해 듣고 싶었다.

"음, 소름 끼치게 잘하긴 하더라. 사람이 부르는 게 맞나 싶을 정도로. 혹시 로봇 기술이 발달한 일본에서 최강 보컬 사이보그를 만든 게 아닐까 하는 생각이 들기도 했어."

진토닉을 한 모금 머금으면서 곁눈으로 내 눈치를 살피는 듯 보였던 유진은 이내 한마디 덧붙인다.

"그런데 솔직히, 그렇게 아름답게 들리진 않았어."

그러자 정화도 맞장구를 친다.

"그래 음역이 넓고 가창력이 좋다는 건 알겠는데, 듣기 좋은 노래는 아니었어."

내 권유로 시킨 버진 피나 콜라다가 맛있다며 거의 원샷 하다시피 한 준희도 끼어든다.

"심사위원들의 취향에 따라 표가 갈릴 것 같긴 해. 심사위원 중에 고음 성애자가 많으면 저쪽으로 표가 쏠리겠지. 그래도 귀가 똑바로 박힌, 균형적인 시각을 가진 사람들이 많다면 우리 주리가 유리할 거야."

중립적인 입장인 척하다가 결국은 팔이 안쪽으로 스르르 굽혀지는 준희. 저 귀여운 것.

"워낙 저쪽이 초고음으로 도배를 해서 그렇지, 사실 고음 하면 우리 주리도 안 빠지는걸, 뭐. 하지만 주리는 전체적인 흐름에 맞게 절제가 필요할 땐 절제를 했어. 음역이 넓고 고음을 잘 내는 건 물론 장점이야. 아무나 낼 수 없는 음을 들었을 때 느껴지는 해방감이나 카타르시스 같은 것도 분명히 있어. 하지만 그 일본 대표의 무대를 떠올려 보면, 노래가 생각나는 게 아니라 그녀의 고음밖에 안 떠올라."

유미의 정리 멘트를 들으며 그제야 불끈 고개를 든 내 궁금증.

"그런데 그 일본 괴물은 대체 뭘 불렀어요?"

발언 순서는 다시 유진에게로. 꼭 플레이리스트가 한 바퀴 돌아서 다시 첫 곡이 흘러나오는 것 같은 느낌.

"블론디의 <Maria>. 왜, 우리나라에선 김하중이 번안해서 영화 주제곡으로 불렀었던 그 노래. 선곡이 좀 약하지 않았나 싶었는데, 아니나 다를까 후반부엔 초고음으로 도배를 하더라고."

그러자 구석에 앉아있던 주리가 끼어든다.

"근데 이건 뭐, 기승전결도 없고, 전체적인 조화는 상관없이 그냥 고음 자랑하다가 끝난 느낌이야. 노래인지, 곡예 부리기인지 모를 정도."

다소 편향적인 시각이 느껴지는 주리의 품평을 들으며, 나는 블라인드가 내려진 유리창을 다시 바라본다.

창을 가린 블라인드 틈새로, 비오는 빅토리아항과 홍콩섬의 야경이 은은한 매혹으로 다가온다. 왠지 검은 면사포로 치명적 미모를 가린 요부의 은근한 도발이 연상된다.

'아, 바로 저거구나!'

이제야 디자이너 필립 스탁의 의도를 조금이나마 알 수 있을 것 같다. 아름다운 홍콩의 야경을 굳이 블라인드로 가린 이유를 말이다.

아마도 결코 쉽지만은 않은 결정이었을 것이다. 모르긴 해도, 필립 스탁은 숱한 반대 의견과도 싸워야 하지 않았을까? 홍콩 최고의 뷰를 블라인드로 가려버리는 것을 두고 반발이 없진 않았을 테니 말이다.

그럼에도 불구하고 '굳이' 블라인드를 설치한 이유는 바로 '전체적인 균형과 조화'를 생각했기 때문이 아닐까?

전체적으로 모던하고 쉬크한 분위기에 형형색색의 화려한 야경을 그대로 매치시켜 버렸다면, 조화와 균형은 깨져버리고 말았을 것이다. 그래서 아무리 멋진 야경이라도 반쯤은 포기를 하고, 블라인드로 가리는 선택을 한 것이 아니었을까?

그런데 신기한 건, 보면 볼수록 블라인드 틈새로 보이는 야경이 다 드러난 것보다 훨씬 더 멋져 보인다는 점이다. 노골적인 포르노그래피보다 살짝 가린 세미 누드가 더 야한 느낌을 주듯이 말이다.

만약 이 모던 쉬크 분위기에 화려함의 극치를 달리는 야경이 그대로 드러나 있었다면, 좀 부담스러운 이질감이 느껴지지 않았을까? 마치 전체적인 곡의 흐름과는 상관없이 남발하는 일본 괴물의 고음처럼.

하지만, 보는 시각이나 취향이 다 같진 않다.

펠릭스에 오래 앉아 있어도 끝까지 '블라인드에 가린 야경'의 매력을 못 알아보고 '블라인드 없는 화장실 야경'이 최고라고 외치는 사람들도 많다. 나 역시 처음엔 블라인드가 내려진 야경을 보고 실망하지 않았던가?

그와 마찬가지로, 심사위원들 중에서는 일본 괴물의 고음 묘기에 더 높은 점수를 주는 사람도 분명 있을 것이다.

그리고 나는 일본 대표의 무대를 보지도 듣지도 못했기 때문에, 멤버들의 말만 듣고 판단할 수는 없다.

지금으로선, 판단은 심사위원에게 맡기고 나는 그저 기다리는 수밖에. 혼자서 아무리 머리를 굴려봐야 내 생각이 심사위원에게 전달되는 것도 아니니까.

2017년 9월 25일 홍콩시각 AM 07:25.

방정맞은 카톡 알림음이 단잠을 깨운다. 나는 무시하고 그냥 자려다가는, 뭔가 심상치 않은 기운을 느끼고는 전화기를 들여다본다.

[위급한 사정으로 단체 화보 촬영을 오전 9시부터 진행합니다. 8시까지 침사추이 시계탑 아래로 모여주세요. 헤어와 메이크업은 현장에서

진행하니 기초화장만 하고 오세요.]

붓기도 안 빠진 이른 아침에 화보 촬영이라니. 게다가 위급한 사정이란 게 대체 뭐지?

사실 나는 2차 예선을 끝낸 다음날 아침이라 간만에 늦잠을 즐길 작정이었다. 2차 예선 결과 발표는 오후 3시에 있을 예정이었기 때문에 나는 오전 내내 침대 위에서 뒹굴뒹굴할 수도 있었단 말이다.

메시지 내용을 확인하고서 짜증이 확 치밀어 오른 걸 보면, 오늘은 얼리버드 강주리보다 잠꾸러기 장윤호의 포스가 더 센 날인가 보다.

나는 투덜투덜 거리며 침대에서 일어났다. 건성건성 샤워한 후에, 주리가 정해주었던 기초화장 순서를 싹 다 무시하고 모이스춰라이저만 대충 찍어 발랐다. 그래도 뽀송뽀송 이쁘기만 한걸, 뭐.

단체 촬영용으로 준비해두었던 의상까지 꺼내 입는 것으로 나갈 채비를 끝낸 나는 창가에 놓인 안락의자에 털썩 몸을 던진다.

'이제 내일이면 저 멋진 전망도 마지막이구나!'

창가 테이블 위에 올려져 있던 사과를 껍질째 베어 먹으며 빅토리아항과 홍콩섬 전경을 바라본다. 저 창문이 액자라면 고대로 떼어내서 한국행 비행기에 싣고 가고 싶네.

아무쪼록 내일 홍콩을 떠나는 순간에는 내 마음에 후회와 아쉬움이 남지 않았으면 좋겠다.

2017년 2017년 9월 25일 홍콩시각 AM 09:36.

다행히 단체 촬영은 순조롭게 진행되었다. 시계탑에서 출발해 연인의 거리를 거쳐 스타 애비뉴까지 이동하면서 촬영했다. 우리는 시작한 지 33분 만에 OK 사인을 받아냈다.

아침볕이라 사진 찍기에는 더없이 좋았다. 이런 하늘, 이런 아침 햇살,

그리고 이런 배경에서라면 누가 찍어도 작품사진이 나올 것 같다.
물론 모델들도 훌륭했다는 건 두말하면 잔소리.
다른 멤버들은 말할 것도 없고, 나 역시도 꽤 쓸 만한 화보 모델이다. 사실 처음에는 주리 캐릭터에 맞는 포즈를 취하기가 스스로 어색했었는데, 이젠 가끔 사진작가님께 칭찬까지 받을 정도의 경지에 올랐다.
굳이 스스로 부끄러울 정도로 무리하게 여성스러운 자세를 취할 필요는 없었다. 그냥 멋지다 싶은 포즈를 취하면, 주리의 얼굴과 몸매가 워낙 예뻐서 다 예뻐 보인다.
더구나 이래 뵈도 내가 발레 경력 7년의 소유자다. 화보 포즈 정도야 일도 아니지.
그런데 아까부터 유미의 표정이 좀 어두워 보여 내내 마음이 쓰인다. 접대성 미소의 끝에 뒤따르는 그늘진 얼굴을 몇 번이나 목격했다.
오늘 화보의 컨셉이 다행히 쉬크한 분위기라 유미의 다소 경직된 표정도 촬영에 문제될 건 없었다.
다만 유미에게 무슨 일이 생긴 건 아닐지 좀 걱정이다.
단체 촬영이 순조롭게 마무리되자, 사진작가는 이왕 판을 벌린 김에 어제 못 찍은 내 단독 촬영까지 진행하자고 했다.
그래서 멤버들은 먼저 호텔로 돌아가고, 나 혼자 현장에 남아서 1시간 정도 더 찍었다. 주로 번화가인 네이던 로드 쪽에서 촬영했다.
내 단독촬영까지 마무리된 후 사진작가와 스태프들이 논의한 결과, 건질 만한 A컷들이 이미 충분히 나왔다는 데 의견이 모아졌다. 그래서 코즈웨이 베이 촬영 일정은 그냥 취소하는 것으로 가닥이 잡혔다.

단독 촬영을 마치고 호텔로 돌아오는 길에 핑크 클라우드 단톡방에 메시지를 띄워 보았다.
'다들 어디세요?'
그런데 몇 분이 지나도 메시지 옆의 노란색 '4'자가 지워지지 않는다. 아무도 읽지 않고 있다는 뜻이다.

나는 뭔가 이상한 낌새를 채고는 주리에게 전화를 걸어 보았다. 신호가 일곱 번 간 후에 전화를 받은 주리에게 나도 모르게 윽박을 지르고 만다.

"왜 이렇게 늦게 받는 거니?"

"미안해요, 방금 샤워하고 나왔거든요."

주리가 미안해 하니까 금세 내가 더 미안해졌다.

"멤버들은 지금 어디 있어?"

"아, 조금 전에 공항으로 떠났어요. 비행기표 앞당겨서 귀국한다고."

"왜?"

주리는 선뜻 대답을 못 하고 잠시 뜸을 들이다가는, '왜?'에 대한 대답은 안하고 도리어 내 위치를 묻는다.

"지금 어디에요?"

"로비야."

"잠깐만 기다려요. 내려가서 얘기해줄게요."

"그냥 얘기하지, 뭘 또 내려와서 얘기한대. 사람 궁금하게."

잠시 후에 내려온 주리의 얘기를 듣고 나서야 비로소, '왜?'에 대한 대답을 전화상으로 말하지 못한 이유를 납득할 수 있었다.

오늘의 단체 촬영 일정이 갑자기 아침으로 앞당겨진 이유는 바로 유미 때문이었다.

오늘 새벽에 유미는 어머님이 위독하시다는 연락을 받았다고 한다. 그래서 내일로 예정되었던 귀국을 오늘로 앞당길 수밖에 없었다.

"그래서 멤버들도 따라서 간 거야?"

"네, 유미 언니 혼자 보내는 게 마음이 놓이지 않는다며."

"역시 의리파들이구나. 그래도 좀 아쉽네. 멤버들과 같이 꼭 가보고 싶은 곳도 있었는데 말이야."

"멤버들도 끝까지 함께 있어 주지 못해서 미안하다고 전해달라고 했어요."

"그런데 유미 어머님은 원래부터 편찮으셨던 건가?"

"유노 쌤과 제가 바뀌기 전까지 유미 언니와 방을 같이 썼었지만, 언니가 어머니 얘길 한 적은 없었어요. 저도 우리 엄마가 윤혜린이라는 걸 숨기고 있는 입장이었기 때문에 유미 언니에게 엄마 얘길 꺼낸 적이 없었고요."

유미 어머니가 편찮으시다는 얘길 들으면서도 머릿속으로는 뭘 먹을지 고민하고 있는 나 자신이 참 한심하다. 안타깝고 미안한 마음도 배고픔 앞에선 맥없이 수그러들고 만다.

"주리야, 일단 밥부터 먹자."

45. 아이시마스

◆◆

2017년 2017년 9월 25일 홍콩시각 PM 02:53.

2차 예선 결과발표는 '대진 상대 결정과 순서 추첨'을 했던 바로 그 무대 세트에서 진행된다. 리펄스 베이의 더 베란다.

"핑크 클라우드 멤버들과 꼭 같이 오고 싶었던 곳인데, 결국 같이 못 와봤구나."

더 베란다의 입구로 들어서면서, 나는 주리에게 말했다.

"언젠가 또 같이 올 기회가 있겠죠."

"멤버들은 지금쯤 하늘 위를 날고 있겠네."

"멤버들이 옆에 있다가 휙 가버리고 나니 허전하세요?"

정말 그렇구나. 허전하네. 주리와 나, 이렇게 둘뿐인 건 홍콩에 처음 들어왔을 때와 다를 게 없는데 말이다. 원래부터 둘이었던 것과 여섯 명이서 뭉쳐 있다가 둘이 되는 건 많이 다르구나.

"참, 존재를 잊고 있었는데, 윈드메이커 팀들은 어떻게 된 거지?"

"윈드메이커 팀은 다른 멤버들만 따라다니며 촬영하다가 어제 이미 귀국했대요. 어차피 《더 유니버스》와 관련된 내용은 취재가 불가했으니까요."

"조윤희 작가가 주리 너에게 한 대표 근황에 대해서 묻진 않았어?"

"가까이 마주할 일이 별로 없었어요. 조윤희 작가는 이제 절 소 닭 보듯이 하니까."

주리의 눈에서 갑자기 반짝하는 빛이 보인다 했더니, 무대에는 어느새 MC 리먼 스콧이 나와 있었다.

1차, 2차 예선 무대 모두 리먼 스콧이 진행을 했는데, 나에겐 거의 존재감이 느껴지지 않았었다. 하긴, 무대에 오르기 전후로는 기억나는 게 별로 없다.

"이 자리까지 오느라 수고했다고 말하네요. 심사위원들이 오늘 오전에 모여 아주 치열한 난상 토론을 벌였대요. 4명은 비교적 수월하게 결정이 되었는데, 마지막 1명의 결정이 아주 오래 걸렸다고."

이젠 내가 부탁하지 않아도 주리가 알아서 통역을 해주는구나. 만약 2차에서 합격을 해서 뉴욕에 가게 된다면, 그때도 주리를 꼭 데려가야겠다.

"이제 심사위원장이신 마츠다 스이코 씨가 나오신대요."

물론 이 정도의 간단한 문장은 나도 알아들을 수 있다. 하지만 내 목소리를 통해 전달되는 주리의 통역은 내게 묘한 안정 효과를 준다. 꼭 바깥에서 들려오는 것이 아니라 내면에서 흘러나오는 목소리 같다고 할까?

"저기 나오셨네요, 유노 쌤의 첫 뮤즈. 우와, 드레스 예쁘다."

50대 중반의 나이에 저렇게 큰 리본 디테일의 화이트 드레스가 어울릴 만한 여성은 드물 것이다. 수줍은 듯 광대를 부풀리며 웃는 미소도 여전하다.

"심사위원은 자신을 포함해서 총 다섯 명이었대요. 심사 결과를 발표하기 전에 심사위원들을 먼저 소개하는 게 좋을 것 같다고 하네요."

"근데 주리 너 통역 정말 잘한다!"

주리는 당장 동시통역사로 활동해도 좋을 만큼 놀라운 통역 솜씨를 보여주고 있다. 왠지 학업성적도 좋을 것 같다.

"제가 노래 빼곤 다 잘하죠."

"노래도 결코 못 한다고 할 수는 없지. 무엇보다 주리 넌 타고난 음색을 가졌잖아. 가창력은 노력과 훈련을 통해 만들 수도 있지만, 음색은 그냥 타고나는 거야. 아무리 노력을 한다고 해서 음색을 바꾸긴 힘들어. 그리고 따지고 보면 나는 지금 네 목소리를 가지고 이렇게 2차 예선까지 올라온 거잖아."

"그건 제 목소리와 유노 쌤의 가창력이 합쳐졌기 때문에 가능한 일이었죠. 전 솔직히 좀 걱정이에요. 이러다 우리가 다시 서로의 몸으로 돌아갔을 때, 제가 과연 핑크 클라우드 활동을 이어갈 수 있을까요? 전 지금의 유노 쌤만큼 노래를 잘 부를 수 없을 텐데 말이에요."

주리의 그 말에 내 말문이 막혔던 것은 할 말이 없었다기보다는 무대 위의 광경에 그만 입이 쩍 벌어지고 말았기 때문이다.

'아니, 저분들은….'

스이코 누님의 소개를 받고 무대에 오른 분들은 다름 아닌 어벤져스 밴드 4인이었다. 드럼의 유시키 님, 기타의 함춘효 님, 건반의 최태환 님, 베이스의 왕징환 님. 저 네 분은 단순히 연주만 하신 게 아닌 모양이었다. 무대 위에서 오디셔너들과 함께 공연하시면서 심사까지 하셨다는 얘기다.

"그러니까 밴드 리허설 때부터 이미 심사가 진행되고 있었던 거군요."

역시 영특한 주리는 나보다 한 단계 더 앞서서 생각할 줄 안다. 그런데 주리의 '밴드 리허설' 얘기를 듣는 순간 나는 아차 싶었다.

밴드 4인이 심사위원을 겸하는 만큼, 주리 말대로 밴드 리허설부터 이미 심사가 이루어졌을 것이다.

그렇다면 심사위원들은 자신들에게 '보컬 없는 합주'를 부탁한 나를, 그리고 단 한 번의 협연으로 리허설을 끝내버린 나를 어떻게 평가했을까?

'좀 더 보여줬어야 했나?'

나는 내게 배정된 1시간을 다 쓰지 않고 무대를 내려와 버렸으니, 심사위원들에게 나를 좀 더 어필하고 평가받을 수 있는 기회를 스스로 날려버린 꼴이 아닌가?

"왠지 예감이 안 좋아."

나는 주리에게 지금의 내 심정을 그대로 털어놓았다.

"왜 그래요?"

"저분들 눈에는 내가 아마 아주 건방진 오디셔너로 보였을 거야."

"협연 한 번으로 리허설 끝내버린 것 때문에 그렇게 생각하시는 거예요?"

"게다가 나는 감히 저분들에게 보컬 없는 합주를 부탁하고는 떡하니 무대 밑으로 내려가서 감상했어. 아무런 설명도 없이 말이야. 만약 내가 연주자 입장이었다면 엄청 황당했을 것 같아."

말을 하면 할수록 나는 점점 더 절망적인 기분에 휩싸인다.

"글쎄요, 제 생각은 좀 달라요. 저 고수 분들은 아마 다 아셨을 걸요? 유노 쌤이 왜 보컬 없는 합주를 부탁했는지. 꼭 설명을 해야만 아실 분들은 아니죠. 그리고 리허설 시간을 좀 더 썼다고 해서 더 좋은 평가를 받으리란 법은 없어요. 단 한 번이라도 제대로 된 퍼포먼스를 보여줬다면, 그게 오히려 심사위원들의 판단과 평가를 더 쉽게 만들어주는 게 아닐까요?"

귀 얇은 나는 주리의 말에 또 금세 솔깃해진다. 그래, 2차 예선 실전 공연 전에 함춘효 님이 내게 다가와서 말씀해주셨잖아. 내가 'I'm enough.'라고 말했을 때, 모두 같은 생각들이셨다고.

하지만 그건 어디까지나 함춘효 님이 같은 국적의 참가자에게 힘내라고 하신 말씀일지도 모른다.

사실 국적으로 따지면 저쪽도 만만치 않다. 우리 한국 심사위원이 두 명이긴 하지만, 저쪽도 심사위원장인 마츠다 스이코 누님(물론 나의 스이코 누님은 국적 따위에 연연하실 분은 아니라고 믿지만.)과 유시키 님이 있으니까.

첫 번째 대진 조의 승자는 40번 한국 대표였다. YK 소속의 프리티 걸, 리사. 두 인형끼리의 대결에서 2번 필리핀 대표를 물리쳤다.

JYB 소속의 7번 한국 대표는 아쉽게도 44번 대만 대표, 크리스진에게 패했다. 내가 2차 예선 무대를 보지 못해서 뭐라 말할 수는 없지만, 결코 질 사람이 아닌데 진 것 같아 무척 안타까웠다.

정통 디바 스타일의 라이벌 대결이었던 세 번째 대진조의 위너는 59번 홍콩 대표, 왕추홍이었다. 21번 일본 대표를 이겼다. 이건 어느 정도 예상했던 결과다.

네 번째 대결의 승리는 79번 중국 대표, 장자룽에게로 돌아갔다. XM 소속의 29번 한국 대표가 아쉽게 탈락했다. 그리하여 최종합격자 중 청일점 자리는 장자룽의 몫이 되었다.

국가별 형평성이 고려되지 않은 듯 보였던 1차 예선 결과와는 달리, 앞서 발표된 합격자들의 국적은 모두 제각각이다. 한국, 대만, 홍콩, 중국이 차례로 한 자리씩 나눠 가졌다.

남은 한일 대결에서 만약 일본이 이긴다면, 최종 합격 5인이 중복 없이 모두 다른 국적을 갖게 되는 셈이다.

"주리야, 뉴욕 가긴 틀린 모양이다."

네 번째 대진조의 결과까지 들은 후에, 나는 패배를 직감했다.

"발표도 하기 전에 그런 말 말아요."

"일본 심사위원이 두 명이고, 심지어 심사위원장이 일본인이야. 그런데 일본인 합격자가 한 명도 없다는 건 말이 안 되잖아? 분명 내가 떨어졌을 거야. 안 들어봐도 뻔해."

나는 이미 포기 상태다. 리먼 스콧이 마지막 합격자를 발표하기에 앞서 잔뜩 뜸을 들이고 있는 이 순간에도, 나는 그저 멍하다. 내 의식으로부터 모든 반응과 감정들이 빠져나가 텅 빈 것 같은 기분이다.

"The last winner is⋯."

그냥 이 자리를 박차고 나가 버리고만 싶다. 리먼 스콧이 그 다감한 목소리로 일본 괴물의 이름을 부른다면, 나에게는 왠지 더 비참하게 들릴 것만 같다.

'그래, 차라리 귀를 막자!'

손으로 귀를 막아도 소리를 완전히 차단할 수 없었다. 주리에게서 받은 노이즈 캔슬링 헤드폰을 가져왔어야 했다고 생각한 그 찰나, 귀를 가린 손 틈으로 소리가 새어 들려온다.

"Jury Kang from Republic of Korea!"

그 소리를 다 듣고 나서도 나는 움직이지 못하고 여전히 귀를 막고 있다. 그때 주리가 내 어깨를 툭툭 친다. 그제야 나는 고개를 들고 무대 쪽을 바라본다.

"최종 합격자 다섯 명은 무대로 나와 달래요. 얼른 나가셔야죠."

한국의 리사, 대만의 크리스진, 홍콩의 왕추홍, 중국의 장자룽, 그리고 한국의 강주리. 그렇게 다섯 명이 2차 예선을 통과해 《더 유니버스》 아시아 예선의 최종 합격자 목록에 이름을 올렸다. 그 다섯 사람은 지금 무대 위로 올라와 나란히 서 있다.

합격자 5인의 앞쪽에 놓인 다섯 개의 스툴에는 심사위원 5인이 앉아서 심사평을 말하고 있다.

내 전용 동시통역사 주리가 없어서 정확하게 알아들을 순 없지만, 대략적인 맥락은 이해할 수 있을 것 같다. 솔직히 다른 대진 조들에 대한 심사평은 귀에 들어오지도 않았다.

"I just loved her pure heart for music."

다른 말들은 거의 그물에 걸리지 않는 바람처럼 흘러지나갔지만, 심사위원장 마츠다 스이코님이 하신 바로 그 말만은 내 뇌릿속에 콱 들어와 박혔다.

스이코 누님이 내 노래에서 음악을 향한 순수한 마음을 느끼셨다니. 그보다 더 좋은 찬사는 생각할 수도, 생각할 필요도 없었다.

밴드를 대표해서 발언하신 함춘효 님의 심사평은 반갑고 든든한 한국말이었다.

"일본 대표 야마구치 양은 저음부터 고음까지 아주 견고하면서도 폭넓은 음역을 가진 뛰어난 보컬이었습니다. 하지만 너무 본인의 페이스대로 앞만 보고 뛰어가다 보니 저희 밴드로선 열심히 쫓아가야 하는 입장이었습니다."

그는 무대 위에 함께 한 전문 통역자가 통역을 하는 동안 잠시 기다렸다가는, 다른 연주자들의 동의를 구하려는 듯 좌우를 번갈아 한 번씩 돌아본다.

"그런데 한국 대표 강주리 양은 마치 노련한 리드 보컬처럼 밴드와 함께 호흡하면서 페이스를 조절할 줄 알았습니다. 그러면서도 기승전결이 뚜렷한 곡의 흐름을 잘 이끌어갔죠. 그녀는 보컬리스트로서의 능력도 뛰어날 뿐만 아니라, 팀과 조화를 이루면서도 훌륭하게 잘 이끌어갈 수 있는 리드 보컬로서의 자질을 갖고 있습니다. 열아홉 살이라는 나이가 믿기지 않을 정도로 말이죠. 사실 결정은 그리 어렵지 않았어요. 밴드 리허설 직후에 이미 저희 연주자 심사위원들은 승자를 결정해둔 상태였으니까요. 본 경연은 그 결정을 더 확고히 하는 데 도움을 줬을 뿐입니다."

그랬구나. 나는 아까 리먼 스콧이 말한 '결정이 오래 걸린 대진 조'가 바로 우리 조인 줄 알았었다. 그런데 알고 보니 가장 각축을 벌였던 조는 7번 한국과 44번 대만 대표가 붙었던 걸크러쉬 대결이었다고 한다.

나의 음악적 첫사랑, 마츠다 스이코님이 지금 최종 합격자 5인을 차례로 안아주고 있다. 바로 내 옆의 장자룽 앞까지 와 계신다. 남성 합격자라 그런지 장자룽과는 그냥 악수만 하셨다.

설마 내 앞에 오셔서도 악수만 하는 건 아니겠지? 괜한 자격지심에 나는 별 쓸데없는 걱정을 다 한다. 이렇게 예쁜 주리의 모습을 하고 있는 날 왜 안아 주시겠냐고.

"I love your voice and sincerity."

스이코 누님이 나를 안아주시며 하신 그 말씀에 대해, 나는 37년의 긴 세월 동안 묵혀온 감정을 담은, 짧은 일본어로 화답한다.

"아이시마스(愛します)!"

46. 주가드 로드의 야경

◆◆

2017년 9월 26일 홍콩시각 AM 10:05.

페닌슐라에서 구룡역으로 가는 무료셔틀버스 정류장은 표지판도 잘 보이지 않아서 찾기가 힘들었다. 다시 호텔 건물로 들어와 직원한테 물어본 후에야 간신히 찾을 수 있었다.

사실 한 대표는 공항으로 갈 때에도 롤스로이스 리무진 서비스를 받을 수 있게 해주겠다고 했지만, 우리는 한 대표의 그 은혜로운 마음만 감사히 받기로 했다.

사실 주리와 나는 공항 가기 전 한나절이라도 홍콩 시내 관광을 하고 싶었다. 그래서 그 편안하고 호사스러운 롤스로이스 리무진 서비스를 거절했던 것이다.

지금 우리가 구룡역으로 향하는 이유는 '인타운 체크인'을 위해서다. 구룡역에서 AEL 티켓을 구입하면 인타운 체크인용 카운터에서 짐을 미리 부칠 수 있다고 한다. 들고 다니기 무겁고 불편한 큰 짐을 미리 부쳐버린 후에, 홀가분한 몸으로 마지막 관광을 즐길 작정이다.

구룡역에서 인타운 체크인을 끝낸 시각은 오전 10시 34분.

"비행기 시간은 밤 12시 반이니까 시내에서 저녁까지 먹어도 시간 여유는 충분하겠어요. 저녁 8시에 공항행 AEL을 타는 걸로 하죠."

어제까지는 한 대표 대리인 겸 동시통역사 임무를 수행했던 주리가 오늘은 여행 가이드 역할이다.

"네, 네, 주리 가이드님. 그래서 절 어디로 데려가실 건가요?"

"일단 소호로 갈 거예요. 가장 홍콩다운 맛을 느끼게 해드릴게요."

2017년 9월 26일 홍콩시각 11:26.

무슨 가이드가 길치인지 성완역에서 내려 싱홍유엔이라는 식당을 찾는데 30여 분을 헤매야했다. 순 엉터리.

싱홍유엔은 홍콩에서 다이파이동이라고 부르는 포장마차식 노천식당이다. 점심시간에는 대기줄이 꽤 길다고 하는데 아직은 약간 이른 시간이라 비교적 수월하게 자리를 잡을 수 있었다.

"고작 이런 걸 먹자고 이 무더위를 뚫고 그 빡센 오르막길을 올라온 거야?"

인스턴트 라면에 토마토 페이스트를 팍 풀어놓은 '토마토 라면'의 비쥬얼도 영 탐탁지 않았지만, 생면부지의 사람들과 합석을 해야 한다는 사실도 못마땅했다.

"거 참, 투덜이 여행객 데리고 다니기 참 힘드네요. 일단 드셔보시고 말씀하시죠."

내가 먹을 생각은 않고 젓가락으로 토마토 페이스트만 후비적후비적거리고 있는 사이, 주리는 이미 자기 몫의 3할 이상을 흡입한 상태였다.

나는 마지못한 척 한 젓가락을 들어 올려 입에 넣어 보았다.

토마토 페이스트를 섞은 면이 입안에 들어간 순간, '어, 이건 뭐지?' 하는 표정을 주리에게 들키고 만다.

"생각보다 맛있죠?"

아닌 게 아니라, '고작 이런 것'이라고 했던 내 입이 부끄러워질 만큼, 아주 색다르면서 매력적인 맛이었다.

"연유 바른 번이랑도 같이 드셔 보세요."

면이 아직 입안에 남아있는 상태에서 달달하면서도 바삭한 번을 한 입 베어 문 순간, 나는 멋쩍은 미소를 감출 수 없었다.

"짜증 내서 미안해. 배고파서 그랬나 봐. 아침부터 여태껏 아무것도 못 먹었잖아."

“저 때문에 길 헤매느라 더 허기가 진 건데요, 뭘. 암튼 좋아하셔서 다행이에요. 사실 좋아하실 줄 알았어요.”

착한 주리. 주리가 내 모습을 하고 있어서 그런 건지는 모르겠지만, 이젠 마치 나 자신처럼 익숙하고 편안해져 버려서 가끔은 함부로 대하게 될 때가 있다.

때론 이 어린 핏덩이에게 오히려 내가 너무 의존하고 있는 게 아닌가 하는 생각도 든다. 새삼스러운 미안함이 밀려온다.

“이번에 홍콩까지 함께 와줘서 정말 든든하고 감사했어. 주리, 네가 없었다면, 최종 합격자 5인에 들 수도 없었을 거야. 정말 고마워.”

내가 왜 이렇게 감정이 풍부해진 건지, 갑자기 눈물이 나려는 걸 간신히 참았다. 토마토 라면과 연유 바른 빵을 먹다 말고 갑자기 질질 울어 버리면, 그게 무슨 창피냐? 내가 비록 열아홉 소녀의 모습을 하고 있어도 영혼은 마흔셋 아재인데 말이다.

“제가 오히려 고마워요. 많은 사람들의 기대와 바람을 한몸에 받은 탓에 부담이 무척 크셨을 텐데, 끝까지 잘 견디고 잘 싸워주셔서 너무 감사해요. 덕분에 강주리라는 제 이름도 빛날 수 있었잖아요.”

미드레벨 에스컬레이터를 타고 내리며 소호의 골목골목을 돌아다니다가는 해가 중천에서 좀 기울어질 무렵 피크트램 타는 곳으로 이동했다.

“홍콩까지 와서 빅토리아 피크에도 올라가보지 않고 그냥 돌아가면 너무 서운하잖아요.”

“좀 피곤해 보이는데 괜찮겠어?”

“괜찮아요.”

주리는 이미 지친 기색이 역력했지만, 아무도 강요하지 않은 가이드 역할에 마지막까지 최선을 다하려는 의지가 보였다.

“지금 우리가 홍콩섬에서 보낼 수 있는 시간이 충분하진 않기 때문에 꾸물거릴 시간이 없어요. 지금 올라가서 해거름에는 내려와야 하거든요. 그래야 8시에 구룡역에서 공항행 AEL을 탈 수 있으니까요. 물론 해가 진 다음의 야경이 더 아름답지만, 해 질 녘의 홍콩도 나름 예쁠 거예요."

막상 몇 시간 후면 홍콩을 떠난다고 생각하니 아쉬운 마음이 물밀 듯 밀려온다. 마치 놀이공원의 폐장을 알리는 음악 소리를 들으며 쓸쓸히 출구로 향하는 아이의 심정이랄까?

그런데 지금 내가 느끼는 이 감정이 과연 홍콩을 떠나는 것에 대한 아쉬움인지, 아니면 주리와의 여행이 끝나가는 것에 대한 미련인지 잘 모르겠다.

우리는 티켓을 끊어야 입장이 가능한 스카이 테라스로 올라가지 않고, 홍콩 최고의 야경을 조망할 수 있다는 루가드 로드로 향했다.

"이 길이 맞긴 맞는 거니?"

루가드 로드로 가는 길은 유명하다는 말이 무색할 정도로 인적이 드물고 으쓱했다.

"유노 쌤은 전에도 홍콩에 와 보셨다더니 루가드 로드에는 한 번도 안가 보신 거예요?"

"수많은 사진작가들이 그 지점에서 찍은 멋진 야경 사진들이 숱하게 많은데, 굳이 나까지 직접 가서 볼 필요는 없다고 생각했었어. 그래서 스카이 테라스에만 올라가 보고 그냥 내려갔었지. 그리고 나한테는 스카이 테라스 야경도 충분히 만족스러웠어."

"지금은 15분만 걸으면 닿을 수 있는 거리이지만, 다시 이곳에 오려면 수만 시간이 걸릴지도 모르잖아요. 두 번 다시 이곳에 못 올지도 모르고 말이에요."

살다가 좋은 순간을 맞게 되면 기쁨 뒤에 밀려오는 나른한 포만감에 자칫 무기력한 상태가 되기도 한다. 거기서 조금 더 가면 더 큰 기쁨과 만족이 기다리고 있는데도 '그냥 이만 하면 되었다'며 걸음을 늦춰버리거나 아예 멈춰버리기도 한다.

빅토리아 피크에 올라 바로 눈에 들어오는 광경이 충분히 아름답게 느껴지더라도, 거기서 머무르지 않고 15분 더 걷는 의지가 있어야 더 큰 기쁨과 만족을 얻을 수 있다.

《더 유니버스》 아시아 예선에서 최종 5인에 든 것만으로도 나는 벅찰 정도로 만족스럽다. 하지만 그건 어디까지나 예선이었을 뿐, 나의 진짜 과제는 본선이다. 나는 기껏 본선행 티켓을 손에 넣는 데 성공했을 뿐이다.

'여기서 멈춰선 안 돼!'

그 만만치 않았던 과정을 무사히 통과해냈다는 기쁨에 젖은 채 더 나아가지 못하고 그 자리에 머물러선 안 된다.

루가드 로드에 당도하여 불빛이 하나둘 늘어가는 홍콩의 화려한 스카이라인을 바라보며, 나는 만족감에 흐트러지려 했던 나 자신을 다시 다잡았다.

주리 가이드의 말처럼 해 질 녘의 홍콩도 나름의 매력이 있었다. 해 진 후의 야경에는 풀메이크업 한 스물아홉 아가씨의 농염함이 있다면, 해거름의 야경에선 눈썹과 입술 정도만 그린 열아홉 소녀의 풋풋함이 느껴진다고 할까?

"15분 더 걸어오길 잘했죠?"

그렇게 말하며 함박웃음을 짓는 주리의 눈가에 익숙한 듯 낯선 새발자국 주름이 잡힌다. 그런데 오늘따라 그 주름마저 사랑스러워 보인다. 어쩌면 내 몸 어딘가에서 솟구치는 긍정의 호르몬이 자체 포토샵 처리를 해준 것인지도 모르겠다.

"주리야, 내 말이 좀 이상하게 들릴지는 모르겠지만, 널 한 번 안아보고 싶어."

나의 뜬금없는 폭탄 발언에 주리의 얼굴에서 웃음기가 걷힌다.

"사실은 널 안아보고 싶다기보다는, 나 자신을 안아보고 싶어. 세상으로부터 잊혔던 23년의 세월 속에서도, 끝까지 음악을 놓지 않고 음악 속에서 살아온 나 자신에게 오늘만큼은 수고했다는 뜻으로 한 번 안아주고 싶네."

충분히 불순한 의도로 해석될 수 있다는 걸 안다. 그리고 한편으론 내 지독한 자기연민을 주리에게 드러낸 것 같아 창피하기도 했다. 하지만 그것이 있는 그대로의 솔직한 심정이었다.

"무슨 말인지 알겠어요. 저 역시도 무대 위에서 반짝반짝 빛나던 강주리가 너무 자랑스러웠거든요. 비록 실제론 유노 쌤이었지만, 어쨌든 무대 위에 서있는 건 제 모습이었잖아요. 저도 저 자신에게 수고했다고 말해주고 싶어요."

내 마음을 꼭 자기 마음처럼 잘 알아주는 주리가 눈물겹도록 고마웠다.

"그럼, 우리 각자 자기 자신을 한 번 찐하게 안아줄까요?"

주리가 먼저 내 앞으로 한걸음 가까이 다가온다.

"주리가 주리에게 말하는 거예요. 주리야, 수고했어!"

그런데 막상 가까이 다가온 내 얼굴을 마주하려니까 왠지 어색하고 거북해서 숨이 막힐 것 같다.

"그래, 너도 수고했어, 장윤호."

주리가 와락 나를 안는다. 나는 주리의 품에, 아니 내 가슴팍에다 얼굴을 묻는 꼴이 된다.

거센 심장 박동이 느껴진다. 다른 사람도 아닌, 바로 내 심장이 뛰는 소리와 진동이다. 주인이 바뀐 몸속에서도 쉴 새 없이 뛰고 있는 내 심장. 나보다 몇 배 더 착한 주리의 영혼으로부터 보호를 받고 있으니, 전보다 훨씬 더 따뜻한 피가 흐르고 있지 않을까?

"남들이 지금 우리 모습을 보면 뭐라고 할까요?"

주리는 나를 꼭 안은 채로 내게 물었다.

"아빠와 딸의 포옹? 아니면 나이 든 리치 가이와 꽃띠 처자의 과시용 애정행각?"

"다른 사람들은 이런 기분을 절대 모르겠죠? 자기가 자기 자신을 안아주는 기분 말이에요. 정말이지, 뭔가 힐링 되는 기분이에요."

"그래도 너무 오래 안고 있진 말자. 이러다가 자기 자신과 사랑에 빠지는 나르시스가 되어버릴지도 모르겠어."

우리는 꼭 약속이나 한 듯 서로에게서 떨어진다. 그리고는 각자 고개를 돌려 한동안 말없이 해거름의 홍콩 전경을 바라본다.

"나는 시간이 지날수록 그런 생각이 들어. 우리가 서로 몸이 바뀐 것에는 뭔가 이유가 있을 것 같다는 생각."

"그래서 그 이유를 찾으셨어요?"

"어렴풋이 짚이는 게 있긴 하지만, 아직은 막연해. 하지만 그 이유를 찾기 위해서라도 내가 주리 너의 몸으로 있는 이 순간순간을 충실하게 보내야겠다는 생각이 들어."

"만약 누군가가 정해준 이유가 없다고 해도, 우리 스스로가 의미를 찾으면 되는 거죠. 우리 나름의 의미를 찾는다면 그게 바로 이유가 되지 않을까요?"

"근데 주리 넌 빨리 네 몸으로 다시 돌아오고 싶지 않아?"

"처음엔 그랬는데, 이젠 아니에요. 지금 이대로 다시 원래대로 돌아간다면, 뭔가 되다가 만 느낌일 것 같아요. 아직은 때가 아니라고 생각해요. 물론 그 '때'라는 걸 내가 정할 수 있는 것 아니겠지만, 지금으로선 강주리로서의 유노 쌤의 행보를 돕고, 장윤호로서의 제 생활에서도 의미를 찾고 싶어요."

47. 작별인사와 환영인사

◆◆

2017년 9월 26일 홍콩시각 PM 08:02.

피크트램 하행선 줄이 어마어마하게 길어서, 대기시간만 32분이나 소요되었다. 피크트램 정류장에서 택시를 잡는 일도 만만치가 않았다.

하마터면 8시에 출발하는 AEL을 놓칠 뻔했다. 주리도 나도 숨이 턱까지 찰 때까지 뛰어서야 간신히 출발 전에 탑승할 수 있었다.

"가이드가 순 엉터리야. 뭐 이렇게 아슬아슬한 스케줄이 다 있냐?"

나는 숨을 헐떡거리며 그렇게 투덜댔지만, 막상 땀범벅에다 숨넘어가기 직전인 주리의 모습을 보니 더 이상 뭐라고 할 수가 없었다.

"제가 담배 안 피고 술도 별로 안 마신 덕분에 그나마 체력이 좀 좋아졌으니 망정이지, 원래 유노 쌤 체력 같았으면 아마도 중간에 포기하고 말았을 거예요."

주리의 말소리에 숨소리가 반이다. 그도 그럴 것이, 막판에는 정말 전력질주를 해야 했기 때문이다. 주리 말대로 원래의 나 같았다면, 중간에 주저앉고 말았을 것이다.

"그러고 보니 우리 아직 저녁도 못 먹었잖아? 어이 가이드님, 밥도 안 먹이고 이렇게 막 굴려도 되는 건가요?"

가쁜 숨을 좀 가라앉히고 나니 갑자기 배고픔이 밀려왔다.

"이제 가이드 사표 낼게요. 고로 고객 불만 접수도 마감입니다. 저녁은 공항에 가서 땡기는 걸로 골라 먹자고요."

"홍콩 가이드는 이걸로 끝이지만, 2주 후엔 뉴욕 가이드를 해줘야 해."

"글쎄요. 뉴욕엔 대표님이 동행하시지 않을까요?"

"너도 같이 가게 해달라고 한 대표에게 부탁을 해보려고."

"최화영 선생님이 다시 라디오 대타를 해주신다고 해도, 또 자리를 비운다고 하면 아예 잘리지 않을까요?"

"그래, 같이 가기가 쉽진 않을 거란 생각은 들지만, 이젠 왠지 주리 네가 없으면 안 될 것 같다는 생각이 들어."

막상 그 말까지 해놓고는 좀 멋쩍은 기분이 들어, 나는 차창 밖으로 고개를 돌려버렸다.

이 낯선 이국의 풍경이 제법 눈에 익었는데, 불과 몇 시간 후면 먼 기억 저편으로 물러가겠지.

그래도 주리, 그리고 핑크 클라우드 멤버들과 함께한 홍콩의 순간순간들은 내가 다시 내 몸으로 돌아가게 되더라도 오래오래 잊히지 않을 것 같다.

"그나저나 유미 언니 어머님은 좀 괜찮으신지 모르겠어요."

"그러게 말이야. 귀국하면 유미 어머님 병문안부터 가보자."

홍콩에서의 마지막 만찬은 '호홍키'라는 식당에서 했다. 호홍키는 콩지와 완탕면으로 유명한 식당으로, 코즈웨이베이에 있는 본점은 미슐랭 원스타까지 받았다고 한다.

"완탕면에, 콩지에, 거기다 딤섬까지? 둘이서 먹기엔 좀 많지 않아?"

"그래도 홍콩에서 먹는 마지막 식사잖아요. 이 집의 시그니처 메뉴들은 다 먹어봐야죠."

"그러고 보니 그 메뉴들이 곧 홍콩 대표 메뉴들이기도 하네."

홍콩에서 완탕면이나 콩지로 미슐랭 스타를 받는다는 건, 우리나라에서 칼국수나 해장국으로 미슐랭의 인정을 받는 것과 비슷한 의미가 아닐지.

솔직히 나는 개인적으로 완탕면을 중국집에서 시켜도 그만 안 시켜도 그만인 계륵 정도로 여겼었다. 그런데 이 집의 완탕면은 거의 메인 요리급의 존재감으로 다가왔다. 완탕면만 먹기 위해서라도 이 집을 다시 찾아올 수 있을 정도로.

그리고 콩지 역시 아주 깊고 포근한 맛으로 따뜻한 감동을 선사했다.

이제 곧 여길 떠날 사람에게 홍콩이 건네는 훈훈한 작별인사 같았다고 할까?

2017년 9월 27일 AM 05:34.

'장하다! 강주리

수고했다! 장윤호'

이런 문구가 적힌 피켓을 들고 입국 게이트 앞에 기다리고 있던 사람은 다름 아닌 한 대표였다. 아직 인적이 뜸한 인천공항에 그는 몇 시부터 저런 모습으로 기다리고 있었던 걸까? 암튼 못 말리는 사람이다.

한 대표가 요즘 트라이애슬론 훈련을 하고 있어서 그런지 외려 전보다 더 건강해진 모습이다. 얼굴 살이 쪽 빠져서 턱선은 더 날렵해졌고, 여전히 탱탱한 피부는 보기 좋을 정도로 그을려 있다.

"《더 유니버스》 아시아 예선 결과는 기밀에 부쳐졌지만, 벌써 어떻게 알고 귀국 항공편을 묻는 전화가 회사로 빗발쳤대. 그래서 전혀 다른 시간대의 비행기 정보를 슬쩍 흘렸어. 그 덕분에 기자들을 피할 수 있었던 거야."

한 대표가 이렇게 미리 손 써둘 걸 알았더라면, 그냥 편한 마음으로 나와도 되었을 텐데. 나는 혹시라도 내게 몰려들지 모르는 기자들의 질문공세에 대비해 멘트도 준비를 해두었고, 공항 패션 사진을 위해 비행기 착륙 전에 일부러 옷까지 갈아입고 내렸단 말이다.

"이 시간에 먹을 수 있는 것 중에서 뭐 생각나는 음식 있어?"

한 대표의 물음에 나는 잠깐의 고민도 없이 대답한다.

"새벽집 선짓국."

주리의 모습을 한 내 입에서 '새벽집 선짓국'이란 말이 튀어나오자, 한 대표는 눈이 휘둥그레진다. 그제야 나는 내 실수를 깨닫고는 뒷말을 덧붙인다.

"아, 유노 쌤이 아까부터 계속 새벽집 선짓국이 생각난다고 하셔서요. 그리고 저도 불변의 명곡 무대 마치고 갔을 때, 맛있게 먹었던 기억이 있어요."

한 대표의 얼굴에서 의아함이 사라진 후에야 나는 내심 안도했다.

"사실 나도 거기 갈 생각이었는데. 주리의 입에서 새벽집 선짓국이 딱 튀어나와서 깜짝 놀랐어. 명색이 한국에 돌아와서 첫 식사이니, 새벽집 가서 고기도 좀 굽자고."

한 대표의 A8을 타고 인천공항에서 청담동으로 향하는 길. 인천국제공항고속도로에서 88분기점을 통과해 막 올림픽대로로 접어들었을 때 6시 정각이 되었다.

"참, 《여명의 속삭임》 할 시간이구나."

한 대표는 카오디오의 모드를 CD에서 라디오로 전환한다. 그러자 하우스 계열의 EDM 음악이 흐르고 있던 차 안이 최화영의 에너제틱한 목소리로 채워진다.

"… 여러분과 제가 함께 하는 시간이 오늘로서 마지막이라는 것이 참 아쉬워요. 저에겐 아쉬움이지만, 윤호 오빠를 기다리셨던 청취자 여러분께는 기다림 끝, 행복 시작이시겠죠? 그래도 저와 함께 한 2주일간의 시간도 여러분께 그리 나쁘지만은 않았기를, 청취자 여러분 중 단 몇 분이라도 오래오래 저와 함께한 시간을 기억해주시길 바라면서 오늘의 첫 곡 보내드립니다. 서태기와 아이들이 부릅니다. 〈너와 함께한 시간 속에서〉."

추억의 향기가 물씬 나면서 리듬을 따라 저절로 몸이 들썩거려지는 선율을 들으며 아침의 한강을 바라본다. 일주일 동안 빅토리아항의 전경에 익숙해있던 내 눈에는 더없이 차분하고 고요해 보이는 한강이 서울을 대표해 날 반기는 것 같다.

"혹시 유미 어머님은 좀 어떠신지 얘기 들은 거 있어?"

조수석에 앉은 주리가 운전하는 한 대표의 옆얼굴을 향해 물었다.

고갯짓으로 가볍게 박자를 맞추며 서태기 노래에 심취해있던 한 대표는 이내 자세를 고쳐 앉으며 사뭇 심각한 표정이 된다.

"상태가 많이 안 좋으신 모양이야. 지금 중환자실에 계셔."

"연세가 많으셔?"

"아니야, 한국 나이로 마흔아홉이시니까, 우리보다 겨우 여섯 살 많은 셈이지. 유미를 꽤 일찍 낳으셨던 모양이야."

뒷좌석에 앉아 두 사람의 대화를 듣고 있던 나는 궁금함을 참지 못하고 앞자리 쪽으로 몸을 바싹 당기며 끼어든다.

"원래 지병이 있으셨던 거예요?"

한 대표는 백미러를 통해 나와 눈을 한 번 마주친 후 다시 전방을 주시하며 대답한다.

"전신성 홍반성 루프스라고 들어봤어?"

주리와 나는 대답 없이 멀뚱히 눈만 껌뻑이고 있다.

"SLE라고도 부른다네. 얼굴에 나비 모양의 홍반이 아주 특징적이고, 피부 외에도 입술 점막, 관절, 심장, 콩팥, 신경계 등에 이상이 나타나는 병이래."

그런 병도 있구나. 암튼 되게 복잡한 병인 것 같다.

"유미 어머님은 유미가 태어나기 전부터 이 병을 앓아오셨대. 그러니까 유미는 태어나서부터 아픈 어머니를 보고 자란 거지. 그래도 스테로이드와 면역치료를 통해 비교적 좋은 컨디션을 유지해오셨는데, 최근에 생긴 신장 합병증으로 인해 병세 확 나빠지셨나 봐. 스테로이드 장기 사용으로 면역력이 떨어진 상태에서 폐렴까지 겹치면서, 위독한 상태가 되신 거지."

태어나서 지금껏 아픈 엄마를 보며 자라왔을 유미를 생각하니 가슴이 아려왔다.

유미는 그런 상황 속에서도 어쩜 힘든 내색 한 번 안 했을까? 더구나 어머님의 병세가 악화되었던 최근에는 유미의 마음고생이 더 심했을 텐데, 그녀는 늘 밝고 따뜻한 미소를 잃지 않았더랬다.

나이에 비해 성숙하고 어진 유미의 품성은 아마 어렸을 때부터 만들어져 온 게 아닐까 싶다. 아픈 엄마 밑에서 커오다 보니 일찍 철이 들 수밖에 없었겠지.

2017년 9월 27일 AM 07:21.

이태원 나리의 집에서 새벽 2~3시경에 삼겹살을 먹어본 적은 있지만, 이렇게 이른 아침에 꽃등심을 구워먹어 보기는 이번이 처음인 것 같다. 한 대표랑 클럽 투어 후에 새벽에 이 집에 오면 주로 육회비빔밥이나 따로국밥을 먹었었기 때문이다.

오랜만에 먹는 새벽집 선지는 내가 비로소 한국에 돌아왔음을 느끼게 해주는, 진정한 힐링푸드였다. 홍콩공항 호홍키의 콩지가 홍콩이 내게 보낸 작별인사였다면, 새벽집의 선짓국은 서울의 환영인사라고 할까?

"대표님, 훈련은 잘되어 가시나요?"

나는 입에 든 선지를 질겅질겅 씹으며 한 대표에게 물었다.

"처음엔 마라톤이 가장 문제라고 생각했는데, 갈수록 사이클이 더 문제인 것 같아. 물론 거리도 가장 길어."

예술적인 마블링의 꽃등심이 철판에서 지글지글 익기 시작한다.

"통영 트라이애슬론 월드컵은 코스가 어떻게 되나요?"

"동호인 부의 코스는 올림픽 코스와 같아. 수영 1.5㎞, 사이클 40㎞, 달리기 10㎞. 일단 목표는 컷오프 시간을 통과하는 거야. 수영 출발 후 1시간 50분 이내에 사이클 20㎞ 지점을 통과하지 못하면, 완주를 할 수 있는 자격이 사라지거든. 물론 기록칩을 반납 후에 바꿈터로 돌아가 달리기 경기를 지속할 수 있지만, 그렇게 되면 완주는 할 수 없게 되는 거니까."

아침이라 남의 살이 잘 안 먹힐지도 모른다고 생각했던 건 큰 오산이었다. 우리 셋은 양념갈비 2인분을 추가해 총 5인분을 남김없이 해치웠다.

한 방울의 알코올 섭취도 없이 고기만 먹어서 더 많이 먹혔던 것 같다.

2017년 9월 27일 PM 02:36.

새벽집에서 거하디 거한 아침식사를 끝낸 후 숙소로 돌아와 잠깐 눈 좀 붙인다는 게 내리 4시간을 자버리고 말았다.

세상모르고 곯아떨어져 있는 나를 깨운 건 카톡 알림음이었다. 나는 그냥 무시하고 좀 더 자려다가는 알 수 없는 예감에 사로잡혀 벌떡 일어났다.

그 불길한 예감은 틀리지 않았다. 내 깊은 잠을 깨운 그 알림음은 다름 아닌 핑크 클라우드 단톡방에 뜬 메시지를 알리는 소리였다. 그 메시지를 올린 사람은 바로 정화였다.

[유미 어머님이 조금 전 세상을 떠나셨어. 다들 일단 병원으로 와 줘.]

48. 비 오는 사평대로

◆◆

2017년 9월 27일 PM 04:34.

유미 어머님의 빈소는 생전에 입원해 계셨던 서울마리아병원 장례식장에 마련이 되었다고 했다.

원래는 잠깐만 자고 일어나 병문안을 갈 작정이었는데, 너무 오래 자버린 것이었다. 졸지에 병문안이 아닌 조문을 가게 될 줄은 정말 꿈에도 몰랐다.

주리가 가진 옷 중에 검은색 옷은 올킬 축하 파티 때 입었던 생로랑 검정 미니 드레스밖에 없었다. 소매가 망사로 되어있어서 좀 부적절하지 않을까 염려되었지만, 뾰족한 대안이 없어 그냥 그걸로 입고 나왔다.

준식이가 모는 카니발은 다른 멤버들을 태우고 이미 서울마리아병원에 가있는 상태였기 때문에, 나는 회사 앞에서 주리를 만나서 함께 택시를 타고 가기로 했다.

"주리 너까지 그렇게 곯아떨어져 버린 걸 보면 어제 일정이 좀 빡세긴 했나 봐. 아니면 1시간도 시차라고 시차 적응이 안 되는 건가?"

주리와 나, 둘 다 무려 4시간이나 자버릴 줄 누가 알았으랴. 둘 중에 하나라도 좀 더 일찍 일어났더라면, 부고를 듣기 전에 병원에 가볼 수 있었을 텐데.

"홍콩공항에서 비행기 기다리면서 쪽잠이라도 잤고, 비행기 안에서도 꽤 잘 잤다고 생각했는데…. 막상 침대에 머리를 대니까, 꼭 기절하듯이 곯아떨어져 버리더라고요."

"솔직히 난 비행기 안에선 자도 잔 것 같지 않더라. 잠이 부족했던 데다가 아침부터 꽃등심으로 과식까지 했으니 잠이 쏟아졌던 게지."

"유미 언니 어떡해요? 충격이 무척 클 텐데."

"그러게 말이야. 임종도 못 지켰다니 아쉬움과 상실감이 더 크겠지."

오늘 오전에 유미 어머니의 심박 모니터에 시끄러운 경보음이 울렸을 때, 하필 유미는 뮤지컬 연습에 가 있는 상태였다고 한다. 유미는 며칠 내내 중환자실의 보호자 대기실에서 거의 살다시피 했지만, 뮤지컬 연습까지 빠질 수는 없었던 것이다.

20분이 넘도록 심폐소생술을 진행하는 도중에도 유미는 병원에 도착하지 못했고, 끝내 어머니의 마지막 순간을 함께할 수 없었다.

"5분 후에 도착한다고 하네요."

주리는 카카오 택시로 택시를 호출했다. 큐피드 건물 정문에 서서 택시를 기다리고 있는 우리 앞으로 한 대표의 A8이 와서 선다. 운전석 문이 열리면서 한 대표가 내린다.

"지금 장례식장에 가려는 거지? 타!"

주리가 택시 호출을 취소하는 동안, 나는 무심결에 조수석 문을 벌컥 열었다가는 화들짝 놀라고 만다. 조수석에 웬 여성분이 타고 있었기 때문이다.

"안녕하세요, 주리 씨 맞죠?"

깜짝 놀란 나와는 달리, 상대편은 별로 당황한 기색도 없이 거침없는 표정과 말투로 내게 인사를 건네 온다. 나는 이 여성분이 바로 한 대표가 만나고 있는 비뇨기과 여의사라는 걸 직감했다.

"아, 그 의사 선생님이시군요?"

그녀는 대답 대신 코를 찡긋하며 고개를 끄덕인다.

"안녕하세요. 만나 뵙게 되어 영광입니다."

나는 허리를 숙이며 인사를 했다. 앉은 채로 인사를 받기가 좀 그랬는지, 그녀도 차에서 내려 내게 손을 내민다.

"뭐, 영광씩이나요. 만나서 반가워요, 저는 서영미라고 해요."

그녀의 키가 생각보다 훨씬 커서 나는 내심 좀 놀랐다. 165㎝인 주리의 키로는 한참 올려봐야 할 정도이니, 하이힐의 높이를 감안한다 쳐도 175㎝는 족히 되어 보인다.

“병원 밖에서는 처음 뵙는 거네요, 서영미 선생님.”

주리도 서영미 선생님에게 인사를 건넨다. 대외적으로는 항상 180㎝로 말하지만 실제로는 179㎝인 나, 그러니까 지금의 주리보다는 서 선생님이 오히려 더 커보였다.

“반가워요, 윤호 씨.”

서 선생님과 주리는 이미 안면을 튼 사이였다. 서 선생님이 한 대표의 주치의였고 주리가 한 대표 간병인 노릇을 했었으니, 병원에서 서로 안 볼 수가 없었겠지.

한 대표와 서 선생님의 만남은 여전히 현재진행형인 모양이다. 아니, 어쩌면 암 투병 과정에서 두 사람의 관계가 오히려 더 가까워진 것인지도 모르겠다.

인사 외에는 몇 마디 못 나눠봤지만, 서 선생님은 기운찬 긍정의 에너지와 거대한 스케일이 느껴지는 멋진 여자였다. 세렝게티 초원의 야수 같은 한 대표도 손끝 하나로 꼼짝 못 하게 만들어버릴 것 같은, 여자 비스트 마스터라고 할까?

‘그래, 준호가 이제야 제대로 임자를 만났구나!’

남자를 컨트롤할 수 있는 능력을 갖고 있지만, 정작 결정적인 순간 외에는 그 능력을 함부로 남발하지 않을 것 같은 여자. 한 대표의 광활한 야성을 그대로 존중하고 보존하면서도, 때론 적절한 제어와 보호를 해줄 수 있는, 마치 세렝게티 국립공원 같은 여자.

‘우리 준호 좀 잘 부탁합니다, 서영미 선생님.’

물론 사람은 더 겪어봐야 아는 거지만, 이번만큼은 내 직관적인 예감이 꼭 들어맞았으면 좋겠다.

상습 정체구간인 사평대로는 어김없이 꽉 막혀있다. 교보타워 사거리에서 삼호가든 사거리까지 오는 데에만 20분이 넘게 걸렸고, 삼호가든 사거리 신호에 세 번째 걸려있는 중이다.

"비 오네."

주리의 말을 듣고 창 쪽으로 고개를 돌려보니, '툭툭' 어떤 이의 슬픔을 대리하는 것 같은 빗방울이 차창에 부딪혀 흘러내리기 시작한다.

"SLE의 장기 생존율이 과거에 비해서는 많이 향상되었지만, 안타깝게도 유미 씨 어머님은 말기 신부전으로까지 진행되어서 회복을 기대하긴 어려운 상태였을 거예요. 스테로이드 장기 치료에 면역억제제까지 써서 면역력이 떨어진 상태에서 폐렴까지 왔으니 더 이상 버티긴 힘드셨을 겁니다."

한 대표로부터 이미 유미 어머님의 병에 대해서 전해 들은 바 있지만, 서영미 선생님을 통해 부가적인 설명을 들을 수 있었다.

"유미 씨가 본인의 콩팥을 어머니께 공여하겠다고 했고 검사에서 적합하다는 판정까지 받았지만, 어머님께서 이식을 거부하셨대요."

빗줄기는 점점 더 굵어졌다. 서울마리아병원 장례식장 주차장에 도착했을 때에는 눈앞이 안 보일 정도의 거센 폭우로 바뀌어 있었다. 한 대표가 우산을 꺼내려고 트렁크까지 가는 그 짧은 순간에 양복이 흠뻑 젖어버릴 정도였다.

우산 두 개를 네 명이서 나눠 쓰긴 했지만, 차에서 건물까지 걸어가는 동안 옷과 신발이 젖는 걸 완전히 피하기는 어려웠다.

"몇 호실이라고 했지?"

안내데스크 뒷벽에 붙은 전광판 모니터를 훑어보며 한 대표가 물었다.

"23호실이라고 했어요."

단톡방에 올라와 있는 정화의 메시지를 한 번 더 확인한 후에 내가 대답했다.

"23호실이면, 故천은정 님…이라고 되어있네."

고인의 성함은 천은정, 상주에는 달랑 천유미라는 이름 하나밖에 없었다.

"유미의 가족은 원래 어머니 한 분뿐이었어."

한 대표는 유미가 홀어머니에 외동딸이었다는 사실을 알고 있었던 모양이다.

"근데 유미 씨는 어머니 성을 따랐네요. 그렇다면 사생아였단 말인가요?"

서 선생님의 물음에 한 대표는 말없이 고개를 끄덕인다.

"현금지급기가 이 건물 어딘가에 있겠지? 귀국한 지 몇 시간 되지 않아서 한국 돈이 별로 없어. 돈 좀 찾아서 올게."

한 대표와 서 선생님은 먼저 빈소로 향하고, 주리와 나는 현금지급기가 있는 곳으로 갔다.

"유노 쌤 이름으로는 조의금을 얼마나 내면 될까요?"

막상 주리가 그렇게 물으니 선뜻 대답하기가 어려웠다.

"글쎄다, 한 30만 원?"

"좀 많은 것 같기도 하지만, 유노 쌤 마음이 정 그러시다면 30만 원 찾을게요."

"사실 마음으로야 그보다 훨씬 더 많이 하고 싶지."

사실 연습생 시절부터 내가 가장 총애해왔던 유미에 대한 내 마음을 보여주려면 100만 원으로도 모자랄 것이다. 하지만 일개 보컬 트레이너로서 그 정도의 고액은 좀 오버인 것 같기도 하니.

"그럼, 주리 이름으로는 얼마나 해야 하나?"

"그것 역시도 정하기 쉽지 않네요. 똑같이 30만 원으로 해주세요. 20만 원이면 왠지 사무적인 느낌이 나고, 50만 원이면 제 나이로는 좀 많은 것 같고. 30만 원이 너무 많지도, 적지도 않은 금액 같아요. 그래도 같은 방을 쓰는 사람으로서 30만 원은 해야죠."

"그래, 그럼 둘 다 똑같이 30만 원으로 하자."

23호실 앞에는 정화, 유진, 준희가 한 대표와 얘기를 나누고 있었고, 서영미 선생님은 멀찌감치 떨어진 위치에서 전화 통화 중이었다. 멤버들과는 미소를 생략한 눈인사만 나눴다.

“최종 합격한 것에 대한 축하는 나중에 하자. 일단 조문부터 하고 나와.”

정화가 내 귀에다 대고 나지막하게 속삭였다.

주리가 먼저 빈소로 들어갔고, 내가 그 뒤를 따른다. 입구의 선반 위에 놓인 하얀 국화꽃 한 송이를 들고 영정 앞으로 다가간다. 제단에다 국화꽃을 놓고는 뒷걸음으로 물러나 재배를 한 다음, 홀로 빈소를 지키고 있는 유미와도 맞절을 한다.

내가 알고 있는 조문 절차를 다 끝낸 후에야 비로소 영정사진을 올려다본 나는 그 자리에서 선 채로 얼어붙고 만다.

‘아니, 저 얼굴은….’

꼭 메두사의 얼굴이라도 본 듯이 돌처럼 굳어버린 나를 주리가 질질 끌고 나오며 내게 나지막한 목소리로 묻는다.

“유노 쌤 왜 그래요? 어디 안 좋아요?”

주리는 나를 빈소 옆 식당의 빈 테이블에 데려다 앉힌다.

“유노 쌤 얼굴이 하얗게 질리셨어요. 어디 안 좋으시면 이 병원 응급실에라도 가볼까요?”

주리의 걱정스러운 목소리는 먼 메아리처럼 내 의식의 바깥 궤도를 빙빙 맴돌 뿐이다.

‘내가 조금 전에 뭘 본거지? 분명 내가 잘못 본 걸 거야.’

나는 그 영정 사진 속의 얼굴을 내 눈으로 직접 보고도 믿을 수가 없었다. 내 시각뿐만 아니라 기억력과 인지 능력까지 모조리 부정하고만 싶었다.

‘혹시 그냥 닮은 사람은 아닐까?’

그래, 그냥 닮은 사람일지도 모른다. 세상에는 정말 쌍둥이처럼 똑같이 생긴 사람들도 있잖아?

“미안해, 주리야. 나 집에 가서 좀 쉬어야겠어. 나 먼저 갈 테니 다른 사람들한테는 말 좀 잘 해줘.”

“혼자서 가신다고요? 좀 불안한데요? 제가 같이 갈게요.”

"아니야, 혼자 갈 수 있어. 그냥 혼자 갈게."

동행해주겠다는 주리의 호의를 한사코 뿌리치고 식당 밖으로 나오던 내 눈에 빈소 앞에 붙어있는 간판이 눈에 들어온다.

'23호실/故 천은정'

바로 그때, 혼돈의 먹구름이 걷히며 차츰 밝아지는 의식의 저쪽에서 선명하게 떠오른 기억 하나가 있다.

'은정아!'

23년 전, 소속사 사장이 누군가를 은정이라 불렀던 기억이 문득 떠올랐다. 그는 자신의 애인을 예명이 아닌 본명으로 불렀었다.

조금 전 나를 아연실색하게 만들었던 영정 사진 속 낯익은 얼굴의 주인공이자, 바로 오늘 고인이 되신 유미의 어머니는 소속사 사장이 은정이라 불렀던 여인과 동일인이 맞았다.

천은정이라는 본명을 가진 그 여인의 예명은 다름 아닌 미나, 바로 미나 누나였던 것이다.

'그런데 어떻게 미나 누나가 유미의 어머니일 수가 있는 거지?'

그렇다면 유미는? 유미가 사생아라면, 사생아인 유미의 엄마가 천미나라면, 유미의 아버지는 과연 누구란 말인가?

미나 누나와 내가 불타는 사랑에 빠져 있다가 강제 이별을 당했던 날은 1994년 2월 23일. 그리고 내가 알고 있는 유미의 생년월일은 1994년 12월 1일. 그 사이엔 10개월의 시간이 존재한다. 그 10개월 동안 유미 누나의 뱃속에서 내가 몰랐던 새 생명이 자라고 있었다고?

'그렇다면 유미의 아버지가 바로 나일 수도 있다는 말인가?'

49. 긴 하루

◆◆

나는 장례식장 건물 정문 앞에 멀거니 서 있다. 여전히 장대 같은 비가 바닥에 사정없이 내리꽂히고 있다.

'아차, 우산을 안 가지고 나왔구나!'

혼자 가겠다고 큰소리치며 자리를 박차고 나와서는, 막상 거센 폭우 앞에서 머뭇거리고 있는 자신이 좀 한심하게 느껴진다.

'왜 찾아볼 생각을 못 했을까?'

그때 나는 단지 미나 누나와 갑자기 연락이 끊겨버릴 걸 슬퍼하기만 했을 뿐이었다. 그런데 왜 정작 그녀를 찾아보려는 노력은 해보지 않았을까?

우산이 없어서 빗속으로 선뜻 발걸음을 내딛지 못한 채 머뭇거리는 지금의 내 모습은 그때의 나와 조금도 다르지 않다.

'겁쟁이!'

그 시절의 나는 겁쟁이였다. 나를 겁박해온 세상을 피해서 그냥 어둠의 은신처로 숨어버리고 말았던 비겁자.

나의 가수생명과 사랑, 그 소중한 걸 동시에 잃어버렸다는 절망에 빠져 허우적거리기만 했을 뿐, 그것을 지키려는 용기와 의지는 내게 없었던 것이다.

"우산도 안 가지고 가셨잖아요."

언제 따라왔는지 우산을 든 주리가 내 옆에 와서 서 있다. 겁쟁이 장윤호의 모습을 한 채. 그 비겁자의 얼굴을 마주한 나는 그만 버럭 화를 내고 만다.

"이까짓 비 좀 맞으면 어때서?"

내 입으로 내뱉어놓고도 황당하기 짝이 없는, 엄한 화풀이를 당하고도 주리는 동요 없이 침착하다.

"당연히 비 맞으면 안 되죠. 지금 감기 걸리면 큰일 나는 거 모르세요? 이번 주에는 평창 동계 올림픽 주제곡 녹음에 참여해야 하고, 2주 후에는 뉴욕으로 가서 《더 유니버스》 본선에도 참여해야 하잖아요."

주리는 차분한 어조로 나를 다독였다. 그러나 주리의 논리 정연한 설득력이 스스로 심각한 자괴감에 빠진 나에게는 별 효과가 없었다.

"어디를 가시는지는 모르겠지만, 제가 따라갈게요. 그리고 일체 아무것도 묻지 않을 테니 안심하세요. 저는 그저 우산을 씌워드리기만 할 테니까요."

주리는 기어이 나를 따라나섰다. 내 옆에서 나란히 걸으며 우산을 받쳐주고 있다.

'그런데 나는 지금 어디로 가야 하지?'

일단 길을 나서긴 했지만, 막상 어디로 갈지 나도 잘 모르겠다. 그냥 무작정 도망치듯 뛰쳐나왔을 뿐, 딱히 어딜 가겠다고 계획한 건 아니었기 때문이다. 옆에 주리도 따라온 마당에 어디라도 가긴 가야 할 텐데….

"배고프다, 주리야. 밥이나 먹으러 가자."

이런 와중에도 주책없이 배가 고프다니. 23년 전에 내가 열렬히 사랑했던 여인이 오늘 세상을 떠났고, 그 여인이 남기고 간 딸의 아버지가 바로 나일지도 모른다는 사실을 알게 된 지 몇 분도 채 안 된 이런 순간에, 나는 밥 먹으러 가자는 소리나 하고 있다.

주리가 '반포 맛집'으로 검색해서 나온 곳 중에 삼호가든 사거리 쪽 골목에 있는 순댓국집을 찾아 왔다.

서울마리아병원에서는 그리 멀지 않은 거리였지만, 폭우를 뚫고 걸어오느라 옷과 신발이 젖는 건 감수해야 했다.

뽀얀 국물에 들깨가루를 풀고 부추를 넣어서 먹는데, 순대와 머리고기의 쫀득쫀득함과 부추의 서걱거림이 입안에서 조화로운 크로스오버를 만들어낸다.

숟가락에 뭔가 걸리는 게 없을 때까지 건더기를 다 건져먹고, 국물 한 방울도 남김없이 흡입할 때까지 나는 말 한마디 하지 않았다.

주리 역시도 내게 아무것도 묻지 않고 묵묵히 먹는 데에만 열중했다.

그런데 허기가 물러가면서 명료해진 내 의식에 명령어로 된 내면의 목소리가 울려 퍼진다.

'다시 돌아가!'

그렇구나. 나는 또 도망치려고 했구나. 감당하기 힘든 진실을 마주하기가 두려워 회피하려 했던 거다.

나는 다시 장례식장으로 돌아가서 미나 누나의 영정 사진을 다시 마주해야 한다. 그리고 내 딸일지도 모르는 유미의 얼굴도 봐야 한다. 또다시 비겁한 도망자가 되긴 싫다.

"주리야, 다시 장례식장으로 돌아가자. 아까는 내가 너무 배가 고파서 잠시 내 머리가 좀 잘못 되었나 봐. 괜히 고생스럽게 너까지 따라 나오게 만들어서 미안해."

물 한 모금을 머금은 채 입가심을 하고 있던 주리는 말없이 엷은 미소를 지으며 고개를 끄덕인다.

다시 장례식장으로 돌아갈 용기를 낼 수 있었던 데에는, 든든한 수호천사처럼 내 옆을 지켜준 주리의 존재가 큰 역할을 했으리라.

'주리에겐 다 털어놓아 버릴까?'

나 혼자서 감당하기 벅찬 이 엄청난 진실을 주리에게라도 털어놓고 싶은 충동이 일었지만, 그냥 참기로 한다.

정말 유미가 내 딸이 맞다면, 주리는 내 딸보다도 어리다는 얘기잖아? 저 어린 핏덩이를 정리되지 못한 혼란 속으로 끌어들이고 싶진 않다. 얘기를 하더라도 내 생각과 입장이 바로 선 후에 해야 한다.

식당 밖으로 나오니 빗줄기는 다소 가늘어져 있었다. 그리고 다시 서울마리아병원 장례식장 앞에 당도했을 때에는 비가 거의 그친 상태였다.

장례식장 로비에는 꽤 많은 숫자의 기자들이 진을 치고 있다. 어림잡아 스무 명 이상은 되어 보인다. 아마도 조문 연예인 사진을 찍기 위해 몰려든 모양이다.
나와 주리가 로비로 들어서자 곳곳에서 동시다발적으로 플래시가 터진다.
"《더 유니버스》 본선 진출에 성공하셨다고 들었는데, 소감 한 마디 해 주시죠!"
"뉴욕 출국은 언제인가요?"
"핑크 클라우드의 이번 신곡 활동은 이대로 끝나게 되나요?"
"평창 동계 올림픽 주제곡은 언제 발표되나요?"
기자들의 질문 세례가 이어졌지만, 나는 굳은 표정을 풀지 않은 채로 대답 없이 로비를 가로지른다. 내게 너무 가까이 접근하는 기자들은 주리가 정중하게 제지해 주었다.
기자들도 장례식장이라는 장소적 특성을 감안한 탓인지, 더 이상 집요하게 따라붙진 않았다.
"어디 갔었니?"
정화의 물음에 나는 대답 없이 코만 찡긋했다. 멤버들은 유일한 상주인 유미와 함께 빈소를 지키고 있었다. 나도 그들 곁에 슬며시 엉덩이를 들이밀었다.
그런데 세 멤버들 너머에 있는 유미의 얼굴을 똑바로 쳐다볼 엄두가 나지는 않는다. 아직 마음의 준비가 안 된 모양이다.
'그래, 나 자신에게도 시간을 좀 주자!'
작은 화분 하나 내 손으로 키워본 적도 없는 나에게 스물세 살 먹은 딸이 있을지도 모른다는 사실을 받아들이는 게 어디 쉬운 일이겠는가?
'미나 누나!'
용기를 내어 미나 누나의 영정 사진을 올려다본다. 어쩔 수 없는 세월의 흔적이 느껴지긴 하지만, 여전히 곱고 사랑스러운 모습이다. 맑고 밝은 미소에서는 몹쓸 병마에도 결코 굴복하지 않은 강인함이 느껴진다.

'미나 누나, 갑자기 사라져 버린 누나를 난 왜 바보처럼 원망하기만 했을까요? 찾지 못해서, 지켜주지 못해서 미안하고 또 미안합니다.'

저녁이 되면서 굵직굵직한 셀레브리티들의 방문이 이어졌다. 특히 가수들의 방문이 많았다. 아이우, 임찬정, 김영우, 김경오 등의 톱가수들뿐만 아니라 잘 나가는 아이돌 팀들도 심심찮게 얼굴을 비쳤다.

그 밖에도 한국의 대중음악계를 좌지우지하는 프로듀서, 작곡가, 작사가들의 방문도 이어져, 여기가 장례식장인지 시상식장인지 구분이 안 갈 정도였다.

'이렇게나 많은 특급 조문객들이 다 유미나 한 대표의 인맥은 아닌 것 같은데?'

물론 핑크 클라우드의 위상이 과거보다 좀 높아지긴 했지만, 일개 걸그룹 멤버의 모친상에 한국 대중음악계를 주름잡는 기라성 같은 인사들이 총출동하다시피 했다는 건 뭔가 이상했다.

"유미 언니 어머니가 바로 작사가 양양미인이셨대."

유진이의 귓속말을 듣고서야 비로소 내가 품었던 의혹이 풀렸다. 장례식장 로비에 기자들이 몰린 것도, 빈소 방명록이 특급 셀레브리티의 자필 사인들로 채워진 것도 모두 유미가 아닌 유미 엄마, 양양미인 때문이었던 것이다.

'평창 동계 올림픽 주제곡 악보에서 봤던 작사가 양양미인이 정말 미나 누나가 맞았네.'

2017년 9월 27일 PM 10:45.

빈소에는 네 멤버가 둘씩 짝을 지어서 교대로 같이 있어주기로 했다. 오늘밤엔 유진이와 준희가, 내일 밤엔 정화와 내가 있기로 했다.

생각 같아선 이틀 꼬박 빈소를 지키고 싶었다. 하지만 도저히 지금의 내 몸과 마음 상태로는 빈소에서 밤을 지샐 자신이 없었다.

말하자면 '故 천은정님을 사랑했던 남자'이자 '천유미 친부일지도 모르는 사람'로서의 도리를 지키려는 이성이 방 안에 혼자 숨어있고 싶은 감성에 굴복하고 만 것이다.

'비겁한 놈!'

또 한 번 무거운 자책감이 밀려왔지만, 오늘밤만은 스스로에게 비겁한 은신을 허용하기로 했다. 대신 내일 다시 장례식장을 찾을 때에는 반드시 정상 멘탈을 회복하고 오리라고 다짐했다.

"강원도 양양에 거주하시면서 작사 활동을 열정적으로 하셨대요. 지금까지 작사한 곡만도 300곡이 넘고, 그중에는 히트곡도 아주 많아서 저작권료 수입이 상당하다고 하네요."

청담동으로 향하는 택시 안에서 주리는 '양양미인'에 대한 기사 내용을 읊고 있다. 유미가 내 딸일 수도 있다는 얘기를 아직 주리에겐 하지 못했다.

"이건 그냥 제 추측인데요, 양양미인님은 유미 언니를 위해 그렇게 열심히 작사 작업을 하셨던 게 아닐까요? 본인의 건강에 대해서 자신이 없으셨기 때문에, 혹시라도 세상에 혼자 남겨질지도 모르는 유미언니에게 저작권료 유산을 남겨주기 위해서 말이에요."

주리의 말을 듣고 보니 정말 그럴지도 모르겠다. 어쨌든 미나 누나도 음악을 떠나지 않았던 거네. 끝까지 음악의 신으로부터 사랑을 받으며 그 영역 안에서 살고 있었던 것이다.

'그럼, 평창 동계 올림픽 주제곡이 미나 누나의 마지막 유작이 되는 셈인가?'

2017년 9월 27일 PM 11:53.

긴 하루였다.

샤워를 하고 나와서 유미의 침대에 앉아본다. 이 침대의 주인이 바로 내 딸일지도 모른다니.

3년 전, 유미가 오디션 보러왔던 때를 기억한다. 한 대표, 핑크 레인, 그리고 나. 그렇게 세 사람이 지금의 큐피드 건물 지하 사무실에서 오디션을 봤었다.

그때만 해도 지금의 큐피드 건물 1층부터 3층까지는 화장품 회사가 세 들어 와있었고, 지하 1층만 큐피드가 쓰고 있었다.

남색 떡볶이 코트를 입고 사무실에 나타난 유미는 해맑은 표정으로 마치 남의 얘기하듯 신세 한탄을 했다.

"데뷔할 날만 기다리며 매일 연습만 하고 있었는데, 회사가 망해버렸어요. 가수가 될 꿈을 접어야 하나 생각하고 있었는데, 저희 엄마가 여길 가보라고 했어요."

그러고 보니 유미는 그때 분명 엄마가 가보라고 했다고 말했다. 그 당시엔 솔직히 그 말이 그리 좋게 들리진 않았었다. 오디션에 와서까지 엄마 얘기를 꺼내는 걸 보면, 지독한 마마걸인가 보다 했다.

그런데 유미의 엄마가 누구인지 알고 나니, 그때 유미가 왜 굳이 엄마를 거론했었는지 알 것 같다.

'혹시 미나 누나는 내가 큐피드에 있다는 사실을 그때 이미 알고 있었던 게 아닐까? 그래서 유미를 내가 있는 회사로 보낸 건 아니었을까?'

50. 눈물의 의미

◆◆

2017년 9월 28일 AM 06:45.

어젯밤에 빈소를 지킨 유진과 준희와 교대하기 위해 일찌감치 서울마리아병원 장례식장으로 향했다. 오늘은 정화와 내가 빈소에 있기로 한 날이기 때문이다.

그런데 빈소로 들어서려던 나는 뒤로 까무러치는 줄 알았다.

'아니, 미나 누나가 어떻게 여기에?'

글쎄, 영정 사진 속에서 밝게 웃고 있는 미나 누나와 똑같은 얼굴을 한 사람이 빈소 앞에 유미와 나란히 서있는 것이 아닌가? 하마터면 나는 비명을 지를 뻔했다.

"주리야, 많이 놀랐지? 우리 이모야. 오늘 오전에 미국에서 오셨어."

꼭 귀신이라도 본 듯 얼어붙어있는 내 어깨를 감싸며 유미가 말했다.

"우리 엄마와 이모는 쌍둥이 자매야. 엄마 성함은 천은정, 이모는 천은진. 어젯밤에 빈소에 오신 분들도 하나같이 지금의 주리 너 같은 표정을 지었어. 그렇게 놀란 표정의 사람들에게 내가 일일이 설명해대느라 바쁘네."

"잠깐, 저랑 얘기 좀 하실까요? 긴히 여쭤볼 말이 있어요."

나는 주리의 이모, 천은진 씨를 빈소 밖으로 불러냈다. 천은진 씨와 나는 빈소 옆 식당의 빈 테이블 중 하나에 자리를 잡고 마주 앉았다.

"혹시 장윤호 씨를 아시나요?"

나는 다른 설명 없이 단도직입적으로 물어보았다.

"네, 알아요. 언니한테 얘기 많이 들었어요."

두 사람은 일란성 쌍둥이인지, 천은진 씨는 미나 누나와 놀라울 정도로 많이 닮았다. 그런데 말하는 모습을 보니, 표정과 분위기에서 확실히 다른 점이 느껴진다.

거침없고 활달한 분위기의 미나 누나와는 달리 천은진 씨에게선 다소곳한 수줍음이 묻어난다.

"유미 언니의 친아버지가 혹시… 장윤호 씨인가요?"

천은진 씨는 사뭇 당황한 표정이었다. 그도 그럴 것이, 유미가 핑크 클라우드의 막내라고 소개한 내 입에서 설마 그런 질문이 나오리라고는 상상도 못 했겠지.

"사실은…."

천은진 씨는 뭔가를 말하려다 말고 잠시 주저하는 표정을 지었다.

"저는 사실 그대로를 알고 싶어요. 제가 왜 이모님께 이런 걸 물어보는지 이상하게 생각되시겠지만, 저한테, 아니 장윤호 선생님께는 아주 중요한 문제이니까요. 장윤호 선생님은 지금 아주 심각한 고민에 빠져 계시거든요. 만약 지금 말씀하길 망설이시는 그 내용이 끝까지 유지되어야 하는 비밀이라면, 그것이 어떤 사실이든 유미 언니에게는 절대 발설하지 않을게요. 아니 그 누구에게도 말하지 않을게요."

천은진 씨의 얼굴에서는 많은 생각들이 교차하는 것 같은 표정이 읽힌다. 그러다 그녀는 이내 굳은 결심을 한 듯 조심스럽게 입을 연다.

"유미 언니가 장윤호 씨의 아이를 가졌던 건 사실이에요. 그런데 정말 어이없게도 저까지 비슷한 시기에 임신을 해버린 거예요. 누가 쌍둥이 아니랄까봐. 공교롭게도, 쌍둥이 자매가 쌍으로 미혼모가 될 뻔한 상황이었죠."

그녀의 얼굴에 씁쓸한 미소가 떠오른다.

"부모님과도 거의 연을 끊다시피 했던 우리 자매는 강원도 양양으로 가서 살기로 했어요. 왜냐하면 양양에는 저희 외할머니가 우리 쌍둥이 앞으로 물려주신 집이 하나 있었거든요. 그래서 언니와 저는 우리를 아무도 알아보지 못하는 그 낯선 동네에 가서 살 작정을 했던 거예요."

익숙한 듯 낯선 그녀의 얼굴에서 미나 누나가 잘 짓던 표정이 보일 때마다 나는 깜짝깜짝 놀란다.

"그런데 언니는 임신 초기에 SLE가 발병하면서 건강 상태가 아주 급격하게 나빠졌고, 결국 자연 유산이 되어버렸어요. 저는 열 달을 채워서 출산을 하게 되었고요. 그렇게 해서 우리 자매는 둘이서 딸아이 하나를 키우며 양양에서 같이 살게 되었던 겁니다."

꺼내기 힘든 말을 털어놓은 후 잠시 감정을 추스르려는 듯, 천은진 씨는 늘어진 머리칼을 한 번 쓸어 올린다.

"그러다 저에게 사랑하는 사람이 생겼어요. 양양 보건소에 부임해온 공중보건의였죠. 저는 딸이 있다는 사실을 숨긴 채 연애질에 빠져들었어요. 그러다 결혼 얘기까지 나오게 되었는데…. 유미의 존재를 두고 심각한 고민에 빠져있던 제게 언니가 말하더군요. 유미는 자기가 키워주겠다고, 저더러는 사랑하는 사람과 결혼해서 잘 살라고 했어요."

그녀는 윗니로 아랫입술을 질끈 깨문다. 북받치는 감정을 애써 억누르려는 듯 보였다.

"그러니까 저는 유미 이모가 아니라 그 애의 엄마예요. 하지만 유미는 아직 그 사실을 몰라요. 어쩌다 보니 아가씨에게 이 사실을 털어놓고 말았는데, 유미에게는…."

"네, 절대 말하지 않을게요."

나는 최대한 단단한 목소리로 절대 함구하겠다는 내 의지를 그녀에게 재차 확인시켰다.

'그런데 이 기분은 뭐지?'

참 설명하기 힘든 기분이다. 내 어깨를 무겁게 누르고 있던 짐이 갑자기 사라져버린 듯 홀가분하면서도, 한편으론 뭔가 허전한 느낌도 있다.

사실 나는 주리와 내가 몸이 바뀐 이유가 바로 유미 때문이 아닐까 하는 생각도 했었다. 하필이면 유미의 룸메이트인 주리와 나의 영혼이 바뀐 것은, 나로 하여금 유미와 가까이 생활하면서 조력자 역할을 하게 만들려는 신의 뜻이 아닐까 하는 생각 말이다.

그런데 막상 유미가 내 친딸이 아니라는 말을 들으니, 마음의 부담이 사라진 대신 정체불명의 상실감이 엄습해왔다.

'그래도 미나 누나는 내 존재를 조금은 의식하지 않았을까?'

미나 누나가 유미를 큐피드로 보낼 생각과 결정을 했던 데에는 그래도 나라는 존재가 조금은 영향을 주지 않았을까 하는 생각이 미련의 꼬리를 드리운다.

미나 누나는 이미 세상에 없는 사람이기 때문에, 그녀의 심중을 확인할 방법은 없다. 하지만 나는 그렇게 믿고 싶다. 미나 누나가 나에게 유미를 부탁한 것이라고 말이다.

유미가 비록 내 친딸은 아니지만, 내가 사랑했던 미나 누나가 친딸처럼 키운 존재이다. 그러니까 나는 친부 못지않은 특별한 책임감을 갖고 유미에게 도움 되는 존재가 되어야 한다.

'내가 사랑했던 미나 누나를 위해서, 그리고 미나 누나의 자궁 속에서 잠깐이나마 심장이 뛰었던 그 작은 생명을 위해서라도!'

2017년 9월 29일 AM 03:45.

"새벽이라 이제 문상객도 없을 거야. 여긴 내가 지키고 있을 테니까, 방에 들어가서 잠깐이라도 눈 좀 붙여!"

"난 괜찮은데…."

어젯밤에 한숨도 자지 않고 빈소를 지켰다는 유미를 빈소에 딸린 방 안으로 억지로 밀어 넣었다. 쓰러지기 일보 직전인 모습을 보니 강제로라도 쉬게 해야 할 것 같았다.

"정화 언니도 같이 들어가서 좀 쉬어!"

나와 같이 빈소를 지키겠다는 정화까지 한사코 방 안으로 들여보낸 이유는 사실 딴마음이 있어서였다. 미나 누나 영정 곁에 오롯이 나 혼자 있는 시간을 좀 갖고 싶었던 것이다.
에어컨과 환풍기 돌아가는 소리 외에는 어떤 소리도 들리지 않는 고즈넉한 새벽의 빈소에 나만이 홀로 남았다.
이제야 제대로 유미 누나의 영정 사진을 들여다본다. 국화꽃에 둘러싸인 미나 누나는 꽃보다 더 환하게 웃고 있다. 그 의연한 미소를 보고 있으려니 왠지 연꽃이 떠올랐다. 진흙 속에서도 더럽혀지지 않고 맑고 고운 꽃을 피워내는 연꽃.
그 어떤 것에도 굴하지 않은 굳센 의지에 감복하면서도, 다른 한편으론 누나가 견뎌내야 했을 고통의 무게와 질감이 그대로 느껴지는 것만 같아 괴로웠다.
'미나 누나, 왜 그 힘든 짐을 바보처럼 혼자서만 짊어지고 있었던 거예요?'
비록 마음속으로만 외친 혼잣말이었지만 미나 누나에게 '바보처럼'이라는 부사어를 함부로 쓴 나 자신을 스스로 꾸짖었다.
바보라는 소리를 들어 마땅한 사람은 미나 누나가 아닌 바로 나다. 내가 얼마나 변변치 못한 놈이었으면 누나가 내게 도움을 구할 생각조차 안 했겠는가?
'당신 혼자서 그 고달픈 길을 가는 동안 당신을 찾지 못해서, 지켜주지 못해서 정말 미안합니다!'

언제 잠든 건지도 모르게 눈이 떠졌다.
'미나 누나가 나 재워준 거죠?'
잠깐이라도 나 좀 쉬게 하려고 미나 누나가 나를 잠들게 한 거라며, 영정 앞에서 졸기나 했던 내 어리석음을 합리화시키는 나.
내 옆에는 어느새 유미가 앉아 있었다.
"언제… 나왔어?"
"세수하고 잠깐 누워 있다가 도저히 잠들 수 없을 것 같아서 그냥 나왔어. 눈을 감으니까 엄마 생각이 더 간절해지더라고."

"그래도 좀 쉬지. 오늘 발인까지 버티려면 힘들 텐데 말이야."

"주리 너야말로 들어가서 좀 쉬어. 아직 홍콩 다녀온 여독도 안 풀렸을 텐데 이렇게 고생하게 만들어서 어떡하니?"

"고생은 무슨…."

미나 누나가 혼자서 감당해온 것에 비하면 이까짓 게 무슨 고생이라고.

"발인은 비공개로 진행될 거야. 대표님께도 그렇게 부탁했어. 이모도 어젯밤에 미국으로 돌아가셨기 때문에 대표님과 멤버들하고만 같이하기로 했어."

"주리, 아니 유노 쌤도 같이 가 주실 거야. 유노 쌤이 유미… 언니를 얼마나 아끼시는지 알아?"

주리의 참석 의사를 대신 전하는 목소리에 나도 모르게 힘이 들어갔다. 그렇게라도 미나 누나와 유미에 대해 내 영혼이 느끼고 있는 책임의식을 드러내고 싶었나 보다.

"그런데 일가친척은 거의 없어도 문상객들은 꽤 많던데, 발인을 꼭 비공개로 진행하는 이유가 있어?"

발인에 참석하는 인원이 너무 적으면 혹시 미나 누나 마지막 가는 길이 외롭진 않을까 염려스러운 마음에 물어본 말이었다.

"엄마는 이미 오래전부터 본인의 죽음을 미리 준비해 오셨었어. '나 죽은 다음에 이렇게 해줘!'라는 식의 유언 비슷한 얘기를 꺼내실 때면 난 항상 그런 소리 말라며 화를 내곤 했지."

울고 또 울어서 퉁퉁 부은 유미의 얼굴에 아련하고 쓸쓸한 미소가 떠오른다.

"엄마가 본인의 유골을 뿌려달라고 부탁한 장소가 있어. 그런데 내가 알아보니까, 요즘은 법적으로 지정된 장소 외에 유골을 뿌리는 행위가 불법이래. 그래서 엄마가 부탁한 장소에 유골을 뿌리진 못할 것 같고, 그냥 엄마 유골함 들고 그곳에 다녀온 후에 납골당에 모시려고 해. 그런데 그곳이 좀 먼 곳이라 손님들과 함께 가기엔 서로가 좀 부담스러울 것 같아서…."

유미는 엄마의 죽음을 생각보다 담담하고 씩씩하게 받아들이고 있는 것처럼 보였다. 미나 누나가 유미에게 오래전부터 죽음에 대한 얘기를 꺼냈던 건, 유미에게도 이별에 대비한 마음의 준비를 하게 하려는 의도가 아니었을까?

"그런데 주리야, 나는 참 궁금해. 엄마가 본인의 유골을 뿌려달라고 내게 일부러 부탁할 정도였다면, 그 장소가 엄마에겐 아주 특별한 의미가 있는 곳일 것 같은데 말이야. 대체 어떤 의미가 있었던 걸까?"

2017년 9월 29일 PM 12:03.

"한 대표는 운전을 해야 하고 유미는 유골함을 들어야 하니까, 영정 사진은 주리 네가 좀 들어줘!"

나는 발인 때 주리에게 영정 사진을 들어줄 것을 부탁했다. 그렇게 하면, 외관상으로는 내가 미나 누나 영정 사진을 안고 가는 것처럼 보일 테니 말이다.

수원 연화장에서의 절차를 모두 끝낸 후에 미나 누나의 유언 속 장소로 향하는 길이다. 한 대표의 A8에 영정 사진을 든 주리와 유골함을 든 유미가 탔고, 나머지 세 멤버와 나는 준식이가 운전하는 카니발에 타고 있다.

아침까지만 해도 미나 누나의 미소처럼 맑았던 하늘이 점점 어둑어둑해지는 걸 보니 머잖아 비라도 올 모양이다.

2017년 9월 29일 PM 02:23.

잠깐 눈을 감았다 뜬 것 같은데 어느새 두 시간이 훌쩍 지나 있었다.

입가에 흘러내린 침을 손으로 쓱 닦았다.

차는 멈춰 있다. 이제 막 어딘가에 도착을 한 모양이었다. 그런데 차창을 타고 흘러내리는 굵은 빗줄기 때문에 창밖이 잘 보이질 않는다.

"준식이 오빠, 여기가 어디예요?"

나도 궁금했던 걸 유진이가 대신 물어봐줬다.

"인제 원대리 자작나무숲 주차장이야. 그런데 갑자기 비가 너무 많이 와서 다들 차에서 못 내린 채 대기하고 있는 거야."

준식의 입에서 나온 '원대리 자작나무숲'이라는 말을 듣는 순간, 가슴이 철렁 내려앉고 말았다.

기억의 밑바닥으로부터 폭풍 같은 감정의 소용돌이가 솟구쳐 오르면서, 지금 내리는 빗줄기보다 더 굵은 눈물방울이 내 두 볼을 타고 흘러내린다.

"주리야, 너 갑자기 왜 울어?"

갑자기 내가 눈물을 줄줄 흘리는 모습을 본 준희가 왜 우냐고 묻는다. 그러나 나는 준희에게 내 눈물의 의미를 설명하지 못했다.

지금은 아무에게도 내가 우는 이유를 말할 수 없을 것이다. 우리가 미나 누나의 유골함을 들고 찾아온 '인제 원대리 자작나무숲'이 바로 그녀와 내가 처음으로 밀회 여행 왔던 장소였다는 사실을 과연 누구에게 말할 수 있겠는가?

51. 이건 어떻게 설명할 거야?

◆◆

내가 홍콩에 가 있었던 지난주에는 음방 활동이 없었음에도 불구하고, 〈핑키 윙키〉의 차트 성적은 고공행진을 이어갔다.

쇼 참피온 3위(+1), 뮤직카운트다운 3위(유지), 쇼 음악뱅크 2위(유지), SBC 인기가요 3위(-1). 비록 1위까지는 못 찍었지만, 만족 이상의 성적이었다.

음방 출연 없이도 괄목할 만한 차트 성적을 이어갈 수 있었던 것은 멤버들이 각자 활발한 개인 활동을 펼쳤기 때문에 가능한 일이었다.

유미의 〈Let it go〉 유튜베 동영상은 조회수 234만 회를 돌파했다. 원곡 가수 이디나 만젤이 본인의 SNS 계정으로 'The best LET IT GO cover ever'라고 극찬하면서 더 큰 화제를 불러 모았다.

12월 1일부터 공연 예정인 뮤지컬 겨울왕국의 티켓 오픈이 지난주에 있었는데, 아직 공연까지 두 달이 넘는 기간이 남았음에도 불구하고 60% 이상의 예매율을 보이고 있다. 특히 유미가 출연하는 회차의 예매 성적이 좋다고 한다.

화통한 성격의 두 여자, 정화와 이진주 씨가 보여주는 모녀 케미가 예상대로 좋은 반응을 얻으면서, 힐링 포차는 시청률 4.98%를 찍으며 자체 최고 시청률을 경신했다.

제작진 측에서는 중장년층에서 두터운 팬덤을 갖고 있는 이진주씨의 합류로 인해 앞으로 힐링 포차의 시청 연령층이 대폭 넓어질 것으로 기대하고 있다.

유진이는 힙합 아티스트, 그레잇과 함께한 〈첫눈에 빽〉 OST 녹음 작업을 마쳤다. 아직 후반 작업이 완료되지 않은 음원을 살짝 들어봤는데, 소우와 정귀고의 〈썸〉과 견줄 만한 대박 듀엣곡이 나올 것 같은 예감이 든다.

준희의 활약 역시 대단했다. 오늘 저녁으로 예정된 《댄싱 파이터즈》 첫 방을 앞두고 공개된 티저 영상에서 준희는 환상적인 댄스 실력을 유감없이 뽐내었다.

어둠에 묻힌 광화문을 배경으로 촬영된 영상에서 준희는 발레와 힙합이 접목된 춤을 선보였다. 그 신들린 듯한 춤사위는 동세대 아이돌 댄스와는 확실히 차원이 다른 퍼포먼스였다.

2017년 9월 30일 AM 11:58.

평창 동계 올림픽 주제곡 녹음 작업 때에는 당연히 선휘 누님과 태왕 님을 다시 만날 수 있을 줄 알았다.

그런데 막상 스튜디오에 와서 보니, 두 분은 보이지 않았다. 아쉽게도 세 사람이 따로 따로 녹음해서 믹싱하는 제작 방식이라고 했다.

"아무래도 저에겐 태왕 님을 영접할 운이 없나 봐요."

지난번에 태왕의 자택으로 초대받았을 때 한 대표 간호하느라 함께하지 못했던 주리. 오늘은 기필코 태왕을 만나겠다며 따라왔는데, 이번에도 만남이 불발되자 그녀는 무척 아쉬워했다.

"앞으로도 기회는 얼마든지 있을 거야. 뮤직비디오도 촬영할 계획이고, 두 분과 함께 공연도 할 테니까."

"전 괜찮아요! 괜히 마음 쓰지 마세요. 오늘은 태왕 님 보고 싶어서 왔다기보다는 유노 쌤의 보호자로 온 의미가 더 크니까요. 유노 쌤은 그냥 녹음 작업에만 집중하도록 하세요!"

딱 봐도 실망한 티가 역력한데 내 보호자라며 거들먹대는 주리의 모습이 귀여워 보였다. 그러면서 한편으로는 주리의 입에서 나온 '보호자'라는 말이 주는 따뜻한 어감에 위안을 받고 있는 자신을 발견했다.

누군가로부터 보호를 받는다는 것이 남자 어른으로선 부끄러운 일이지만, 오늘만큼은 나보다 스물네 살 어린 핏덩이에게라도 보호를 받고 싶은 것이 솔직한 심정이다.

평창 동계 올림픽 주제곡 '하나 된 꿈'의 악보를 들여다본다.
'작곡 백진영/유휘열
작사 양양미인'
양양미인이라는 이름을 손끝으로 쓸어본다.
'작사가 양양미인'이라고 쓰여 있는 악보를 그동안 수없이 봐왔었는데, 나는 왜 그 양양미인의 정체가 미나 누나라는 생각을 단 한 번도 못했던 걸까?
"외로운 순간이면 나는
당신을 떠올리며 힘을 얻었어요.
언젠가 다시
당신을 만날 순간을 그리며~."
꼭 녹음실 부스 유리창 저쪽 너머에 미나 누나의 영혼이 와서 날 지켜보고 있을 것만 같은 환상 속에서 한 음 한 음 정성스럽게 노래했다.
"주리 씨, 오늘은 감정이 너무 들어가 있어요. 감정을 좀 덜어내고 조금만 담담하게 가봅시다!"
미나 누나의 발인을 마친 다음 날, 그녀가 작사가로서 남긴 마지막 유작을 내가 부른다고 생각하니 감정 조절이 잘 안 되었던 걸까? 아니면 더 잘 불러야 한다는 욕심이 너무 지나쳤던 걸까? 내 나름대로는 가사에 깊이 몰입해서 불렀다고 생각했는데, 총괄 프로듀서로부터 감정이 과하다는 지적을 받고 말았다.
"주리 씨, 조금만 쉬어 갑시다. 어차피 스태프들 점심도 먹어야 하니, 주리 씨도 점심 드시고 좀 쉬다가 오세요!"
오후 2시 반부터 다시 작업을 재개하기로 하고, 나는 주리와 함께 녹음실을 빠져나왔다.
"제가 마음이 무겁거나 우울한 날에 주로 가는 식당이 있는데, 유노 쌤 지금 같이 가 보실래요? 여기서 멀지 않아요."

"그래, 좋아!"

주리가 날 데려간 곳은 청담동 엘루이 호텔 뒷길에 있는 양대창집이었다. 녹음 스튜디오에서는 걸어서 5분도 안 되는 거리였다.

"이모, 대창구이 2인분 하고 특양구이 1인분 주세요! 그리고 사이다도요!"

늘 그렇게 주문해왔다는 듯 익숙하게 주문하는 주리.

"열아홉 소녀의 힐링 푸드가 양대창구이라니, 완전 반전인데?"

"퍽퍽한 식감의 양을 씹으며 팍팍한 인생살이를 절감하고, 입안에서 사르르 녹는 대창의 부드러움과 고소함으로 마음의 위안을 받곤 했죠. 선호하기로는 대창구이 쪽이 훨씬 더 좋지만, 이상하게 양구이가 빠지면 뭔가 허전하더라고요. 그래서 전 대창과 양을 꼭 2대1의 비율로 시켜요."

나도 주리가 먹는 대로 따라 먹어 보았다. 등심보다 약간 더 질긴 육질의 양구이를 열심히 씹어 삼킨 후에, 알맞게 잘 구워진 대창구이를 입안에 넣었다.

부드럽다 못해 포근한 식감과 고소하다 못해 달콤하기까지 한 풍미를 느껴보니 주리가 말한 '위안'의 의미가 몸소 체감되는 것 같다.

"유미 언니 어머님과 유노 쌤… 뭔가 특별한 연관이 있으신 거죠?"

주리가 불쑥 끄집어낸 얘기에 나는 흠칫하지 않을 수 없었다. 하지만 나는 아무런 대답 없이 눈을 내리깐 채로 대창만 씹어 삼키고 있다.

"천은정 님 빈소에 처음 들어갔을 때 유노 쌤의 표정을 보고 그런 직감을 느꼈고, 제게 영정사진을 들어달라고 부탁하셨을 때 확신이 들었어요. 하지만 더 이상은 묻지 않을게요. 저에게 설명하실 필요는 없어요."

슬며시 고개를 들어 테이블 건너편에 앉은 주리를 바라본다. 내 영혼과 분리되어있는 내 몸. 하지만 긍정적 온기가 넘치는 주리 영혼의 비호 속에서 오히려 더 안정되고 평온해 보이는 내 신체. 내가 나였을 때보다 훨씬 더 어른스러워 보이는 그 모습을 보니 무슨 말이든 다 털어놓을 수 있을 것 같은 마음이 든다.

수많은 말들이 내 안에서 솟구쳐 올라왔지만, 내 입을 통해 나온 말은 아주 간단한 한마디였다.

"고마워!"

내가 다시 비겁한 도망자가 되지 않게 붙잡아줘서 고마웠어. 그리고 강주리 너의 영혼이 가진 온기로 인해 더 따뜻해진 장윤호의 품에 미나 누나의 영정사진을 안아준 것도 고마워. 네 덕분에 미나 누나 마지막 가는 길이 한결 덜 외롭고 더 따뜻했을 거야.

2017년 9월 30일 PM 08:45.

주리의 힐링푸드 양대창구이는 나에게도 적절한 효과를 발휘한 것 같다.

양대창구이에다 양밥까지 든든하게 먹고 들어가 오후 2시 반에 작업을 재개한 나는 다섯 시간 만에 내 몫의 녹음 분량을 무사히 끝낼 수 있었다.

사실 나는 다시 하라면 몇 번이라도 다시 부를 투지로 불타고 있었지만, 목을 더 이상 혹사시키면 안 된다는 총괄 프로듀서의 판단하에 오늘 작업은 그쯤에서 마무리되었다. 대신 추가 녹음이 필요할 경우에는 다시 일정을 잡기로 했다.

내 나름대로는 혼신의 힘을 다한 탓에 녹음 작업을 모두 마치고 큐피드로 돌아왔을 때에는 녹초가 되어 있었다.

그렇게 피곤한 몸을 이끌고 숙소가 아닌 회사로 온 것은 한 대표의 호출이 있었기 때문이다. 녹음 작업을 마치고 나왔을 때 한 대표로부터 [내 방으로 좀 오지.]라는 카톡 메시지가 도착해 있었던 것이다.

그런데 좀 이상한 건 주리도 한 대표로부터 내가 받은 것과 같은 내용의 메시지를 받았다는 사실이다.

주리와 함께 한 대표의 집무실로 들어선 순간, 나는 뭔가 심상치 않은 기운을 느꼈다.

인기척을 느끼고도 남았을 텐데, 창밖을 향해 서 있는 한 대표는 뒤돌아볼 생각을 안 한다.

"대표님, 저희들… 왔어요."

부담스런 침묵을 견디지 못한 내가 먼저 말을 건넸는데도, 그는 여전히 묵묵부답이다. 한 대표의 저런 모습은 처음이다. 뭔가 심각한 사태가 벌어진 게 틀림없다.

"거기 테이블 위를 한 번 봐."

한참 만에 한 대표가 입을 열었다. 나와 주리는 그의 지시대로 소파 앞에 놓인 테이블 쪽으로 다가간다.

'헉, 이게 뭐지?'

테이블 위를 본 순간, 나는 말문이 막혀 버리고 만다.

그곳엔 황토색 서류 봉투 위에 사진 여러 장이 흐트러져 있었다. 그 사진은 다름 아닌 홍콩에서 주리와 내가 함께 찍힌 사진들이었다.

싱홍유엔에서 토마토 라면을 함께 먹는 장면, 소호의 디저트 가게 미스터심스에서 초콜릿을 골라 담고 있는 장면, 피크트램에 나란히 앉아있는 장면 등이 찍혀 있었다.

"이 사진들이 왜 여기에 있는 거지?"

주리의 목소리도 약간 떨리고 있었다.

"모 주간지 기자란 작자가 내게 보내온 거야. 최근에 홍콩을 다녀온 한 관광객으로부터 제보받은 사진이라면서."

그제야 우리 쪽으로 몸을 돌리는 한 대표.

"노골적으로 돈을 요구하더군. 아니면 이번 주말에 열애설 기사를 내보내겠다며 협박을 해왔어."

웃음기가 전혀 없는 그의 얼굴에서는 격노보다 더 무서운 냉정함이 읽힌다.

“아, 그게 말이야…요. 마지막 날 공항에 가기 전에, 그래도 하루는 홍콩 관광을 좀 해보고 싶어서, 구룡역 인타운 체크인 카운터에 짐을 미리 부쳐버린 후에, 둘이서 관광을 좀 다녔던 거…예요.”

나는 전혀 거리낄 게 없다고 생각했지만, 이상하게도 혀는 꼬이고 목소리는 기어들어갔다.

“그래, 맞아. 저렇게 나란히 사진 찍힌 장면만 보면, 좀 이상하게 보일 수도 있는데, 실제로는 전혀 이상할 게 없었어.”

주리도 적극적인 항변에 나섰다.

“그래, 나 역시도 이상할 게 없다고 생각했어. 마지막 날 두 사람이 홍콩 관광을 했다는 건, 나도 이미 알고 있는 사실이었으니까. 싱훙유엔에서 찍은 토마토 라면 사진과 루가드 로드에서 찍은 야경 사진도 카톡으로 내게 보내줬었잖아. 그것도 실시간으로 말이야.”

한 대표는 테이블 위에 놓여 있던 머그잔을 들어 마른입을 한 번 축인다.

“그런데, 이 사진은 어떻게 설명할 거야?”

한 대표는 손에 들고 있던 사진 한 장을 테이블 위로 휙 던진다.

흩어진 사진 더미 위로 살포시 내려앉은, 또 다른 사진 한 장. 그 사진을 본 나는 숨이 멎는 줄 알았다.

그 사진에 찍힌 것은 바로, 루가드 로드에서 주리와 내가 포옹하는 장면이었기 때문이다.

52. 뜻밖의 고백

◆◆

"내가 윤호 자네를 홍콩에 보낸 건, 그만큼 자네에 대한 절대적인 신뢰가 있었기 때문이야. 나를 대신해서 주리를 보호해줄 수 있는 사람은 자네밖에 없다고 생각했어. 그런데 이게 뭐야? 무한 신뢰의 끝은 뒤통수뿐인 거야? 내가 아무리 이해를 해보려고 해도 이 사진 속의 장면은 도저히 이해가 안 되잖아."

한 대표의 입장으로선 이해가 안 되는 게 당연하다. 그리고 지금 나에겐 설명할 방법도, 그를 납득시킬 만한 논거도 없다.

'그 포옹은 남녀 간의 포옹이 아니라 자기가 자기 스스로를 안아주는 포옹이었어!'

내가 이런 설명을 해본들, 한 대표가 그걸 쉽사리 이해하고 받아들일 리 만무하다.

"그새 정분이 난 거야? 딸 같은 저 어린 애랑? 그게 아니라면 무슨 설명, 아니 변명이라도 좀 해봐. 내가 납득이 갈 수 있도록. 제발 아니라고 펄펄 뛰기라도 해보란 말이야!"

한 대표의 한마디 한마디가 육중한 벽돌이 되어 날아와 내 가슴팍에 부딪힌다. 그런데 나는 아무런 대응을 할 수가 없다.

"내가 짐승을 거둔 거였나? 믿어주고 거둬준 사람의 목덜미를 이런 식으로 깨물어버리다니. 나한테 어떻게 그럴 수가 있어? 하긴, 자넨 이런 배은망덕한 짓이 처음도 아니구나? 소속사 사장의 여자를…."

"준호야!"

격분에 겨워 바닥에 감춰둔 말까지 끄집어 내려 하는 한 대표를 더 이상 속수무책으로 보고 있을 수만은 없었다. 어떻게든 멈추게 만들어야 했다. 그래서 나는 분노에 찬 한 대표의 말을 '준호야!'라는 호칭으로 막은 것이다.

"준호야, 나야. 윤호. 내가 장윤호야."

이 지옥 같은 순간을 빠져나가기 위해선 정녕 이 방법밖에 없을 것 같았다. 그런데 막상 기가 다 빠져나간 것 같은 한 대표의 얼굴을 직면하고 보니, 나는 마치 출구를 봉쇄당한 것처럼 다시 막막해졌다.

"진작부터 준호 네겐 얘기하려고 했었어. 하지만 누가 들어도 황당한 거짓말 같은, 이 상황을 자네에게 설명하고 이해시킬 엄두가 나질 않았어."

도대체 어디서부터 어떻게 설명해야 할지, 많은 말들이 서로 앞다투어 튀어나오려고 하는 내 목구멍은 극심한 병목 현상을 빚고 있다.

"대표님, 제가 주리예요. 믿기 어려우시죠? 사실 저도 한참 동안 그 사실을 믿고 받아들이기 힘들었답니다. 하지만 그런 일이 실제로 벌어졌고, 지금 유노 쌤과 저는 몸이 바뀐 상태로 지내고 있어요."

그래도 주리가 나보다는 훨씬 더 침착한 상태를 유지하고 있다. 하지만 황량한 오해의 사막 한가운데에 서있는 한 대표를 이해의 오아시스까지 무사히 끌어오는 일은 여전히 멀고 험난해 보인다.

"두 사람, 지금 뭐 하고 있는 거야? 나더러 지금 그 황당한 말을 믿으라는 소리야? 아주 쿵짝이 잘 맞네. 두 사람이 그렇게 짝짜꿍이 되어서 날 바보로 만들려는 거야, 지금?"

불을 끄기 위해 부었던 물이 알고 보니 기름이었나 보다. 분노의 불길은 한층 더 거세질 뿐이다.

"내가 인생을 헛살았어. 머리 검은 짐승들을 믿은 게 잘못이야. 가치 없는 것들에게 마음과 정성을 다하느라 내 뒤통수 간수도 못 하며 살았네."

한 대표의 몸이 한순간 휘청한다. 깜짝 놀란 내가 한 대표를 부축하려고 하자, 그는 거칠게 내 손길을 뿌리친다. 그리고는 소파 위에 털썩 몸을 던진다. 잠깐의 정적이 흐른다.

"준호야, 어떻게 하면 내 말을 믿을 수 있을까?"

나는 한 대표와 내가 공유하고 있는 기억을 거슬러 올라간다. 그와 내가 아니면 누구도 알 수 없는 기억의 편린을 꺼내 보인다면 그가 믿어주지 않을까?

"우리가 처음 만난 곳은 로바다야끼 길손의 화장실이었어. 소변기에다 오바이트한 후에 쓰러진 나를 영동 세브랑스 응급실까지 데리고 가준 사람이 바로 너잖아. 그리고 그 당시에 네가 타고 다니던 포르셰의 넘버는 3371이었어. 그날 밤 네가 나한테 얘기했었지. 절대 음악을 놓지 말라고, 음악 안에서 계속 살고 있어야 한다고."

"…."

"너 파리로 떠나기 전날, 줄리아나에서 날밤 까다가 차 안에서 잠드는 바람에 너 비행기 놓칠뻔 했던 거 기억 안 나? 아침에도 둘 다 술이 덜 깬 상태라 운전할 수가 없어서, 너랑 나랑 경찰차 얻어 타고 공항 갔었잖아!"

마치 마법이 풀리면서 야수가 왕자로 변하는 장면처럼, 잔뜩 굳어있던 한 대표의 얼굴이 서서히 누그러진다. 나를 바라보는 그의 눈빛에도 차츰 온기가 돌아오는 게 느껴진다.

"준호야, 나야 나, 내가 윤호란 말이야! 짱또라이 장윤호!"

"언제부터야?"

드디어 굳게 닫혀있던 한 대표의 말문이 열렸다.

"아니, 언제 바뀐 거야?"

맥 빠진 표정과 말투로 언제 바뀐 거냐고 묻는 한 대표. 그는 아직 완전히 믿는 것처럼 보이진 않지만, 불신에서 이해로 향하는 7부 능선은 넘어온 것 같다.

"8월 8일 새벽, 부분월식이 있었던 그날 새벽이었어. 아침에 일어나 보니 주리와 내 몸이 바뀌어 있었어. 두 사람의 영혼이 뒤바뀐 거지."

주리와 나를 번갈아서 쳐다보던 한 대표는 한숨을 쉬며 고개를 절레절레 흔든다.

"사실… 이상한 점이 한두 개가 아니었어. 주리의 보컬 실력이 갑자기 월등해진 거며, 말투와 행동이 바뀌어버린 것도 이상했지. 불나방 같았던 날라리 장윤호가 갑자기 말수 적은 모범생 샌님처럼 구는 것도 이상했다고."

아마도 한 대표의 뇌리에선 수많은 장면들이 플레이백 되고 있으리라. 다행히 격분은 좀 가라앉은 듯 보이지만, 그가 이 상황을 완전히 받아들이려면 아직 시간이 좀 더 필요할 것 같다.

"자네한테만큼은 진작 얘기하고 싶었어. 하지만 말해도 안 믿을 게 뻔하니 엄두가 안 났던 거지. 만약 내가 자네 입장이었다고 해도 믿기 어려웠을 거야."

"내가 어쩌다 이런 판타지 소설 같은, 황당무계한 시츄에이션에 개입되어버린 거지?"

그는 초췌해진 얼굴로 소파에 머리를 기댄다.

"대표님은 얘기만 들어봐도 황당하시죠? 일어나 보니 몸이 바뀌어 있었던 저나 유노 쌤은 어땠겠어요?"

주리는 그날 아침의 심정이 새삼 떠오른 듯 거의 울 듯한 표정이 된다.

"부모님은 아시니?"

주리의 부모님에게까지 생각이 미치는 걸 보면, 한 대표의 멘탈이 서서히 회복되고 있는 것 같다.

"아니요, 아직 모르세요."

부모님 얘기가 나오니 급기야 주리는 울음을 터뜨리고 만다. 그 와중에도 신사의 매너를 잊지 않은 한 대표는 자켓 주머니에서 손수건을 꺼내 주리에게 건넨다.

"그러고 보니 마흔셋의 아저씨와 열아홉 살 여자애가 바뀐 거란 얘기잖아. 그럼, 주리 쪽이 너무 손해 보는 체인지 아냐?"

'그럼, 네놈이 열아홉 살 여자애로 한 번 살아봐!' 하고 소리치고 싶었지만, 그냥 잠자코 있었다. 내 입장에서도 할 말이 전혀 없는 건 아니지만, 누가 봐도 주리 쪽이 좀 더 손해라는 건 나 스스로도 인정하는 바이니까.

"두 사람 몸이 바뀐 건 그렇다 치고. 둘이서 포옹은 왜 한 건데?"

한 대표는 아까 자신이 테이블로 던졌던 포옹 사진을 다시 집어 들고는 꼭 못 볼 거라도 보듯이 들여다본다.

"저희 둘 다 그땐 승리의 기쁨에 취해 있었거든요. 유노 쌤은 무대 위에서 그 어려운 걸 해낸 자기 자신이 자랑스러웠던 거고, 저는 무대 위에서 빛나는 내 모습을 객석에서 지켜보면서 또 다른 의미의 자랑스러움을 느꼈거든요. 그래서 우리는 서로가 서로를 안은 게 아니라 각자가 자기 자신을 안아 준 거예요. 장윤호가 장윤호에게, 강주리가 강주리에게, 수고했다고 인사를 한 거죠."

주리의 장황한 설명을 한 대표가 다 이해하는 것 같진 않았지만, 수긍하려는 노력만은 보였다.

"그나저나 준호야, 열애설 기사는 어떻게 처리했어?"

나의 물음에 한 대표는 내 얼굴을 빤히 쳐다본다.

"그렇게 주리의 모습을 하고서 나한테 반말을 하니까 이상하잖아!"

내 질문에 대한 대답 대신 내 반말에 딴지를 거는 그의 얼굴에 살짝 떠오른 옅은 웃음이 그렇게 반가울 수가 없었다.

"열애설 기사 문제는 내가 알아서 할게. 그런 거 막으라고 대표가 있는 거야. 소속 연예인들은 그냥 자기 일만 열심히 하면 돼."

특유의 거드름이 되살아난 걸 보니 이제야 진짜 한준호 같다.

"그 대신 오해를 살 만한 행동은 앞으로 절대 하지 마!"

한 대표의 마지막 당부를 끝으로, 험악한 분위기에서 시작되었던 대담은 훈훈한 분위기로 마무리되는 듯했다. 그런데 한 대표가 갑자기 뭔가 생각났다는 듯이 급히 입을 연다.

"그런데 주리 너 아까 오전에 나랑 사우나도 같이 갔었잖아!"

한 대표의 볼이 순식간에 빨개진다.

"아까 둘이서 사우나를 갔었다고?"

"그래, 아까 너 숙소에 먼저 내려주고 나서 둘이서 사우나 하러 갔었단 말이야."

"그럼, 주리가 준호 거 다 봤겠네?"

"그뿐만이 아냐. 생각해 보니, 나 입원해 있을 때 병실에 상주하면서 날 간호해준 것도 윤호 자네가 아니라 주리였다는 얘기잖아. 그때 얘가 나 옷도 갈아입혀주고, 수술 부위 드레싱 할 때도 옆에서 다 봤단 말이야."

발그레진 얼굴로 다소 호들갑을 떠는 준호의 모습에서 어느새 조금 전의 엄숙함은 사라지고 없다. 하지만 그렇게 부끄러워하던 준호도, 속으로 키득거리고 있던 나도 주리의 한마디에 깨갱 하고 만다.

"제 의지와는 상관없이 매일 유노 쌤 거 봐와서 그런지, 대표님 거 봐도 아무렇지 않았거든요?"

2017년 10월 2일 PM 01:25.

주리와 나, 둘이서만 지켜왔던 비밀을 한 대표에게 다 털어놓고 나니 마음이 한결 가벼워졌다.

주리와 나 사이에 일어난 상황을 이해해줄 수 있는 제삼자가 단 한 사람이라도 생겼다는 사실이, 더구나 그 사람이 바로 한 대표라는 게 얼마나 든든한지 모르겠다.

'이 비밀을 공유하는 사람이 한 사람이라도 더 생기면 우리의 몸과 영혼이 좀 더 편안해질 수 있지 않을까?'

내친 김에 나는 최화영에게도 사실대로 고백하기로 마음먹었다. 그런데 마침 고백하기 좋은 기회가 찾아왔다. 2주간 라디오 땜빵 했던 개런티가 입금되었다며, 최화영이 주리와 내게 점심을 쏘기로 했기 때문이다.

"이젠 주리 씨 인기가 너무 많아져서 아무 데나 갈 수가 없을 것 같아 여기로 온 거야."

평일 낮의 신라호텔 이그제큐티브 라운지는 느긋하고 고요한 평화로 우릴 맞이했다. 우리는 남산이 내려다보이는 창가 쪽 테이블에 자리를 잡았다.
“저, 최화영 선생님. 아까부터 말씀드리고 싶었던 게 있어요.”
뭘 좀 먹은 후에 얘기할까 싶은 생각도 들었지만, 그냥 다 털어놓은 후에 편안하게 식사하는 편이 더 나을 것 같았다.
본격적인 고백을 시작하기 전, 나는 주리와 눈빛을 한 번 교환한다. 주리는 보일 듯 말 듯 고개를 끄덕여 보인다.
“화영아!”
내 입에서 뜬금없이 튀어나온 ‘화영아!’라는 호칭에 최화영이 나를 빤히 쳐다본다.
“화영아, 나야. 윤호.”
그런데 최화영은 내 예상보다는 훨씬 차분한 얼굴로 나와 주리의 얼굴을 번갈아 쳐다본다.
“사실 진작부터 너에겐 다 털어놓고 싶었어. 지금 내가 하는 말이 잘 믿기진 않겠지만, 일단 한 번 들어봐. 주리와 나는….”
“몸이 바뀐 상태라고?”
‘헉!’
작심하고 어려운 고백을 하려던 나는 최화영의 입에서 튀어나온 뜻밖의 리액션에 그만 말문이 막히고 만다.
“아니, 그걸 어떻게 아셨어요?”
입을 쩍 벌린 채로 정지 상태가 되어버린 나를 대신해 주리가 반문했다.
“전부터 느끼고 있었어. 혹시 두 사람의 영혼이 바뀐 게 아닌가 하고 내심 생각하고 있었지.”
예상치 못했던 최화영의 반응에 얼이 빠져있던 나는 정신을 차려야겠다는 생각에 고개를 좌우로 몇 번 흔들었다.
“언제부터 알고 있었어?”
“우리가 처음 함께 만났던 그 브런치 자리에서부터. 남산 하얏트 패리스 그릴이었던가?”

“하지만, 어떻게? 아무리 우리 둘에게서 이상한 낌새가 느껴졌다고 해도, 두 사람의 몸이 바뀐다는 게 일반적으로 생각할 수 있는 상황은 아니잖아?”

“어떻게 알 수 있었냐 하면….”

최화영은 말을 잠시 끊고는, 라운지 직원이 내려놓고 간 커피 잔을 들어 한 모금 머금는다.

“왜냐하면, 나도 바뀐 상태로 살고 있는 사람이거든.”

53. 기다려, 뉴욕

◆◆

화영의 입에서 나온 충격적인 고백에, 주리와 나는 소스라치게 놀라지 않을 수 없었다. 최화영도 주리와 나처럼 영혼이 바뀐 채로 살고 있었다니.

"누구랑? 언제부터? 대체 얼마 동안이나 바뀐 채로 살고 있었던 거야?"

놀라움에서 반가움까지, 여러 가지 복합적인 감정에 휩싸인 나는 마치 희대의 특종을 잡아낸 기자라도 된 듯 연거푸 질문 공세를 퍼부어댔다.

"초등학교 6학년 때 같은 반 여자애랑."

"여자애랑? 그럼, 화영이 너의 영혼은 남자란 말이야?"

연쇄적으로 터지는 폭탄 고백에 넋이 나갈 지경인 나를 향해 최화영은 말없이 고개를 끄덕여 보인다.

"나는 원래 남재준이라는 남자애였어. 그런데 어느 날 아침에 일어나 보니 당시 같은 반이었던 최화영이란 여자애와 몸이 바뀌어 있더라고."

최화영이 원래 남자였다니. 그렇다면 최화영이 레즈비언인 이유는 신체적 취향 때문이 아니라 영혼의 정체성 때문이었던 것이구나.

"그럼 초등학교 6학년 때부터 지금까지 남재준이 아닌 최화영의 몸으로 살아왔단 말인가요?"

주리는 최화영이 그렇게 오랜 시간 동안 몸이 바뀐 상태로 지내왔다는 사실에 상당한 충격을 받은 모양이었다.

아닌 게 아니라, 그 사실은 주리에게도 나에게도 엄청난 충격이 아닐 수 없었다. 최화영이 그토록 오랫동안 바뀐 몸으로 지내왔다는 것은 곧 강주리가 장윤호로, 장윤호가 강주리로 살아야 할 날도 그렇게 긴 세월이 될 수 있다는 얘기니까.

나는 내 앞에 놓인 자몽 주스를 몇 모금 머금는다. 자몽의 시큼 쌉싸름한 풍미를 음미하며 정신을 좀 차린 나는 이 '영혼의 체인지 현상'에 대해 좀 더 깊이 파고들어 보기로 한다.

"영혼이 바뀌기 전에 두 사람은 어떤 관계였어? 너와 그 남자애, 아니 여자애 최화영 말이야."

"그 당시에 우리 반 담임이 반장에 당선된 최화영 대신 부반장이 된 나를 전교회장선거에 내보냈어. 그때까지만 해도 여자는 전교회장선거에 나갈 수 없다는 불문율이 존재했었거든. 최화영은 자신이 여자라는 이유만으로 전교회장선거에 나갈 수 없다는 사실에 분개했지."

"그럼, 최화영은 남녀차별에 분노한 나머지 남자인 남재준을 부러워했던 입장이었던 거네?"

"아마 그랬을 거야. 나는 여자이면서도 모든 방면에서 나보다 더 뛰어난 최화영에게 질투심 같은 걸 갖고 있었고."

'영혼이 바뀌기 전 최화영과 남재준은 서로를 부러워하는 입장이었다고?'

그렇다면 주리와 나도 서로를 부러워하는 입장이었기 때문에 두 사람의 영혼이 바뀌어버렸던 걸까? 주리는 나의 고음을 부러워했고, 나는 주리의 젊음을 부러워하지 않았던가?

"남재준으로 바뀐 최화영은 지금 어떻게 살고 있는지 혹시 알고 계신가요?"

나도 몹시 궁금했던 그 질문을 주리가 대신 해줬다.

"아주 유능한 기업인이 되었어. 지금은 한 거대 IT 기업의 한국 지사장을 역임하고 있지. 그런데 충격적인 사실을 하나 더 알려줄까?"

여기서 더 받을 충격이 또 남아있다는 말인가? 나는 거의 자포자기 상태로 다음 말을 기다렸다.

"남재준이 된 최화영이 미모의 여성과 결혼해서 아이까지, 그것도 둘씩이나 있다는 사실이야."

고즈넉한 평화가 흐르던 신라호텔 이그제큐티브 라운지는 최화영이 연속적으로 터뜨린 폭탄 발언으로 인해 충격의 아수라장으로 변해버리고 말았다.

라운지 음식들은 모두 멋스럽고 맛깔났지만, 우리는 느긋한 여유를 즐기며 맛을 음미하는 기쁨을 누리지도 못한 채로 식사를 마쳐야 했다.

2017년 10월 3일 PM 07:32.

내 정체를 드러낸 이후 처음으로 한 대표와 함께하는 저녁식사 자리. 한 대표의 삼성동 본가 근처에 있는 제주 흑돼지 전문점이다. 서귀포 해안에서 어획되는 큰 멸치로 만든 멜젓 소스에 두툼한 오겹살을 찍어먹는 별미로 유명한 그집.

"이제 두 달이 다 되어가는 거야?"

"뭐가?"

"강주리로 사는 거 말이야."

"아, 그렇게 되네. 5일만 지나면 두 달이구나. 벌써 두 달인가 싶기도 하고, 아직 두 달밖에 안 되었나 싶기도 하네."

"야, 근데 대체 기분이…."

몹시 궁금한 표정이 되어 내 쪽으로 얼굴을 바싹 들이밀던 한 대표는 갑자기 하려던 말을 멈춘다. 우리 테이블에 붙어 서서 고기를 굽고 계시는 아주머니를 의식한 행동이었다.

"이제 드셔도 됩니다."

알맞게 구워진 오겹살을 먹기 좋은 크기로 잘라서 불판 가장자리에 가지런히 정렬하는 작업까지 마친 아주머니는 미소 띤 인사를 남기고 방을 나갔다.

그러자 한 대표는 기다렸다는 듯 참고 있던 질문 보따리를 풀어 놓는다.

"열아홉 살의 예쁜 여자애가 된다는 건 대체 어떤 기분이야?"

멜젓에 찍은 오겹살 한 조각을 입에 넣은 채 우물우물 씹고 있던 나를 향해 조바심 가득한 눈빛을 보내는 한 대표. 나는 그에게 잠깐만 기다리라는 뜻의 손짓을 한다.

"솔직히 난… 상상만 해도 막 흥분이 되거든? 내 몸에 여자의 부속물들이 달려있다는 상상을 하면, 나는 심장이 벌렁거려서 까무러쳤을 것 같단 말이야. 자넨 그 놀라움과 흥분을 어떻게 견디고 지냈냐고?"

씹고 있던 것을 꿀꺽 넘긴 나는 사이다 한 모금으로 입가심까지 한 후에야 마침내 입을 연다.

"처음엔 나도 미칠 것 같았어. 눈으로 보고도 믿기 어려울 정도로 아름다운 주리의 맨몸을 거울을 통해 바라보는 것만으로도 꼭 죄를 짓는 기분이었지."

한 대표는 뭔가 상상하는 듯한 표정이 된다.

"아침에 일어날 때, 혹은 샤워할 때, 문득문득 흥분이 되면서 불순한 생각이 밀려올 때도 있어. 하지만 어느 순간 그런 생각이 들더라. 내가 강주리로 사는 동안에는, 이 몸을 고이고이 잘 지켜줘야겠다고. 그래서 술, 담배도 안 하고 있고, 금욕하면서 수도승처럼, 아니 수녀처럼 살고 있어."

"하긴, 금욕을 안 할래야 안 할 수가 없겠네. 여자의 몸이니 섹스도 못하잖아. 그렇다고 남자랑 잘 수도 없는 노릇이고."

"내가 얼마나 굶었으면, 대학 때부터 거의 동성 친구처럼 지내온 여사친의 가슴골을 보고도 침이 꼴깍 넘어가더라."

그런데 내 여사친, 최화영도 알고 보니 몸이 바뀐 채 살아가는 사람이더라는 말까지는 한 대표에게 차마 할 수 없었다.

"맞아, 여자랑 자는 방법도 없진 않구나. 레즈비언 중에도 예쁘고 섹시한 사람들은 얼마든지 있잖아?"

"그러다 강주리가 레즈비언이라는 소문이 나면 어쩌려고? 자넨 소속 연예인을 누구보다 소중하게 여기는 사람인데, 그런 걸 용납할 리 없잖아? 더구나 주리의 계약서엔 연애금지조항까지 있고 말이야."

"맞아. 그건 절대 안 되지."

대화에 열중하느라 고기를 입에도 안 대고 있었던 한 대표는 그제야 한 조각을 집어서는 입에 넣는다.

"그래도 참 좋다, 준호야. 이렇게 너의 이름을 부를 수 있어서. 어색한 존댓말을 더 이상 쓸 필요가 없어서. 그동안 네 앞에서 내가 느꼈던 답답함과 안타까움은 이루 말할 수가 없었단 말이야."

소주 한 잔 마시고 싶다는 생각이 간절했지만, 나는 참기로 했다. 나는 맑고 순결한 주리의 몸을 지켜야 하고, 암수술 받은 지 얼마 안 되는 한 대표는 건강을 지켜야 하니까.

"그러고 보니 강주리의 몸으로 바뀐 덕분에 장윤호가 다시 무대로 돌아갈 수 있었던 거구나. 윤호야, 나는 알고 있었어. 연습생들이 모두 집으로 돌아간 후, 연습실에 너 혼자 남아서 노래 연습을 해오고 있었다는 것. 그렇게 혼자서만 불러왔던 노래를 다시 사람들 앞에서 부를 수 있게 된 것이잖아."

준호의 말을 들으며 내가 마시고 있는 건 분명 사이다인데, 꼭 소주를 마시고 있는 것 같은 기분이 든다.

"준호야, 그게 다 네 덕분이야. 23년 전 모든 것들로부터 도망치려던 나를 잡아줬던 게 바로 너였잖아. 내가 음악 속에서 살 수 있도록 나를 보호해주고 도와준 사람도 바로…. 근데 내가 왜 이러지?"

한 대표에 대한 고마움을 표현하던 나는 가슴이 뜨거워지면서 왈칵 눈물을 쏟아내고 만다.

"나 운다고 비웃지 마! 내가 지금 눈물을 보인 건, 주리의 감정 처리 시스템이 취약해서 그런 거니까."

한 대표는 의자에 걸어둔 재킷 안주머니에서 손수건을 꺼내 내게 건넨다. 그의 시그니처 향수인 프레데릭 말 뮤스카 라바줴 향이 물씬 묻어나는 손수건으로, 나는 눈물을 훔친다.

"이왕 이렇게 된 거, 끝까지 한 번 가보자. 강주리의 몸이면 어때? 어차피 노래는 장윤호의 영혼이 부르는 거잖아? 23년의 긴 세월 동안 갈고 닦아온 음악에 대한 열정을 맘껏 펼쳐 보라고. 그 여정이 언제까지 이어질지, 어디서 끝나게 될지는 알 수 없지만, 가는 데까지 한 번 가보자고. 나도 내 능력이 닿는 한 있는 힘껏 도울 테니까."

한 번 터진 울음은 좀처럼 그칠 줄을 몰랐다. 정확히 내가 왜 울고 있는지도 알지 못한 채, 나는 한 대표 앞에서 하염없이 눈물만 흘렸다.

"뉴욕에는 지난번 홍콩 때처럼 윤호, 그러니까 주리와 함께 가라. 이런, 헷갈려 죽겠네."

"왜? 뉴욕에는 꼭 같이 가자고 말했잖아. 내가 어떻게든 예선 통과를 해야겠다고 생각한 이유도 바로 자네 때문이었는데 말이야. 뉴욕 라디오 시티 홀에 선 내 모습을 꼭 보고 싶다고 했었잖아."

"어쨌든 나란 존재가 자네에게 동기를 불어넣었다니 기분이 좋네. 그런데 나는 당분간 트라이애슬론 훈련에만 전념하고 싶어. 지금 내 경쟁자는 과거의 나야. 불알 두 쪽이 다 있었던 예전의 한준호. 지금의 내가 그때의 나보다 결코 못 할 게 없다는 걸 증명해보이고 싶어. 다른 사람이 아닌 나 스스로에게 말이야."

"내 친구지만 정말 멋지다, 한준호! 역시 넌 내 영웅이야!"

나는 내 앞에 놓인 사이다 잔을 들었다.

"우리 사이다로라도 건배 한 번 할까?"

준호도 특유의 호쾌한 웃음을 지으며 사이다 잔을 들었다.

"위하여!"

부딪히는 사이다 잔 속에 진한 우정을 담아 마시는, 그 훈훈하던 분위기는, 곧 나의 19금 질문과 함께 무너지고 만다.

"근데, 준호야. 정말 궁금해서 물어보는 건데. 수술한 다음에도 서영미 선생님이랑 자봤어?"

사이다를 벌컥벌컥 들이키던 한 대표는 나의 뜬금없는 질문에 화들짝 놀라며, 입에 물고 있던 걸 다 뿜어내고 만다.

"뭘 그렇게 놀라냐? 우리 사이에."

내 얼굴까지 튀어버린 사이다 방울을 물수건으로 닦아내며 내가 말했다.

“그러게 말이야. 다 튀겨서 미안해. 아직도 강주리의 목소리와 장윤호의 영혼이 잘 매치되지 않아서 그런 거야.”

“한쪽이 없어지니까 어때? 두 쪽일 때보다 힘이 좀 달리지는 않아?”

내가 도로 돌려준 손수건으로 셔츠에 묻은 사이다 얼룩을 대충 수습한 한 대표가 한참 만에 입을 연다.

“전혀.”

얼굴에 잠깐 떠올랐던 수치심을 재빨리 몰아낸 후 특유의 단단한 미소를 되찾은 한 대표는 거침없는 말투로 한 마디 덧붙인다.

“전에는 리비도와 파워가 너무 지나쳐서 문제였고, 이제야 좀 적당히 제어된 느낌?”

다소 언짢게 받아들일 수도 있는 내 짓궂은 질문을 저렇게 거뜬히 받아치는 걸 보니 내 마음이 좀 놓인다. 물론 사실 확인을 위해선 서영미 선생의 증언이 필요하겠지만, 일단은 믿어주는 걸로.

2017년 10월 10일 AM 08:22.

이번 뉴욕 방문은 지난번 홍콩 때보다 체류 기간이 두 배로 길다 보니 주리가 여행 가방에 챙겨준 품목도 55가지에서 72가지로 17개나 늘어났다. 82ℓ짜리 리모와 토파즈 하나로 모자라서 기내용 사이즈 하나를 더 가져와야 했다.

주리는 《여명의 속삭임 장윤호입니다》 프로그램을 다시 2주간 최화영에게 맡겼다.

예상대로 제작진 측에선 난색을 표했다. 하지만 주리, 그러니까 DJ 장윤호의 고정팬이 꽤 많아져서 제작진 입장에서도 주리를 놓치고 싶어 하지 않았다. 그래서 그들도 어쩔 수 없이 오케이 할 수밖에 없었던 것이다.

핑크 클라우드 멤버들도 하나같이 뉴욕에 함께 가고 싶어 했다. 그런데 각자 개인 스케줄들이 너무나도 바빠서 뉴욕행은 엄두도 낼 수 없는 상태다.

《윈드 메이커》 쪽에서 2박 3일 정도의 단기간 뉴욕 촬영을 추진하고 있다는 얘기가 있긴 한데, 아직 확정된 건 아니다.

녹음과 후반 작업을 이미 마친 평창 동계 올림픽 주제곡 음원은 '올림픽 개막 D-100일'이 되는 11월 1일에 출시될 예정이다.

"뉴욕은 처음이라고 하셨죠?"

퍼스트 클래스 전용 라운지에 정갈하게 차려진 스낵바에서 음식을 주워 담던 주리가 말했다.

"조금 의외지? 내가 생긴 건 꼭 미트패킹 죽돌이처럼 생겼잖아. 그런데 아직 뉴욕은커녕, 아메리카 대륙엔 발을 들여놓은 적이 없어."

"이번엔 제가 홍콩 때보다 확실히 더 제대로 된 가이드 역할을 할 수 있을 테니, 저만 믿으세요. 뉴욕은 제 구역이거든요."

주리가 한껏 거들먹거리며 떠들어대는 모습을 흐뭇하게 지켜보고 있는 내 귓가에는 벌써부터 프랭크 쉬내트라의 〈New York, New York〉이 들려오는 것만 같다.

'소문을 내주세요. 나는 오늘 떠난답니다!'

내가 간다. 장윤호와 강주리가 함께 간다. 기다려, 뉴욕. 뉴욕!

54. 내가 이곳에 온 목적은…

◆◆

“강주리, 장윤호 고객님, 이제 게이트로 이동하실 시간입니다.”

보딩 타임이 가까워 오자 아리아나 항공 소속의 여직원이 우리를 게이트까지 친절하게 에스코트해주었다.

뉴욕행 퍼스트 클래스라니. A380도 처음인데 오즈 퍼스트 스위트에 착석한 나는 꼭 우주왕복선에라도 오른 것처럼 들뜬 기분이다.

“유노 쌤, 그렇게 좋아하시는 모습 보니까 영락없는 열아홉 살짜리 여자애 같은데요?”

내가 좋아하는 티를 너무 낸 모양이다. 주리에게 속내를 들켜버린 나는 겸연쩍은 웃음을 흘린다.

“주리 넌 그 자리가 아주 익숙해 보인다?”

그러고 보니 주리는 재벌 4세구나. 그녀는 이런 하이클래스 문화에 익숙한 사람이었지, 참.

주리는 어느새 자리에 비치된 회색 코튼 기내복으로 갈아입은 상태였다.

“유노 쌤도 기내복으로 갈아입으세요. 얼마나 편한데요.”

“나도 그러고 싶긴 한데, 나란히 앉아서 똑같은 옷 입고 있으면 커플룩으로 오해받지 않을까? 지난번 홍콩에서 사진 찍힌 이후로는 아무래도 신경이 많이 쓰여. 난 그냥 이대로 있을래. 솔직히 옷 갈아입기도 귀찮아.”

“스캔들 날까 봐 두려우세요? 저는 19년 인생의 절반 이상을 미국에서 보내서 그런지는 모르겠지만, 솔직히 우리나라는 연예인의 사생활에 대해 지나치게 엄격한 것 같아요. 해외 스타들은 별의별 짓을 다 하고 다녀도 팬들은 그냥 그러려니 하는데, 우리나라는 유독 연예인에게 정치인 이상의 도덕성을 요구하는 것 같아요.”

“사실 나는 스캔들보다 한 대표가 더 무섭다.”

에피타이저로 나온 캐비아를 또띠아에 싸 먹고 있는 동안, 탑승 이틀 전에 미리 사전 주문한 기내식이 서빙되었다.

물론 주리가 아니었으면, 기내식을 사전 주문하는 제도가 있다는 건 절대 몰랐을 것이다. 내가 언제 퍼스트 클래스를 타 본 적이 있었어야지.

사전주문해야 먹을 수 있는 한식 메뉴는 총 10가지였다. 그중에서 나는 '궁중 전복 삼합찜 반상'을, 주리는 '궁중 쇠갈비 쌈상'을 선택했다.

"뭐야, 그쪽이 훨씬 더 좋아 보이잖아!"

내가 고른 메뉴보다 주리가 시킨 궁중 쇠갈비 쌈상 쪽이 반찬 가짓수도 더 많고, 쌈 야채까지 곁들여 있어서 훨씬 푸짐하고 먹음직스러워 보였다.

"원래 남의 떡이 더 커 보이는 법이죠. 그쪽엔 전복, 해삼, 새우, 모두 값진 재료들만 들어가 있잖아요."

"그러니까 말이야. 너무 주연만 돋보이고, 전체적으로는 뭔가 아쉬움이 느껴진다고 할까?"

"제가 쇠갈비 쌈 하나 싸 드릴 테니 그만 투덜거리세요."

주리는 종류가 다른 야채 두 장을 겹쳐서 그 위에 고기와 영양 쌈장을 올린 쌈을 내 앞으로 건넨다.

"이런 장면 위험해. 이 퍼스트 클래스 안에도 파파라치 제보자가 있으면 어떡해?"

"누가 입으로 받아먹으래요? 손으로 받으세요!"

어느새 뾰로통해진 표정의 주리의 손에 쥐어진 쇠갈비 쌈을, 나는 손이 아닌 입으로 날름 받아먹는다.

"너도 아아 해봐!"

나는 전복 한 점을 집어 주리를 향해 내민다.

"뭐예요? 이런 분위기?"

"나는 빚지고는 못 사는 사람이거든."

잠시 망설이던 주리는 마지못해 입을 열어 전복을 받아먹는다.

이른 새벽부터 일어나 설쳐댄 탓으로 상을 물리자마자 졸음이 쏟아져 그대로 곯아떨어져버렸다. 아마 식전에 마신 웰컴 샴페인의 영향도 있었으리라.

날짜 변경선을 지나가는 비행인 만큼 '시차 적응을 위한 기내 숙면'에 도움을 주기 위해 딱 한 잔씩만 하자고 주리와 합의를 본 후에 마신 한 잔이었다.

일어나 보니 두 시간 정도밖에 안 지나 있는데도 이렇게 몸이 개운한 걸 보면, 정말 숙면을 취한 모양이다.

그런데 옆자리 쪽을 돌아보고 나서야, 내가 잠에서 깰 수밖에 없었던 이유를 알 것 같았다. 나의 단잠을 깨운 건 바로 주리가 먹고 있는 라면 냄새였던 것이다.

"의리 없이 혼자 먹기야?"

홀로 라면 삼매경에 빠져있느라 이마와 콧잔등에 땀이 송골송골 맺힌 주리가 돌아보며 멋쩍은 웃음을 짓는다.

"곤히 자고 계시기에, 저 혼자서 몰래 먹으려고 했던 거예요."

가장 맛있어 보이는 라면은 남이 먹고 있는 라면이다. 특히 비행기 안에서 남이 먹고 있는 라면은 정말이지 참을 수 없는 치명적 유혹이다.

"먹고 나면 속이 부대껴서 후회할 거란 걸 뻔히 알면서도, 왜 기내 라면의 유혹은 뿌리치기 힘든 걸까?"

"인생 뭐 있나요? 이왕 후회할 거라면, 먹을 때라도 걱정 없이 맛있게 먹으면 되는 거죠. 못 먹으면 못 먹었다고 또 후회할 거니까요. 또 걱정만 하다가 맛있게 못 먹는다면, 먹는 기쁨도 사라지고 후회는 후회대로 하게 될 테니."

나는 어느새 승무원에게 라면을 주문하고 있다.

"만약에, 아주 만약에 말이야."

불쑥 가정법의 말머리를 꺼내놓고 나서, 나는 잠시 주저한다.

"이건 정말 만약일 경우를 얘기하는 거야."

이건 단지 가정법일 뿐이라는 걸 한 번 더 강조한 후에야, 나는 비로소 말을 이어간다.

"그때 우리가 포옹했을 때, 주리 넌 서로가 서로를 안아준 게 아니라, 각자가 자기 자신을 안아주는 거라고 했었잖아. 그럼 만약 내가 주리 너를 좋아하게 된다면, 그건 너를 좋아하게 되는 걸까? 아니면 나 자신을 좋아하게 되는 걸까?"

라면 그릇을 국물까지 남김없이 비워내고는 냅킨으로 얼굴의 땀을 닦던 주리가 텅 빈 표정으로 나를 물끄러미 쳐다본다.

"사실 한 대표가 자기 대신 너를 나와 함께 뉴욕으로 보내겠다고 했을 때, 나는 뛸 듯이 기뻤어. 아니, 기뻤다는 표현보단 참 다행이라고 여겼다는 게 더 맞을 것 같아. 이제 나는 주리 네가 내 옆에 없으면 아무것도 못할 것 같은 기분이 들거든. 과연 이게 무슨 의미일까?"

텅 비어있던 주리의 표정에 옅은 미소가 스민다.

"우리는 서로의 몸에 서로의 영혼이 들어와 있는 사람들이잖아요. 그러니까 자연적으로 서로 불가분의 친밀한 관계가 될 수밖에 없지 않을까요?"

예상외로 단순명쾌한, 주리의 대답에 나는 그만 머쓱해지고 만다.

"내가 괜히 복잡하게 생각한 건가? 주리 네 말을 들으니까 교통정리가 되는 것 같기도 하네."

내 앞에도 마침내 김이 모락모락 나는 라면이 서빙되었다. 나는 젓가락을 들려다 말고, 하려던 말을 계속한다.

"솔직히 나는 좀 혼란스럽거든. 지금 주리 너의 겉모습은 장윤호지만, 네 말과 행동을 제어하는 건 분명 네 영혼이잖아. 그런데 언젠가부터 내가 너의 영혼에 의지하고 있다는 생각이 들었어. 심지어 너 없이는 내가 하루도 제대로 살 수 없을 것 같다는 생각까지 들면서, 나는 좀 두려워졌단 말이야."

"우리가 다시 서로의 몸으로 돌아가지 않는 한, 결코 우리는 떨어져 지낼 수 없어요. 떨어지지 않으면 되잖아요."

“그럼, 서로의 몸으로 돌아간 후에는 떨어지겠다는 얘기네?”

이 말까지는 안 했어야 하는 건데. 나는 나의 그런 신경질적인 반응으로 인해, 내 깊숙한 진심을 들켜버린 것만 같아 몹시 부끄러워졌다. 이미 입 밖으로 나온 말을 도로 주워 담을 수도 없고, 참.

“그건 그때 가서 생각해요. 우리가 다시 원상복귀 되었을 때, 우리의 관계가 어떻게 될지는 누구도 알 수 없는 거잖아요? 그걸 왜 미리 걱정해요?”

내가 나였을 때보다 더 의연한 표정으로 야무지게 말하는 주리. 나는 더 이상 아무 말도 하지 못한다. 그다음 말은 차마 입 밖으로 꺼낼 수 없었기 때문이다.

‘왜 미리 걱정하냐고? 우리가 다시 원래대로 돌아가 서로 상관없는 관계로 각자의 삶을 살아갈 상상만 해도, 내 가슴이 터질 것 같아서 그런다. 주리야, 대체 내가 왜 이럴까?’

지금 주리를 향한 내 마음은 아직 내가 허용할 수도, 감당할 수도 없는 감정이다. 이 세상에 존재하는 어떤 관계로도 규정할 수 없고, 나 스스로도 온전히 이해할 수 없는 이 감정을, 어린 주리의 영혼과 공유할 염치가 아직 내겐 없다.

‘네 말대로 미리 걱정하지 않을게. 원상복귀 이후의 상황을 걱정한 나머지, 지금 이 순간을 허투루 보내버리는 어리석음을 범하면 안 되니까. 너로 있는 이 순간, 너의 영혼과 함께 하는 이 순간을 더 소중히 여길게.’

역시, 기내에서 먹는 라면은 정말 맛있다. 후회가 두려워 기내에서밖에 누릴 수 없는 이 기쁨을 포기한다는 건 어리석은 짓이다. 혹시라도 먹고 나서 속이 불편하면 콜라 한 잔 달래서 마시지, 뭐!

2017년 10월 10일 뉴욕시각 AM 10:42.

인천공항을 떠날 때가 10월 10일 오전 10시 반이었는데, 뉴욕공항에 도착한 시각도 10월 10일 오전 10시 반이라는 것이 참 신기하다. 꼭 하루를 덕본 것 같은 느낌. 물론 뉴욕에서 인천으로 돌아갈 때에는 그 덕본 하루를 다시 반납해야 하는 거지만 말이다.

"트럼프 정권 들어서 미국 입국 심사가 강화되었대요. ESTA로 비교적 수월하게 드나들던 시절보다는 훨씬 깐깐해졌다고 들었어요."

JFK 공항에 착륙해 입국심사대를 향해 걸어가는 동안, 내 여권을 들고 훑어보던 주리가 말했다. 미 정권이 바뀐 후로는 주리도 처음 미국에 입국하는 것이라고 했다.

"그럼 뭘 꼬치꼬치 막 물어보고 그럴까? 난 영어 울렁증도 있는데."

"저는 출생지가 미국이라 미국 여권을 갖고 있는 시민권자예요. 그래서 유노 쌤은 'Citizen' 라인에서 심사를 받게 될 거예요. 물론 저는 유노 쌤의 한국 여권을 갖고 있기 때문에 'Visitor' 라인에 서야겠죠. 그런데 요즘은 영주권자나 시민권자인 한인들까지도 2차 심사대로 넘겨지는 경우가 종종 있대요. 그들 눈에 유색인종들은 여전히 이방인들이니까요."

"미국 시민권자임에도 불구하고 영어가 서툴다는 이유로, 그들이 날 의심하면 어떡하지?"

"여태껏 저는 2차 심사를 받아본 적이 없어서 정확하게는 잘 모르지만, 질문을 하더라도 그렇게 어렵고 복잡한 걸 물어보진 않을 거예요."

"보통 어떤 질문을 하는데?"

"직업이 뭐냐? 어디에서 오는 거냐? 미국에는 왜 왔느냐? 미국에선 얼마나 체류하느냐? 어디에서 스테이 하냐? 귀국 항공편은 있느냐? 대충 뭐, 그런 질문들이죠."

"그럼 나한테 모의 질문을 한 번 던져봐. 예행연습 한 번 해보자. 사실 나 좀 긴장된다 말이야."

"What is the purpose of your visit?"

진짜 입국 심사관처럼 짐짓 진지한 표정을 한 주리의 질문에 나는 잠시 머뭇거린다. 내가 무슨 대답을 해야 할지 몰라서 가만히 있는 거라고 생각했는지, 주리는 한마디 덧붙인다.

"이런 질문에 가장 무난한 대답은 'sightseeing'이에요. 괜히 복잡하게 설명하려다가 더 복잡한 상황을 만들 수 있거든요."

사실 그게 아닌데. '너의 방문 목적이 뭐냐?'는 주리의 질문에 내가 답을 주저했던 건, 어떻게 답을 해야 할지 몰라서가 아니었다. 사실은 그 질문을 듣는 순간 문득 떠오른 대답을 선뜻 입 밖으로 꺼내기가 좀 쑥스러웠기 때문이다.

물론 실제로 내가 만약 입국 심사관에게 이 질문을 받는다면, 나는 주리의 조언대로 간단히 sightseeing 이라고대답할 것이다.

하지만 내 마음속의 실제 대답은 바로 이것이다. 내 짧은 영어 실력으로도 자신 있게 외칠 수 있는 짧은 말.

'To win.'

55. 호스트 패밀리

◆◆

2017년 10월 10일 뉴욕시각 AM 01:32.

JFK 공항에서 어퍼이스트 사이드로 향하는 옐로우캡 안. 나의 투덜이 본색은 뉴욕까지 와서도 어김없이 불쑥불쑥 튀어나온다.

"홍콩 때처럼 호텔이나 내주지 웬 호스트 패밀리? 난 생면부지 남의 집에 얹혀사는 건 정말 싫단 말이야."

"보통 클래식 콩쿠르에서는 호스트 패밀리 제도가 일반적이에요. 제가 열다섯 살 때 오스트리아에서 열리는 피아노 콩쿠르에 나갔을 때에도 일반 가정집에 민박을 했어요. 아주 좋은 분들이었죠."

"이번에도 좋은 사람들이란 보장이 어디 있어?"

"우리가 갈 집이 어퍼이스트 사이드에 있다면, 으리으리한 부잣집일 가능성이 커요. 아마 웬만한 호텔보다는 방도, 식사도 훨씬 더 훌륭할걸요?"

"그래도 난 싫어. 홍콩 땐 룸메이트가 있는 것조차 못마땅했는데, 이번엔 다른 사람의 집에 얹혀 지내야 한다니 말이야. 나는 그냥 호텔방에서 혼자 지내고 싶다고."

"제작진 측에서는 타국에서 온 오디션 참가자가 미국의 일반 가정에서 생활하는 모습이 방송용으로 더 적합할 거라고 생각하지 않았을까요? 호텔 생활은 그림이 너무 뻔하잖아요."

"모든 참가자가 다 나이스한 가족을 만날 수 있다는 보장은 없잖아. 이상한 가정에 배정받은 참가자가 정신적 스트레스 때문에 컨디션에 지장을 받으면, 그건 누가 책임질 거냐고?"

"참가자의 숙소 생활이 방송에도 나올 텐데, 설마 그렇게 이상한 가족을 섭외했겠어요? 이렇게 대단한 글로벌 프로젝트에 섭외된 호스트 패밀리들은 아마 충분한 검토 과정을 통해 엄선한 가정들일 거예요."

《더 유니버스》 주최 측에서 참가자들에게 각각의 호스트 패밀리를 배정한 것을 두고 우리가 가벼운 승강이를 벌이는 사이, 택시는 EZ pass를 통과해 맨해튼의 미드타운으로 접어든다.

"맨해튼은 얼핏 보면 아주 복잡해 보이지만, 남북 방향의 도로를 지칭하는 에비뉴와 동서 방향의 길인 스트릿 넘버만 제대로 알고 있으면 길 찾기는 어렵지 않아요. 그래서 택시를 탈 때에도 목적지 건물명을 얘기하는 것보다는 '몇 번 에비뉴, 몇 번 스트릿으로 가주세요!'라고 해야 기사가 헤매지 않고 잘 찾아갈 수 있어요."

복잡함 속에 어딘가 정연한 질서가 느껴지는 맨해튼의 도로로 들어서자 주리의 얼굴에 의기양양한 표정이 떠오른다.

"기내식을 먹고 내린 지 그렇게 오래되지 않은 것 같은데, 또 배가 고프네. 남의 집에 가자마자 밥 달라고 하기도 미안할 텐데, 우리 어디 가서 뭐 좀 먹고 들어가자. 어차피 오늘은 그 민박집으로 입소하는 것 말고는 별다른 일정도 없으니까."

주리는 택시기사에게 목적지를 어퍼이스트 사이드에서 메디슨 스퀘어 파크로 변경해 줄 것을 부탁했다.

"배고픈데, 그냥 아무 데나 가서 먹으면 안 되나?"

"쉐이크쉑 본점으로 갈 거예요. 물론 한국에도 들어와 있지만, 그래도 뉴욕에 왔으니 본점에 가서 먹어 보는 게 의미가 있잖아요."

"사실 난 한국에서도 직접 매장에 가본 적은 없어. 너도 알다시피 내가 뭘 사 먹으려고 줄 서는 스타일은 아니잖아. 그때 한 대표가 사다 준 것 딱 한 번 먹어본 게 전부야."

"아직 단풍이 절정은 아니지만, 공원의 야외 테이블에서 버거를 뜯으며 뉴욕의 초가을 정취를 만끽할 수 있을 거예요."

그런데 막상 쉐이크쉑 본점에 도착한 우리는 경악을 금치 못했다. 주문하는 줄이 족히 50m는 되어 보였기 때문이다. 지금이 딱 점심시간이라 사람이 더 많은 듯했다.

주리가 줄을 서있는 동안 나는 자리를 잡기로 했다. 테이블이 꽤 많은 편이었는데도, 자리를 잡기란 여간 힘든 일이 아니었다.

어렵게 자리를 잡은 지 딱 27분 만에 내 앞으로 온 쉑버거.

버거가 조금만 더 늦게 나왔더라면, 사람 무서운 줄 모르고 코앞까지 와서 알짱거리는 비둘기에게 진동기를 확 집어던졌을 지도 모른다.

“아까부터 왜 그렇게 까칠하신가 했더니 오늘이 그날이시죠? 꼽아보니까 대충 맞는 것 같은데?”

“주리 네 말을 듣고 보니 정말 그렇구나. 나는 몰랐는데….”

조만간 생리가 터질 거라는 얘기구나. 벌써부터 아랫배가 땅겨오는 것만 같다.

“근데 주리 너의 그날은 왜 꼭 이렇게 중요한 일정과 겹치는 거니? 지난달에는 〈핑키 윙키〉 활동으로 한창 바쁠 때 그러더니, 이번엔 이렇게 중요한 뉴욕 일정과 겹칠 게 뭐람?”

“제가 미안해지네요. 저를 대신해서 괴롭고 아프신 거니까, 오늘은 제가 유노 쌤 짜증 다 받아드릴게요. 저한테 맘껏 짜증 부리셔도 괜찮아요.”

애증의 시선으로 바라보던 쉑버거를 한 입 베어 문다. 쫀득쫀득한 빵 안에서 부드럽게 씹히는 짭조름한 패티.

본점에 와서 먹는다는 심리적 프리미엄이 나의 월경전증후군으로 인해 다소 상쇄되었음에도 불구하고, 쉑버거는 아주 신선한 감동으로 다가온다.

버거에서 군더더기는 다 버리고 딱 필요한 맛만 남긴 듯 단순하면서도 깔끔한 감칠맛.

“어때요? 막상 드셔보니까 기분이 좋아지시죠?”

“그래, 왜 사람들이 쉑쉑 하는지 이제야 알겠다. 정말 명불허전이야!”

“분명 좋아하실 줄 알았어요. 식은 버거랑은 또 맛이 다르죠? 그리고 야외 테이블에서 먹는 이 기분도 한몫하는 것 같아요.”

기분이 좀 나아지면서 제정신을 좀 되찾고 나니까, 주리에게 미안한 마음이 든다.

“또 너한테 짜증 부려 미안해. 월경전증후군에다 시차와 허기까지 겹쳐서 그랬나 봐.”

“맛있게 드시는 모습 봐서 전 괜찮아요. 아무래도 전 가이드가 적성에 잘 맞는 것 같아요. 저는요, 제가 한 좋은 경험을 다른 사람과 공유하는 행위에서 희열을 느끼곤 하거든요.”

수줍은 가을빛으로 물들어가는 메디슨 스퀘어 파크는 투덜이 이방인의 가슴에도 낭만의 입김을 불어 넣는다.

“뉴욕의 가을을 느낄 수 있는 이런 곳에서 뉴욕 그 자체를 맛보게 해줘서 고마워.”

2017년 10월 10일 뉴욕시각 PM 03:36.

쉐이크쉑버거에서 아주 만족스러운 식사를 마친 후 근처에 있는 엠파이어스테이트 빌딩까지 들를까 하다가, 도저히 내 신체적 심리적 컨디션이 받쳐주지 않을 것 같아 그냥 숙소로 들어가기로 했다.

다시 택시를 타고 도로명 주소로 찾아간 그 자리에는 어림잡아 10층 정도 되어 보이는 고풍스러운 석조건물이 서 있었다.

“보아하니 1920년대 또는 30년대 무렵에 지어진 건물인 것 같아요. 맨해튼에서는 2차 세계대전 이전에 지어진 오래된 건물이 오히려 더 높은 가치를 인정받거든요. 집세나 집값도 훨씬 더 비싸죠. 이 건물은 전형적인 아르데코 스타일의 건축물로 보여요.”

“오래된 건물이 더 높은 가치를 지닌다니, 뭐든 새것만 좋아하는 나로선 참 이해가 안 가는 일이네.”

“그만큼 그 시절에 건물을 더 아름답게 공들여 지었다는 뜻이겠죠. 유명한 건축가가 지은 유서 깊은 건물이라는 프리미엄도 있을 것이고요.”

넉넉한 풍채의 여성 도어맨은 보기와는 다르게 동작이 아주 민첩했다.

우리가 택시요금과 그에 따른 팁을 계산해서 지불하는 동안, 그녀는 어느새 트렁크에서 짐을 모두 빼놓은 상태였다.

"말투와 생김새를 보아하니 동유럽 쪽인 것 같아요, 저 언니는."

"너는 척 보면 그런 것까지 알아? 우리 가이드님은 아는 것도 참 많으셔."

"뭐, 그 정도쯤이야. 이번에는 제가 홍콩 때보다 더 제대로 잘할 수 있을 거라고 말했었죠? 뉴욕의 겉과 속을 다 보여드릴게요. 물론 제가 아는 범위 안에서겠지만요."

호텔도 아닌데 도어맨이 아파트 문 앞까지 우리의 짐을 들어다줬다. 주리는 도어맨에게 깍듯이 인사하며, 택시비를 치르고 남은 거스름돈 중에서 1달러짜리 지폐 두 장을 그녀에게 건넨다.

"주리야, 근데 이런 경우에도 팁을 줘야 하니? 호텔도 아닌 아파트의 도어맨인데?"

도어맨이 물러간 후에, 나는 주리에게 물었다.

"이런 부자 동네에 있는 고급 아파트의 일 잘하는 도어맨들은 연말 팁으로 연봉 이상을 버는 사람도 있대요. 입주민들이야 연말에 한꺼번에 줄 수도 있겠지만, 우리는 잠깐 머물다 갈 이방인들이니까 최소한의 성의 표시를 한 거죠. 가방이 두 개였으니 2달러, 그냥 제 나름으로 계산한 거예요."

"팁 문화가 있는 나라에 오면, 과연 팁을 얼마나 줘야 할지 매번 고민하게 돼. 너무 적게 주면 도리어 기분을 상하게 할 것 같고, 그렇다고 많이 주면 아까울 것 같고 말이야."

"하긴, 모르죠. 부자들만 상대하는 저 도어맨 아줌마는 2달러에 콧방귀를 뀌었을지."

"그건 꼭 그렇지도 않을 거야. 원래 있는 사람들이 더 무서운 법이거든. 돈이 많다고 해서 꼭 팁을 펑펑 뿌리진 않을 거라는 거지. 부자들이 오히려 팁에는 인색할 수도 있어."

《더 유니버스》 본선 기간 동안 홈스테이를 하게 될 아파트 문 앞에 선 채로 팁 문화에 관한 담화를 나누느라, 우리가 아직 초인종을 누르지 않았다는 사실도 의식하지 못하고 있었다. 갑자기 아파트 문이 벌컥 열리기 전까지도 말이다.

"You made it!"

열린 문으로 꼭 미용실에서 막 나온 듯 굵은 컬이 제대로 살아있는 금발의 여인이 나타났다. 몸에 피트 되는 검정 원피스에 레이어드 진주 목걸이는 집에서 입기엔 좀 과해 보이는 의상이었다.

자신을 스테파니라고 소개한 그 금발의 여인이 바로 이 아파트의 안주인인 듯했다. 짙은 화장처럼 미소도 꼭 누군가가 그려준 듯 인위적인 인상을 준다. 클렌징크림으로 두꺼운 화장을 닦아내면 미소도 같이 닦여서 없어질 것만 같은 느낌.

"You made it, 네가 해냈구나? 뭘 해냈다는 거지?"

나는 스테파니의 첫 마디가 좀 이상하게 들려서, 주리에게 살짝 물어보았다.

"아, 'You made it!'은 해냈다는 뜻도 있지만, '왔구나!' 하는 뜻도 있어요. 어서 오라는 말이죠."

주리는 귓속말로 내게 답했다.

스테파니의 안내를 따라 들어선 집안은 흰색과 소라색이 주된 테마를 이룬 모던 앤티크 인테리어와 가구로 꾸며져 있었다. 혹시 이곳이 티파니 매장이 아닐까 하는 착각을 불러일으킬 정도.

남의 집 인테리어나 호구조사 따위엔 별 관심이 없던 나로선 얼른 내가 숙소로 쓸 방을 안내받고 그 안으로 숨어들고 싶은 심정이었다.

그렇지만 집안 곳곳에 카메라가 설치되어있는 관계로, 어쩔 수 없이 적당한 표정관리가 필요했다.

흰색 대리석 바닥이 아이스링크를 연상케 하는 거실에 들어서자, 꼭 안나 수이 패션화보에서 막 걸어 나온 것 같은 여자애가 밝게 웃으며 서 있었다. 나이는 주리 또래이거나 그보다 좀 더 위로 보였다. 스테파니와 흡사한 미소가 묻어나는 걸 보면 아마 딸인 모양이다.

스테파니는 컬럼비아 대학교 인류학 교수면서 작가로 활동 중이라 했고, 그녀의 딸 제니퍼는 파슨스 디자인 스쿨에 다니고 있다고 소개했다.

그나마 다행이었던 것은 우리가 소개받을 가족이 많지 않아 거실에 머무르는 시간이 길지 않았다는 점이다. 우리가 소개받은 가족 구성원은 스테파니와 제니퍼 모녀와 아시아계 입주 도우미 한 분, 그렇게 셋뿐이었다.

다른 가족이 있는지는 물어볼 필요도, 의사도 없었다. 나는 오로지 내가 쓸 방으로 얼른 들어가고 싶은 마음뿐이었다.

거실과 연결된 로비를 사이에 두고 앞뒤로 마주 보고 있는 게스트 룸 두 개가 각각 주리와 내가 쓸 방이라고 했다.

나는 스테파니와 제니퍼에게 감사인사를 하고 주리에게도 가벼운 눈인사를 했다. 그리고는 방으로 들어가자마자, 옷을 그대로 입은 채 침대 위로 털썩 드러누워 버렸다.

56. 5번가의 두 여인

◆◆

2017년 10월 10일 뉴욕시각 PM 10:21.

문득 눈을 뜬 방 안은 어둠으로 가득 차 있다. 내가 잠들어 있던 이곳이 어딘지 깨닫는 데까지는 시간이 조금 걸려야 했다. 전화기로 시간을 확인한 나는 깜짝 놀라고 만다.

'헉, 내가 이렇게 오래 잤나?'

나는 방에 들어오자마자 침대에 널브러져서는 무려 여섯 시간이나 넘게 자버린 것이다. 저녁식사 시간도 이미 훌쩍 지나 있었다.

침대 머리맡 협탁에 놓여 있는 쪽지가 한 장이 눈에 들어온다. 나는 이불 속에 누운 채로 팔을 뻗어 쪽지를 집어 든다.

그것은 하우스메이드 '미란다'의 쪽지였다.

내가 깊이 잠들어 있어서 깨우지 않았으며, 오후 10시 이전까지는 저녁식사를 준비해줄 수 있으니 자신에게 부탁하라는 내용이었다. 그리고 10시 이후에 혹시 배가 고프면 1층 거실 테이블에 차려진 과일과 빵을 먹으라는 추신도 있었다.

그러니까 이 쪽지의 핵심은 밤 10시 이후에는 자신을 부르지 말라는 메시지 같았다.

'근데 이 느낌은 뭐지?'

마치 몽정을 했을 때처럼 아랫도리가 홍건히 젖어있다는 걸 인지한 순간, 나는 화들짝 놀라 이불을 걷어본다.

그런데 아니나 다를까, 하얀 이불과 침대시트에 각각 손바닥 넓이의 혈흔이 묻어있다.

'아뿔싸! 생리대를 차고 잤어야 하는 건데….'

나는 눈앞이 캄캄해졌다. 남의 집에 와서 이게 무슨 창피란 말인가? 나는 과연 이 당혹스런 유혈 사태를 도대체 어떻게 수습해야 할지 난감했다.
고민 끝에 나는 주리에게 도움을 청하기로 했다. 혹시 자고 있지 않을까 염려하며, 주리에게 카톡 메시지를 보냈다.
[주리야, 나 사고 쳤다. 좀 도와줘!]
전송 버튼을 누르고 나서 답이 오기만을 초조하게 기다리고 있는데, 메시지 옆의 노란색 1자는 좀처럼 사라질 줄 모른다.
주리의 응답을 기다리는 동안, 나는 처음으로 방안을 찬찬히 둘러본다. 방에 들어오자마자 신발만 벗고 침대 안으로 곧장 파고든 바람에, 나는 내가 머무를 방이 어떻게 생겼는지 파악도 못 한 상태였던 것이다.
밝은 톤의 가구들이 주를 이뤘던 거실과는 달리 이 방은 짙은 월넛 색상의 책꽂이들이 창을 제외한 나머지 벽면들을 채우고 있다. 그리고 창과 등진 방향으로, 책꽂이와 같은 목재로 만든 빈티지 책상도 놓여있다. 아마 원래는 서재로 쓰는 방에 침대만 가져다놓은 것 같았다.
'와우!'
창 쪽으로 눈을 돌린 나는 경탄을 금치 못한다. 창문 밖으로 어둠에 묻힌 센트럴 파크가 내려다보였기 때문이다.
센트럴 파크 뷰가 있는 방이라니. 갑자기 이 방에 대한 애정도가 급상승한다. 빅토리아항과 홍콩섬이 내다보였던 페닌슐라 호텔 룸만큼이나 이 방이 특별하게 느껴졌다.
나는 꼭 무엇에 홀린 듯 창가로 다가갔다. 그리고는 마치 이 도시의 어둠을 다 빨아들이고 있는 것 같은, 센트럴 파크의 검은 숲을 한동안 멀거니 바라보았다. 지금 내 손에는 피 묻은 구스 다운 이불이 들려져 있다는 사실도 잊은 채.
[무슨 일이에요?]
주리로부터 응답이 온 것은 내가 메시지를 보낸 지 7분이나 지나서였다.
[잤어?]
[아뇨, 자다가 일어나서 샤워 중이었어요.]

[생리대를 안 하고 그대로 잠들어 버리는 바람에 침대와 이불에 피가 묻어버렸어. 이를 어떡하면 좋니?]

[헉, 저런. 일단 제가 그 방으로 갈게요.]

내 방으로 건너오겠다는, 주리의 메시지가 도착한 지 4분 만에 조심스러운 노크 소리가 들려온다. 혹시라도 다른 사람이면 어떡하나 잠깐 걱정했는데, 다행히 주리가 맞았다.

방으로 들어온 주리는 내가 침대 옆에 아무렇게나 놓아둔 리모와를 열어서, 그 안에서 뭔가를 꺼낸다.

"그걸로 뭘 어쩌려고?"

주리가 가방에서 꺼낸 것은 바로 과산화수소였다. 소독약 중 하나로 챙겨온 것이었다.

"핏자국을 지우는 데에는 과산화수소가 직방이거든요. 상처소독용으로 쓰는 건 농도가 낮은 거라 잘 지워질지는 모르겠지만, 일단 한 번 해보는 거죠, 뭐."

주리는 과산화수소를 묻힌 거즈로 침대 시트에 묻은 혈흔을 닦기 시작한다.

"주리 너의 준비성 하나는 정말 알아줘야겠다. 우리가 무슨 아프리카 오지로 온 것도 아닌데, 어떻게 소독약과 거즈까지 챙겨올 생각을 다 했어?"

"평소엔 주변에서 쉽게 구할 수 있는 용품도 해외에 나오면 어떻게 구해야 할지 몰라 쩔쩔매는 경우가 많이 있거든요."

"가방이 좀 무겁긴 했지만, 무려 72가지 항목이나 챙겨온 보람이 정말 있긴 있구나!"

과산화수소를 묻힌 피 얼룩에서 지글지글 화학반응이 일어나는 것 같더니, 정말 거짓말처럼 피 색깔이 희미해져간다. 10여 분에 걸친 작업 끝에 주리는 침대 시트와 이불에 묻은 혈흔을 말끔히 제거하는 데 성공했다.

"정말 감쪽같은데? 대단해! 이제 난 주리 너 없으면 정말 아무것도 못

할 것 같아."

뉴욕에서 맞이한 첫 번째 위기를 멋지게 해결해준 주리가 너무나도 고마운 나머지, 하마터면 나는 주리를 와락 껴안을 뻔했다.

허기를 느낀 우리는 방문을 열고 밖으로 살금살금 걸어 나온다. 그런데 로비에서 거실로 접어든 순간, 우리는 둘 다 깜짝 놀라 정지 상태가 되고 만다. 거실 소파에 덩그러니 앉아있는 누군가의 실루엣과 맞닥뜨렸기 때문이다.

그 실루엣의 주인공은 다름 아닌 하우스메이드, 미란다였다.

"일어나셨어요?"

미란다가 그 자리에 그렇게 앉아있는 것만으로도 이미 놀랐는데, 그녀의 입에서 나온 한국말은 우릴 더 당황하게 만들었다.

"한국분이신가요?"

놀라움과 반가움이 동시에 묻어나는 나의 물음에 그녀는 말없이 고개를 끄덕인다.

아까 첫 대면 때에는 설마 그녀가 한국인일 거라고는 생각하지 못했다. 하우스메이드라는 스테파니의 소개에, 그녀는 별다른 멘트 없이 허리만 꾸벅 숙이며 인사했기 때문이다.

"괜찮으시다면 여기 와서 같이 앉으셔도 좋아요."

미란다의 제안을 딱히 거절할 이유가 없어서, 주리와 나는 소파로 다가가서 앉았다.

"한잔 하시겠어요?"

미란다 씨 앞에 놓인 술잔과 술병이 눈에 들어온다. 그녀는 혼자 술을 마시는 중이었던 모양이다.

"보드카예요. 남의 집에서 살면서 일하는 입장이다 보니, 냄새 없는 보드카를 주로 마시게 되네요. 밤 10시 이후에는 어떤 오더도 받지 않기로 계약은 되어 있지만, 그 다음 날에라도 주인 앞에서 술 냄새를 풍기면 곤란하니까요."

그녀는 자리에서 일어나며 우리를 향해 말한다.

"제가 잔을 가져다 드릴게요. 가벼운 술 한 잔이 아마 시차 적응에도 도움이 될 거예요."

"아니에요, 저희는 마시지 않을게요. 저는 술을 잘하지 못하고, 이 친구는 내일 중요한 일정을 앞두고 있으니까요. 더구나 얘는 아직 미국에선 음주 가능한 연령도 아니고요."

주리가 정중하게 사양의 뜻을 전하자, 그녀는 잠깐 멈칫하다가 다시 되묻는다.

"그럼, 저녁을 차려 드릴까요? 저녁도 안 드시고 주무시느라 시장하실 텐데."

"아니에요, 저희는 여기 있는 과일과 빵이면 충분해요. 그냥 앉으세요."

나는 테이블 위 바구니에 담긴 페이스트리 하나를 집어 들며 그녀를 향해 정말 괜찮다는 표정을 지어 보였다. 그제야 그녀는 마지못해 다시 자리에 앉았다.

"괜히 저희가 방에서 나오는 바람에, 여사님의 자유 시간을 방해한 것 같아 죄송하네요."

"아니에요. 저도 오랜만에 한국 사람을 만나서 반가운걸요. 그 여사님이라는 호칭도 참 정겹네요. 스테파니와 제니퍼 모녀는 저를 미란다라는 영어 이름으로 부르거든요."

말해놓고 보니 '여사님'이란 호칭이 좀 거슬릴 수도 있을 것 같아 마음이 좀 쓰였었는데, 정겹게 들렸다니 다행이었다.

"그런데 스테파니와 제니퍼는 지금 집에 없나요?"

주리가 조금은 걱정스러운 표정으로 묻는다. 사실 나도 약간 염려스러웠던 점이다. 만약에 하우스메이드와 손님 둘이 마주 앉아 술판을 벌이고 있는 모습을 집주인이 보게 된다면, 그리 아름다운 장면은 아닐 것 같았기 때문이다.

"스테파니는 오늘 집에 들어오지 않을 거예요. 트라이베카에 사는 남자친구의 집에서 열리는 파티에 갔거든요. 아마 내일 점심 무렵은 되어야 돌아올 거예요. 제니퍼는 원래 기숙사 생활을 하고 있고요."

"그럼, 그 두 모녀 외에 다른 가족은 없어요?"

주리는 여전히 마음이 불편한 모양이다.

"네, 없어요. 지금 스테파니가 만나는 남자친구와는 아직 재혼할 생각까지는 없는 듯 보여요."

그제야 비로소 안도하는 표정이 된 주리는 마침내 본격적인 호구조사에 들어간다.

"그럼, 스테파니는 이혼을 한 건가요?"

"이혼이 아니라 사별을 했어요."

"아, 그렇군요."

"스테파니의 남편, 그러니까 제니퍼의 아빠는 변호사였어요. 월드 트레이드 센터에 있는 한 로펌에 근무했죠. 2001년 911 테러 때 희생되기 전까지 말이에요."

주리와 미란다의 대화를 잠자코 들으며 초콜릿이 든 페이스트리를 우걱우걱 씹고 있던 나는 '911 테러'라는 말에 눈이 번쩍 떠졌다.

"뉴욕 최상류층이 서식하는 이곳 어퍼이스트 사이드에서 가장이 사망하는 경우에는 가족 전체의 신분 하락을 피할 수 없어요. 그래서 그런 경우는 대개 이 동네를 뜨죠. 하지만 스테파니는 그나마 능력 있는 여자라 홀로 딸을 키우면서도 이 살벌한 구역에서도 밀려나지 않고 버틸 수 있었던 거예요."

스테파니의 미소가 다소 인위적으로 보였던 이유를 이제야 알 것 같았다. 그 빈틈없고 당차 보였던 이면에는 그런 아픔이 숨어있었던 거구나.

"저의 한국 이름은 미라예요. 손미라. 저보다 네 살 많은 남편이 30대 초반에 뒤늦게 스탠포드 MBA 과정을 밟기 위해 유학을 왔어요. 저는 결혼 후 석 달 만에 직장에 사표를 내고, 남편을 따라 미국으로 온 거예요.

한국에서 저는 증권회사에 다니는 회사원이었지만, 미국으로 건너와선 그냥 쭉 전업주부였죠."

그녀의 술잔이 빈 것을 알아챈 주리가 술병을 들어 빈 잔을 채워준다.

"전세금을 빼서 유학 온 남편을 뒷바라지하는 억척 하우스와이프였던 저는, 남편이 월스트리트로 입성하게 되면서 팔자가 확 폈어요. 동전 단위까지 빠짐없이 가계부에 기록하며 허리띠를 바짝 졸라매야 했던 유학생 와이프가 맨해튼에서 집세가 비싼 트라이베카의 고층 아파트에서 입주 도우미를 부리며 사는 사모님이 되었으니 말이에요. 그 아파트에 사는 동안 아들도 하나 얻었답니다. 그땐 정말이지 세상을 다 얻은 것 같았죠."

손미라 씨는 잠시 옛 생각에 잠긴 듯 애수에 찬 표정을 짓는다.

"저희 남편과 스테파니의 남편은 투자 컨설턴트와 고객 관계로 처음 만나 사적인 친분까지 갖게 된 친구 사이였답니다. 그리고 둘 다 월드 트레이드 센터에서 근무했죠."

"아니, 그럼 남편분도?"

여태껏 가만히 듣고만 있던 나는 어느새 남의 인생사에 깊이 몰입된 나머지, 그만 두 사람의 대화에 불쑥 끼어들고 만다.

"네, 맞아요. 저희 남편도 스테파니의 남편처럼 911 테러 때 희생되었어요."

나는 말문이 막혀버렸다. 주리 역시 놀라움에 입을 다물지 못했다.

"그런데 저는 스테파니처럼 능력 있는 여자가 아니었기 때문에, 남편 없이 아들을 데리고 살아갈 일이 그저 막막하기만 했어요. 남편의 유산과 퇴직금, 그리고 사망보상금이 결코 적은 액수는 아니었지만, 아들이 대학에 갈 때까지 교육비와 생활비를 다 보장해줄 정도의 돈은 아니었으니까요. 친정에서는 자꾸만 한국으로 돌아오라고 했지만, 저는 그럴 마음이 추호도 없었어요. 그이와 함께 온 맨해튼을 그이 없이 떠나가긴 싫었거든요."

손미라 씨의 눈망울에는 어느덧 굵은 눈물 방울이 맺혀있다.

"남편 없이 맨해튼에서 살아남으려면, 어떻게든 제가 일을 해야 했어요. 그래서 저는 이 집의 가사도우미를 자처하게 된 거예요. 물론 스테파니 입장에서도 가사와 보육을 책임져줄 사람이 필요했던 것이지만, 사실상 그녀가 저희 모자를 거둔 것이나 마찬가지라 할 수 있죠. 가사도우미가 어린 아들까지 데리고 들어와 살도록 허락하는 집주인은 그리 흔하지 않을 테니까요."

57. 두 남자

◆◆

2017년 10월 11일 뉴욕시각 AM 10:13.

미라 씨가 한식으로 아침상을 차려줬다. 그 덕분에 아주 든든하게 아침을 먹고 집을 나설 수 있었다.

맨해튼 어퍼이스트 사이드에서 된장찌개와 김치에다 계란말이까지 있는 코리안 브랙퍼스트를 먹을 수 있을 줄은 정말 꿈에도 몰랐다.

게다가 미라 씨의 음식 솜씨는 정말 기가 막혔다. 스테파니와 제니퍼 모녀도 한식을 좋아해서 집에 된장, 고추장, 김치 같은 한식 재료들이 구비되어 있었고, 1주일에 2~3회 정도는 한식 상을 차린다고 했다.

《더 유니버스》 본선 첫 일정이 예정된 장소는 브라이언트 파크이다. 두 마리의 사자 상이 계단 양옆을 지키고 있는 뉴욕공립도서관의 뒤편에 위치한 공원.

어퍼이스트 사이드에서 브라이언트 파크로 향하는 셔틀버스 안에서, 옆 자리에 앉은 주리가 조금 걱정스러운 표정으로 묻는다.

"그런데 어제 미라 씨와 우리가 거실 소파에서 나눈 대화가 관찰 카메라에 고스란히 다 녹화가 되었을 텐데, 설마 방송에 내보내진 않겠죠?"

"한국말로 나눈 대화라서 제작진이 잘 못 알아듣지 않을까?"

"다양한 언어를 쓰는 참가자들이 있는 만큼 통역하는 사람들도 분명 있을 것 같은데요?"

"나는 아직 한낱 본선 진출자 25인 중 하나일 뿐이잖아. 그 스물다섯 명의 숙소 생활을 다 보여주려면, 나한테 할애되는 분량은 지극히 적을 거라고. 더구나 참가자 본인 얘기도 아닌, 민박 가정의 입주도우미가 한 고백까지 시시콜콜히 방송에 내보낼 리는 없지 않을까?"

"듣고 보니 그렇긴 하네요."

그제야 수긍하는 표정을 지으며 라뒤레 분홍색 마카롱을 한 입 베어 무는 주리. 마카롱은 집을 나설 때 버스 안에서 먹으라며 미라 씨가 챙겨준 것이다.

“스테파니의 첫인상이 사실 썩 좋지만은 않았었는데, 어젯밤 미라 씨의 얘기를 듣고 보니 좋은 사람인 것 같기도 하네.”

“그러게요. 스테파니는 왠지 스케일 큰 여장부 스타일인 것 같아요. 남편을 잃은 본인도 많이 힘든 상황에서, 남편 친구의 아내와 아들을 집에 들이기가 쉬운 결정은 아니었을 텐데 말이에요.”

“스테파니 입장에서도 아마 미라 씨를 필요로 하긴 했을 거야. 보육과 가사를 전적으로 믿고 맡길 사람을 찾는 것이 쉬운 일은 아니잖아.”

“말하자면, 두 사람은 서로가 서로를 필요로 하는 관계였던 거네요.”

“물론 미라 씨 입장에선 나름의 스트레스가 없진 않을 거야. 스테파니가 아무리 좋은 사람이라고 해도, 수평 관계에서 수직 관계로 바뀐 케이스니까. 스테파니가 집을 비운 사이에 그렇게 혼자 술 드시는 모습만 봐도 왠지 그 고충을 알 수 있을 것 같아.”

오른편의 센트럴 파크를 따라 5번가를 달리던 버스는 ‘그랑 아미 플라자’를 지나 본격적인 번화가로 접어든다.

“버그도프굿맨. 저의 최애 백화점이에요. 오른쪽에 보이는 게 여성관, 길 건너 반대편에 있는 게 남성관이죠. 하지만 지금은 남자의 몸이라 여성관에선 예쁜 옷을 발견해도 입어볼 수도 없겠네요.”

그 말을 하면서 갑자기 속상한 마음이 들었는지 의기소침한 표정을 짓는 주리에게 뭔가 힘 나는 한마디를 해줘야 할 것 같다.

“경연 일정이 모두 끝난 후에 우리 둘이 꼭 같이 가자. 맘에 드는 옷을 서로에게 골라주면 되잖아!”

그제야 환한 미소를 되찾은 주리는 자신이 들고 있던 라뒤레 상자에서 초콜릿 마카롱을 하나 꺼내 내 입에다 넣어준다.

“초콜릿이 생리통에도 효과가 있는 것 아세요?”

아침부터 날 괴롭히던 생리통이 실제로 좀 덜해진 게 초콜릿의 효과인지 아니면 마카롱을 내 입에 넣어준 주리 효과인지 잘 모르겠다.

2017년 10월 11일 뉴욕시각 AM 11:01.

브라이언트 파크 잔디밭에 마련된 무대에 성조기를 연상케 하는 복장을 한 리먼 스콧이 등장했다.

"엉클 샘의 모자와 양복이에요."

주리는 리먼 스콧을 오랜만에 본 반가움을 얼굴 전면에 드러낸다.

"엉클 샘?"

"네, 엉클 샘은 미국을 의인화시킨 캐릭터예요. 새뮤얼 윌슨이라는 실존 인물이기도 하죠. 그는 뉴욕주 트로이의 정육업자였어요."

주리는 처음 맨해튼에 입성했을 때와 비슷하게 의기양양한 표정이 되어 신나듯 말을 이어간다.

"19세기 초 미영전쟁 때, 윌슨이 트로이에 주둔했던 군부대의 고기 공급을 맡았는데, 납품된 모든 고기에는 미국을 뜻하는 'U.S.'라는 도장이 찍혀 있었거든요. 그런데 정부 검사관이 저게 뭘 의미하냐고 묻자, 상점 직원이 장난스럽게 'Uncle Sam'이라고 대답했대요. 그때부터 연방 정부에 납품하는 모든 군수물자에는 엉클 샘이라는 이름이 붙게 되었다는군요. 재미있죠?"

사실 난 주리의 박식함이 새삼 놀라워서 빤히 쳐다봤던 건데, 주리는 내가 자신의 말을 못 믿어 그러는 거라고 생각했는지 이내 한 마디 덧붙인다.

"1961년에 미국 의회가 공식적인 선언까지 했어요. 새뮤얼 윌슨이 진짜 엉클 샘이라고요. 트로이에 가면 새뮤얼 윌슨 기념비도 있다고요."

자신의 이야기를 믿게 만들려고 안달하는 주리의 모습이 귀여워 보여서, 나도 모르게 피식 웃음이 났다.

"그래, 네 덕분에 엉클 샘에 대해선 충분히 잘 알게 되었어. 그러니까 이제 얼른 통역이나 해봐. 네가 사랑해 마지않는 리먼 스콧이 방금 중요한 얘기를 시작한 것 같은데 말이야."

내 말이 떨어지기가 무섭게, 가이드 모드에서 통역 모드로 버퍼링 없이 전환되는 주리.

"아시아, 유럽, 아프리카, 오세아니아, 그리고 아메리카. 그렇게 다섯 개 대륙에서 모인 25명의 본선 참가자가 1차 경연을 벌일 거래요. 그렇게 해서 모든 참가자의 개인별 순위가 매겨지고. 각 대륙별로 순위가 가장 높은 1인이 팀 리더가 되어, 멤버를 선택해서 팀을 구성할 권한을 갖게 된대요."

말하자면 1차 경연에서 각 대륙별 순위가 가장 높은 사람이 시드 배정이 되고, 그 사람이 각 대륙에서 한 사람씩 골라 5인조의 팀을 구성하는 방식이다.

그러니까 결과적으로는 다섯 대륙에서 한 사람씩 차출된 5인조 그룹이 총 다섯 팀 만들어지는 셈이다. 그 다섯 개의 그룹이 2차 경연을 벌여서 최종 우승팀을 결정하게 되는 것이다.

"그런데 각 팀의 리더는 한 가지의 선택권을 더 갖게 된대요. 그건 바로 팀의 멘토를 선택하는 권한이래요. 특별 섭외된 5인의 멘토는 1차 경연 결과 발표 후에 공개될 거랍니다."

멘토라는 말을 들으니, 또다시 내 가슴이 설레기 시작한다. 아시아 예선 당시 밴드 겸 심사위원의 면면을 봤을 때에도 심장 어택이 왔는데, 본선 2차 경연에서는 과연 얼마나 더 대단한 인물들을 멘토로 만나게 될까? 기대를 하지 않을 수 없다.

"이제 순서 추첨이 있을 거래요. 이번엔 정말 잘 뽑아 보세요. 어떤 경연에서든 대개 뒤로 갈수록 점수가 상승하니까, 되도록이면 뒷번호를 뽑되 맨 마지막 번호만은 피하는 걸로."

"똥손이 뭐 어디 가겠어? 이제 난 잘 뽑을 거란 기대도 안 해."

정말 똥손은 똥손이었다.

"유노 쌤도 참, 맨 마지막 번호 뽑지 말랬다고 1번을 뽑으시면 어떡해요?"

스물다섯 개의 번호 중 하필이면 '1'을 뽑다니. 마지막 순서인 25번보다 더 나쁘다. 한마디로 최악이다. 어떤 종류의 음악 경연에서건 1번이 우승하는 경우는 지극히 드물기 때문이다.

"어차피 좋은 번호는 기대도 안 했어. 그래도 1번으로 무대를 일찌감치 끝낸 후에 편안한 마음으로 다른 참가자의 무대를 볼 수 있다는 장점은 있잖아. 나머지 24명에 대해서 잘 알아야 멤버 선택할 때에도 잘 뽑을 수가 있겠지."

"리더가 되어 멤버 선택권을 가지는 것도 대륙별 1위를 해야 가능한 거잖아요."

주리는 못내 속상한 속내를 감추지 못한다. 주리의 애어른 같은 언행에 깜짝깜짝 놀라다가도, 이럴 때 보면 또 영락없는 열아홉 살짜리가 맞다.

"선택권을 가질 수 없다고 해도 어쩔 수 없는 거지, 뭐. 내가 좋은 팀을 선택할 수 없다면, 좋은 팀으로부터 선택받을 수 있도록 내가 더 잘하면 되잖아."

지금, 누가 누구를 위로하고 설득해야 하는 상황인지, 원!

"어떤 상황이 닥쳐도 긍정적으로 생각해야 하는데, 생각처럼 잘 안 되네요. 자꾸만 욕심이 나서 더 그런 것 같아요. 죄송해요. 옆에서 유노 쌤을 위로하고 격려해야 할 제가 외려 속상한 마음을 있는 그대로 다 드러내 버렸네요."

그렇게 잠시 감정에 휘둘렸다가도, 금세 착한 본성을 되찾는 주리.

"내가 지금 속상한 마음까지 주리 네가 대신 표현해줘서 고마워. 나 자신이 아닌, 너를 위로하면서 오히려 내 마음을 추스를 수 있었던 것 같아."

《더 유니버스》 본선 첫날 일정은 대략 한 시간 만에 끝났다. 오후에는 개인별 자유연습이 허용되었다.

제작진 측에서 마련해준 연습실은 소호 쪽에 있다고 했다. 브라이언트 파크에서 11시 20분에 출발하는 셔틀버스를 타고 소호로 이동을 했다. 버스에서 내려 일단 연습실 위치를 파악한 후에, 점심을 먹으러 가기로 했다.

주리가 날 데려간 곳은 '루비스 카페'란 곳이었다. 테이블도 몇 개 안 되는 작은 브런치 카페인데, 항상 사람이 많아서 적어도 30분 이상은 웨이팅을 해야 하는 곳이라고 했다.

"여기로 온 건 저의 실수였어요."

"왜 그렇게 생각하는데?"

"한국 사람들이 너무 많아요. 이곳이 그룹 소녀시절이 다녀간 맛집으로 한국 사람들에게도 꽤 많이 알려진 장소거든요."

아니나 다를까, 가게 앞에 머무는 잠깐 사이에 나는 무려 3팀의 한국인 여행객들과 함께 사진을 찍어줘야 했다.

"어쩔 수 없이 플랜B로 가야겠네요."

"플랜B라는 식당이 있어?"

"차선책을 쓰자는 얘기잖아요. 웃기려고 일부러 못 알아들은 척하신 거죠?"

"아, 그 플랜B? 나는 식당 이름이 플랜B라는 줄 알았지."

주리가 차선책으로 선택한 곳은 '갈리'라는 이탈리안 레스토랑이었다. 온통 붉은 벽돌로 꾸며진 내부는 안으로 깊숙이 들어갈수록 더 넓어지는 구조였다.

아주 고급스러운 분위기는 아니었지만, 뭔가 깊은 내공이 느껴지는 집이었다. 마치 화교가 운영하는 중국집처럼 이탈리아 사람이 하는 이탈리아 밥집 같은 느낌.

나는 일본식 덴뿌라도 좋아하지만, 튀김옷이 아주 얇은 이탈리아식 해산물튀김도 좋아한다. 이 집에서 시켜본 오징어와 새우튀김 역시 아주 훌륭했다.

미디엄 웰던으로 주문했는데도 겉보기엔 좀 많이 익힌 듯 보였던 뉴욕 스트립은 겉은 바삭한 대신 육질이 아주 부드러워서 깜짝 놀랐다.

이탈리안 레스토랑이라는 정체성을 증명이라도 하듯 페스카토레는 가히 역대급이었다.

뭣보다 이 집에서 가장 맘에 드는 건 튀김도, 스테이크도, 파스타도 모두 하나같이 간이 딱 맞는다는 점이다. 요리에서 간은 음식의 맛을 좌우하는 화룡점정이라는 사실을 새삼 절감할 수 있었다.

이태리 맥주 페로니는 어떤 맛일까 궁금했지만, 꾹 참기로 한다. 아무튼 우리의 플랜B는 기대 이상으로 성공적이었다.

2017년 10월 11일 뉴욕시각 PM 07:13.

연습을 마치고 스테파니의 아파트로 돌아온 우리는 저녁식사 자리에서 두 명의 남자를 소개받았다.

그중 하나는 스테파니의 남자친구, 패트릭 켄달이었다. 그는 자신을 이혼전문변호사인 이혼남이라고 소개했다. 그 사람 나름대로는 자신의 신상을 유머로 승화시키려고 한 것 같은데, 솔직히 어떤 표정으로 그 말을 받아야 할지 좀 난감했다.

다른 한 명은 바로 미라 씨의 아들, 대니얼 박이었다. 현재 콜롬비아 의대에 다니고 있다고 했다. 미국에서는 의대가 대학원인 걸 감안하면 20대 중반 이상은 되었겠다. 그런데 그의 귀티 나는 얼굴에서는 입주도우미의 아들이라는 성장 배경을 떠올리기 힘들었다.

'그래, 이 남자가 바로 미라 씨가 지금껏 악착같이 살아온 이유이구나!'

각각 옆에 앉은 남자를 바라보는 두 여인의 비슷한 듯 다른 눈빛을 보며, 나는 기묘한 기분에 사로잡혔다.

58. 시험에 들다

저녁을 가볍게 먹으려고 했던 내 결심은 미라 씨의 환상적인 요리 솜씨 앞에서 어이없이 무너지고 말았다.

집에서 갓 구워낸 바게트에다 마성의 에쉬레 버터를 발라 먹다 보니 다이어트에 대한 걱정 따위는 스르르 녹아 없어져버리고 만다.

트러플 향이 그윽한 감자튀김을 연거푸 입에다 쑤셔 넣고 있는 내게, 주리와의 계약 사항 중 하나였던 다이어트 조항 따위는 이미 안중에도 없었다.

메인으로 나온 블랙 앵거스 립아이 스테이크의 사이즈가 어찌나 큰지 양 손바닥을 쫙 펼쳐야 다 가려질 정도였다. 거기다 디저트로 나온 크렘 브륄레와 라임 셔벗까지.

내 의지로는 도저히 멈춰지지 않는 미식의 향연이 장장 90여 분에 걸쳐 펼쳐졌다.

'이건 아마추어의 솜씨가 아니야. 이렇게 훌륭한 요리를 정말 미라 씨가 집에서 직접 만들었다고?'

나는 심지어 미라 씨에 대한 의혹을 품는 지경에까지 이른다. 혹시 미라 씨가 이 요리들을 어느 유명 레스토랑에서 몰래 공수해온 것은 아닌가 하는 의혹 말이다.

그런데 미라 씨가 뉴욕의 명문 요리학교 FCI에서 고전요리과정 600시간을 이수했다는 사실을 스테파니로부터 전해 듣고 나서야, 나는 비로소 그 의혹을 거둘 수 있었다.

정말이지 강남의 어느 핫한 골목에다 당장 레스토랑을 열어도 승산이 있을 것 같은, 뛰어난 솜씨였다.

나는 주리에게 산책을 가자고 말했다. 소화를 좀 시키자는 것이 표면상의 이유였지만, 1차 경연 선곡에 대해서 주리에게 상의하고자 하는 의도가 깔려 있었다.

"센트럴 파크는 야간에도 열려 있어?"

"아침 6시부터 익일 새벽 1시까지 열려있는 걸로 알고 있어요. 공원 안으로 한 번 들어가 볼까요?"

"아니, 지금 센트럴 파크로 들어가는 건 좀 그래. 한밤의 공원은 왠지 을씨년스러울 것 같거든."

우리는 공원 안으로 들어가진 않고 그냥 5번가를 따라 메트로폴리탄 뮤지엄 앞까지만 걸어갔다 오기로 했다.

"내가 너에게 괜히 같이 나오자고 한 건가? 주리 넌 솔직히 따라 나오기 싫었지? 미라 씨의 아들, 대니얼을 본 너의 눈이 하트 모양으로 변하는 걸 나는 분명 목격했거든."

"그럼 뭐해요? 대니얼의 눈에 난 그저 한국에서 온 아저씨일 뿐인걸요, 뭘."

"사실 나는 내심 좀 불안했어. 주리 네가 하도 대니얼을 뚫어져라 쳐다봐서 말이야. 혹시 사람들이 널 게이로 오해라도 할까 봐."

"대니얼은 계속 유노 쌤 쪽만 보던 걸요? 따지고 보면 그가 바로 내 얼굴을 쳐다본 거였는데, 저는 그 광경을 보면서 왜 소외감 같은 게 느껴졌던 걸까요? 곰곰이 생각해 보니 좀 웃기네요."

"대니얼 그 친구, 사실 남자인 내 눈에도 참 멋진 청년이긴 하더라. 엄마를 따라서 남의 집에 들어와 살았다는 성장 배경을 짐작조차 할 수 없을 만큼 아주 멋지게 잘 자랐더라고. 미라 씨가 그만큼 아들을 잘 키운 거겠지."

우리는 메트로폴리탄 앞 계단에 나란히 앉았다. 밤 10시가 넘은 시간임에도 계단에 앉아서 가을밤의 정취를 즐기는 사람들이 꽤 많다.

"1차 경연에서 부를 곡은 결정하셨어요?"

"아직."

"준비하신 곡은 몇 곡이나 되는데요?"

"세 곡을 준비했어. 그런데 아직 그중에서 무슨 곡을 부를지 결정하진 못했어."

"어떤 곡들인데요?"

"내가 가장 먼저 생각했던 곡은 휘트니 후스턴의 〈I will always love you〉야. 정통 디바 스타일의 명곡 중 끝판 곡이라고 할 수 있는 그 노래에 도전을 해보고 싶었거든. 그런데 짙은 소울의 R&B 곡을 내 직설적인 창법으로 얼마나 잘 소화해낼 수 있을지는 의문이야. 새로운 느낌을 줄 수 있을지는 모르겠지만, 과연 감동까지 줄 수 있을지."

"음, 그 노래에 대해서만큼은 사람들이 기대하는 바가 크니까요. 그런 고정관념과 싸우는 일은 자칫 무모한 도전으로 끝나버릴 위험이 있죠. 또 그 싸움은 곧 휘트니에 대한 도전이기도 하니까. 전혀 다른 스타일로 그 노래를 시도한다는 건 정말 위험한 도전이 될 수밖에 없겠네요."

"오르기 힘든 산이라 솔직히 더 강한 정복욕이 생기긴 하지만, 이렇게 중요한 무대에서 그 위험한 도전을 시도할 용기가 선뜻 생기진 않네."

"다른 곡은 뭔가요?"

"아시아 예선 2차 경연 때에도 물망에 올랐었던 곡인데, 하필 대진 상대였던 일본 괴물이 1차 예선에서 같은 가수의 노래를 부르는 바람에 포기를 해야 했던 노래야. 머라이언 캐리의 〈Hero〉. 역시 정통 디바 스타일의 R&B이지만, 뚜렷한 기승전결이 있어서 나지막한 속삭임부터 절규하는 감정의 극한까지 잘 드러낼 수 있다는 강점이 있어."

"그럼, 〈Hero〉를 선택할 때 걱정되는 점이 있다면요?"

"휘트니와 함께 초절정 R&B 디바계의 양대 산맥이었던 만큼, 이 곡 역시도 머라이언 캐리라는 산을 넘어야 한다는 것이 가장 힘든 점이겠지."

"그래도 〈I will always love you〉보다는 〈Hero〉가 블랙 가스펠의 느낌이 덜해서 유노 쌤에겐 더 잘 어울릴 것 같긴 하네요."

"그런데 이 노래는 리듬이 강하지 않기 때문에 처음부터 끝까지 보컬이 노래를 이끌고 가야 해. 보컬이 리듬을 타고 자연스럽게 흘러가는 게 아니라 리듬이 보컬에 끌려가는 느낌이라고 해야 하나? 듣기에 따라선 노래가 약간 답답하고 무겁게 들릴 수도 있어."

"무슨 말씀인지 알 것 같아요. 노래 본연의 묵직한 무게감을 감당하면서 부르기란 역시 만만치 않을 것 같네요."

"그래서 지금 내 마음이 향하고 있는 곡은 바로…."

2017년 10월 12일 뉴욕시각 AM 10:21.

오늘은 1차 예선을 앞두고 25인의 참가자들이 '메이크오버'를 하고 프로필 촬영을 하는 날이다.

우리가 향한 곳은 다름 아닌 파슨스 디자인 스쿨이었다.

"저분이 바로 티모시 간이에요. 열여섯 번째 시즌까지 방영된 바 있는 '런웨이 프로젝트'의 공동 진행자이자, 이 학교의 교장이죠. 깐깐해 보이지만 의외로 귀여운 구석이 있는 분이에요."

"대체 어떤 구석이 귀엽단 말이지?"

오늘의 참가자 메이크오버는 바로 서바이벌 리얼리티 프로그램 '런웨이 프로젝트' 컨셉으로 꾸며질 예정이다. 파슨스 디자인 스쿨의 학생 25인이 각각 한 명의 참가자를 맡아 스타일링을 해주고 그중에 우승자를 가리는 방식이다.

나는 자연스럽게 스테파니의 딸, 제니퍼를 떠올리지 않을 수 없었다. 스테파니가 자신의 딸을 소개하면서 파슨스 디자인 스쿨에 다닌다는 설명을 덧붙였던 사실이 기억났기 때문이다.

그런데 아니나 다를까, 스물다섯 명의 디자이너들 중에 제니퍼도 끼여 있었다.

마침 경연 참가 순서에 따라서 디자이너를 선택할 기회가 주어졌는데,

참가번호 1번이라 처음으로 선택권을 가지게 된 나는 별 고민 없이 제니퍼를 선택했다.

내 선택이 옳았다는 확신을 들게 한 건 바로 제니퍼의 입에서 나온 한국말이었다.

“안녕, 주리!”

스테파니의 아파트에서 처음 인사를 나눴을 때에는 미처 몰랐는데, 제니퍼는 한국말을 할 줄 안다고 했다. 어렸을 때부터 미라 씨의 손에서 대니얼과 함께 자라면서 자연스럽게 한국말을 습득하게 된 것이다.

“한국 드라마 재미있어. 방탄소년대 좋아.”

금발머리 제니퍼의 입에서 ‘방탄소년대’라는 말이 나오는 순간, 한류와 케이팝의 세계적 위상을 새삼 실감하고는 사뭇 뿌듯해졌다.

제니퍼의 한국말은 비록 아주 유창하진 않았지만, 충분히 일상 대화가 가능할 정도의 실력이었다. 적어도 내 영어 실력보다는 제니퍼의 한국어 실력이 월등히 더 나아 보였다.

“주리는 어떤 스타일 원해?”

제니퍼가 내게 물었다.

“나는 너에게 모두 맡길게. 제니퍼가 알아서 꾸며줘. 너만 믿을게. 이왕이면 메이크오버 경연에서도 우승까지 한 번 해보자고.”

제니퍼가 정한 컨셉은 ‘21세기의 뮤즈’였다. 그리스 신화에 나오는 뮤즈의 이미지를 현대적으로 해석한 것이다.

천을 둘둘 말아놓은 것 같은 미니 드레스가 눈으로 보기에는 좀 불편해 보였는데, 막상 입어보니 착용감이 아주 좋았다.

어깨가 훤히 드러나 있고, 치마 기장이 너무 짧다는 점이 나의 아재 감성으로는 받아들이기 힘들었지만, 뭐라고 말은 못했다. 제니퍼에게 모든 걸 맡긴다고 이미 말을 해놓은 게 있었기 때문이다.

화이트와 민트그린이 적절한 조화를 이루는 드레스에다 월계관을 형상화한 티아라까지 쓴 거울 속 내 모습, 그러니까 주리의 모습은 정말 아름다웠다.

나는 마치 연못에 비친 자신의 모습에 반해버린 나르시스처럼, 한동안 거울 앞에서 넋을 잃은 듯 그렇게 서 있었다.

그런데 어느새 내 바로 뒤에 바싹 다가와 있는 제니퍼의 존재를 느낀 나는 흠칫하지 않을 수 없었다.

"주리 넌 너무 예뻐."

내 목덜미와 귓불에 입김을 내뿜으며 야릇하게 속삭이는 제니퍼. 내 등에 밀착된 여체의 굴곡을 느낀 순간, 내 숨결도 금세 거칠어진다.

이윽고 내 옷깃 사이로 파고든 제니퍼의 손길이 내 가슴, 아니 주리의 B컵 가슴을 더듬는다.

'이런 도발은 뭐지? 제니퍼는 레즈비언인가?'

점점 더 과감해지는 제니퍼의 가슴 애무.

'나는 왜 이 손길을 뿌리치지 못하고 가만히 있는 거지?'

내가 거부하는 움직임이 없자, 제니퍼는 급기야 내 목덜미에 자신의 입술을 갖다 댄다.

'안 돼, 장윤호. 빨리 제니퍼를 밀어내야 해. 아무리 제니퍼가 섹시하고 매력적인 금발 아가씨라고 해도 주리의 몸을 그녀에게 허락해서는 안 돼. 주리의 몸에 이런 식의 도발을 하는 걸 보면 그녀는 분명 레즈비언이란 말이야. 그녀로부터 주리의 몸을 지켜야 해.'

나는 입술을 질끈 깨물었다. 남자의 영혼으로서는 거부하기 힘든 제니퍼의 유혹으로부터 벗어나기 위해서. 그리고 주리의 몸을 지키기 위해서.

"미안해, 제니퍼. 너도 참 예쁘고 매력적이야. 하지만 내 몸의 주인은 따로 있어. 지금은 나에게 속한 몸이지만, 내 마음대로 할 수는 없다는 뜻이야."

한국말에 능숙하지 않은 제니퍼가 내 말을 정확하게 이해하지 못할 거라는 걸 잘 알면서도, 나는 그렇게 사실대로 얘기하지 않을 수 없었다.

그런데 다음 순간, 제니퍼 입에서 나온 의외의 말은 나를 당황하게 만들었다.

"역시 그를 사랑하는구나. 너와 같이 온 그 사람. 주리가 그 사람을 보는 눈빛을 보면서 나는 알 수 있었어. 주리는 그 사람을 사랑한다는 걸."

피팅룸에서 있었던 일 때문에 혹시라도 제니퍼와의 관계가 불편해질까 봐 걱정했는데, 다행히 그녀는 언제 그런 일이 있었냐는 듯 아무렇지도 않게 나를 대했다.

제니퍼의 탁월한 감각과 그걸 잘 소화해낸 주리의 미모 덕분에, 우리 팀은 메이크오버 경연에서 1위를 차지하게 되었다.

1위에 대한 부상으로는 '1차 경연 순서를 바꿀 수 있는 특권'이 주어졌다. 경연 순서 추첨에서 1번을 뽑아놓고는 실의에 빠져야 했던 나로서는 참으로 반갑고도 고마운 특전이 아닐 수 없었다.

그런데 막상 내 경연 순서를 내가 직접 정하려니 깊은 고민에 빠지지 않을 수 없었다.

'25명 중에 몇 번째로 무대에 서는 것이 과연 나에게 가장 유리한 걸까?'

59. 행운아

◆◆

2017년 10월 13일 뉴욕시각 AM 09:41.

내 선입견 속에서 맨해튼은 정신없이 분주하고 번잡한 곳이었는데, 막상 내가 직접 와서 겪어보니 전혀 그렇지 않은 것 같다. 물론 사람이 많고 교통체증도 있지만, 그렇게 바쁘고 복잡한 가운데에서도 정연한 질서가 느껴진다.

물론 맨해튼에 대해서 좋은 인상만 가질 수 있었던 건 내가 주로 업타운 쪽에만 머물렀기 때문일 수도 있다. 아직 더 위쪽인 할렘이나 아래쪽의 다운타운으로는 가보지도 못했으니 말이다.

"Have a great one!"

여성 도어맨, 카타르지나의 호들갑스러운 인사는 어퍼이스트 사이드의 고즈넉한 아침에 생생한 활기를 불어넣는다.

그녀는 넉넉한 풍채와는 극명한 대조를 이루는, 꾀꼬리 같은 소프라노 음성을 지녔다. 내가 만약 맨해튼의 어느 스튜디오에서 녹음을 하게 된다면 코러스를 부탁하고 싶을 만큼 아름다운 목소리이다. 그녀의 친절하고 상쾌한 목소리 덕분에 매번 건물 밖으로 나서는 내 발걸음이 더 가벼워지는 것 같다.

어제 피팅룸에서 있었던 일을 주리에게는 미처 얘기하지 못했다. 남의 성정체성과 관련된 일이라 쉽게 꺼내기 힘든 말이기도 했고, 굳이 말할 필요성도 못 느꼈기 때문이었다.

그런데 제니퍼 얘기를 먼저 꺼낸 쪽은 오히려 주리였다.

"유노 쌤. 혹시 제니퍼에게 우리 두 사람에 대해 어떤 얘기를 하신 적 있나요?"

《더 유니버스》 셔틀버스의 중간 기착점인 메트로폴리탄 뮤지엄 앞에 나란히 서서 버스를 기다리는 동안, 주리가 내게 그렇게 물어온 것이다.

"우리 두 사람에 대한 얘기라면, 둘의 몸이 바뀐 얘기 말이야?"

"뭐, 꼭 그 얘기가 아니더라도, 두 사람의 관계에 대해서 말이에요."

"왜 그런 걸 물어보는 건데?"

"어제 메이크오버 경연이 끝난 후에 로비에서 제니퍼가 저에게 했던 말이 자꾸 마음에 걸려서요."

"걔가 너한테 뭐라고 했는데?"

"저더러 럭키 가이라고 했어요. 그것도 아주 의미심장한 미소를 지으면서. 그 말과 그 미소의 의미가 대체 뭔지 잘 모르겠단 말이에요."

나는 주리의 그 말에 어떻게 대답해야 할지 몰라 잠시 머뭇거린다.

"제니퍼의 눈에는 너와 나 사이가 특별한 관계로 보인 모양이지."

나는 그 정도 선에서 적당히 얼버무리고 넘어갈 수밖에 없었다.

따지고 보면 주리, 그러니까 장윤호라는 인물에게 향한 '럭키 가이'란 칭호가 그리 틀린 말은 아니다.

23년간 숨겨왔던 음악적 열정을 주리의 몸을 통해 마음껏 발산할 기회를 얻은 나, 그리고 주리의 몸뿐만 아니라 그녀의 영혼과도 이렇듯 밀접한 교감을 나눌 수 있는 나는 정말 행운아가 아니고 뭔가?

2017년 10월 13일 뉴욕시각 PM 12:48.

1차 예선 첫날인 오늘은 참가번호 12번까지의 무대가 있을 예정이고, 둘째 날인 내일 나머지 13명의 참가자가 경연을 펼친다.

리허설이 없었던 아시아 예선 1차 경연 때와는 달리, 본선 1차 경연에서는 1인당 15분의 리허설 시간이 주어졌다.

참가번호 순서로 진행된 리허설은 오전 10시부터 시작되었다. 나는 이미 리허설을 마친 상태이고, 현재 오늘의 마지막 참가자인 12번이 리허설 중이다.

주리와 나는 지금 라디오 시티 뮤직 홀 로비 계단에 앉아 미라 씨가 싸 준 김밥 도시락으로 점심을 해결하고 있다.

"굳이 10번을 택한 이유가 있으신가요?"

메이크오버 경연에서 우승한 덕으로 순서 선택권을 획득한 내가 고른 번호는 바로 10번이다.

"사실 쉽지 않은 결정이었어. 막상 내가 직접 번호를 선택하려니, 쉬운 일이 아니더라고. 가져온 세 곡 중에서 한 곡을 고를 때만큼이나 오래 고민한 것 같아. 얼마나 고민스러웠으면, 순서를 바꾸지 않고 그냥 그대로 1번으로 해버릴까 하고 생각할 정도였다니까?"

"10번보다는 더 늦은 번호를 고르는 게 훨씬 더 유리하지 않았을까요?"

"우선은 첫째 날에 공연을 끝내 버리고 싶은 마음이 컸어. 그 다음 날까지 마음 졸이긴 싫었던 거지. 그래서 첫째 날에 출전하는 번호 중에서 후반부에 해당하는 10번을 고른 거야. 오늘의 맨 마지막 순서는 또 싫었거든."

나름 심사숙고해서 고르긴 했지만, 솔직히 10번이 최선의 번호인지는 아직도 잘 모르겠다.

"어떤 순서든 각각 장점과 단점이 다 있고, 어떠한 결정에도 후회는 따르기 마련이죠. 결국 궁극적으로 중요한 것은 순서가 아니라 실력일 거예요."

미라 씨가 싸준 도시락 안에는 무려 네 종류의 김밥이 들어 있었다. 불고기 김밥, 치즈 김밥, 참치 김밥, 야채 김밥까지. 그중에 어떤 걸 집어먹어도 아쉬움이 남지 않았고, 한 조각 한 조각이 다 훌륭한 요리 작품 같았다.

"뉴욕에 와서 이렇게 맛있는 김밥을 먹게 될 줄은 정말 꿈에도 몰랐어."

행복한 표정으로 감탄해 마지않는 나를 보며 회심의 미소를 짓는 주리.

"불과 며칠 전에 숙소가 호텔이 아니고 웬 호스트 패밀리냐며 투덜거리던 그분은 대체 어디 가셨을까요?"

배가 좀 차고 나니까 비로소 내가 앉아있는 로비의 화려하고 웅장한 모습이 눈에 들어온다.

"아까 리허설 하기 전까지만 해도 이렇게 멋진 로비 전경이 눈에 들어오지 않았어."

"놀라운 집중력인데요? 주변이 눈에 안 들어올 정도였다면."

"집중했다기보다는 나도 모르게 긴장했던 것 같아. 내가 이렇게 멋진 곳에 들어와 있다는 것도 이제야 자각했으니 말이야."

"1932년에 개장한 라디오 시티 뮤직홀은 세계에서 가장 큰 실내극장이래요. 무려 6,000석에 이르는 객석을 갖추고 있죠. 카네기홀의 두 배 정도 되는 규모예요."

매니저 모드에서 어느새 가이드 모드로 돌아온 주리.

"연간 600만 명, 개장 때부터 현재까지 누적 3억 명 이상의 사람들이 공연, 영화, 콘서트 등을 비롯하여 각종 스페셜 이벤트들을 이곳에서 즐겼답니다. 매년 6월 토니상 시상식도 바로 이곳에서 열려요. 그리고 로케츠라는 무용단의 '크리스마스 스펙타큘라' 공연이 1933년 이후로 매년 11월과 12월에 8주간 열리는데, 매년 전회 매진 기록을 세웠대요."

"너도 그 공연을 본 적이 있어?"

"물론이죠. 3년 전쯤 엄마, 아빠와 함께 봤어요. 라스베가스와 마카오에서도 초대형 스펙타클 쇼를 본 적이 있지만, 개인적으로는 로케츠의 쇼가 제일 좋았어요."

주리는 잠시 옛 기억에 잠기는 듯한 표정이 된다.

"나는 조형필 형님을 통해서 이곳의 존재를 처음 알았어. 형필 형님께서 2008년 40주년 기념 투어 때 이곳에서 공연하셨던 걸로 알고 있거든."

"네, 맞아요. 아시아 가수 최초로 라디오 시티 뮤직홀에서 공연하신 분이 바로 조형필 님이죠. 클래식 음악가에게 카네기홀이 최고 영예의 무대라면, 대중음악가에게 라디오 시티 뮤직홀이 그렇지 않을까요?"

"오늘 밤에 내가 바로 이 영광스런 꿈의 무대에 서게 된다는 사실이 잘 믿기지 않아."

2017년 10월 13일 뉴욕시각 PM 06:00.

오후 6시 정각이 되자 《더 유니버스》의 시그널 뮤직이 장내에 쩌렁쩌렁 울려 퍼지면서 새하얀 턱시도 차림의 리먼 스콧이 등장한다. 이제는 그가 오래된 친구처럼 다정하게 느껴진다.

"전문가 평가 50%와 현장 투표 50%를 합산한 점수로 순위를 매길 거래요."

이젠 내가 주문하지 않아도 자동으로 모드 전환이 가능한 주리. 리먼 스콧의 멘트를 통역할 때만큼은 주리의 눈빛이 유독 더 생기 있게 빛나는 것 같다.

"500명의 전문가 평가위원단은 전 세계 125개국에서 파견된 가수, 연주자, 작곡가, 프로듀서, 평론가 등으로 구성되어 있대요. 현장 투표는 4,000명의 뉴요커 평가위원단이 맡게 되는데, 뉴욕에 거주한 지 5년 이상 되는 시민들 중에서 출신 국가별 비율을 고려해서 선정했대요. 뉴욕에는 수많은 나라에서 온 다양한 인종들이 살고 있으니까요."

그렇다면 현재 이 객석을 가득 매우고 있는 사람들이 모두 심사위원들이라는 말이구나. 심사위원의 숫자가 자그마치 4,500명이라니, 정말 놀라운 스케일이다.

"그런데 주리야, 대륙별로 똑같이 다섯 명을 뽑은 건 너무 불공평한 것 같아. 나라수가 아시아나 유럽에 비해 턱없이 적은 오세아니아에서도 똑같이 다섯 명을 뽑은 거나 남북 아메리카를 따로 구분하지 않은 점은 좀 못마땅해. 피파 월드컵처럼 대륙별 본선 티켓 숫자를 다르게 배분했어야 더 공평하지 않았을까?"

"연예계에서 공평함을 바라는 건 어리석은 짓이야! 대표님이 이 자리에 계셨다면, 아마 그렇게 말씀하지 않으셨을까요? 애초에 이 프로그램의 취지가 다섯 개의 대륙에서 한 사람씩 뽑아서 5인조 글로벌 유닛을 만드는 것이었으니까 좀 불공평한 듯 여겨져도 어쩔 수 없는 거죠."

주리와 내가 여담을 나누는 사이에 어느새 무대 위에는 참가번호 1번이 올라와있다. 원래 2번이었지만, 내가 번호를 10번으로 바꾸는 바람에 어쩔 수 없이 1번이 되어버린 당사자. 버쩍 얼어있는 1번의 모습을 보니, 미안함보다는 솔직히 안도감이 더 크다.

1번은 영국에서 온 남자 참가자였다. 그는 상기된 표정으로 앰프에 연결된 어쿠스틱 기타 튜닝을 하고 있다. 아마 직접 기타 연주를 하면서 노래를 부를 모양이다.

"에드 슈런의 후예인가?"

"외모로만 봤을 때에는 에드 슈런보다 훨씬 잘생겼는데요? 게다가 키도 커요. 물론 적어도 무대 위에서 열정적으로 노래하는 순간에는 에드 슈런만큼 멋지고 커 보이는 사람도 또 없지만 말이에요."

주리가 내 귀에다 대고 그렇게 속삭였을 때 나는 움찔하지 않을 수 없었다. 주리의 입김이 내 귓불에 닿았을 때, 내 온몸에 전율이 쫙 퍼졌기 때문이다.

'내가 왜 이러지?'

나는 쿵쾅거리는 심장을 진정시키려고 가슴 언저리에 손을 얹었다가는, 손바닥에 주리의 가슴골이 만져지는 바람에 깜짝 놀라 얼른 다시 손을 내린다.

"People always talk about all the things their all about…."

지금으로부터 10년 전쯤 클럽깨나 좀 다닌 사람이라면 결코 모를 수가 없는 노래, 자밀리아의 <Superstar>를 전혀 새로운 느낌의 통기타 버전으로 편곡해 부르는 1번. 잔뜩 긴장한 듯 보였던 그는 막상 노래를 시작하고 나서는 언제 그랬냐는 듯 기타 선율 위를 날아다닌다.

다른 가수의 노래를 자신만의 스타일로 멋지게 잘 커버하는 에드 슈런처럼 1번의 보컬 어레인지먼트도 아주 훌륭했다.

그는 에드 슈런의 후예라고 칭하기에 모자람이 없었지만, 그렇다고 '포스트 에드 슈런'이란 칭호에 그의 가치를 모두 담기에는 부족함이 있었다. 그에게는 단순히 에드 슈런의 아류로 치부할 수 없는 특별함이 있었기 때문이다.

내가 1번 자리를 그에게 내준 것이 슬쩍 후회가 될 만큼, 아주 신선한 충격과 강렬한 인상을 남긴 첫 번째 무대였다.

60. 장애물을 넘어

◆◆

“그냥 1번을 고수할 걸 그랬나 봐. 막상 1번의 무대를 보고나니 1번이 막 부러워지는 거 있지. 저 영국 청년은 이제 편안한 마음으로 경쟁자의 무대를 감상하면 되는 거잖아.”

사람의 마음이란 참 간사하기 그지없다. 순서 추첨에서 1번을 뽑았을 때만 해도 나는 깊은 자괴감에 빠졌더랬다.

그런데 첫 순서로 나와서도 주눅 들지 않고 인상적인 퍼포먼스를 펼친 1번의 무대를 지켜본 내게 난데없이 밀려드는 이 박탈감은 뭐지? 내가 버린 1번 순서를 주워간 영국 청년이 내게로 오려던 행운까지 다 가져가 버린 것 같은 기분까지 드는 건 참 어처구니없다.

누가 영국과 라이벌 관계 아니랄까 봐, 1번 영국 대표의 다음 순서는 바로 프랑스 대표였다. 그는 영국 청년 못지않게 수려한 용모를 뽐내며 등장했다. 짙은 눈썹에 강렬한 눈매는《태양은 가득히》시절의 알랭 드롱을 연상케 했다.

퇴폐미 넘치는 고혹적인 외모에서 나오는 기품 있는 목소리는 반전의 매력을 선사한다. 드라마틱한 발성과 곡 전개 방식으로 미루어 짐작해 보건데, 그는 아무래도 뮤지컬 가수 출신인 것 같다.

그런데 아이러니하게도 프랑스 대표가 부른 노래는 영국 출신 뮤지션 조지 마이크의 <Kissing a fool>이었다. 로맨틱한 재즈 발라드인 이 곡을 그는 기승전결이 뚜렷한 서사적 전개의 뮤지컬 아리아로 바꾸어 불렀다.

‘이 노래를 이렇게도 부를 수 있다니….’

당장 무대 뒤로 달려가 MR이나 악보를 얻어오고 싶은 충동이 들 만큼 탐나는 편곡이었다.

"하나같이 다들 굉장한걸?"

예선을 거쳐 각 대륙에서 다섯 명씩 뽑혀서 온 참가자들인 만큼, 어느 한 사람 만만한 인물이 없었다. 한 무대 한 무대 지나갈 때마다 마치 높은 산을 하나씩 넘는 기분이 들었다.

"유노 쌤, 좀 힘들어 보여요."

"한 사람씩 등장할 때마다 가슴이 터질 것 같아. 지구상에는 노래 잘하는 사람들이 왜 이렇게 많은 걸까? 누구 하나 실수하는 사람도 없어."

"각 대륙별 베스트 오브 베스트들만 모여서 펼치는 경연이니까 실력자들이 많은 건 당연한 거죠. 보고 있기 힘드시면 그냥 나가 있을까요?"

"그러자. 여기 앉아있으니 내 심장에 과부하가 걸리는 것 같아. 이러다 내 무대에 올라가기도 전에 지쳐버릴 것만 같아. 나가서 숨 좀 제대로 쉬고 들어와야겠어."

경쟁자들의 무대를 보면 볼수록 내 몸에 긴장의 독소가 쌓여가는 느낌이 들어서, 주리와 나는 공연장 밖으로 나가 있기로 했다. 그런데 밖으로 나가려던 우리를 다시 자리에 앉게 만든 건 5번의 등장이었다.

"이 무대만 보고 나가자, 주리야!"

참가번호 5번은 바로 홍콩 대표 왕추홍이었다.

본선 1차 경연에서는 전체 순위보다 대륙별 순위가 더 중요한 만큼, 아시아 대표들이 진정한 내 경쟁자들이라고 할 수 있다. 그리고 무엇보다 정통 디바 스타일을 추구하는 왕추홍의 선곡이 무척 궁금했다.

아시아 예선 때 비연세의 노래를 불렀던 그녀가 이번에는 어떤 디바의 노래를 골랐을까?

"Everybody loves the things you do⋯."

전주가 흐를 때만 해도 '설마' 하며 반신반의했는데, 첫 소절을 듣는 순간 나는 그만 얼어붙고 만다.

"어떡해요, 유노 쌤?"

얼굴이 사색이 된 건 주리도 마찬가지였다.

"그러게 말이야. 이건 비상사태야. 아니, 참사라고 하는 게 더 맞겠어."

참가번호 5번의 무대를 본 나는 경악을 금치 못한다. 지금 홍콩 대표 왕추홍이 부르고 있는 이 노래, 에델의 〈When we were young〉은 바로 내가 부르기로 한 곡이기 때문이다.

하필 가장 신경 쓰였던 경쟁자가 나와 같은 선곡을 했다는 사실은 내 멘탈에 치명타를 안기고도 남았다. 나는 넋 나간 얼굴로 라디오 시티 뮤직홀 로비 계단에 털썩 주저앉는다.

"그냥 내가 1번으로 해버렸으면, 나와 같은 노래를 부르는 왕추홍을 보고 이렇게 멘붕 되는 사태도 없었을 텐데…. 번호 괜히 바꾼 것 같아."

"이미 바꾼 걸 어떡해요? 자꾸 그런 식으로 후회해봤자 속만 상할 뿐이죠."

주리의 말이 백번 맞지만, 이미 엉망이 된 멘탈 수습에는 별 도움이 안 된다.

"지금이라도 선곡을 바꿀까?"

"지금 곡을 바꾸면, 리허설도 없이 바로 무대에 서게 되는 건데 괜찮으시겠어요?"

"내 순서가 올 때까지 아직 네 명이 더 해야 하니까, 아직 시간은 있어."

"이곳에는 연습할 공간도 없잖아요."

"하다못해 화장실에서라도 한 번 불러보면 되지 않을까?"

내 절박한 표정을 보며 잠시 곰곰이 생각하던 주리가 이내 고개를 절레절레 흔들며 말한다.

"그건 좋은 생각이 아닌 것 같아요."

"그럼, 어떡해?"

"그냥 〈When we wore young〉으로 밀어부치자고요. 편곡도 전혀 다르잖아요."

"이미 김새버렸잖아. 같은 날 같은 곡이 두 번이나 나오면 전혀 신선하게 들리지 않을 거라고. 그리고 같은 아시아 대표가 같은 곡을 부르면 어쩔 수 없이 비교될 수밖에 없잖아."

"그래서, 비교되는 게 두려운 거예요?"

"…."

"유노 쌤은 오늘따라 왜 그렇게 자신감이 없어요? 장윤호답지 않게 말이에요. 외려 너무 긴장감 없이 태연해서 절 걱정시켰던, 그 자신만만하던 모습은 대체 어디로 간 거예요?"

주리가 두 손으로 내 볼을 감싸는 바람에 고개가 뒤로 젖혀진다.

"눈을 똑바로 뜨고 잘 봐요. 당신이 누구인지 말이에요."

내 얼굴의 실물이 불과 10㎝도 안 되는 거리에 다가와 있다. 내가 거울 속에서만 만날 수 있었던 그 얼굴보다 지금 내 눈앞에 실존하는 이 얼굴이 훨씬 더 사랑스러워 보이는 이유는 뭘까? 혹시 이 안에 깃든 주리의 영혼이 마법이라도 부리고 있는 걸까?

"장윤호의 영혼과 강주리의 몸이 함께하는 거예요. 우리가 함께 부르면, 그 누구의 노래와도 비교될 수 없는 우리만의 노래를 부를 수 있을 거라고요."

밀착된 거리에서 차분한 어조로 날 설득하는 주리의, 아니 나의 입술을 바라보면서 문득 떠오른 생각이 있다.

'나와 키스했던 그 수많은 여자들은 내 입술에서 과연 어떤 느낌들을 가져갔을까?'

나는 내가 주리의 입술로 내 입술에 키스하면, 과연 그 느낌이 어떨지 사뭇 궁금해졌다.

궁금함을 견디지 못한 나는 결국 실행에 옮기고 만다. 내가 주리에게 입을 맞추자, 주리의 입술이 내 입술에 살포시 겹쳐진다.

이 순간, 문득 내 첫 키스 상대였던 은광여고 2학년 7반 유현지의 얼굴이 떠오른다. 내 입술에 닿았을 때 현지는 어떤 기분이었을까? 지금의 내 기분과 비슷했을까? 물론 그때 현지가 느꼈던 내 젊은 입술은 지금보다 훨씬 더 싱싱한 맛이었겠지.

분명 나는 내 입술에 닿아있을 뿐인데, 왜 이렇게 가슴이 두근거리는 거지? 마치 내 귀에 노이즈 캔슬링 헤드폰이 씌워진 것처럼 주변의 소음이 저만치 물러가 버리고, 내 눈앞은 아득해진다.

나 자신과의 키스가 이토록 강렬한 감홍으로 날 제압해버릴 거라고는 전혀 예상치 못했다. 다리가 후들거릴 정도다. 첫 키스의 열락과는 또 다른 차원의 공간으로 확 끌려 들어온 기분이다.

자신의 입술을 느끼고 있는 주리의 기분도 나와 비슷할까? 어느새 불끈 돌출해있는 주리의 바지 앞섶을 느끼며 내가 부끄러워지는 이유는 뭘까? 바지 안의 저것은 눈으로 보지 않아도 흥분한 지금의 모습이 어떨지 눈앞에 훤히 그려지는, 익숙한 녀석인데 말이다.

《더 유니버스》 본선을 한 시간 남짓 앞둔 이 순간, 라디오 시티 뮤직홀 로비에서는 마흔셋 아재와 열아홉 소녀가 어색하고 조심스러운 키스를 나누고 있다.

누군가가 이 장면을 본다면 스물네 살 차이 나는 남녀의 롤리타적인 키스인 줄 알겠지.

우리의 사정을 아는 준호와 화영을 제외하면, 그 누구도 이 키스의 의미를 알아차리지 못할 것이다. 이 키스는 서로의 입술을 자기 자신의 입술에 접촉하며 각자의 몸과 영혼이 만나는 행위라는 걸 말이다.

허나 우리의 비밀을 알고 있는 준호와 화영이라고 해도 이 키스의 의미를 쉽게 이해할 수는 없을 것이다. 솔직히 말하면, 나 자신조차도 헷갈리니까.

무대에 섰다.

지구의 심장박동 소리가 들려오는 것 같은 뉴욕의 중심부에 있는 라디오시티 뮤직홀 무대에 내 영혼과 주리의 몸이 함께한다.

돌이켜 보면, 내가 여기까지 오는 길을 가로막은 건 내가 스스로 만들어낸 내 마음속 장애물들이었다. 그리고 그 장애물을 뛰어넘어 무사히 여기까지 올 수 있었던 데에는 주리의 도움이 가장 컸다.

마치 아이맥스 영화 스크린처럼 내 가시각에 가득 들어찬 관객석이 하나의 거대한 은하수처럼 느껴진다.

지금 이 순간만큼은, 저 은하수를 이루고 있는 수많은 별들 중에서 오로지 하나에만 집중하리라. 나 자신의 몸이면서 그보다 더 소중한 주리의 영혼이 깃든 그 별 하나를 위해 노래하리라.

'모두가 너의 몸짓을 사랑해

네가 걷는 모습부터

너의 작은 움직임 하나하나까지

이렇게 다들 널 지켜보고 있어~.'

원곡에서 반주를 이끌어가던 피아노는 기타로 대체되었다. 그리고 베이스와 드럼 사운드에도 더 강한 파워가 실린다. 천재 프로듀서 핑크 레인은 에델의 빈티지 소울을 박력 넘치는 락발라드로 풀어낸 것이다.

편곡의 느낌에 따라가다 보니 내 보컬에도 좀 더 거칠고 강한 락 스피릿이 실릴 수밖에 없다. 그러면서도 나는 담담한 듯 절절하고, 무구하면서도 성숙한 에델의 감성을 놓치지 않으려 애쓴다.

'너는 한 편의 영화 같아.

너는 한 곡의 노래 같아.

우리가 어렸을 때를

생각나게 한다니까~.'

몸과 영혼이 만나는 키스. 숭엄하기까지 했던 그 의식을 치른 후에 오른 이 무대 위에선 나는 정말 주리와 함께하는 것 같은 기분이 든다. 'We'라는 주어에도, 은밀한 독백 같은 가사에도 주리와 내가 함께 담긴다.

"When we were young~

When we were young~."

원곡에서는 코러스로 처리되는 이 파트를 나는 클라이맥스로 가는 브리지 파트로 활용한다. 같은 구절을 반복해 부르며 감정을 점점 고조시켜서는 마침내 극한의 샤우팅까지 끌어올리기에 이른다.

만약 소리에도 중력이 작용한다면, 내 목소리는 지금 무중력 상태다. 주리의 발성기관을 통과한 내 영혼의 목소리는 은하수 흐르는 검푸른 상공을 자유로이 유영한다.

초절정의 고음역을 마치 알바트로스처럼 유유히 노닐던 나는 마지막 샤우팅을 호흡이 다 할 때까지 길게 뻗친 후 잠깐 숨을 멈춘다.

"When we were young~."

내 안에 있던 모든 것을 모조리 쏟아낸 후에 마지막 남은 여린 속삭임으로 마무리한 나를 향해 유성우 같은 박수갈채가 쏟아진다.

나도 모르는 사이에 내 두 눈에는 뜨거운 눈물이 줄줄 흘러내리고 있었다.

지금 내가 흘리는 건 아마 기쁨의 눈물일 것이다. 너무 기뻐서 슬프고, 슬프도록 기쁘다고 해야 할까?

그런데 어쩌면 지금의 이 복잡한 심정이 단순히 그런 역설적인 감정만은 아닐지도 모른다.

내가 주리의 몸으로 무대 위에서 빛나고 있는 이 순간이 더없이 행복하면서도, 한편으론 이 희열의 순간이 눈 깜짝할 사이에 신기루처럼 사라져 버릴 것 같아 슬픈 것이다.

설령 언젠가 반납해야 한다고 해도 나는 이 눈부신 환희를 거부할 수 없다.

만약 내가 누리는 기쁨의 크기만큼 대가를 치러야 한다면, 기꺼이 치르겠다. 지금 이 순간만큼은 내 온몸으로 이 행복을 만끽하련다.

61. 해줄 수 있는 일

◆◆

2017년 10월 14일 뉴욕시각 AM 08:12.

눈을 떴지만, 나는 몸을 일으킬 수가 없었다. 몸을 움직이려고 할 때마다 불수의적인 신음아 내 입에서 흘러나왔다.

'혹시, 내 몸으로 다시 돌아간 거야?'

문득 떠오른 생각에 나는 흠칫 놀라며, 이불 속에 있던 팔을 꺼내 들어본다. 그런데 눈으로 확인한 손은 핏줄과 힘줄 불뚝불뚝 튀어나온 내 손이 아닌 희고 고운 주리의 손이 맞다.

[주리야, 나 지금 몸이 너무 아파. 몸을 움직이지도 못하겠어!]

카톡 메시지를 통한 나의 구조 요청에 주리는 미라 씨를 대동하고 방으로 들어와서 내 상태를 확인한다.

"열이 있어요. 100.5도예요. 미국에선 화씨온도계를 주로 쓰거든요. 화씨 100도가 섭씨 37.8도 정도 되니까, 섭씨로 하면 38도 조금 넘겠군요."

귀 체온계로 내 체온을 재본 미라 씨가 말했다.

"열 이외의 다른 증상은 없나요?"

"머리가 아파요. 아니, 온몸이 다 아파요!"

정말이지 온몸의 마디마디가 욱신거린다.

"닥터는 아니지만, 의대생인 우리 아들이라도 와달라고 할까요? 대니얼이 요즘 병원 실습을 나가고 있거든요. 어쩌면 필요한 약을 구할 수 있을지도 몰라요."

갑자기 극심한 복통까지 밀려와서 화장실로 달려갔더니 물 같은 설사가 나왔다. 몸에서 설사가 빠져나가고 나서도 항문부터 장을 조여 오는 찌릿한 통증에, 배를 움켜잡은 채로 한동안 변기에서 일어날 수가 없었다.

나는 변기와 침대를 오가며 괴로운 아침나절을 보내야 했다. 마치 착즙기로 대장을 쥐어짜내듯 내 몸 안의 수분이 다 빠져나가는 것 같은데도, 몸은 점점 무거워져서 땅 밑으로 꺼질 지경이다.

침대 머리맡에 앉아서 미라 씨가 끓여준 쌀미음을 내게 떠먹여 주던 주리가 살가운 어조로 말한다.

“오늘은 그냥 집에서 쉬고 계셔요. 오늘 저녁 경연은 저 혼자 보고 와서 얘기해 드릴게요.”

“너도 꼭 거기에 갈 필요는 없잖아. 오늘은 그냥 쭉 같이 있어주면 안 돼?”

그렇게 말해놓고 보니, 꼭 투정부리는 것 같은 말투였다.

“다른 참가자들에 대해서도 어느 정도는 파악하고 있어야죠. 제가 경연을 지켜보면서, 각 참가자들의 특징과 장단점들을 가능한 자세하게 적어 올게요.”

“그래 봤자 팀을 구성할 수 있는 권한은 대륙별 순위가 제일 높아야 가능한 거잖아.”

“네, 맞아요. 그러니까 팀 구성권을 가지게 되었을 경우도 대비를 해야 하는 거죠. 팀 멤버를 선택할 수 있는 권한을 받는다 해도, 다른 참가자들에 대한 정보를 알지 못하면 낭패잖아요.”

“내가 아시아 1위가 못 되면, 아무 소용없는 일이 되는 거잖아.”

“어제 관객석에 앉아서 제가 느낀 현장 반응은 정말 장난 아니었거든요? 유노 쌤의 노래가 끝난 후에 6,000석을 가득 메운 관객 중 어림잡아 3분의 2 정도는 기립박수를 쳤단 말이에요. 단언컨대 저는 유노 쌤이 아시아 1위는 물론, 전체 1위도 가능할 거라 믿어요.”

그래, 반응이 좀 뜨겁긴 했지. 그 순간의 기억을 떠올리는 것만으로도 짜릿한 감흥이 온몸에 퍼져나가면서 지금의 괴로운 고통도 잠시 수그러드는 것 같다.

“하지만 현장 반응만으로 결과를 예측하긴 어려워. 불확실한 가능성 때문에 괜히 너만 고생시키긴 싫어. 너도 속이 좀 불편하다고 했잖아.”

"전 견딜 만해요. 그리고 고생이랄 것도 없어요. 그냥 객석에 가만히 앉아서 경연을 지켜보며, 제가 파악한 내용을 메모만 하는 일인데요, 뭘. 제겐 그다지 힘든 일도 아니에요."

"주리 네가 옆에 없으면, 내가 불안하니까 그렇지."

결국엔 내 속마음을 드러내놓고 마는 나.

"대니얼이 오기로 했잖아요. 비록 아직 의사 자격증은 없지만, 명문의대생이니까 병간호에 있어선 저보다 나을 거예요."

미음 그릇의 바닥을 숟가락으로 싹싹 긁어 담은 마지막 한 술을 내 입에 떠 넣어준 후, 이내 말을 이어가는 주리.

"간호는 대니얼에게 맡기고, 저는 라디오 시티 뮤직홀로 가서 제 미션에 충실할게요. 별 의미 없이 같이 있어 주는 것보단, 유노 쌤을 위해 제가 잘 할 수 있는 역할을 더 잘하고 싶어요."

"네가 같이 있어주는 것 자체도 별 의미가 없진 않아."

나는 그런 말로 또 한 번 내 깊숙한 진심을 꺼내 보이고 말았지만, 더 이상 주리를 붙잡아 두려 애쓰진 않았다. 날 위해 잘할 수 있는 역할을 더 잘하고 싶다는, 주리의 그 말이 내 심장에 '쿵' 하고 부딪혀 왔기 때문이다.

2017년 10월 14일 뉴욕시각 PM 01:34.

인기척에 눈을 떠보니 대니얼과 미라 씨가 침대 머리맡에 서서 나를 내려다보고 있었다. 그 옆에는 주리가 여전히 자리를 지키고 있었다.

"일어났어요?"

미라 씨가 내 이마를 짚어보며 말했다.

"이제 열은 내린 것 같네요. 속은 좀 어때요?"

"아까보다는 좀 편해진 것 같아요."

미라 씨의 물음에 그렇게 답하긴 했지만, 사실 지금 내 뱃속은 꼭 잠시 휴전 중인 전쟁터 같다. 이러다 또 언제 교전이 재개되면서, 뒤틀리는 듯한 복통에 배를 움켜잡으며 화장실로 향하게 될지 모를 일.

"저희 아들, 대니얼이 왔어요. 마침 오늘이 토요일이라서 임상 실습 일정이 없었다고 하네요."

대니얼에게 인사를 하기 위해 몸을 일으키려는 나를 미라 씨가 제지한다.

"그냥 누워 있어요. 환자는 누운 채로 인사해도 괜찮아요."

대니얼은 메고 있던 백팩을 내려서는, 그 안에서 링거병과 수액세트를 끄집어낸다. 아마도 내게 정맥주사를 놓으려는 모양이다.

알코올 솜과 주사바늘을 손에 들고 내게 접근하는 대니얼을 향해 주리가 걱정스러운 눈빛으로 묻는다.

"이런 말씀드리면 좀 기분 나쁘실지도 모르겠지만, 대니얼 씨는 아직 학생이지 않나요?"

"왜요? 제가 혈관을 잡는 게 불안하신가요?"

주리의 노골적인 의심에도 불구하고, 대니얼은 별로 당황하거나 위축되는 기색 없이 느긋하고 당당해 보인다. 학생의 입장이면서도, 정맥 혈관 잡는 일 따위는 별거 아니라는 표정이다.

"아무래도 학생이시니까, 아직 혈관 잡아본 경험이 별로 없으실 것 같아서요."

솔직히 나도 그런 염려를 안 한 건 아니었다. 다만 내가 차마 입 밖으로 꺼내지 못한 말을 주리가 대신 말해줬을 뿐이다.

"저희 어머니 덕분에 저는 혈관 하나는 정말 잘 잡게 되었답니다."

대니얼은 그렇게 말하며 미라 씨를 바라본다. 자신의 어머니를 보는 그의 눈빛에서 감사와 사랑이 묻어나는 듯하다.

"병원 임상 실습을 앞두고 오리엔테이션을 할 때였어요. 두 사람씩 짝을 이뤄 서로에게 정맥 채혈을 하는 실습이 있었죠."

미라 씨는 수줍게 웃고 있다. 그녀는 아들이 말할 다음 내용을 이미 알고 있는 것 같았다.

"저는 아프리카계 여학생과 짝이 되었는데, 검은 피부에서는 육안상 정맥혈관 식별이 어려워서 손가락으로 만져서 혈관을 찾아야 했죠. 그런데 저는 너무 긴장한 나머지 채혈에 실패하고 말았답니다."

단단한 자존감으로 무장한 듯 보였던 그의 얼굴에 부끄러운 기색이 떠오른다.

"우리 팀 조원들 중에 유일하게 정맥 채혈에 실패한 후 좌절감에 빠진 저는 집에 돌아와 어머니께 제 부끄러운 실패담을 털어놓았어요. 그런데 어머니는 한 치의 주저함도 없이 자신의 팔뚝을 내놓으시며 마음껏 찔러보라고 하시더군요. 기꺼이 저의 마루타가 되어주시겠다며…."

아들의 자신감 극복을 위해 선뜻 자신의 팔뚝을 내어놓는 저 용기, 아무튼 한국 어머니의 헌신적인 교육열은 정말 알아줘야 한다니까.

"그런데 막상 어머니의 팔에 주사 바늘을 꽂아 넣으려니 저는 흑인 여학생의 팔을 찌를 때보다 훨씬 더 많이 긴장되더군요. 손이 벌벌 떨렸어요. 그래서 전 어머니께 못하겠다고 말씀드렸죠."

"숙련된 의사들도 자기 혈육 앞에서는 냉정함을 찾기가 힘들다고 들었어요."

조금 전까지만 해도 대니얼에게 불신의 눈초리를 보냈던 주리는 어느새 대니얼의 진솔한 고백에 깊이 감정이입 되어 있었다.

"그때 어머니가 제게 말씀하시더군요. 어려운 걸 성공해내면, 다른 건 쉽게 해낼 수 있을 거라고요."

"그래서, 성공하셨어요?"

그때까지 누운 채로 잠자코 듣고만 있던 내가 불쑥 대화에 끼어들었다.

"네, 다행히 한 번에 성공했어요. 어머니가 몸소 만들어주신 그 값진 경험덕분에, 지난여름 네팔에 의료봉사 갔을 때에도 단 한 번의 실패도 없이 무려 스물한 명의 혈관을 잡는 데 성공했답니다."

자식을 위해서라면 물불을 가리지 않는 희생적인 어머니와 그 고마움을 잘 아는 아들의 가슴 뜨거운 사연을 들은 나는 순순히 대니얼에게 내 팔뚝을 내어주지 않을 수 없었다.

비록 대니얼은 현재 의사자격증이 없는 의대생에 불과하지만, 왠지 그에겐 조건 없는 믿음을 허락해도 좋을 것 같았다.

꼭 혈관 숨김 기능이 있는 것처럼 하얗고 가녀린 이 팔뚝에서도 대니얼은 쉽게 정맥혈관을 잡는 데 성공한다.

혈관을 통해 온몸으로 퍼져가는 수액 속에는 끈끈하고 애틋한 모자의 정에다 젊은 병아리 의사의 순수한 열정까지 담겨있어 더 건강한 기운이 느껴지는 것 같다.

그런데 아들의 담담한 사모곡을 듣는 내내 평온하면서도 행복한 표정을 짓고 있던 미라 씨가 갑자기 난감한 기색을 보이며 말한다.

"아무래도… 어제 제가 싸드렸던 김밥 도시락에 문제가 있었던 게 아닐까요?"

솔직히 나도 미라 씨의 도시락이 의심스럽긴 했다. 어제 마지막으로 먹은 음식이 바로 그 도시락이었고, 경연을 끝내고 집에 들어와선 아무것도 먹지 않은 채 잠들어버렸으니 말이다.

그런데 주리는 미라 씨의 우려 섞인 추측을 부인하고 나선다.

"아닐 거예요. 저도 그 김밥을 맛있게 잘 먹었는데, 보시다시피 전 아무렇지도 않잖아요. 경연 끝나고 오는 길에 주리가 배고프다고 노점에서 파는 핫도그를 사 먹었는데, 아마 그게 잘못되었나 봐요."

사실 주리의 저 발언은 거짓이다. 나는 어제저녁에 핫도그를 사 먹은 사실이 없다. 그리고 주리는 도시락을 먹을 당시에 밥 생각이 별로 없다며 김밥을 한두 개 주워 먹다 말았다. 그 많던 김밥을 내가 거의 다 먹었던 것이다. 그래서 주리의 증상이 나보다 가벼운 것일 뿐이다.

김밥 도시락이 내 장염 증상의 원인일 가능성이 크다는 걸 알면서도 미라 씨에게는 거짓 증언을 하고 있는 주리의 모습에 속상한 마음이 들 법도 한데, 나는 그저 흐뭇한 미소만 지어진다. 미라 씨가 미안해할까 봐 하얀 거짓말로 둘러댄 주리의 착한 마음을 알고 있기 때문이다.

'참 속속들이 맑고 고운 영혼이야. 저러니 내가 어찌 안 반해?'

2017년 10월 15일 뉴욕시각 AM 07:24.

눈을 떠보니 주리가 침대 한 귀퉁이에 엎드린 채 곤히 잠들어 있다. 살짝 코까지 골고 있는 그 사랑스러운 모습을 나는 한동안 말없이 바라본다.

주리는 어제저녁 본선 1차 둘째 날 경연을 참관하고 돌아온 후에도 줄곧 내 곁을 지켰다.

침상에 누워있는 내게 주리는 경연 현장에서 기록해온 메모를 한 줄 한 줄 또박또박 읽어주었다.

각 참가자의 신상과 외모는 물론이고 곡명과 편곡 그리고 가창 스타일까지 꼼꼼히 기록한 내용들이 솔직히 귀에 다 들어오진 않았다. 그저 주리가 나를 위해 이렇게까지 애써주고 있다는 사실만으로도 나는 깊은 감동을 받았다.

다행히 몸은 가뿐해진 것 같다. 젊은 주리의 몸이라 회복도 빠른가 보다.

물론 세 사람의 도움도 컸다. 미라 씨의 세심한 정성이 담긴 미음, 병아리 의사 대니얼의 풋풋한 열정이 담긴 수액과 약, 그리고 밤새 내 곁을 지켜준 주리의 극진한 간호가 없었더라면 이렇게 빠른 쾌유는 불가능했을 것이다.

병아리 의사 대니얼의 소견에 따르면 노로 바이러스로 추정되는 병원체의 영향이었다고 한다. 그것을 벗어나고 나니, 다시 내 영혼과 주리의 몸은 투지와 의욕으로 불타오른다.

곤히 자고 있는 주리를 깨우기가 좀 미안하긴 했지만, 나는 벌떡 일어나 침대에서 내려온다.

내 심장은 벌써 두근거리기 시작한다. 오늘 오전 11시에 《더 유니버스》 본선 1차 경연 결과 발표 및 2차 경연을 위한 팀 선정 이벤트가 있을 예정이기 때문이다.

62. 꿈이 현실이 되는 순간

◆◆

2017년 10월 15일 뉴욕시각 AM 11:01.

《더 유니버스》 본선 1차 경연 결과 발표 및 2차 경연을 위한 팀 구성 이벤트가 이제 막 시작된 브라이언트 파크 잔디밭 특설 무대.

등장할 때마다 매번 인상적인 의상을 선보여 온 리먼 스콧. 오늘 그가 선택한 복장은 인디언 추장 차림이었다.

"의상을 본인이 골랐는지 다른 사람이 골라줬는지는 모르겠지만, 카우보이가 아닌 인디언 복장을 선택한 리먼 스콧의 마인드가 전 맘에 드네요. 카우보이는 미국으로 이주해온 유럽인의 상징이고, 인디언은 아메리카 대륙의 진짜 주인이잖아요. 원주민에 대한 경의 같은 게 느껴져서 보기 좋네요."

불편한 자세로 쪽잠을 잔 탓인지 다크서클이 광대뼈까지 뒤덮을 듯 내려와 있는 주리는 연신 하품을 해대면서도 리먼 스콧 칭송에 여념이 없다.

"곧 죽어도 리먼 스콧 찬양은 그만둘 수가 없지? 밤새 곁에서 간호해준 게 미안하고 고마워서 오늘은 동시통역도 안 시키려고 했는데, 이렇게 딴 남자 찬양질 하는 모습 보니 또 막 굴리고 싶어지잖아."

"유노 쌤, 이제 좀 살 만하신가 봐요? 투덜이 본색이 되살아나는 것 보니 제 마음이 좀 놓이네요. 유노 쌤이 갑자기 점잖아지거나 착해지면, 전 왠지 불안해지거든요."

"이거 왜 이래? 난 천성적으로 점잖고 착한 사람이라고."

"그런 건 잘 모르겠고, 전 투덜이 장윤호가 더 편하고 만만해서 좋아요."

편해서든 만만해서든, 주리가 좋다니까 나도 좋네.

"이제 순위를 발표할 모양이네요."

갑자기 웃음기가 싹 걷혀버린 주리의 표정을 보니, 내 심장이 다시 요동치기 시작한다.

"25위는 4번 탄자니아, 자네티 마수카."

탄자니아 대표는 독특하고 신비로운 음색이 인상적으로 다가온 참가자였는데, 꼴찌라니 좀 의외였다.

'꼴찌로 호명된 자네티의 현재 심경은 과연 어떨까?'

상상만으로도 몸서리가 쳐지는 것 같다.

"24위는 1번 영국, 에디 홀트."

"말도 안 돼. 1번이 24위라고? 선곡과 편곡 모두 훌륭했단 말이야!"

나는 에디 홀트의 순위가 꽤 높을 것으로 예상했는데 24위밖에 안 된다니, 그렇게 실력자들이 많았단 말인가? 나는 둘째 날 경연을 못 본 입장이라 더 불안해지기 시작했다.

"23위는 6번 대만의 크리스 진."

"크리스 진도 잘하는 친구인데, 의외로 순위가 낮네."

"22위는 열다섯 번째로 나왔던 중국의 장자룽. 하위권 순위 중에서 처음으로 둘째 날에 공연한 참가자네요. 그런데 20위권 밖에 아시아 대표가 벌써 두 명이에요."

"장자룽의 공연도 나쁘지 않았다고 하지 않았어?"

"사실 아시아 1차 예선 때에만 해도 꼭 쉬어가는 순서처럼 보였던 참가자가 더러 있었거든요. 그런데 이번엔 그런 구멍이 없더군요."

"실력이 모두 상향평준화 되어있다는 거지?"

"네, 비슷비슷한 실력자들이 모인 본선에서의 경쟁은 더 이상 잘하고 못하고의 문제가 아닌 것 같아요."

"실력만으로는 판가름하기 어려웠을 테니, 과연 얼마나 심사위원단의 마음을 사로잡았느냐가 관건이었겠지."

25위부터 6위까지의 순위를 발표한 후, 리먼 스콧은 축하공연을 할 가수를 소개한다.

소개된 가수는 제59회 그래미 어워드 베스트 팝 듀오/그룹 퍼포먼스 상에 빛나는 2인조 록밴드, 투웨니투 파일럿츠다.

"그래미 시상식에 팬티 차림으로 나와서 상 받은 그 악동들이야. 이렇게 직접 보다니 정말 반갑네."

"팬티 차림이요?"

"지난 그래미 어워드 시상식 못 봤어?"

"네, 사실 전 미국에서 살 때에도 그래미에는 별 관심이 없었거든요."

"제59회 그래미 어워드에서 베스트 팝 그룹/듀오 퍼포먼스 상 수상자로 이름이 불린 두 사람은 갑자기 바지를 벗으며 무대에 올랐어. 그러니까 턱시도 상의에 팬티 차림으로 말이야."

"아무도 제지하는 사람은 없었나요? 우리나라 같았으면 방송 사고라며 난리쳤을 것 같은데…."

"다행히 그들이 팬티까지 벗진 않았으니까."

"그런데 그들은 대체 왜 그런 돌발 행위를 한 건데요?"

"저 듀오가 가난한 무명 뮤지션이었던 시절, 타일러와 조쉬는 타일러네 집에서 함께 그래미 시상식을 시청했대. 둘 다 속옷 바람인 채로 말이야. 바로 그때 두 사람은 농반진반의 약속을 한 거야. 만일 언젠가 그래미상을 받게 된다면, 꼭 팬티 차림으로 수상하자고."

"그럼, 두 사람은 그 오래전의 약속을 지킨 거로군요. 꽤 감동적인 스토리인데요?"

"마지막 멘트는 더 멋졌어. '지금 이 장면을 보고 있는 당신에게도 결코 헛된 꿈이 아니라는 사실을 알려드리고 싶었습니다. 이것은 비단 우리에게만 해당되는 일이 아닙니다. 꿈은 이루어질 수 있습니다. 우리가 바로 그 증거입니다.' 그렇게 멋진 소감을 남긴 그들에게 엄청난 박수갈채가 쏟아졌지. 그러니까 그들은 꿈이 현실이 된 그 순간을 많은 사람들에게 보여주고 싶었던 거야."

"유노 쌤 얘기를 듣고 보니 저 두 사람이 다시 보이는데요? 참 멋진 오빠들이네요."

"내가 본 가장 인상적인 수상 소감이었어."

투웨니투 파일럿츠의 꿈을 현실로 만들어 준 노래, <Stressed Out>을 라이브로 들으며, 나는 꿈에 관한 상념에 잠긴다.

스타란 바로 '현실이 된 자신의 꿈속에서 빛날 수 있는 사람'이 아닐까? 또한 그 빛으로 다른 사람도 꿈꿀 수 있게 만드는 사람.

허나 아무나 꿈을 이룰 수 있는 건 아니기 때문에, 우리는 스타를 바라보면서 그들이 나눠주는 빛으로 행복한 꿈을 꾸고 싶어 하는 게 아닐까?

나는 과연 스타였던 적이 있었던가? 이루어진 내 꿈속에서 빛났던 적이 있었나? 있었다 해도 그건 찰나의 섬광이었다. 잠깐 빛나다 사라진 반짝 스타에 불과했지.

내 영혼이 주리의 몸속으로 들어오면서 나는 다시 내 꿈속으로 돌아올 수 있었다. 하나 내가 다시 나의 꿈속에서 빛나고 있다고 해도, 지금 빛을 발하고 있는 건 어디까지나 다른 사람의 몸이다.

만약 내 영혼이 다시 내 몸으로 돌아가게 되더라도, 나는 이 빛을 지킬 수 있을까? 장윤호의 몸 안에서도 나는 다시 반짝반짝 빛날 수 있을 것인가?

탑 파이브 순위 발표만 남겨놓은 현재, '강주리'라는 이름은 아직 불리지 않았다. 상위 다섯 명 안에는 들어가 있다는 얘기다.

그런데 아시아 참가자 중에서 홍콩의 왕추홍과 한국의 리사 이름도 호명되지 않았기 때문에, 아직 아시아 1위는 장담할 수 없는 상황.

"제가 정리한 목록에서 이미 순위가 발표된 참가자들을 체크해봤어요. 아직 체크가 안 된 사람은… 3번 미국의 에슐리 휴즈, 5번 홍콩의 왕추홍, 8번 스웨덴의 칼 앤더슨, 10번 한국의 강주리, 19번 한국의 리사, 그렇게 다섯 명이에요."

"아메리카 한 명, 유럽 한 명, 아시아 세 명이 남았으니까, 아시아 빼고는 이미 대륙별 순위가 다 결정된 거네?"

"그렇죠. 아직 순위가 발표 안 된 에슐리 휴즈와 칼 앤더슨도 각각 아메리카와 유럽 1위로 확정되었으니까요."

투웨니투 파일럿츠의 재기발랄하고 에너지 넘치는 무대가 끝난 후 다시 리먼 스콧이 무대로 돌아왔다.

"본선 1차 경연 순위에 대해서 추가된 규정을 알려줄 거래요. 1차 경연 순위에서 1위부터 5위까지는 각 순위별 차등 베네핏이 주어질 거래요. 1위 10000점, 2위는 9000점, 3위는 8000점, 4위는 7000점, 5위는 6000점의 베네핏을 받게 된대요."

그러니까 순위 한 단계 당 점수 차는 1000점, 1위와 5위의 점수차는 4000점이 되는 셈이다.

"이 점수는 2차 경연의 개인별 점수에 합산이 된대요. 각 팀의 개인별 점수를 합산해서 팀 점수를 매기고, 그 점수로 우승팀을 결정한답니다. 2차 경연에서는 5개 팀의 순위뿐만 아니라, 개인별 순위도 매겨서 개인 우승자도 선정한다고 하는군요. 말하자면 MVP 같은 거죠."

나는 대륙별 1위를 하면 팀 구성권을 갖는 것이 특혜의 전부라고 생각했었다. 그런데 순위가 높을수록 더 큰 베네핏을 받을 수가 있다고 하니, 더 높은 순위가 욕심날 수밖에 없다.

"아직 호명이 안 된 다섯 명은 앞으로 나오라는데요?"

주리가 내 어깨를 두드릴 때까지 멍하니 앉아 있었던 이유는 내가 리먼 스콧의 멘트를 못 알아들었기 때문은 아니었다. 막상 순위 발표를 앞두고 무대에 오르려니 눈앞이 캄캄해졌기 때문이다.

"The fifth place is entry number nineteen Lisa Kim from Republic of Korea."

5위로 호명된 리사는 갑자기 맥이 탁 풀려버렸는지 잠시 휘청한다. 그녀 나름으로는 웃음으로 감추려 애쓰고 있지만, 실망한 기색이 완전히 가려지진 않는 건 어쩔 수 없다.

"The fourth place is entry number three Ashley Hues from United States of America."

애슐리 휴즈는 자신이 4위라는 사실을 도무지 납득할 수 없다는 듯한 표정이다. 웃음으로 실망을 감추려고 애쓰던 리사와는 대조적으로 대놓고 싫은 내색을 한다.

애슐리 휴즈의 언짢은 표정을 보니 문득 레전드 콜라보 경연 발표 때의 유진이 모습이 떠올라 공연히 애잔한 마음이 들었다.

운동 경기로 치면 금·은·동 메달리스트에 해당되는 세 명만이 무대 위에 남아있다.

남은 사람은 참가번호 5번, 8번, 그리고 10번. 공교롭게도 탑3 안에 든 세 명이 모두 첫째 날에 공연한 이들이다.

후반부로 갈수록 점수가 상승한다는 통념이 반드시 맞는 건 아닌 모양이다. 한때 경연 순서에 지나치게 집작했던 나 자신이 조금 부끄러워지는 순간이다.

"The third place is Karl Anderson from Sweden."

'Karl'의 'K' 발음이 나오는 순간, 나는 'Kang'이라고 하는 줄 알고 심장이 철렁했다. 그런데 그토록 놀란 후에야 나는 'Kang Jury'가 아니라 'Jury Kang'으로 불릴 것이라는 사실을 깨달았다.

최종 두 명만 남은 이 상황에서도 여전히 아시아 1위는 결정되지 않았다. 다시 말해, 아시아 1, 2위가 곧 전체 1, 2위가 된다는 뜻이다.

그런데 따지고 보면, 지금 상황에서는 아시아 1위를 하지 않는 쪽이 팀 합산성적에는 오히려 더 유리하다. 왜냐하면 아시아 1위는 6위 이하의 순위에서만 멤버를 선택해야 하기 때문이다. 그러니까 아시아 1위가 들어가는 팀에는 베네핏 받는 5위권 멤버가 단 한 명뿐인 셈이다.

그런 반면에 아시아 2위를 해서 유럽 1위나 아메리카 1위에게 지명되어

가는 경우, 그 팀은 두 명의 5위권 멤버를 갖게 되므로 더 많은 베네핏을 챙길 수 있는 것이다.

그런데 아무리 팀 베네핏을 더 많이 챙길 수 있다고 해도, 1등은 1등이고 2등은 2등이다.

'그래도 2등보다는 1등이지!'

리먼 스콧은 2위가 아닌 1위 발표를 먼저 하겠다고 했다. 호명이 안 되는 사람은 자동적으로 2위가 되는 것이다.

"This is the battle of Edele!"

리먼 스콧은 이 상황을 에델의 전쟁이라고 표현했다. 왕추홍과 나는 똑같이 에델의 〈When we were young〉을 선곡해 불렀기 때문이다. 1988년 캘거리 동계 올림픽 프리 프로그램에서 똑같이 카르멘을 선곡해서 카르멘 전쟁이라고 불렸던 카트리나 비트와 데비 토머스처럼 말이다.

63. 전복죽이 달았다

◆◆

나는 옆에 서있는 왕추홍 쪽을 힐끔 쳐다본다. 전형적인 남방계 미인인 그녀는 오목조목 예쁘게 생긴 이목구비를 지녔다.

하지만 그녀의 미소는 그리 아름답지 않다. 그녀가 웃으니까 특유의 고양이상 얼굴이 일그러지면서, 묘하게 기분 나쁜 분위기를 풍긴다.

'살쾡이!'

살쾡이라는 단어가 내 목구멍까지 올라와서, 하마터면 나는 그 세 음절을 입 밖으로 내뱉을 뻔했다.

살쾡이처럼 웃는 왕추홍은 아주 자신만만한 듯 보였다. 마치 리먼 스콧의 손에 들려진 큐시트를 이미 보기라도 한 것처럼.

사실 나는 마음을 비우려고 애쓰고 있었다. 1위를 하면 1위니까 당연히 좋고, 혹시 2위를 하더라도 팀 베네핏을 더 많이 챙길 수 있으니까 좋은 거라고 생각하자고 다짐했다.

그런데 막상 저렇게 자신만만하게 웃고 있는 왕추홍의 얼굴을 보니, 저 여자애만큼은 꼭 이기고 싶다는 승부욕이 내 심부 체온을 상승시킨다.

"The winner of The Universe 2017 individual competition is…."

강세와 꺾임이 들어간 'is'가 남긴 긴 여운이 사라진 브라이언 파크 특설무대는 순간적으로 진공 상태 같은 정적 속으로 빨려든다.

"Jury Kang from Republic of Korea!"

솔직히 이렇게 쉽게 발표해버릴 줄은 몰랐다. 적어도 몇 분은 질질 끌다가 발표할 줄 알았는데….

미처 예상 못 한 타이밍에 훅 발표되어버린 탓인지, '주리 강'이라는 이름이 불리고 나서도 나는 한동안 얼떨떨한 상태였다.

내가 1위라는 사실을 실감할 수 있게 해준 건 바로 왕추홍의 표정이었다. 여전히 그녀는 살쾡이 미소를 억지로 유지하고 있지만, 눈빛은 마치 죽은 생선의 그것처럼 썩어있었다.

내가 1위를 했다는 기쁨은 찰나에 머물다 지나갔다. 승리의 환희가 잠깐 머물던 자리는 어느새 팀 멤버 지명권에 대한 부담감으로 가득 채워져 버렸다.

어젯밤 침대 머리맡에서 주리가 조목조목 내게 브리핑해준 다른 참가자들에 대한 정보는 하나도 제대로 기억나는 게 없다. 그냥 머릿속이 하얗다.

"Can I use my interpreter?"

사람이 목적어인 경우에도 'use'를 동사로 쓸 수 있는지에 대한 확신은 없었지만, 나는 딱히 대체할만한 동사도 떠오르지 않아서 그냥 그렇게 물어보았다.

리먼 스콧은 무대 뒤에서 대기 중인 통역사도 있다고 했지만, 나는 'my personal interpreter'를 쓰겠다고 고집을 부렸다. 주리가 내 옆에 있어야, 나는 제대로 멤버 선택을 할 수 있을 것 같았기 때문이다.

잠시 후 무대 위로 올라온 주리는 나보다 더 흥분한 상태였다. 내게 가까이 오자마자 와락 나를 껴안는 바람에 나는 흠칫 놀랐다.

남자 개인 통역사가 여자 의뢰인을 껴안는 모습은 누가 봐도 부자연스런 광경일 것 같아서, 나는 얼른 주리를 나에게서 떼어냈다.

"나에게 제일 먼저 지명권이 올 텐데, 대체 누굴 선택해야 하지?"

"그래도 순위가 가장 높은 6위를 우선적으로 선택하는 게 낫지 않겠어요?"

"어차피 6위부터는 베네핏이 없어서 똑같지 않아? 옴므 파탈처럼 생긴 그 프랑스 놈은 왠지 맘에 안 들어. 유럽 참가자 중에서 뽑는다면, 나는 차라리 영국의 에디 홀트를 뽑고 싶어."

"하지만 에디 홀트는 순위가 너무 낮아요. 심사위원단에게 어필하지 못

하고 있단 뜻이잖아요. 그리고 그는 싱어송라이터 성향이 강해 보여서 그룹 작업에는 적합하지 않을지도 몰라요."

"프랑스 녀석이야말로 뮤지컬 배우 스타일이라 그룹 멤버로는 좀 부적합할 것 같은데?"

"그래도 기본기는 탄탄하잖아요. 보컬도 되고, 춤도 되니까."

"그 프랑스 놈이 잘생겨서 좋은 게 아니고?"

"유노 쌤이야말로, 에릭 뒤보아가 너무 잘 생겨서 괜히 싫어하시는 거 아니에요?"

멤버 지명을 앞두고 티격태격하던 주리와 나는 리먼 스콧의 한 마디에 실랑이를 멈출 수밖에 없었다.

"Are you guys going out?"

리먼 스콧이 말한 'go out'이 '외출하다'라는 뜻이 아니란 것쯤은 나도 안다. 그는 주리와 내게 '너네 사귀니?'라고 물은 것이었다.

"No, he's my uncle."

내 짧은 영어로 항변할 수 있는 수준은 고작 이토록 보잘것없는 단문 정도였다.

"Well, please tell us about the first choice of a niece."

나는 질문의 뜻을 대충 알아들었지만, 일부러 못 알아들은 척해야 했다. 왜냐하면 아직 첫 번째로 선택할 사람을 정하지 못했기 때문이다.

"어떻게 하지? 아직 못 정했는데?"

"에릭 뒤보아로 하자니까요."

"난 에디 홀트가 좋다니까."

주리와 난 목소리를 낮춘 채 말싸움을 지속한다.

"에릭 뒤보아!"

"에디 홀트!"

그런데 주리와 입씨름을 지속하다 보니, 나도 모르게 내 목소리에 힘이 들어가 버린 모양이었다. 리먼 스콧이 내 입에서 나온 '에디 홀트'란 이름을 듣고 말았다.

"Eddie Holt? From UK?"

리먼 스콧이 갑자기 그렇게 되묻는 바람에, 나는 엉겁결에 'No!' 하고 대답해버리고 말았다.

'그냥 예스라고 할걸.'

그런데 나는 이미 'no'라고 해버렸기 때문에 어쩔 수 없이 프랑스의 에릭 뒤보아를 지명할 수밖에 없었다. 아직 달리 생각해본 후보가 없었기 때문이었다.

"Jury picked up Eric Dubois from France."

리먼 스콧의 확정 멘트에 회심의 미소를 짓는 주리.

2위인 왕추홍은 두 번째로 멤버 지명권을 갖고 있는 스웨덴 대표 칼 앤더슨(3위)의 선택을 받았다. 예상했던 대로다.

이로써 칼 앤더슨과 왕추홍이 속한 팀은 2위 베네핏과 3위 베네핏을 더해 총 17,000점의 베네핏을 챙기게 되었다. 1위 베네핏 10,000점밖에 받지 못하는 우리 팀보다 7,000점이나 더 많다.

세 번째 순서로 나선 미국의 애슐리 휴즈(4위)는 당연히 5위인 한국 대표 리사를 지목했다. 따라서 애슐리 휴즈와 리사가 함께한 저 팀도 4위와 5위 베네핏을 받아 13,000점을 깔고 2차 경연을 시작할 수 있게 되었다.

"1차 경연 1위를 하고도, 나는 왜 이런 박탈감을 느껴야 하는 거지?"

"그래도 1위를 했다는 게 의미가 더 크잖아요."

"베네핏으로 받은 점수 차가 최종 성적에 어느 정도의 영향을 줄지 아직 감을 잡을 수 없으니까, 왠지 마음이 좀 찜찜해."

"그렇다고, 일부러 아시아 2위를 할 수도 없는 노릇이었잖아요."

"그건 그래. 하지만, 1위가 들어간 팀이 오히려 베네핏이 적다는 건 좀 말이 안 되는 것 같아."

"제작진 측에서도 5위권 안에 아시아만 세 명이 들어갈 거라고는 예상 못 하지 않았을까요?"

"하긴, 듣고 보니 그것도 그렇네."

"2차 경연에서도 개인 순위가 매겨지잖아요. 물론 팀으로 우승해서 글로벌 유닛으로 활동하는 것도 좋겠지만, 제 생각으론 개인 순위 1위를 하는 게 더 뜻깊을 것 같은데요?"

"나도 사실 개인 1위가 훨씬 더 욕심나긴 해. 그래도 지금 우리가 집중해야 할 건 최적의 멤버를 선택해서 최선의 팀을 구성하는 일이겠지. 좋은 팀을 만나야 마음껏 실력 발휘도 할 수 있는 거잖아. 좋은 시너지 효과로 팀 우승까지 이끌 수 있다면 더없이 좋은 일이고."

세 번째 멤버로 고른 미국의 브라이언 마틴까지는 선택할 대륙의 참가자들 중에서 가장 높은 순위에 있는 사람을 지명했다.

하지만 네 번째 선택 때에는 좀 달랐다. 남은 오세아니아 참가자들 중 순위가 가장 높았던 건 17위 니콜 베이커였다. 하지만 내가 지명한 멤버는, 순위가 더 낮은 21위의 카렌 터너였다. 왜냐하면 보컬리스트인 니콜 베이커보다는 랩퍼인 카렌 터너가 팀에 더 필요하다는 판단에서였다.

그리고 마지막 멤버로 25위인 자네티 마수카를 선택한 건 순전히 주리의 의견이었다. 주리는 자네티의 신비로운 음색이 팀에 새롭고 다채로운 색깔을 입혀줄 것이라며 강력히 추천했다. 꼴찌를 팀으로 영입하는 건 일종의 모험이라는 생각이 들었지만, 주리의 감을 믿어보기로 했다.

2017년 10월 15일 뉴욕시각 AM 01:17.

두 시간 만에 본선 1차 경연 순위 발표 및 팀 구성 작업을 끝낸 후 90분의 점심시간이 주어졌다.

대부분의 참가자와 수행진이 주변 식당으로 향했지만, 주리와 나는 잔디밭 둘레에 놓인 테이블에 자리를 잡았다. 우리에겐 미라 씨가 싸준 도시락이 있었기 때문이다.

"녹화 중간에 점심시간을 90분이나 주는 경우는 또 처음이네. 우리나라 같았으면 점심시간 없이 쭉 이어서 녹화를 끝내버리고 말았을 텐데 말이야."

아직 속이 온전치 못한 나를 위해 미라 씨가 보온병에 넣어준 전복죽을 1회용 용기 두 개에 나눠 담으며 내가 말했다.

"마치 거북이 갑옷 같은 개인주의가 가끔 얄미울 때도 있지만, 미국인들의 이런 합리주의는 정말 본받을 만하죠."

여전히 김이 모락모락 나는 파르스름한 전복죽을 눈으로 보는 것만으로도 장운동이 정상화되는 기분이다.

"맨해튼 한복판에서 내장까지 들어간 진짜배기 전복죽을 먹게 될 줄은 꿈에도 몰랐네."

"미라 아줌마가 전복 사러 새벽에 딘 앤 델루카까지 다녀오셨다더군요."

고소한 참기름 향이 그윽한 전복죽을 한 숟가락 떠서 입에 넣는다. 야외에서, 그것도 뉴욕 미드타운의 빌딩숲 사이에서 맛보는 이 익숙한 감칠맛은 특별한 즐거움으로 다가왔다.

"그나저나 우리 팀 멤버들이 서로 잘 어울릴 수 있을까? 다섯 명 모두 제 각각의 개성이 도드라지는 인물들이라서 말이야."

"다들 하나같이 좀 튀는 인물들이긴 하죠. 드라마틱한 뮤지컬 창법의 에릭 뒤보아, 거친 중저음의 마초 브라이언 마틴, 걸크러쉬 래퍼 카렌 터너, 신비의 보이스 자네티 마수카, 그리고 락커의 영혼이 깃든 소녀 보컬 주리 강까지……."

주리가 멤버들의 이름을 한 사람씩 거론할 때마다 차례로 얼굴을 떠올려보니, 이건 무슨 '공포의 외인부대'가 따로 없다.

"그래도 뭔가 멋진 조합이 나올 것 같지 않아요?"

"다 주리 네 말 듣고 선택한 멤버들이니 네가 책임져야 해!"

"어떻게 책임지면 되는데요?"

그렇게 되물으며 내 앞으로 얼굴을 불쑥 들이미는 주리. 가까이 다가온 건 분명 내 얼굴인데, 왜 내 가슴이 이렇게 떨리는 거지?

"책임질… 사람이 방, 방법까지 생각해야지."

결국 나는 말까지 더듬고 말았다.

"유노 쌤은 예선 2차 경연 심사위원들로부터 리드 보컬로서의 훌륭한 자질도 인정받은 바 있잖아요. 분명 이번 팀 미션에서도 멋진 리더십으로 멤버들을 잘 이끌어 가실 거라 믿어요."

칭찬에 약한 나는 금세 기분이 좋아진다. 영특한 주리는 이미 나를 조련하는 방법을 터득했나 보다.

"그리고 제가 옆에 있잖아요! 저도 최선을 다해 도울게요."

주리의 그 말을 들으며 전복죽을 오물거리고 있는 내 입가에 행복한 미소가 번진다.

어쩌면 미라 씨는 이 전복죽에 참기름 외에도 꿀 같은 걸 넣었는지도 모르겠다. 그게 아니면 왜 내 입에서 이런 달콤한 맛이 나는 거지?

64. 다섯 개의 별

◆◆

2017년 10월 15일 뉴욕시각 PM 03:02.

90분의 점심시간이 끝나고도 30분이 더 흘렀다. 하지만 아직도 촬영은 스탠바이 상태이다. 아직 멘토들이 아무도 도착하지 않아서 녹화 재개가 지연되고 있다는 것이 제작진의 설명이었다.

주리와 나는 점심시간 내내 브라이언트 파크를 떠나지 않았으니, 벌써 두 시간 째 대기 중인 셈이다. 멘토진에 대한 기대감으로 잔뜩 설레었던 나는 기다림에 지친 나머지 결국 투덜이 본색을 드러내고 만다.

“얼마나 대단하신 양반들이기에 사람을 이렇게 오래 기다리게 만드나?”

“제가 시간도 죽일 겸 타임스퀘어까지라도 걸어갔다 오자고 했을 때 그냥 여기서 기다리겠다고 한 사람은 바로 유노 쌤이잖아요.”

“멘토들이 이렇게 늦게 올 줄 내가 알았나, 뭐?”

“그렇게 투덜거리시지만 마음속으로는 오매불망 멘토님들 기다리고 계시다는 것 제가 다 알아요. 좋은 마음으로 좀 더 기다려 보자고요.”

사실 주리 말이 맞다. 멘토진을 빨리 만나고 싶다는 열망이 큰 만큼 이 기다림을 견디기가 더 힘든 것이다.

녹화 재개 예정 시간으로부터 45분이 지난 후에야 리먼 스콧이 다시 무대에 올랐다.

“드디어 멘토들이 도착한 건가?”

바로 직전까지만 해도 날 기다리게 만드는 멘토진에게 잔뜩 뿔이 나있던 나는 언제 그랬냐는 듯 얼른 자세를 고쳐 앉았다.

“그런데 지금 녹화를 시작하는 게 아닌 모양이에요.”

주리의 말대로 리먼 스콧의 입에서 나온 건 방송용 멘트가 아니라 참가자들에게 전하는 말인 듯했다.

"저 사람이 지금 뭐라고 하는 거야?"

"멘토 선정을 위해 장소를 이동할 거래요. 모든 참가자들이 다 이동하지 못하니까 각 팀의 대표만 갈 거라고 하네요."

"내가 여기서 무려 두 시간을 넘게 대기했는데, 이제 와서 장소를 옮긴다고?"

"5인의 멘토가 각자의 전용기를 타고 JFK 공항에 도착했는데, 거기서 맨해튼까지는 헬기로 이동할 거래요. 그런데 이 근처에는 마땅한 헬기 착륙장이 없어서, 피어 식스에 있는 다운타운 맨해튼 헬리포트에 착륙할 예정이라고 하네요."

"그럼, 그분들이 이쪽으로 오면 될 일이지 왜 우리한테 오라고 하는 거야? 대체 얼마나 대단한 인물들이기에 이딴 식으로 갑질을 하냐고!"

셔틀버스를 타고 피어 식스로 이동하는 동안에도 나는 좀처럼 분을 삭이지 못했다. 그나마 동반인 한 명을 데려갈 수 있게 해줬으니 망정이지, 주리까지 못 데려가게 했다면 나는 더 빡쳤을 듯.

"아마 방송상으로 좀 더 드라마틱한 장면을 연출하기 위해서일 거예요. 멘토들이 헬기를 타고 등장하는 것이 훨씬 더 스펙터클할 테니까요."

"그럼, 애초부터 기다리게 만들지 말았어야지. 계획을 미리 알려줬으면 그냥 그러려니 했을 거 아니야!"

"아까 현장 스태프들 분위기 보니까, 갑자기 결정된 사안인 것 같았어요. 예정된 계획이었다면 왜 미리 알리지 않았겠어요."

어쩌다 보니 줄곧 투정만 부리는 나를 주리가 애써 달래는 모양새다.

"그래도 전 좋은 걸요? 유노 쌤이랑 같이 버스 타고 어디 놀러 가는 기분이에요."

결국 그렇게 나를 웃게 만드는 주리. 나는 주리에게 조련당하고 있다는 걸 알면서도 마음을 누그러뜨릴 수밖에 없다.

30여 분 만에 도착한 다운타운 맨해튼 헬리포트. 버스 문 앞에는 레드카펫이 깔려 있고, 카메라는 이미 우리 쪽을 향하고 있다.

"표정 관리 좀 하세요. 그래도 카메라 앞에선 설렘과 기대로 가득 찬 얼굴을 하고 있어야죠!"

주리의 충고대로 따르는 척했지만, 사실 이미 내 심장박동은 빨라져 있었다. 만약 내 얼굴에서 지금 설렘과 기대가 보인다면, 그건 연기가 아닌 실제일 것이다.

길게 깔려있는 레드카펫을 따라 헬리콥터 다섯 대가 나란히 서 있다. 프로펠러가 계속 돌고 있는 통에 머리칼과 옷이 강풍에 마구 나부낀다. 나를 포함한 각 팀의 대표들 및 그 수행원들은 리먼 스콧을 따라 레드카펫 위를 걸어간다.

"Let's meet the first one of the mentors!"

첫 번째 멘토를 만나보자는 리먼 스콧의 멘트에 따라, 일행은 첫 번째 헬리콥터 앞에 멈추어 섰다.

이윽고 헬기의 문이 스르르 열리면서 모습을 드러낸 사람은 찢어진 청바지에 린넨 재킷 차림의 사내였다.

"설마!"

"애덤 리버인이잖아요!"

그 쌔끈한 기럭지의 주인공이 바로 애덤 리버인임을 동시에 알아본 주리와 나는 서로 마주 보며 입을 다물지 못했다.

7인조 밴드 머룬 파이브의 리더로서, 싱어송라이터 겸 멀티 인스트러멘털리스트이자 배우이다.

나는 애덤 리버인으로부터 뭔가 인사말 한 마디라도 들을 수 있을 줄 알았는데, 리먼 스콧은 곧바로 두 번째 헬리콥터로 향한다. 제각각의 방식으로 놀라움과 반가움을 표현하던 일행들도 애덤 리버인을 뒤로한 채 MC의 뒤를 따를 수밖에 없었다.

"This is the second mentor!"

두 번째 헬리콥터에서 내린 사람은 다름 아닌 키스 얼반이었다.
"누구… 시죠?"
"키스 얼반. 컨트리 진영에선 탑 오브 더 탑이지."
"컨트리 쪽에는 제가 별로 관심이 없어서요."
"가수로서뿐만 아니라 니콜 키드맨의 남편으로도 잘 알려져 있지."
"아!"
"1967년생으로 알고 있는데, 여전히 청년 같으시네."
"유노 쌤은 어떻게 저분의 출생년도까지 아세요?"
"내가 사실 기억력이 그리 좋은 편은 아니지만, 주요 월드 뮤지션들의 신상에 대해서만큼은 바싹하게 꿰고 있지."
내가 주리와 사담을 나누는 사이, 어느새 우리는 세 번째 헬리콥터 앞에 와 있었다.
리먼 스콧에 의해 세 번째로 소개된 멘토는 바로 크로스 마틴이었다.
"크로스 마틴. 잉글랜드 데본 출신의 보컬리스트이자 멀티 인스트러멘털리스트."
"크로스 마틴은 저도 잘 알아요. 콜드 플레이어의 노래는 우리 가족이 모두 좋아하거든요. 그리고 저희 아빠가 영국의 UCL에서 석사 과정을 하셨는데, 동문이라고 자랑하셨죠."
콜드 플레이어는 UCL, 즉 유니버시티 칼리지 런던 내에서 결성되어 전 세계적으로 성공한 그룹이 된 케이스다. 같은 스쿨 밴드 출신인 나로선 정말 부러운 팀이 아닐 수 없다.
"지금까지 소개된 멘토들의 공통점이라면, 눈부신 음악적 커리어만큼 화려한 여성 편력을 자랑하는 사랑꾼들이라는 점이지!"
그런데 바로 다음으로 소개된 멘토는 사랑꾼 중 끝판왕 격인 존 마이어였다.
"세상에, 존 마이어라니!"
주리의 눈이 분명 하트 모양이 되어있을 것 같아 그쪽으로는 고개를 돌리지도 않았다. 그런데 주리에게서 나온 다음 말은 의외였다.

"존 마이어가 잘생기고 목소리 좋은 건 인정하는데, 멘토가 되기엔 실력이나 커리어 면에서 좀 약하지 않나요?"

나는 피식 나오려던 코웃음을 헛기침으로 감춘 후에 대답한다.

"알고 보면 존 마이어도 꽤 실력파야. 롤링 스톤스가 '새로운 세계 3대 기타리스트'로 꼽을 만큼 뛰어난 연주 실력을 갖고 있지. 그래미 상을 일곱 번이나 받을 만큼 예술성을 인정받은 뮤지션이기도 하고 말이야."

"실제로 보니 존 마이어도 뭐 그냥 그런데요. 아침마다 거울로 잘생긴 얼굴을 봐서 둔감해진 건가?"

주리가 무심한 듯 내뱉은 그 말의 의미를 곱씹어보던 나는 두 볼 가득히 번져가는 미소를 감추기 위해 손으로 얼굴을 가려야 했다.

마침내 우리는 마지막 헬기를 향해 가고 있다.

"마지막으로 소개되는 멘토는 아마도 가장 대단한 인물이겠죠?"

"조형필과 이선휘는 항상 마지막에 나오는 것처럼 말이지?"

"두 분이 최고라는 사실은 저도 인정하지만, 그래도 너무 옛날 얘기 아니에요? 요즘에 파이널 무대를 장식하는 가수 하면 주로 빅밴이나 엑스 정도를 떠올린다고요."

별 시답잖은 얘기로 꽁냥꽁냥하다 보니 어느새 우리는 마지막 헬리콥터 앞에 당도해 있었다.

"Well, let me introduce the last mentor!"

궁금증과 기대 속에 등장한 사람은 번들번들한 광택이 있는 금색 수트를 차려입은 아프리카계 남성이었다.

"누군지 아시겠어요?"

주리의 물음을 받은 후에도 한참을 뚫어져라 쳐다본 후에야 나는 비로소 그를 알아볼 수 있었다.

"아이엠윌이야. 혼성 4인조 그룹, 블랙 아이즈 피스의 리더. 싱어송라이터 겸 프로듀서인 동시에 래퍼이자 멀티 인스터러멘털리스트지. 게다가 세계 굴지의 IT 기업에서 이사직까지 맡고 있어."

"우와, 정말 다재다능한 분이군요!"

아이엠윌은 다재다능함을 넘어, 가수로서뿐만 아니라 프로듀서로서도 크게 성공한 사람이다. 저스틴 베버, 브리트니 스페어스, 마이클 잭슨 등, 그를 거쳐간 아티스트들의 면면만 살펴봐도 그의 음악적 위상을 가늠할 수 있다.

나는 각 그룹에서 이 다섯 멘토 중 한 명을 선택하는 방식일 줄 알았다. 하지만 실제로는 그 반대였다. 멘토 측에서 그룹을 선택하는 방식이라고 했다.

내가 선택을 받아야 하는 입장이라 좀 떨리긴 하지만, 오히려 잘되었다는 생각이 든다. 그 누구 하나 빠질 것 없는, 쟁쟁한 다섯 멘토 중에서 한 사람을 선택하기란 결코 쉬운 일이 아니기 때문이다. 경연 순서 하나 결정하는 데에도 그렇게 오래 걸렸었는데, 하물며 멘토 선택은 오죽할까?

레드카펫이 끝나는 지점에 지름 1m, 두께 20㎝ 정도 되는 원판 다섯 개가 일정한 간격으로 놓여있다. 그리고 나를 포함한 그룹 대표 5인이 그 원판 위에 한 명씩 올라가 있다.

그리고 5인의 팀 대표와 마주 보는 위치에 멘토진 다섯 명이 나란히 서 있다.

이제야 멘토들의 모습을 제대로 바라볼 수 있게 되었다. 아까 리먼 스콧을 따라 레드 카펫 위를 걸어오면서 그들을 소개받았을 때에는, 한 사람 한 사람 찬찬히 살펴볼 여유가 없었기 때문이다.

어마어마한 유무형의 값어치를 자랑하는 이 뮤지션들을 이렇게 한 자리에 모아놓고 볼 수 있다니. 나는 꼭 허황된 상상 속에 들어와 있는 기분이다.

이 다섯 뮤지션이 팔아치운 앨범들을 한 장 한 장 차곡차곡 쌓아올리면, 달나라까지 닿을 수 있을지도 모른다.

5인의 멘토 모두 불혹을 넘긴 아재들임에도 불구하고 하나같이 부티와 귀티가 줄줄 흐르는 동안 외모를 자랑한다. 때문에 다소 비현실적으로 느껴지기까지 한다.

"I have a good idea!"

이미 사전에 짜놓은 각본인 것 같았는데, 리먼 스콧은 짐짓 즉흥적으로 생각해낸 것처럼 선택 방법을 설명한다.

"Hey, mentees! Would you turn around and let mentors look at your backs. And close your eyes, please! And…."

리먼 스콧이 설명한 선택 방법을 다 듣고 나서는, 나도 모르게 피식 웃음이 터지고 말았다.

'5명의 팀 대표들이 뒤로 돌아서 있으면, 각 멘토가 자신이 원하는 팀 대표 뒤에 가서 서는 방식. 이건 한국의 예능 프로그램에서 짝짓기나 멤버별 인기투표 때 주로 쓰는 방식이잖아!'

65. 5지선다

◆◆

다소 짓궂은 선택방식에 대한 설명을 듣고는 황당한 표정을 짓는 멘토들의 모습에, 나는 피식 웃음이 터지려는 걸 간신히 참으며 뒤로 돌아섰다.

그런데 막상 뒤돌아선 채 선택을 기다리고 있으려니, 심장이 터질 것만 같다.

'다섯 멘토 중에서 과연 누가 우리 팀을 선택할까? 혹시 내 뒤에 아무도 없으면 어떡하지?'

멘토들이 원하는 그룹을 선택하는 데 허용된 제한 시간 1분이 꼭 영원처럼 느껴졌다.

"Turn around again, please!"

마침내 선택 제한 시간 1분이 지났다. 이제 내 뒤에 누군가가 서있는지 확인할 차례다.

나는 여전히 두 눈을 꼭 감은 채 뒤로 돌아선다.

"Please open your eyes!"

나는 눈을 뜨기가 두려웠지만, 떨리는 가슴을 쓸어내리며 살포시 눈을 떴다.

'헉! 이거 실화냐?'

나는 내 눈앞에 벌어진 광경을 내 두 눈으로 보면서도 믿을 수가 없었다. 내 앞에는 무려 다섯 명의 멘토가 줄지어 서 있는 기막힌 장면이 펼쳐져 있는 것이 아닌가? 그러니까 5인의 멘토 전원이 우리 팀을 선택한 것이었다.

"So unbelievable!"

리먼 스콧도, 선택받지 못한 네 명의 팀 대표들도 모두 믿을 수 없다는 표정이었다. 사실 나 스스로도 좀처럼 믿기지 않는 상황이었다.

더 가관이었던 건, 기라성처럼 빛나는 다섯 명의 아재 멘토 군단이 나를 보며 하나같이 삼촌 미소를 짓고 있는 모습들이었다.

'역시, 주리의 미모는 동서양을 가리지 않고 통하는구나!'

다섯 명의 멘토가 모두 나를 선택하는 바람에, 이번에는 내가 그들 중 한 명을 선택해야 하는 상황이 오고야 말았다. 심각한 결정 장애를 유발하는 이런 상황은 진정 피하고 싶었건만.

그런데 지금 내가 선택하기 힘들다고 징징거린다면, 다들 호강에 겨워 요강 깨는 소리하고 자빠졌다고 하겠지?

'같이 작업하고 싶은 멘토를 고르기가 어려우면, 가장 부적합한 멘토부터 제외하면 되잖아?'

나는 5지선다에 익숙한 수능 1세대이다. 비록 1994년 수능 때에는 대학 진학에 뜻이 없어서 '찍기'로 일관했었지만, 실용음악과 진학을 위해 1998년에 다시 수능을 봤을 때에는 꽤 열심히 준비했었다.

내가 수능시험을 치른 지 벌써 20년이 지났지만, '5개의 보기 중 정답과 가장 먼 것부터 제외시켜라!'는 풀잇법만은 또렷이 기억하고 있다.

다섯 멘토 중 우리 팀의 멘토로 가장 부적절한 사람은 누구지?

우선 키스 얼반님부터 제외시키자. 컨트리 장르는 내 체질에 잘 맞지 않으니 말이다.

키스 얼반 형님 다음으로 탈락을 고려한 대상은 존 마이어. 타고난 천재적 음악성과 로맨틱한 꿀성대는 백번 인정하지만, 다소 낯간지러운 러브 송은 내 스타일이 아니다. 그래서 존 마이어도 제외!

두 명의 멘토는 비교적 쉽게 배제했지만, 나머지 세 명 중 한 명을 고르는 일은 진짜 어렵다. 블랙 아이즈 피스, 콜드 플레이어, 머룬 파이브 모두 내가 좋아해 마지않는 그룹들이기 때문이다.

'근데 이건 팬 미팅이 아니라, 우리 팀을 잘 이끌어줄 수 있는 멘토를 뽑는 일이잖아!'

긴 고심 끝에 나는 내가 좋아하는 음악적 특성보다는 프로듀싱 능력에 더 초점을 맞춰서 선택해야겠다는 결론에 도달했다.

크로스 마틴과 애덤 리바인 역시 탁월한 싱어송라이터 겸 연주자이지만, 프로듀서로서의 능력만을 놓고 봤을 때에는 아이엠윌 쪽이 가장 우월하지 않을까 하는 생각이 들었다. 게다가 그의 나이가 나와 동갑이라는 점이 왠지 모를 친근감을 느끼게 했다.

"I'll choose I.Am.Will."

내 입에서 아이엠윌이라는 말이 떨어지자, 내 앞에 줄지어 서있던 멘토 군단 사이에서는 탄식과 환호가 교차한다.

기쁨에 흥분한 아이엠윌이 내 앞으로 다가와 두꺼운 손으로 내 허리를 잡고는, 위로 한 번 번쩍 들어 올렸다가 내려놓는다.

'혹시 이거 성희롱 아냐?'

아이엠윌의 기습적인 세리모니에 나는 그만 기분이 나빠지려고 했지만, 좋은 의미로 받아들이자고 내 마음을 다스렸다. 이렇게 중요한 순간에, 그냥 가볍게 넘길 수 있는 상황을 괜히 복잡하고 어렵게 만들고 싶지는 않았기 때문이다.

사실은 아이엠윌이 내게 한 행위가 성희롱 같아서 내 기분이 상했다기보다는, 남자의 손이 주리의 몸에 닿은 것 자체가 싫었다고 하는 편이 더 정확하겠다.

그런데 아이엠윌의 과한 세리모니 때문에 내 기분이 좀 나빠지긴 했지만, 사실 이 자리에 있는 다른 사람들보다 더 나쁘진 않을 것이다. 1지망이 아닌 2지망으로 선택하는 입장이나 선택받는 입장이나 결코 기분이 좋을 순 없었을 테니 말이다.

실제로 내 오른편 원판 위에 서있던 에슐리 휴즈는 씩씩거리며 자리를 떠나버려서, 제작진이 그녀를 찾아오느라 진땀을 뺐다는 후문이다.

멘토 선정이 모두 끝난 후, 5인의 멘토는 각자의 헬기를 타고 JFK 공항을 향해 날아갔다. 그리고 나머지 일행은 다시 브라이언트 파크로 향하는 버스에 올라탔다.

지금 내 손에는 카드 한 장이 쥐어져 있다. 내가 우리 팀에게 전달해야 할 카드이다.

우리 팀 멤버들의 국적에 따라 네 가지 언어(한국어, 프랑스어, 영어, 탄자니아어)로 쓰여 있는 카드의 내용은 다음과 같다.

'당신은 오늘밤 당신의 호스트 패밀리와 작별인사를 나눈 후에, 내일 아침에 새로운 숙소로 입소해야 합니다. 당신들의 멘토인 아이엠윌이 당신들을 위해 그리니치 빌리지의 타운하우스를 렌트했습니다. 그곳에서 당신을 뵙겠습니다.'

2017년 10월 15일 뉴욕시각 PM 05:55.

글로벌 오디션 프로젝트 《더 유니버스》의 방송은 2017년 9월 23일에 전 세계 91개 채널에서 103개국으로 방영되기 시작했다. 홍콩에서 아시아 예선이 열리고 있던 바로 그 주말이었다.

회당 90분짜리 프로그램이 토요일과 일요일 오후 6시에 주 2회로 방영되고 있으니, 엄청 파격적인 편성이라 할 수 있겠다.

그런데 각 나라의 시간대에 맞춰서 주말 오후 6시에 방영되다 보니, 먼저 방영된 국가로부터 유포되는 스포일러 문제가 불거졌다. 실제로 시간대가 늦은 로스앤젤레스나 밴쿠버 등지에서 방영될 때쯤엔, 이미 아시아판과 유럽판 방송영상 파일이 인터넷에 쫙 퍼져 있곤 했다.

그나마 방송영상은 저작권 문제라도 걸려있기 때문에 어느 정도 선에서는 단속이 가능했지만, SNS를 통해서 유포되는 텍스트 스포일러는 차단할 방법이 전혀 없었다.

"스포일러가 있다고 해도 본방의 재미를 위해 일부러 보지 않는 사람도 많을 것이고, 이미 결과를 안다고 해도 볼 사람들은 다 볼 거예요."

브라이언트 파크에서 어퍼 이스트 사이드로 돌아오는 셔틀버스 안에서 주리가 말했다.

"그리고 적당히 스포일러도 있어야 프로그램 홍보에도 도움이 될 거고요."

"내 생각에도 스포일러는 큰 문제가 되지 않는다고 생각해. 나는 서바이벌 프로그램 같은 거 보다가 결과가 너무 궁금해서, 일부러 스포를 찾아본 적도 있거든."

"대륙별 예선이나 본선 1차 경연 결과는 미리 알려진다고 해서 크게 문제될 건 없다고 봐요. 그리고 어차피 본선 2차 경연은 생방송으로 진행될 거니까요."

더 유니버스 방영 첫 주에는 나라별로 대표를 선정해서 대륙별 예선에 진출하기까지의 과정과 아메리카 예선이 방영되었고, 2주차인 3, 4회분에는 오세아니아와 아프리카 예선이 각각 방영되었다. 그리고 5회 차였던 어제 유럽 예선이 방영되었고, 오늘은 6회분인 아시아 예선이 온에어 되고 있다.

시간대가 빠른 한국에서는 몇 시간 전에 이미 6회분 방송이 끝난 상태이고, 이곳에서는 뉴욕시각으로 오늘 저녁 6시에 방영될 예정이다.

다음 주에는 생방송 날짜를 토요일로 맞추기 위해서 토·일이 아닌 금·토에 편성이 된다. 금요일인 10월 20일에는 본선 1차 경연이 120분에 걸쳐 방송된다. 그리고 토요일인 10월 21일에는 대망의 2차 경연 생방송이 장장 210분에 걸쳐 진행될 예정이다.

어퍼이스트 사이드 숙소로 돌아왔을 때 한 대표로부터 페이스톡 요청 메시지가 들어왔다. 영상 통화 화면상으로 보이는 한 대표의 표정은 사뭇 격앙되어 있다.

"한국은 지금 너 때문에 난리 난 거 아냐?"

트라이애슬론 훈련을 열심히 해서 그런지 체지방이 거의 없는 것처럼 보이는 한 대표의 얼굴은 건강과 활력이 넘쳐 보인다. 꼭 리즈 시절이었던

20대 초반의 준호를 다시 보고 있는 것 같은 기분이다.
“어제 저녁에 《더 유니버스》 6회 아시아 예선이 방영될 때부터 ‘강주리’가 실시간 검색어 1위였는데, 아침이 되어도 내려올 줄을 모르네.”
“우와, 진짜야?”
“실검 10위권 안에 《더 유니버스》뿐만 아니라, 자네가 아시아 예선에서 불렀던 이선휘의 〈아름다운 강산〉과 박호신의 〈야생화〉까지 올라와있어. 심지어 ‘아시아월드 엑스포 아레나’도 있다니까.”
“다 자네 덕분이야. 이렇게 좋은 기회를 내게 만들어줘서 정말 고마워.”
이젠 준호와 맘껏 반말로 통화할 수 있어서 얼마나 좋은지….
“정말 고마워해야 할 사람은 나지. 한국을 넘어 전 세계적으로 우리 큐피드의 위상을 드높여 줬잖아.”
“자네의 든든한 지원이 아니었다면, 결코 이룰 수 없는 성과였어.”
“근데 윤호야, 실검 1위뿐만이 아니야. 〈핑키 윙키〉가 차트 역주행을 해서, 다시 7개 음원차트 실시간 1위로 올라섰어.”
“우와, 정말 잘됐네. 내가 1등 한 것보다 그게 더 기쁘다.”
“거긴 아직 6회 방영 전이지? 자네가 얼마나 대단한 일을 해냈는지 아직 실감을 못 하고 있을 것 같아서, 이렇게 전화로 알려주는 거야.”
“좋은 소식 알려줘서 고마워. 나는 이따 6시부터 호스트 패밀리와 함께 본방 보기로 했어.”
지금 주방 식탁에는 나와 주리를 위한 송별 만찬이 차려지고 있다. 스테파니와 제니퍼 모녀, 그리고 미라 씨와 대니얼 모자와 함께 《더 유니버스》 6회를 시청하며 저녁 식사를 할 예정이다.
“근데 방송은 괜찮았어?”
“편집이 아주 기가 막혔어. 1차와 2차 경연을 한 회에 압축해서 보여줬는데, 숨 쉴 틈 없이 박진감 넘치는 편집이 아주 훌륭했어. 지루한 순간은 단 1초도 없더라고.”
나는 한 대표에게 ‘나도 잘 나왔어?’라고 물어보려다가 말았다. TV 화면에 나온 건 내 모습이 아니라 주리의 모습이라는 걸 깨달았기 때문이다.

"거긴 아직 아침이지?"

"그래. 아침 훈련하러 가는 길이야."

"다른 멤버들도 다 잘 있는 거지?"

"그래, 다들 멋지게 제 역할 잘하고 있다."

"다들 보고 싶네."

"핑크 클라우드에게 최초로 CF 제의까지 들어온 거 알아?"

"진짜야? 무슨 광고인데?"

"근데 품목이 좀 그래."

"뭔데?"

"생리대. 그래서 아직 내 선에서 보류 중이야."

"생리대 광고면 어때? 무조건 해야지. 선수 시절 초창기에 김연하 선수도 했던 광고잖아."

"조금만 더 생각해 보려고. 그래도 핑크 클라우드의 첫 CF인데, 생리대 광고부터 시키고 싶진 않아."

"내 친구지만, 자넨 참 지나치게 윤리적인 사장님이야. 소속 연예인들 이미지 지켜준다고, 행사나 CF 제의도 가려서 받는 걸 보면…."

"광고 촬영보단 우선 후속곡 녹음부터 서둘러야겠어. 물 들어올 때 노 저어야지. 너 돌아오는 대로 녹음 일정 빨리 잡자."

"그래, 그러자고."

"그러고 보니 넌 《더 유니버스》가 끝나고 나면, 글로벌 유닛으로 활동하느라 얼굴 보기 어려워질 수도 있겠구나."

"사실 나의 최종 목표는 글로벌 유닛 활동이 아니야. 나는 주리의 몸을 통해서 음악을 향한 내 개인적인 꿈은 이미 이룰 만큼 이뤘다고 생각해. 여기서 더 큰 걸 바란다면, 그건 내 욕심이지. 이젠 내 개인적인 욕심과 야망을 채우기보다는, 내가 속하게 된 핑크 클라우드에 좀 더 보탬이 되는 존재가 되고 싶어!"

66. 어페이스트 사이드를 떠나며…

◆◆

"지금도 넌 이미 그런 존재야. 불변의 명곡 때부터, 3개의 태양 프로젝트, 그리고 지금의 《더 유니버스》까지, 자네의 눈부신 선전이 핑크 클라우드에겐 얼마나 큰 보탬이 되고 있는지 너도 모르지 않잖아?"

"나는 얼른 핑크 클라우드 멤버들과 같이 무대에 다시 서고 싶어. 소중한 내 동료들을 더 높은 곳으로 함께 데려가고 싶어."

그다음 말은 차마 준호에게 말하지 못하고, 그냥 마음속 혼잣말로만 해야 했다.

'지키지 못했던 내 사랑, 미나 누나가 내게 부탁한 유미를 위해서라도 난 그렇게 해야 해! 그리고 혹시 내가 다시 장윤호의 몸으로 돌아간 후에도, 유미가 보컬리스트로서의 재능을 마음껏 펼칠 수 있도록 계속 도울 거야!'

유미를 거쳐 주리에게까지 내 생각이 미치자, 내 마음은 더 무거워진다. 지금 내가 주리의 몸과 마음에 지고 있는 이 빚은 도대체 언제, 어떻게 다 갚을 수 있단 말인가?

"네 뜻은 충분히 알겠어. 하지만 지금은 일단 《더 유니버스》 2차 경연에 충실해주길 바란다. 자네는 이미 길을 열어주었잖아. 자네가 개척해준 그 길을 따라서 핑크 클라우드를 잘 이끌고 가는 건, 이 한준호에게 맡기라고. 넌 그저 너의 길을 가면 되는 거야. 네가 가는 그 길이 곧 핑크 클라우드가 더 영광스러운 미래로 향하는 길이기도 하니까."

거실에 있다가 나를 부르러 방으로 들어온 주리도 페이스톡 화면을 통해 한 대표에게 인사를 한다.

"대표님, 오랜만!"

"근데, 주리 너 말이 좀 짧다? 아무리 모습은 중늙은이라도, 넌 엄연히 열아홉 주리잖아."

"한동안 대표님께 말 까다가 다시 높임말 쓰려니 좀 어색한 거 있죠?"

"그럼, 너 좋을 대로 해. 말을 까든 말든."

주리와 한 대표의 유쾌한 대화를 듣고 있으려니, 이젠 준호가 주리와 나의 상황을 온전히 받아들인 것 같아 마음이 놓인다.

"지금 식탁에서 사람들이 기다리고 있어서 유노 쌤 데리고 나가봐야 해요."

주리가 한 대표에게 양해를 구하자, 그는 '그럼, 수고!'라는 짧은 인사말을 남기고 전화를 뚝 끊어 버린다. 영상통화가 갑자기 끊어져 버린 아이폰 화면을 바라보며 잠깐 멍해졌던 주리와 나는 서로 마주 보며 실소를 금치 못했다.

"끊는 게 참 빠르기도 하셔라."

"역시 한준호다워!"

한 대표는 워낙에 질질 끄는 작별인사를 싫어한다. 매사에 맺고 끊음이 너무 분명해서 얼핏 보면 다소 냉정해 보이기 때문에, 준호의 속정 깊은 휴머니티는 아는 사람만 안다.

"그런데 주리야, 제니퍼도 와있어?"

환송 만찬에 참석하기 위해 방을 나서기에 앞서, 나는 주리에게 물었다.

"네, 조금 전에 도착했어요. 그런데 왜요?"

"아, 아니야!"

메이크오버 컴피티션 이후로는 제니퍼와의 첫 부딪침이다. 혹시 제니퍼가 나를 어색하게 대하지 않을까 하는 걱정보다는, 내가 제니퍼를 아무렇지도 않게 대할 수 있을까 하는 염려가 더 앞섰다.

원이민들과 원어민 수준의 주리 사이에 이루어지는 대화에 쉽게 낄 수 없다는 점이 오늘 저녁엔 오히려 더 다행스럽게 여겨졌다.

주방 벽면에 설치되어있는 TV화면을 통해 방영되고 있는《더 유니버스》 6회와 미라 씨가 방짜유기에 정성껏 차린 한식 9첩 반상 사이를 오가느라, 나는 대화에 끼지 못하는 소외감 따위를 느낄 새도 없었다.

내가 영어를 거의 못 알아듣는 척하며 말없이 가만히 있었기 때문에, 제니퍼와 껄끄러울 일도 없었다. 그녀도 내게 전혀 어색하게 굴지 않았다.

강한 뉴욕 액센트로 대화에 열중하고 있는 그들은 내가 등장하는 장면에서만 내게 한마디씩 했고, 내 방송 분량이 끝나면 곧바로 그들만의 화제로 되돌아갔다.

이 스테파니의 아파트를 떠나며 가장 아쉬운 점이 있다면, 당장 내일부터는 미라 씨의 환상적인 한식 밥상을 받지 못한다는 사실이다. 나는 미라 씨에게 그리니치 빌리지로 파견 근무를 와달라고 부탁하고 싶은 심정이다.

저녁 식사를 끝낸 후 스테파니와 제니퍼는 자리를 떴고, 나머지 네 명만 식탁에 그대로 앉아 있다.

"갑자기 떠나신다니 정말 서운해요. 처음 이 집에 들어오시던 날이 불과 몇 시간 전인 것 같은데, 벌써 5일이 지나 내일이면 떠나신다니…."

저녁 식사 내내 언어 장벽 아래에 몸을 숨긴 채 외로움에 떨고 있던 내게 미라 씨의 한국말은 고향의 봄바람처럼 따사로웠다.

워낙 공사가 다망한 분이셔서 얼굴 마주칠 일이 별로 없었지만 이렇게 근사한 플레이스를 우리에게 기꺼이 내준 스테파니, 낯 뜨거워질 뻔했던 순간도 있었지만 나에게 메이크오버 컴피티션 우승을 안겨줘서 고마운 마음이 더 큰 제니퍼.

머나먼 타국에서 엄마의 손맛을 느끼게 해준 미라 씨, 그리고 내가 아플 때 바쁜 시간 쪼개서 와준 병아리 닥터 대니얼까지.

막상 내일 아침에 여길 떠난다고 생각하니, 새삼 내가 이 집으로 들어오게 된 건 정말 행운이었단 생각이 든다. 2차 경연을 무사히 끝내고 한국으로 돌아가기 전에 꼭 이들을 다시 찾아와 깊은 감사를 전해야지.

2017년 10월 16일 뉴욕시각 AM 10:35.

아침마다 콘트라베이스 같은 몸매에서 나오는 소프라니노 클라리넷 같은 목소리로 활기를 북돋아줬던 여성 도어맨, 카타르지나와도 마지막 작별 인사를 나눴다.

솔직히 포옹까진 피하고 싶었건만, 그녀는 터프하게 나를 확 끌어안았다. 덕분에 나는 살찐 소파에 푹 파묻히는 기분을 느껴야 했다.

아직 이런 폭신폭신한 거구의 여인과는 자본 적이 없는데, 느낌이 그리 나쁘지만은 않을 것 같다는 생각이 얼핏 스쳤던 건 비밀이다.

사실 여태껏 카타르지나의 나이를 가늠해본 적이 없었다. 그런데 가까이서 보니 피부가 아주 보들보들한 것이 생각보다 어린 여자일 수도 있겠다는 생각이 들었다.

'내가 여자를 오래 굶긴 했나 보다.'

내 취향과는 한참 거리가 먼 체급의 여인을 두고도 이렇게 성적인 상상에 빠지고 말다니.

"유노 쌤, 왜 그렇게 얼굴이 빨개지셨어요?"

택시에 먼저 타고 있던 주리가 이제 막 올라탄 나에게 말했다. 사소한 것도 절대 놓치지 않는 주리는 좀처럼 피해가기 힘들단 말이지.

"육중한 몸에 눌려서 그런 거겠지."

"카타르지나의 풍만한 가슴에 파묻히셔서 그런 건 아니고요?"

한 대표를 대신하는 매니저 역할부터 가이드 겸 통역까지 해온 주리에게 이젠 독심술 능력까지 생겨버린 걸까?

"그리니치 빌리지에 재즈 클럽들이 몰려있다고 했지?"

나는 정곡이 찔린 걸 들키지 않으려고, 일부러 말꼬리를 돌렸다.

다행히 나의 그 어쭙잖은 꼼수는 효과적이었다. 내가 '그리니치 빌리지'란 말을 꺼내기가 무섭게, '가이드 주리'가 즉각 소환된다.

"네, 맞아요. 블루 노트, 빌리지 뱅가드 같은 재즈 클럽들이 모여 있어요. 20세기에 접어들면서 에드거 알랑 포, 월드 휘트만, 오 헨리, 유진 오닐, 에드워드 호퍼 등, 여러 분야의 예술가들이 그곳에 정착하면서 자유로운 영혼의 보헤미안들이 몰려드는 예술적인 동네가 되었죠. 집값과 임대료가 너무 비싸지면서 예술가들은 하나둘 떠나갔지만, 지금도 유서 깊은 재즈 클럽들이 자리를 지키며 문화 중심지로서의 명맥을 이어가고 있어요."

우리가 택시에서 내린 곳은 워싱턴 스퀘어 파크 앞이었다. 그 위치가 바로 5번가가 끝나는 지점이기도 했다.

"뉴욕에도 개선문이 있는지는 몰랐네."

"정확한 명칭은 워싱턴 스퀘어 아치예요. 조지 워싱턴의 취임 100주년을 기념하기 위해 1889년에 세워졌죠."

"19세기에는 저런 디자인이 트렌드였나 보다."

사실 그 거대한 건축물보다 내 마음을 더 끌었던 건, 그 앞에 놓인 그랜드 피아노였다.

이른 오전 시간임에도 불구하고 젊은 여성 피아니스트가 피아노 연주를 하고 있다. 그녀는 마치 마크 제이콥 패션쇼 런웨이를 걷다가 막 내려온 듯한 복장과는 어울리지 않는 '쇼팽'을 연주하고 있다.

"뉴욕에는 모두 1,700개 정도 되는 크고 작은 공원이 있대요. 비록 그 수많은 공원에 다 가본 건 아니지만, 제가 가장 좋아하는 공원이 바로 이곳이에요. 센트럴 파크보다 전 여기가 더 좋아요."

쇼팽 녹턴 2번(Op.9 No.2)은 워싱턴 스퀘어 파크의 가을 아침에 생생한 윤기를 더해준다.

센트럴 파크가 고상한 품격의 업타운을 상징한다면, 워싱턴 스퀘어 파크는 다운타운의 자유로운 열정을 그대로 품고 있는 것 같다.

연주를 끝낸 피아니스트는 몇 안 되는 관객들을 향해 멋쩍은 미소를 지으며 인사했다. 그런데 나는 그녀의 수줍은 인사가 꼭 그리니치 빌리지가 내게 건네는 환영인사처럼 느껴졌다.

"유노 쌤, 혹시 이 노래 아세요?"

주리는 내 두 귓구멍에다 이어폰을 꽂아준다. 아련한 하모니카와 기타 선율을 따라 읊조리듯 흐르는 남성 보컬.

"당연히 알지. 이거 《어거스트 러쉬》에 나왔던 노래잖아."

그 노래를 듣는 순간 내 눈앞에 문득 떠오른 장면이 있었다.

"아, 이제 생각났다! 파티에서 도망쳐 나온 남녀 주인공이 함께 있던 루프탑에서 바로 저 워싱턴 스퀘어 아치가 내려다보였던 것 같아. 남주가 여주에게 작업 걸면서 바로 이 노래를 불러주잖아. 달에게 말을 건다느니 어쩌니 하면서…."

"정확하게 기억하고 계시네요."

"난 그 영화를 다섯 번도 넘게 봤으니까."

"저도 감명 깊게 본 영화예요. 물론 유노 쌤처럼 여러 번 볼 정도까지는 아니었지만…. 그 영화의 주된 배경이 바로 그리니치 빌리지였어요. 《비긴 어게인》에서도 저 아치 밑에서 야외 녹음을 하는 장면이 나왔고요."

나는 내 왼쪽 귀에 꽂힌 이어폰 한쪽을 빼서 주리의 오른쪽 귀에 꽂아 주었다.

우리는 그렇게 이어폰을 한쪽씩 나눠 낀 채로 〈어거스트 러쉬 OST〉를 들으며, 그곳에 한참을 나란히 서 있었다.

아이엠윌이 렌트한 타운하우스는 오래된 주택과 건물들이 잘 보존된 그로브 스트리트에 위치해 있었다. 그리니치 빌리지의 중후하고 고풍스러운 매력의 근원인 브라운스톤 건물들 중 하나였다.

돌계단을 따라 올라가는 출입구까지는 그냥 수수하고 평범해 보였는데, 현관문이 열리는 순간 그야말로 딴 세상이 펼쳐졌다.

현관문을 들어서자마자 바로 보이는 정면에는 2층 천장부터 드리워진 앤티크 샹들리에가 보이고, 그 뒤편 벽면에 걸린 대형 액자에는 우리 팀

다섯 명과 아이엠윌이 함께 찍은 단체 화보가 들어가 있다.

신데렐라가 급히 내려오다 구두를 떨어뜨리고 갈 것 같은 나선형 계단이 좌우 양 갈래로 나있고, 계단으로 빙 둘러싸인 원형의 공간에는 반원형의 가죽소파가 놓여있다. 그 앞에 카메라가 놓여있는 걸 봐서는 아마도 인터뷰를 위한 공간인 듯했다.

"Call me Mr. Butler."

우리를 맞이한 사람은 말끔한 턱시도 차림의 노신사였다. 새하얀 피부와 백발이 슈트의 검은색과 선명한 대조를 이루고 있었다.

나는 그에게서 큐피드 건물 경비이신 장 씨 아저씨를 떠올렸는데, 주리는 다른 걸 떠올린 모양이다.

"백발의 미스터 버틀러를 보니 강아지가 떠오르네요. 미드 가십걸 블레어의 실제 모델로 알려진 올리비아 팔레르모가 키우는 말티즈 이름이 미스터 버틀러거든요. 하얀 머리털과 동그란 눈매가 비슷한 것 같아요."

그러고 보니 미스터 버틀러의 숱 많은 백발은 말티즈 털처럼 윤기가 좌르르 흐르고 있다. 약간 얼뜨고 선해 보이는 표정도 흡사 강아지 같다.

"그런데 키가 크고 다리도 길어서, 말티즈보단 그레이하운드 쪽이야."

미스터 버틀러의 안내를 따라 계단을 올라가는 동안, 그를 강아지에 빗대며 키득거리던 우리는 난데없이 갑자기 들려온 한국말에 소스라치게 놀라고 만다.

"털 짧은 그레이하운드보다는 털이 긴 아프간하운드쯤으로 해주시죠. 제 머리털이 그레이하운드보다는 좀 더 기니까요."

그렇게 유창한 한국말은 분명 파란 눈의 미스터 버틀러의 입에서 나온 게 맞았다.

"아니, 어떻게 한국말을…."

67. 워싱턴 스퀘어 파크 버스킹

◆◆

놀란 가슴이 조금 진정되고 나니 미안함이 왈칵 밀려온다.

"주한미군으로 1978년까지 서울의 용산에서 3년간 복무했습니다."

눈을 감고 들으면 꼭 한국 사람이 말하는 걸로 착각할 만큼, 미스터 버틀러의 한국어 실력은 완벽에 가까웠다. 그런 그를 앞에 두고 다 들릴 정도로 대놓고 강아지 드립을 했으니, 이만저만한 무례가 아니었다.

"버틀러님을 두고 강아지 어쩌고 해서 정말 죄송해요."

올리비아 팔레르모의 말티즈 얘기를 먼저 꺼냈던 주리가 나보다 더 많이 미안해했다.

"그나마 귀여운 강아지라서 다행이죠. 다행히 사마귀나 전갈 같은 건 아니잖아요?"

충분히 화를 낼 수도 있었던 상황을 가벼운 유머로 넘겨준 미스터 버틀러가 그렇게 고마울 수가 없었다. 다소 차가워 보였던 그의 얼굴에 가을 햇살 같은 미소가 번진다.

"그런데 한국말을 정말 잘하세요."

칭찬으로 미안함을 감면받으려는 듯, 주리는 미소를 가득 담은 찬사를 그에게 보냈다. 나도 한마디 거든다.

"영어권 외국인들은 한국에 살아도 대개 영어만 써서 한국말 잘 못 하던데요? 미스터 버틀러님께서는 한국어 공부를 따로 하신 건가요? 정말 한국 사람처럼 한국말을 잘하시네요."

"제 아내가 한국 사람입니다. 미군 부대 안에서 사무원으로 일하던 아내와 연애할 욕심으로 한국어 공부를 시작했는데…."

그는 잠시 말을 멈추고는 상념에 잠기는 듯한 표정을 짓는다. 아마도 옛날 생각이 난 모양이다.

"아내와 결혼까지 하게 되면서 저는 한국에서 공부를 좀 더 하기로 했어요. 그래서 연세대학교 국문학과에 입학했습니다. 대학 졸업 후에도 3년 동안 더 살았으니, 다 합쳐 10년 동안 한국에 있었던 셈이죠. 저의 청춘을 한국에서 다 보냈다고 해도 과언이 아닙니다."

자신의 한국 생활에 관해 말하는 내내 그는 옅은 미소를 유지하고 있었지만, 왠지 어딘가 쓸쓸해 보이는 얼굴이었다.

미라 씨의 표정에서 포착되었던 상실감이 미스터 버틀러의 얼굴에서도 얼핏 엿보였던 건 나의 오버센스였을까?

'혹시 그 한국인 부인과 사별하셨나?'

내 안에서 그런 궁금증이 살짝 일었다. 하지만 초면에 그런 사적인 질문을 던지는 것은 또 한 번 무례를 범하는 일인 것 같아, 그냥 무난한 인사치레로 대화를 마무리했다.

"어제까지 5일간 머물렀던 숙소에도 한국인 도우미 분이 계셔서 정말 큰 도움을 받았는데, 새로운 숙소에도 한국과 인연이 깊은 버틀러님이 계시다니 저희는 정말 운이 좋은 것 같아요."

내가 쓸 방은 2층에 있었고, 주리가 쓸 방은 3층이었다. 2층에 있는 다섯 개의 방을 우리 팀 멤버 5인이 각각 한 방씩 배정받았고, 3, 4층은 매니저들과 방송 스태프들의 숙소로 쓰인다고 했다.

방에 짐을 대충 풀어놓은 나는 내 담당 스크립터의 호출을 받고 1층으로 내려갔다. 그리고는 현관문 정면에 보이던 반원형 소파에 앉아서, 새 숙소 입소 소감을 인터뷰했다.

인터뷰가 끝난 후에는 단체 인터뷰가 예정된 오후 2시 반까지 자유 시간이 허락되었다. 그래서 주리와 나는 타운하우스 밖으로 나왔다. 이 동네를 좀 탐험해보고 싶었기 때문이다.

"정말 매력 있는 동네야!"

멋들어진 브라운스톤 건물들이 잘 정비된 도로를 따라 반듯하게 줄지어있는 거리를 걸으며 내가 말했다.

"오 헨리가 쓴 「마지막 잎새」의 배경이 되었던 집, 시트콤 《친구들》의 아파트 모두 이 구역에 있어요. 같은 부촌이라도 어퍼이스트와는 다른 정취가 있죠?"

"어퍼이스트 사이드가 청담동 느낌이라면, 미트패킹과 인접한 그리니치 빌리지는 이태원에 접해있는 한남동 필이랄까? 물론 정확한 비교는 안 되겠지만 말이야."

"정말 그런 것 같기도 하네요. 저쪽 맥두갈 스트리트 쪽에 가면 밥 달런과 지미 핸드릭스가 공연하던 라이브 카페도 있어요. 밥 달런의 주된 활동 무대가 바로 이곳, 그리니치 빌리지였다고 하네요."

"이런 곳에서 한 3년만 산다면, 나도 밥 달런 못지않은 곡과 가사를 쓸 수도 있을 것 같아."

"밥 달런도 무명 시절엔 워싱턴 스퀘어 파크에서 버스킹도 하고 그랬겠죠?"

바로 그때 내 머릿속에 번쩍 떠오른 아이디어가 있었다.

"주리야, 우리 버스킹 해볼까?"

주리의 입에서 나온 '버스킹'이라는 단어를 듣는 순간, 이 멋진 동네 어딘가에서 버스킹을 해보고 싶은 충동이 일었던 것이다.

나는 갑자기 뭐에 이끌린 듯 주리의 손을 잡고 워싱턴 스퀘어 아치 쪽으로 갔다.

오전에 여성 피아니스트가 공연하고 있던 자리에는 그랜드 피아노가 치워지고 4인조 혼성 밴드가 공연을 하고 있었다. 어쿠스틱 기타, 콘트라베이스, 드럼 그리고 보컬의 조합이었다. 남성 연주인들에게 둘러싸인 홍일점 싱어를 보니 자후림의 윤하 누님이 얼핏 떠오른다.

그들은 마이크와 앰프, 그리고 음향이 꽤 짱짱한 스피커까지 갖추고 있었다. 현재 연주되고 있는 곡은 보사노바로 편곡된 〈New York New York〉이다.

그 밴드의 주변에는 스무 명 안팎의 사람들이 서로 자세는 다르지만 비슷비슷한 표정으로 라이브 연주를 감상하고 있다. 그중에는 리듬에 맞춰 어깨를 들썩거리거나 박수를 치고 있는 사람도 보인다. 주리와 나도 기꺼이 그 그루브의 물결에 동참했다.

그런데 우리가 들은 〈New York New York〉이 아마 그들이 준비한 마지막 곡이었던 모양이다. 노래가 끝나자 그들은 자리를 파할 채비다.

나는 그들 중 기타리스트에게로 다가가 말을 건넸다.

"Excuse me! Would you lend me your guitar?"

'Would'란 조동사에 공손함을 담아서 묻긴 했지만, 그 기타리스트에겐 아마 황당하기 짝이 없는 질문이었을 것이다. 그가 의아한 표정을 지은 건 당연했다. 그러나 내 짧은 영어로 최선을 다한 부연 설명에, 그는 결국 다정한 오빠 미소를 지으며 오케이 했다.

'역시, 주리의 미모는 통하지 않는 곳이 없구나!'

나는 결코 쉽지 않을 것 같았던 승낙을 받아내서 의기양양해진 상태로 주리에게 다가갔다.

"주리야, 한 곡 부를 수 있게 해주겠대. 기타까지 빌렸어."

"어머, 정말이에요? 그런데 리허설 한 번도 없이 괜찮으시겠어요?"

"괜찮을 거야."

"무슨 노래 부르실 거예요?"

"장소가 장소이니 만큼, 밥 달런의 노래가 좋지 않을까? 〈Knockin' on Heaven's Door〉로 하자."

"그 노래라면 연습 없이도 편하게 부를 수 있겠네요?"

"그렇지? 한 번 잘 불러 봐!"

"네?"

주리는 휘둥그레진 눈으로 날 쳐다본다.

"나는 기타 연주만 할 거야. 노래는 주리 네가 부를 거야."

"제가요?"

주리는 당황한 표정으로 반문했다. 그래, 당황할 만도 하지. 그녀로선 전혀 예상치 못했던 제안일 테니까.

"그래, 바로 너!"

"하지만 제가 어떻게 이런 장소에서 노래를 불러요? 말도 안 돼요."

주리는 손사래를 치며 자리를 뜨려고 했다. 나는 주리가 도망치지 못하게 두 팔목을 꽉 움켜잡았다.

"주리야, 나는 알고 있었어. 주리 네가 그동안 나 몰래 화영이에게 보컬 레슨을 받아왔다는 사실을 말이야."

"아니, 그걸 어떻게 아셨어요?"

"화영이가 얘기해줬지. 주리 네가 화영이를 찾아가 보컬 레슨을 부탁했다던 그날 바로. 물론 그때는 화영이에게 우리 둘이 바뀌었다는 사실을 고백하기 전이었지."

"비밀로 해달라고 그렇게 부탁했는데…."

"그래, 네가 비밀로 해달라고 했다는 것까지 다 말해주더구나. 그래서 화영이가 나에게 그 사실을 알려주면서도, 네 앞에선 제발 모르는 척해달라고 신신당부를 했지."

"참, 세상에 비밀은 없네요."

"화영이도, 나도 입이 무거운 사람들은 아니라서 미안해. 하지만 그게 꼭 나에게까지 숨길 일은 아니지 않았어?"

"말하기가 어쩐지 창피했어요."

"그게 왜 창피한 일이야?"

어느새 주리의 볼이 술 몇 잔 마신 것처럼 붉어져 있다. 부끄러울 땐 귓불까지 빨개지는 내 습성은 몸의 주인이 주리로 바뀐 후에도 변함이 없는 것 같다.

"유노 쌤은 제 몸으로 바뀌고 나서도 계속 노래를 하시는데, 저는 노래할 기회가 사라졌잖아요. 하지만 유노 쌤의 발성 기관을 결코 쉽게 해선 안 된다는 생각을 했었어요. 저와 몸이 바뀌기 전까지는 유노 쌤이 하루도 빠짐없이 노래 연습을 해 오셨다는 걸 알고 있었거든요."

"나를 위해서…. 노래 연습을 한 거라고?"

나는 약간 울컥했다. 주리가 내 발성 기관을 위해서, 나를 위해서 노래 연습을 해왔다니.

"사실 저를 위한 것이기도 했어요. 만약 제가 다시 제 몸으로 돌아갔을 때 원래의 강주리로 돌아가 버린다면, 더 이상 핑크 클라우드로 활동하기 어려울 테니까요. 제가 유노 쌤의 몸으로 있는 동안, 최소한 노래 연습이라도 지속하고 있어야 할 것 같았어요."

그랬구나. 주리를 생각하면 빚을 짓고 있는 것 같아 늘 마음이 무거웠는데, 나름의 대비를 해온 그녀가 그렇게 기특하고 고마울 수 없다.

"나를 위해서라는 말보다 너 자신을 위해서였다는 그 말이 내 마음을 더 기쁘게 하는구나!"

나는 주리를 와락 껴안고 싶었지만, 우리 때문에 장비 수거도 못 하고 있는 밴드의 눈치가 보여서 더 이상 시간을 지체할 수가 없었다.

"언젠가 연습실 문 앞에서 네 노래 소리를 들었어. 방해가 될까 봐 문 열고 들어가지 않고, 그냥 밖에서 듣기만 했었지. 그때 네가 부르고 있던 노래가 바로 <Knockin' on Heaven's Door>였어. 아까 네가 밥 달런 버스킹 얘길 꺼냈을 때, 그때 네가 불렀던 그 노래가 문득 생각나서 버스킹을 해보자고 제안했던 거야."

"하지만 전 유노 쌤 몸으로 바뀐 후로는 화영 쌤께 레슨받을 때 외에는 다른 사람 앞에서 노래를 불러본 적이 없어요."

"밥 달런의 곡은 노래를 부른다기보다는 시를 읊조리듯 부르면 돼. 허심탄회하게, 말하듯이 그렇게…. 그냥 리듬에 기대서, 내 기타 연주에 기대서 편안하게 불러 봐!"

나의 계속된 설득에 주리는 마침내 용기를 내어 마이크 앞에 자리를 잡는다. 나도 기타를 매고 의자에 앉아서 가볍게 손가락 스트레칭을 한다.

고맙게도 밴드의 보컬 아가씨가 우리를 소개하는 멘트까지 해준다.

“Ladies and gentlemen, let me introduce our guest from South Korea! This is the fantastic uncle and niece duo.”

주리와 나의 실랑이가 꽤 길어진 탓에 관중들의 상당수가 이미 자리를 뜬 상태였다.

나는 줄어든 관중 수에 개의치 않고 기타 연주를 시작한다. 어려 보이는 동양의 여자애가 기타를 능숙하게 다루는 모습이 꽤 인상 깊게 다가갔는지, 관중들 쪽에서 환호성이 터져 나온다.

“Mamma take this badge off me~”

여린 듯 강렬하게 치고 들어오는 주리의 보컬. 분명 내 목소리인데, 내 목소리가 아닌 듯 생경한 이 느낌은 뭐지?

“엄마, 내게서 이 배지 좀 떼 줘요.

더 이상 쓸 수도 없는 걸요.

점점 어두워져요.

너무 깜깜해서 보이지 않네요.

천국의 문을 두드리는 것 같네요.”

전쟁터에서 죽어가는 젊은 병사가 엄마를 향한 마지막 독백을 하는 이 노래에 따뜻한 주리의 영혼이 담기니, 마치 그 가엾은 청춘의 혼령을 위로하는 듯한 노래가 된다.

“Knock knock knockin` on Heaven`s door~.”

후렴구가 반복되면서, 관중들은 하나둘 노래를 따라 부르기 시작한다. 어떤 이는 박수를 치고, 어떤 이는 손을 위로 올려 좌우로 흔들고 있다.

“Knock knock knockin` on Heaven`s door~.”

반전과 저항의 메시지를 시적인 가사를 통해 전달했던 밥 달런에겐 어쩌면 노벨문학상보다 노벨평화상이 더 어울렸을지도 모른다.

밥 달런의 숨결이 곳곳에 살아 숨 쉬고 있는 그리니치빌리지의 워싱턴 스퀘어 파크에서 그의 노래로 하나가 된 주리와 나, 그리고 생면부지의 관중들이 우리들의 노래 속에 함께 들어와 있다.

거대한 전쟁의 소용돌이 속에 작은 티끌처럼 사라져간 애처로운 죽음을 따뜻하게 감싸 안는 듯한 주리의 노래. 소리 높여 부르짖지 않아도, 나와 관중들의 가슴에 깊은 감동의 울림을 주기에 충분했다.

노래를 시작하기 전까지만 해도 관중이 열 명 정도밖에 안 되어 보였는데, 곡 후반부에는 서너 배 정도로 늘어나 있었다. 모든 관중들이 머리 위로 두 손을 올려 좌우로 흔들며 'knock knock knocking on Heaven's door'를 외치고 있다.

주리와 내가, 우리와 관중이 함께 두드린 천국의 문은 분명 긍정과 희망으로 가는 문이었으리라.

68. 허락될 수 없는 감정

◆◆

밴드가 장비정리 하는 것을 도와준 후 그들과 헤어진 우리는 점심을 먹기 위해 '타르틴'이라는 레스토랑으로 왔다.

풍성한 가로수 그늘이 뉴욕의 가을 햇살을 적당히 막아주고 있는 테라스에 자리를 잡았다.

"앵콜까지 받을 줄은 정말 몰랐어요."

잔뜩 고무된 주리의 표정을 보니, 내가 주리에게 버스킹을 제안하길 정말 잘 했다는 생각이 든다.

"앵콜곡도 아주 잘했어!"

앵콜곡으로는 우리가 서로 몸이 바뀌기 전에 주리의 주력 연습곡으로 가장 많이 연습했던 '그중에 그대를 만나'를 불렀다.

"유노 쌤이 편안한 키로 맞춰 주셨으니까요."

"리허설도 없이 부르는 라이브인 만큼, 부담스러운 키로 갈 순 없었으니까. 그리고 부르는 사람이 편안하게 불러야, 듣는 사람도 편안하게 들을 수 있는 거야."

주리는 아직 여운에 잠겨있는 것처럼 보인다.

"주리 넌 버스킹이 처음이었지?"

"네, 크리스마스 때 성당 사람들과 길에서 캐롤 합창했던 이후로 공개된 장소에서, 더구나 사람들 앞에서 노래해본 건 처음이었어요."

지금 주리가 곱씹고 있는 그 감동의 여운이 내 마음속에도 그려지는 것 같다. 나 역시 첫 버스킹 때의 감동을 사반세기가 지난 지금까지 고스란히 간직하고 있기 때문이다.

나의 노래를 향해 모여든 사람들과 진한 교감을 이루었을 때의 그 짜릿함이란 이루 말로 형용할 수 없는 감흥이다.

"갑자기 배가 고파지네요."

"그래, 미라 씨가 차려준 아침밥을 든든히 먹고 나왔는데도 벌써 배가 고프네."

그런데 벌써가 아니었다. 시간은 이미 오후 1시를 지나 있었다.

"이 집은 에그 베네딕트가 유명한데, 이미 12시가 지나서 주문이 안 된다고 하네요."

에그 베네딕트는 브랙퍼스트 메뉴에 해당되는데, 주말에는 오후 3시까지 주문 가능하지만 평일에는 정오까지만 주문을 받는다고 했다. 그래서 우리는 런치 메뉴 중에서 주문을 해야 했다.

주리는 '일곱 가지 곡물 토스트에 사과나무 훈제 베이컨과 상추 그리고 토마토가 들어간 BLT'라는 메뉴를 골랐고, 나는 '버몬트 체다 치즈, 아르굴리, 과카몰리 등이 들어간 그릴드 치킨 샌드위치'를 선택했다.

"원래의 나 같았으면 정말 맛있게 잘 먹혔을 것 같은데, 지금은 미라 씨가 차려줬던 한식 밥상이 막 그리워지는 것 있지."

"전 유노 쌤 초딩 입맛에 이 집이 더 잘 맞을 줄 알았는데, 제가 더 맛있게 먹고 있네요. 점점 서로의 입맛이 몸에 맞춰지나 봐요."

주리가 내가 되고 내가 주리가 되면서, 내가 주리처럼 변하고 주리가 나와 비슷해지고 있다.

주리와 내가 겪고 있는 이런 과정이 어쩌면 사랑에 빠지는 과정과 비슷하지 않을까 하는 생각이 뇌리를 스치면서, 나는 문득 가슴이 두근거린다.

흐뭇한 미소로 나를 바라보고 있는 주리의 눈빛을 보니 내 심장이 한층 더 심하게 요동친다.

그런데 새콤하고 쌉싸름한 자몽에이드 몇 모금으로는 진정 효과가 별로 없었다. 나는 일단 주리의 시선을 피해야겠다는 심산으로 웨스트 4번가의 단풍진 가로수를 올려다본다.

2017년 10월 16일 뉴욕시각 PM 02:12.

《더 유니버스》 2차 경연 A팀은 난감한 상황을 맞았다. 입소 데드라인이었던 오후 2시가 지났는데도, 아직 탄자니아의 자네티 마수카가 나타나지 않았기 때문이다.

2시부터 진행 예정이었던 단체 인터뷰는 어쩔 수 없이 연기될 수밖에 없었다.

그렇다고 모든 일정을 마냥 미룰 수만은 없는 일이었다. 우리 팀 담당 스태프들이 자네티 마수카의 행방을 수소문하는 동안, 멤버들은 일단 자네티 없이 팀명을 정하는 논의부터 진행하기로 했다.

열대여섯 명 정도는 충분히 앉을 수 있는 1층 반원형 소파에 5명의 인원이 모여 앉았다. 자네티 마수카를 제외한 멤버 4명에 주리가 낀 것이다.

10대 후반에서 20대 초반의 남녀가 낀 자리에 늙수그레한 아재 하나가 끼어있으니, 사람들의 시선이 자연스레 주리에게로 쏠릴 수밖에 없었다.

"I'm her interpreter."

아무도 묻지 않았지만, 주리는 자신이 먼저 본인의 정체를 밝혔다. 마치 자기가 이 자리에 끼어있어야 하는 당위성을 인정받으려는 듯.

"야, 너 솔직히 말해. 잘생긴 에릭 뒤보아 보려고 여기 있는 거지?"

나는 괜히 그런 귓속말로 어깃장을 놓았다. 내심 주리가 가지 않고 내 옆을 지켜주는 게 든든하고 고마우면서도 말이다.

아닌 게 아니라, 에릭 뒤보아는 남자의 영혼인 내 눈으로 봐도 정말 잘생긴 얼굴이다. 주리만큼 하얀 얼굴에 끝이 살짝 들린 날렵한 콧날, 그리고 어느 낭만주의 화가가 목탄으로 그린 것 같은 눈썹 아래에는 지중해처럼 파란 눈이 반짝이고 있다.

"잘생긴 남자라면 거울만 봐도 볼 수 있거든요?"

귓속말을 통해 돌아온 주리의 대답을 한참 만에 이해한 나는 주리를 똑바로 쳐다볼 수가 없었다. 비록 농담조였지만, 내 마음 깊은 곳까지 훅 치고 들어오는 주리의 진심에 내 가슴이 떨려왔기 때문이다.

A팀의 팀명은 UNH로 정해졌다. 'United Nations of the Heart'의 이니셜을 따서 만든 이름이다.

솔직히 재미도 없고 별 특색도 없는 이름이지만, 웃음기 하나 없이 진지하면서도 장황한 설명을 덧붙인 에릭 뒤보아의 의견에 별 이견 없이 따르기로 한 것이다. 그래서 결정 과정은 그리 오래 걸리지 않았다.

"에릭 뒤보아가 잘생기긴 했지만, 약간 진지충인 것 같아요."

1층 소파에서의 토론을 끝낸 후 연습복으로 갈아입기 위해 방으로 올라가는 도중에 주리가 말했다.

"저 얼굴에 재미있기까지 하면, 세상이 너무 불공평하잖니?"

살다 살다, 내가 주리 앞에서 에릭 뒤보아를 두둔하게 될 줄이야.

'잘생긴 남자라면 거울만 봐도 볼 수 있거든요?'

주리의 그 귓속말로부터 내 심장을 습격당한 여파에서 아직 벗어나지 못한 탓인가 보다.

솔직히 두렵다. 나는 주리가 한 시라도 내 곁에 없으면 불안할 정도로 그녀를 친밀한 존재로 여기고 있지만, 막상 조금씩 내게 다가오는 주리의 마음이 느껴지자 덜컥 겁부터 나는 것이다.

두 눈 시퍼렇게 뜨고 우리 사이를 예의주시하고 있는 한 대표가 무서워서 그런 것만은 결코 아니다.

주리와 나 사이에 생겨나고 있는 이 감정을 내가 쉬이 인정할 수 없는 이유는 나 스스로가 용납하기 힘든 감정이기 때문이다.

걷잡을 수 없는 감정에 빠져들었다가 가장 소중한 것들을 모조리 잃어버린 아픔이 있는 나로선, 두 사람 사이에 형성되고 있는 이상 기류가 걱정스러울 수밖에 없다.

더구나 주리와 나의 몸이 뒤바뀐 거짓말 같은 상황에서, 아니 다시 원래의 상태로 돌아간 후에라도, 내가 나보다 스물네 살 어린 주리와 연인 관계가 된다는 게 말이 안 되잖아?

과연, 나는 그렇게 롤리타적이고, 페도필리아적인 사랑을 제3자들에게 납득시킬 수 있을까?

아니, 나는 그럴 자신이 없다. 나는 당장 내 영혼 가장 가까이에 있는 친구인 한 대표조차도 설득할 수 없을 것이다.

"차라리 미국의 브라이언 마틴 쪽이 더 매력 있어요."

꼭 나의 내적 갈등을 들여다보기라도 한 것처럼, 주리는 브라이언 마틴 쪽으로 화제를 돌려 내 주의를 환기시켰다.

"맞아, 브라이언도 훈훈한 매력이 있어."

나는 애써 복잡한 생각을 밀어내며 주리의 말에 맞장구쳤다.

"그에겐 보는 사람을 기분 좋게 만드는 뭔가가 있는 것 같아요."

"에릭 뒤보아가 《태양은 가득히》의 알랭 들롱을 떠올리게 한다면, 브라이언 마틴은 《물랑 루즈》 시절의 이완 맥그뤼거를 연상케 해."

"꽤 설득력 있는 비교예요. 에릭과 브라이언 덕에 UNH 팀은 여심을 사로잡는 데에는 아주 유리할 것 같아요."

"호주의 카렌 터너도 왠지 남성 팬보다는 여성 팬이 더 많을 것 같아. 얼핏 우리 핑크 클라우드의 정화가 연상되는 터프걸이던데?"

"아직 미지수인 자네티 마수카는 제쳐두고, 남성들의 표심은 유노 쌤이 전적으로 책임져야 한다는 얘기네요?"

우리 팀에 대한 남성들의 지지는 내가 책임져야 한다는 주리의 말에, 나는 두 손으로 턱받침을 해보이며 대답한다.

"난 강주리의 탁월한 미모만 믿어."

그러자 주리가 양쪽 엄지손가락을 치켜들며 내 말을 받는다.

"유노 쌤의 실력만으로도 확실한 원톱이죠!"

"우리끼리 자화자찬이구나!"

"그러게요."

"그런데 자네티 마수카는 대체 어디에 가 있는 걸까?"

모처럼 실랑이 없는 의견합일을 이루며 형성된 훈훈한 분위기는 '자네티 마수카'라는 암초를 만나면서 와르르 무너지고 만다.

오늘 가까이에서 접해본 팀 멤버들은 대체로 다 만족스러웠다. 그런데 문제는 아직도 모습을 드러내지 않고 있는 자네티 마수카이다. 그녀의 행방은 여전히 오리무중이다.

"혹시 길을 잃어버린 건 아닐까요?"

"그럴지도 모르지. 탄자니아의 부족마을 같은 곳에서 살았던 아가씨라면, 이 복잡한 맨해튼에서 길을 잃어버릴 가능성도 없지 않잖아."

"이러다 정말 안 오면 어떡하죠?"

"오늘 중으로 복귀하지 못하면 자동으로 실격 처리 될 거라고 했어."

"제 마음이 무겁네요. 만약 제가 자네티 마수카를 고르라고 하지 않았다면, 이런 사태를 맞을 일도 없었을 텐데."

팀이 곤란함을 겪게 된 것이 자기 탓이라며 자책하는 주리 앞에서, 나는 더 이상 걱정하는 티를 낼 수 없었다.

"좀 더 기다려봐야지. 뭐, 별일이야 있겠어? 제작진이 열심히 찾고 있다니까, 반드시 찾아서 데려와 줄 거야. 그리고 자네티의 신비로운 음색에 매료되었던 건 나도 마찬가지였어. 자네티를 최종적으로 선택한 건 결국 나였으니까 주리 네가 자책할 필요 없어."

방으로 돌아온 나는 간편한 연습복장으로 갈아입었다. 5층 연습실에서 집합하기로 한 오후 4시까지는 40분 정도의 시간이 남아있어서, 나는 3층에 있는 주리의 숙소에 가보기로 했다.

그런데 주리의 숙소 문 옆에는 'Yunho Jang'이라는 이름표 외에 'Philippe Dubois'라는 이름표도 붙어 있었다.

'주리는 숙소를 혼자 쓰는 게 아니었구나!'

내가 노크한 지 5초도 안 되어서 문을 벌컥 열어준 사람은 주리가 아닌 다른 사람이었다. 바로 그가 '필립 뒤보아'라는 이름표의 주인인 듯했다.

필립 뒤보아의 얼굴을 마주한 순간, 나는 왜 그가 에릭 뒤보아와 라스트 네임이 같은지 알 수 있을 것 같았다. 에릭과 필립은 얼굴만 딱 봐도 두 사람이 혈연관계임을 단박에 알아차릴 수 있을 정도로 유사한 이목구비를 지녔다.

"You are…."

내가 be 동사 끝을 길게 끌자, 그가 잽싸게 끼어들어 문장을 완성한다.

"Eric's brother and manager."

나는 'eleder or younger?'라고 물으려다 말고, 그냥 가볍게 목례만 했다.

"Nice to meet you."

영어인데도 왠지 프랑스 말처럼 들리는 인사를 남긴 후, 필립은 자리를 피해주려는 듯 밖으로 나갔다.

주리는 창문 앞에 놓인 소파에 앉아 있었다. 그녀는 귀에 이어폰을 꽂은 채 아이폰을 들여다보고 있느라, 내가 방으로 들어온 것도 모르는 모양이었다.

내가 바로 옆까지 다가가 어깨를 툭 치고 나서야 비로소 주리는 나를 올려다본다.

"어? 언제 오셨어요?"

나를 보는 그녀의 눈빛으로부터 기쁨의 기운이 전해 온다.

"왜 그래? 무슨 좋은 일이라도 있는 거야?"

주리는 마치 내가 그렇게 물어주길 기다렸다는 듯이, 손에 들고 있던 아이폰을 내 눈앞에 들이밀며 말한다.

"이것 좀 보세요."

"이게 뭔데?"

주리가 보여준 아이폰 화면에는 한 인터넷 커뮤니티의 히트 게시판에 올라온 글이 떠있었다. 제목은 '뉴욕의 흔한 버스킹 수준'이라고 되어 있었다.

69. 다시 세상 속으로

◆◆

주리에게서 아이폰을 받아든 나는 화면을 좀 더 자세히 들여다본다.

'제목 : 뉴욕의 흔한 버스킹 수준

작성자 : 코리안맨인뉴욕(zafic****)

2017.10.17. 04:32 조회수 3541

닉 보면 뉴욕에서 서식하는 잉여인 줄 알겠지만, 실은 여행 중임.

음악영화성애자인 필자에게 그리니치 빌리지는 성지와도 같았음.

근데 거기서 대박 버스킹 목격함.

싱어가 낯이 좀 익다 싶었는데, 자세히 보니 90년대 초에 〈노을이 지는 이 자리〉로 원 히트 원더 가수였던 튠드라 장윤호였음. (연식이 좀 되는 필자라 알아볼 수 있었음.)

그런데 그 뒤에서 기타 치는 사람이 더 대박! 무려 핑크 클라우드 강주리였음. 《더 유니버스》 본선 참석차 뉴욕에 와있는 걸로 추정됨.

첨부한 인증샷은 앵콜곡 〈그중에 그대를 만나〉 부를 때 찍은 거.

동영상 못 찍어서 아쉬웠는데, 찾아보니 신기하게도 유튜베에 올라와있는 영상이 있어서 링크함.'

게시글에 첨부된 인증샷 속에는 아귀처럼 입을 벌리고 있는 아재와 멋진 자태로 기타 치는 소녀가 비스듬한 각도로 함께 찍혀있었다.

"뭐지, 이 사진은? 주리 넌 대체 내 얼굴에다 무슨 짓을 한 거야?"

"열창을 하느라 표정 관리를 못해서 그런 거죠."

"이 뒤쪽을 한 번 봐봐! 나는 이렇게 멋진 포즈를 잡아줬는데 말이야!"

"멋진 포즈라는 건 인정하는데, 다리가 너무 쩍벌이에요."

"근데 조회수가 이 정도면 높은 거야? 낮은 거야? 이게 언제 올라온 글이지?"

"한국 시간으로 17일 새벽 4시 32분에 입력된 글이니까, 뉴욕시각으로는 16일 오후 2시 32분이죠. 올라온 지 아직 한 시간도 안 된 글인데 이 정도 조회수면 상당한 거죠."

"어쨌든 이곳 뉴욕에서까지 장윤호라는 가수를 알아보는 사람이 있었다는 건 기분 좋은 일이네."

"그런데 유노 쌤, 이 게시판 글이 끝이 아니에요."

"또 뭐가 더 있는데?"

"그 게시글에 링크된 유튜베 URL로 한 번 가보세요!"

나는 주리의 말대로 본문 마지막에 첨부된 유튜베 링크로 가보았다.

'AMAZING buskers in NYC

Karry J. Potter

조회수 122,494,252회 · 2시간 전'

"우와, 유튜베 동영상 조회수가 120만 회를 넘은 거야?"

"네, 그것도 올라온 지 2시간 정도밖에 안 되었는데 말이에요. 저 동영상을 올린 Karry J. Potter란 사람이 운영하는 유튜베 채널이 구독자수가 상당히 많은 모양이에요. 그래서 짧은 시간 안에 저렇게 높은 조회수를 기록할 수 있었던 것 같아요."

"그런데 이 영상을 그 짧은 시간 안에 그렇게 많은 사람들이 봤다니, 한편으론 조금 무서워지기도 하네."

비록 공연의 주체는 주리의 영혼이었지만, 내 모습과 내 목소리를 통해 전달된 노래를 그렇게 많은 사람들이 보고 들었다는 사실은 분명 기쁜 일이다. 하지만 그런 기쁨 뒤에 따라붙는 불안과 두려움 역시 무시할 수 없었다.

"너무 깊이 생각할 필요 없어요. 그냥 세상으로부터 작은 응답을 받고 있다고 생각하자고요."

주리에겐 어느새 내 마음속 그늘진 곳에 숨어있는 불안과 두려움까지 꿰뚫어보는 능력이 생긴 걸까?

“작은 응답? 적절한 말인 것 같네.”

머릿속이 너무 복잡한 나머지 기쁨을 기쁨으로 온전히 받아들이지 못하는 어른인 나를 기어이 미소 짓게 만드는 주리.

“저는 제가 유노 쌤의 몸으로 있는 동안, 뮤지션 장윤호라는 존재를 세상 속으로 다시 되돌려놓고 싶어요. 유노 쌤이 저 강주리를 세상의 한가운데에 우뚝 설 수 있게 해주셨듯이 말이에요.”

“그래, 나는 너로서, 너는 나로서 우리가 어디까지 갈 수 있는지, 갈 때까지 한 번 가보자.”

“그렇게 열심히 같이 가다 보면, 서로의 몸으로 다시 돌아가는 길도 더 가까워지지 않을까요?”

“그래, 우리 끝까지 같이 가보자. 너와 나, 그리고 우리의 사랑스러운 핑크 클라우드 동료들과 함께!”

주리와 나는 어느새 두 손을 굳게 마주 잡고 있었다. 비장한 표정으로 두 손을 맞잡고 있는 두 사람의 상황이 어색해진 나는 잡고 있던 손을 슬쩍 놓는다.

“그런데 유노 쌤, 저를 버스킹 무대에 서게 만든 건 바로 유노 쌤이에요.”

“그런데?”

“그러니까 장윤호라는 존재를 다시 세상 속으로 밀어 넣은 건, 제가 아니라 바로 유노 쌤 자신이었다고요.”

2017년 10월 16일 뉴욕시각 PM 07:45.

자네티 마수카의 행적이 포착된 곳은 첼시에 위치한 드림 다운타운 호텔이었다.

제보자는 바로 자네티 마수카의 부모님이었다. 방값을 결제하는 데 사용된 신용카드 사용기록이 자네티 아버지의 스마트폰으로 보내지는 바람에 그녀가 그 호텔에 투숙했다는 사실을 알게 된 것이다.

"제작진과 자네티의 부모님이 호텔방에 도착했을 당시까지 자네티 마수카는 만취 상태로 침대에 널브러져 있었대요."

어느새 내 담당 스크립터와 친해진 주리가 방금 입수해온 따끈따끈한 정보를 내게 전하는 중이다.

"드림 다운타운 호텔의 루프탑에 PHD라는 라운지 클럽이 있거든요. 셀레브리티들도 자주 목격되는 꽤 유명한 핫 플레이스죠. 그 클럽에서 새벽까지 퍼마신 모양이에요."

"거 참, 완전 반전이야!"

"뭐가요?"

"난 자네티 마수카가 탄자니아 부족마을에서 온 순수 그 자체의 아가씨일 줄 알았거든."

"그런데 알고 보니 파리스 힐튼 빰치는 파티걸이었다는 거죠."

"정말 충격적이야!"

"다섯 살 때 미국으로 건너와서 뉴욕에서 쭉 살았대요."

"그렇게 오랫동안 미국에서 살았다면, 자네티 마수카는 탄자니아 대표가 아니라 미국 대표로 해야 하는 거 아니야?"

"안 그래도 제작진들 사이에서도 논란이 좀 있었대요. 그런데 자네티는 미국 시민권도 있지만, 탄자니아에서 태어나 그쪽 국적도 갖고 있기 때문에 탄자니아 대표로 인정하기로 한 거래요."

"그 나라에서 몇 년 이상 거주해야 그 나라 대표로 출전할 수 있다는 규정 같은 건 없었나 보지?"

"미스 코리아 대회 같은 경우에도 해외 동포까지 출전이 가능하고, 국내에 거주한 적이 없었던 사람이라도 미스 코리아로 뽑혀서 국제 대회에 출전하는 데에는 문제없잖아요."

"하긴, 우리나라만큼 국적 문제에 민감한 나라도 드물지."

"우리나라는 단일민족 국가인 데다 남성들의 경우에는 병역 문제까지 걸려있으니 그럴 수밖에 없는 거죠."

그런데 자네티 마수카의 행방을 제보한 사람이 바로 아버지였다는 말을 듣고 보니, 그녀의 부모님에 대한 궁금증도 일었다.

"자네티 마수카의 부모님도 당연히 뉴욕에 사시는 분들이겠네?"

"네, 그녀의 아버지는 미국인이고 어머니는 탄자니아 어느 부족의 추장 딸이래요. 결혼해서 아이까지 낳고 부족 마을에서 살다가 미국으로 건너온 거래요. 그런데 그 일가족이 미국으로 온 이유가 좀 특별해요."

"이유가 뭔데?"

"할례 의식을 피하기 위해서였대요. 그래서 자네티가 다섯 살이 되기 전에 부족을 탈출한 거라고 하더군요."

"할례?"

"네, 남성은 귀두의 포피를 자르고, 여성은 클리토리스를 잘라내는, 일종의 성인의식 같은 거죠."

'귀두', '클리토리스' 같은 단어를 서슴없이 입에 담는 주리 때문에 나는 잠시 흠칫했다. 아무리 몸은 마흔셋 아재라도, 그 영혼은 엄연히 열아홉 소녀인데….

"자네티 어머니의 부족에게는 아직도 할례 풍습이 남아 있어서 여자 아이가 만 5세만 넘어도 할례를 시켜버린대요."

다섯 살배기 여자애가 울며불며 몸부림치는 장면을 상상을 해버리고만 나는 갑자기 몸서리가 쳐지며 몸이 부르르 떨렸다. 가장 예민하고 연약한 부위에 날카로운 칼날이 파고드는 고통이 꼭 내 몸으로 전해져오는 것 같았기 때문이다.

"할례를 피해서 딸을 데리고 부족을 탈출한 자네티 부모님의 심정은 백 번 이해가 간다."

"그렇죠? 사실 그런 의식에는 나름대로의 종교적, 문화적 의미가 있겠죠. 하지만 아무리 그래도, 아무것도 모르는 여자 아이들에게 무차별적으로 자행되는 여성 할례는 야만적인 행위라는 생각밖엔 안 들어요."

주리는 진심으로 분노한 모습이다. 때론 열아홉 소녀의 영혼이라고 믿기지 않을 만큼 놀라운 통찰력과 혜안을 보여주곤 하는 주리. 이럴 때 보면 그녀는 장차 큰 인물이 될 사람이 아닐까 하는 생각이 들기도 한다.

"그래서 그 자네티 힐튼은 지금 숙소에 들어와 있는 상태야?"

"네, 좀 전에 입소해서 현재 샤워 중이라네요."

"이렇게 뒤늦게 멤버들 앞에 나타난 그녀 입에서 과연 무슨 말이 나올지 궁금하네."

"다 제 탓이에요. 저 때문에 UNH 팀이 저런 골칫덩어리 시한폭탄을 떠안게 된 것 같아 내내 마음이 무거워요."

"네 탓이 아니라니까 자꾸 그러네."

"혹시 자네티가 마약까지 하는 건 아니겠죠?"

"에이, 설마!"

오후 2시로 예정되었던 단체 인터뷰는 한 주정뱅이 파티걸의 뒤늦은 등장으로 인해 6시간이나 미뤄진 오후 8시부터 진행될 예정이다.

단체 인터뷰 시작 시간을 10여 분 남겨두고 1층으로 내려와 보니, 자네티 마수카의 단독 인터뷰가 진행되고 있었다.

"So juve!"

'UNH'라는 우리 팀명과 그 의미를 전해들은 자네티 마수카가 입에 올린 저 말을 듣고 모두가 할 말을 잃었을 때, 나는 주리의 옆구리를 쿡쿡 찔렀다.

"저게 뭔 뜻이야?"

"'So juvenile'의 약자예요. '완전 유치해!' 뭐 그런 뜻이죠. 우리나라 10대들이 쓰는 급식체처럼 미국의 틴에이저들도 줄임말 많이 쓰거든요."

주리의 설명을 듣고서야 뒤늦게 다른 사람들과 똑같은 표정이 된 나. 솔직히 까놓고 얘기해서, 누구라도 그런 생각을 안 해본 건 아닐 것이다. 다만 입 밖으로 꺼내질 않았을 뿐.

나는 무엇보다 이 거침없는 팩트 폭행을 당한 에릭 뒤보아의 표정이 제일 궁금했다. 그런데 슬쩍 넘겨다 본 에릭과 필립 형제는 무표정한 얼굴로 눈만 껌뻑이고 있을 뿐이었다. 아마 주리로부터 뜻 설명을 듣기 전의 나처럼, 그 두 형제는 'so juve'라는 말의 의미를 전혀 모르고 있는 듯했다.

"형제가 쌍으로 진지충인 데다 백치미까지 있어요. 완전 귀여워!"

내게로 향하는 주리의 마음에 부담을 느끼며 슬슬 뒷걸음질을 치다가도, 주리의 관심이 잠깐이라도 다른 사람을 향하면 나는 금세 질투의 화신이 되고 만다.

"근데, 주리 너 필립 뒤보아와 같은 방 쓰는 데 불편하지 않아?"

"뭐, 별로 불편할 건 없어요."

"그 녀석이 함부로 옷 벗고 돌아다니고 그러지 않아?"

"왜 아니겠어요? 눈요기 잘하고 있죠."

"뭐라고?"

"그렇게 정색하실 것까진 없잖아요. 유노 쌤도 아시다시피, 전 남자 사우나에도 잘 다닌다고요."

"사우나 같은 공공장소와 밀폐된 방안은 엄연히 다르다고!"

"유노 쌤의 몸으로 살고 있어서 남자 몸에는 이미 익숙해질 만큼 익숙해졌거든요?"

"잘생긴 데다 몸까지 좋은 필립 뒤보아 같은 남자라면 또 얘기가 다르지."

"솔직히 필립 뒤보아가 다 벗고 설쳐대는 걸 봐도 별 감흥도 없어요."

"그래도 조심해. 문화예술계 인사들 중에는 게이가 꽤 많아. 혹시 밤에 널 덮칠지도 모르니 몸단속 잘하란 말이야!"

귓속말로 티격태격하던 우리는 결국 담당 PD의 주의를 듣고 만다. 열아홉 살 여자아이의 영혼과 이토록 원초적이고 유치한 대화나 나누고 있는 내 영혼이야말로 'so juve!'하다는 생각에 피식 웃음이 났다.

70. 그룹 대항 연주 컴피티션

◆◆

단체 인터뷰를 무사히 마친 우리는 제작진으로부터 배달된 카드 한 장을 받았다.

카드의 내용은 지난번처럼 영어, 한국어, 프랑스어 그리고 탄자니아어로 되어 있었다. 사실 자네티 마수카도 읽지 못할 탄자니아어는 애초부터 필요 없었던 건데….

한국말로 쓰인 메시지 내용은 다음과 같았다.

'새로운 숙소에 들어오신 여러분을 환영합니다. 오늘 밤 10시에 재즈클럽 블루노트에서 여러분을 뵙겠습니다! 혹시 여러분이 자신 있게 다룰 수 있는 악기가 있다면 가져오세요. (피아노와 드럼의 경우에는 현장에 이미 비치되어 있으니 가져오실 필요가 없습니다)'

"블루노트에 악기를 가져오라고? 도대체 제작진이 무슨 작당을 하고 있는 거지?"

"그러게요. 과연 뭘 시키려는 걸까요? 사실 저는 진행의 맥락상 블루노트에서 미션곡 발표 같은 걸 하지 않을까 예상했는데…."

"방송의 재미도 좋지만, 너무 여기저기 오라 가라 하니 심히 피곤하네."

"자, 여기요!"

어디서 구해왔는지, 주리는 내게 기타를 내민다.

"웬 기타야?"

받아서 살펴보니, '펜더 아메리칸 빈티지 65 스타라토캐스터'로 지금은 단종되어 구하기 쉽지 않은 모델이다. 내가 갖고 있는 건 그보다 뒤에 나온 아메리칸 오리지널 60S 스트라토캐스터다.

"이걸 대체 어디서 구했어?"

"제가 제작진에게 부탁해서 공수해왔죠."

"너도 참, 한 대표만큼이나 정말 못 말리는 녀석이야!"

"유노 쌤 기타와 똑같은 걸로 구하려고 했는데, 이것밖에 구하질 못했어요."

"주리 네가 내 기타 모델명까지 알고 있었던 거야? 내 기타보다 이 모델이 훨씬 더 희귀템이야!"

나는 기타를 잡고 엄지손가락으로 줄을 튕겨 본다.

"오, 튜닝도 꽤 잘되어 있는데?"

"잘하면 유노 쌤, 이따 실력발휘 좀 하시겠는데요?"

"그야 모르지, 아직 악기를 왜 가져오라고 하는지도 모르는 상태잖아."

"암튼 저는 오늘 밤 블루노트에서 과연 무슨 이벤트가 기다리고 있을지 무척 기대되네요. 얼른 가요, 우리!"

나에겐 뉴욕 하면 떠오르는 이미지가 몇 가지 있었다.

이를테면, JFK 공항에 내리자마자 출출함을 느껴 사먹었던 프레즐, 앞·뒷좌석이 플라스틱 보호창으로 가려진 옐로우 캡, 바다 같은 허드슨강에 우뚝 선 자유의 여신상, 그리고 무채색의 맨해튼 스카이라인 등등.

앞의 것들이 시각적인 이미지들이라면 프랭크 쉬내트라의 〈New York New York〉은 대표적인 청각적 이미지다.

시각과 청각이 결합된 이미지로는 영화 《셰임》에서 캐리 멀리건이 슬로우 템포로 편곡된 〈New York New York〉을 부르는 장면을 들 수 있겠다. 수많은 인간 군상들의 희로애락을 품은 채 존속해가는 거대한 도시 뉴욕 그 자체를 표현하는 듯한 그 노래는 내게 깊고도 진한 여운을 남겼다. 나는 캐리 멀리건으로 인해 가본 적도 없는 도시에 대한 짝사랑을 품게 되었던 것이다.

유서 깊은 재즈 클럽 '블루 노트'에 가면, 내 동경 어린 환상 속에 존재하던 그 이미지를 실제로 만날 수 있을지도 모른다고 생각했었다. 그런데 현실 속의 그곳은 내 상상 속에서 그리던 모습과는 달라도 너무 달랐다.

캐리 멀뤼건까지는 아니더라도 빌로드 또는 반짝이 드레스를 입은 고혹적인 여성 보컬을 기대했던 내 눈앞에 나타난 무대의 주인공은 괴팍하게 생긴 할아버지 드러머였다. 심술 맞은 표정으로 뚱명스러운 멘트를 툭툭 내던지다가는 혼자 낄낄거리기도 하시는, 개그 욕심 좀 있으신 할아버지.

그 노장 드러머와 함께, 손자뻘 정도 되어 보이는 피아니스트와 더블베이시스트가 함께 하는 3인조 밴드의 공연이었다.

나를 실망시킨 건, 내 기대와는 너무 달랐던 퍼포머뿐만이 아니었다. 테이블이 너무 작은 탓에 옆 사람들과 다닥다닥 붙어 앉아있어야 한다는 점도 폐쇄공포증이 있는 나로선 참 별로였다.

그런데 공연이 진행될수록, 나는 점점 더 그들의 음악에 설득당하고 있는 나 자신을 발견했다. 마치 자신의 몸을 어루만지듯 능숙하게 드럼을 다루는 음악 장인의 연주에, 나는 어느새 심취해 있었다.

보컬 없는 재즈 연주를 그다지 좋아하지 않는 심드렁한 청중이었던 나에게도 충분히 알맹이 있는 감동을 선사한 공연이었다.

'브라보!'

관록 있는 대가의 노련함과 풋풋한 젊음의 열정이 멋진 조화를 이뤘던 공연이 끝난 후, 무대에는 리먼 스콧이 등장했다. 오늘은 번쩍번쩍 빛나는 보라색 스팽글 자켓 차림이다.

점점 실력에 물이 올라서, 이제 주리의 통역은 거의 더빙 수준이라 할 만하다.

"그룹 대항 연주 컴피티션이 있을 예정이래요. 각 팀에서 대표 주자가 한 명씩 나와서 연주 실력을 겨루게 된대요. 관객의 투표 결과에 따라 순위를 정하고, 그 순위에 따라 2차 경연의 선곡을 선택하는 순서가 결정된다고 하는군요."

그 말을 듣고 주위를 둘러보니 낯익은 얼굴들이 곳곳에 눈에 띈다. 블루노트에 도착해 테이블을 안내받고 지정석에 착석하자마자 바로 공연이 시작되는 바람에, 다른 그룹들도 이곳에 같이 와있는 줄은 미처 몰랐던 것이다.

"기껏 선곡하는 순서를 결정하는 데 연주 경연까지 한다는 건 좀 무리수 아니야?"

내 안의 투덜이 재등판.

"방송에서 다채로운 그림을 보여줘야 하니까요."

"그래도 글로벌 아이돌 유닛을 뽑는 서바이벌 오디션인데, 연주 대결보다는 차라리 댄스 대결이 더 어울리지 않을까?"

"지금까지의 선발 과정을 보면, 《더 유니버스》에서 댄스는 별로 중요하게 생각하지 않는 것 같아요."

"듣고 보니 정말 그런 것 같네."

"댄스보다는 개개인의 음악적 자질을 더 중요하게 여긴 듯해요. 그래서 유노 쌤에겐 더 유리했던 거죠."

"이거 왜 이래? 나는 댄스도 결코 빠지지 않는 사람이라고!"

짐짓 잘난 체를 했지만, 나 역시도 십분 동의하는 내용이었다.

"춤, 물론 중요하지. 하지만 독무가 아닌 군무는 개개인의 실력보다는 안무가의 능력에 더 크게 좌우되는 것 같아. 시간과 노력을 들이면, 똑같은 수준은 아니더라도 비슷하게는 만들어낼 수 있으니까. 그러나 음악적인 부분은 누가 만들어주는 데에는 한계가 있지."

"우리나라 아이돌들이 유독 춤을 너무 잘 춰요!"

"맞아! 한국 아이돌 그룹들의 댄스 수준이 워낙 상향평준화 되어 있다 보니, 아이돌 퍼포먼스에서 춤의 비중이 상대적으로 더 크게 느껴지는 것 같아."

리먼 스콧의 멘트가 끝난 후, 팀별 논의시간 15분이 주어졌다. 단 15분 만에 각 팀에서는 연주 경연에 출전할 대표를 한 명씩 선출해내야 했다.

연습이나 리허설도 없이 바로 경연을 펼치는 만큼, 평소 실력으로 겨뤄야 하는 대결인 셈이다.

얼마간의 논의 끝에 우리 팀에서는 내가 대표로 나가서 기타 연주를 하는 것으로 합의를 봤다.

가장 먼저 무대에 오른 연주자는 C팀의 대표, 영국의 에디 홀트였다.

"에디 홀트는 이길 수 없어!"

그가 등장하자마자 나는 곧바로 항복 선언을 해버리고 만다. 1차 경연에서 이미 그의 기타 연주 실력을 확인했던 나로선 불 보듯 뻔한 패배를 인정하지 않을 수 없었던 것이다.

"아직 연주도 들어보기 전에 왜 그렇게 약한 모습을 보이세요?"

주리는 몹시 안타까운 표정이다.

"1차 경연 때 이미 그의 연주 실력을 확인했잖아! 더 들어볼 것도 없다고."

"그래도 이제 와서 어떻게 대표를 바꿔요?"

"솔직히 내 욕심 같아선 당연히 내가 나가고 싶지. 하지만 이건 팀 미션이란 말이야. 나를 부각시키는 것보다는 팀의 이익을 먼저 생각해야 하는 거야!"

그제야 주리도 내 의견에 수긍하는 듯 고개를 끄덕인다.

"역시!"

"역시, 뭐?"

"유노 쌤은 리더 자격 있으시네요!"

주리로부터 뜻밖의 칭찬을 받은 내 입가에 옅은 미소가 번진다.

연주라기보다는 묘기에 가까웠던 에디 홀트의 기타 연주가 끝난 후, E팀 대표인 브라질의 줄리아 첼리코가 나와서 멋들어진 반도네온 연주를 들려줬다. 삐아졸라의 애수 어린 탱고 선율은 이곳을 잠시 뉴욕의 재즈클럽이 아닌 남미의 어느 탱고바처럼 느끼게 만들었다.

B팀을 대표해 출전한 스웨덴의 칼 앤더슨은 재즈 발라드로 편곡된 〈Over the rainbow〉를 연주했다. 장소와 가장 어울리는 선곡 덕분에

일반 관객들로부터 열띤 반응을 이끌어냈다.

D팀에서는 대만의 걸크러쉬, 크리스 진이 나와서 드럼 연주를 선보였다. 1분 남짓한 짧은 공연이었지만 아주 화끈하고 박력 있는 연주로 강렬한 인상을 남겼다.

그것으로 다른 그룹들의 무대가 모두 끝나고, 마침내 우리 팀 대표가 나갈 차례가 되었다.

주리와 나는 서로 의미심장한 눈빛을 주고받는다.

사실 나는 여전히 반신반의하는 상태다. 하지만 이미 화살은 활시위를 떠났다. 믿고 지켜보는 수밖에 없다.

마침내 A팀 'UNH'의 대표가 무대에 모습을 드러냈을 때, 우리 팀원들의 시선이 일제히 내게로 쏠렸다. 다들 하나같이 나에게 '왜?'라고 묻는 듯한 표정이었다.

그들의 당혹스런 반응은 충분히 그럴만했다. 우리 팀을 대표해 무대에 나선 사람은 팀 논의에서 대표로 결정되었던 내가 아니라 '자네티 마수카'였기 때문이다. 그녀의 손에는 전자바이올린이 들려져 있다.

블루노트로 이동하기 직전 숙소 1층 로비에서, 바이올린으로 추정되는 악기 케이스를 들고 나타난 자네티 마수카가 내 눈에 포착되었다. 그때 나를 주목시켰던 건 악기 케이스에 붙어있던 'Julliard'라는 스티커였다.

나는 재빨리 주리에게 그 사실을 알렸다. 주리의 발 빠른 정보 시스템 덕분에, 나는 자네티 마수카가 줄리어드 음대에 재학 중인 바이올린 전공 학생이라는 사실을 알아내기에 이르렀다.

또 그녀가 어렸을 때부터 바이올린 신동 소리를 들어왔으며 이름만 대면 다 알 만한 대가를 사사했다는 정보도 입수했다.

팀 멤버들과의 논의에서 내가 팀 대표로 정해진 후에도, 나는 내심 '자네티 마수카'를 우리 팀의 플랜 B이자 히든카드로 점찍어두고 있었던 것이다.

사실 줄리어드에 다니는 바이올리니스트라는 사실만으로 그녀가 훌륭한 퍼포먼스를 보여주리라는 보장은 없다. 그리고 다른 멤버들의 동의도 없이 팀의 결정을 뒤엎고 검증 안 된 자네티를 대표로 내보내는 것에 대한 심적 부담이 큰 것도 사실이다.

그런데 경연 첫 순서로 나온 에디 홀트의 신들린 기타 연주를 듣는 순간, 나는 결심을 굳혔다. 우리의 작전을 전격 수정해서 플랜 B를 실행하기로 말이다.

"No problem!"

내가 자네티를 은밀히 불러 팀 대표로 나서줄 것을 제안했을 때, 그녀는 한 치의 망설임도 없이 그렇게 대답했다.

사실 지나치게 거침없는 그녀의 태도에 대한 불안감이 전혀 없었던 것은 아니다. 하지만 왠지 저 천둥벌거숭이 아가씨가 우리 팀을 위해서 깜짝 놀랄 만한 한 방을 보여줄지도 모른다는 일말의 기대감이 있었다. 나는 내 동물적 육감을 믿어보기로 했다.

모두의 우려 섞인 기대가 집중된 가운데, 자네티 마수카의 전자바이올린 연주가 시작되었다.

그런데 첫 음을 딱 듣는 순간, 나는 비로소 참았던 숨을 내쉴 수 있었다.

무대 위에서 전자바이올린을 든 자네티 마수카는 그야말로 물 만난 물고기 같았다.

비트리오 몬티의 <차르다쉬>는 주로 오케스트라 또는 피아노와 협연을 하는 곡이지만, 자네티 마수카는 바이올린 솔로만으로도 블루노트 홀 전체를 가득 채우는 짱짱한 울림을 만들어낸다.

아프리카 부족마을에서 태어나 미국에서 자라난 소녀가 헝가리 무곡을 연주하는 부조화는 변화무쌍한 빠르기의 드라마틱한 선율 속에서 예측불허의 위태로운 어울림을 이뤄낸다.

마치 바이올린 한 대만으로 필하모닉 오케스트라의 다채로운 색감을 다 구현해내고 있는 듯한 착각이 들 정도였다.

그리고 자네티는 가만히 서서 연주만 하는 스타일이 아니었다. 그녀는 연주 내내 독특한 동작으로 온몸으로 <차르다쉬>를 표현하며 무대 위와 객석 사이사이를 종횡무진 누비고 다녔다.

구슬픈 라르고로 시작해서 신들린 듯 질주하는 프레스토까지, 마치 폭풍우가 휩쓸고 지나간 것 같은 무대 위로 열광적인 박수갈채가 쏟아진다.

71. 선곡의 방

“휴, 이제야 제가 발 쭉 뻗고 잘 수 있겠네요!”

자네티 마수카 영입을 부추긴 죄로 내내 마음고생을 해야 했던 주리는 이제야 안도하는 표정이다. 심지어 눈물까지 글썽인다.

“그렇다고 뭘, 울기까지 하니, 이 녀석아?”

“그러는 유노 쌤은 연주 듣는 내내 제 손을 꽉 잡고는 놓질 않으셨잖아요!”

그러고 보니 내 오른손에는 주리의 왼손이 떡하니 잡혀있다. 나는 흠칫하며 서둘러 주리의 손을 놓았다.

“어찌나 힘껏 잡고 계시던지 제 손이 다 얼얼하네요.”

저린 왼손을 아래위로 털고 있는 주리를 보며 머쓱해진 나는 얼른 말머리를 돌린다.

“우리 팀 공연 때, 브리지 파트에 자네티의 바이올린 솔로를 넣는 것도 참 좋을 것 같아!”

자네티 마수카의 눈부신 활약 덕분에 그룹 대항 연주 경연에서 1위를 차지한 우리 팀은 가장 먼저 ‘선곡의 방’에 들어가는 기회를 얻게 되었다.

‘선곡의 방’은 블루노트 2층에 마련되어 있었다.

방 안으로 들어서자, 블루노트 무대를 거쳐 간 수많은 뮤지션들의 사진 액자와 유서 깊은 기념품들이 눈에 들어왔다.

작은 재즈 박물관처럼 꾸며진 그 방의 한가운데에 빈티지 주크박스가 세워져있다.

얼핏 봐선 100년은 족히 되어 보이는 외관이었는데, 자세히 보니 몸체 중앙에 터치스크린까지 장착된 최신식 기계였다.

터치스크린에는 ‘Insert Coin’이라는 메시지가 떠있다.

우리 팀 대표로 주크박스 앞에 선 나는 그 메시지대로 제작진으로부터 받은 10센트짜리 주화 다섯 개를 모두 집어넣었다.

그러자 터치스크린 화면에는 1번부터 5번까지의 숫자가 표시되었다. 아마도 2차 경연에서 부를 노래가 담긴 트랙들인 것 같았다.

그중에서 1번을 선택하자, 상단의 CD 체인저가 빙그르르 돌아가기 시작한다. 그러다 어느 지점에서 멈춤과 동시에 CD 한 장이 뽑혀 나와서는 재생 장치에 장착된다.

1번으로 나온 노래는 더 퀸의 〈Bohemian Rhapsody〉였다. 내 입에선 나도 모르게 탄성이 흘러나왔는데, 다른 멤버들은 모두 처음 들어본다는 표정이었다.

하긴, 멤버들 대부분이 90년대 중후반에 태어난 친구들이니 이 곡을 모를 만도 하다. 이 노래가 나온 게 내가 태어났던 1975년이었고, 프레드 머큐리가 사망한 것도 그들이 태어나기 한참 전인 1991년이었으니 말이다.

세이렌틀 시절에 처음 이 명곡을 들었을 때 마치 천상에서 들려오는 것 같은 낯선 사운드에 엄청난 충격을 받았는데, 이 노래와 나의 탄생연도가 같다는 사실에 한 번 더 놀랐던 기억이 있다.

2번곡은 휘트니 후스턴의 〈It's not right but it's okay〉였다. 이 곡의 'Thunderpuss Remix' 버전은 2000년대 초반에 클럽깨나 좀 다닌 사람들이라면 절대 모를 수 없는 노래이다.

하지만 이 노래 역시 2000년대 초반에 아직 프리스쿨러였을 다른 멤버들과의 공감대 형성에는 실패했다.

다음 노래는 바로 조쥐 마이클의 〈Faith〉. 사실 나는 온몸에 전율을 느낄 정도로 반가웠는데, 다른 멤버들은 그냥 듣기 좋은 노래라는 반응이었다.

지구상 최고의 히트곡 중 하나인 마이클 잭슨의 〈Thriller〉 역시 그들에겐 그냥 어딘가에서 들어본 노래 정도일 뿐이었다.

그나마 마지막 곡이었던 애미 와인하우스의 〈Rehab〉가 그들에게는 가장 친숙한 곡이었다.

이 다섯 곡의 공통점은 모두 고인이 된 뮤지션들이 불렀던 노래들이라는 점이다. 나에겐 노래마다 나름의 개인적인 의미와 사연이 있어서, 어느 하나 소중하지 않은 곡이 없다. 그러나 안타깝게도 어린 팀원들에겐 대부분 생소한 곡들이었다.

그런데 방향을 약간 달리해서 생각해보니, 곡에 대한 사전지식이 없는 멤버들이 오히려 나보다 더 객관적인 입장에서 더 옳은 선택을 할 수 있을지 모른다는 생각이 들었다.

나는 이미 곡 하나하나에 대한 사사로운 감정을 갖고 있어서, 객관적인 이성보다는 주관적인 감성이 선택과정에 더 큰 영향을 미칠 가능성이 크기 때문이다.

그래서 우리는 일단 다섯 노래 전곡을 함께 들어본 후에, 팀원 전체 투표로 선곡을 결정하기로 했다. 다행히 우리가 '선곡의 방'에 머무를 수 있는 제한 시간은 정해진 바 없었기 때문에, 우리가 전곡을 다 들어보는 데 별 문제는 없었다.

그렇게 해서 결정된 우리 팀의 선곡은 바로 2번곡 <It's not right but it's okay>다.

사실 나는 조쥐 마이클의 <Faith>에 한 표를 던졌다. 내가 가장 좋아하는 노래 중 하나인 이 곡에 아이엠윌의 편곡이 더해지면 얼마나 멋진 곡이 탄생할까 하는 기대감을 갖고 있었다. 그런데 나를 제외한 나머지 네 명의 멤버가 모두 2번을 찍었다. 이 곡의 어떤 점이 젊은 멤버들의 귀와 가슴을 사로잡았을지 어렴풋이 알 것도 같다.

멤버들에게 <It's not right but it's okay>가 가장 좋게 들렸다면, 분명 이 곡이 우리 팀에 가장 적합한 곡임이 틀림없을 것이다.

나보다는 우리를 먼저 생각해야 한다. 그게 팀이다.

블루노트에서의 일정이 끝나고 숙소로 향하는 길. 맥두걸 스트리트는 낮보다 밤에 더 생기가 도는 것 같다.

자정을 넘긴 시각에도 활기가 넘치는 이 거리를 걷는 동안에도 머릿속으로 <It's not right but it's okay>의 파트 배분을 구상하고 있던 내게 주리가 말을 걸어온다.

"그런데 아이엠윌 씨는 과연 언제쯤 나타날까요?"

주리의 질문을 받고서야 나 역시 같은 궁금증을 품고 있었다는 걸 깨달았다.

"혹시 조지 오웰의 《1984년》에 나오는 빅 브라더처럼 우리의 일거수일투족을 내려다보며 감시하고 있는 건 아닐까?"

"직접 감시하진 않아도 각 참가자당 한 명씩 붙어있는 스크립터를 통해서 소식은 듣고 계신 것 같아요."

"그걸 주리 네가 어떻게 알아?"

"스크립터 조애니가 알려줬어요."

"나를 담당하고 있는 그 금발머리 스크립터 이름이 조애니야?"

"아직 담당 스크립터랑 통성명도 안 하셨어요?"

"나하고는 최소한의 대화만 하거든. 말이 잘 안 통하는 게 오히려 더 편한 점도 있어. 꼭 필요한 말만 하게 되니까."

"조애니는 똑똑한 데다 순발력도 있어서 아주 맘에 들어요."

"그나저나 그 여자가 너한테 엄청 친한 척하던데, 그러다 조애니가 미국판 조윤희 되는 거 아냐?"

"사실 좀 피곤하긴 해요. 가는 곳마다 여자들이 자꾸 들러붙네요. 유노 쌤 외모가 여자들한테 꽤 잘 먹히는 것 같아요."

"이제야 나의 진가를 좀 알겠니?"

"네, 솔직히 전 유노 쌤 인기가 이 정도일 줄은 몰랐거든요."

주리 앞에선 잘난 척 거들먹거리긴 했지만, 사실 나는 잘 알고 있다. 까칠했던 장윤호가 '이달의 큐피드 직원'으로 뽑힌 것도, 조윤희와 조애니 같은 어린 여자들로부터 대시를 받는 인기남이 된 것도 모두 내 외모보다는 주리의 다정한 영혼 덕분이란 걸 말이다.

“그런데 말이에요.”

주리는 그렇게 말머리만 던져놓고는 잠시 뜸을 들인다. 또 무슨 말로 내 마음을 흔들어놓으려고 저러는 건지….

“여자들이 사랑스러운 눈길로 저를 쳐다보면, 왜 제가 오히려 질투심을 느껴야 할까요?”

“……”

“나를 바라보는 그 여자들의 시선은 제 영혼이 아니라 유노 쌤의 외모를 향하고 있는 거잖아요?”

“그래서?”

“그래서 질투가 나나 봐요. 저 좀 웃기죠?”

나는 진작부터 주리의 말뜻을 이해했지만, 끝까지 못 알아들은 척하며 잠자코 있었다. 괜스레 두근거리는 가슴을 주리 몰래 쓸어내리며….

2017년 10월 17일 뉴욕시각 AM 11:35.

본격적인 2차 경연 준비에 돌입한 첫날이었던 오늘의 첫 일정은 오리엔테이션이었다.

우리 팀의 보컬과 안무를 지도할 트레이너들과의 첫 대면이 이루어졌고, 앞으로의 계획과 일정에 대한 브리핑을 들었다.

그리고 지금은 타운하우스의 옥탑방에 올라와 있다. 딱 봐도 기 천만 원을 호가할 듯한 음향 시스템에 방음 시설까지 완벽하게 갖춰진 방이다.

장승처럼 서있는 여러 대의 스피커에 둘러싸인 다섯 개의 안락의자에 UNH 팀 멤버 다섯 명이 앉아 있다.

‘이 방을 통째로 핑크 클라우드 숙소로 옮겨가고 싶네!’

이 탐나는 방 안에 우리가 모여 있는 이유는 아이엠월이 프로듀싱한

<It's not right but it's okay> 데모 버전이 잠시 후에 공개될 예정이기 때문이다.

선곡이 결정된 것이 바로 어제저녁인데, 불과 하룻밤 사이에 편곡된 음원이 나오다니 정말 놀랍다.

'그는 부지런한 천재구나!'

아이엠윌이 다방면에서 최고로 인정받고 있는 이유를 조금이나마 알 수 있을 것 같다.

멤버들에게 각각 한 장의 피드백 카드가 주어졌다. 지금 공개될 음원은 파이널 에디션이 아닌 데모 버전이기 때문에, 피드백을 통해 멤버들의 의견을 반영하겠다는 취지다.

단지 우리가 부를 노래를 들어보는 것일 뿐인데, 대체 왜 이렇게 떨리는 건지…. 내가 큐피드와 운명을 같이하게 된 이후로, 신곡 모니터링 작업은 늘 아무렇지 않게 참여해오던 일인데 말이다.

숨소리도 들리지 않던 정적을 뚫고 천둥 같은 사운드가 쏟아져 나왔을 때, 나는 가슴이 터지는 줄 알았다.

"대박!"

나는 어느새 주리가 자주 쓰는 이 감탄사를 입에 올리고 있다.

'Thunderpuss Remix'의 빠르고 신나는 분위기를 최대치로 증폭시켜 놓은 느낌이다. 정말 미칠 것처럼 신나는 리듬이다. 단 몇 초만 들어도 누구나 이 흥겨운 리듬 속으로 끌려 들어올 수밖에 없을 것 같다.

멜로디 라인도 좀 더 선명하고 드라마틱하게 편곡되어, 자칫 강한 비트에 보컬이 묻혀버릴 위험성을 보완했다.

'보컬이 무거워선 안 되겠구나!'

락커 출신인 나를 비롯하여 뮤지컬 가수 출신인 에릭 뒤보아, 그리고 목소리 자체가 두꺼운 브라이언 마틴까지, 우리 팀의 보컬리스트들은 하나같이 중량감 있는 보이스를 갖고 있다. 따라서 빠른 비트를 타기엔 좀 불리할 수 있다.

바로 이것이 UNH 팀의 보컬 라인이 극복해야 할 약점이자 과제다. 이 노래에서는 마치 스노우보드 타듯 사뿐사뿐 리듬 위를 미끄러져 가야 한다.

랩 파트에 대한 걱정은 별로 없다. 카렌 터너의 스피디하면서도 박력 넘치는 랩은 신나는 리듬 비트 위에서 불꽃놀이처럼 화려하고 다채로운 빛을 발할 것이다.

가장 예측하기 어려우면서도 가장 큰 기대감을 불러일으키는 멤버가 바로 자네티 마수카이다. 원곡에서 꽤 중요한 비중을 차지하는 코러스 파트를 들으면서, 나는 직관적으로 자네티의 신비로운 음색을 떠올렸었다.

과연 프로듀서 아이엠윌이 이 곡에서 자네티 마수카를 어떻게 활용할지 두고 볼 일이다.

그런데 내심 기대하고 있던 바이올린 솔로는 들어가 있지 않았다. 바로 그것이 단 한 가지의 아쉬운 점이었다.

그래서 나는 아이엠윌에게 보내는 피드백 카드에다 '자네티 마수카의 전자바이올린 솔로가 들어가는 브리지 파트'가 있었으면 좋겠다는 내용을 기입했다. 과연 아이엠윌이 내 제안을 받아들여 줄지는 미지수지만.

2017년 10월 17일 뉴욕시각 PM 02:09.

오후에는 안무 연습이 진행되었다.

안무는 마도나, 크리스티나 아굴리라, 제니퍼 로퍼즈 등의 굵직굵직한 팝스타들뿐만 아니라 몇몇 케이팝스타와도 작업한 바 있는 안무팀 '내피탑스'가 맡았다.

라이브를 하면서 춤을 소화해야 하는 만큼 고난이도의 칼군무는 없다. 하지만 절제된 동작으로도 눈길을 사로잡을만한 포인트 안무들이 곳곳에 배치되어 있다.

시선 처리, 머리를 기울이는 각도, 손끝과 발끝이 향하는 방향, 허리를 꺾을 때 만들어지는 신체 곡선 모양 하나하나까지 세밀한 지도를 받았다. 표정은 물론이고 날리는 머릿결까지 안무에 포함될 수 있다는 사실은 처음 알았다.

2017년 10월 17일 뉴욕시각 PM 05:46.

안무 연습을 끝낸 팀원들 앞으로 카드가 배달되었다. 이번에는 팀 전체에 한 장이 아니라 개인별로 한 장씩이었다.

내가 받은 카드에는 마치 번역기로 돌린 것 같은 딱딱한 문구가 한국말로 인쇄되어 있었다.

'당신의 멘토 아이엠월이 당신을 저녁식사에 초대했습니다. 지금 당신이 가진 가장 멋진 옷으로 갈아입은 후에, 오후 7시까지 일레븐 메디슨 파크로 오세요.'

72. 아이엠웰의 초대

◆◆

2018년 10월 17일 뉴욕시각 PM 06:45.

아이엠웰이 UNH 팀 멤버들을 초대한 '일레븐 메디슨 파크'라는 레스토랑으로 향하는 택시 안이다.

일레븐 메디슨 파크는 맨해튼 도착 직후 첫 끼를 먹었던 쉐이크쉑 버거가 있는 메디슨 스퀘어 파크 근처에 있다고 했다.

그리니치 빌리지에서는 1.5㎞ 정도밖에 안 되는 거리라 택시로는 5분도 채 걸리지 않았다.

메디슨 애비뉴를 사이에 두고 메디슨 스퀘어 파크와 마주한 위치에 회백색의 대리석 빌딩이 보인다. 원래는 은행으로 사용되었던 유서 깊은 빌딩이라는데, 길 건너에서 봐서는 신축 건물이라 해도 믿을 만큼 산뜻해 보인다.

바로 저 근사한 석조건물 1층에 우리가 갈 레스토랑이 위치해 있다. 레스토랑의 이름에 들어간 '11'이라는 숫자는 바로 저 건물의 번지수를 의미한다.

"드디어 뉴욕에 와서 처음으로 제대로 된 프렌치 정찬을 먹어보는 건가?"

"일레븐 메디슨 파크는 뉴욕에 총 다섯 개 있는 미슐랭 쓰리 스타 레스토랑 중 하나에요."

"홍콩의 룽킹힌에 이어 내 생애 두 번째 미슐랭 쓰리 스타 레스토랑이구나! 재벌 4세인 주리 넌 맨해튼에서도 엘리트 계층으로 살았을 테니, 이런 최고급 레스토랑에 드나드는 게 당연한 일상이었겠지?"

"제가 한국 토종 입맛이란 것 잘 아시잖아요. 저는 프렌치도 좋아하긴 하지만, 사실 엄마가 해주시는 집밥이 더 좋았어요."

"뉴욕에 있는 동안에는 어머니, 그러니까 윤혜린 님이랑 같이 살았던 거야?"

'윤혜린'이라는 이름을 거론하는 것만으로도 내 입가엔 옅은 미소가 지어진다.

"엄마는 미국과 한국을 왔다 갔다 하셨지만, 아무래도 아직 학생 신분인 제가 있는 뉴욕에 체류하시는 기간이 더 길었죠."

"그럼 너희 아빠는 기러기 아빠를 하셨던 거니?"

"아빠도 뉴욕 출장을 자주 오셨어요."

"참, 재벌 3세 강석진 씨는 기러기 아빠를 하실 필요가 없구나. 딸과 부인이 보고 싶으면 언제든 날아가서 볼 수 있는 독수리 아빠니까."

내 딴엔 웃기려고 한 말이었지만, 살짝 비꼬는 듯한 투가 섞이지 않았나 싶어 주리의 눈치를 살폈다. 그런데 주리는 거의 울기 일보 직전의 표정을 하고 있다.

"사실 제가 일레븐 메디슨 파크보다 더 좋아했던 프렌치 레스토랑이 있었어요. 트라이베카에 있는 블레이라는 레스토랑이었는데, 부모님이 결혼하시기 전에 아빠가 엄마에게 프로포즈 한 곳이었대요. 아빠가 뉴욕에 오실 때마다 한 번씩은 꼭 갔기 때문에 우리 가족에겐 추억의 플레이스였죠."

"그런 곳이 있어? 그럼, 본선 2차 경연 끝나고 같이 가보면 되겠네."

"그런데, 갑자기 그곳 생각이 나서 아까 오후에 가봤더니 문이 닫혀 있더라고요. 브레이크 타임이거니 했는데…. 혹시나 하는 마음에 홈페이지에 들어가 보니, 지난 7월까지만 영업을 하고 아예 문을 닫았다더군요."

"엄마, 아빠와 함께 자주 갔던 추억의 장소가 문을 닫은 걸 보고 나서 마음이 안 좋았던 거구나?"

"아주 어렸을 때부터 자주 다녔던 곳이었으니까요. 그런 곳이 문을 닫았다고 하니 기분이 정말 이상했어요."

"엄마, 아빠 많이 보고 싶지?"

그 물음이 내 입을 떠나기가 무섭게 주리의 눈에서 닭똥 같은 눈물이 떨어지는 걸 보고서야, 나는 아차 싶었다.

"미안해, 내가 괜한 걸 물었네."

그리움으로 불타고 있을 마음속 아궁이에 기름을 부은 격이다. 두 달이 넘도록 부모님으로부터 격리되어 지내야 했던 열아홉 살짜리 여자애의 심정이 어떨지 짐작 못 하는 것도 아니면서….

"마흔 넘은 아재인 나도 우리 부모님이 이렇게 보고 싶은데, 아직 어린 넌 오죽하겠니?"

"그래도 혼자 그리워하는 것보다는 제 마음을 알아줄 수 있는 사람 앞에서 한바탕 울어버리는 게 더 나아요."

낫살 먹은 아재가 꽃다운 소녀의 어깨에 꾸부정하게 기대어 우는 모습이 타인들의 눈에는 이상하게 보일 것 같아 신경이 쓰였다. 하지만 나는 주리가 내 어깨에 기대어 울도록 그냥 내버려두지 않을 수 없었다.

"주리야, 우리…."

한참 만에 내가 입을 열자 주리는 내 어깨에 기대고 있던 고개를 들어 나를 쳐다본다.

"네?"

"우리, 서로의 부모님들한테는 사실대로 말씀을 드릴까?"

"우리의 영혼이 바뀐 사실을 고백하자고요?"

"그래."

"말씀드리면, 양쪽 부모님들은 모두 엄청난 충격을 받으시겠죠?"

"아무래도 그렇겠지? 우리 스스로가 놀라고 당황했던 것, 그 이상이겠지."

"엄마에게 말씀드리는 건 사실 별로 걱정되지 않아요. 그런데 과연 아빠가 어떻게 나오실지…."

"너희 아빠는 어떤 반응을 보이실 것 같은데?"

"아빠는 이걸 아주 심각한 문제로 받아들이고, 어떻게든 해결할 방법을 찾으려고 애쓰실 거예요. 우리 아빠는 이 세상에 본인이 직접 해결하지 못할 일은 없다고 믿으시는 분이거든요."

"나는 그 반대야. 아버지는 비교적 무덤덤하게 받아들이실 것 같은데, 어머니가 더 걱정이지. 우리 어머니, 김 여사님이 좀 유별나고 극성스러우시거든."

눈물 어린 주리의 눈에 갈등의 빛이 잠시 어렸다가 이내 사라진다.

"한 번 부딪혀 봐요! 언제 다시 서로의 몸으로 돌아가게 될지 모르는데, 아무 기약도 없이 계속 부모님과 인연을 끊고 살아갈 수는 없는 일이니까요."

"그래, 어떻게 될지 알 수 없지만, 네 말대로 한 번 부딪혀 보자! 《더 유니버스》 2차 경연이 끝나고 한국으로 돌아가면, 서로의 부모님께 말씀드리자고."

고아한 아르데코 양식의 아치를 지나 일레븐 메디슨 파크의 입구에 다다랐다.

'근데 왜 이렇게 떨리지?'

아이엠윌과 나는 이미 멘토 선택 당시 다소 과한 세리모니로 인해 썩 유쾌하지 않은 스킨십까지 경험한 바 있다. 그런데 막상 멘토와 멘티의 관계로 대면한다고 생각하니 심장이 마구 쿵쾅댄다.

미스터 버틀러만큼 말끔하고 깍듯한 장년의 웨이터가 우리를 프라이비트 다이닝 룸으로 안내했다.

정말이지 탄성이 나올 만큼 아름다우면서 아늑한 느낌을 주는 공간이다. 만약 지저스 크라이스트가 최후의 만찬을 할 공간을 현세에서 찾고 계시다면, 이곳을 추천 드리고 싶을 정도다.

다른 멤버들은 모두 우리보다 먼저 도착해서 이미 착석해 있는 상태였다. 주리가 감정을 추스를 때까지 레스토랑 앞에서 지체한 탓이었다.

나와 주리가 자리를 잡자 큰 원형 테이블에 둘러앉은 사람은 모두 10명이 되었다. 멤버 한 명당 각각 수행원 한 사람씩을 데려왔기 때문이다.

아직까지 비어있는 한 자리가 바로 아이엠윌이 앉을 자리인 듯했는데,

하필이면 내 옆자리다.

"주리야 나랑 자리 바꾸자. 나 지금 너무 긴장되거든."

나는 주리에게 넌지시 속삭였다. 아이엠윌과 동석하는 동안, 나는 마치 변호사에게 모든 걸 맡긴 피고인처럼 통역자인 주리 뒤편에 숨어서 묵비권을 행사하고 있을 작정이었다.

주리와 자리를 바꾸기 위해서 일어서려는데, 마침 프라이비트 룸의 문이 열리면서 아이엠윌이 모습을 드러냈다. 결국 나는 자리를 바꾸지도 못한 채, 엉거주춤 선 자세로 아이엠윌을 맞이해야 했다.

몸에 알맞게 피트 되는 검정 수트에 흰색 셔츠를 바쳐 입은 아이엠윌은 아티스트라기보다는 냉철한 눈빛의 비즈니스맨 같은 인상이다.

흑인 랩퍼들에게서 으레 관찰되는 특유의 스웩을 아이엠윌에게선 1도 발견할 수 없었다. 상대를 깊숙이 꿰뚫어보는 것 같은 그의 눈빛은 묘한 긴장감을 유발한다.

내 자리 앞에는 회백색 노끈으로 묶인 흰색의 상자가 놓여있다. 그것은 일레븐 메디슨 파크가 나에게 주는 그리팅 박스라고 했다.

이 레스토랑을 방문하는 모든 사람들이 일률적으로 받게 되는 상자일 뿐이지만, 나는 마치 특별한 선물이라도 뜯어보는 양 그 상자를 조심스레 열어본다.

상자 안에는 사과와 체다치즈로 만든 세이보리 쿠키 두 조각이 들어 있었다. 한 입 베어 무니 고소하면서도 짭조름한 맛이 침샘을 자극하면서 식욕을 돋운다.

입안에서 세이보리 쿠키가 다 녹아갈 때쯤 웨이터가 들고 온 것은 아뮤즈부쉬 시리즈다.

블록처럼 쌓아올린 육각형의 나무 플레이트를 하나씩 펼쳐놓는 행위가 마치 안무 동작처럼 유연하면서도 절도 있다. 거기다 물 흐르듯 매끄러운 톤의 설명까지 더해지니 서빙이 꼭 하나의 퍼포먼스처럼 느껴진다.

컨털루프 멜론, 큐컴버, 허니듀, 민트, 고우트 치즈, 토마토 등의 단어들이 훈풍처럼 내 귓등을 스쳐 지나갔지만, 코와 입으로 이미 그 조화롭고 상큼한 풍미를 만끽하고 있는 내게 설명을 통한 이해는 그다지 중요하지 않았다.

겉은 바싹하고 속은 폭신한 빵을 부드럽고 고소한 버터에 발라 먹으니, 아이엠윌의 옆자리에 앉아서 식사하는 긴장감 따위는 스르르 녹아 없어지는 것만 같다.

하얀 플레이트에 자작하게 깔린 게살 위에 얇게 저민 애호박 조각을 기하학적으로 장식해놓은 걸 보니, 건물뿐만 아니라 음식에도 아르데코 양식이 도입된 게 아닌가 하는 생각이 든다.

이윽고 팬 프라이드 푸아그라의 순서. 딸기와 양파로 시어링 된 푸아그라는 달콤하면서도 고소한 풍미가 극대화되어 내 입안에서 초절정 퍼포먼스를 펼친다. 굳이 메인 요리까지 가지 않고 여기서 멈춘다 해도 별로 아쉬움이 없을 만큼 짜릿한 행복의 맛이었다.

하지만 일레븐 메디슨 파크는 결코 내가 이쯤에서 쉽사리 만족을 해버리도록 내버려두지 않았다. 웨이터는 내 앞에다 피크닉 바스켓을 내려놓고 사라진다.

그대로 들고 메디슨 스퀘어 파크에 다녀와도 무방할 것 같은 그 바구니 안에는 종이로 정성스럽게 포장된 식빵과 캐비어, 연어알 등이 담긴 밀폐용기들이 들어있었다.

자개 스푼으로 캐비어를 떠먹고 있으려니 내가 꼭 주리처럼 세상 부러울 것 없는 재벌 4세가 된 기분이다.

그 이후로도 몇 개의 플레이트가 나타났다 사라졌다. 옥수수, 해바라기, 랍스터, 콩, 베이컨, 감자, 파프리카 등등, 모두 그리 특별할 게 없는 재료들인데, 하나같이 환상적인 꾸밈새와 전혀 색다른 맛으로 내 오감을 마구 희롱했다.

각양각색의 자극에 이미 흥분할 대로 흥분해버린 내 감각신경이 정작 메인요리에서 심드렁하면 어떡하나 솔직히 좀 걱정했다.

그러나 그 걱정은 기우에 지나지 않았다. 얇게 저민 가지에 휘감겨 나온 드라이 에이지드 립아이는 메인 디쉬로서의 존재감을 톡톡히 드러냈다. 역시 메인은 괜히 메인이 아니었다.

내 옆에 놓인 아이엠월의 샴페인 잔 안에서 보석처럼 반짝이며 날 유혹하는 크룩을 한 모금도 마시지 못했던 아쉬움만 빼면, 더할 나위 없이 만족스러운 정찬코스였다.

메인 접시가 치워진 후 디저트용 커트러리가 세팅되는 동안, 아이엠월이 나에게 처음으로 말을 걸어왔다.

주리는 홍차로 급히 입가심을 한 후 통역을 시작한다.

"아이엠월 씨는 주리 강이 1차 경연에서 보여준 퍼포먼스에 깊은 감명을 받으셨대요. 마치 프레드 머큐리의 영혼이 열아홉 살의 에델에게 빙의된 것 같은 느낌이었다고 하네요."

나는 아이엠월의 말을 듣고 반쯤 알아들었던 내용을 주리의 통역을 통해 확실히 이해한 후, 감사의 뜻으로 아이엠월을 향해 꾸벅 고개를 숙여 보였다.

'프레드 머큐리의 영혼이 빙의된 열아홉 살의 에델'이라, 아이엠월의 예리한 안목이 느껴지는 대목이다. 나에 대한 이 짧은 평가만 들어봐도 그는 날카로운 촉을 가진 프로듀서임이 틀림없다.

"그리고 피드백 카드를 통해 제안한 '자네티 마수카의 바이올린 솔로'도 편곡에 반영할 예정이라고 하시네요."

아이엠월로부터 짧지만 강렬한 찬사를 들은 것만으로도 벅찼는데, 내 제안을 받아들이겠다는 말까지 들으니 황송하여 어찌할 바를 모르겠다.

"주리 강이 그룹 대항 연주 경연 때 자네티 마수카를 등용한 것, 그리고 자신이 아닌 다른 사람의 파트를 챙기는 모습 등에서 리더로서의 자질이 보였대요. 앞으로 팀 리더로서의 활약도 기대한다고 말씀하시는군요."

나는 환한 웃음으로 대답을 대신했다. 나를 알아봐주고 격려해준 그에게 감사를 전하는 최선의 방법은 예쁜 주리의 얼굴로 가장 예쁘게 웃어주는 것이라 생각했기 때문이다.

"대박!"

입이 마르도록 열심히 통역하던 주리가 갑자기 특유의 감탄사를 내뱉는다.

영문을 모르고 멀뚱하니 쳐다보는 내게 주리는 다소 흥분된 어조로 말한다.

"아이엠윌 씨가… 2차 경연 결과와 상관없이, 주리 강과 작업하고 싶다고 말씀하셨어요."

73. D-3

◆◆

2017년 10월 18일 뉴욕시각 AM 11:57.

어제 저녁, 만찬 말미에 아이엠윌은 좌중을 향해 중요한 메시지 하나를 피력했다. 다름이 아니라, 리더인 주리 강에게 파트를 분배하는 권한을 부여한다는 취지의 통고였다.

멘토가 일개 멤버에게 중요한 권한을 일임한 것에 대해 뭔가 반발이 있을 것으로 예상했는데, 의외로 팀원들도 모두 반색하는 분위기였다.

사실 나에게 파트를 분배하는 일은 그리 어려운 작업은 아니었다. 왜냐하면 나는 선곡이 결정된 순간부터 줄곧 〈It's not right but it's okay〉의 멜로디라인을 머릿속으로 그려가며 파트 배분을 고민해왔기 때문이다.

나는 내 머릿속에서 이미 구상이 끝나있던 내용을 그대로 악보에 표시해서 팀원들에게 배포했고, 멤버 전원이 별 이견 없이 각자에게 분배된 파트를 받아들였다.

숙소 로비에 홀로그램 빔으로 영사되고 있는 디데이 전광판이 'D-3'을 표시하고 있다. 《더 유니버스》 본선 2차 경연 생방송이 이제 3일 앞으로 다가왔다는 뜻이다.

오전의 보컬 연습이 끝난 후 90분의 런치타임이 주어졌다.

함께 점심 식사를 하기로 한 주리를 만나러 1층에 내려왔더니 주리는 반가운 손님과 함께 있었다. 그 반가운 얼굴의 주인공은 다름 아닌 미라 씨였다.

"도시락 배달 왔어요. 두 분 다 한식 생각나실 것 같아서요."

미라 씨는 주리와 나를 위해 직접 싼 한식 도시락을 들고 어퍼이스트 사이드에서 이곳 그리니치 빌리지까지 택시를 타고 왔다고 했다.

"완전 감동이에요. 정말 고맙습니다!"

끼니마다 매번 메뉴가 바뀌는데도 갈수록 그 맛이 그 맛으로 느껴지는 음식들에 슬슬 질려가던 나에게는 한식 도시락을 든 미라 씨가 꼭 하늘에서 강림한 천사처럼 보였다.

"저희와 함께 식사하시고 가세요!"

"아니에요. 저는 가봐야 해요. 해야 할 일도 있고, 또 집을 오래 비울 수가 없거든요."

주리와 내가 번갈아가며 붙잡았는데도, 미라 씨는 도시락만 전하고는 한사코 그냥 돌아갔다.

미라 씨의 따뜻한 마음씨가 담긴 한식 도시락을 품에 안고 우리가 향한 곳은 워싱턴 스퀘어 파크였다.

멋지게 단풍 진 거목의 그늘이 드리워진 벤치에 자리를 잡고 도시락을 펼쳤다.

"대박!"

주리가 내뱉은 짧은 감탄사는 결코 과한 표현이 아니었다.

아직도 김이 모락모락 나는 촉촉한 흰밥만 봐도 가슴이 훈훈해졌는데, 보온병에 담긴 뽀얀 사골 국물을 보니 갑자기 울컥해지기까지 했다.

반찬통을 열어 보니 계란말이, 진미 채 무침, 동그랑땡 그리고 불고기가 정갈하게 담겨있다. 담겨진 반찬마다 조금씩 뿌려진 깨가 맛깔스러움을 더한다. 배추김치는 반찬통에 같이 담지 않고 밀폐 유리병에 따로 담은 것만 봐도 미라 씨의 섬세한 배려를 읽을 수 있다.

"우리, 먹는 데만 너무 열중한 것 같아요!"

주리가 그 말을 꺼냈을 때, 우리는 이미 찬합에 담긴 밥의 3할을 비운 후였다.

"오전엔 뭐 했어?"

한참 만에 기껏 꺼낸 한 마디가 이따위 질문이었다. 막상 그런 질문을 던져놓고 보니, 꼭 퇴근한 의처증 남편이 집에 있던 아내에게 다그치듯 묻는 것 같은 뉘앙스다.

"《윈드 메이커》 다시 보기 정주행했어요."

"4회까지인가 보고는 한참 못 봤는데, 이제 몇 회까지 방영된 거야?"

"10회까지요. 아까 10회 초반부까지 보다가 중간에 나온 거예요."

"요즘 시청률은 잘 나온대?"

"4프로대를 꾸준히 유지하고 있대요. 케이블 음악 채널의 프로그램인데다 핑크 클라우드의 신변잡기만 보여주는 리얼리티 예능치고는 대박 시청률이죠. 더구나 요즘은 하드캐리 강주리 분량은 나오지 않는데도 말이에요."

"나 없이도 선방하고 있다니 기분이 좋네. 화면 속 멤버들은 어때 보였어? 녀석들, 많이 보고 싶네."

"네, 저도 그리워요. 오늘 《윈드 메이커》 다시 보기 한 것도 멤버들 보고 싶어서 그랬던 거예요."

"그런데 《윈드 메이커》에서 뉴욕 촬영을 추진한다고 했던 건 그냥 틀어진 모양이네. 아직 말이 없는 걸 보면…."

"마지막 생방을 3일 남긴 상태에서도 아직 아무 소식 없는 걸 보면 아마 잘 안 된 거겠죠?"

밥과 반찬에만 집중하느라 잠시 잊고 있었던 사골 국물을 한 모금 머금어 본다. 업타운에서 배달되어 온 온기가 내 마음 가득히 전해지는 듯한 기분이다.

2017년 10월 18일 뉴욕시각 PM 07:35.

오전 9시부터 시작되었던 오늘의 일정이 오후 7시 정각에 마무리되었다.

그래서 나는 주리와 1층 로비에서 만나 함께 저녁 식사를 하러 가기로 했다.

"그런데 오디션 참가자가 이렇게 칼퇴근해도 되는 거예요?"

샤워까지 마친 후 말끔한 모습으로 나타난 나에게 주리가 말했다.

"7시 땡 하니까 트레이너들은 물론이고 방송 스태프들까지 싹 다 퇴근해버리더라고."

"팀 멤버들도 전원 퇴근했어요?"

"그래, 나처럼 쭈뼛쭈뼛하지 않고 다들 아주 당연한 듯 해산해버리더라고."

"확실히 뭔가 좀 다르네요. 우리나라 오디션 프로그램에는 밤늦게까지 연습하는 장면이 자주 나오잖아요."

"그래, 맞아. 주최 측과 참가자들이 일제히 칼퇴근하는 모습은 우리나라에선 상상도 할 수 없는 광경이지."

"하긴, 이들의 칼퇴근 문화는 분야를 가리지 않아요. 미국의 어느 회사는 다섯 시 땡 하면 컴퓨터가 일제히 꺼지게 세팅되어 있다고 하더군요."

"자리에 오래 앉아있다고 일 잘하는 게 아니듯 시간만 길다고 좋은 훈련은 아니지. 효율성 있고 합리적인 트레이닝 시스템 덕분에 정해진 시간 안에서도 더 높은 훈련 효과를 낼 수 있는 것 같아."

"훈련 내용이 꽤 맘에 드셨나 보네요."

"완전 맘에 들었어. 아이엠월이 보낸 트레이너들은 하나같이 다 체계적이면서도 유능하더라고."

"그래서, 베테랑 트레이너인 유노 쌤에게도 이곳의 트레이닝 시스템이 도움이 좀 되시던가요?"

"당연하지. 분야별로 세분화된 트레이너가 각 멤버별로 로테이션해가면서 개별 훈련을 시켜줬는데, 길지 않은 시간이었지만 얻은 게 아주 많은 것 같아."

"얻을 게 있으셨다니 정말 다행이네요."

"이렇게 선진화된 트레이닝 시스템을 경험해보고 나니, 지금껏 내가 가르치던 방식은 너무 주먹구구식이었다는 생각이 들었어. 그래서 반성도 좀 했지."

점심 식사 때 보고 겨우 반나절 못 봤을 뿐이었는데, 막상 주리 얼굴을 보니 왜 이리 반가운 건지….

"오후엔 뭐 했어?"

또 이 질문이다. 이러다 주리에게 '오후엔 뭐 했어?', '오전엔 뭐 했어?' 하며 확인하듯 묻는 것이 입버릇처럼 내 입에 붙어버리는 건 아닌지.

"룸메이트 필립 뒤보아와 같이 블리커 스트리트에 갔었어요."

그러고 보니 주리는 못 보던 카키색 트렌치코트를 입고 있다.

"쇼핑도… 했어?"

"아페쎄 서플러스 매장에서 반값 세일을 하고 있어서요. 어때요? 잘 어울리나요?"

"그러니까… 내가 땀 뻘뻘 흘리며 훈련하고 있는 동안, 너는 딴 남자랑 쇼핑이나 다녔다고?"

공연히 욱하는 마음을 누르지 못한 나는 그만 버럭 소리를 지르고 만다.

"유노 쌤이 지난번에 말씀하셨잖아요! 밀폐된 공간에 필립 뒤보아와 단둘이 있는 걸 조심하라고요. 그래서 나가자고 한 건데요?"

나름대로 일리가 없지 않은 주리의 말에 머쓱해진 나는 뒤늦게 표정 관리를 한다. 하지만 이미 때는 늦었다.

"그런데 유노 쌤, 지금 질투하시는 거예요?"

기어이 내 속마음을 주리에게 들키고 만 것이다.

"질투는 무슨…. 어떤 녀석인지도 모르는 놈이랑 어울렸다니까 걱정되어서 그런 거잖아, 이 녀석아!"

"나이답지 않게 자꾸 그렇게 귀엽게 구시면, 확 뽀뽀해 버릴 거예요!"

그렇게 나를 또 한 번 심쿵하게 만드는 주리. 시도 때도 없이 저렇게 심장 폭격을 해대는 주리에 대해 뭔가 특단의 방어책 마련이 시급하다.

밖으로 나오니 비가 오고 있었다. 뉴욕이 우리에게 주는 첫 비다.

"비를 보니까 갑자기 홍콩 갔을 때가 생각나네요."

"그러게. 그땐 그렇게 비가 자주 오더니…."

따지고 보면 홍콩에 다녀온 건 그리 오래된 기억도 아닌데, 왠지 한참 지난 일처럼 느껴진다.

70일째 이 거짓말 같은 공생 관계를 이어오고 있는 주리와 나 사이에도 추억이라는 게 쌓여간다고 생각하니 뭔가 기분이 묘하다.

"우산을 빌려 나와야겠어요."

현관문 안으로 다시 들어가서 미스터 버틀러에게 우산을 빌릴 수 있느냐고 물었는데, 준비된 우산이 다 나가 버리고 하나밖에 남지 않았다고 했다. 그래서 어쩔 수 없이 주리와 나는 우산 하나를 나눠 써야 했다.

"이리 주세요. 그냥 제가 들게요."

내가 위로 팔을 쭉 뻗어서 우산을 받치고 있는 모양새가 좀 이상했는지, 주리가 우산을 받아든다. 어쩌다 보니, 주리가 오른손으로 우산을 들고 왼팔로는 내 어깨를 감싸는 포즈가 되었다.

지금 우리가 향하고 있는 곳은 첼시 마켓이다. 뉴욕에 와서 안 먹고 가면 서운하다는, 그 가성비 좋은 랍스터를 먹으러 가는 길이다.

"거긴 몇 시까지 하는데?"

"아홉시까지요. 여기서 걸어가면 한 20분 정도 걸릴 거예요. 비도 오는데, 그냥 택시 탈까요?"

"20분 정도밖에 안 걸린다면, 그냥 걸어가자."

주리와 내가 우산을 같이 쓰고 서로 몸을 꼭 붙인 채 걷는 이 자세 그대로라면, 20분이 아니라 200분이라도 걸을 수 있을 것만 같다.

폐장을 40여 분 앞둔 시간이어서 그런지 첼시 마켓은 한산한 편이었다.

"한국인들도 많이 찾는 곳이라서 알아보는 사람이 있을까 봐 좀 걱정했는데, 이렇게 한산해서 다행이에요. 낮엔 엄청 북적대는 곳이거든요."

중간 크기의 랍스터 두 개를 주문해놓고 빈 테이블에 자리를 잡은 채 기다리고 있는데, 누군가가 내 이름을 부르는 목소리가 들려왔다.

"Hey, Yunho!"

그런데 그 윤호라는 호칭은 내가 아닌 주리를 부르는 소리였다는 걸 깨닫기까지는 시간이 좀 걸렸다.

그 목소리의 주인공은 다름 아닌 필립 뒤보아였다. 필립과 에릭 형제도 우리처럼 랍스터를 먹으러 이곳에 와 있었던 것이다.

그렇게 해서 합류하게 된 우리는 나란한 두 개의 테이블에 네 명이 붙어 서서 각자 한 마리씩의 랍스터를 해치웠다.

배는 그닥 부르지 않았지만 입은 상당히 즐거웠던 저녁 식사를 끝낸 후, 뒤보아 형제는 미트패킹 디스트릭트의 어느 클럽에 가볼 거라며 우리에게 함께 하지 않겠냐고 물어왔다.

'Sure, why not?'이라는 말이 내 목구멍까지 올라오려던 찰나에 주리가 먼저 끼어든다.

"She is still under age."

아뿔싸! 미국은 홍콩과는 달리 만 21세가 되어야 음주가 허용된다는 사실을 내가 잠시 잊고 있었던 것이다.

첼시 마켓 밖으로 나오니 어느새 비는 그쳐있었다. 숙소로 돌아가는 길에는 하이라인 파크를 통해 미트패킹 디스트릭트를 통과하는 경로를 택했다.

"그런데 주리야, 저 형제 말인데…."

"형제치고는 좀 다정해 보이죠?"

"와, 소름! 주리 너도 그렇게 느꼈어? 남자 형제들이 보통 저렇게까지 살갑지 않잖아?"

"그게… 말이에요…."

무슨 말을 꺼내려다가 마는 주리의 얼굴에 의미심장한 표정이 담긴다.

"왜 말을 하다 말아?"

말을 잇지 못하고 뜸만 들이는 주리의 등을 내 어깨로 가볍게 툭 쳤다. 그러자 주리는 마지못해 입을 연다.

"지금의 필립 뒤보아는 원래 줄리 부트랑이라는 여자였대요."

전혀 예상치 못했던 말을 들은 나는 태엽이 다 돌아간 태엽 인형처럼 그 자리에 그대로 일시 정지하고 말았다.

나란히 걷던 내가 갑자기 멈춰서버리자, 몇 발자국 더 갔던 주리도 덩달아 걸음을 멈출 수밖에 없었다.

내가 서있는 곳으로 몇 걸음 되돌아온 주리에게 나는 다시 물었다.

"지금 뭐라고 한 거야?"

그러자 주리는 웃음기 없는 얼굴로 천천히 대답한다.

"필립 뒤보아는 원래 여자였다고요."

74. 상념의 미로

◆◆

“그러면, 그 사람도 여자와 몸이 바뀌었단 말이야?”

“네, 맞아요. 필립도 우리처럼 몸이 바뀐 채로 살아가는 존재였더라고요.”

최화영으로부터 이미 비슷한 충격을 받은 바 있음에도 불구하고, 나는 크게 놀라지 않을 수 없었다.

“어쩐지… 아까 랍스터 먹을 때 보니 필립의 행동과 말투가 좀 여성스럽더라니.”

충격이 차츰 가라앉으면서, 하나둘 고개를 드는 의문들.

“그런데 필립이 왜 오늘 너한테 그런 고백을 한 건데?”

“저에게서 이상한 낌새가 보였대요.”

“그때 우리와 비슷한 존재인 화영이가 영혼이 바뀐 우리의 상태를 바로 알아봤던 것처럼 말이지?”

“네, 맞아요. 필립 말로는 지구상에 몸이 바뀐 채로 살아가는 사람들이 꽤 있대요. 세계적인 유명인사들 중에도 짐작 가는 사람이 몇몇 있다고 하더군요.”

“필립 뒤보아와 줄리아 머시기, 걔네는 얼마 동안이나 바뀐 채로 살아온 거래?”

“1년 반 정도요.”

“두 사람이 서로 몸이 바뀌게 된 계기라던가, 특이사항 같은 건 없었어?”

“줄리 부트랑은 원래 필립의 동생, 에릭을 짝사랑하는 동급생이었대요. 에릭이 뮤지컬 배우로 데뷔한 후에도 스토커처럼 그를 따라다녔었다고 했어요.”

“에릭을 짝사랑했는데, 에릭의 형인 필립과 몸이 바뀌었다고?”

“줄리 부트랑이 가장 부러워했던 존재가 바로 에릭의 형, 필립이었거든요. 필립이 동생 에릭의 매니저로 일하면서 항상 같이 있는 모습이 그렇게 부러웠다네요.”

“자, 정리를 해보자! 줄리 부트랑이 에릭을 짝사랑했다. 그래서 에릭과 항상 함께 있는 그의 형 필립을 부러워했다. 그러다 줄리와 필립의 몸이 서로 바뀌게 되었다는 말이지? 그러니까 지금 우리가 아는 필립 뒤보아가 사실은 줄리 부트랑이라는 거잖아.”

복잡하게 얽힌 인과관계를 차근차근 정리하다 보니, 다시 새로운 궁금증들이 연쇄적으로 발생한다.

“그렇다면, 줄리 부트랑으로 바뀐 원래의 필립 뒤보아는 지금 어떻게 살고 있대?”

그런데 주리는 그 질문에 쉽게 대답하지 못한다.

“왜 대답을 못 해? 그것까지는 미처 물어보지 못한 거야?”

나의 다그침을 받고서야 비로소 힘들게 입을 여는 주리.

“줄리 부트랑으로 바뀐 필립 뒤보아는… 여자로서의 삶을 견디지 못하고 자살해버렸대요.”

주리로부터 상상도 못 했던 답변을 듣고 깊은 충격을 받은 나는 한동안 말을 잇지 못한다.

상념에 잠긴 내 머릿속은 온통 물음표로 가득 차버린다.

‘줄리 부트랑으로 바뀐 필립 뒤보아가 자살하면서, 그는 필립 자신의 영혼을 죽인 걸까? 아니면 줄리의 몸을 죽인 걸까?’

‘필립의 영혼이 죽으면서 줄리의 몸이 따라 죽은 걸까? 아니면 줄리의 몸이 죽을 때, 그 안에 들어와 있던 필립의 영혼도 같이 죽은 걸까?’

‘줄리의 몸이 죽었더라도 필립의 영혼은 이 세상 어딘가에 살아있는 건 아닐까?’

‘돌아갈 곳이 없어진 줄리의 영혼은 이제 평생 필립의 몸을 떠날 수 없는 걸까?’

쉽게 답을 찾을 수 없는 의문문들이 뇌리를 어지럽히고 있는 지금의 내게는 직선으로 쭉 뻗은 하이라인파크가 꼭 미로 속처럼 복잡하게 느껴진다.

'혹시 이런 체인지 현상을 유발하고 이 모든 것을 지켜보고 있는 빅 브라더 같은 존재가 실제로 존재하는 건 아닐까?'

방으로 돌아와 아이폰을 들여다보니 한 대표로부터 카톡 메시지가 도착해 있었다.

[통화 가능?]

표시된 시간을 보니 이미 30분 전에 도착한 메시지였다.

'무슨 일이지?'

나는 한 대표에게 보이스톡을 요청해본다. 신호가 몇 번 가는 동안, 나는 혹시 무슨 일이라도 생긴 건가 하는 마음에 괜스레 심장이 두근거린다.

통화가 연결된 후 들려온 한 대표의 목소리가 그리 다급하지 않다는 걸 확인한 후에야 나는 비로소 안도했다.

"2차 경연 연습은 잘되어가고 있어?"

"사실 말도 잘 안 통하는 멤버들과의 공동작업에 대한 부담이 적지 않았는데, 다행히 팀원들이 하나같이 내 마음처럼 잘 움직여주고 있어. 멤버 선택 때 결정적인 역할을 한 주리의 선견지명이 적중한 것 같아. 그리고 아이엠윌이 보낸 우수한 스태프들 덕분에 아주 체계적이면서도 질 높은 트레이닝을 받고 있지."

"그들의 선진적인 트레이닝 시스템을 몸소 체험해보는 건 윤호 자네에게도 좋은 경험이 될 것 같네."

"이번 경연에서 날 가장 흥분시키는 게 바로 그 점이야."

"2차 경연은 팀 미션이니까 무엇보다 팀워크가 중요할 거야. 경험과 연륜이 풍부한 자네가 리더십을 멋지게 한 번 발휘해 보라고!"

“자네는 어때? 이제 트라이애슬론 훈련도 거의 막바지이겠구나. 힘들거나 건강에 무리가 되진 않아?”

“욕심을 버리고 나니까 한결 편해졌어. 나를 힘들게 하는 것은 육체적인 것이 아니라 더 잘하고 싶어 하는 내 승부욕이더라고. ‘내가 계속 훈련하는 이유는 잘하기 위한 것이 아니다!’, ‘그냥 끝까지 가는 게 목표다!’ 그런 생각을 나 스스로에게 반복적으로 주입하고 있지.”

“지금 여기가 밤이니까 거긴 오전이겠네. 훈련 중이야?”

“아니야, 지금 인천공항이야. 너와 주리가 그리워 마지않는 핑크 클라우드 멤버들도 같이 있어. 《더 유니버스》 2차 경연 생방송을 우리가 TV로 지켜볼 순 없잖아? 이제 자넨 더 열심히 해야 할 이유가 생겼어! 나와 핑크 클라우드 멤버들이 라디오 시티홀의 관객석에서 함께할 테니 말이야.”

2017년 10월 19일 뉴욕시각 AM 07:01.

워싱턴 스퀘어 파크의 가을 아침은 청초하다. 이른 아침부터 신선한 공기를 마시니 몸과 마음이 맑아지는 것 같다.

뉴욕에 온 이후로는 최초로 아침 조깅에 나섰다. 그동안은 시차 때문에 수면 리듬이 깨지면서 아침에 일찍 일어나기 힘들었는데, 오늘은 일찌감치 눈이 번쩍 떠졌다.

얼떨결에 끌려 나온 주리는 아직 잠이 덜 깬 듯한 모습이긴 하지만, 표정만은 아침 햇살처럼 밝다.

“유노 쌤, 오늘은 뭔가 좀 달라보이시는데요?”

“그런가?”

나는 그렇게 아무렇지 않은 척 대답을 했지만, 속으로는 주리의 명민함에 새삼 놀라고 있었다.

주리의 눈은 역시 예리했다. 내가 느끼기에도 지금의 나는 여느 때와 확실히 다르다.

내 몸과 마음이 이렇듯 뜨거운 투지로 불타오르고 있는 이유는 바로 오늘 오후에 아이엠윌과의 경연곡 녹음 작업을 앞두고 있기 때문이다.

"아이엠윌이 2차 경연 결과에 상관없이 같이 작업하고 싶다는 의사를 밝혀온 걸 대표님이 아시면, 정말 좋아하시겠어요. 최고의 프로듀서 아이엠윌과 함께 작업을 한다는 건, 이미 미국 시장에서 평타 이상의 성공을 보장하는 거잖아요."

"만약에 진짜로 아이엠윌과 함께 작업을 하게 된다면, 나는 꼭 핑크 클라우드와 함께할 거야!"

"만약 아이엠윌이 팀이 아닌 솔로 작업을 원하는 거면 어떡해요?"

"그럼 나는 그 제안에 응하지 않을 거야."

"아니 그렇다고, 미국 시장에 진출할 기회를 그냥 날려버리시겠다고요?"

"물론 욕심나는 일이긴 하지. 아이엠윌 버프를 받으며 큰물에서 놀아보고 싶은 마음이 나라고 왜 없겠어? 하지만 팀이 아닌 솔로로 미국 무대에서 활동하는 건 지금의 내겐 별 의미 없어!"

"꼭 그렇게 단정적으로 결론짓지 않으셨으면 좋겠어요. 반드시 멤버들과 함께하는 것만이 핑크 클라우드를 위하는 유일한 길은 아니잖아요. 개인으로서 좋은 활동을 펼치는 것도 핑크 클라우드 전체에게 큰 보탬이 될 수 있다고요."

"근데 난 자꾸 그런 마음이 들어. 내가 강주리라는 치트키를 쓰면서, 장윤호 개인의 야망을 충족시키고 있다는, 그런 생각."

"그렇게 따지면, 강주리에게도 장윤호는 치트키예요. 유노 쌤이 아니었다면 어떻게 주리 강이라는 이름의 가수가 《더 유니버스》 본선 2차 경연까지 진출할 수 있었을까요? 유노 쌤의 눈부신 활약 덕분에 제 이름이 전 세계적으로 드높이 빛나고 있듯이, 주리 강으로서의 성공은 핑크 클라우드를 하드캐리하고 있단 말이에요."

"암튼 내 마음이 그래. 앞으로 내가 어떤 활동을 하든 내 개인적인 욕심이 우선시되진 않을 거야. 나보다는 우리를 위한 길을 택하겠어."

오전에는 보컬 최종 점검을 했다. 오후에 있을 녹음 작업까지 마무리되고 나면 그 이후로는 안무와 노래를 함께 하는 리허설로 바로 들어가야 하기 때문에, 사실상 이번이 마지막 보컬 트레이닝인 셈이다.

"You were making a fool of me Ahhhhh~."

폭발적인 고음을 터뜨리면서 긴 호흡으로 끝을 길게 끌어야 하는 이 부분.

내가 맡은 파트 중 가장 중요한 마디이면서, 내가 가장 심혈을 기울어야 하는 부분이기도 한, 소위 '킬링 파트'다.

휘트니 후스턴이 가성으로 처리한 'fool' 부분까지 나는 꽉 찬 진성으로 부를 예정이다.

곡의 분위기를 급반전시키면서 절정의 후반부를 이끄는 이 중요한 킬링 파트를 내가 맡은 것에 대한 부담감은 정말 엄청나다. 이 마디에 대한 생각만으로 내 머릿속이 가득 차버려서 앞부분에선 몰입이 잘 안 될 정도로 말이다.

사실 이 파트에 대한 부담감은 내가 당연히 받아들여 할 몫이다. 이 곡의 성패가 이 파트에 달려있다고 해도 과언이 아니기 때문이다.

말하자면, 김연하 선수의 프리 스케이팅 프로그램에서 후반 트리플 러츠와 비슷한 의미라고 하면 설명이 될까?

팀원들은 다들 이미 충분하다며, 하나같이 입을 모아 내게 연습 좀 그만하라고 말한다.

보컬 트레이너로부터도 지나친 연습을 삼가라는 권유를 받았다. 자칫 목을 혹사해 상하게 할 수 있다는 우려 때문이었다.

그런데 나 스스로가 이 파트에 대한 부담을 쉽게 떨칠 수가 없는 것이다.

실전 무대에서 이 부분을 부르다가 혹시 삑사리라도 내버릴 경우에는 전 세계적으로 망신살이 뻗칠 뿐만 아니라, 우리 팀의 퍼포먼스 전체를 망쳐버리는 결과를 초래하고 말 테니까.

며칠째 이 부분만 대체 몇 번을 불러댔는지…. 마음속으로 이미지 트레이닝 한 것까지 합하면 천 번은 족히 넘을 것 같다.

과연 내가 아이엠윌과의 녹음 작업에서, 그리고 《더 유니버스》 본선 2차 경연 생방송 무대 위에서 이 부분을 성공적으로 불러낼 수 있을 것인가?

2017년 10월 19일 뉴욕시각 AM 11:56.

'You were making a fool of me Ahhhhh~.'

오전 보컬 연습을 마치고 계단을 내려오는 동안에도 마음속으로는 내내 이 파트를 되뇌고 있었다.

"왜 그렇게 표정이 심각하냐, 강주리?"

그때 갑자기 내 귓가에 들려온 귀 익은 목소리. 그 목소리의 주인공은 다름 아닌 준희였다.

"도착했구나!"

나는 황급히 계단을 뛰어 내려가서 준희와 서로 얼싸안았다.

부둥켜안은 준희의 어깨너머로 다음 포옹 순서를 기다리고 있는 유진, 정화, 유미의 모습이 보인다. 그리고 그 뒤편에 점잖게 서서 특유의 단단한 미소를 짓고 있는 한 대표의 모습도 눈에 들어온다.

주리는 나와 핑크 클라우드 멤버들의 감격스러운 상봉 장면을 아이폰 카메라에 담느라 여념이 없다.

겉으론 쿨하지만 깊숙한 속정이 느껴지는 유진, 의외로 눈물까지 글썽이는 터프걸 정화, 바라보는 것만으로도 마음이 짠해지는 유미와 차례로 포옹을 나눈 후 한 대표 앞에 섰다.

관성의 법칙처럼 한 대표와도 포옹을 나누려고 팔을 벌리던 찰나, 그가 무심히 툭 내뱉은 한마디에 나는 그만 머쓱해지고 만다.

"밥부터 먹자!"

75. You made it!

◆◆

주리가 안내한 곳은 웨스트 11번가에 있는 'The Spotted Pig'라는 식당이다. 숙소와의 거리는 0.5마일 정도라 걸어가기에도 멀지 않은 곳이었다.

원래 사전예약을 받지 않아서 짧게는 30분, 길게는 1시간 이상 줄을 서서 먹어야 하는 식당이라고 했다. 그런데 발 빠른 주리가 오픈 시간에 미리 가서 대기를 걸어놓고 와준 덕에 웨이팅 없이 바로 자리에 앉을 수 있었다.

뉴욕에 사시는 양부모님께 인사드리러 간 정화를 제외한 여섯 명의 일행은 나란한 두 테이블에 나눠서 앉았다.

"버거로 미슐랭 원스타를 받을 정도면 대체 얼마나 맛있을지 기대가 되는데?"

구릿빛으로 그을린 탱탱한 피부에 윤기가 좌르르 흐르는 한 대표는 14시간 동안 비행기 타고 온 사람 같아 보이지 않는다.

그러고 보니 저 윤기가 장시간의 비행으로 생긴 개기름일지도 모른다. 잘생긴 놈은 개기름마저도 섹시해 보일 수 있다고 생각하니 약간 심사가 꼬인다.

"여긴 야채 없는 버거로 유명해. 비연세의 남편이자 힙합 뮤지션인 제이쥐가 이 식당의 공동투자자라는 사실도 이 식당의 유명세에 한몫했지."

한 대표와 핑크 클라우드 멤버들이 한데 모인 자리가 꽤 오랜만인데도, 한 대표를 향한 주리의 반말에는 어색함이 없다. 어쩌면 주리는 이렇게 여럿이 있는 자리에서라도 한 대표에게 말까는 걸 은근히 즐기고 있는지도 모른다.

그런데 여기서 주리가 간과한 게 있다. 주리와 몸이 바뀌기 전에 나는 공적인 자리에서 준호를 대표님이라 부르며 깍듯한 존대를 했었다는 사실을 말이다.

물론 한 대표와 내가 친구 사이인 걸 다 아는 핑크 클라우드 멤버들이야 장윤호가 한준호에게 말을 까든 말든 개의치 않을 테니 별 상관은 없겠지만 말이다.

돌이켜 보면, 내가 주리와 몸이 바뀐 이후에 오히려 한 대표와 더 가까워진 느낌이다. 그리고 주리와 나 사이의 비밀을 한 대표와 가장 먼저 공유하게 된 이후부터는 더욱 그렇다.

큐피드의 창립 멤버로 들어와 변변한 연예 활동 없이 지하 골방에 틀어박혀 보컬 선생 노릇을 하고 있던 시절에는, 한 대표가 다소 멀게 느껴졌었다.

그런데 지금에 와서 생각해보니, 그것은 어디까지나 내 자격지심 때문에 나 스스로가 만들어낸 거리감이었던 것 같다.

내가 주리의 몸을 통해 다시 무대로 돌아온 후에야, 나는 비로소 깨달았다. 한 대표는 언제나 자기 자리에 굳건히 서서 내 바람막이이자 버팀목이 되어주고 있었다는 사실을 말이다.

내가 강주리로 얼마를 더 살게 되든, 또 장윤호로 다시 돌아간 후에라도 한 대표로부터 받은 은혜는 절대 잊어선 안 된다.

"괜히 미슐랭 원스타는 아니구나!"

두툼한 번에 그릴 자국이 선명한 버거를 한입 베어 문 한 대표는 무척 만족스러운 얼굴이다.

그런데 일행들의 반응은 반반으로 갈렸다. 유미와 주리의 얼굴에는 행복한 미소가 떠오른 반면, 준희와 유진이는 다소 떨떠름한 표정을 짓고 있다.

나는 준희와 유진이의 부정적 반응 쪽에 더 공감이 갔다. 예전의 나였다면 한 대표처럼 아주 맛있게 잘 먹었을지도 모르겠다.

그런데 지금의 내 입맛엔 치즈는 너무 짰고, 패티에서 나는 꼬릿한 고기 냄새도 거슬렸다. 마늘과 로즈마리향이 첨가된 감자튀김의 도움이 없었다면 아마 끝까지 먹기조차 힘들었을 것 같다.

두꺼운 번 사이에 야채도 없이 치즈만 발린 패티 위에다 케첩을 떡칠해 가며 억지로 버거를 다 먹고 나니, 미라 씨가 밀폐유리병에 담아다줬던 배추김치 생각이 어찌나 간절하던지….

한 대표와 멤버들은 호텔이 아니라 트라이베카에 있는 아파트에 묵을 예정이라고 했다. 한 대표가 프랑스 유학 시절에 알고지낸 존 로이드라는 지인 소유의 아파트인데, 마침 존이 시카고의 부모님 댁에 가있는 상태라 집을 내준 거라고 했다.

오후 2시부터 녹음 작업이 예정되어 있긴 하지만 개인별로 녹음 작업이 진행되기 때문에, 내 순서가 돌아오는 오후 4시까지는 아직 시간적 여유가 있다. 게다가 녹음 스튜디오가 있는 소호는 트라이베카에서 그리 멀지 않은 거리다. 그래서 나는 그들을 따라가서 아파트를 잠깐 구경하고 오기로 했다.

존 로이드의 집은 체임버 스트리트에 위치한 15층짜리 코업 아파트 꼭대기의 펜트하우스라고 했다.

"존의 여자친구가 지금 집에서 기다리고 있대. 우리에게 아파트 열쇠와 자동차 스마트키를 전해주기 위해서 말이야."

도대체 얼마나 신뢰가 깊은 사이면 집에다 차까지 선뜻 내줄 수 있는 건지, 한 대표의 글로벌한 인맥에 새삼 감복했다.

그런데 우리 일행을 위해 아파트 문을 열어준 사람의 얼굴을 본 나는 화들짝 놀라지 않을 수 없었다.

아파트에서 기다리고 있다던 존 로이드의 여자친구는 다름 아닌 스테파니였기 때문이다. 본선 1차 경연 기간 동안 내가 신세를 졌던 호스트 패밀리의 안주인 말이다.

그녀는 어퍼이스트 사이드의 아파트에서 문을 열어주며 했던 말과 똑같은 인사로 우리 일행을 맞이한다.

"You made it!"

존 로이드 씨 소유의 15층 펜트하우스는 다섯 개의 침실을 포함해 총 열 개의 방이 있는 큰집이었다.

1920년대에 지어진 건물의 중후한 기품을 잃지 않으면서도 현대적 세련미가 더해진 매력적인 아파트다.

천장이 높은 거실에 서면 한쪽 벽면 전체를 차지하고 있는 통유리를 통해 바다 같은 허드슨강뿐만 아니라 월스트리트의 스카이라인까지 바라다 보인다.

'세상 참 좁다!'

한 대표에게 이 아파트를 빌려준 지인이 바로 스테파니의 남자친구라니.

그러니까 어퍼이스트 사이드의 아파트에서 미라 씨와의 술판이 벌어졌던 그날 밤, 스테파니가 파티에 참석하러 갔다던 남자친구의 집이 바로 이 아파트였던 모양이다.

'You made it!'

맨해튼에 처음 입성했을 때 들었던 그 인사를 같은 사람으로부터 다시 들으니 뭔가 기분이 묘했다.

뭐랄까? 긴 트랙을 돌아서 다시 출발점으로 되돌아온 것 같은, 그런 느낌이라고 하면 설명이 될까? 그리고 뉴욕에 첫발을 내딛던 그 순간의 내 마음가짐이 되살아나는 것 같았다.

그리고 '너네 왔구나!'라는 뜻의 'You made it!'이라는 인사말이 지금의 내게는 꼭 '너 해냈구나!'라는 의미로 들려왔다.

'그래, 내가 해냈구나! 그 만만치 않은 과정을 거쳐 여기까지 무사히 왔네.'

내 녹음 순서까지는 아직 시간이 충분히 남았음에도 불구하고, 막상 녹음 작업이 이뤄지고 있는 현장에서 벗어나 있으려니 내내 마음이 편치 않았다.

'You were making a fool of me Ahhhhh~.'

일행들과 함께 존 로이드 씨의 아파트를 둘러보는 동안에도, 마음속으로는 이 킬링 파트만 반복해 불러대고 있는 나를 발견했다. 뭘 봐도 눈에 잘 들어오지 않고 뭘 들어도 귓등을 그냥 스쳐 지나갈 뿐이었다.

결국 나는 도착한 지 10분도 안 되어서 존 로이드 씨의 아파트를 떠나 소호로 출발했다. 소호까지는 한 대표가 존 로이드 씨의 차로 태워다 주기로 했다.

"세상 오래 살다 보니 내가 캐딜락 에스컬레이드를 다 타보네."

"열아홉 살짜리 모습을 해가지고는 그런 늙다리 같은 말을 하니 퍽도 어울린다."

"사실 전에 호스트 패밀리와 함께하는 저녁식사 자리에서 스테파니의 남자친구를 소개받은 적이 있어. 그때의 기억으론 자신을 이혼전문변호사인 이혼남이라고 소개했던 것 같은데…."

"변호사? 내가 아는 존 로이드 씨는 꽤 유명한 작가인데?"

"그래? 그럼, 그때 봤던 그 사람이 아닌가?"

"뭐, 다른 사람일 수도 있지."

"그 며칠 사이에 애인이 바뀌었다고?"

"불가능한 일도 아니잖아? 나도 새로운 여자 만나기 시작한 지 며칠 안 되었는데?"

"그럼, 서영미 선생과는…."

"헤어졌어."

"왜?"

"서영미와 함께 있으면, 자꾸 내가 환자였던 시기를 떠올리게 된다는 점이 나를 불편하게 만들었지. 그러니까 서영미가 싫어졌다기보다는, 내 여자 앞에서 자꾸만 약해지려 하는 내 모습이 싫어졌던 거야."

왠지 내가 더 아쉬운 마음이 들어 뭔가 더 말하고 싶었지만, 너무나 간명하게 이별의 이유를 설명한 한 대표 앞에서 더 이상 아무 말도 꺼낼 수 없었다.

"그나저나 이 차주는 왜 이렇게 큰 차를 소유하고 있는 거지? 글 쓰는 사람에게는 굳이 10인승 롱바디 에스컬레이드가 필요할 것 같진 않은데 말이야."

"존이 덩치 큰 래브라도 리트리버를 다섯 마리나 키우는데, 개들 태우고 다니려고 이 큰 차를 샀다더군."

"맙소사, 애견 전용 캐딜락이란 말이야? 그럼, 이 럭셔리 SUV를 타고 다니는 그 상팔자 귀족견들은 지금 어디 가있는 거야? 아까 집에는 안 보이는 것 같던데?"

"애견호텔에 맡겼대."

조수석에 앉아 슬쩍 돌아본 뒷좌석 공간은 견공들이 타고 다니기엔 지나치게 럭셔리해 보였다.

개 다섯 마리가 저 고급스러운 시트에 침을 잔뜩 묻히고 있는 장면을 상상하던 나는 문득 카니발 뒷자리에 옹기종기 앉은 핑크 클라우드 멤버들의 모습이 떠올라 삥싯 웃었다.

"대표니임!"

"왜 갑자기 그런 콧소리를 내고 그래, 소름 끼치게?"

"우리 핑크 클라우드도 성공한 그룹이 되면, 캐딜락 에스컬레이드 사주는 거야?"

"어디 캐딜락뿐이겠어? 우주선이라도 사줄게!"

장난스럽게 물어본 말에 과장된 호쾌함으로 응답하는 한 대표. 빈말이라도 고마웠다. 소속 연예인에 대한 그의 무한 애정이 느껴졌다고 할까?

"근데 작가도 여러 장르로 나뉘잖아. 존 로이드 씨는 어떤 글을 쓰는 작가래?"

"소설가로 알고 있어."

"무슨 작품을 썼는데?"

"나도 잘 몰라. 그 사람 책을 읽어본 적도 없어. 자네도 알다시피 나는 책과는 거리가 먼 사람이잖아. 경영이나 처세술 쪽이라면 또 모를까, 문학 쪽은 문외한이나 다름없지."

"책도 잘 안 읽는 사람이 가끔 주옥같은 명언들을 쏟아내는 걸 보면 참 신기하다니까."

"그건 내가 몸으로 직접 부딪혀서 얻어낸 삶의 지혜라고! 나는 똥인지 된장인지 직접 찍어 먹어봐야 직성이 풀리는 부류니까."

낯선 타국의 도로에서 남의 차를 몰면서도 거침없고 능숙하기만 한 한 대표는 꼭 선천적으로 살아가는 방법을 터득하고 태어난 사람처럼 보인다. 하지만 그라고 해서 사는 게 결코 쉽지만은 않을 것이다.

당사자가 되어 보지 않고는 짐작할 수도 없을 아픔과 혼란이 지금도 그의 깊숙한 내부에서 끊임없이 핵분열을 일으키고 있을 것이다.

다만 그는 내진 설계가 잘된 격납고처럼 튼실하고 꿋꿋하게 그걸 잘 견디고 있을 뿐이다. 보통 사람으로서는 견디기 힘든 고난마저도 그의 마음속 원자로 안에선 불굴의 추진력으로 승화된다.

"그나저나 나 때문에 트라이애슬론 훈련을 쉬게 되어서 어떡하냐? 대회가 열흘도 안 남은 이 시점에 이런 장거리 여행은 컨디션에 지장을 줄 것 같은데 말이야."

"여기서도 훈련은 지속할 거야. 윤호 자네가 신경 쓸 일은 아니야."

한 대표의 저 단단한 미소는 늘 내게 심리적 안정을 준다.

"이번 통영 트라이애슬론 대회가 나에겐 중요한 의미이긴 하지만, 내 가수만큼 중요하진 않아. 강주리로서도, 장윤호로서도 자네는 소중한 '내 가수'거든."

아이엠윌에게서 함께 작업하자는 제안을 받았다는 사실을 아직 한 대표에게는 말하지 않았다. 아직 나 스스로가 그 제안을 선뜻 받아들일 용의가 없기 때문이다.

물론 아이엠윌이라는 스타 프로듀서와의 작업이 '주리 강'이라는 가수에게, 혹은 핑크 클라우드에게 미국 진출의 안정적 교두보가 되어줄지도 모른다.

하지만 그렇게 해서 성공을 한다고 해도, 나는 온전한 기쁨을 누릴 수 없을 것 같다.

'Executive Producer Junho Han'

나의 바람이자 선결 조건은 핑크 클라우드의 미국 진출 앨범에 이 문구가 꼭 들어가야 한다는 것이다. 한 대표가 배제된 협업은 아이엠윌이 아니라 그 할아비가 제안한다 해도 절대 수락하지 않을 것이다.

설혹 아이엠윌과 함께 작업을 하게 된다고 해도, 그건 어디까지나 한 대표가 제작 주체가 되는 협업이어야 한다.

간단히 말하면, 미국 진출 문제는 그냥 한 대표에게 맡겨두면 된다. 나의 보스이자 관리인, 또는 보호자인 한 대표를 통해서가 아니면 그 어떤 제안도 임의로 받아들이지 않겠다는 의미다.

그리고 나는 지금 한눈팔 여유가 없다. 나에겐 당장 발등에 불 떨어진 당면 과제가 있지 않은가?

'You were making a fool of me Ahhhhh~.'

미국 진출이고 나발이고, 일단은 아이엠윌 앞에서 이 킬링 파트를 무사히 잘 불렀으면 좋겠다.

76. 드레스 리허설

◆◆

2017년 10월 19일 뉴욕시각 PM 05:16.

엄청난 부담감을 안고 임했던 녹음 작업은 예상 외로 순조롭게 진행되었다.

"OK!"

'OK!'라는 소리를 듣고서도 나는 꼭 전국노래자랑에서 '땡' 소리를 들은 참가자처럼 황당한 표정으로 멀거니 서있어야 했다. 단 한 번 만에 아이엠윌로부터 오케이 사인을 받아낼 줄 누가 알았으랴?

"It was the best without a shadow of doubt!"

의심의 여지 없이 최고였다는 아이엠윌의 칭찬을 듣고서도, 나는 의심을 품지 않을 수 없었다.

'정말 이게 최선이었을까?'

녹음 작업을 마치고 숙소로 돌아온 나는 목마른 사슴이 시냇물 찾듯 주리를 찾아간다. 헛헛한 심정을 토로할 대상이 필요했기 때문이다.

"몇 번 더 부르면 더 잘할 수 있을 것 같았는데, 너무 쉽게 끝나버려서 오히려 허무해."

"오늘 아침부터 투지가 남다르셨잖아요. 유노 쌤이 완벽하게 준비된 상태였기 때문에 녹음도 한 큐에 오케이를 받을 수 있었다고 생각해요."

"그래도 멘토 앞에서 여러 차례 불러보면서 적절한 지도편달을 받는 것이 내게 조금이라도 더 이득이지 않았을까? 왠지 아이엠윌로부터 제대로 멘토링 받아볼 기회를 허무하게 날려버린 게 아닌가 싶어."

"아이엠윌로부터 지적을 받고, 여러 번 반복해서 부르면서 힘들게 녹음을 마쳤다고 쳐요. 그렇게 되면, 잔뜩 주눅 들고 긴장된 상태가 실전 때까지 쭉 이어질 걸요?"

귀 얇은 나는 주리의 한 마디에 금세 솔깃해진다.

"네 말을 들으니 정말 그럴 것 같긴 하네. 하지만 녹음은 이렇게 수월하게 했는데, 정작 실전 때에는 못할까 봐 걱정이야."

"그동안 유노 쌤은 열심히 연습해오셨잖아요. 진심과 성의를 다한 연습은 결코 배신하지 않을 거예요. 자신을 믿으세요!"

흥분한 맹수를 진정시키는 조련사처럼 나를 달래는 주리에게 나는 마음속으로만 대답했다.

'그래, 믿어볼게. 만약 나 자신에 대한 믿음이 흔들리면, 너라도 믿어보지, 뭐!'

그렇게 마음이 좀 안정되고 나니, 풀리지 못한 채 가라앉아 있던 궁금증이 다시 수면 위로 떠오른다.

"그런데 주리야!"

"왜요?"

"1차 경연 때 우리가 묵었던 어퍼이스트 사이드의 아파트에서, 스테파니가 저녁식사 때 남자친구를 데려온 적이 있었잖아."

"네, 그랬었죠."

"그때 그 사람 이름 기억나?"

나의 물음에 미간을 찌푸리며 기억을 상기시키려 애쓰던 주리는 잠시 후 뭔가 떠올랐다는 듯 입을 연다.

"패트릭 뭐였던 것 같은데?"

"맞아, 패트릭! 패트릭 스웨이즈와 퍼스트 네임이 같아서 귀에 쏙 박혔어."

"라스트 네임까지 정확하게 기억나진 않지만, 암튼 존 로이드가 아니었던 건 확실해요."

"분명 한 대표는 스테파니가 존 로이드 씨의 여자친구라고 했잖아!"

"그렇죠."

“그런데 그때 스테파니가 남자친구라며 소개했던 사람의 이름은 존 로이드가 아니었다는 게 좀 이상하지 않아?”

“다른 사람이겠죠.”

“그럼, 불과 며칠 만에 남자친구가 바뀌었다고? 그건 더 이상하지 않니?”

“좀 이상하긴 하네요.”

“만약 그 며칠 사이에 남자친구가 바뀐 거라고 해도, 만난 지 며칠 안 된 여자친구에게 집 열쇠와 차키를 선뜻 맡길 수 있겠냐고?”

“혹시 존 로이드씨가 변호사를 하면서 글도 쓰는 겸업 작가는 아닐까요? 작가 활동은 본명이 아닌 필명으로 활동하는 경우가 흔하잖아요.”

“그럴듯한 추리이긴 하네. 아니면 설마, 스테파니가 양다리?”

마치 탐정이라도 된 듯 진지한 표정으로 추리에 골몰하던 우리는 얼마 안 가 포기하기로 합의한다. 지금은 남의 사생활 문제 따위에 정신적 에너지를 쏟을 여유가 없다는 생각이 들었기 때문이다.

2017년 10월 20일 뉴욕시각 AM 09:58.

‘D-1’

마침내 대망의《더 유니버스》본선 2차 경연이 하루 앞으로 다가왔다.

오전 10시까지 모이라는 제작진의 지령을 받고, 라디오 시티 뮤직홀에 와있는 상태다.

오후 2시부터 있을 드레스 리허설에 앞서, 오전에는 의상 팀을 만나 2차 경연 때 입을 의상을 피팅해볼 예정이라고 했다.

나는 참가자별 피팅룸이 모여 있는 복도에 들어섰다.

좌우에 배열된 방들 중에서 ‘Jury Kang’이라는 이름표가 붙어있는 방문을 발견하고는 문고리를 잡아 돌린다.

그런데 문을 열고 방안으로 들어간 순간, 나는 흠칫 놀라지 않을 수 없었다. 피팅룸 안에서 나를 기다리고 있던 사람은 다름 아닌 제니퍼였기 때문이다.

스테파니의 딸이면서 파슨스 재학생, 그리고 메이크오버 경연을 함께하면서 옷을 입어보던 내게 부적절한 스킨십을 시도하려 한 바 있는, 그 레즈비언 제니퍼 말이다.

'이렇게 제니퍼와 또 조우하게 되다니!'

내가 주로 서식하던 일상의 영역을 벗어나 보면, 나라는 존재가 얼마나 넓은 세상에서 살고 있는지 깨닫곤 한다. 그러나 때로는 이 넓은 세상이 좁은 것처럼 느껴지기도 하는데, 간혹 뜻하지 않은 우연의 중복을 경험하게 될 때가 그렇다. 지금이 바로 그런 경우다.

돌고 돌아 스테파니와 재회했던 것처럼 피팅룸에서 1대 1로 제니퍼와 다시 맞닥뜨리고 보니, 내가 꼭 신의 손바닥 위에서 놀아난 기분이 들었다고 할까?

"잘 지내? 새 숙소 좋아?"

제니퍼가 별 거리낌 없이 웃으며 건넨 인사말을 듣고서야, 나는 그녀가 한국말을 할 줄 알았었다는 사실을 상기했다.

"너희 집보다는 못하지만, 그럭저럭 잘 지내고 있어."

나는 제니퍼에게 거북한 기색을 내보이지 않으려고 애썼다.

"사과할 기회 없었어. I'm sorry."

제니퍼의 갑작스러운 사과에 나는 좀 당황할 수밖에 없었다. 그때의 부적절한 스킨십 시도에 대한 사과인 듯했는데, 나는 대체 어떤 대답과 표정으로 그 사과를 받아야 할지 난감했다.

"You must have misunderstood my gender identity. 나 레즈비언 아니야."

저건 또 무슨 소리인지? 내 등에 자신의 몸을 밀착시키며 가슴까지 더듬을 때는 언제고, 이제 와서 자신의 성정체성을 부인하려고 하는 건지….

"그때 주리 내 가슴 계속 쳐다봤어. 그래서 너 테스트 했어."

제니퍼가 구사하는 조사 없는 문장은 한 어절마다 뚝뚝 끊어져서 답답증을 유발했지만, 그럭저럭 뜻은 통했다.

여기서 제니퍼가 말한 '그때'란 열흘 전쯤 어퍼이스트 사이드 아파트에서 저녁식사 했을 때를 의미한다. 그러니까 그날 저녁에 내가 자꾸 자신의 가슴 쪽을 쳐다봤던 것 때문에, 그다음 날 피팅룸에서 나를 테스트해 봤다는 얘기다.

사실 난 그때의 상황이 기억조차 나지 않는다.

'내가 그렇게 힐끔거렸었나?'

만약 그날 저녁에 내가 제니퍼의 가슴을 힐끔거렸던 게 맞다면, 그건 내 무의식적 본능의 발로였을 것이다. 꼭 보란 듯이 드러내놓은 탐스런 가슴골에 눈길이 쏠리지 않을 사내가 어디 있겠는가?

그렇다고 제니퍼가 나를 테스트까지 했다는 건 뭔가 좀 이상하지 않은가? 여자들끼리도 상대의 예쁜 부위를 부러운 시선으로 쳐다보는 경우도 있다고 알고 있는데….

"나 대니얼 좋아해. 근데 그날 대니얼 주리 쳐다봤어. 나 질투 났어. 주리 자꾸 내 가슴 봤어. 그래서 나 주리 유혹했어. 미안해."

흩어진 블록 조각 같은 어절 하나하나를 끼워 맞춰보니, 내용은 대략 이렇게 정리된다.

그러니까 제니퍼는 입주 도우미 미라 씨의 아들인 대니얼을 흠모해왔다. 그런데 그날 저녁, 대니얼이 내 쪽만 쳐다봐서 질투가 났다. 그래서 나를 시험 삼아 유혹해 본 것이라는 얘기다.

제니퍼가 나를 유혹의 시험에 들게 한 심리적 배경을 완벽히 이해할 수 있었던 건 아니다. 하지만 그렇다고 그녀의 사과를 받아들이지 않을 이유도, 그녀가 레즈비언이 아니라는 사실을 믿지 못할 까닭도 내겐 없었다.

그리고 한편으론 어긋난 사랑의 작대기에 내가 본의 아니게 연루된 이 상황이 은근히 재미있기도 했다.

"제니퍼, 넌 충분히 예쁘고 매력 있어. 어쩌면 대니얼 역시 널 좋아하면서도 망설이고 있는 건지도 모르잖아. 좀 더 자신감을 갖고 다가가 봐!"

제니퍼와의 감정적 오해를 푼 김에, 나는 스테파니의 남자친구에 대한 의혹까지 마저 풀어버리고 싶은 욕구가 일었다.

딸에게 엄마의 남자관계에 대해 묻는 것이 결코 바람직하지 않다는 건 알지만, 지금이 아니면 이 의혹을 풀 수 있는 기회가 다시 돌아오지 않을 것 같았다.

"제니퍼, 어머니가 만나시는 남자분 말이야."

"존?"

"존 로이드가 맞아?"

"그래 맞아."

"그런데 그날 저녁식사 때 너희 어머니와 같이 오셨던 남자분의 이름은 달랐던 것 같아서."

"Patrick Kendall?"

"그래, 맞아. 패트릭 켄달. 패트릭 켄달과 존 로이드는 다른 분이야?"

"같은 사람 맞아."

"그런데 왜 이름이 달라?"

"Patrick Kendall is the name of a character appearing in his novel."

제니퍼로부터 예상을 완전히 빗나가는 답변을 들은 나는 뭔가 허탈한 기분까지 들었다.

이혼전문변호사인 이혼남, 패트릭 켄달은 바로 존 로이드 씨가 목하 집필 중인 소설 속에 나오는 인물이라고 했다.

존 로이드 씨는 소설을 쓰는 기간 중에는 현실 속에서도 꼭 자신의 작품 속 주인공처럼 행동하고 다닌다고 했다. 그래서 처음 만나는 사람에게는 작중 인물의 이름과 직업으로 자신을 소개하곤 한단다.

그래서 그는 새로운 작품을 쓸 때마다 새로운 이름과 인격을 전면에 내 세우다 보니 '해리성 인격장애'로 오해받은 적도 있다고 했다.

미스터리 혹은 막장 드라마 같은 스토리를 예상하며 나름 심각한 추리에 빠져있던 나는 이런 명랑만화 같은 시추에이션에 그저 허탈한 웃음만 지을 뿐이었다.

2차 경연용 의상 스타일링에는 '메이크오버 경연' 때 참가자들과 1대 1로 짝을 이뤘던 디자이너들이 그대로 참여했다고 한다. 그러니까 스물다섯 명의 파슨스 학생 디자이너들도 각자 매치된 가수를 따라 다섯 명씩 다섯 개의 그룹으로 나뉜 것이다.

UNH 팀의 멤버들의 담당 디자이너 다섯 명이 머리를 맞대고 힘을 모아 제작한 의상의 컨셉은 바로 '1990년대에 대한 오마주'이다. 90년대에 처음 등장했던 그런지룩을 현대적으로 재해석한 것이라고 한다. 이는 또한 그런지룩을 처음 하이패션에 도입한 뉴욕 디자이너, 마크 제이콥스에 대한 오마주이기도 했다.

나는 제니퍼가 스타일링한 내 의상을 입어보았다.

몸에 피트되는 군복무늬 슬리브리스 위에 오버사이즈 플란넬 체크 셔츠를 레이어드하고, 핫팬츠에 워커를 매치시켰다. 하나같이 빈티지 가게에서 골라 온 것처럼 낡아 보이는 아이템들.

1990년대에 청춘을 보낸 내 눈에는 그리 낯선 스타일은 아니었지만, 이미 2017년을 살고 있는 아재의 감성으론 그리 예뻐 보이지 않는 의상이었다.

하지만 역시 패션의 완성은 얼굴이라고, 주리의 미모는 이 어려운 룩도 거뜬히 소화해낸다.

77. UNH 팀 단합대회

◆◆

2017년 10월 20일 뉴욕시각 PM 02:48.

《더 유니버스》 본선 2차 경연 드레스 리허설은 철저히 비공개로 진행되었다. 팀별로 배정된 시간 외에는 참가자와 관계자의 경연장 출입이 엄격히 제한되었다.

운 좋게도 우리 팀이 첫 번째 순서로 리허설을 마칠 수 있었다. 순서 추첨 때, 뽑기 젬병인 나를 대신해 카렌 터너를 대표로 내보낸 작전이 유효했던 것 같다.

따라서 우리 팀원들은 리허설 순서를 기다리며 초조함과 지루함 사이를 서성대고 있을 필요가 없어졌다.

"No more practice!"

눈에 띄는 실수 없이 무사히 리허설을 마친 팀원들에게 멘토 아이엠윌은 그렇게 말했다.

결전의 날을 하루 앞두고 멘토로부터 더 이상 연습을 하지 말라는 지시를 받은 멘티들은 하나같이 얼떨떨한 표정이었다.

'정말 그래도 되나?' 하는 표정으로 서로의 눈치만 살피고 있는 멤버들을 향해, 아이엠윌은 다음의 단서를 붙인다.

"Alcohol and dugs are banned!"

술과 마약만 안 한다면, 뭐든 해도 좋다는 얘기다.

처음엔 좀 의아해했던 멤버들은 이내 밝은 표정으로 바뀐다. 뭔가 상식을 뒤엎는, 멘토의 교육 철학이 썩 맘에 드는 눈치다.

나 역시도 아이엠윌의 생각에 십분 동의한다.

여기서 연습을 좀 더 한다고 해서, 반드시 실전에서 더 좋은 퍼포먼스를 펼칠 수 있을 것 같지 않다.

아닌 게 아니라, 실전 전날의 과도한 연습은 오히려 독이 될 수 있다. 아시아 예선 때 내 룸메이트였던 중국 참가자가 환영 방켓에도 가지 않고 연습에만 죽자고 매달렸다가 실전에서 폭망하는 꼴을 똑똑히 보지 않았던가?

우리는 멘토 아이엠윌의 지시를 적극 수용해서, 연습 대신 단합대회를 하기로 결정했다.

우리가 선택한 단합대회 장소는 바로 허드슨강을 따라 뉴욕의 전경을 둘러볼 수 있는 유람선, 서클라인 크루즈다.

우리는 피어 83에서 오후 3시 30분에 출발하는 랜드마크 크루즈를 탑승할 수 있었다. 사실 저녁 7시에 출발하는 하버 라이츠 스케줄이 더 끌리긴 했지만, 6시부터 시작되는《더 유니버스》본방 사수를 위해선 아쉽지만, 야경은 포기해야 했다.

명목상 탄자니아 대표이지만 알고 보면 뉴요커인 자네티 마수카는 심드렁한 표정이다. 솔직히 서울 사는 내가 한강 유람선을 타도 꼭 저런 표정이 될 것 같긴 하다.

자기애가 엄청 강한 것처럼 보이는 에릭 뒤보아는 셀피 삼매경에 빠져있고, 의젓한 카렌 터너는 이어폰을 귀에 꽂은 채 음악을 들으며 경치 감상 중이다.

그런데 며칠 전부터 자꾸 내 옆에 들러붙는 브라이언 마틴이 성가셔 죽겠다. 서클라인 크루즈에 올라타서도 그는 줄곧 내 옆에만 바짝 붙어있다.

셀피를 같이 찍어주는 것도 한두 번이지, 좀 유명하다 싶은 랜드마크를 지날 때마다 번번이 내 어깨를 끌어당기며 카메라를 들어대는 통에 짜증이 확 치밀려고 했다.

브라이언 마틴은 서글서글한 인상에 밝은 성격이 호감으로 다가왔던 녀석이었는데, 막상 겪어보니 은근히 집요한 구석도 있는 것 같다.

사실 내게 들이대는 브라이언 마틴을 이해 못하는 바는 아니다. 그게

다 주리가 너무 예뻐서 그런 거니까. 솔직히 주리의 미모를 보고도 피가 뜨거워지지 않는다면, 사내도 아니지.

'그래, 그냥 웃어주고 말자!'

그가 나와 어깨동무를 하고 스마트폰 카메라를 들어 올릴 때마다, 나는 끓어오르는 화를 꾹 눌러 참으며 억지 미소를 지어주었다.

만일 내가 내 성질대로 확 짜증을 내버리면, 이 녀석이 상처받을지도 모르는 일이니 말이다. 결전의 날을 하루 앞두고 단합대회까지 온 마당에, 팀원의 멘탈을 흔들리게 해선 안 되지, 그럼.

서클라인 크루즈가 자유의 여신상 근처를 지날 무렵, 우리는 UNH 팀 단체사진을 찍기로 했다. 우리의 얼굴을 알아보고 주변에 몰려있던 사람들 중 한 명에게 브라이언 마틴이 스마트폰 카메라를 맡기며 셔터를 눌러줄 것을 부탁한다. 그런 다음 그는 어김없이 내 옆으로 와서 붙어 선다.

스마트폰을 받아든 히스패닉계 10대 여자애는 TV에서 본 사람들을 직접 보는 흥분을 감추지 못한 채 다소 상기된 표정으로 카운트다운을 외친다.

"Three, two, one!"

카메라 셔터가 터지는 순간, 나는 내 볼에 무언가가 닿았다가 떨어지는 걸 느꼈다. 그 물컹하고 뜨뜻한 감촉의 정체는 다름 아닌 브라이언 마틴의 입술이었다. 정말 어이없게도, 내가 이 미국 놈한테 기습 볼 뽀뽀 테러를 당한 것이었다.

'이 버르장머리 없는 양키 자식아! 이 엉아한테 죽빵 처맞고 쌍코피를 에스프레소처럼 마셔볼래?'

불덩어리 같은 욕설이 목구멍까지 솟구치면서 주먹이 불끈 쥐어졌지만, 나는 꾹 눌러 참을 수밖에 없었다.

'그래, 오늘까지만 참자! 내일은 중요한 날이니까.'

오후 3시 30분에 피어 83을 출발한 서클라인 크루즈는 미드타운과 로어 맨해튼의 전경을 훑고 내려가 자유의 여신상이 있는 리버티 아일랜드까지 접근했다가는 다시 맨해튼 방향으로 뱃머리를 돌린다.

배터리 파크 뒤편으로 월스트리트의 스카이라인이 눈에 들어온다.

위세 등등한 빌딩 숲 사이에 끼어있는 원 월드 트레이드 센터는 아무렇지도 않은 듯 시치미를 떼고 있지만, 상처의 흔적을 완전히 감추진 못한 듯 보인다.

2001년 9월 11일.

당시에 나는 방배동 본가에서 나와 청담동 영동고등학교 뒷골목에 보증금 500만 원에 월세 40만 원짜리 원룸을 얻어 살고 있었다.

당시 청담동에서 500에 40짜리 방은 천연기념물보다 더 희귀했다. 그렇다고 그 희귀함이 꼭 희소가치로 연결되는 건 아니었다. 그저 너무나 볼품없어서 아무도 찾지 않는 방일 뿐이었다.

현관문을 드나들 때마다 집 안과 밖의 극명한 빈부 격차를 몸소 체감하면서도 굳이 청담동 생활을 고집했던 건 순전히 내 허세욕 때문이었음을 인정한다.

창문도 없었던 그 반지하방에 나는 창의 기능을 대신한 판넬 액자를 걸어놓았었는데, 그 액자 속 그림이 바로 노을 지는 맨해튼 스카이라인 사진이었다. 그 사진 속에는 노을이 반사되어 황금빛으로 빛나는 쌍둥이 빌딩이 위풍당당하게 서 있었다.

한국 시간으로 2001년 9월 11일 밤 11시가 조금 넘은 시각.

김나는 양은냄비에 머리를 박은 채 라면을 흡입하며 예능 프로그램을 보고 있던 나는 갑자기 끼어든 뉴스 속보 화면에 그만 넋을 잃고 만다.

내가 평소 창밖 풍경처럼 바라보던 사진액자 속에 있던, 바로 그 쌍둥이 빌딩에서 시커먼 연기가 치솟고 있는 장면을 내 눈으로 보면서도 도무지 믿기지 않았다. 나는 TV 화면과 판넬 액자를 번갈아 쳐다보며 깊은 패닉에 빠졌더랬다.

16년 전 TV로 목격했던 그 비극의 현장을 이렇게 가까이에 와서 직접 보니, 가슴 깊숙한 곳에서부터 뭔가 뜨거운 게 끓어 넘치는 것 같다.

같은 지구에 살고 있다는 사실 외에는 별다른 관련이 없는 내 맘도 이럴진대, 911 테러와 직간접적으로 연관된 이들의 심정은 어떨까?

'미라 씨와 스테파니는 달라진 스카이라인을 바라보며, 과연 어떤 생각을 할까?'

건물이 폭삭 내려앉으며 저 스카이라인에서 지워져버린 쌍둥이 빌딩과 함께 일상에서 남편의 존재를 지워야 했던 두 여인의 얼굴이 내 눈앞을 차례로 스쳐 지나간다.

비록 월드 트레이드 센터라는 이름을 계승한 원 월드 트레이드 센터가 재건되었지만 테러의 상처까지 완전하게 복구할 수는 없듯, 장성한 대니얼과 제니퍼의 존재가 두 여인에게 남편의 부재를 완벽히 대체할 수는 없겠지?

뉴욕에 와서 스테파니와 미라 씨 가족을 알게 되면서부터, 나도 이제 911 테러와의 연관성을 갖게 된 기분이다.

비록 나와는 일면식도 없지만, 미라 씨와 스테파니에겐 남편이었고, 대니얼과 제니퍼에겐 아버지였던 두 남성의 명복을 마음속으로 빌었다. 아울러 정확한 숫자를 알지도 못하는 희생자들과 그 유가족들에게도 내 작은 기도를 보냈다.

써클라인 크루즈가 이스트 사이드로 접어들어 아름다운 브루클린 브리지를 통과할 때까지도, 나는 내내 무거운 마음에서 벗어날 수 없었다.

나에게 볼 키스 만행을 저지르고도 해맑은 브라이언 마틴을 보면서 내가 느끼는 이 하찮은 분노 따위를 감히 911테러와 연관 지을 수는 없지만, 응징으로 맞서지 않았다는 점에선 나 스스로에게 점수를 주고 싶다. 당한 걸 응징으로써 갚는다면, 원한과 복수의 루프가 무한반복 되고 말 테니까.

'그렇다고 당하고 가만히 있는 게 상책은 아닌데? 그럼, 도대체 어떻게

대응하는 게 옳은 길일까?'

나이를 먹을수록 옳고 그름을 판단하는 일이 점점 더 복잡하고 어려워지는 것 같다.

만약 이 세상 모든 사람들이 갈등 없이 따를 수 있는 절대적 가치 판단 기준이 존재한다면, 민주주의라는 제도 자체가 필요 없고 이념분쟁 같은 것도 없었겠지.

고작 개인적 분노를 야기한 브라이언 마틴을 응징하느냐 마느냐를 두고도 이렇게 골치가 아픈데, 내가 수십억의 공분을 사는 IS를 상대하는 미국 대통령이 아니라는 건 천만다행이다.

90분의 항해가 끝난 후 UNH 팀은 내일의 선전을 다짐하며 손 모아 파이팅을 외친 후 해산했다.

고맙게도 한 대표와 주리가 피어83까지 픽업을 와주었다. 덕분에 나는 캐딜락 에스컬레이드를 타고 핑크 클라우드 멤버들이 기다리고 있는 존 로이드 씨의 펜트하우스까지 편하게 갈 수 있었다.

우리는 존 로이드 씨의 아파트에서 6시부터 시작되는 《더 유니버스》 본방을 함께 시청할 예정이다.

7회 차인 오늘 방송에서는 본선 1차 경연 녹화분이 120분 분량으로 편집되어 방송될 것이다.

2017년 10월 21일 뉴욕시각 AM 09:21.

'D-0'

결전의 날이 밝았다.

"마지막 날까지 아침 댓바람부터 똥개훈련 시키는구나!"

경연 순서 따위 그냥 대충 정하고 말지, 추첨 장면을 굳이 촬영하겠다고 이른 시각에 브라이언트 파크까지 불러내는 게 영 못마땅하다. 어차피 방송에선 쓱 지나가듯이 나오고 말 장면일 텐데….

주리와 함께 참가자들이 모여 있는 특설무대 주변으로 다가가고 있는데, 뭔가 수상한 기운이 나를 엄습한다.

"이 분위기 뭐지?"

"그러게요. 대체 무슨 일일까요?"

주리 역시 이상한 낌새를 챈 모양이다.

"지금 쟤네들 내 쪽을 힐끔거리며 수근덕대는 것 맞지?"

"그런 것 같은데요?"

나를 향해 있는 영문 모를 시선들을 의식하며 의아해하고 있던 그때, 누군가가 성큼 내 진로를 막아선다.

내 발걸음을 갑자기 멈추게 한 이는 다름 아닌 에슐리 휴즈였다. 1차 경연 개인 순위 4위로 발표된 후 썩은 표정을 짓던 그 왕재수 미국 대표.

"넌 뭐냐?"

내 입에서 튀어나간 한국말은 거의 불수의적인 것이었다.

그녀가 내 한국말을 알아들었을 리는 만무했지만, 이미 잔뜩 흥분한 상태였던 에슐리 휴즈는 너무 빨라 알아들을 수 없는 영어를 줄줄 읊어댄다.

무방비 상태에서 에슐리 휴즈가 사정없이 쏘아대는 잉글리쉬 속사포를 맞으며 어이가 없어진 나는 주리에게 묻는다.

"얘가 대체 뭐라는 거니?"

"혹시 브라이언 마틴과 함께 사진 찍으셨어요?"

"응. 팀 단합대회 한다고 서클라인 크루즈 탔을 때."

"브라이언 마틴이 그 사진을 자신의 SNS에 올렸나 봐요. 그런데 그 사진을 보고 얘가 화가 많이 난 것 같은데요?"

"얘가 왜? 둘이 사귄대?"

"그것까진 잘 모르겠는데…. 어머!"

주리가 말을 잇지 못하고 놀람의 감탄사를 뱉어냈을 때, 나는 눈을 제대로 뜰 수 없는 상태였다. 내 눈가를 덮친 차가운 액체의 습격 때문이었다.

그 액체의 정체는 바로 커피였다. 분노를 이기지 못한 에슐리 휴즈가 손에 들고 있던 아이스 아메리카노를 내 얼굴에다 끼얹은 것이었다.

78. 두 주먹 불끈

◆◆

"헉!"

내 입에서 어이없는 한숨이 터져 나오기 전까지, 나는 몇 초 동안 얼어붙은 듯 정지된 상태였다.

그런데 그 와중에도 나는 언뜻, 내가 맞은 액체가 뜨거운 아메리카노가 아닌 아이스 아메리카노여서 그나마 다행이라는 생각을 했다. 얼음에 맞은 눈두덩이 얼얼하다.

뒤늦게 나타난 브라이언 마틴이 내게 연거푸 사과를 하고, 제작진들이 다가와 흥분한 에슐리 휴즈를 나로부터 격리하는 것으로 상황은 일단락되었다.

주리는 나를 무대 뒤의 출연자 대기용 천막으로 급히 데리고 갔다.

제작진이 가져다 준 물티슈로 내 머리와 얼굴, 그리고 옷에 묻은 커피를 닦아주던 주리가 말한다.

"스크립터 조애니 말로는, 브라이언 마틴이 본선 여성 참가자들 사이에서 최고 인기남이래요. 그러니까 브라이언 마틴의 SNS에 올라온 그 사진이 큰 파장을 불러일으킬 수밖에 없었던 거죠."

사실 브라이언 마틴이 올린 사진은 나와 단둘이 찍은 사진도 아닌, 우리 팀 단체 사진에 불과했다. 그런데 그가 내게 볼 키스를 하고 있는 모습이 여성 참가자들의 공분을 사고 만 것이었다.

"브라이언 마틴과 에슐리 휴즈는 아역 배우 시절부터 가깝게 지낸 사이인데, 에슐리는 브라이언을 남자로 좋아하고 있었나 봐요. 주변 사람에게도 자신이 꼭 그의 여자 친구인 것처럼 행동한대요. 브라이언에게 에슐리는 그냥 여사친 정도라는데 말이에요."

"이게 다 주리 네가 너무 예뻐서 그런 거잖아. 이 마성의 미모 때문에 내가 무슨 개고생이냐?"

나는 주리에게 가벼운 투정을 부리는 것으로 내 맘을 달랬다.

지금 입고 있는 옷이 검은색인 게 그나마 다행이다. 무대 의상을 미리 입고 있기라도 했었더라면 정말 난감할 뻔했다.

"잘 참으셨어요. 저는 곧바로 주먹이라도 나갈까 봐 내심 걱정했단 말이에요. 역시 어른답게 인내심을 보여주신 건 제가 칭찬해드릴게요."

주리는 내 볼에 가볍게 입을 맞춘다. 같은 볼 키스라도 브라이언 마틴이 한 것과는 차원이 전혀 다르다. 주리가 해준 그것은 위로와 치유의 키스였다.

그런데 아무리 생각해봐도 이해가 잘 안 가는 점이 있다. 대니얼이 내게 호감을 보인 것도, 브라이언이 내게 들이댄 것도 다 내 잘못이 아닌데, 왜 분노의 화살은 다 내 쪽으로만 쏠렸던 걸까?

어쩌면 여자의 적은 여자라는 말이 어떤 경우에는 정말 진실인지도 모르겠다.

치정으로 빚어진 막장 해프닝으로 인해, 2차 경연 순서 추첨 행사는 20여 분 연기되어야 했다.

아이엠월이 보낸 스타일리스트 팀이 해준 헤어와 메이크업이 망가져버려 좀 걱정이었는데, 기껏 커피 세례 한 번으로 죽을 미모가 결코 아니었다. 제작진이 급하게 조달해준 헤어 드라이어와 약간의 메이크업 수정만으로도 주리의 미모는 다시 반짝 되살아났다.

그리고 스크립터 조애니가 아이엠월 측 스타일리스트 팀에게 연락을 해주어서, 경연 순서 추첨이 끝난 후에 다시 헤어와 메이크업 손질을 받기로 했다.

만약《더 유니버스》가 스포츠 경기였다면 애슐리 휴즈에게 레드 카드가 주어졌을지도 모르겠지만, 당장 오늘 저녁에 생방송 경연을 앞두고 있는 프로그램 정황상 그녀에게 패널티를 가할 방도는 딱히 없는 듯 보였다.

'그냥 나 하나 참으면, 모두가 조용하게 갈 수 있잖아!'

나는 '참을 인'자 한 글자를 더 가슴에 새기며, 그저 애들 노는 물에 이물질처럼 끼어있는 어른이 감당해야 할 몫이라 여기기로 했다.

내가 나보다 스무 살 이상 어린 핏덩이들과 맞서 감정을 세워본들 좋을 게 뭐가 있나? 순간의 감정에 못 이겨 더 중요한 걸 놓쳐버리는 실수는 어렸을 때나 하는 거다.

'그냥 이것저것 생각 말고, 오로지 목표만 바라보자!'

아마도 리먼 스콧은 촬영 전에 벌어졌던 해프닝을 제작진으로부터 전해들은 모양이었다.

"I respect your patience!"

내 추첨 순서가 돌아왔을 때 그가 나지막하게 건넨 한마디는 내 마음의 온도를 1.5도가량 상승시켜주는 듯했다.

주리가 노골적인 호감을 표시하는 통에 질투에 눈이 멀어서, 그동안 리먼 스콧을 삐딱하게 봐왔었던 점을 인정한다.

그런데 보면 볼수록, 그는 참 괜찮은 사람인 것 같다. 내가 미성년자 주리의 몸이 아니었다면, 꼭 같이 술 한 잔 해보고 싶은 친구다.

"Jury picked the number 5!"

지금까지 순서 추첨했던 것 중에서 가장 마음에 드는 번호를 뽑은 것 같다. 이번만큼은 정말 마지막 번호를 뽑고 싶었는데 말이다.

이제 《더 유니버스》 본선 2차 경연의 대미를 멋지게 장식할 일만 남았다.

킬링 파트를 무사히 잘 불러야 한다는 부담은 여전히 무겁지만, 지금은 얼른 고지에 오르고 싶은 욕구가 더 크다.

이제 거의 다 왔다. 마지막 힘을 다해, 조금만 더!

2017년 10월 21일 뉴욕시각 PM 05:29.

2017년 8월 30일부터 9월 4일까지 진행된 아메리카 예선을 시작으로, 9월 6일부터 11일까지 아프리카 예선, 9월 13일부터 18일까지 오세아니아 예선, 9월 20일부터 25일까지 아시아 예선, 9월 27일부터 10월 2일까지 유럽 예선이 이루어졌다.

그리고 10월 11일부터 15일까지 본선 1차 경연을 치른 후, 16일부터 시작된 본선 2차 경연이 오늘 생방송 경연을 끝으로 마무리된다.

짧다면 짧고 길다면 긴 반백일 동안 먼 여정을 달려온 《더 유니버스》가 오늘로써 대단원의 막을 내리게 되는 것이다.

"우리 주리, 오늘 너무 예쁘다. 물론 너는 처음 만났을 때부터 지금까지 예쁘지 않았던 순간이 없었지만 말이야."

출연자 출입구 앞에 마주 서서 내 손을 꼭 잡은 유미는 급기야 눈시울을 붉힌다.

"난 우리 막내가 너무 대견하면서도, 한편으론 너의 가녀린 어깨에 너무 많은 기대를 짊어지운 것 같아 안쓰러워!"

유미의 젖은 눈을 보니 나도 덩달아 목이 메어서 목소리가 잘 나오지 않는다.

'이게 다 유미 네 덕분이야!'

지금의 이 모든 것이 유미를 대신해 《불변의 명곡》 무대에 오르면서부터 시작되었다는 걸 나는 한시도 잊어본 적 없다.

'내게 기회를 내준 널 위해서라도, 너를 내 곁으로 보내고 떠난 미나 누나를 위해서라도 사력을 다해 열심히 할게!'

유미 옆에 있던 정화는 날 터프하게 끌어다 안는다.

"I'm really proud of you!"

짧은 격려의 한마디에서 드러난 정화의 본토 발음은 본토에서 들으니 더 생생하게 와 닿는 것 같다.

"미국 부모님도 같이 오셨다면서?"
"응, 너의 담당 스크립터 조애니가 관계자석에 같이 앉을 수 있도록 배려해줬어. 고마워!"
유진과 준희는 LED로 제작한 플래카드를 맞잡고 있다.
'MILK COLOR JURY KANG'
'우윳빛깔 강주리'를 그대로 직역한 영어 문구를 보니 피식 웃음이 났다.
"이걸 한국에서 만들어서 뉴욕까지 들고 온 거야?"
나의 웃음 섞인 물음에 준희가 특유의 거들먹대는 말투로 답한다.
"완전 감동이지? 연예인이 이런 것 들고 응원하는 거 봤어? 그러니까 주리 넌 오늘 정말 잘해야 하는 거야!"
거기에 유진이 한마디 더 보탠다.
"주리 너 세계무대 진출한다고 우리 헌신짝처럼 버리기만 해봐!"
고추냉이처럼 톡 쏘는 유진이의 독설이 오늘따라 정겹게 귀에 착 감긴다.
"어쨌든 그건, 일단 우승한 다음의 일이야. 무조건 잘해야 해, 강주리! 우리 핑크 클라우드의 호프, 강주리 파이팅!"
겉은 고추냉이지만 그 속에 숨겨진 단팥 같은 속정. 그래, 이게 바로 유진이지!
"누가 오셨는지 봐봐!"
핑크 클라우드 멤버들 사이에 둘러싸여있던 내게 한 대표의 목소리가 들려왔다. 나는 그제야 멤버들 뒤편에 서있는 한 대표 쪽으로 시선을 돌린다.
"어!"
뒤늦게야 한 대표와 함께 서있는 두 사람을 발견한 나는 눈이 휘둥그레지고 만다.
나를 깜짝 놀라게 한 그들은 다름 아닌 윤혜린과 강석진이었다. 나를 자신들의 딸로 알고 있는 두 사람.
"넌 오랜만에 엄마, 아빠를 보고도 표정이 왜 그러니?"

내 앞으로 먼저 다가온 윤혜린 님이 귀여운 앙탈을 부리며 날 덥석 껴안는다. 그리고 얼떨결에 나는 강석진의 격한 포옹까지 받아내야 했다.

사실 나는 지금 이 상황에서 내 표정 관리를 어떻게 해야 하느냐보다, 오랜만에 자신의 부모님과 마주한 주리가 현재 어떤 상태인지가 더 궁금하고 걱정되었다.

윤혜린과 강석진의 뒤편으로 멀찌감치 물러나 서있는 주리의 모습이 눈에 들어온다. 내 예상대로 간신히 울음을 참고 있는 듯한 얼굴이다.

'그래, 경연이 끝나면 주리의 부모님께 사실대로 말씀드려야겠어! 어차피 말씀드리기로 결심한 건데, 더 늦출 이유는 없지.'

머릿속으로 그런 생각을 하느라 아무 대꾸도 못 하고 있던 내게 강석진이 한마디 던진다.

"이왕 여기까지 온 거 제대로 한번 잘 해봐! 만약 이번 대회에서 우승하면, 너의 가수 활동 기간을 약속했던 1년보다 더 연장하는 걸 고려해보마."

강석진 딴에는 저 말을 응원이랍시고 했을 것이다. 비즈니스 화법에 길들여졌을 그에겐 저런 조건부 제안이 익숙할 테지.

딸에게마저 '실적에 대한 포상'을 제시한 건 유감이지만, 어쨌든 그가 내게 더 열심히 해야 할 동기를 부여한 건 맞다.

이제 한 대표의 응원을 받을 차례다. 하지만 윤혜린과 강석진이 옆에서 지켜보고 있기 때문에 대화는 지극히 제한적일 수밖에 없다.

사실 지금 내가 한 대표에게 할 말은 여기까지 올 수 있게 도와줘서 고맙다는 말밖에 없다. 그런데 감사의 표현은 외려 한 대표 쪽에서 먼저 했다.

"약속을 지켜줘서 고마워! 음악 안에서 살아달라고 했던 것부터 이곳 라디오시티 뮤직 홀 무대에 선 모습을 보여 달라고 했던 것까지 넌 다 지켜주었어."

막상 한 대표의 얼굴을 마주하니 억누르고 있던 감정이 북받쳐 올라온다. 하지만 경연을 앞두고 감정이 흔들려선 안 되겠다는 생각에 이를 악물며 마음을 다잡았다.

그런데 일행 중 마지막으로 마주한 주리 앞에서까지 눈물을 참는 건 정말 힘든 일이었다. 나는 결국 주리 앞에서 눈물을 보이고 만다.

"부모님은 네가 옆에서 잘 모셔."

나는 다른 사람들이 듣지 못하도록 나지막하게 속삭였다.

"알았어요."

"경연 끝나면 좋은 시간과 장소를 골라 두 분께 사실대로 말씀드리자."

"네, 그렇게 해요."

주리를 와락 껴안고 싶었지만 보는 시선들이 많아 주저했는데, 주리가 나를 먼저 안았다.

'그래, 모두와 차례로 허그하고 난 다음이니 주리와 나의 포옹도 그리 이상해 보이진 않겠지?'

보는 눈들이 많았기 때문에, 우리 둘은 그리 오래 안고 있진 못했다.

"이제 거의 다 왔어요. 물론 여기가 우리의 결승점은 아니지만, 중요한 중간 기착점이죠."

"여기까지 무사히 올 수 있었던 것은 다 주리 네 덕분이야. 그리고 끝까지 너와 함께하는 거야. 나의 영혼과 너의 몸이 함께하는 무대니까."

소중한 이들의 응원을 받고 에너지를 완충한 나는 모두를 향해 두 주먹을 불끈 쥐어 보인다.

그리고는 결전의 무대로 향하는 출연자 출입구 안으로 늠름하게 걸어 들어간다.

79. 나는 음악의 신을 믿습니다

◆◆

대망의《더 유니버스》본선 2차 경연 생방송의 오프닝은 전 출연자 25명이 함께 비틀스의 <Across The Universe>를 합창하는 무대로 꾸며졌다.

몽환적인 사이키델릭 록인 이 곡을 레게 힙합으로 편곡해 원곡의 신비로운 느낌을 그대로 가져가면서도 경쾌함을 더했다.

1절이 끝난 후의 간주 파트에서 레게 리듬이 조금씩 무거워진다 싶더니, 원곡의 리듬으로 바뀐다. 그러다 2절이 시작되면서, 무대 뒤로부터 어디서 많이 들어본 목소리가 들려온다.

'뭐지? 이건 리허설 땐 없었던 상황인데?'

리허설 때에는 분명 1절만 하는 걸로 합을 맞추었었기 때문에, 예정에 없던 상황을 갑작스레 맞이한 참가자들은 당황할 수밖에 없었다.

그런데 다음 순간 나는 온몸에 전율을 느꼈다. 후광을 받으며 무대 위로 떠오른 실루엣의 주인공은 다름 아닌 '폴 매커트니'였기 때문이다.

'세상에, 진짜 폴 매커트니잖아!'

살아있는 레전드를 무대 위에서 영접한 나는 거의 혼이 나갈 지경이었는데, 다른 참가자들의 반응은 의외로 무덤덤했다.

안타깝게도 이 어린 녀석들은 몇몇 외에는 저분이 누구신지 잘 모르는 눈치였다. 그들은 외려 폴 매커트니에게로 쏟아지는 뜨거운 관객 반응에 다소 어리둥절한 표정이다.

나는 레전드 곁으로 조금이라도 더 가까이 다가가고 싶은 마음에, 다른 참가자들을 거의 밀쳐내다시피 하고 들어가 그분 뒤에 바짝 붙어 섰다.

바로 뒤에 서있는 내가 노래를 곧잘 따라 하자, 베이스 연주와 함께 노래하시던 폴 형님은 내 쪽으로 돌아보며 아빠 미소, 아니 할아버지 미소를 지으신다.

바로 그때부터 노래가 끝날 때까지, 폴 형님이 내 눈을 바라보며 노래하시는 바람에 나는 몸 둘 바를 몰랐다. 하지만 무대 위에서 레전드와 잠시나마 진한 교감을 나눈 경험은 아마도 평생 잊지 못할 것 같다.

오프닝 무대가 끝난 후 사전 제작 영상이 나오는 동안, 1번으로 무대에 설 'High-five of the Universe' 팀을 제외한 나머지 참가자들은 출연자 대기실로 이동했다.

출연자 대기실에도 여러 대의 카메라가 설치되어 있어서, TV 생방송과는 별개로 대기실 실황이 인터넷으로 생중계될 예정이라고 했다.

대기실 실황 생중계 때문에 무대 뒤에서도 표정 관리를 하고 있어야 한다는 게 영 못마땅했지만, 그 대신 무대 뒤에서도 준비된 모니터를 통해 다른 팀의 경연을 볼 수 있다는 점은 맘에 들었다.

멘토 크로스 마틴의 지도를 받은 High-five of the Universe 팀은 조쥐 마이클의 〈Faith〉를 라틴락으로 편곡한 버전을 들고 나왔다. 내가 가장 선택하고 싶었던 곡이었던 만큼 관심 깊게 들을 수밖에 없었다.

조쥐 마이클과 음색이 약간 비슷한 칼 앤더슨(스웨덴)과 라틴 감성 충만한 마크 폰시(푸에르토리코)의 활약은 빛났다.

하지만 추홍 왕(홍콩)·미찰리스 에브다(남아공)·니콜 베이커(오스트레일리아)라는 강력한 여성 보컬 라인업을 가지고도 제대로 활용하지 못한 점은 아쉬움으로 남는다.

앞선 세 무대 중 최악은 바로 다음 2번 순서였던 Pentastar 팀의 〈Thriller〉였다.

사실, 이 팀의 멘토인 애덤 리바인의 편곡은 나무랄 데 없이 훌륭했다. 마치 한 편의 영화 같은 원곡의 극적인 전개를 한층 더 역동적으로 살려내면서도 현대적 감각을 더했다.

에디 홀트(영국)의 A 파트, 지미 워커(뉴질랜드)와 모하메드 이눅(나이지리아)의 B 파트, 리사 김(대한민국)이 살린 싸비까지 모두 흠잡을 곳 없이 훌륭했다.

한데, 역대급 〈Thriller〉를 탄생시킬 뻔했던 이 무대를 최악의 퍼포먼스로 이끈 건 바로 에슐리 휴즈였다.

1절의 마지막 소절이자 킬링 파트인 'tonight~' 하는 부분에서 에슐리 휴즈가 대형 삑사리를 내버렸을 때, 나는 육성으로 터지려는 웃음을 간신히 참아내느라 진땀을 빼야 했다.

그 순간, 나는 꼭 음악의 신이 나를 대신해 커피 세례에 대한 복수를 해주신 것 같은 통쾌함을 느꼈다고 할까?

3번 Top of the Universe 팀의 〈Rehab〉 무대는 예상과 기대를 훌쩍 뛰어넘는 훌륭한 공연이었다. 따라서 3번을 향해 쏟아지는 관객과 대기실 반응은 사뭇 뜨거웠다.

솔직히 나는 다섯 멘토 중에서 가장 기대가 적었던 뮤지션이 바로 존 마이어였었다. 그런데 존 마이어와 애미 와인하우스의 케미스트리가 이토록 환상적일 줄이야.

여성 가수의 노래임에도 불구하고 청일점인 자룽 장(중국)에게 메인 보컬을 맡긴 건 정말 신의 한 수였던 것 같다. 수리 마타이(케냐), 카를린 밀러(독일), 아울리이 마리엘레가(사모아) 그리고 줄리아 첼리코(브라질)가 이루어내는 환상적인 화음 속에서 묵직하면서도 박력 있는 자룽 장의 보컬은 마치 비상하는 용처럼 장엄했다.

《더 유니버스》 본선 2차 경연의 참가번호 4번이자 우리 팀 바로 앞 순서인 Super Five의 〈Bohemian Rhapsody〉가 후반부로 치닫고 있다. 이제 조금 있으면 우리 UNH 팀이 무대에 올라야 한다.

지금의 나에겐 키스 얼반이 편곡한 〈Bohemian Rhapsody〉가 꼭 경쟁 팀의 경연곡이 아닌 음악의 신이 내게 보내는 신호음처럼 들린다.

어쩌면 이 모든 것은 음악의 신이 아주 오래전부터 이미 예정해 놓았던 일이었는지도 모른다.

위험한 사랑을 탐했다가 내게 가장 소중한 음악까지 잃어버릴 뻔했던 내게 한 대표를 보내신 것도, 세상과 등지고 있던 나를 주리의 몸을 통해 다시 세상 속으로 들여보내신 것도 모두 신의 뜻이 아니었을까?

아니, 그보다 훨씬 더 오래전, 내 음악적 첫사랑 마츠다 스이코의 〈푸른 산호초〉를 흥얼거리기 시작했던 여섯 살 무렵부터 이미 신의 이끌림이 시작되었을지도….

나는 이 끝 간데없는 의문에 대한 해답을 당장 들을 수는 없다.

하지만 이것이 신의 뜻이 아니라면, 내게 일어난 이 기적과도 같은 일들을 대체 어떻게 설명할 수 있단 말인가?

'여기까지 나를 이끈 절대자의 권능은 이곳 라디오 시티 뮤직홀 무대에서도 함께 할 것이다!'

나는 그렇게 믿는다. 그리고 나의 이런 굳건한 믿음 속에서 음악의 신은 언제나 나와 함께 할 것이다.

한때는 내 이름이 아닌 것이, 내 목소리가 아니라는 것이 못내 아쉬웠던 적도 있었다.

하지만 이젠 다르다. 주리의 영혼을 사랑하게 된 지금은, 내 영혼이 주리의 몸과 함께하고 있음을 기쁘고 감사하게 여기게 된 것이다. 함께하는 것이기에 나는 더욱 혼신의 힘을 다할 것이다.

드디어 무대로 올라갈 시간이 다가왔다. 이제 곧 쇼가 시작된다.

2017년 10월 21일 뉴욕시각 PM 08:09.

본선 2차 경연의 마지막 순서이자 《더 유니버스》의 대미를 장식하는 마지막 무대에 오르기 직전이다. 이 무대가 끝나면 《더 유니버스》도 끝난다.
끝과 시작은 맞닿아있다. 《더 유니버스》가 끝나는 바로 그 순간부터 새로운 무언가가 시작될 것이다.
하지만 끝과 시작이 연결된 지점은 아직 미지의 어둠에 가려져 있다. 어떻게 끝날지, 어떤 변화가 시작될지 알 수 없다.
어쩌면 아득한 그 끝에는 길이 없어서 내가 직접 길을 만들어 가야 할지도 모른다.
하지만 나는 두렵지 않다. 지금 나는 혼자가 아니기 때문이다.
23년의 칩거 기간 동안, 나는 혼자 부르는 노래에 익숙해져 있었다.
하지만 현재의 나는 그때의 나와는 다르다.
우선, 내겐 주리가 있다. 지금의 주리와 나는 몸도 영혼도 따로 떼어놓고 생각할 수 없는 불가분의 관계다.
그리고 지금 나에게는 무대 밑에서, 혹은 무대 위에서 나와 함께 할 소중한 사람들이 있다.

무대에 오르기 직전, 나는 UNH 팀원들을 향해 내 오른손을 내밀었고, 내 손 위로 팀원들의 손바닥 네 개가 겹쳐졌다.
그 순간 나는 든든하면서도 한편으론 부담스러운 양가감정을 느꼈다. 내 손등으로 체감하는 네 손바닥의 무게는 내가 의지할 수 있는 힘의 실체인 동시에 내가 감당해야 할 부담의 크기와도 비례했기 때문이다.
소중한 사람들의 응원도 내게 꼭 심리적 위안만 준 것은 아니었다. 먼 곳까지 와서 나를 응원해주는 그들을 위해서라도 더 잘 해야만 한다는 강박 같은 불순물도 함께 따라왔던 것이다.
요컨대, 내가 혼자가 아니라는 사실은 내게 위안인 동시에 부담이기도 했다는 말이다.
그런데 막상 강력한 드럼 비트를 시작으로 음악의 힘찬 물줄기가 무대로 흘러들면서, 나는 어느새 부담감 따위는 잊고 음악 자체에 휩쓸릴 수 있었다. 내 마음을 어지럽히던 불순물들은 미칠 듯 신나는 리듬의 물결에 깨끗이 씻겨 나가버리고 만 것이다.

정갈하지만 강렬한 매혹을 내재한 에릭 뒤보아의 인트로는 빠른 비트 위를 서핑하듯 미끄러진다.

마치 돌고래가 수면 위로 튀어 오르듯 묵직한 존재감으로 리듬의 파도를 뚫고 나온 브라이언 마틴의 보컬. 브라이언에 대한 내 사적인 감정과는 상관없이 그의 목소리는 잠시 정신이 아득해질 만큼 고혹적이었음을 인정하지 않을 수 없다.

강약과 완급을 넘나들며 리듬을 갖고 놀았던 카렌 터너의 유려한 랩은 내게 섬광 같은 영감을 선사했다.

자네티 마수카의 독특한 존재감은 내가 기대했던 것보다 훨씬 더 매혹적이었다. 신비롭고 영롱한 자네티의 음색이 나의 직선적인 발성을 부드럽게 감싸 안으며 기막힌 조화를 이루는 데 성공했다.

그리고 절정을 앞둔 브리지 파트를 숨 가쁘게 질주한 그녀의 바이올린 솔로 역시 내 감정과 에너지를 끌어올리는 데 결정적인 역할을 해주었다.

"It's not right but it's okay

I'm gonna make it anyway~."

음악이라는 마법의 힘과 동료들이 주는 영감으로 의기충천의 날개를 얻은 나는 절정의 싸비 구간으로 힘차게 비상한다.

빠른 스피드와 리듬 속에서도 흔들림 없는 내 보컬은 녹음 작업 때보다 훨씬 더 박력 있고 단단하게 느껴진다. 활력이 넘치다 못해 자칫 오버하게 될까봐 다소간의 자제가 필요할 정도였다.

마침내 문제의 킬링 파트를 앞두고 나는 긴 숨을 후우 내뱉었다가 곧이어 훅 깊게 들이 마신다.

"You were making a fool of me Ahhhhh~."

그저 호흡을 들이셨다 내쉬듯 너무도 쉽고 자연스럽게 발성 기관을 통과하고 있는 꽉 찬 진성.

내가 소리를 내고 있는 것이 아니라 소리가 자발적 의지와 힘을 갖고 나를 통해 흘러나오고 있는 것 같은 이 기분.

편안하다.

무대에 오르기 직전까지도 큰 부담을 갖고 있던 이 킬링 파트의 초절정 고음 구간에서 이토록 편안하다 못해 포근한 기분까지 느끼다니.

역시 끊임없는 연습과 이미지 트레이닝은 결코 날 배신하지 않는다는 진리를 다시 한 번 절감한다.

주리의 폐활량에 내 영혼의 내공까지 더해 'Ahhhh~.'하고 길게 뻗치는 샤우팅을 끝낸 후 잠시 거친 숨을 몰아쉬던 나는 이내 안정을 되찾고 다시 빨라진 리듬 플로우로 복귀한다.

바로 그때부터 5인 5색의 개성이 유감없이 발휘되는 애드립의 향연이 펼쳐지면서 UNH 팀의 공연은 대단원을 맞이한다.

"I'd rather be alone than unhappy, oh oh~."

나의 짧고도 강력한 마지막 샤우팅과 함께 노래가 끝났을 때, 라디오시티 뮤직홀의 부채꼴 객석은 나이아가라 폭포수 같은 박수와 환호를 쏟아낸다.

가만히 서있기만 해도 환희와 감동의 물보라에 온몸이 흠뻑 젖어버릴 것 같았다.

일렬로 선 다섯 명의 멤버들은 서로 맞잡은 양팔을 일제히 번쩍 들어 올렸다 내림과 동시에 90도 폴더 인사를 한다.

그런데 말이다.

이렇게 신나는 노래를 끝내고 난 후에, 왜 모든 멤버들의 눈시울이 젖어있었는지는 정말 알다가도 모를 일이었다.

비록 저마다 느끼는 감회는 달라도 이 순간만큼은 하나같이 비슷한 표정이 되어 서로를 보듬어 안는 멤버들.

언어도 사고방식도 모두 다르지만, 음악으로 하나가 될 수 있었던 우리가 바로《더 유니버스》그 자체가 아니었을까?

80. 영혼의 영역

◆◆

2017년 10월 21일 뉴욕시각 PM 10:45.

나는 완강하게 저항했다.

"난데없이 왜 헬기를 타라는 거야? 난 고소공포증 있어서 케이블카도 잘 못 탄단 말이야!"

"비행기는 타셨잖아요."

"비행기와 헬기는 완전 다르잖아!"

헬기 프로펠러가 일으키는 강풍 때문에 몸을 가누기도 힘든 상태에서 나는 끌려가지 않으려고 안간힘을 썼다.

만약 주리가 나를 번쩍 들어 옮기지 않았다면, 나는 언제까지라도 계속 버텼을 것이다.

"알았어! 내가 스스로 탈 테니까, 내려줘!"

나는 헬기 문 앞까지 다다라서야 날 들쳐 안은 주리에게 항복 선언을 했다. 주리에게 달랑 안긴 것도 모자라 양팔을 내민 채 대기 중인 헬기 승무원의 품으로 옮겨지는 건 더 큰 치욕일 것 같았기 때문이다.

마지못해 스스로 헬기에 탑승한 후 굉음과 함께 서서히 기체가 떠오르는 걸 느끼면서도, 나는 질끈 감은 눈을 절대 뜨지 않았다.

눈 감은 그대로 잠들어서 착륙 후에나 깨어났으면 싶었다.

"그러지 말고 눈을 한 번 떠 보세요!"

나는 주리의 재촉에도 아랑곳없이 여전히 눈을 감은 채로 입을 열다.

"대체 우리를 어디로 데려가는 거야?"

"롱아일랜드 저쪽 끝에 있는 이스트 햄튼으로 간대요. 이스트 햄튼은 어마어마한 저택들이 즐비한 미 대륙 최고의 부촌이죠. 맨해튼에서 좀 산다는 사람들이 여름휴가를 보내러 가는 곳이기도 하고요."

"대체 얼마나 대단한 곳이기에 헬기씩이나 타고 가는 거야? 무슨 놈의 뒤풀이를 이렇게 요란스럽게 하냐고!"

"아이엠윌 멘토님의 별장이 그곳에 있다네요. UNH 팀뿐만 아니라 참가자 전원을 모두 초대했대요. 다른 멘토님들과 리먼 스콧까지도요."

이륙 후 고도를 높이던 헬기가 비로소 안정 궤도에 진입한 모양이다. 진동과 소음이 잦아들면서 나의 불안과 공포도 다소 가라앉은 듯하다. 나는 천천히 눈을 떠본다.

'세상에!'

눈을 뜬 순간 내 망막에 비친 광경 앞에서 나는 그만 말문이 막혀버리고 만다.

헬기 창밖으로 아득한 어둠이 펼쳐져 있다. 그 어둠은 무언가로 꽉 차 있는 것 같기도 하고 텅 빈 여백 같기도 하다.

그렇다. 지금 나는 밤하늘 속에 들어와 있다. 멀리서 바라볼 땐 평면처럼 보였던 까만 하늘 속에 내가 깊숙이 쑤욱 들어와 있는 것이다.

내 발밑 저 까마득한 곳에 스팽글 장식처럼 촘촘한 빛을 발하고 있는 맨해튼이 보인다. 저 거대한 대도시도 이 위에서 내려다보니 그저 아기자기한 장식용 소품 컬렉션 정도로 보인다.

"거 봐요, 별로 무섭지 않죠?"

주리의 가벼운 핀잔도 그리 고깝게 들리진 않았다. 오히려 완력으로라도 나를 헬기에 밀어 넣어준 주리에게 고마운 마음까지 들었다.

"가운데 보이는 강이 이스트 리버, 그 왼쪽이 맨해튼, 그리고 오른쪽이 브루클린이에요. 브루클린이 위치한 롱 아일랜드 위쪽 끝에 우리가 향하고 있는 햄튼이 있죠."

그런데 참 신기하게도 주리의 설명을 따라 창을 통해서 아래를 내려다보고 있는데도 나는 아무렇지 않았다.

"주리야, 이렇게 높은 고도에서 저 밑을 바라보는 데도 왜 무섭지가 않을까? 나는 높은 빌딩 고층부에만 가도 창가 쪽으로는 못 다가설 정도로 고소공포증이 심했었는데 말이야."

"어쩌면 제 몸이라서 고소공포를 덜 느끼시는 게 아닐까요? 오히려 제가 지금 좀 어질어질해요. 전 원래 무서운 놀이기구도 잘 타는 편이었는데 말이에요."

정말 그럴지도 모르겠구나. 겁쟁이 내 영혼이 괜한 호들갑을 떨었던 것 같아 몹시 부끄러워졌다.

"전 유노 쌤이 그렇게 삐딩기셨던 게, 최종 결과 때문에 아직 심통 나 있어서 그러시는 줄 알았어요."

주리는 그렇게 생각하고 있었나 보다. 본선 2차 경연에서 우리 UNH 팀이 준우승에 머무른 것 때문에 내가 심통 나 있다고 말이다.

"내가 화 난 것처럼 보였어? 전혀 아닌데…."

내가 속한 팀이 최종우승을 못하게 된 것, 그리하여 글로벌 유닛 활동이 좌절된 것에 대해 아쉬운 마음은 추호도 없다. 나는 개인우승을 한 것만으로도 충분히 만족한다.

"사실 저는 아직도 너무 아쉽고 속상하거든요. 현장반응만 봐도 UNH 팀이 단연 압도적이어서 우승은 문제없을 거라고 생각했거든요."

주리는 입술을 질끈 깨물며 안타까운 표정을 지었다.

"아마도 우승은 가장 절실했던 팀이 가져갔을 거라고 생각해."

정말 솔직히 말해서, 《더 유니버스》의 최종 우승팀이 되어 반드시 글로벌 유닛으로 활동하고야 말겠다는 간절함은 내게 없었다. 그렇다고 2차 경연 무대에서 내가 최선을 다하지 않은 건 아니었지만 말이다.

2차 경연 무대는 정말 더할 나위 없이 만족스러웠다. 공연을 끝낸 후 나 스스로가 깊고 진한 감동을 받았을 만큼 말이다.

"마지막 우승 팀 발표 후에 구김 없이 활짝 웃던 유노 쌤의 모습은 지켜보던 이들을 왠지 숙연하게 만들더군요. 제 얼굴인데도 너무 예뻐 보였어요."

"그 순간에 나는 결코 억지로 웃은 게 아니었어. 내 심정이 그대로 표현된 미소였을 거야. 그때의 내 마음속에 아쉬움은 정말 1도 없었거든."
그저, 딱 내가 원하는 대로 이루어진 느낌이다. 내가 진정으로 원했던 건 팀 우승이 아닌 개인우승이었으니 말이다.
마치 이미 예정되어있던 운명을 따라 차근차근 단계를 밟아온 것 같은 기분이랄까?

우리를 태운 헬기는 피어6 다운타운 맨해튼 헬리포트를 이륙한 지 36분 만에 아이엠윌 별장의 전용 헬리포트에 착륙한다.
"맨해튼에서 이스트 햄튼까지 지도상으로는 상당히 멀어 보였는데, 헬기로는 이렇게 빨리 오네요."
"헬기가 생각보다 나쁘지 않은데? 만약 핑크 클라우드가 미국 시장에서 성공하면, 세상 바쁜 내 친구 한 대표에게 헬기 한 대 사주고 싶네!"
아이엠윌의 별장은 광활한 모래 해변이 내려다보이는 언덕에 위치하고 있었다.
"저 해변이 메인 비치에요. 미국의 10대 비치 중 하나로 꼽히고, 미드나 영화에 자주 등장하는 해변이죠. 그 주변에는 유명 셀럽들과 슈퍼 리치들의 여름 별장이 즐비해요."
멀어질수록 점점 어둡게 그라데이션 되는 모래사장 저편에 검푸른 하늘과 완벽하게 깔맞춤 한 바다가 아득히 펼쳐져 있다.
"저 바다가 대서양이야?"
"네, 맞아요."
"그러고 보니, 대서양을 보는 건 태어나서 처음이구나!"
지도에서만 보던 대서양을 생애 최초로 직접 보는 건데 이상하게도 뭔가 낯설지가 않다. 빨려들 것 같은 암흑에 뒤덮인 바다를 보며 잔잔한 파도 소리를 듣고 있으려니, 어딘가 익숙한 편안함마저 느껴진다.
"주리야, 넌 전에 여기 와본 적 있니?"
"그럼요. 제가 맨해튼에 사는 동안에는 주로 이곳에서 여름을 보냈죠."

“그렇다면 지금 내가 느끼는 이 낯설지 않은 편안함은 내 영혼이 아니라 네 몸에서 비롯된 것일지도 모르겠구나.”

“유노 쌤 말씀 듣고 보니까, 예전부터 궁금했던 게 문득 떠올랐어요.”

“뭐가 궁금했는데?”

“저라는 존재에서 영혼의 영역은 과연 어디까지일까 하는 거요. 저와 유노 쌤의 영혼이 바뀐 후에 가끔 저 스스로에게 물어봤던 질문이에요.”

“뭔가 굉장히 심오하고 철학적인 질문인걸? 지금 우리는 둘 다 몸과 영혼이 분리된 상태이지만, 몸과 영혼을 구분하는 경계가 어디인지는 나도 잘 모르겠네.”

“그럼 좀 더 질문을 구체화시켜 볼게요. 기억을 간직하는 건… 영혼일까요? 아니면 몸일까요?”

“사실 나도 그 비슷한 의문을 가진 적이 있어. 내가 다시 내 몸으로 돌아갈 때, 주리 너의 몸을 통해 경험한 모든 기억들을 가져갈 수 있을까 하는 궁금증.”

“영혼이 몸을 떠나서 옮겨 가더라도, 기억의 일부는 몸에도 남지 않을까요? 지금 이곳 이스트 햄튼의 메인 비치에서, 제 몸에 남아있는 정서적 기억을 유노 쌤의 영혼이 느끼고 있는 것처럼 말이에요.”

듣고 보니 그럴듯하다. 몸이 기억한다는 말을 실제로 절감하는 순간도 있으니 말이다.

만약 기억의 일부가 정말 몸에도 남는다면, 지금 내가 주리에게 느끼는 감정에 대한 기억도 주리의 몸에 남게 되는 걸까?

그리하여 주리가 자신의 몸으로 다시 돌아왔을 때 그 애틋한 감정의 일부를 느끼게 될까?

웅장하면서도 기품 있는 석회암 저택이 우리를 맞이한다. 말이 별장이지 유럽 어느 소국의 왕궁이라고 해도 믿겠다.

“근데 집 앞이 왜 이렇게 조용하지? 파티가 열리고 있는 집이라면 음악

소리 같은 거라도 새어나오고 있어야 하는 거 아니야?"

"그러게요, 다들 이미 도착해 있을 텐데…."

주리와 내가 타고 온 헬기가 동원된 서른 대 중 마지막 30호였나. 내가 한참 동안 탑승을 거부하는 바람에 우리만 출발이 늦어졌던 것이다.

"설마, 우리만 두고 어디 다른 장소로 가버린 건 아니겠지?"

저택 주변에 감돌고 있는 정적에 의아해하고 있던 그때, 화이트 턱시도를 입은 키다리 청년이 우리 앞에 나타났다.

"Miss Jury Kang and Mr. Yunho Jang?"

우리의 이름을 정확히 호명한 청년은 턱시도 색깔만큼 새하얀 건치를 드러내며 활짝 웃는다. 밀랍인형처럼 매끈한 피부에 흐르는 싱싱한 생기를 보니 아직 20대 초반 정도로밖에 안보였다.

"어서 오십시오. 기다리고 있었습니다."

파란 눈의 백인 청년 입에서 꽤 능숙한 발음의 한국말이 나와서 주리와 나는 깜짝 놀라지 않을 수 없었다.

"저는 오늘밤에 여러분을 에스코트할 도우미, 잭이라고 합니다. 저를 마음껏 이용해 주세요."

이 자는 혹시 AI 로봇이 아닌가 하는 생각이 얼핏 스쳤다. 저토록 완벽한 외모와 기럭지에다 한국말까지 구사하는 도우미라니, 너무 비현실적이지 않은가?

"제 손을 잡으시죠."

저택 정문으로 통하는 계단 앞에서 도우미 남이 내게 내민 손길을 나는 정중하되 단호하게 거절했다.

그는 우리더러 자신을 마음껏 이용해달라고 했지만, 솔직히 나는 불쑥 나타난 그의 존재가 별로 달갑지 않았다. 나는 주리가 내 옆에 있는 것으로도 충분했기 때문이다.

"그런데 어떻게 한국말을 할 줄 아시는 거죠?"

주리가 도우미 남 잭에게 그렇게 물었다. 주리와의 오붓한 동행을 방해

하는 그가 내심 못마땅한 것과는 상관없이, 나도 사실 그게 좀 궁금하긴 했다.

"NYU 동아시아학과에서 한국어와 한국 문화에 대해 공부하고 있어요. 학업과 모델 활동을 병행하고 있죠. 그런데 오늘 제가 소속된 모델 에이전시로부터 한국어 능력이 필요한 일일 아르바이트 자리가 있다는 연락을 받고, 이 파티의 도우미로 일하게 된 거예요."

기껏해야 뒤풀이 파티일 뿐인데 통역 능력까지 갖춘 현직 모델 도우미씩이나 고용했다고? 참 쓸데없는데 돈 쓴다는 생각을 지울 수 없었지만, 아이엠월의 세심한 배려심 또한 인정하지 않을 수 없었다.

"그런데 파티가 열리고 있는 장소치곤 너무 조용한 거 아닌가요?"

스무 칸이 넘는 석회암계단을 거의 다 올라갈 때쯤, 내가 잭에게 물었다.

"이 동네 주민들은 워낙 깐깐하기 때문에 조금이라도 소음이 나면 신고해버려요. 그래서 파티를 좋아하는 미스터 아이엠월은 지하 공간에 완벽한 방음 시설을 갖춘 대형 파티홀을 만들었죠."

우리는 고풍스러운 문양으로 장식된 거대한 황동문 앞에 다다랐다.

"이 문은 딱 봐도 정말 무거워 보이는데요?"

나는 한 손으로 문을 밀어본다. 그런데 문은 아무런 미동도 없다. 이번엔 두 손으로 힘주어 밀어보아도 좀처럼 열릴 기미가 없다.

바로 그때 잭이 기름진 미소를 흘리며 내게 말한다.

"잠시만 물러나 주세요!"

그리고는 문 옆에 있는 지문인식장치에 자신의 오른손 검지를 갖다 댄다. 그러자 육중한 황동문의 중앙이 쩍 갈라지면서 양쪽으로 부드럽게 스르륵 열린다.

'자동문이면 자동문이라고 미리 말해줘야 할 거 아니야! 사람 무안하게….'

문이 열리자, 벽면과 바닥이 온통 하얀 대리석으로 뒤덮인 로비 내부가 모습을 드러낸다.

홍을 돋우는 하우스 뮤직과 버건디 레드 톤의 은은한 조명이 몽환적인 분위기를 연출하고 있는 그곳은 어느 럭셔리 부티크 호텔의 로비 라운지를 연상케 한다.

고풍스런 외관과는 반전을 이루는 초현대식 로비의 위용에 다소 어리둥절해있던 내게 잭이 말한다.

"지하 파티홀로 들어가기 전에 드릴 말씀이 있습니다. 오늘 파티에 초대된 VIP들 중에서 미스 주리 강에게 개인 면담을 신청한 사람이 무려 열두 분이나 됩니다. 일단 파티홀에 들어가셔서 전체 내빈들과 두루두루 인사를 나눈 후에, 독립된 룸에서 약속된 VIP들과의 미팅이 이루어질 것입니다."

81. 애프터 파티

◆◆

《더 유니버스》 애프터 파티에 참석한 VIP 중에 나를 개인적으로 만나고 싶어 하는 사람이 자그마치 열두 명이나 된다니. 어안이 벙벙해진 나에게 도우미남 잭은 A4 용지 한 장을 건넨다.

"이 리스트에 적힌 순서대로 미팅이 이루어질 것입니다."

나는 잭으로부터 받아든 명단에 적힌 이름들을 쭉 훑어 내려 가본다.

다섯 명의 멘토 이름이 명단의 맨 꼭대기를 차지하고 있었고, 그 밑으로는 한눈에 잘 들어오지 않는 영어 이름들 가운데 한자로 된 이름도 보였다.

"그런데 이분들이 절 왜 만나고 싶어 하는 거죠?"

"만남을 신청하신 분들이 모두 프로듀서나 제작자들이에요. 미스 주리 강과 함께 작업을 하고 싶다는 뜻 아니겠어요?"

"이분들이… 전부 다요?"

눈이 휘둥그레진 나를 보며 배시시 웃는 잭의 양쪽 광대부에 인디언 보조개가 팬다. 그는 눈가에 웃음기를 가득 머금은 채 설명을 이어간다.

"그 명단에는 미국의 유니버샬 뮤직 CEO, 고품질 음원 스트리밍 서비스 타이덜을 운영하고 있는 제이쥐, 영국의 아이리쉬 레코드 CEO 등이 포함되어 있고, 중국과 일본의 매니지먼트사 대표도 포함되어 있습니다."

그러자 옆에 있던 주리가 짧고 나지막하게 외친다.

"대박!"

주리의 전용 감탄사를 들은 잭은 큰 웃음을 터뜨린다. 아재 모습을 한 주리가 반전 리액션을 보인 것이 그의 웃음보를 자극한 모양이었다.

그런데 내가 생각하기에도 정말 대박은 대박이다. 《더 유니버스》가 끝난 지 두 시간도 채 안 되었는데, 이렇게 미팅 제안이 쇄도하다니 말이다.

"그런데 다른 참가자들도 모두 면담 신청을 이렇게 많이 받았나요?"

사실 나도 그게 궁금하던 참이었는데, 때마침 주리가 그렇게 물어봐준 것이었다.

비슷한 표정으로 대답을 기다리는 두 사람을 번갈아 바라보던 잭이 다소 느끼한 버터 미소를 날린 후 입을 연다.

"Nobody but Jury!"

"집안에 무슨 엘리베이터까지 있냐?"

지하로 내려가는 엘리베이터에 올라타면서 내가 말했다. 그런데 주리는 무표정에 묵묵부답이다. 그제야 나는 뭔가 깨닫고 주리에게 되묻는다.

"너희 집에도 엘리베이터가 있는 모양이구나?"

"네, 서울 한남동 집에는 있어요."

재벌 4세 주리에게는 집안에 엘리베이터가 있는 게 별로 신기한 일도 아닐 텐데, 내가 괜한 호들갑을 떤 것 같아 창피했다.

지하 1층에 도착한 엘리베이터의 문이 스르륵 열린다.

"대박…이죠?"

눈앞에 펼쳐진 경이로운 광경에 입을 다물지 못하는 주리와 나에게 잭이 건넨 말이었다.

정말이지 아이엠월이 꾸며놓은 비밀의 지하공간은 완전 딴 세상 같았다.

엘리베이터에서 내린 지점으로부터 10미터가량 더 깊숙한 깊이에 축구장만한 크기의 거대한 홀이 펼쳐져 있다.

레드카펫이 깔린 계단을 내려갈수록 음악 소리는 점점 커지고, 내 심박수는 점점 빨라진다.

심장을 쿵쿵 울리는 EDM과 휘황찬란한 조명 속에서 흥에 겨운 선남선녀들. 그 틈에 섞이고 보니 내 소싯적 생각이 절로 난다. 주말 밤마다 한대표와 어울려 날밤 까고 다니던 그 시절 말이다.

'이런 기분, 대체 얼마만이지?'

나는 아주 오랜만에 맛보는 이 짜릿한 해방감에 기분 좋은 전율을 느낀다. 주리도 꽤 신나는 표정이다.

"우리 팀원들을 먼저 찾아봐야 할 것 같아."

그런데 UNH 팀 멤버를 찾아가는 길은 결코 수월하지 않았다. 나는 몇 걸음 옮길 때마다 같이 사진 찍자고 다가오는 무리들 때문에 좀처럼 앞으로 나아갈 수가 없었다.

마침내 우리 팀원들이 모여 있는 곳에 다다를 때까지 몇 명의 사람들과 몇 컷의 사진을 찍었는지, 나는 기억하지 못한다. 하지만 그들 중 몇 명이 내게 한 말만은 똑똑히 기억한다.

"Jury, you're our superstar!"

"I love your voice of the soul!"

"You're the true winner!"

2017년 10월 22일 뉴욕시각 AM 06:45.

아이엠윌은 별장 인근에 위치한 호텔에 총 80여 명의 파티 참석자들을 위한 숙소를 마련했다.

나와 주리는 새벽 3시까지 개인 면담 스케줄을 소화해야 했기 때문에, 아이엠윌의 별장 내에 있는 게스트 룸에서 묵는 특권을 누렸다.

주리와 나에게 각각 하나씩 배당된 게스트 룸에는 독립된 발코니와 개인 욕실까지 딸려 있었다.

그토록 근사한 방에서 겨우 2시간 정도 눈을 붙인 우리는 씻지도 않은 채 헬리포트로 향해야 했다. 오늘 오전 11시에 한국 KBC 연예계중계와의 인터뷰가 예정되어있기 때문이다.

숙소에 가서 옷을 갈아입고 헤어와 메이크업까지 받으려면 서둘러야 했다.

그리하여 도착이 가장 늦었던 30호 헬기가 가장 먼저 이스트 햄튼을 떠나게 되었다.

2017년 10월 22일 뉴욕시각 AM 11:29.

"안녕하세요, 연예계중계 에릭람입니다. 오늘 저는 현재 뉴욕 타임스퀘어에 나와 있습니다. 지구인들의 명동 같은 이 거리에서 저와 함께 게릴라 인터뷰를 할 스타는요, 이곳 시간으로 바로 어제, 글로벌 아이돌 프로젝트 《더 유니버스》에서 개인 우승을 차지한 강주리 양입니다. 안녕하세요!"

《더 유니버스》 본선 2차 경연 현장 취재를 위해 어제 뉴욕에 왔다는 리포터, 에릭람의 소개를 받은 나는 구름처럼 모인 군중들을 향해 큰소리로 인사한다.

"안녕하세요, 핑크 클라우드의 강주리입니다!"

에릭람과 내가 서있는 빨간 계단 위뿐만 아니라 타임스퀘어 광장은 그야말로 발 디딜 틈 없는 북새통을 이루고 있다.

"《더 유니버스》에 참여한 이후로 국가대표 소녀 보컬, 우주 최강 보컬 등의 수식어들이 많이 생겼는데, 여전히 본인의 소속을 잊지 않고 핑크 클라우드의 강주리라고 소개하시는군요."

"그럼요, 제가 강주리인 이상 저의 소속이 핑크 클라우드라는 건 절대 바뀌지 않습니다."

"네, 강주리 양이 그렇게 사랑해 마지않는 핑크 클라우드의 멤버들도 주리 양을 응원하기 위해 뉴욕에 와있더군요. 어제 생방송 현장 취재 때 잠깐 인터뷰를 했습니다."

"저는 정말 멤버들이 여기까지 응원을 와줄 줄은 몰랐는데, 생방송 경연 이틀 전에 갑자기 짠 하고 나타났어요. 정말 감동적이었죠."

"그나저나 어제저녁엔 정말 굉장하더군요. 저는 관객석에서 지켜봤었는데요, 특히 킬링 파트에서 고음 쫙 올린 후에 쭈욱 길게 뺄 때는 소름이 쫙 끼치면서 제 머리털까지 쭈뼛쭈뼛 서는 것 같았어요. 마치 김연하 선수의 트리플 러츠 트리플 토루프 컴비네이션 점프를 직관한 기분 같았다고 할까요?"

"감사합니다. 저에겐 더할 나위 없는 최고의 찬사네요."

"지금 이 자리에서 그 파트를 다시 한 번 불러주실 수 있겠습니까?"

에릭람의 주문에 나는 한 치의 망설임도 없이, 내가 숱하게 부르고 또 불렀던 그 파트를 군중들에게 선보인다.

"You were making a fool of me Ahhhhh~."

나의 샤우팅은 타임스퀘어 전체에 쩌렁쩌렁 울려 퍼졌고, 군중들의 열광적인 반응에 광장이 움찔움찔한다.

"강주리 양, 혹시 그거 아십니까? 어제 낮 12시, 바로 정면에 보이는 저 전광판에…."

에릭람이 가리킨 곳은 빨간 계단 위에 서서 정면에 보이는 원 타임스퀘어 빌딩이었다. 타임스퀘어 광장의 중심부에 위치하는 랜드마크인 그 빌딩 벽에는 도시바, TDK, 코카콜라 등의 전광판이 걸려있다.

"타임스퀘어 광장에서도 가장 눈에 잘 띄는 위치에 있는 저 전광판에 강주리 양을 응원하는 광고가 걸렸다는 걸 알고 계십니까?"

"네, 대표님이 알려주셨습니다."

"직접 보셨습니까?"

"아니요, 아직 직접 보진 못했어요."

"그럴 줄 알고, 제가 보여 드리려고 이렇게 준비해왔습니다."

에릭람이 내민 아이패드에는 어제 정오에 원 타임스퀘어 빌딩의 전광판에 뜬 강주리 응원 광고를 동영상으로 촬영한 클립이 플레이되고 있었다.

화면 속의 전광판에는 《더 유니버스》 본선 메이크오버 경연 때 찍었던 프로필을 태극기 배경과 합성한 사진이 있었고, 'Jury! You've done something wonderful for us!'라는 응원 메시지가 들어가 있었다.

"제가 뭐라고…. 이런 것까지 해주시다니 정말 감사드립니다!"

나는 카메라를 향해 거듭 고개를 숙이며 감사의 뜻을 전했다.

"어떤 분들이 이걸 해주셨는지는 아시죠?"

"네, 팬클럽 여러분들께서 해주셨다고 들었어요."

"네, 맞습니다. 핑크 클라우드 공식 팬클럽과 지난 9월에 결성된 강주리 공식 팬클럽에서 공동으로 이번 광고를 추진했다고 하는군요."

"네, 다시 한 번 정말 감사드립니다."

"지금 현재 강주리 팬클럽의 회원 수가 몇 명이나 되는지 아십니까?"

"아직 확인하지 못했습니다."

뉴욕에 오기 전에 나는 각 포털에 산재해있던 여러 팬카페가 연합해서 '강주리 공식 팬클럽'이 결성되었으며, 그 회원수가 2만3천 명 정도라는 얘기를 들었었다.

당시엔 그 숫자도 내겐 엄청 크게 다가왔었는데, 지금은 과연 인원이 얼마나 늘었을까?

"주리 양, 놀라지 마십시오. 국내 회원 37만 명, 글로벌 회원 65만 명을 합해서 총 102만 명이 넘습니다!"

에릭람은 내게 놀라지 말라고 했지만, 내 예상보다 몇 갑절이나 더 많은 숫자에 나는 그만 입이 쩍 벌어지고 말았다.

내 개인 팬클럽 가입자 수가 무려 102만이라니. 핑크 클라우드의 국내 팬클럽 회원 수가 현재 9만 5천 명 정도인 것을 감안하면 엄청난 숫자가 아닌가?

"공식적인 글로벌 팬카페 회원 수만 봐도 주리 양의 세계적인 인기는 단연 압도적이었죠. 그런데도 주리 양이 속한 팀이 인터넷 실시간 투표에서 밀려 우승을 못 했다는 것에 대해 많은 분들이 의혹을 제기하셨습니다."

에릭람의 얼굴에서 갑자기 웃음기가 싹 걷힌다.

우리 UNH 팀이 현장투표와 전문가 평가위원단 점수에서 압도적인 1위를 하고도 실시간 인터넷 투표에서 결과가 뒤집힌 것을 두고 뒷말이 무성하긴 했었다.

"한국의 한 커뮤니티 사이트에서는 중국 네티즌들의 매크로 조작 의혹이 제기되었고, 일부 언론 기사에 그 내용이 보도되기도 했습니다. 저는 그것이 나름 합리적인 의심이었다고 생각되는데요?"

"결과에 대해 안타까워해주시고 또 목소리를 내주신 여러분들께는 죄송하면서도 감사합니다. 하지만 저는 결과에 충분히 만족합니다."

결과에 만족한다는 말은 정말 한 치의 가식도 없는 내 진심이었다.

그 말 뒤에 '부정한 방법으로 결과를 바꿀 수 있을지 몰라도, 진실은 바뀌지 않을 겁니다.'라고 덧붙이려다 말았다. 꼭 결과에 승복하지 못하는 것처럼 보이긴 싫었기 때문이다.

To win.

내가 이곳에 온 목적은 분명 이기기 위해서였다.

어떤 사람에겐 내가 이기지 못한 것처럼 보일 수도 있겠지만, 나는 그 무엇으로부터도 지지 않았다고 생각한다.

'그 과정에서 충분한 가치를 얻었다면 승리 따윈 넘겨도 좋다!'

이것은 결코 이기지 못한 자의 변명만은 아니다. 진정으로 이기는 방법을 알게 된 나의 자기긍정이다.

나는 이긴 게 맞다.